UM DIE LETZTE PRÜFUNG

zu bestehen und Anführer aller Clans zu werden, muss sich Yrsa mit ihrem Rivalen Kier auf ein Schiff begeben und eine Reise ins Unbekannte antreten. Dass dort, wo Schätze liegen, auch tödliche Gefahren lauern, weiß sie. Darauf, sich die Dunkle Herrin der Unterwelt zum Feind zu machen, ist allerdings keiner von ihnen vorbereitet … Derweil wird die Anziehung zwischen Kier und Yrsa immer stärker. Eine Anziehung, die nicht sein darf und doch unvermeidbar scheint. Bis Yrsa von Kiers Geheimnis erfährt – und von dem Fluch, der sein Leben fordern soll.

Wir produzieren nachhaltig

- Klimaneutrales Produkt
- Papiere aus nachhaltigen und kontrollierten Quellen
- Hergestellt in Europa

FSC
www.fsc.org
MIX
Papier | Fördert gute Waldnutzung
FSC® C083411

Dieses Werk wurde vermittelt durch die
Michael Meller Literary Agency GmbH, München.
Lektorat: Julia Przeplaska
Kapitelvignetten: © Asuka Lionera
Umschlagbilder: shutterstock.com / © somchai bokehshop (661558087);
© Elena Prekrasnaja (1677957265); © Mariya Volochek (741727591);
© Studio77 FX vector (1020213499); © Bourbon-88 (2081763547);
© Vutu Stocks (2244130985); © studio37th (1954338787);
© Victor Metelskiy (1810263364)//
© Asuka Lionera
Umschlaggestaltung: Giessel Design
Satz: Pinkuin Satz und Datentechnik, Berlin
Produktionsmanagement: Gunta Lauck
Litho: Margit Dittes Media, Hamburg
ISBN 978-3-551-58528-8

GLOSSAR

ÁRORA – Göttin des Himmels, Jüngste der Schicksalsgöttinnen

MERTHING – Die heiligen Prüfungen, bei denen der oberste Anführer gewählt wird. Sie werden alle fünfzehn Jahre ausgetragen.

MERWA – Die oberste Göttin, Gemahlin des Noren. Göttin des Neuanfangs und der Fruchtbarkeit.

MERWAFEST – Feierlichkeiten, die zweimal im Jahr (Frühjahr und Herbst) zu Ehren der obersten Göttin abgehalten werden.

NOREN – Der oberste Gott. Gott des Krieges, der Eroberung und der Seefahrt.

OBERSTER ANFÜHRER – Ein Anführer, der während einer Prüfung unter allen Anführern gewählt wird und als einziger Befehlshaber im Verteidigungsfall fungiert.

THAN – Der Anführer eines Clans

THAN DER THANE – siehe »oberster Anführer«.

VALKRA – Die spirituelle Führung eines Clans. In Visionen vernimmt sie die Worte der Götter.

Für all jene, die die Stimme ihres Herzens gefunden haben.
Haltet sie fest!

KAPITEL 1

YRSA

Ich starre meine Begleiterin Astrid an, als sähe ich sie zum ersten Mal. Wieder und wieder hallen ihre Worte durch meinen Kopf, ohne dass sie einen Sinn ergeben.

Kier hat seine Valkra getötet. Mit seinen eigenen Händen.

»Das ist unmöglich«, presse ich hervor.

Eine Valkra, die das Sprachrohr der Götter in unserer Welt ist, zu töten steht fast auf einer Stufe damit, einen Gott umzubringen. Nicht, dass ich je von jemandem gehört hätte, der so dumm war, es zu versuchen. Allein der Gedanke ist Ketzerei. Wenn tatsächlich jemand so dumm wäre, eine Valkra zu töten, würde ihn die schlimmste aller Strafen erwarten: das Ausweiden bei lebendigem Leib – der Blutadler. Ich habe dieser Strafe zum Glück nie beiwohnen, geschweige denn sie befehlen müssen, aber in Elvis alten Schriften darüber gelesen. Bei den Ausführungen, wann welche Rippe zerschmettert werden muss, um Lunge und Herz möglichst unbeschadet entnehmen zu können, hat sich mir der Magen umgedreht.

Mit einem katzenhaften Grinsen lehnt sich Astrid gegen die Reling des Schiffes, mit dem wir seit Wochen, vielleicht auch Monaten unterwegs sind. Um sie herum erstreckt sich nichts als eine undurchdringliche Nebelwand, weshalb mir nichts anderes übrig bleibt, als sie weiterhin anzustarren. Ich wünschte, es gäbe etwas, worauf ich mich konzentrieren könnte. Etwas, was mich von den quälenden Worten ablenkt, die sie gesagt hat. Aber da ist nichts. Schwankend zwischen dem Wunsch, mir die Ohren zuzuhalten, und der mich schier auffressenden Neugier warte ich, dass sie den Mund öffnet.

»Das ist es, was man sich auf dem Schiff erzählt.«

Ich verdrehe die Augen und überspiele damit hoffentlich all meine Regungen. Seit der Schemen nicht mehr in mir haust, bin ich besser darin geworden, meine Gefühle zu kontrollieren, allerdings längst nicht so gut, wie ich gern wäre. »Der allgegenwärtige Nebel veranlasst die Besatzung offenbar dazu, Lügen zu spinnen.«

Astrids Blick hält mich fest. »Bist du dir da sicher?«

Ich brauche eine Weile, bis ich nicke. »Es muss einen anderen Grund geben, warum die Götter Kiers Clan keine neue Valkra senden.«

Die Schildmaid zuckt desinteressiert mit den Schultern. »Wenn du meinst. Ich an deiner Stelle würde ihm kein einziges Wort mehr glauben. Und ich würde ihm auf gar keinen Fall meine Schwester anvertrauen – also wenn ich eine hätte, meine ich.« Sie stößt sich von der Reling ab und schlendert zu mir herüber, um mit dem Finger über die Stelle an meinem Hals zu streichen, an der Kiers Lippen zuvor gesaugt haben, ehe ich Hals über Kopf aus seiner Kajüte geflüchtet bin, und wo sich offenbar ein kleiner, aber verräterischer Bluterguss gebildet hat. »Du solltest dich so weit wie möglich von ihm fernhalten, wenn du nicht willst, dass Gerüchte über dich die Runde machen.«

Ich schlage ihre Hand weg und lege sie schützend über die Stelle, nur um sie Sekunden später sinken zu lassen.

Ich weiß nicht, was ich denken oder fühlen soll. Es gibt keinen Grund, warum Astrid sich so etwas ausdenken sollte; also muss es die Wahrheit sein – oder zumindest ein Gerücht. Aber wie kann Kier dann noch am Leben und noch dazu ein Anführer sein? Kein Clan würde so jemandem auch nur für eine Sekunde die Treue halten.

»Das ergibt keinen Sinn«, flüstere ich, um mich selbst davon zu überzeugen.

Doch Astrid hat es ebenfalls gehört. »Siehst du es nicht?«, fragt sie, ehe sie schnaubt. »Bist du tatsächlich derart geblendet von ihm, dass du es nicht begreifst?«

»Was meinst du?«

»Er will nicht dich, sondern deine Schwester. Das wollte er von Anfang an. Es ging ihm nie um dich, sondern bloß um die Valkra. Du hättest den Tauschhandel jederzeit ablehnen können, also musste er sichergehen, dass du ihm vertraust. Und wie er das geschafft hat, ist nicht schwer zu erraten.«

Es fühlt sich an, als würde sie mir mit jedem Wort ein Stück meines Herzens aus der Brust reißen. Es bäumt sich auf, schreit mir zu, dass ihre Worte gelogen sind. Doch wieso klingen sie dann so logisch? All die Briefe, die Kier mir geschrieben hat, dienten lediglich dazu, dass ich meine Meinung in der Zwischenzeit nicht ändere. Er hat mich mit Nahrung bestochen, die ich meinem Clan in einem harten Winter nicht vorenthalten durfte. Auch vorhin in seiner Kajüte … Alles, was er gesagt und getan hat … Es diente nur dazu, dass ich unseren Handel nicht vergesse. Dass ich mich besser dabei fühle, wenn ich ihm meine Schwester für ein Jahr überlassen muss.

Und ich habe es nicht bemerkt.

Mein Herz schlägt langsamer, beinahe träge, als hätte es diese unumstößliche Wahrheit endlich ebenfalls erkannt.

Oder als hätte es aufgegeben.

Mir ist beides recht, solange ich diesen stechenden Schmerz nicht mehr ertragen muss.

Trotzdem sträubt sich etwas in mir gegen Astrids Erklärungen. Als Anführerin ist es wichtig, mir beide Seiten anzuhören. Ich gebe nichts auf Erzählungen aus dritter Hand. Zwar ist mir klar, dass sich in Gerüchten zumindest ein Körnchen Wahrheit verbirgt, aber um das große Ganze zu erfassen und Entscheidungen zu treffen, die nicht selten um Leben oder Tod gehen, muss ich alle Einzelheiten kennen.

Ich schiebe mich an Astrid vorbei, doch sie packt mich am Arm.

»Wo willst du hin?«, fragt sie.

»Ich muss mit Kier reden.«

Sie starrt mich an, als hätte ich völlig den Verstand verloren. »Damit er dir noch mehr Lügen erzählen kann?«

Ich will mich losreißen, doch sie verstärkt ihren Griff, bis ich das Gesicht vor Schmerz verziehe.

»Die Besatzung redet schon über dich«, wispert sie eindringlich. »Was, glaubst du, werden sie sagen, wenn sie dich mitten in der Nacht in der Kajüte ihres Anführers ein und aus gehen sehen?«

»Das ist mir egal.«

Sie reckt das Kinn. »Und was ist mit Vangars und meiner Meinung?«

Ich schlucke angestrengt, denn ich begreife sofort, worauf sie hinauswill.

»Wir sind deine Begleiterinnen«, fährt sie fort, ohne ihren Griff zu lockern. »Es ist unsere Pflicht, unserem Clan alles zu berichten, was sich auf der Reise zugetragen hat. Muss ich dir wirklich erklären, was geschieht, wenn sie erfahren, dass du dich auf einen fremden Anführer eingelassen hast?«

Ich atme zitternd aus. So weit habe ich nicht gedacht. Ich nahm an, dass es niemand erfahren würde, wenn Kier und ich zusammen sind, und dass wir einfach unserer Wege gehen könnten, sobald wir wieder an meiner Küste angelegt haben. Doch diese Annahme ist aus vielen Gründen ein Irrtum.

Astrid und Vangar müssen ihre Pflicht erfüllen und unserem Clan detailgetreu berichten, wie ich mich auf dieser Reise geschlagen habe. Selbst wenn ich sie darum bäte, dürften sie nichts unter den Tisch fallen lassen.

Jeder wird es erfahren. Jeder von ihnen wird hören, dass ich eines der obersten Gesetze unseres Volkes gebrochen habe. Dass ich mich mit dem Feind eingelassen habe. Sie werden sich von mir abwenden, mich verstoßen – wenn ich Glück habe. Ich werde meinen Namen ablegen und meine Familie verleugnen müssen und allein und schutzlos umherwandern, bis ich irgendwann sterbe.

Und das nur, weil mein verdammtes Herz der Meinung ist, es müsse etwas für den Anführer des Schwingenclans empfinden!

Ich wünschte, mein Schemen hätte mich nicht verlassen. Dann müsste ich mir darum keine Sorgen machen, da er alle Gefühle einfach auffressen und jeden törichten Gedanken damit im Keim ersticken würde. All meine Probleme wären dann gelöst.

Doch der Schemen ist weg und ich muss zusehen, wie ich allein zurechtkomme. In meinem bisherigen Leben ist mir das gut gelungen, doch nun habe ich den Weg, der sonst klar vor mir lag, aus den Augen verloren. Ich bin gefangen in einem dunklen Geflecht aus Irrwegen, ohne dass ich weiß, wohin ich gehen soll und welcher Pfad der richtige für mich ist.

In meiner Not wende ich mich an die Frau, die ich mittlerweile als eine Freundin ansehe. »Was muss ich tun?«, murmele ich.

»Halte dich von ihm fern«, beschwört mich Astrid. »Rede bloß mit ihm, wenn andere dabei sind. Es dürfen keine weiteren Gerüchte aufkommen.«

»Was ist mit Vangar und dir? Was werdet ihr berichten?«

Sie lässt endlich von mir ab und zuckt mit den Schultern. »Das, was wir sehen.«

Ich hebe fragend eine Augenbraue.

Sie tippt sich gegen die Lippen. Meine brennen noch leicht von Kiers Küssen. »Du sagst, dass du irgendwo angestoßen bist, und ich glaube dir, weil ich weder das eine noch das andere gesehen habe.«

Ich stoße lang gezogen den Atem aus. »Danke.«

Ich bin ihr wirklich dankbar, doch nicht einmal die Dankbarkeit vertreibt die Leere in mir. Zwar habe ich nun wieder einen Weg, auf dem ich einen Fuß vor den anderen setzen kann, das ändert aber nichts an meinem Gefühl, verloren zu sein.

KAPITEL 2

KIER

Ich starre auf die Tür, durch die Yrsa vor einigen Minuten verschwunden ist, als könnte ich sie mit bloßer Willenskraft wieder hier erscheinen lassen. Mein Kiefer tut weh, weil ich die Zähne ganz fest zusammenpresse, um nicht zu schreien. Dabei will ich schreien und auf etwas einprügeln, um den Schmerz in mir zu überlagern, der sich in Windeseile durch mich hindurchfrisst. Ich kenne seinen Ursprung und auch die passende Heilung nur allzu gut, doch ich bin zu stolz und wütend, um meiner Heilung nachzulaufen.

Mit der Faust schlage ich mir gegen die Brust. Es soll aufhören wehzutun, verdammt!

Als das nichts bringt, schnappe ich mir den Hocker hinter dem Tisch und werfe ihn quer durch die Kajüte. Er zerbirst an der Wand hinter meinem Bett. Dem Bett, in dem Yrsa mehrere Tage lag und das noch immer nach ihr riecht, weil ich mich geweigert habe, ein frisches Laken aufzuziehen. Nun bereue ich es.

Ich bereue so vieles. Ihr gesagt zu haben, dass ich sie mag, zum Beispiel. Es überhaupt versucht zu haben.

Als der Schemen wie durch eine göttliche Fügung verschwunden war, hatte ich Hoffnung. Dieses schreckliche Gefühl wuchs mit jedem Blick, den sie mir schenken konnte, ohne schmerzerfüllt das Gesicht zu verziehen, mit jedem Wort, jeder Berührung. Es vereinnahmte mich, redete mir ein, dass nun alles möglich wäre. Dass

Yrsa tatsächlich diejenige ist, für die ich sie halte. Dass sie meine Erlösung ist.

Ich hörte auf die Worte, die die verdammte Hoffnung mir einflüsterte. Ich glaubte ihnen.

Doch die Hoffnung hat sich geirrt. *Ich* habe mich geirrt.

Natürlich ist mir klar, dass Yrsa und ich nicht einfach zusammen sein können wie ein normales Paar. Aber es wäre auch nicht unmöglich gewesen; erst recht nicht, nachdem einer von uns der nächste oberste Anführer geworden wäre. Dann hätten andere Regeln für uns gegolten. Zumindest hätte ich es in Betracht gezogen, unsere uralten Traditionen mit Füßen zu treten, um mit ihr zusammen sein zu können.

Aber Yrsa offenbar nicht. Ich muss zu viel in ihre Blicke und Worte hineininterpretiert haben. Ich habe mich zu sehr von der dummen Hoffnung leiten lassen und stehe nun ohne etwas da; beseelt von einem verzehrenden Schmerz, der wie eine Krankheit in mir wütet.

»So schlimm, ja?«

Ich habe nicht gehört, dass Halvar hereingekommen ist, doch ich bin nicht verwundert darüber. Wahrscheinlich habe ich mit meinem Schemelwurf das halbe Schiff aufgeweckt.

»Verschwinde«, murmele ich, ohne in seine Richtung zu blicken, während ich mich kraftlos gegen den Tisch sinken lasse.

»Damit du deine spärliche Einrichtung weiter demolieren kannst?« Er schließt die Tür hinter sich. »Du kannst froh sein, dass unser Clan nicht an deinen Geschichten interessiert ist, sonst müsste ich berichten, wie erbärmlich du gerade aussiehst. Ich habe mir schon gedacht, dass es nicht ganz so gut gelaufen ist, wie du dir erhofft hast, als ich die Kleine mit blasser Nasenspitze zu ihrem Bären habe rennen sehen. Aber du gibst ein noch größeres Bild des Jammers ab.«

»Wenn du mir jetzt sagst, dass ich mich zusammenreißen soll, dann vergesse ich mich.«

»Das hatte ich nicht vor.«

Er kommt auf mich zu. Seine Schritte klingen schwer auf den Holzdielen. Als er vor mir steht, legt er mir eine Hand auf die Schulter.

»Ich sehe, dass du leidest. Ich trete nicht nach, wenn jemand am Boden liegt. Willst du reden?«

Seine Frage entlockt mir tatsächlich ein Schmunzeln. »Mit dir? Da kann mir Drakkar bessere Tipps geben als du.«

»Ich wollte wenigstens gefragt haben. Wie schlimm war es?«

Ich stoße den Atem aus. »Es hat gut angefangen, ging dann aber den Bach runter, als sie mir klarmachte, dass ich sie zwar gern vögeln könnte, aber nicht auf mehr hoffen sollte.«

Halvar gibt ein Schnauben von sich. »Du weißt schon, dass sich eine Menge Männer auf diese Art von Beziehung einlassen würden und damit zufrieden wären, oder?«

»Ich bin aber nicht eine Menge Männer und sie ist nicht irgendeine Frau für mich.«

Halvar nickt. »Das ist nicht der einzige Grund, warum dich ihre Aussage so verletzt hat, nicht wahr? Es ist wegen …«

Ruckartig bewege ich die Schulter und schüttele seine Hand ab. »Wehe, du sagst ihren Namen!«

Entschuldigend hebt Halvar die Hände. »Hatte ich nicht vor.«

»Ich will nicht über sie reden.«

»Auch nicht mit der Kleinen?«

»Erst recht nicht mit Yrsa.«

»Aber vielleicht könnte sie dich dann besser verstehen.«

Ich verdrehe die Augen. »Ja, sicher versteht sie mich dann besser. Vor allem, weil sie mir fast dasselbe Angebot gemacht hat wie die Frau, die mein ganzes Leben zerstört hat.«

»Spar dir deinen Spott. Ich meine es ernst.«

»Ich auch.«

Ich stoße mich vom Tisch ab und laufe in der Kajüte auf und ab. Mehr als zwei Schritte kann ich nicht in eine Richtung machen, ohne gegen die Wand oder Halvar zu prallen, doch ich halte es nicht aus, weiter stillzustehen.

»Wahrscheinlich ist es besser, so wie es ist«, murmele ich.

Halvar gibt einen abschätzigen Laut von sich. »Jetzt komm mir nicht wieder mit deinem Gerede über den Fluch.«

»Das ist kein Gerede, sondern die Wahrheit. Ich bringe jedem Unglück, der mir wichtig ist. Yrsa wäre es über kurz oder lang auch nicht anders ergangen.«

Halvar stellt sich mir in den Weg. Als ich ihm ausweichen will, packt er mich an den Schultern. »Hör auf damit, du machst mich nervös. Und hör auch auf mit diesem Unglücksunsinn. Du bist nicht verflucht. Du hattest … einfach Pech.«

Ich schnaube. »Du bezeichnest es als Pech, dass ich für den Tod meiner Eltern und den unserer letzten Valkra verantwortlich bin?«

»Ja, das tue ich. Schon seit Jahren, wie du weißt. Und es ist Pech, dass du dich ausgerechnet in eine Kleine aus einem anderen Clan verguckt hast.«

Erneut rolle ich mit den Augen, verkneife mir aber eine Erwiderung. Als jemand, der noch nie verliebt war, wird Halvar den Unterschied zwischen vergucken und dem Finden seines Gegenstückes nicht einmal verstehen, wenn ich es ihm aufzeichne.

Er mag es als Pech bezeichnen, aber für mich ist es eindeutig ein Fluch. Ein grausamer Scherz der Götter, die es bereits vor meiner Geburt auf mich abgesehen hatten und nicht müde werden, mir einen Schicksalsschlag nach dem nächsten vor die Füße zu werfen. Auch die anderen Valkras, mit denen ich gesprochen habe, waren sich darin einig, ebenso wie mein Clan. Bloß Halvar klammert sich an die Möglichkeit, dass ich lediglich vom Pech verfolgt bin.

Es gab Zeiten, dunkle Zeiten in meinem Leben, in denen ich ihm liebend gern geglaubt hätte. In denen ich selbst hoffte, er hätte recht. Aber ich weiß, dass dem nicht so ist. Ich spüre den Schatten des Fluches, der mich auf Schritt und Tritt verfolgt. Ich sehe die Auswirkungen, die mein Dasein auf mein Umfeld hat. Um zu glauben, dass dies nichts als Pech sei, müsste ich ein Narr sein.

Vor einigen Monaten hatte ich mich nicht als Narr bezeichnet. Nun bin ich mir nicht mehr so sicher. Anders kann ich mir nicht erklären, warum ich mir Yrsa nicht einfach aus dem Kopf schlage. Es gibt so viele Dinge, die wichtiger sind, als einer Frau nachzulaufen, die nicht dasselbe für mich empfindet und bloß an meinem Körper interessiert ist – nicht an meinem Herzen.

Und doch kriege ich sie nicht aus dem Kopf. Würde mein Stolz mich nicht davon abhalten, wäre ich ihr schon längst nachgerannt.

Halvar scheint zu bemerken, was in mir vorgeht. »Wie wichtig ist dir die Kleine?«

Für einen Moment erwidere ich seinen Blick, komme aber zu dem Schluss, dass ich ihm gegenüber nicht lügen muss. »Verdammt wichtig.«

»Ihr seid beide Anführer. Eine Beziehung zwischen euch ist … schwierig.«

Ich nicke, ehe ich resigniert die Augen schließe. »Das hat Yrsa auch gemeint. Und ich verstehe sie. Ihr Clan bedeutet ihr alles. Unsere Traditionen sind ihr nicht nur heilig, sie kennt und ehrt jede einzelne. Ich begreife und respektiere das. Aber trotzdem …«, mein Blick huscht unstet im Raum umher, »… hätte ich gehofft, dass sie wenigstens die Möglichkeit in Betracht zieht … Dass sie … uns nicht von vornherein aufgibt. Ich habe gehofft, dass ich ihr wichtig genug bin, dass sie um mich – um uns – kämpft. Oder dass wir darüber reden und uns einen Plan zurechtlegen können. Denn ja, es ist schwierig, aber vielleicht nicht unmöglich.« Ich schüttele den Kopf. »Aber das hat sie nicht getan. Sie hat mich von Anfang an abgelehnt. Und wenn ich ehrlich bin, schmerzt mich das am meisten. Dass sie uns gar nicht erst eine Chance gibt.«

Halvar mustert mich eine Weile mit gerunzelter Stirn. »Bist du bereit, wegen ihr die Götter gegen dich aufzubringen?«

Ich zucke mit den Schultern. »Ich habe sie bereits vor meinem ersten Atemzug gegen mich aufgebracht.«

»Das warst nicht du, sondern dein Vater.«

Ich nicke. »Und ich muss mit den Konsequenzen leben, also macht es nicht wirklich einen Unterschied.«

»Also, was ist jetzt? Wirst du sie aufgeben?«

Ich lasse den Kopf sinken. »Ich sollte es tun. Ich würde sie nie zu etwas zwingen.«

»So, wie ich es verstanden habe, musst du sie zu gar nichts zwingen, weil sie fast alles will, was du ihr anzubieten hast.«

»Fast«, entgegne ich. »Mein Herz will sie nicht.«

»Dann biete es ihr erneut an.«

»Damit sie es wieder mit Füßen tritt?«

Halvar verzieht den Mund. »Vielleicht. Vielleicht aber auch nicht.«

Ich ziehe die Augenbrauen zusammen. »Was meinst du damit?«

Er gibt mich frei, doch ich bleibe an Ort und Stelle stehen. »Die Kleine ist wegen ihres Schemens keine gewöhnliche Frau, und sie ähnelt derjenigen, deren Namen wir nicht nennen, in keiner Weise. Aber dennoch ist sie eine Frau mit Bedürfnissen, die offenbar nur du stillen kannst. Angeblich hat sie ja nichts gespürt, als sie mich geküsst hat.«

Langsam dämmert mir, worauf er hinauswill. »Du meinst, ich soll sie verführen?«

Er hebt die Schultern. »Warum nicht?«

»Weil es mir um ihre Gefühle geht, nicht bloß um ihren Körper.«

Halvar grinst mich an. »Du hättest dich öfter auf den Merwafesten herumtreiben sollen. Dann wüsstest du, dass aus dieser Nacht die meisten glücklichen Ehen hervorgehen. Liebe und Lust sind grundverschieden, aber sie können sich verbinden und zusammenwachsen – wenn man es richtig anstellt.«

»Ich soll also ihren Körper nutzen, um an ihre Gefühle zu kommen?«, frage ich.

»So wie du das sagst, klingt es fast verwerflich. Aber das wäre es nur, wenn einer von euch das nicht will.«

Ich verschränke die Arme. »Ich bin mir nicht sicher, ob *ich* es will.«

Halvar seufzt mitleidig. »Als ob ich dir glauben würde, wenn du mir erzählst, dass du nicht ausschließlich an sie denkst, wenn du es dir selbst machst. Keine falsche Zurückhaltung!«

Ich zögere, während ich mir seinen Vorschlag durch den Kopf gehen lasse. Ich habe noch nie eine Frau verführt. Das wäre auch jetzt nicht nötig, denn Yrsa hat ihr Interesse deutlich gemacht.

»Und was, wenn es nicht ausreicht?«, frage ich. »Wenn es nicht genug ist, damit sie mehr für mich empfindet? Wenn sie dann immer noch der Meinung ist, dass wir nie mehr sein können?«

»Ich habe keine Zweifel daran, dass dein Zauberschwanz die Sache regeln wird. Aber falls nicht, wirst du einen anderen Weg finden. Wenn sie dir so wichtig ist, wie du sagst, solltest du nicht aufgeben.«

»Es geht nicht bloß um mich. Ich muss ihr auch wichtig sein.«

»Das bist du.« Halvar schiebt sich an mir vorbei Richtung Tür, nicht ohne mir im Vorbeigehen eine Spur zu fest auf die Schulter zu hauen. »Eine Frau, der du egal wärst, hätte nicht derart aufgelöst ausgesehen wie die Kleine vorhin.«

Ich erlaube mir nicht, bei seinen Worten Hoffnung zu empfinden. »Sicherlich war Yrsa bloß verwirrt. Sie kann Empfindungen nicht immer richtig einordnen.«

»Nein, sie war nicht nur verwirrt. Sie sah aus, als wärst *du* derjenige gewesen, der *ihr* das Herz gebrochen hat.«

Beinahe hätte ich aufgelacht. Es war ihr Mund, aus dem die Worte kamen. Sie ist diejenige, die uns keine Chance gibt. Der ich nicht wichtig genug bin, um eine Lösung zu suchen.

Tief in mir verstehe ich Yrsa. Würde ich meinem Clan so große Bedeutung zugestehen wie sie, wäre ich auch zögerlicher. Für sie gibt es nichts Wichtigeres als ihre Leute und die Traditionen, die sie zu ehren geschworen hat. Sie müsste entweder ihre Position aufgeben oder ihren Clan in Gefahr bringen, wenn sie sich für mich entscheidet. Nichts davon wird sie tun; einerseits finde ich es bewundernswert, wie stark und stolz sie an unseren Werten festhält.

Andererseits wünschte ich, es wäre anders. Ich wünschte, dass ich einem anderen Menschen wichtig genug wäre, um für ihn an erster Stelle zu stehen. Oder dass zumindest die Möglichkeit bestünde. Ich wollte mir ihr reden, ihr meine Vorschläge unterbreiten.

Und nicht zuletzt hatte ich gehofft, dass sie mich rettet.

Die nächsten Tage verschanze ich mich in meiner Kajüte und grübele über das nach, was geschehen ist und was Halvar gesagt hat. Ich verlasse diesen Raum nur, um nach Drakkar zu sehen. Sie würde ich nicht einmal vernachlässigen, wenn Yrsa mir das schlagende Herz bei lebendigem Leib herausgerissen hätte.

Abgesehen davon spreche ich mit der Besatzung bloß das Nötigste. Yrsa sehe ich lediglich aus der Ferne, dennoch gerät mein Herzschlag jedes Mal aus dem Takt, wenn sich unsere Blicke treffen. Und das tun sie immer, wenn ich meine Kajüte verlasse, als wüsste sie, dass ich genau dort erscheinen muss. Und es ist, als ob ich wüsste, wohin ich schauen muss, um sie zu sehen, ohne dass ich ihre Anwesenheit bewusst wahrgenommen habe.

Nach drei Tagen halte ich es nicht mehr aus und schreibe ihr einen Zettel. Genauer gesagt schreibe ich gefühlte dreißig Varianten, die ich alle verwerfe, bis bloß noch ein »Triff mich in meiner Kajüte, wenn alle schlafen« übrig bleibt. Ehe ich es mir anders überlegen kann, befestige ich den Zettel an Brans Hals, während Yrsa und die anderen beim Essen sind. Ihr Tierwesen straft mich mit einem mahnenden Blick, als ich mich ihm nähere, und ich frage mich, wie viel es weiß. Drakkar spürt alles, was in mir vorgeht; sie verhielt sich die letzten Tage weit umgänglicher als gewöhnlich, um mir keinen zusätzlichen Kummer zu bereiten. Doch Bran scheint bloß Yrsas Version zu kennen, in der ich – seinem durchdringenden Blick und dem Gebrumme nach – offenbar der Böse bin.

»Ich würde deiner Gefährtin nie schaden«, versichere ich ihm leise. »Aber ich werde es mir bis an mein Lebensende vorwerfen, wenn ich einfach nur danebenstehe und zusehe, wie sie geht, ohne dass ich etwas unternehme. Halvar hat recht: Ich habe nichts zu verlieren.«

Ich weiß nicht, ob er versteht, was ich sage; da wir keine Verbindung haben, ist es unwahrscheinlich. Trotzdem rede ich mir ein, dass er es begriffen hat.

Doch Yrsa hat keine Gelegenheit, den Zettel zu finden.

Als ich mich umdrehe, stürzt Drakkar aus dem Nebel herab und landet auf dem hinteren Teil des Schiffes. Ich spüre ihre Aufregung und haste zu ihr. Eigentlich sollte sie das Schiff noch eine Weile ziehen, damit wir endlich irgendwo ankommen. Hat sie sich etwa verletzt?

Meine Gedanken überschlagen sich, während ich versuche, eine Verbindung zu ihr aufzubauen. Normalerweise gelingt uns das spielend, doch sie ist derart außer sich, dass ich mehrere Anläufe brauche, um die Nachricht zu verstehen, die sie mir übermitteln will.

»Was ist los, mein Mädchen?«, frage ich, als ich sie endlich erreicht habe und beruhigend über ihren langen schuppigen Hals streiche.

Und dann sehe ich es in meinem Kopf glasklar vor mir, als hätte ich es selbst erblickt: *Land*.

Eine Küste, direkt vor uns, in der Ferne von Fackeln beleuchtet und damit eindeutig bewohnt.

»Gut gemacht«, lobe ich meinen Wyvern, ehe ich unter Deck haste, um es der Mannschaft mitzuteilen.

KAPITEL 3

YRSA

Land. Kier muss es mehrmals wiederholen, damit es alle begreifen. Es klingt fast wie ein Wort aus einer fremden Sprache, auf das wir uns keinen Reim machen können.

Als ich es endlich verstehe, muss ich mich davon abhalten, Kier um den Hals zu fallen.

»Macht euch bereit«, sagt er an die Besatzung gewandt. »Die letzten Meter müssen wir rudern, aber der Schutz der Nacht ist uns sicher.«

Ich tausche einen Blick mit Vangar und Astrid, die bereits aufgesprungen sind, um zu ihren Kojen zu eilen, und mir bedeuten, ihnen zu folgen. Als ich an Kier vorbeigehe, ist es, als würden meine Füße ein Eigenleben entwickeln, denn sie bleiben direkt neben ihm stehen. Sanft, beinahe zögerlich berührt er meine Hand und schickt damit ein wohliges Kribbeln meinen Arm hinauf. Ich erschauere und frage mich, wie ich die letzten Tage ohne dieses Gefühl überstehen konnte. Es fehlt nicht viel und ich hätte mich an ihn gelehnt, um seinen festen Körper an meinem zu spüren und seinen Duft einatmen zu können.

Irgendwo im hinteren Teil meines Bewusstseins warnt mich eine Stimme, dass ich mich unter keinen Umständen auf ihn einlassen darf. Doch mit jedem Atemzug, der erfüllt ist von seinem Duft, mit jeder Sekunde in seiner Nähe wird die Stimme leiser und leiser, bis ich vergesse, warum ich mich von ihm fernhalten muss.

Nein, ich vergesse es nicht. Die letzten Tage habe ich mehr über dieses Gerücht aufgeschnappt, das in der Mannschaft kursiert. Details vermischten sich mit Hörensagen, aber in einer Sache waren sie sich einig: Es stimmt. Kier hat seine Valkra eigenhändig getötet.

Ich entziehe ihm meine Hand und mache einen Schritt von ihm weg. Weiter wollen sich meine Füße aber nicht bewegen. Ein vorsichtiger Blick verrät mir, dass ein Anflug von Schmerz über Kiers Gesicht huscht, und am liebsten hätte ich sofort wieder die Finger nach ihm ausgestreckt. Schnell balle ich die Hände zu Fäusten, um sie von dieser Torheit abzuhalten.

»Was auch immer da draußen auf uns wartet«, murmelt Kier so leise, dass ich ihn über den entstandenen Tumult in der Mannschaft kaum verstehen kann, »versprich mir, dass du auf dich aufpasst.«

Ich schlucke angestrengt. Obwohl ich ihn in den letzten Tagen gemieden habe und auch nun deutlich mache, dass ich seine Nähe nicht will, sorgt er sich um mich. Und ich sorge mich auch um ihn. Der Gedanke, dass dies vielleicht unser letztes Gespräch ist, versetzt mir einen Stich.

Ich öffne den Mund und sage das einzig Richtige. »Nur, wenn du mir das Gleiche versprichst.«

Aus den Augenwinkeln sehe ich ihn lächeln – zurückhaltend, aber seine Mundwinkel heben sich ein Stück. Das Stechen in meiner Brust verschlimmert sich, als mir aufgeht, dass ich der Grund für seine Vorsicht bin. Die letzten Tage kreisten meine Gedanken einzig und allein um ihn. Ich bin unser Gespräch wieder und wieder durchgegangen und habe mich selbst damit gequält.

Mehrmals habe ich den Weg zu seiner Kajüte eingeschlagen, um mit ihm über die Gerüchte zu reden, die die Mannschaft teilweise bestätigte. Ich hörte so viel, dass ich nicht mehr wusste, was stimmte und was hinzugedichtet war, wie es bei unseren Erzählungen der Brauch ist. Ich musste die Wahrheit aus seinem Mund hören. Oder würde er mich mit weiteren Lügen bezirzen, wie Astrid vermutet? Jedes Mal, wenn ich mit ihm reden wollte, spürte ich von überall Astrids und Vangars achtsame Blicke, die jeden meiner Schritte beobachten. Also blieb ich, wo ich war, und versuchte, mich an das Stechen in meiner Brust und die darin schwelende Unsicherheit zu gewöhnen.

Als der Schemen noch darin lebte, empfand ich ein Druckgefühl, als wäre meine Brust nicht groß genug, um einem derart gut genährten Wesen wie ihm genug Raum zu geben. Ich habe dieses Gefühl gehasst, nachdem ich endlich verstanden hatte, woher es rührte. Doch das Stechen, das nun mein ständiger Begleiter ist, wenn meine Gedanken zu Kier wandern, hasse ich noch mehr.

Jetzt gibt es kein dunkles Wesen mehr, dem ich die Schuld dafür geben könnte.

»Wenn wir zurück sind, wartet ein Zettel auf dich«, sagt Kier und reißt mich damit aus meinen wirren Gedanken. »Bran bewacht ihn. Lies ihn aber bitte erst, wenn wir wohlbehalten auf der Rückfahrt sind.«

Meine Mundwinkel zucken und meine Lippen bewegen sich so schnell, dass die Worte heraus sind, ehe ich sie zusammenpressen kann. »Zu Hause unter meinem Kopfkissen liegt auch noch ein Brief von dir, den ich noch nicht lesen durfte. Du spannst mich ganz schön auf die Folter.«

»Ich bin mir nicht sicher, ob du diesen Brief je lesen solltest.«

»Deine anderen Briefe habe ich alle mehrmals gelesen«, verrate ich ihm, ehe ich die Worte zurückhalten kann. »Wenn du derart geheimnisvoll tust, muss der Brief unter meinem Kopfkissen etwas ganz Besonderes sein. So besonders, dass ich ihn so oft lese, bis ich ihn auswendig kenne?«

Er schenkt mir ein weiteres Lächeln, diesmal ein trauriges. »Wir können wohl besser in Briefen miteinander umgehen. Trotzdem würde ich gern mit dir reden, wenn … das hier vorbei ist. Bis dahin bitte ich dich: Sei vorsichtig.«

Mein verdammtes Herz sollte bei der bloßen Vorstellung, Zeit mit ihm allein zu verbringen, nicht so verflucht schnell schlagen. Doch das tut es.

»Sei du bitte auch vorsichtig«, murmele ich.

Er nickt. »Versprochen.«

Kier wendet sich ab und hastet an Deck.

Mehrmals klatsche ich mir mit den flachen Händen gegen die Wangen, um mich davon abzuhalten, ihm zu folgen. Ich bin schließlich nicht seinetwegen hier, sondern um die nächste oberste Anführerin zu werden. Dafür muss ich in der fremden Welt etwas finden, was den amtierenden Than der Thane derart beeindruckt, dass er keine andere Wahl hat, als mich zu seiner Nachfolgerin zu ernennen.

Und das werde ich. Denn das ist der einzige Grund, warum ich hier bin.

Die gesamte Mannschaft hat sich bereits an Deck versammelt, als ich endlich fertig bin. Nachdem sie mir beim Ankleiden geholfen haben, stritten Astrid und Vangar darüber, ob sie mein Haar lieber offen lassen oder flechten sollen. Schlussendlich haben sie sich für einen Mittelweg entschieden.

Kier beobachtet mich, als ich die Stufen an Deck steige. Ich spüre es immer, wenn er mich ansieht, als wäre sein Blick eine Berührung auf meiner Haut.

Auch er hat sich herausgeputzt und wirkt nun wahrlich wie der Anführer seines Clans. Das schulterlange rabenschwarze Haar hat er ähnlich wie ich an den Schläfen zurückgeflochten. Die rituelle, ebenfalls dunkle Kampfkluft betont seinen muskulösen Körper. Sein Anblick macht so großen Eindruck auf mich, dass ich mich zwingen muss, woanders hinzusehen. Über dieses viel zu schnelle und zu laute Klopfen meines Herzens hinweg vergesse ich manchmal, warum ich ihm nicht vertrauen sollte.

Langsam schält sich die Landzunge aus dem Nebel. Einige Besatzungsmitglieder gehen unter Deck, um die letzten Meter zu rudern, während Kier sich auf Drakkars Rücken schwingt, die bereits ungeduldig mit den Flügeln schlägt.

»Denkt daran«, sagt er laut genug, dass jeder ihn verstehen kann. »Wer auch immer dieses Land bewohnt, ist uns zahlenmäßig überlegen. Wir sind nicht vorrangig hier, um zu erobern, sondern um zu plündern. Geht Kämpfen, wenn möglich, aus dem Weg und reißt euch alles unter den Nagel, was fremd und wertvoll aussieht. Kehrt so schnell wie möglich zum Schiff zurück. Wir greifen im Schutz der Nacht an und brechen bei Sonnenaufgang auf. Wer bis dahin nicht wieder da ist, wird zurückgelassen. Hat das jeder verstanden?«

Obwohl die Mannschaft vergleichsweise klein für eine solche Reise ist – bloß zehn Krieger, zwei Schiffsbauer, Kier, unsere Tierwesen, meine Begleiterinnen und ich –, dröhnt ihr einstimmiger Kriegsschrei so voll und tief, dass sich mir die Härchen im Nacken aufstellen.

Kiers Blick verweilt auf mir, bis ich nicke. Wortlos formt mein Mund: *Pass auf dich auf*.

Zufrieden bedeutet er Drakkar, dass sie losfliegen soll. Beinahe geräuschlos schwingt der Wyvern sich in die Lüfte und wird kurz darauf von den letzten Ausläufern des Nebels verschluckt.

Ich schwinge mich auf Brans Rücken, der ebenso ungeduldig wie Drakkar darauf wartet, dass es losgeht. Auch ich kann meine Aufregung kaum mehr unterdrücken.

Es ist Äonen her, seit jemand aus meinem Volk den Nebel durchquert hat. Nur halb vergessene Legenden sind von der Welt jenseits unserer Insel übrig. Uns ist es gelungen. Unsere Geschichte wird in den Sagas erzählt werden.

Und ich werde meinem Clan zu neuer Stärke verhelfen.

Ganz gleich, was uns jenseits der Küste erwartet – ich bin bereit, es mit allem aufzunehmen.

KAPITEL 4

YRSA

Die Besatzung bringt unser Schiff so nah wie möglich an die Küste heran, ohne auf Grund zu laufen. Hier hat sich der Nebel verzogen und ich habe freie Sicht auf das Land, das sich vor uns erstreckt. Während einige Beiboote zu Wasser gelassen werden, entdecke ich Kier und Drakkar, die bereits ihre Kreise an der Küste ziehen.

Wir haben Glück: Nicht weit entfernt vom Strand kann ich einige Lichter ausmachen. Ein Dorf, vielleicht sogar etwas Größeres. Welche Schätze uns wohl an diesen fremden Gestaden erwarten?

Als der Wind ohne Vorwarnung dreht, schlägt uns der Gestank von Asche und verbranntem Fleisch entgegen. Ich wechsele einen Blick mit Astrid und Vangar, die ebenfalls das Gesicht verziehen. In der Nähe einer Siedlung sind solche Gerüche nicht ungewöhnlich, dennoch nistet sich ein ungutes Gefühl in meinen Eingeweiden ein.

Bran, meine Begleiterinnen und ich sind die Letzten, die das Schiff in einem Beiboot verlassen können. Durch das Gewicht meines Bärtierwesens sinkt es beinahe. Die fast schwarzen Wellen schwappen über den Rand herein und sind so kalt, dass sie mir bis in die Knochen zu kriechen scheinen.

Mehrmals muss ich Bran ermahnen, dass er stillsitzen soll, während Astrid und Vangar rudern. Vom Schiff aus kam mir der Weg bis zum Strand nicht so lang vor, und doch sind wir eine halbe Ewigkeit unterwegs. Immer wenn Wasser über den Bootsrand schwappt, will Bran ausweichen und das Boot schlingert. Stumm bete ich zu allen Göttern, die mir einfallen, dass wir den Strand halbwegs trocken und nicht völlig unterkühlt erreichen.

Kiers Begleiter haben sich bereits formiert und eilen auf die Siedlung zu, deren Fackelschein sich deutlich in einiger Entfernung abzeichnet, ehe unser Beiboot endlich im Sand liegen bleibt.

Astrid und Vangar springen sogleich heraus, während ich Bran erst nach gutem Zureden dazu bringen kann, das Boot zu verlassen und sich die Tatzen in den kalten Wellen nass zu machen.

»Ich schwöre«, grummele ich, »wenn das hier vorbei ist, werde ich dich jeden Tag an unserer Küste schwimmen lassen, bis du keine Angst mehr vor Wasser hast.«

Nicht einmal ich, die beinahe im eiskalten Meer ertrunken wäre, fürchte mich davor.

Nachdem Bran endlich festen und trockenen Sand unter den Tatzen hat, beruhigt er sich wieder. Selbst im Dunkel der Nacht fällt mir auf, dass der Strand hier nicht nahezu schwarz ist wie an unserer Küste, sondern hell.

»Wir müssen los, wenn wir noch irgendwas finden wollen«, beschwört mich Vangar.

Astrid nickt bekräftigend. »Bevor Kier und seine Krieger uns alles direkt vor der Nase wegschnappen.«

Ich würde gern argumentieren, dass dieses Land sicherlich groß genug ist, damit wir alle etwas finden, womit wir den obersten Anführer beeindrucken können, doch ich stimme ihnen zu. Wir dürfen nicht weiter zurückfallen. Jedes weitere Zögern könnte mich den Sieg kosten.

Der Vorsprung von Kiers Truppe ist größer als gedacht; keinen einzigen seiner zehn Krieger kann ich noch ausmachen, obwohl das Land flach und einsehbar ist.

Ich muss mich zügeln, um Bran nicht zu einem schnelleren

Tempo anzutreiben, bei dem Astrid und Vangar zu Fuß nicht mithalten könnten, so dringend will ich ihnen nachsetzen, um nicht noch weiter zurückzufallen.

Stattdessen konzentriere ich mich auf meine beiden Begleiterinnen. »Denkt daran«, sage ich zu ihnen, als die Mauern der Siedlung in Sichtweite sind. »Wir sind hier, um zu plündern. Überschätzt euch nicht!«

Kier hatte mit seiner Ansprache recht. Zwar sind wir mit dem Ziel aufgebrochen, zu entdecken und zu plündern, aber zunächst sollten wir auskundschaften. Nun, da wir wissen, dass es jenseits der Nebel bewohntes Land gibt, können wir jederzeit zum Erobern mit mehr Kriegern zurückkommen.

Zumindest Kier kann das, denn sein Schiff ist das einzige, dem es seit Generationen gelungen ist, den Nebel zu durchsegeln. Ich werde höchstwahrscheinlich nie wieder einen Fuß an fremde Gestade setzen.

»Als hätten wir uns je überschätzt«, säuselt Astrid.

Je näher wir den Mauern kommen, die die Siedlung umgeben, desto mehr wird mir klar, dass es sich hier nicht um ein einfaches Dorf handelt, wie ich es aus meinem Gebiet kenne. Die steinerne Mauer ist so hoch, dass ich den Kopf in den Nacken legen muss und sich ihr Ende in der Nacht dennoch nicht abzeichnet. Sie erstreckt sich weiter, als mein Blick reicht. Sicherlich wäre sie ein hervorragender Schutz vor Eindringlingen, wären da nicht die vielen Löcher, durch die sogar Bran bequem hindurchpasst.

»Kommt euch das auch seltsam vor?«, fragt Vangar, als sie eines dieser Löcher inspiziert.

»Sieht mir nicht so aus, als hätten sie die Löcher absichtlich dort eingelassen«, sagt Astrid.

»Du meinst, jemand war vor uns da und hat die Mauer zerstört«, murmele ich, ehe ich den Mund verziehe. »Na toll. Kiers Leute können das aber unmöglich gewesen sein. Das hätten wir gehört. Eine solche Mauer durchbrichst du nicht einfach mit einem Fingerschnipsen.«

Astrid wirft mir einen vernichtenden Blick zu, den ich möglichst ungerührt erwidere. Sie muss den Mund nicht öffnen, damit ich weiß, was sie sagen will: Ich darf mich nicht auf Kiers Seite stellen, obwohl ich mit meiner Aussage recht habe.

KAPITEL 5

KIER

Irgendetwas stimmt hier nicht. Das wird mir bereits klar, nachdem sich der Nebel gelichtet hat und ich von Drakkars Rücken aus freie Sicht auf das Land habe.

Zwar waren uns die Schicksalsgöttinnen hold und haben uns an bewohnte Gestade geführt, doch der Gestank nach verbranntem Fleisch und Asche raubt mir selbst hier oben schier den Atem.

Schnell erkenne ich auch, woher dieser Gestank rührt: Dicke Rauchschwaden steigen aus der Siedlung auf, die sich direkt vor uns hinter einer großen Mauer erstreckt.

Ich treibe Drakkar an, damit ich die Umgebung ausspähen kann, bevor die Besatzung von Bord gegangen ist. In sicherem Abstand lasse ich meinen Wyvern über die Siedlung gleiten. Je näher ich komme, desto größer wird das Ausmaß der Zerstörung, das sich mir bietet. Die meisten Häuser sind bis auf die Grundmauern niedergebrannt. Die hohe Mauer, von der sich die Einwohner wohl ausreichend Schutz versprochen haben, ist an vielen Stellen zerstört, deshalb gehe ich nicht von einem verheerenden und außer Kontrolle geratenen Feuer aus.

Nein, jemand ist uns zuvorgekommen.

Jemand, dem es nicht bloß darum ging, ein paar Schätze an sich zu bringen.

Hier ging es um Zerstörung und Vernichtung.

Kämpfe und Fehden sind meinem Volk nicht fremd; manche

Fehden schwelen derart lang und schlimm, dass sie ganze Familien und Siedlungen auslöschen.

Aber eine solche Zerstörung habe ich noch nie gesehen.

Besonders die Totenstille setzt mir zu. Müssten nicht Einwohner schreien oder um Hilfe rufen? Doch egal, wie tief ich Drakkar über die verfallenen Dächer gleiten lasse, ich höre nichts.

»Zurück zum Strand«, befehle ich ihr. Zügig kommt sie meiner Anweisung nach, als spürte auch sie, dass etwas nicht stimmt.

Zurück am Strand warten meine zehn Krieger bereits auf ihren Einsatz; die beiden Schiffsbauer sind an Bord geblieben. Nachdem Drakkar auf einer nahe gelegenen Ebene gelandet ist, begebe ich mich zu ihnen. Nur wenige Fackeln erhellen ihre Gesichter, doch ich sehe den unendlichen Tatendrang und die Freude darüber, dass sie endlich wieder festen Boden unter den Füßen haben.

Eine solche Freude kenne ich nicht; wenn es nach mir ginge, würde ich für immer auf Drakkars Rücken durch die Lüfte segeln.

Knapp berichte ich ihnen, was ich gesehen habe. Ihre Mienen verdüstern sich bei jedem Wort.

»Es gibt hier nichts mehr zu holen?«, fragt einer von ihnen.

»Das weiß ich nicht«, gebe ich zu. »Ich habe keine Menschen in der Stadt gesehen oder gehört. Gut möglich, dass sie sich in Sicherheit gebracht und ihre Habe in der Eile zurückgelassen haben.«

Das meiste davon müsste verbrannt sein, doch das verschweige ich ihnen. Wir waren wochenlang unterwegs, um dieses Land zu finden. Wenn ich meinen Leuten jetzt sage, dass alles umsonst war … Jeder von ihnen hatte seine eigenen Gründe, mich zu begleiten; die meisten haben sich große Beute versprochen sowie Geschichten, die die Zeit überdauern und die noch in Generationen erzählt werden, sodass sie unsterblich werden.

Wenn ich ihnen sage, dass sie nichts davon erhalten, werde ich ihren sowieso wackeligen Rückhalt endgültig verlieren. Also schenke ich ihnen das Gefühl, das ich zuvor noch verdammt habe: Hoffnung.

»Vor uns liegt eine ganze Stadt«, berichte ich, »die nur darauf wartet, dass wir ihre Schätze finden. Niemand wird sich uns in den Weg stellen.«

Ihre Mienen hellen sich auf, und es gelingt mir wieder ruhig zu atmen.

»Bleibt weitestgehend zusammen«, weise ich sie an. »Wenn ihr eines der Häuser betretet, nehmt mindestens einen anderen mit.«

Halvar nickt, ehe er sich zur restlichen Besatzung wendet. »Ihr habt euren Anführer gehört! Keine Alleingänge! Wir haben nicht die Zeit, euch in den Trümmern zu suchen, wenn niemand weiß, wo ihr hingegangen seid.«

Die anderen antworten mit einem vollen Kriegsschrei, ehe sie auf die Mauern zueilen.

»Und ich komme mit dir«, sagt Halvar.

»Ich bin nicht allein«, entgegne ich, während ich mich erneut auf Drakkars Rücken schwinge.

»Dein Wyvern kann dich nicht vor jeder Dummheit bewahren. Das ist meine Aufgabe.«

Ich will ihm widersprechen, stattdessen heben sich meine Mundwinkel zu einem Lächeln. »Was würde ich nur ohne dich tun?«

Ich erwarte keine Antwort von ihm, denn ich kenne sie – die bittere, dunkle Antwort, was mit mir geschehen wäre, wenn Halvar nicht unumstößlich zu mir gehalten hätte. Wenn er mir nicht jeden Fehltritt, jede törichte Entscheidung vergeben und mich vor neuen bewahrt hätte.

Ich hätte den leichten Weg gewählt und aufgegeben, ungeachtet der Tatsache, was dann mit meiner Seele geschehen wäre.

Auch jetzt würde ein Teil von mir am liebsten zum Schiff zurückfliegen, um sich dort zu verkriechen, bis wir die Heimreise antreten. Ich fürchte mich nicht vor dem, was mich in der zerstörten Stadt erwarten könnte, aber ich habe gelernt, dass die Götter nie etwas Gutes für mich bereithalten. Fast jedes vermeintliche Geschenk hat sich als Fluch entpuppt.

Diese Stadt, dieses Land wird keine Ausnahme bilden.

Doch wenn ich jetzt umdrehe, hätte ich mich auch gleich nach Vaters Tod irgendwo einrollen und sterben können. Es wäre einfacher gewesen.

Aber ich bin noch hier, und ich werde für die wenigen Geschenke, die die Götter mir machten, dankbar sein und sie beschützen. Ich werde meinen einzigen Freund und mein Tierwesen nicht allein in diese unbekannte Stadt ziehen lassen.

KAPITEL 6

YRSA

Nachdem wir die Mauer hinter uns gelassen haben, rechne ich bei jedem Schritt mit einem Angriff. Meine Äxte halte ich fest umklammert, während ich nach links und rechts spähe.

Um uns herum ragen halb zerfallene und vom Feuer gezeichnete Häuser auf. Jeder Atemzug ist erfüllt von Rauch und Asche.

Mit einem Handzeichen bedeute ich Astrid und Vangar, dass sie das Haus zu unserer Rechten betreten sollen, während ich ihnen mit Bran Deckung gebe.

»Nichts«, sagt Vangar, nachdem sie wieder zu mir getreten ist.

Das habe ich befürchtet. »Die Randgebiete sind völlig niedergebrannt. Wir müssen weiter ins Innere der Siedlung.«

Einige Meter über uns zieht Drakkar ihre Kreise. Meine Begleiterinnen mustern den Wyvern mit finsterem Blick.

»Und wir müssen uns beeilen«, grummelt Astrid.

Nach einer Weile erreichen wir einen mit Steinen gepflasterten Platz, der um ein hohes Gebäude angelegt ist. Einst muss das Gebäude bis in den Himmel hinaufgeragt haben; nun ist es kaum größer als unser Langhaus. Dennoch zeugen die aufwendigen Verzierungen im Stein, die nicht dem Feuer zum Opfer gefallen sind, von Reichtum und Wohlstand.

Wenn wir etwas von Wert finden, dann in diesem Haus.

Ich bedeute Bran, dass er hier warten soll. Er will mit einem

Brummen gegen meinen Befehl aufbegehren, doch ich bleibe hart. In diesem engen Gebäude wäre er uns nur im Weg.

»Findet ihr es nicht auch seltsam, dass wir nirgends auf Leichen stoßen?«, fragt Astrid, nachdem ich zu ihr und Vangar getreten bin.

Ihre Partnerin nickt. »Was auch immer mit dieser Siedlung geschehen ist, bei dem Ausmaß der Zerstörung muss es Tote gegeben haben.«

»Das braucht uns nicht zu kümmern«, sage ich, obwohl mir ein eisiger Schauer den Rücken hinabrinnt.

Denn sie haben recht: Selbst wenn sich Aasfresser über die Leichen hergemacht haben, müssten wir noch Überreste finden.

Ich schiebe den Gedanken schnell beiseite und betrete das Gebäude. Einst muss es einer wichtigen Familie gehört haben, denn einige Malereien an den Wänden und feine Stoffe auf dem Boden sind nicht den Flammen anheimgefallen. Steinstufen führen sowohl in einen oberen als auch in einen unteren Stock.

»Ihr seht euch hier oben um«, sage ich zu meinen Begleiterinnen. »Ich gehe nach unten.«

»Wir sollten uns nicht aufteilen«, sagt Vangar.

Doch Astrid zuckt mit den Schultern. »Hier ist niemand. Was soll schon passieren?«

Das Untergeschoss ist erwartungsgemäß finster. Zum Glück haben mir Astrid und Vangar eine Fackel überlassen. Dennoch muss ich mich Stück für Stück über den Schutt vorantasten.

Oben konnte ich das ungute Gefühl, das in meinem Nacken lauerte, beinahe völlig abschütteln; hier unten fällt es hinterrücks über mich her. Mehrmals erstarre ich vom Geräusch meiner eigenen Schritte oder meines unregelmäßigen Atems.

Reiß dich zusammen!, schimpfe ich stumm mit mir, während ich mich weiter vorwage.

Doch ich beruhige mich nicht. Vielmehr habe ich das Gefühl, dass die Wände auf mich zurücken und mich zwischen sich zerquetschen, wenn ich nicht augenblicklich umdrehe und zurück nach oben haste, wo ich den Nachthimmel über mir habe.

Ich halte mir vor Augen, dass es mir bloß ungewohnt vorkommt, weil unsere Gebäude nicht mehr als eine Etage haben. Lediglich Elvis Haus verfügt für ihre Kräuter und Tinkturen über einen Keller, den ich jedoch meide. Zu viele Valkra-Rituale hat sie dort unten vorbereitet. Zu viele magische Formeln gesprochen. Zu viele Götter angerufen, die ich kaum vom Namen her kenne. Die Luft dort unten muss geschwängert sein von Kräutern, Magie, Heilung und Tod.

Nein, Elvis Keller würde ich nicht einmal betreten, wenn mein Leben davon abhinge.

Ich lenke mich von diesem Gedanken und meiner Angst ab, indem ich meine Umgebung näher betrachte. Nichts deutet darauf hin, dass hier bis vor Kurzem noch Menschen gelebt haben. Ich entdecke nirgends Vorräte, die in aller Eile zurückgelassen wurden. Auf den größtenteils zerstörten Möbeln hat sich eine dicke Staub- und Ascheschicht gebildet.

Doch woher stammt der Gestank nach verbranntem Fleisch, wenn nicht von Vorräten?

Ich wünschte, ich hätte diese Frage niemals gestellt.

Denn ich erhalte die Antwort, als ich einen Raum betrete, der so riesig ist, dass mein ganzer Clan problemlos darin unterkommen würde. Wahrscheinlich sogar zusammen mit Kiers Clan. Nur flüchtig frage ich mich, welche Menschen dazu fähig waren, so riesige Bauten zu errichten. Dann wird meine Aufmerksamkeit von einem glimmenden Scheiterhaufen in der Mitte des Raumes gefesselt. Verkohlte Überreste, die bloß mit viel Fantasie als menschlich zu erkennen sind, sind an einen Pfahl gebunden, der aus dem Scheiterhaufen herausragt.

»Was ist mit dir, Vlengan?«

Ich zucke zusammen, als plötzlich eine tiefe, gnadenlose Stimme in dem leeren Gemäuer widerhallt. So schnell ich kann, presse ich mich mit dem Rücken gegen die nächstbeste Wand. Mein Herz schlägt so panisch, dass ich mir sicher bin, dass man es bis hinaus in die zerstörte Stadt hören kann.

»Hast du etwas gefunden?«, fährt die Stimme in einem Tonfall fort, bei dem sich mir die Nackenhaare aufstellen.

Ich habe besonders Kier, aber auch den obersten Anführer dafür bewundert, wie sie mithilfe ihrer Stimmen und der Aura, die sie verströmen, alle um sich herum beeinflussen können – mich ebenfalls.

Der Besitzer dieser Stimme kann das auch, doch er ruft in mir keine Bewunderung hervor, sondern Angst. Eine solche Angst, wie ich sie noch nie zuvor verspürt habe.

Jeder klare Gedanke in mir schreit, dass ich sofort verschwinden soll, aber ich bleibe wie angewurzelt stehen. Bisher habe ich nichts als Trümmer und Schutt gefunden. Wenn es jedoch Überlebende gibt, müssen sie etwas besitzen, was ich mitnehmen kann. Irgendetwas von Wert. Vielleicht sind dieser Mann und derjenige, mit dem er redet, die letzten Einwohner dieser Siedlung.

Und somit meine letzte Chance, als Siegerin aus dem Wettstreit hervorzugehen.

Mit der rechten Hand ziehe ich eine meiner Äxte aus dem Gürtel und schiebe mich wieder ein Stück näher zum Eingang des Raumes.

»Ich warte auf eine Antwort, Vlengan«, grollt die Stimme. Meine Füße wollen lieber die entgegengesetzte Richtung einschlagen, doch ich zwinge sie, sich weiter nach vorn zu bewegen. »Oder soll ich dich auf ähnliche Weise zum Reden bringen wie Locren?«

Ich spähe in den Raum. Im hinteren Bereich steht ein steinernes Ungetüm von einem Thron auf einem Podest, zu dem mehrere Stufen hinaufführen. Und davor kniet jemand. Im ersten Moment halte ich es für Kleidung, doch als sich die Gestalt aufrichtet, wird mir klar, dass ihre Haut diesen gräulichen Ton besitzt.

»Ich habe nichts gefunden, mein Fürst«, sagt die Gestalt zu

einer weiteren, die auf dem Thron lümmelt. Aus der Entfernung kann ich weder ihr Gesicht noch klare Umrisse erkennen, aber ich bin mir sicher, dass etwas nicht stimmt. »Wir haben alle Bewohner dieses Reichs unterworfen. Es gibt niemanden mehr, den wir …«

Die Gestalt auf dem Thron schlägt mit der Faust auf die Armlehne. Wenn Haut auf Stein trifft, sollte es kaum ein Geräusch verursachen, und doch scheint der riesige Raum zu erzittern. Ich ebenfalls.

»Und warum ist ihre Armee dann noch nicht vollständig?«

Die Gestalt vor dem Thron sackt zurück auf die Knie. »Das weiß ich nicht. Vielleicht sind noch nicht alle Seelen bei ihr angekommen und …«

»Das kannst du sie gleich selbst fragen.«

Im nächsten Moment steht der Kniende lichterloh in bläulich schimmernden Flammen. So schrecklich seine Schreie auch sind, kann ich den Blick nicht abwenden. Als hinge mein eigenes Leben davon ab, sehe ich mit aufgerissenen Augen dabei zu, wie er sich im verzweifelten Versuch, die seltsamen Flammen zu löschen, auf dem Steinboden hin und her wirft. Doch vergeblich; zwar fühlt es sich an wie eine kleine Ewigkeit, aber vermutlich vergehen bloß Sekunden, bis er endlich verstummt. Nachdem sich die Flammen in Luft aufgelöst haben, ist kaum mehr als ein Häufchen Asche von ihm übrig.

Was auch immer das für Wesen sind, menschlich sind sie auf keinen Fall.

Ich mache einen Schritt zurück, weg von dem riesigen Raum. Sosehr ich auch gewinnen und die nächste oberste Anführerin werden will, habe ich doch keine Todessehnsucht.

Obwohl ich mir sicher bin, kein Geräusch verursacht zu haben, ruckt der Kopf des verbliebenen Wesens in meine Richtung.

»Ich weiß, dass du da bist. Ich kann dich riechen.«

So schnell ich kann, wirbele ich herum und suche mein Heil in der Flucht. Ich denke nicht nach, aus welcher Richtung ich vorhin gekommen bin, sondern renne nur, so schnell mich meine Füße tragen.

Ich habe es beinahe durch den Korridor geschafft, als aus dem Nichts vor mir eine blaue Feuerwand erscheint. Hektisch mache ich einen Satz zurück, um nicht ebenso verbrannt zu werden wie das Wesen eben.

Die Feuerwand rückt auf mich zu. Langsam zwar, aber doch so, dass ich einen weiteren Schritt nach hinten in Richtung des hohen Raumes machen muss. Das Herz schlägt mir bis zum Hals, während ich mich umsehe. Der verdammte Korridor nimmt nirgends eine Abzweigung! Und andere Zimmer kann ich ebenfalls nicht entdecken.

Ich stehe also vor der Wahl jämmerlich zu verbrennen oder zurück zu dem Furcht einflößenden Wesen zu gehen.

Während ich einen Fluch ausstoße, drehe ich mich um und schreite erhobenen Hauptes in den hohen Raum. Jeder Muskel in meinem Körper zittert; ob vor Angst oder Anspannung, vermag ich nicht zu sagen.

Als ich den Raum betrete, lege ich beide Hände demonstrativ an die Äxte, die in meinem Gürtel stecken. Ich verlangsame meine Schritte so weit, dass es wirkt, als würde ich mich langweilen. Tatsächlich nutze ich die Zeit, um mich möglichst unauffällig umzusehen. In der Mitte des Raumes steht der Scheiterhaufen. Vor dem Podest liegt die Asche des Wesens. Ich gebe mir Mühe, beides auszublenden, und konzentriere mich auf die wichtigen Dinge. Abgesehen von dem Korridor, aus dem ich eben kam, führen noch zwei weitere Gänge von dem Raum weg. Ich habe keine Ahnung, wohin sie führen, doch alles ist besser, als hierzubleiben.

Doch das Wesen, dem ich kaum Beachtung geschenkt habe, scheint meine Gedanken zu lesen, denn im nächsten Moment erscheinen auch an den anderen Ausgängen bläulich flackernde Feuerwände.

»Du willst schon gehen?«, raunt das Wesen. »Das wäre aber schade.«

Nun drehe ich den Kopf in seine Richtung und wünsche im nächsten Moment, ich hätte es nicht getan.

Seine Körperform mutet menschlich an: zwei Beine, zwei Arme, ein Torso und ein Kopf. Er ist auch in etwa so groß wie ein Mensch; ein Stück größer als Kier vielleicht.

Damit enden die Gemeinsamkeiten jedoch. Das, was seine Haut sein müsste, wirkt eher wie ein dunkelgrauer, zerknitterter Überzug. Bei diesen tiefen Furchen von Falten zu reden wäre eine Untertreibung. Es ist, als hätte sich die Haut nach innen gestülpt, nur um kurz darauf wieder hervorzukommen.

Darunter scheinen sich keine Muskeln zu befinden; das Wesen wirkt knöchern und abgemagert, und doch zweifle ich nicht eine Sekunde an seiner Kraft.

Bis auf einen zerfetzten schwarzen Lendenschurz trägt es weder Kleidung noch Waffen.

Ich muss mich dazu zwingen, den Blick zu heben und in sein Gesicht zu schauen. Beinahe erinnert es mich an das Antlitz des Schemens. Ein lippenloser Mund, der bei einem trägen Lächeln spitze Zähne entblößt. Ein mit grauer Haut überspannter Schädel voller Furchen und scharfer Kanten. Unheimliche gelb leuchtende Augen, die so tief in den Höhlen liegen, dass das Weiße um die Iriden schwarz wirkt. Lichtes hellgraues Haar, das in verfilzten Strähnen bis zu seinen schmalen Schultern fällt.

Das Wesen nimmt einen tiefen Atemzug. Wie es mit dieser Nase, die ähnlich wie bei einer Schlange bloß aus zwei Löchern besteht, etwas riechen will, ist mir schleierhaft, dennoch weiche ich ein winziges Stück zurück. Mit einem zufriedenen Lächeln betrachtet es mich.

»Ich wusste doch, dass ich dich rieche.«

Es mag sein, dass ich in den letzten Wochen auf dem Schiff nicht sehr stark auf Körperhygiene geachtet habe – mein unfreiwilliges Bad im Meer ausgenommen –, aber ich bezweifle, dass es mich über mehrere Meter hinweg wittern konnte.

»Was bist du?«, frage ich und bin stolz, dass meine Stimme kaum zittert.

Das Wesen macht einen Schritt auf mich zu. Obwohl sein Körper nur aus Haut und Knochen zu bestehen scheint, wohnt seinen Bewegungen etwas Kraftvolles inne. Ich gebe mir die größte Mühe, es nicht zu tun, aber mein Körper verweigert den Befehl und weicht vor dem Wesen zurück. Auch das Zittern, das von mir Besitz ergriffen hat, kann ich kaum noch unterdrücken. Alles an diesem scheußlichen, fremdartigen Wesen schreit Gefahr.

»Warum so schüchtern?«, fragt es. »Wir sind uns nicht unähnlich, du und ich.«

Ich halte eine Axt vor mich. »Dass ich nicht lache!«

»Du riechst nach Schatten.« Erneut schnuppert es. »Du bist das Gefäß eines Schemens.«

Ich schlucke angestrengt. Zu viele Fragen wirbeln wild durch meinen Kopf, doch ich kann mir nicht vorstellen, dass das Wesen eine davon beantworten wird.

Ich setze einen weiteren Fuß zurück, ohne das Wesen aus den Augen zu lassen. »Ich werde jetzt gehen.«

Erneut entblößt es seine spitzen Zähne. »Das glaube ich nicht. Ich habe lange auf dich gewartet.« Mit einem Fingerzeig beschwört es hinter mir eine erneute Feuerwand und schneidet mir damit den Rückzugsweg ab. »Wir werden uns prächtig amüsieren.«

Als es einen weiteren Schritt auf mich zu macht, zögere ich nicht länger, hole mit meiner Axt aus und will sie ihm direkt in den Brustkorb rammen. Doch kurz bevor meine Schneide ihr Ziel trifft, wird der Griff meiner Waffe so heiß, dass ich keine andere Wahl habe, als ihn mit einem Aufschrei loszulassen. Klirrend fällt die Axt zu Boden, blaue Flammen züngeln am Ärmel meines Hemdes, und ich schlage sie hastig mit der anderen Hand aus. Sofort bilden sich auf meiner Handfläche und dort, wo eben die Flammen waren, kleine schmerzende Bläschen.

»Warum so feindselig?«, höhnt das Wesen. »Ich wollte mich gerade mit dir anfreunden.«

Ich presse eine Hand auf die Stelle, an der sich die Flammen in meine Haut gefressen haben und von wo aus nun ein pochender Schmerz meinen Arm hinaufschießt. Mit zusammengebissenen

Zähnen starre ich dem Wesen entgegen, während ich fieberhaft nach einem Ausweg suche.

»Was willst du?«, frage ich.

Es streckt die Hand aus und deutet mit einem knochigen Finger auf mich. »Deine mit Schatten befleckte Seele. Und die Seelen all jener, die du kennst.«

KAPITEL 7

KIER

Nichts. Hier ist, verdammt noch mal, nichts. Keine einzige Goldmünze. Kein Schmuck. Nicht einmal ein verfluchter Wandteppich!

Ich werfe Halvar, der sich einige Meter von mir entfernt durch einen Haufen Schutt wühlt, einen Blick zu. In seiner Miene entdecke ich die Frustration, die zweifelsohne auch in meiner zu finden ist.

Ich habe diese Reise nicht unternommen, um möglichst viele Reichtümer zu finden. Sogar ohne den Befehl des obersten Anführers wäre ich eines Tages losgesegelt, um zu entdecken und mir damit einen Namen zu machen, der würdig ist, in unseren Sagas genannt zu werden. Aber dieses zerstörte Land ist es nicht einmal wert, als Entdeckung bezeichnet zu werden.

Viel schlimmer ist jedoch, dass sich die Frustration, die ich in Halvars Miene sehe, auch in denen meiner Mannschaft widerspiegeln wird. Ihnen ging es nicht ausschließlich um Entdeckungen oder einen Namen, der die Zeitalter überdauert. Die meisten von ihnen sind einfache Leute, die ihre Familien ernähren und versorgen müssen. Ohne eine verdammte Münze kann ich sie nicht zurück nach Hause segeln lassen …

»Du grübelst«, sagt Halvar in die gespenstische Stille hinein, die über dieser zerstörten Siedlung liegt.

Ich lasse mich auf den Boden sinken, da ich mich plötzlich fühle, als wäre ich jeder Kraft beraubt worden. »Zweifelst du noch immer daran, dass ich verflucht bin?«

Halvar stößt ein unwirsches Knurren aus, ehe er dem Schutt den Rücken kehrt und zu mir kommt. »Wie oft muss ich es dir noch sagen? Du bist nicht verflucht.«

Es gibt Tage, da glaube ich ihm. Es gibt Tage, da will ich ihm glauben. Und es gibt Tage wie heute, an denen es keine Zweifel daran gibt, dass ich verflucht bin.

Noch bevor ich meinen ersten Atemzug tat, war mein Leben verwirkt und ich die Zielscheibe der Götter, die nicht müde werden, mir neue Steine in den Weg zu werfen. Bisher konnte ich über sie hinüberklettern oder sie aufheben, um sie selbst auf meine Gegner zu schleudern, doch heute fehlt mir für beides die Kraft.

Heute muss jeder erkennen, dass ich verflucht bin. Auch Halvar.

Unvermittelt packt er mich am Arm. »Los, hoch mit dir! Such weiter nach Schätzen oder ich trete dir so fest in den Arsch, dass du die gesamte Heimreise stehend verbringen musst.«

Ich bezweifle, dass es eine Heimreise für mich geben wird. Meine Mannschaft wird mich bei lebendigem Leibe kielholen, weil ich sie in dieses verdammte Land geschleppt habe, wo es nicht einmal eine einzige Münze gibt.

Als Halvar merkt, dass seine Drohung nicht wirkt, sagt er: »Yrsa ist bestimmt auch noch auf der Suche nach Schätzen. Was machst du, wenn sie hier sucht und dich in diesem jämmerlichen Zustand sieht?«

Ja, ich bin jämmerlich. Es widert mich selbst an, doch an Tagen wie heute kann ich nichts dagegen tun. An diesen Tagen verliere ich gegen die Schatten, die überall um mich herum lauern und nur auf diesen schwachen Augenblick warten.

Ob Yrsa ebenfalls mit diesem Gefühl vertraut ist? Sogar besessen von ihrem Schemen kam sie mir immer wie eine Frau vor, die nur den Weg nach vorne kennt. Ihr junges Abbild erscheint vor meinem inneren Auge. Das Mädchen, das mir gerade einmal bis zum Kinn reichte und mich dennoch mit hoch erhobenem Haupt mit Steinen bewarf, um mich von ihrem Land zu vertreiben, obwohl sie gerade ihren Vater verloren hatte.

Wie jedes Mal veranlasst mich diese Erinnerung dazu, aufzustehen und weiterzumachen. Es kostet mich meine letzten Kraftreserven, doch ich rappele mich hoch.

Ich lege meinem besten Freund eine Hand auf die Schulter.

Noch ehe ich den Mund öffnen kann, sagt er: »Spar dir deinen Dank. Lass uns lieber ein paar Schätze finden, ehe wir zurückmüssen.«

Da das Dach des Hauses fehlt, kann ich einen Blick in den Himmel werfen, der sich bereits dunkelrot färbt. Meine Mannschaft ist sicherlich schon auf dem Weg zurück Richtung Schiff. Mit leeren Händen. In Gedanken will ich mir ein paar aufmunternde Worte zurechtlegen, doch mir wollen keine einfallen, um etwas anderes aus dieser Reise zu machen als das, was sie ist: ein Fehlschlag.

Alles, was ich ihnen anbieten kann, ist Ehrlichkeit.

»Hier ist nichts zu holen«, sage ich mit einem Seitenblick auf den verkohlten Schutt um uns herum. »Lass uns aufbrechen.«

Ein Stück abseits der Ruine wartet Drakkar auf mich auf einem Platz, der vielleicht einst der Siedlungsmittelpunkt gewesen ist. Unruhig tänzelt sie auf der Stelle und hört auch nicht damit auf, als ich zu ihr trete und die Hand nach ihr ausstrecke.

»Ruhig, mein Mädchen«, murmele ich, während ich sie zwischen den Nasenlöchern streichele. »Wir verschwinden von hier.«

Gerade als ich auf ihren Rücken klettern will, höre ich hinter mir ein Brüllen.

»Das war Yrsas Tierwesen, oder?«, meint Halvar.

Ich wechsele einen kurzen Blick mit ihm, ehe ich herumwirbele und in die Richtung renne, aus der das Brüllen kam.

Hinter mir flucht Halvar, dann folgt er mir.

Die Häuser um uns herum sind zwar verfallen, aber die Gassen müssen bereits eng gewesen sein, bevor sie verbrannten und einstürzten. Ein Vorankommen ist nahezu unmöglich, doch ich klettere weiter über die versotteten Steine.

Im Vergleich zu Drakkar ist Yrsas Bran ein sehr kommunikatives Tierwesen. Schon oft hat er mich angebrummelt und mir zu verstehen gegeben, was er von mir und all den Zettelchen hält, die ich an ihm befestigt habe, um mich mit Yrsa auszutauschen. Es muss also nichts bedeuten, wenn ich ihn brüllen höre. Vielleicht ist er ähnlich unruhig wie Drakkar und will einfach nur von hier weg.

Und doch kann ich das Gefühl nicht abschütteln, dass etwas ganz und gar nicht stimmt.

Als ich mich einem Gebäude nähere, das einst alle anderen überragt haben muss, entdecke ich nicht nur Bran, sondern auch Yrsas Begleiterinnen, die unschlüssig am noch erhaltenen Gebäudeeingang stehen. Von Yrsa selbst fehlt jede Spur.

»Wo ist sie?«, verlange ich zu wissen.

Die beiden Kriegerinnen wirbeln zu mir herum, die kleinere von ihnen – Vangar – greift nach ihrem Schwert, lässt die Hand aber sinken, als sie mich erkennt.

»Da drin«, sagt Astrid.

Ich balle die Hände zu Fäusten. »Allein?«

Astrid schüttelt den Kopf. »Wir waren ebenfalls da drin, aber wir haben sie unterwegs verloren.« Sie stößt den Atem aus. »Sie wird sicher gleich herauskommen.«

Unsanft schiebe ich die beiden Frauen zur Seite.

Vangar packt mich am Arm. »Du hilfst ihr nicht, wenn du dich im Inneren ebenfalls verläufst.«

Mit einem Ruck befreie ich mich aus ihrem Griff. »Also soll ich hier draußen warten und nichts tun – so wie ihr?«

Sie verengt die dunklen Augen zu Schlitzen. »Das wäre vernünftig.«

Ich könnte ihr einen langen Vortrag darüber halten, dass es vernünftiger wäre, wenn sie ihre verdammte Anführerin sucht, doch dafür habe ich keine Zeit.

Es kümmert mich nicht, ob sie mir folgen oder weiter feige abwarten – ich betrete das Gebäude.

KAPITEL 8

YRSA

Meine schattenbefleckte Seele. Darum geht es also. Wenn dieses Wesen danach giert, kann es nur eins bedeuten. Mein Blut gefriert schlagartig zu Eis, sodass ich mich nicht mehr bewegen kann.

»Du … Du bist ein Untoter«, bringe ich irgendwie hervor. »Ein Unstreth.«

Erneut entblößt das Wesen seine schaurig spitzen Zähne zu einem grotesken Lächeln. »Nicht bloß irgendein Untoter. Ich bin ein Fürst der Dunklen Herrin.«

Ich mache einen Schritt zurück und bin dankbar, dass mich meine Füße überhaupt noch tragen. Dass das Wesen nicht – oder nicht mehr – menschlich ist, war mir auf den ersten Blick klar, doch ich wäre nicht im Traum darauf gekommen, dass es aus der Unterwelt stammt. Jenem dunklen Reich, das all jenen vorbehalten ist, die einen unehrenhaften Tod erleiden oder solch gravierende Fehltritte in ihrem Leben begangen haben, dass ihnen der Weg in die Ewigen Gefilde verwehrt bleibt. Ein Reich voller Schrecken, Pein und nicht endendem Leid.

»Deine Seele«, fährt das Wesen fort, bevor ich erleichtert aufatmen kann, »ist so herrlich dunkel, dass sie mich beinahe an die der Herrin erinnert. Der Schemen hat ganze Arbeit an dir geleistet.«

Mein Herz setzt für einen Schlag aus, ehe ich mich hektisch umsehe. Jeden Moment erwarte ich, den Schemen irgendwo hocken zu sehen und sein schreckliches Kichern zu hören. Doch so angestrengt ich auch die Ecken und Winkel des Raumes inspiziere, ich finde ihn nicht.

Ich schlucke angestrengt, habe aber weiterhin das Gefühl zu ersticken. »Der Schemen ist weg. Ich habe meinen Schwur erfüllt.«

Das Wesen neigt den Kopf zu mir herab. »Bist du dir da sicher?«

Wie aus einem Reflex heraus ziehe ich meine verbliebene Axt und ramme die Schneide in den Brustkorb des Fürsten, der dumm genug war, sich so nah an mich heranzuwagen. Seine runzelige graue Haut gibt ein seltsames, beinahe fischiges Schmatzen von sich.

Ungläubig starrt er nach unten auf den Griff meiner Waffe, ehe er seinen Blick aus dunklen Höhlen wieder auf mich richtet.

Ich sehe den Schlag nicht kommen. Erst als ich hart auf dem Steinboden aufschlage, spüre ich den Schmerz, der sich von meinem Kiefer ausgehend durch mein restliches Gesicht frisst und mich für einen Moment Sterne sehen lässt.

»Wenn du schon eine Waffe gegen mich ziehst«, sagt der Unstreth beinahe beiläufig, »solltest du wissen, wohin du zielen musst.«

Mit einem Ruck, gefolgt von einem weiteren Schmatzen, zieht er meine Axt aus sich heraus und lässt sie achtlos zu Boden fallen. Das metallische Geräusch klingelt mir dabei in den Ohren, während ich versuche, mich aufzurappeln. Durch den Kinnhaken sind meine Bewegungen fahrig, meine Sicht verschwommen. Doch ich darf keine Sekunde länger auf dem Boden hocken!

Ungelenk komme ich auf die Füße. Keine Sekunde zu früh, denn das Wesen wollte mir gerade einen Tritt versetzen. Für einen Untoten ist es verdammt schnell.

Während ich vor ihm zurückweiche, gehe ich fieberhaft die Schriften durch, die ich als Heranwachsende Elvi vorlesen musste, damit sie sie als angehende Valkra verinnerlicht. Irgendwo muss es doch einen Hinweis über die Untoten geben!

»Es gibt keinen Ausweg«, höhnt der Fürst der Unterwelt. »Deine Seele wird ein besonderes Geschenk für meine Herrin sein.«

»Was will sie mit meiner Seele?«

Aus den Augenwinkeln mache ich eine meiner Äxte aus, die zum Glück ein ganzes Stück von dem Unstreth entfernt liegt. Damit leider auch von mir, doch wenn ich ihn hinhalte, könnte ich meine Waffe vielleicht erreichen. Möglichst unauffällig bewege ich mich in diese Richtung, während das Wesen meine Schritte spiegelt.

»Sie verlangt nicht nur nach deiner Seele«, sagt es, »wobei ich zugeben muss, dass sie ihr besonders gefallen wird. So dunkel. So voller Zweifel. So herrlich befleckt vom Schemen. Eine Seele, die keine Liebe und keine Freude kennt.« Das Wesen gibt ein verzücktes Seufzen von sich, bei dessen Klang sich mir die Nackenhaare aufstellen. »Ja, die Herrin wird sich außerordentlich freuen. Und wer weiß? Vielleicht macht sie dich zu einer Fürstin.« Das Wesen deutet hinter sich auf den Scheiterhaufen, anschließend auf das Häufchen Asche vor dem Podest. »Es gab in letzter Zeit ein paar … Verluste. Dadurch sind einige Lücken entstanden.«

Ich blecke die Zähne. »Du glaubst doch nicht im Ernst, dass ich eine Dienerin der Dunklen Herrin werde!«

»Wieso nicht?« Interessiert neigt der Unstrethfürst den Kopf, während er mich mustert. »Es ist doch tausendmal besser, als wenn deine Seele für immer in der Unterwelt Qualen erleidet.«

Ich erstarre mitten in der Bewegung.

»Ah«, höhnt er. »Du dachtest, du kommst nach deinem Tod in die Ewigen Gefilde. Nun, da muss ich dich leider enttäuschen. Jemand mit solch einer befleckten Seele wie deiner wird niemals durch die goldenen Tore gelassen. Dein einziger Weg«, er deutet mit seinem knochigen Zeigefinger auf den Boden, »führt nach unten.«

Ich schlucke angestrengt, bis ich nach einer gefühlten Ewigkeit meine Stimme wiederfinde. »Das ist nicht wahr! Ich achte unsere Bräuche und Gesetze. Ich stelle die Bedürfnisse meines Clans über meine eigenen. Ich …«

So schwer es mir auch fällt, es zuzugeben, aber mehr gibt es über mich nicht zu sagen. Bisher war ich stolz darauf, eine Anführerin zu sein und meinem Volk durch schwere Zeiten zu helfen. Doch ist das wirklich alles, was mich ausmacht?

Fieberhaft krame ich in meinem Gedächtnis, finde jedoch nichts, womit ich mich besonders hervorgetan hätte.

Das Einzige, was mir bleibt, ist, tapfer im Kampf zu sterben. Dann darf mir der Eintritt in die Ewigen Gefilde nicht verwehrt werden! Doch dazu brauche ich eine meiner Äxte.

Als ich mich nach der nächstgelegenen umwende, gibt der Fürst der Unterwelt ein tiefes Lachen von sich. »Willst du tatsächlich erneut versuchen, mich zu töten? Hast du es immer noch nicht verstanden?«

Sein Arm schnellt mit solch übermenschlicher Geschwindigkeit hervor, dass ich seine Bewegung kaum wahrnehme, und seine Finger bohren sich in meinen Hals. Röchelnd schlage ich um mich, doch sein Griff lockert sich nicht. Er zieht mich näher zu sich. So nah, dass ich erkenne, dass das Weiße seiner Augen schwarz ist. So nah, dass sein widerlicher Gestank nach Tod und Verwesung jeden meiner flachen Atemzüge erfüllt.

Als er den Mund öffnet, um weiterzusprechen, erschaudere ich beim Anblick der spitzen, dunklen Zähne. »Du kannst mich nicht besiegen. Um hier lebend rauszukommen, musst du dich mit mir verbünden.«

»Nie…mals.«

Selbst dieses eine Wort hervorzuwürgen stellt mich vor ungeahnte Herausforderungen. Mein Sichtfeld wird dunkel; es ist nur eine Frage der Zeit, bis ich das Bewusstsein verliere.

»Ich werde deiner Seele auf die eine oder andere Weise habhaft. Aber glaub mir, es macht keinen Spaß, die gesamte Unterwelt nach ihr abzusuchen. Deshalb würde ich es begrüßen, wenn du dich hier und jetzt in den Dienst der Dunklen Herrin stellst.«

Ich winde mich in seinem Griff, kratze mit den Fingernägeln über seinen Unterarm, trete um mich. Doch seine Finger geben nicht nach. Sie schneiden mir noch weiter die dringend benötigte

Luft ab. Schwarze Punkte tanzen vor meinen Augen. Meine Bewegungen werden fahrig und verfehlen ihr Ziel.

Als ich kurz davor bin, mich in der Dunkelheit zu verlieren, lässt der Fürst von mir ab. Ich schlage hart auf dem Steinboden auf, und es dauert eine halbe Ewigkeit, bis ich völlig zu mir komme. Röchelnd und hustend kauere ich auf dem Boden, während ich jederzeit mit einer neuen Attacke rechne.

Doch sie bleibt aus. Zögerlich hebe ich den Blick. Der Unstreth steht direkt über mir und mustert mich.

»Dies ist deine letzte Chance«, sagt er, ehe er mir eine Hand hinhält.

Ich verziehe den Mund. Um nichts in der Welt würde ich seine Hand ergreifen.

Es wäre eine Lüge, wenn ich sagte, ich würde mich nicht vor dem Tod fürchten. Früher war es vielleicht der Fall, doch nun schwelt in mir die Angst, dass mich genau das erwartet, was der Fürst mir eingeflüstert hat. Die Unterwelt. Ewige Verdammnis. Schmerzen und Schande, bis die Welt auseinanderbricht.

Aber was würde mich erwarten, wenn ich mich seinen Versprechungen hingebe? Als Schwester einer Valkra weiß ich mehr über unsere Götter als über die meisten Mitglieder meines Clans. Ich weiß, dass die Dunkle Herrin die erste Tochter von Noren und Merwa ist, die jedoch nach dem Thron ihrer Eltern gierte und deshalb in die Unterwelt verbannt wurde. Von dort aus sinnt sie seit Anbeginn der Zeit auf Rache und wartet auf den Tag, an dem sie über die Götter und alle Reiche herrschen wird.

Ich schlage die Hand des Fürsten weg. »Niemals werde ich der Dunklen Herrin dienen, die nichts als Hass und Rache kennt.«

Er lacht, während er zu mir herabblickt. »Und das aus deinem Mund? Warst du nicht über viele Jahre genauso? Und bist es vielleicht noch immer?«

Ich knirsche mit den Zähnen, während ich mich aufrappele, und verdränge den verstörenden Gedanken, woher er so viel über mich weiß. Mein Hals brennt wie Feuer, meine Glieder schmerzen, doch meine Beine tragen mich irgendwie. »Der Schemen hat mein Handeln und Denken gesteuert.«

Sein ausgemergelter Körper bebt unter einem weiteren, diesmal schlecht unterdrückten Lachen. »Red dir das ruhig ein. Aber ein Schemen ist bloß eine dürftige Manifestation der Macht der Götter. Er hat nur so viel Kraft, wie der Mensch, in dem er lebt, ihm zugesteht. Er mag sich von den Gefühlen seines Trägers ernähren, aber er kann nur die verstärken, die bereits vorhanden sind. Und in dir, du hervorragendes Gefäß, hat der Schemen alles gefunden, was er benötigt. Kein Wunder, dass er so lange ferngeblieben ist, bei all der Nahrung und Kraft, die du ihm zugestehst.«

»Er ist weg«, presse ich hervor. »Er beherrscht mich nicht mehr.«

»Hat er das je?«, fragt der Fürst. »Oder hat er dich lediglich so handeln lassen, wie du am liebsten gehandelt hättest? War es nicht einfach, ihm die Schuld zuzuschieben, obwohl es nichts gab, wofür du dich hättest entschuldigen müssen?« Er beginnt, um mich herumzulaufen. »Willst du den Tod deines Vaters nicht immer noch rächen?«

Ich stutze. Woher kennt er den Grund, warum ich einen Schemen gerufen habe? Hat es damit zu tun, dass Schemen Geschöpfe der Unterwelt sind? Wusste die Dunkle Herrin die ganze Zeit von mir und dem Schemen, vielleicht sogar von meiner Familie, meinem gesamten Clan? Abrupt schüttele ich den Kopf. Ich werde nicht so tief sinken und dieses abscheuliche Wesen bitten, mir die Umstände zu erklären. Mit gestrafften Schultern sage ich: »Doch, aber ich glaube nicht mehr, dass der Anführer des Schwingenclans dafür verantwortlich ist.«

Ich kam zwar noch nicht dazu, genauer mit Kier darüber zu sprechen, aber es gibt zu viele Ungereimtheiten. Wir werden nie erfahren, was genau damals geschehen ist, aber Kiers Vater hatte am wenigsten davon, meinen zu töten, da er dadurch selbst bei der Auswahl zum obersten Anführer disqualifiziert wurde.

Ein eisiger Schauer rinnt mir über den Rücken, als der Fürst direkt hinter mir stehen bleibt und mir ins Ohr flüstert: »Das hat dir der Junge erzählt, dem es nicht gelingt, dein Herz zu erreichen, nicht wahr? Geht es ihm vielleicht nur darum, dich einzuwickeln, damit ihm von deiner Seite aus keine Gefahr mehr droht?«

Ich weiß nicht, wie der Fürst es vollbringt, aber seine Worte treffen genau die Ängste in mir, die ich mit aller Macht zu unterdrücken suche. Er stellt Fragen und verweigert mir die Antworten, die ich so dringend brauche, um die Einflüsterungen in meinem Kopf zum Schweigen zu bringen. Doch jetzt murmeln sie noch lauter und lauter, bis sie beinahe schreien. Sie machen mir Vorwürfe, fragen, wie ich so blind und dumm sein konnte. Wie ich meine wahre Mission auch nur für eine Sekunde vergessen konnte. Hinzu kommt die Ungewissheit, woher dieser verdammte Unstreth so viel über mich und diejenigen weiß, die mir nahestehen. Wurden wir etwa die ganze Zeit über beobachtet? Aber von wem?

Von irgendwoher höre ich das hohe Kichern des Schemens, und das Blut gefriert mir in den Adern.

So heftig, dass meine Haare fliegen, schüttele ich den Kopf. Ich darf weder dem Unstreth noch dem Schemen Macht über mich gewähren!

Schnell mache ich einen Satz zur Seite, hinüber zu einer meiner Äxte. Mit einer fließenden Bewegung hebe ich sie auf und halte sie angriffsbereit vor mich, während ich den Fürsten fixiere.

»Sei nicht dumm, kleines Gefäß«, sagt dieser mit einem selbstgefälligen Grinsen. »Wir müssen keine Feinde sein. Nimm mein Angebot an. Hör auf, bloß die Anführerin eines mickrigen Clans zu sein, und werde eine Fürstin der Dunklen Herrin!«

Sogar das weiß er … Doch das ist jetzt nicht wichtig.

»Du vergisst etwas Entscheidendes.« Ich stelle die Beine ein Stück weit auseinander und umklammere den Griff meiner Axt mit aller Kraft. »Ich bin nicht nur eine Anführerin, sondern auch die Schwester einer Valkra.«

Sein selbstsicheres Grinsen gerät für einen winzigen Augenblick ins Wanken, und das bringt wiederum mich zum Lächeln.

»Nun, da ich weiß, *was* du bist, weiß ich auch, wie ich dich besiegen kann.«

Ich stürme nach vorn, überbrücke die wenigen Meter zwischen uns so schnell, dass ich im Nachhinein nicht sagen kann, wie viele Schritte es tatsächlich waren. In dem Moment, als der Fürst die Hand bewegt, um erneut seine blauen Flammen zu rufen, hole ich mit der Axt aus. Ein eiskaltes Brennen frisst sich von meiner rechten Handfläche den Arm hinauf. Es fühlt sich an, als würde mir das Fleisch von den Knochen schmelzen. Alles in mir schreit danach, die Axt fallen zu lassen, doch ich befehle meinen Fingern, sich noch fester um den Griff zu schließen.

Eine zweite Chance werde ich nicht bekommen. Ich leite all meine verbliebene Kraft in diesen Angriff und ziele auf seinen Kopf, direkt zwischen seine Augen.

Der Fürst vor mir ist ein Unstreth, ein Wiedergänger und Untoter. Einst wird er ein Mensch gewesen sein, doch er hat alles, was ihn zu Lebzeiten ausgemacht hat, abgelegt und seine Unsterblichkeit in den Dienst der Dunklen Herrin gestellt. Elvis Bücher wussten einiges über die Unstreth zu berichten, aber ich hätte nie gedacht, dass sie so mächtig sein und Magie wirken können.

Meine Axt trifft ihr Ziel und spaltet seinen Schädel beinahe in zwei Hälften. Die Wucht des Aufpralls spüre ich bis hinauf in die Schulter. Meine Finger rutschen vom Griff, und ich verliere vor lauter Schwung das Gleichgewicht. Ich stürze nach vorn, direkt über den Unstreth, der nun in sich zusammensackt, kann mich gerade so mit einer Hand abfangen, um nicht erneut auf dem harten Stein aufzuschlagen.

Kampfbereit wirbele ich herum, obwohl ich keine Waffe habe, doch der Fürst rührt sich nicht mehr. Das Herz klopft mir bis zum Hals, als ich mich ihm nähere. Jederzeit rechne ich damit, dass er zuckt und sich wieder erhebt. Doch ich vertraue auf Elvis Schriften: Unstreth besitzen kein Herz mehr und spüren keinen Schmerz. Sie können nur auf drei Arten getötet werden: Entweder indem man ihnen den Schädel spaltet, den Kopf abschlägt oder sie verbrennt.

Als ich sicher bin, dass mir von ihm keine Gefahr mehr droht, ziehe ich meine Axt mit der linken Hand aus seinem Schädel. Das graue, gespaltene Fleisch gibt ein widerliches Geräusch von sich, das unnatürlich laut in dem hohen Raum widerhallt.

Ich wage kaum, einen Blick auf meine rechte Hand zu werfen. Wahrscheinlich ist die Haut bis zum Ellenbogen verbrannt. Ich habe kein Problem damit, Wunden bei anderen während eines Kampfes oder im Dorf zu sehen, doch wenn ich die Verletzte bin, dreht sich mir der Magen um. Elvi hat sich deswegen oft über mich lustig gemacht.

Nachdem ich genug Mut gesammelt habe, strecke ich die rechte Hand vor. Zu meiner Verwunderung scheint sie unversehrt zu sein. Ich drehe sie nach allen Seiten, kann aber nirgends eine Verbrennung entdecken. Bis auf eine leichte Rötung an der Handfläche habe ich keine bleibenden Schäden davongetragen. Zwar ist ein latenter Schmerz in meinen Knochen zurückgeblieben, aber ich bin froh, dass meine Haut nicht von quälenden Brandblasen übersät ist, wie ich es befürchtet habe.

Auch die blauen Flammen, die bis eben sämtliche Ausgänge blockiert haben, sind verschwunden, als wären sie nie da gewesen.

Aus einem der Korridore höre ich eine bekannte Stimme, bei deren Klang mich pure Erleichterung durchflutet.

»Yrsa!«

Hastig sammele ich meine Waffen ein, verstaue sie an meinem Gürtel und stürze auf die Stimme zu, so schnell mich meine Füße tragen. »Ich bin hier drüben!«

Eine Fackel erhellt Kiers Umrisse. Auch er sieht erleichtert aus, als er mich entdeckt, obwohl der Fackelschein seine Miene hart und verschlossen wirken lässt. Doch ich erkenne sie, die kleinen Veränderungen, die wohl nur jenen auffallen, die ihn besser kennen.

Mit drei langen Schritten ist er bei mir und zieht mich in eine feste Umarmung. Ich bekomme kaum Luft, so stark presst er mich an seine Brust, doch ich wehre mich nicht dagegen. Ich komme gar nicht auf die Idee, sondern inhaliere seinen vertrauten Duft, der mit jedem Atemzug meine angekratzten Nerven beruhigt. Erst jetzt merke ich, wie angespannt ich war. Wie viel Angst ich tatsächlich hatte. Wie knapp ich einem schlimmeren Schicksal als dem Tod entronnen bin.

»Ich irre seit gefühlten Stunden durch diese Gänge«, brummt Kier. Seine Brust vibriert unter meiner Wange. »Ich dachte schon, ich würde dich nie finden. Jag mir nie wieder einen solchen Schrecken ein!«

»Bestimmt nicht«, murmele ich.

Er löst sich von mir und hält mich auf Armeslänge von sich. Ich spüre seinen tastenden Blick wie eine Berührung und könnte genau sagen, über welchen Teil meines Gesichts er gerade gleitet. Oder ich könnte es daran ablesen, wie sich Kiers Miene verfinstert, als sein Blick auf meinem Kiefer verweilt.

Beinahe zögerlich streckt er die freie Hand aus und berührt die Stelle, an der mein Kiefer vorhin Bekanntschaft mit der Faust des Unstreth gemacht hat. Unwillkürlich zucke ich zusammen und sofort zieht Kier seine Hand zurück. Nun umgibt ihn diese angsteinflößende Aura, mit der er seinen Gegnern und Untergebenen Respekt einflößt und um die ich ihn aus tiefstem Herzen beneide. Da sie sich jedoch nicht gegen mich richtet, löst sie in mir gänzlich andere Gefühle aus. Am liebsten würde ich mich erneut an seine Brust schmiegen, weil ich mich umsorgt und beschützt fühle. Es ist, als hüllte mich seine Aura ein und hielte alle Schmerzen und Ängste dieser Welt von mir fern.

Ein solches Gefühl hatte ich noch nie. Tränen brennen in meinen Augen, weil ich mich davor fürchte, dieses wunderschöne Gefühl gleich wieder zu verlieren. Entweder weil der Schemen sich doch wieder zeigt und es auffrisst oder weil Kier zur Vernunft kommen und sich zurücknehmen wird, wie es am besten für uns beide wäre.

Ein dummer Teil meines Herzens wünscht sich, dass er nie wieder zur Vernunft kommen wird.

Um seinen Mund hat sich ein wütender Zug gebildet, während er weiterhin auf meinen Kiefer starrt, wo sich ein Bluterguss gebildet haben muss.

»Wer hat dir das angetan?«

In diesem Moment zweifle ich nicht daran, dass er notfalls die gesamte bekannte und unbekannte Welt durchforsten würde, um den Schuldigen zu finden und ihn Stück für Stück auseinanderzunehmen.

Mit einem Lächeln recke ich das Kinn, woraufhin Kier mir wieder in die Augen sieht. »Keine Sorge. Ich habe mich darum gekümmert. Und der andere sieht schlimmer aus als ich.«

Die Wut verschwindet Stück für Stück aus seiner Miene und macht einem anderen Gefühl Platz: Stolz. Und noch viel mehr, doch diesen anderen Emotionen will ich keinen Namen geben.

»Wir müssen zurück«, sagt Kier. »Die Sonne wird gleich aufgehen.«

Ich nicke, noch immer überwältigt von der Wärme und der Erleichterung, die ich verspüre, und folge ihm durch die verwinkelten Gänge hinaus ins Freie.

KAPITEL 9

YRSA

Kier hat recht: Der dunkle Nachthimmel musste bereits dem ersten Morgenrot weichen, und das bedeutet, dass wir uns umgehend zum Strand aufmachen müssen. Auf dem Platz vor dem Gebäude warten Bran und Drakkar auf uns; von Astrid und Vangar fehlt jede Spur. Sicherlich sind sie vorausgegangen oder haben sich weiter auf die Suche nach Schätzen gemacht.

Bran ist derart erleichtert, mich zu sehen, dass er mich mit seinem massigen Körper fast von den Füßen holt, während Drakkar mir wie gewohnt Rauch ins Gesicht pustet. Mein Tierwesen überschüttet mich mit gebrummten Vorwürfen, und obwohl die Zeit drängt, nehme ich mir ein paar Sekunden, um ihm durch sein dunkles Fell zu streicheln.

»Ich hab dich auch vermisst«, flüstere ich. »Und ich hätte deine Hilfe da drin sehr gut gebrauchen können.«

»Reite auf Bran voraus«, sagt Kier. »Ich warte mit Drakkar noch einen Moment hier.«

Ich wende mich zu ihm um. »Dann wirst du wegen mir zu spät am Treffpunkt sein.«

Liebevoll tätschelt Kier Drakkars langen geschuppten Hals. »Das mag sein, aber ohne mein Mädchen kann das Schiff nicht ablegen.«

Als Anführerin kenne ich das Gefühl nur zu gut, wenn sich einzelne Clanmitglieder nicht an Regeln halten. Es ist an mir, Regeln und Gesetze stets einzuhalten und mit gutem Beispiel voranzugehen. Nun bin ich der Grund dafür, dass dies einem anderen Anführer nicht gelingt, er vielleicht im Ansehen seines Clans sinken wird. Der bloße Gedanke versetzt mir einen Stich.

»Es tut mir leid«, sage ich, als ich mich auf Brans Rücken schwinge.

Kier schenkt mir ein schiefes Grinsen, bei dessen Anblick sich mein Herzschlag für ein paar Takte verselbstständigt. »Vielleicht fällt dir ja ein Weg ein, dich zu revanchieren.«

Eine kecke Erwiderung liegt mir bereits auf der Zunge. Es wäre so leicht, sie auszusprechen, fast so einfach wie Atmen. Doch ich schlucke sie hinunter, weil mir wieder einfällt, dass mein Herz bei seinem Grinsen nicht schneller schlagen und dass ich ihn nicht necken darf. Auch Kier blinzelt plötzlich mehrmals hintereinander, als wäre auch ihm aufgefallen, dass seine Worte … Unangebracht wäre der falsche Ausdruck, denn ich störe mich nicht daran. Aber sie überschreiten eine Grenze, die wir fürs Erste nicht überschreiten sollten. Womöglich sollten wir das nie angesichts dessen, was geschehen ist.

Ich würde so gern mit ihm reden und ihn fragen, was an den Gerüchten dran ist, er hätte seine Valkra mit eigenen Händen getötet. Ich will aus seinem Mund hören, dass das nichts als dummes Gerede ist und ich mir keine Sorgen darüber machen muss. Doch das kann ich nicht, wenn ich nicht selbst zur Zielscheibe von Gerede werden will. Und sosehr ich mir auch Klarheit wünsche, darf ich mir keinen Fehltritt erlauben.

»Vielleicht«, sage ich daher ausweichend, während ich den Blick abwende.

Mit einem Schnalzen gebe ich Bran zu verstehen, dass er loslaufen soll.

Von der Mauer aus sind es nur noch wenige Hundert Meter bis zum Strand. Im Licht des anbrechenden Tages kann ich das Schiff problemlos sehen. Als ich näher komme, höre ich bereits die aufgebrachten Stimmen der Mannschaft, die darüber diskutiert, ob und wie sie lossegeln soll.

Ich kann ihren Unmut verstehen; sicherlich war ihre Suche nach Schätzen ebenso erfolglos wie meine.

Grimmige Mienen erwarten mich, als sie mich entdecken. Neben Vangar bleibt Bran stehen, sodass ich von seinem Rücken gleiten kann. Ich sehe mich nach Astrid um, kann sie aber in der Menge nirgends entdecken.

»Wo ist Kier?«, verlangt Halvar zu wissen.

»Er ist gleich da«, versichere ich ihm.

Just in diesem Moment erschallt Drakkars hoher Schrei, und nur Sekunden später schält sich der Umriss des Wyvern aus den bereits hellblau werdenden Wolken, um ein paar Meter abseits zu landen.

»Was ist mit Astrid?«, frage ich Vangar.

Ihr düsterer Blick huscht in Richtung der Stadt, ehe sie mir mit einem Kopfnicken zu verstehen gibt, dass ich ihr folgen soll. Ein paar Schritte von der übrigen Mannschaft entfernt, die Kier nun lautstark mit Vorwürfen überhäuft, bleibt sie stehen und holt eine etwa faustgroße Kugel aus der Tasche an ihrem Gürtel, die im Schein der aufgehenden Sonne glitzert. Nicht golden, sondern wie Schnee an einem milden Wintertag.

»Wo hast du sie gefunden?«, frage ich.

Hastig legt sich Vangar einen Finger an den Mund, um mich zum Schweigen zu bringen, und verstaut die glitzernde Kugel wieder in ihrer Tasche. »Astrid hat sie gefunden«, flüstert sie in verschwörerischem Tonfall. »Und sie ist zurückgegangen, um weitere zu suchen. Du musst Kier noch eine Weile hinhalten.«

Ich will einwenden, dass ich das unmöglich schaffe. Dann fällt mir ein, dass ich mich auf diese Weise bei ihm revanchieren kann.

Mit stoischer Miene erträgt er die Vorwürfe seiner Mannschaft. Der Unmut seiner Clansleute ist fast mit Händen greifbar.

Ich trete zu Kier und lege ihm eine Hand auf den Arm. »Es ist meine Schuld, dass wir uns fast verspätet hätten.«

»Nicht«, murmelt er, doch ich schüttele den Kopf.

Zur Mannschaft gewandt, sage ich: »Ich war genau wie ihr auf der Suche nach Schätzen. Doch in einem der fast verfallenen Gebäude fand ich etwas anderes. Etwas, womit ich nicht gerechnet habe.«

Wenn meine Landsleute etwas genauso sehr lieben wie Schätze, dann sind es gute Geschichten, die an kalten Abenden am Feuer wieder und wieder zum Besten gegeben werden, bis jeder sie verinnerlicht hat und sie den nachfolgenden Generationen ebenfalls erzählen kann. Und wenn es eine Geschichte gibt, die es wert ist, erzählt und weitergegeben zu werden, dann ist es meine Begegnung mit dem Unstreth.

Obwohl es sonst nicht meine Art ist, erzähle ich ausschweifend von dem Fürsten der Dunklen Herrin, der mich mit seinen blauen Flammen an der Flucht gehindert und mir einen Kinnhaken verpasst hat. Mit großen Augen begutachten jene in der vordersten Reihe den Bluterguss an meinem Kiefer, der meine Geschichte stützt. Persönliche Dinge, wie seine Worte über meinen Schemen und die Tatsache, dass ich womöglich in der Unterwelt ende, behalte ich für mich und schmücke stattdessen meinen Kampf aus. Die Mannschaft, einschließlich Kier, hängt an meinen Lippen, und als meine Geschichte endet, ist die Sonne bereits zur Hälfte über den Horizont geklettert. Die Mienen meiner Zuhörer wirken nicht mehr feindselig, sondern überwältigt.

Geduldig beantworte ich Nachfragen, ohne zu tief ins Detail zu gehen. Über die Fragen hinweg höre ich Kiers gemurmeltes »Danke«. Sanft und halb versteckt streicht er mit dem Finger fast beiläufig über meinen Handrücken, ehe er sich zurückzieht.

Mein Herz sollte deswegen nicht so schnell schlagen. Meine Haut sollte wegen dieser kaum spürbaren Berührung nicht so sehr kribbeln. Und doch tun sie es. Kiers Gefolgsmann muss seine Frage nach dem Aussehen des Fürsten dreimal wiederholen, bis ich sie richtig verstanden habe.

Doch noch bevor ich das schaurige Aussehen des Unstreth beschreiben kann, bricht Unruhe aus. Ich verstehe im ersten Moment nicht, weshalb plötzlich alle zurückweichen und aufgeregt durcheinanderreden. Erst als ich mich umdrehe, begreife ich: Während ich die Mannschaft durch meine Geschichte abgelenkt habe, wurden wir von Unstreth umzingelt. Einer sieht selbst auf die Entfernung scheußlicher aus als der andere. Ich zähle knapp zwanzig. Da sie sich dicht im Schatten der Siedlungsmauer drängen, könnten es auch mehr sein.

Und zwischen ihnen entdecke ich Astrids hochgewachsene Gestalt und ihr blondes Haar.

»Astrid«, keucht Vangar kaum hörbar, will einen Schritt auf sie zu machen, doch ich halte sie am Arm zurück.

Aus der Entfernung suche ich meine andere Begleiterin nach Verletzungen ab, finde aber keine. Ist sie etwa von den Unstreth gefangen genommen worden und soll nun als Druckmittel eingesetzt werden? Wurde Astrid auf der Suche nach Schätzen unvorsichtig? Ich ziehe meine Äxte, um sie notfalls mit Gewalt zu befreien. Wie mir das gelingen soll, weiß ich nicht, schließlich habe ich gegen einen Unstreth nur mit knapper Not gewonnen. Wie ich knapp zwanzig von ihnen unschädlich machen soll, kann ich nicht sagen, aber ich werde mein Clanmitglied diesem schrecklichen Feind nicht überlassen!

Noch während ich abwäge, welchen Unstreth ich zuerst attackieren soll, um meine Begleiterin zu befreien, legt Astrid ihr mir vertrautes Antlitz ab. Ihr blondes Haar wird heller, bis es schließlich schneeweiß ist. Ihre Haut wandelt sich zu gräulichen Runzeln, und das Weiß ihrer Augen färbt sich schwarz und schluckt das Blau ihrer Iriden fast vollständig.

Anschließend fährt sie sich mit einer Hand durch ihr nun weißes Haar; diese Geste habe ich so oft bei ihr beobachtet, dass ich beinahe ihr verändertes Äußeres vergesse.

Sie gibt ein langes Seufzen von sich. »Endlich … Wenn es nicht jedes Mal so kräftezehrend wäre, mich zu verwandeln …«

Vangar gibt ein Wimmern von sich; außer diesem Laut ist es so still, als würde niemand wagen zu atmen. Ich weiß nicht, ob ich es tue.

Mein Blick huscht wild umher, kehrt jedoch immer wieder zu dem Wesen zurück, das einst Astrid war und an dem ich nun nichts mehr von der Frau erkenne, die mir seit Wochen zur Seite steht.

»Kier vom Schwingenclan!«, ruft Astrid über die wenigen Meter Entfernung hinweg. »Verstoßener mit dem verfluchten Herzen.« Sie streckt die Hand aus und winkt ihn mit einer Bewegung ihres knochigen Fingers zu sich. Ich wage nicht, den Kopf zu drehen, um mitanzusehen, ob er der Aufforderung nachkommt. »Die Dunkle Herrin bietet dir einen Platz in ihren Reihen an.« Ihr Blick gleitet zu mir. »Yrsa hat ihren Platz abgelehnt. Aber auch ihr ist meine Herrin gnädig gesinnt und wiederholt ihr Angebot.«

Im ersten Moment bin ich wie vor den Kopf gestoßen. Noch immer begreife ich nicht, was Astrid widerfahren ist. Warum sie auf der falschen Seite des Strandes steht und ihre raue Schönheit gegen dieses hässliche Antlitz getauscht hat. Ich starre sie an in der verzweifelten Hoffnung, dass alles nur eine Illusion ist. Dass sie gleich neben uns auftauchen und die falsche Astrid uns gegenüber Lügen strafen wird.

Doch das geschieht nicht.

Die Totenstille um mich herum hallt in mir wider wie ihre Worte. Die gesamte Besatzung scheint die Luft anzuhalten und meiner Antwort zu harren.

Ich blecke die Zähne. »Deine Herrin kann sich ihr Angebot sonst wo hinstecken!«

Desinteressiert zuckt Astrid mit den Schultern. »Dann verrotte eben in der Unterwelt, wie du es die ganze Zeit schon hättest tun sollen. Du wirst sehen, ein, zwei Jahrzehnte voller Qualen und du wirst anders denken. Meine Herrin bekommt am Ende immer das, was sie will. Sofern sie ihr Angebot an dich wiederholt. Aber Kier würde unsere Reihen bestimmt gern von Anfang an unterstützen.« Sie neigt mit einem schaurigen Lächeln den Kopf. »Die Dunkle Herrin weiß, wie sehr du unter dem Fluch leidest. Wie sehr er dich von innen heraus auffrisst, ohne dass du eine Linderung für deine Schmerzen findest. Wie sehr er dein Herz verdunkelt. Und das nur, weil du nicht diejenige finden kannst, die dich heilt und dein Leid beendet. Das muss nicht mehr sein. Du wirst hier Gleichgesinnte finden und musst dir nie wieder Gedanken um Schmerzen und Einsamkeit machen. Und nicht nur das: Auch deine vergangenen Taten werden dir vergeben, denn die Dunkle Herrin zeigt sich jenen gegenüber großzügig, die ihre Dunkelheit in sich tragen.«

Ich zittere am ganzen Körper, als ich langsam den Kopf in Kiers Richtung drehe. In seiner Miene erwarte ich, den gleichen Schrecken zu sehen, der sich in meiner abzeichnen muss, doch er strahlt kühle Distanz aus. Ich wünschte, ich würde ebenfalls über eine solche Aura verfügen, die alles verbirgt, was in mir vorgeht. Doch jetzt wünsche ich mir nichts sehnlicher, als ihn zu durchschauen.

Als er das Kinn reckt, will ich erleichtert aufatmen, rechne ich doch damit, dass er Astrids Angebot genauso ablehnen wird wie ich. Stattdessen sagt er: »Es wäre schön, mir nie wieder Gedanken über den Fluch machen zu müssen.«

Mein Herz setzt für einen Schlag aus.

Ich wünschte, er würde mich ansehen, doch sein Blick gleitet an mir vorbei, als würde er mich nicht wahrnehmen.

Ich habe weniger als die Hälfte von dem verstanden, was Astrid zu ihm gesagt hat. Dass er verflucht ist, ist mir neu, ebenso, wie stark ihn der Fluch zu belasten scheint. Doch ganz gleich, welche Art von Fluch auf ihm lastet, er kann unmöglich so schlimm sein, dass er sich deswegen der Dunklen Herrin anschließt. Immerhin ist sie diejenige, die die Welt, wie wir sie kennen, vernichten will. Sie ist diejenige, die unsere Götter stürzen und alles Leben in den Abgrund reißen wird.

Kier darf sich ihr auf keinen Fall anschließen! Aber im Moment scheint es, als würde er der Verlockung erliegen.

Erst als ich einen vorsichtigen Schritt auf ihn zu mache, sieht er mich an. Seine grünen Iriden kamen mir noch nie so kalt und berechnend vor, doch ich halte seinem Blick stand, auch wenn es mich meine gesamte Willenskraft kostet. Den Mund zu öffnen stellt mich vor ungeahnte Herausforderungen. Nicht bloß, weil ich eingeschüchtert bin, sondern weil ich noch nie gut darin war, die richtigen Worte zur richtigen Zeit zu finden. Nun, umgeben von Unstreth und der gesamten Mannschaft, wollen sie mir erst recht nicht einfallen. Aber wenn ich schweige, werde ich ihn verlieren. Er wird ein Fürst der Dunklen Herrin werden. Und ich werde gegen ihn kämpfen müssen. Beim Gedanken, ich müsste meine Äxte gegen ihn ziehen, dreht sich mir fast der Magen um.

»Dein Herz ist nicht verflucht«, sage ich zögerlich. »Es ist weder tot noch dunkel. Es schlägt. Ich habe es gespürt. Es kann sogar sehr schnell schlagen. Kein Herz, das von einer dunklen Magie besessen ist, könnte das. Ich weiß, wovon ich rede, denn sogar meines schlägt schneller, seit ich dich kenne.«

Kier zieht die Augenbrauen zusammen, als müsse er angestrengt über meine Worte nachdenken. Aber abgesehen davon sehe ich in seiner Miene keine Anzeichen, ob sie ihn erreicht haben. Ich wünschte, ich hätte den Mut, die Hand nach ihm auszustrecken und mit den Fingern über die steile Falte zwischen seinen Augenbrauen zu streichen, um sie zu glätten. Doch angesichts all der Blicke, die auf uns gerichtet sind, wage ich es nicht.

Astrid gibt hinter mir ein glockenhelles Lachen von sich. »Du solltest mittlerweile begriffen haben, dass sie nicht diejenige ist, die dir helfen kann. Ich habe euch lange genug beobachtet und meiner Herrin von euch berichtet. Wenn Yrsa deine Rettung wäre, hätte sie deinen Fluch längst brechen müssen. Und doch stehst du noch hier und grämst dich deiner Taten, die die anderen Götter bestrafen werden. Nur eine wird sie dir vergeben. Schließ dich ihr an!«

Ihre Worte ergeben für mich keinerlei Sinn, aber offenbar für Kier. Die Härte verschwindet aus seinem Blick; seine Augen wirken nun dunkel vor Mutlosigkeit. Beinahe ist es, als könnte ich seine Gefühle in mir spüren, und ich weiß mit Sicherheit, dass er kurz davor ist, das Angebot anzunehmen.

Hastig überbrücke ich die Kluft zwischen uns, vergesse all die Blicke und lege meine Hand auf seinen Arm. »Ich bin hier. Und ich werde dir helfen, wenn du mich lässt. Das schwöre ich. Aber bitte, geh nicht auf ihr Angebot ein, denn das würde dich für alle Ewigkeit verdammen. Und du wärst dann an einem Ort, an dem ich dich nicht mehr erreichen kann.«

Kaum merklich deutet er mit dem Kopf auf Astrid. »Sie hat recht. Wenn du es wärst … Wenn du diejenige wärst, für die ich dich gehalten habe, müsste ich …« Er presst die Lippen zusammen.

Ich lasse meine Hand zu seiner hinabgleiten, und nach kurzem Zögern verschränkt er die Finger mit meinen. »Ich weiß nicht, was dir widerfahren ist, aber ich habe am eigenen Leib gespürt, wie schwer es ist, gegen die Dunkelheit anzukämpfen. Wie viel einfacher wäre es, sich ihr zu ergeben? Und trotzdem stehen wir beide hier. Auf das Angebot einzugehen käme einer Niederlage gleich. Wir alle sind nur hier, weil wir an dich geglaubt haben. Daran, dass du mit Drakkar den Nebel durchsegeln und uns in fremde Länder bringen kannst. Dein Name wird in den Geschichten weiterleben. Aber wenn du dich jetzt den Unstreth zuwendest, wird es niemand mehr wagen, deinen Namen auszusprechen. Nicht einmal ich.« Meine andere Hand lege ich auf seine Brust und schließe für einen Moment die Augen. »Ich spüre es. Dein Herz schlägt. Und solange es schlägt, hat Astrid *nicht* recht. Es ist nicht dunkel oder verflucht oder verkümmert. Ich weiß das, und ich werde es jedem klarmachen, der daran zweifelt. Aber das wird niemand, denn sonst stündest du allein hier, weil dir von Anfang an niemand gefolgt wäre. Wir vertrauen dir. *Ich* vertraue dir.«

Schmerz mischt sich in seine ansonsten stoische Miene. »Das solltest du nicht«, flüstert er kaum hörbar.

Ich schenke ihm ein zaghaftes Lächeln. »Ich tue es aber.«

»Was ist?«, tönt Astrid. »Meine Herrin wiederholt ihre großzügigen Angebote nicht gern.«

Ein harter Zug bildet sich um Kiers Mund, als er sich ihr wieder zuwendet. Mir stolpert das Herz in der Brust, da ich nicht einschätzen kann, wie seine Entscheidung ausfallen wird. Doch er lässt meine Hand nicht los; vielmehr klammert er sich an sie, als befürchtete er, jeden Halt zu verlieren, sobald er den Körperkontakt unterbricht. Ich erwidere den Druck seiner Finger, so fest es mir möglich ist.

»Ich lehne das Angebot deiner Herrin ab.«

Das Geräusch, das der riesige Stein verursacht, der mir bei seinen Worten vom Herzen fällt, muss jeder um mich herum hören, doch ich versuche gar nicht erst, es zu überspielen.

Mit einem abschätzigen Laut wirft sich Astrid das weiße Haar über die Schulter. »Dann werden wir euch eben alle töten.«

Auf ihren Wink setzen sich die Unstreth nur wenige Augenblicke später in Bewegung. Diese Untoten bewegen sich langsamer und fahriger als der Fürst, der mir im riesigen Keller begegnet ist; sie schlurfen regelrecht auf uns zu, und nicht wenige verlieren im Sand das Gleichgewicht. Offenbar verfügen sie über weit weniger Kraft, als die von der Dunklen Herrin auserwählten Fürsten. Ihre Behäbigkeit verschafft uns genug Zeit, um uns zu formieren.

»Zieht eure Waffen!«, befiehlt Kier der Mannschaft.

Ich kann nur hoffen, dass alle seine Männer halbwegs erprobt im Kampf mit der jeweiligen Waffe sind, doch ich gebe mich nicht der Illusion hin, dass auch nur einer von ihnen so gut ist wie Kier, Vangar oder ich. So langsam die Unstreth auch sein mögen, sind sie uns doch in der Überzahl. Außerdem müssen unsere Angreifer sehr genau zielen, um unsere Gegner kampfunfähig zu machen.

Wenn wir doch nur Feuer hätten … Aber alle haben ihre Fackeln gelöscht, als die Sonne den Horizont verfärbt hat.

Da kommt mir eine Idee. Ich verstärke den Druck um Kiers Finger, bis er sich auf mich konzentriert. »Kann Drakkar Feuer speien?«

Mehrmals hat mir sein Wyvern Schwefelatem ins Gesicht gepustet, dessen Geruch mich an die gelöschten Feuer im Langhaus erinnerte.

Kier sieht mich an, als verstünde er die Frage nicht. Ich wiederhole sie.

»Nicht direkt«, antwortet er schließlich. »Manchmal spuckt sie eine Art Lavaklumpen aus, der jedoch schnell erkaltet und zu Stein wird.«

Ich verziehe den Mund. Verdammt! Könnte sie Feuer speien, wäre der Kampf sehr viel einfacher geworden.

»Das muss genügen«, sage ich. »Sie soll dort drüben einen dieser Lavaklumpen ausspeien, und zwei Leute sollen damit ein Feuer entzünden. Du fliegst anschließend mit Drakkar zum Schiff. Und bitte nehmt Bran mit.«

»Was?« Kier starrt mich an, als hätte ich in einer fremden Sprache gesprochen. »Ich werde hierbleiben und kämpfen.«

Mit den Fingern streiche ich über seine Brust, direkt über die Stelle, unter der sein Herz kampfeslustig schlägt. »Wir müssen uns so schnell wie möglich zurückziehen. Und dafür muss Drakkar das Schiff ziehen.«

Kier schüttelt den Kopf. »Ich werde euch nicht allein gegen diese Bestien kämpfen lassen.«

»Du musst«, sage ich sanft. »Ich werde den Rückzug der Mannschaft decken. Stell mir deine fähigsten Bogenschützen zur Seite.«

»Aber ich …«

Ich lasse meine Hand noch oben gleiten, bis sie an seiner Wange ruht. Um uns herum klirren Waffen, die aus ihren Scheiden gezogen werden. Einige murmeln ein Gebet. Aus den Reihen der gut zwanzig Unstreth ertönt ein schreckliches Kreischen, das ausreicht, um die weniger Mutigen vor Angst schlottern zu lassen.

Doch für einen flüchtigen Moment blende ich all das aus, während ich Kier tief in die moosgrünen Augen sehe, die vor Sorge und Unverständnis dunkler wirken als gewöhnlich. Fast genauso dunkel wie vorhin, als er kurz davorstand, das Angebot der Dunklen Herrin anzunehmen.

»Ohne Drakkar werden wir nicht von hier wegkommen«, murmele ich. »Und sie hört nur auf dich.«

»Ich kann mich nicht umdrehen und fliehen, während meine Leute hier kämpfen und sterben.« Er verzieht gequält den Mund. »Ich kann *dich* nicht zurücklassen. Nicht, nachdem ich …«

Mit sanftem Druck ziehe ich seinen Kopf zu mir herunter, bis seine Stirn an meiner ruht. »Ich passe auf mich und alle anderen auf, so gut ich kann. Das verspreche ich. Und es ist keine Flucht. Wir brauchen dich und Drakkar auf dem Schiff, sonst sind wir verloren.«

Mehrmals atmet er tief durch, als müsste er sich beruhigen. »Ich warne dich, Yrsa. Wenn du stirbst, hole ich deine Seele persönlich aus der Unterwelt.« Er schlingt einen Arm um mich, presst mich so fest an sich, bis ich keine Luft mehr bekomme, und lässt mich genauso unvermittelt los, wie er mich gepackt hat.

Als er nach Drakkar pfeift, erteile ich der Mannschaft erste Anweisungen und schärfe ihnen die drei Arten ein, wie sie die Unstreth töten können. »Zielt auf ihre Köpfe und benutzt das Feuer!« Zwei Männer stelle ich dafür ab, um aus Treibholz und Drakkars Lavaklumpen ein Feuer in Gang zu bringen und es auf keinen Fall ausgehen zu lassen.

Als ich wieder zur vordersten Reihe eile, packt mich Vangar am Arm. Mir fällt auf, dass sie als Einzige nicht ihre Waffe gezogen hat.

»Was hast du vor?«, fragt sie.

»So viele wie möglich zu retten.«

Sie reißt die Augen auf. »Aber das ist Astrid! Du kannst doch nicht gegen …«

Obwohl es die Zeit nicht zulässt, lege ich ihr eine Hand auf die Schulter. »Das ist nicht mehr Astrid. Und vielleicht war sie es nie.«

Ich hatte noch nicht die Zeit, mir darüber Gedanken zu machen, warum Astrid eine Unstreth und sogar eine Fürstin der Dunklen Herrin ist. Wie all das möglich ist, ohne dass wir etwas davon geahnt haben. Auch jetzt schiebe ich diese Überlegungen beiseite. Ich kann nicht nachdenken. Jede Sekunde, die ich zögere, können andere zu Schaden kommen. Außer mir stand noch keiner einem

Unstreth gegenüber. Sie verlassen sich darauf, dass ich sie anführe.

»Ich verstehe dich«, sage ich. »Aber wir müssen kämpfen!«

Heftig schüttelt Vangar den Kopf, während sie einen taumelnden Schritt von mir weg macht. »Ich kann das nicht.«

»Dann geh nach hinten und kümmere dich um das Feuer.«

Ihr dunkler Blick bohrt sich in mich. »Wie ein nutzloser Feigling?«

Ich recke das Kinn. »Dann zieh deine Waffe, Schildmaid. Auf dass du siegreich bist und dein Name in unsere Sagas eingeht.«

Sie ringt noch einen Moment mit sich, ehe sie nickt und mit einer fließenden Bewegung ihr Schwert zieht. Wahrscheinlich kann ich froh sein, dass Astrid vorerst mit einem anderen Unstreth – wahrscheinlich einem weiteren Fürsten – zurückgeblieben ist und das Treiben aus der Ferne beobachtet. Denn sobald sie selbst in den Kampf eingreift, wird Vangars Entschlossenheit wanken. Und ich bin mir nicht sicher, was Vangar antworten würde, wenn die Fürstin auch ihr das Angebot unterbreitet.

Die ersten Bogenschützen tauchen ihre Pfeile ins Feuer, bevor sie sirrend durch die Luft gleiten. Viele finden ihr Ziel, und die ersten drei Unstreth gehen sofort in Flammen auf; ihre trockene Haut brennt wie Zunder. Mit Genugtuung sehe ich dabei zu, wie das Feuer auch auf andere Unstreth überspringt und sie zu Asche verbrennt. Doch obwohl einige von ihnen fallen, verlangsamt das nicht die anderen. Ohne Rücksicht trampeln die verbliebenen über die gefallenen hinweg. Zwar finden sie kaum Halt im weichen Sand, doch sie rücken unablässig weiter vor. Noch immer sind sie uns zahlenmäßig gut um das Doppelte überlegen.

Untote fürchten den Tod nicht; sie kennen die Schrecken, die sie erwarten. Und genauso kämpfen sie auch.

Als sie die vorderste Front erreicht haben, trenne ich mit meinen Äxten mehrere Unstreth-Köpfe von den dazugehörigen Schultern. Vangar hält sich nah an meiner Seite und konzentriert sich einzig und allein auf den Gegner vor sich; ihre einstige Partnerin hält sich weiter im Hintergrund. Zielsicher köpft auch sie einen Unstreth, dessen Körper sogleich zusammensackt. Aber für jeden Gefallenen rücken zwei weitere nach, die ohne zu zögern über die Toten hinwegsteigen. Sie treiben uns so weit zurück, dass die hinteren Männer bereits knietief im Meerwasser stehen. Von vorn haben sie uns eingekesselt, von hinten versperrt uns die See den Rückzug.

Ohne Zeitgefühl schlage ich auf alle Untoten ein, die dumm genug sind, in Reichweite meiner Äxte zu kommen. Auch Kiers Leute kämpfen tapfer und strecken einige Unstreth nieder, bis unser Kräfteverhältnis beinahe ausgeglichen ist. Mein Blick huscht zu Astrid, dem anderen größeren Unstreth an ihrer Seite und einigen weiteren kleineren, die sich um sie geschart haben und vorhin noch nicht da waren. Ich knirsche mit den Zähnen. Offenbar ist hier irgendwo ein Nest! Wir müssen hier verschwinden, ehe noch mehr Verstärkung eintrifft.

Als ich endlich vom Schiff her Drakkars Kreischen höre, kommt es mir vor, als kämpfte ich bereits ein ganzes Zeitalter gegen diese schaurigen Kreaturen. Ihr fast schwarzes Blut besudelt meine Kleidung, und ein Teil von mir fragt sich, ob ich den Gestank je wieder von mir werde abwaschen können.

»Die ersten steigen in die Boote und ziehen sich zurück«, befehle ich über den Kampflärm hinweg.

Als ich mich umdrehe, um mich davon zu überzeugen, dass die hinteren Kämpfer meinem Befehl Folge leisten, packt mich ein bereits niedergestreckter Unstreth am Fuß und zerrt so fest daran, dass ich das Gleichgewicht verliere. Ich lande im Sand. So schnell ich kann, wirbele ich herum und trete nach dem Angreifer.

Offenbar hat die Attacke, die ihn töten sollte, nicht seinen Kopf getroffen; lediglich der untere Teil seines Körpers ist vom Rest getrennt. Was einen Lebenden getötet hätte, behindert den Unstreth lediglich in seinem Bewegungsspielraum, nicht aber in seinem Bestreben, uns zu vernichten; er reißt seinen Mund mit den spitzen Zähnen auf und will sie gerade in meinen Unterschenkel schlagen, als Vangar zur Stelle ist und ihm mit einem sauberen Schwertstreich den Kopf abhackt. Er rollt ein Stück zur Seite, um schließlich mit geöffnetem Mund liegen zu bleiben.

Erleichtert stoße ich die Luft aus und ergreife ihre dargebotene Hand, um wieder auf die Füße zu kommen.

»Du musst besser aufpassen«, sagt Vangar. »Kier wird mich sofort über Bord werfen, wenn ich ihm mitteilen muss, dass dich ein Unstreth gefressen hat.«

Seite an Seite schlagen die Schildmaid und ich die restlichen Unstreth nieder, nachdem kaum noch Pfeile über unsere Köpfe fliegen. Aber das müssen sie auch nicht; zwar zucken noch einige graue Leiber im Sand, doch sie stehen nicht mehr auf. Darauf achtend, dass ich nicht erneut in Reichweite eines gefallenen Unstreth gerate, werfe ich einen schnellen Blick über meine Schulter. Wir haben einige Verluste zu beklagen, doch bis auf Vangar und mich sowie zwei weitere Kämpfer, die bereits im Boot warten, konnte der Rest der Mannschaft fliehen. Einige Boote schaukeln noch auf den Wellen, werden das rettende Schiff aber bald erreichen.

Ich eile nun ebenfalls zu einem der letzten Boote, bleibe jedoch stehen. »Vangar!«

Meine Begleiterin starrt in einigen Metern Entfernung ihrer Partnerin entgegen, als warte sie darauf, dass Astrid wieder Vernunft annimmt, sich zurückverwandelt und mit uns gemeinsam zum Schiff rudert. Doch sie verbleibt bei dem anderen Unstrethfürsten und erwidert Vangars Starren ohne sichtbare Regung. Irgendwie wirkt es auf mich, als wäre sie noch nicht voll bei Kräften. Anders als die übrigen Unstreth hat sie sich kaum bewegt, geschweige denn eingegriffen. Ich will nicht herausfinden, welche Tricks sie als Fürstin auf Lager hat; die blauen Flammen des anderen Fürsten haben mir gereicht.

»Bitte«, flüstert Vangar.

Die Verzweiflung in diesem einen Wort schnürt mir die Kehle zu. Dennoch eile ich zu ihr und packe sie am Arm, um sie notfalls mit Gewalt hinter mir herzuzerren. »Wir müssen uns zurückziehen.«

»Aber wir können sie doch nicht hierlassen!«

»Sie hat ihre Seite gewählt.«

Vangar dreht das Gesicht zu mir. Tränen schwimmen in ihren dunklen Augen. »Warum?« Ihre Zerrissenheit ist beinahe mit Händen greifbar. »Ich dachte, sie wäre ... mein Gegenstück. Wie kann sie dann ...?«

»Das weiß ich nicht. Aber sie hat ihre Entscheidung getroffen. Wir müssen verschwinden, ehe sie doch noch beschließen anzugreifen.«

»Sie würde mir nichts tun«, beharrt Vangar. »Sie würde ... mich nicht verletzen.«

Ich habe keine Zeit, mit ihr zu diskutieren. Also zerre ich sie zu den bereits wartenden Kämpfern im letzten Beiboot. Vangar wehrt sich, doch im weichen Sand findet sie nicht genügend Halt, um sich gegen mich zu stemmen.

»Vangar«, ruft Astrid uns mit zuckersüßer Stimme nach. »Willst du nicht bei mir bleiben?«

»Ja«, krächzt meine Begleiterin und wehrt sich noch vehementer gegen meinen Griff.

»Dann bring mir Yrsas Kopf, Liebste.«

KAPITEL 10

KIER

Es dauert zu lange. Die vorherigen Boote sind regelmäßig hier angekommen, aber das letzte lässt auf sich warten.

Yrsa lässt auf sich warten.

Unruhig laufe ich an der Reling auf und ab und starre in Richtung Strand. Ich kann die Personen dort nicht genau unterscheiden und hoffe nur, dass Yrsa noch unter denen ist, die auf den Beinen stehen.

Dass sie nicht unter den Gefallenen ist.

Einige derer, die es zurück zum Schiff geschafft haben, beklagen jene, denen es nicht gelungen ist. Den Übrigen steht der Schrecken tief ins Gesicht geschrieben. Blass und zitternd starren sie ins Leere, als könnten sie dort noch die furchtbaren Wesen sehen, die direkt der Unterwelt entstiegen sind. Gestalten, die ihren schlimmsten Albträumen entsprungen sein könnten.

»Beruhige dich«, brummt Halvar. »Du machst die anderen mit nervös, wenn du hin und her läufst.«

Ich halte kurz inne und werfe ihm einen zweifelnden Blick zu. »Ich bin mir ziemlich sicher, dass die Begegnung mit den Unstreth sie *nervös* gemacht hat, nicht ich.«

Er tritt zu mir. »Es geht ihr gut. Sie wird gleich zum Schiff kommen.«

Ich verspanne mich so sehr, dass meine Muskeln schmerzen. »Das sage ich mir seit gefühlten Stunden. Aber sie ist nicht hier.

Sie ist noch dort drüben und muss diesen schrecklichen Gestalten die Stirn bieten, damit der Rest von uns fliehen kann.«

»Sie wird kommen«, beharrt Halvar. »Sie ist zäher, als sie aussieht.«

Ich stoße den Atem aus. »Ja, das ist sie.«

Meine Hände verkrampfen sich um die Reling, bis der Schmerz einen Teil meiner Sorge überlagert. Ich weiß, dass ein Fluch auf mir lastet, der dem Reich der Dunklen Herrin entsprungen ist, aber dass dies ausreicht, um in ihre Reihen aufgenommen zu werden, hat mich schockiert. Yrsa, die jahrelang einen Schemen in sich trug, scheint sie ein identisches Angebot gemacht zu haben. Und warum ist Astrid eine von ihnen? Wie konnten wir das all die Zeit nicht bemerken?

Ich kann nur hoffen, dass Yrsa ein paar Antworten hat.

Plötzlich kommt Bewegung in die Gestalten am Strand. Das letzte Boot rudert los, doch die Erleichterung darüber währt nur einen Herzschlag lang.

Denn zwei Personen bleiben zurück.

Eine furchtbare Vorahnung breitet sich in mir aus und verdichtet sich als fester Knoten in meinem Bauch.

Ich nehme mein unruhiges Auf-und-ab-Laufen wieder auf und ignoriere Halvars Ermahnungen.

Als das Boot schließlich beim Schiff angelangt ist und zwei meiner Männer herausklettern, bin ich kurz davor, die Fassung zu verlieren.

»Wo ist Yrsa?«, herrsche ich den ersten an, der seinen Fuß an Deck setzt, und packe ihn vorn am Hemd.

»Zu… zurückgeblieben«, stammelt er mit bleichem Gesicht.

»Was soll das heißen?«

Halvar legt mir die Hand auf die Schulter. »Nun lass ihn doch Luft holen.«

Mit einer ruckartigen Bewegung schüttele ich seine Hand ab. »Er braucht keine Luft mehr, wenn er nicht augenblicklich redet!«

Der Mann wird noch blasser, sofern das möglich ist. »Es gab … ein Abkommen.«

Auch mit der zweiten Hand umklammere ich nun sein Hemd. »Ich schwöre bei Noren, dass ich dich so lange schütteln werde, bis du alle Zähne verloren hast, wenn du nicht sofort sagst, was sich am Strand zugetragen hat!«

»Diese blonde Frau, die mit uns auf dem Schiff war«, sagt der andere, »die jetzt ein Unstreth ist, hat der anderen Frau einen Handel angeboten.«

Ich lasse von dem ersten Mann ab, der augenblicklich in sich zusammensinkt und auf allen vieren von mir wegkriecht. Derjenige, der mir geantwortet hat, zieht den Kopf zwischen die Schultern, als ich meine Aufmerksamkeit auf ihn richte.

Nachdem er sichtlich angestrengt geschluckt hat, stammelt er: »Yrsas Leben … gegen … irgendwas, was ich vergessen habe.«

Ich wirbele herum und eile auf Drakkar zu, der ich bereits das Geschirr übergestreift habe, damit sie unser Schiff so schnell wie möglich von hier wegbringt.

»Du kannst nicht gehen«, ruft Halvar hinter mir.

»Ach ja?«, grolle ich, während ich mich bereits an den Seilen zu schaffen mache, die am Geschirr befestigt sind. »Dann sieh genau zu.«

Mit wenigen großen Schritten ist er bei mir, lange bevor ich Drakkar lösen konnte. »Wir brauchen dich.«

Mein Blick huscht an Halvar vorbei zur Mannschaft. Jeder von ihnen verlässt sich auf mich. Darauf, dass ich sie von diesem verfluchten Land wegbringe, damit sie nicht ebenfalls zu Unstreth werden.

Es ist meine Pflicht als ihr Anführer, ihnen zu helfen. Doch das würde bedeuten, dass ich Yrsa ihrem Schicksal überlassen muss.

»Verdammt«, presse ich zwischen zusammengebissenen Zähnen hervor.

KAPITEL 11

YRSA

Ich bin nicht überrascht, als Vangar sich mit gezücktem Schwert zu mir umwendet. Ginge es um die Sicherheit meiner Schwester, würde ich auch, ohne mit der Wimper zu zucken, einen Handel mit einem Unstreth oder einer Fürstin der Dunklen Herrin eingehen.

Und doch zerbricht etwas in mir.

In den letzten Tagen und Wochen dachte ich, in Astrid und Vangar Freundinnen gefunden zu haben, denen ich mich öffnen und anvertrauen kann.

Nun sehe ich nichts als wilde Entschlossenheit in Vangars dunklem Blick und ziehe meinerseits meine Waffen. Aus den Augenwinkeln erkenne ich, dass das letzte Beiboot beim Schiff angekommen ist. Wenigstens ihnen konnte ich die Flucht ermöglichen. Diese Gewissheit wird mir die Ewigkeit in der Unterwelt erträglicher machen. Doch ich weiß, dass es vieles gibt, was ich bereuen werde. Dinge, die ich nicht gesagt oder getan habe. Versprechen, die ich nicht halten konnte.

»Kampflos werde ich dir meinen Kopf nicht überlassen«, sage ich zu Vangar, die begonnen hat, mich zu umkreisen.

Ich kenne ihre Kampftechnik. Anders als ich, setzen Schildmaiden wie sie zu gleichen Teilen auf Angriff und Verteidigung. Sie wird so lange abwarten, bis sie den passenden Moment zum Angriff gefunden hat. In der Zwischenzeit wird sie außerhalb der Reichweite meiner Äxte bleiben.

»Warum hörst du auf sie?«, frage ich, während ich ihre Bewegungen spiegele.

»Weil sie meine Frau ist.«

»Sie ist eine Unstreth«, halte ich dagegen. »Eine Fürstin der Herrin der Unterwelt.«

»Das ist sie nicht!«, zischt Vangar. »Sie … Sie ist *Astrid.*«

Sie vollführt ihren ersten Angriff. Es gelingt mir, ihren Schwertstreich mit einer Axt abzulenken. Mit der zweiten Axt pralle ich jedoch an ihrem Schild ab.

Ich bringe wieder etwas Abstand zwischen uns und werfe dem Wesen, das einst Astrid war, einen flüchtigen Blick zu. Es wundert mich, dass sie sich im Hintergrund hält, genau wie die Handvoll Unstreth, die noch nicht den Brandpfeilen zum Opfer gefallen sind. Sie scharen sich um ihre Fürstin, die das Geschehen beinahe desinteressiert beobachtet. Da sie sich weiterhin kaum bewegt, gehe ich davon aus, dass sie ihre Kräfte spart oder sich nach der Verwandlung erst regenerieren muss.

Oder ist es wegen Vangar? Will sie wirklich ihre Frau nicht verletzen?

Während Vangar und ich uns weiter umkreisen, steigt die Sonne immer höher. Aus den Augenwinkeln sehe ich, wie Astrid und ihre Unstreth vor den Strahlen, die sich nun auf dem Strand ausbreiten, zurückweichen.

Das ist es! Unstreth meiden die Sonne! Und für Astrid scheint dies in ihrer jetzigen Form auch zu gelten. Ich muss Vangar also nur lange genug hinhalten, um …

In letzter Sekunde reiße ich den Arm hoch, damit ich Vangars Angriff abwehren kann.

»Du bist nicht bei der Sache«, grollt sie.

»Weil ich dich nicht töten will«, entgegne ich. »Ich will uns hier rausholen.«

Als ich einer erneuten Attacke ausweiche, stolpere ich über den Körper eines Gefallenen. Vangar nutzt diese Gelegenheit gnadenlos aus; sie versetzt mir mit ihrem Schild einen Stoß, sodass ich auf dem Hintern lande. Im weichen Sand komme ich nicht rechtzeitig hoch und muss im Sitzen ihren nächsten Schlag abblocken. Der Aufprall ihres Schwerts auf die gekreuzten Klingen meiner Äxte vibriert in meinem gesamten Körper nach. Meine Arme beben, während Vangar ihr gesamtes Gewicht in diesen Angriff legt.

»Warum dauert das so lang?«, fragt Astrid aus den Schatten. »Willst du etwa doch nicht bei mir bleiben?«

Ich stoße ein zittriges Schnauben aus. »Sie manipuliert dich. Merkst du das nicht?«

Vangar verzieht den Mund und bleckt die Zähne. »Das tut sie nicht!«

»Sie hat uns getäuscht, vor allem dich!«

Noch habe ich nicht begriffen, was ihr wahres Ziel ist, aber dass sie uns von Anfang an belogen hat, steht außer Frage. Ich kann mir nicht vorstellen, wie schwer dieser Verrat für Vangar wiegen muss.

»Du bist eine Schildmaid«, presse ich hervor, während ich weiterhin ihrem Angriff standhalte. »Du ehrst unsere Gesetze und Traditionen. Jemand wie du würde nie gemeinsame Sache mit einer Unstreth machen.«

»Es ist *Astrid*!«

»Dann dreh dich, verdammt noch mal, um!«

Ich hätte nicht damit gerechnet, aber der Druck gegen meine Äxte verschwindet, als Vangar ihr Gewicht verlagert. Ihre Miene wirkt nun nicht mehr entschlossen und unnachgiebig, sondern verwirrt. Beinahe als würde sie erst jetzt begreifen, was hier vor sich geht und was sie im Begriff war zu tun. Sie macht einen Schritt von mir weg, sodass ich endlich wieder auf die Füße komme. Langsam wendet Vangar sich Astrid zu. Auch ohne dass die Sonnenstrahlen sie erreichen, sind die gräulichen Gestalten gut im anbrechenden Tageslicht zu erkennen.

»Sie ist nicht mehr deine Frau«, sage ich. »Sie ist nicht mehr Astrid. Vielleicht war sie das nie.«

»Aber … wieso?« Vangars Stimme ist nicht mehr als ein kraftloses Hauchen. Jede noch so kleine Silbe scheint sie weiter zu zermürben.

»Das weiß ich nicht«, antworte ich, »aber wir müssen hier weg.«

Ich wende mich um und sehe gerade noch, wie das Schiff vollständig von dem Nebel, der über die Meereswellen wabert, verschluckt wird. Ich erschauere. Einerseits bin ich froh darüber, dass Kier alle Überlebenden von hier fortbringt, ehe noch mehr Unstreth auftauchen. Andererseits bedeutet das, dass ich hier festsitze. Und ein wenig zerrt das Wissen an meinem Herzen, dass Kier mich hier zurückgelassen hat. Als Anführerin hätte ich nicht anders gehandelt, und doch habe ich gehofft, dass er ... bei mir bleibt. Nicht um mich zu retten, sondern um einfach da zu sein. Es fiele mir leichter, mich Astrid und den übrigen Unstreth zu stellen, wenn ich wüsste, dass er an meiner Seite stünde.

Doch nun ist da nur Vangar. Und ich kann nicht einschätzen, ob sie im nächsten Augenblick wieder auf Astrids Forderungen hören und mich zu töten versuchen wird. Oder hat sie nun doch endlich begriffen, dass diejenige, mit der sie verheiratet war und die sie geliebt hat, nicht mehr existiert?

Vangar ist meinem Blick aufs Meer hinaus gefolgt. »Was sollen wir jetzt tun?«

»Wir bleiben im Licht der Sonne«, sage ich. »Hier können sie uns nicht angreifen.«

Doch ich muss nur kurz in den Himmel hinaufschauen, um zu wissen, dass mein Plan nicht lange funktionieren wird. Regenwolken ziehen vom Meer zu uns herüber und werden die Sonne bald erreichen. Außerdem wird irgendwann die Nacht anbrechen, und dann sind wir den Unstreth schutzlos ausgeliefert.

Früher oder später müssen wir kämpfen. Lieber früher, denn ich will nicht herausfinden, ob in der nächsten Nacht die gefallenen Männer, die um uns herum am Strand liegen, als Unstreth auferstehen, weil sie kein anständiges Begräbnis hatten. Gegen eine solche Übermacht und ohne Feuer wären wir zweifellos unterlegen.

»Du solltest aufgeben, Yrsa«, schnurrt Astrid und klingt dabei fast so wie in ihrer menschlichen Gestalt.

Auch Vangar scheint das nicht zu entgehen, denn sie schnappt nach Luft und macht einen Schritt auf die Fürstin zu. Ich packe sie am Arm, woraufhin sie mehrmals blinzelt.

»Wenn sie redet«, flüstert sie mir zu, »sehe ich sie … normal.«

In Elvis Büchern gab es keine genauen Überlieferungen zu den Fürsten der Unterwelt, abgesehen davon, dass sie direkt der Dunklen Herrin unterstehen und an der Spitze ihrer Heere ihre Befehle ausführen. Es wäre also möglich, dass die Fürsten über verschiedene Fähigkeiten verfügen. Während der eine blaues Feuer hervorrufen kann, könnte die andere Menschen manipulieren und sie das sehen und hören lassen, was sie will.

»Wir Unstreth sind sehr geduldig«, lässt meine einstige Begleiterin mich wissen. »Dein Angebeteter hat dich hier zum Sterben zurückgelassen. Tut es weh?«

Ich recke das Kinn. »Nicht so sehr, wie es dir wehtun wird, wenn ich meine Axt in dich schlage.«

Sie breitet die dürren Arme aus. »Dann tu es doch! Ich stehe genau hier und warte auf dich.«

Alles in mir brennt darauf, sie anzugreifen, doch die Vernunft hält mich zurück. Wenn ich es wage, die Schatten zu betreten, werden auch die anderen Unstreth über mich herfallen. Allein habe ich keine Chance gegen mehrere von ihnen. Und Vangar … Ich wage einen Seitenblick zu ihr. In jedem anderen Kampf hätte ich mich bedingungslos auf sie verlassen, aber nicht gegen Astrid.

Selbst auf die Entfernung erkenne ich, dass Astrid die Augen verdreht, ehe sie sich Vangar zuwendet. »Bring mir ihren Kopf, Liebste. Dann können wir für immer vereint sein.«

Ein Ruck durchläuft Vangar. Gerade so kann ich ihren Schwerthieb parieren. Ihr Blick wirkt leer und voller Wut zugleich.

»Komm zu dir, Vangar!«, beschwöre ich sie, als ich sie ein Stück zurückstoße.

Doch ebenso gut könnte ich mit einem Stein reden. Mir bleibt nichts anderes übrig, als ihren Attacken auszuweichen.

Schnell bemerke ich, dass sie mich in die Richtung treibt, in der Astrid bereits auf uns wartet. Ich versuche, woandershin auszuweichen, doch obwohl sie unter einem Zauber steht, durchschaut Vangar sofort, was ich vorhabe.

Als ich bereits den gierigen Hauch der Unstreth im Nacken spüre, bleibt mir keine andere Wahl, als meinerseits anzugreifen. Ich warte angespannt, bis Vangar mich mit einem Schildstoß endgültig in die Schatten treiben will, und nutze den winzigen Augenblick, in dem sie die Deckung sinken lässt. Seitlich weiche ich ihrem Schild aus, umfasse meine Axt am oberen Ende und ramme ihr den Griff in den Bauch. Mit einem Keuchen entweicht ihr die Luft und sie beugt sich ein Stück vor. Ich wirbele herum und donnere ihr den Griff der zweiten Axt gegen den Kopf. Sogleich geht sie wie ein umgestürzter Baum zu Boden.

Ich will mich vergewissern, dass es ihr gut geht und ich sie bloß bewusstlos geschlagen habe, doch dazu komme ich nicht. Hände legen sich auf meine Schulter und packen mein Haar. Ich werde nach hinten gezerrt, hinein in den Bereich, den die Morgensonne noch nicht erreicht hat. Wild schlage ich um mich, doch meine Äxte treffen nur selten ein Ziel.

Mehrere Hände drücken mich mit dem Rücken voran zu Boden. Ich bäume mich auf, trete, schlage und versuche alles, um mich zu befreien, scheitere jedoch. Mein Herz trommelt so schnell in meiner Brust, dass ich kaum noch klar denken kann.

Astrids Silhouette erscheint über mir und schirmt das spärliche Licht von mir ab. »Es wäre einfacher gewesen, wenn du deinen Schemen noch hättest«, sagt sie mit einem Seufzen. »Ich gebe zu, ich war enttäuscht, als Kier dich aus dem Ozean gerettet hat und du dich dadurch von einem Teil seiner Macht befreien konntest. Würde er noch dein Herz verdunkeln, hätte ich dich ganz leicht beeinflussen können. Jetzt wäre es ziemlich anstrengend und ermüdend.«

»Als ob ich mich von dir beeinflussen lassen würde!«, knurre ich. »Ob mit Schemen oder ohne – ich wäre nie eine Dienerin der Dunklen Herrin geworden.«

»Dann bist du eine noch größere Närrin, als ich bisher angenommen habe.« Die Geste, mit der sie sich das nun lichte, grauweiße Haar über die Schulter streicht, wirkt beinahe so, wie es die Astrid getan hat, die ich vorher kannte. »Es ist nur eine Frage der Zeit, bis die Dunkle Herrin alle anderen Götter gestürzt hat und endlich ihren rechtmäßigen Platz einnehmen wird. Und wenn es so weit ist, werde ich auf der richtigen Seite stehen.«

Ich stoße ein Schnauben aus. »Deine Dunkle Herrin hat keinen rechtmäßigen Platz. Du hättest den Erzählungen meiner Schwester über die Götter besser zuhören sollen.«

Ihr lippenloser Mund verzieht sich zu einem schaurigen Lächeln. »Ach ja, deine Schwester. Die werden wir uns auch noch holen, allerdings wird sie keine so gute Dienerin abgeben wie du. Sie kennt die Dunkelheit bloß durch ihr fehlendes Augenlicht. Aber du und Kier …« Ihr Lächeln wird breiter. »Euch hat die Dunkle Herrin schon vor Jahren auserkoren.« Sie hält meinen Blick gefangen. »Einen sogar bereits vor seiner Geburt.«

»Wir werden niemals ihre Diener!«

»Tötet sie«, befiehlt Astrid beiläufig. »Wir holen uns ihre Seele später. Ein paar Wochen in der Unterwelt werden sie vom Angebot der Dunklen Herrin überzeugen.«

»Wieso tust du es nicht selbst?«, verlange ich zu wissen. »Hast du Angst, ich könnte dich doch noch besiegen?«

Ihr glockenhelles Lachen schrillt in meinen Ohren. Mit einer Handbewegung hält sie ihre Unstreth zurück. »Du willst, dass ich dich töte? Ganz wie du wünschst.«

Sie bewegt den Mund, doch ihre Worte dringen nicht bis zu mir vor. Als Nächstes nehme ich wahr, dass ich wieder eine meiner Äxte in Händen halte. Aber anstatt damit einen weiteren Angriff auszuführen, bewege ich die Klinge zu meinem Hals.

Endlich begreife ich, was hier vorgeht, und befehle meinem Körper, sofort aufzuhören, doch er verweigert meine Anweisung.

Selbst mein Schrei dringt nicht über meine Lippen, als ich die kühle Klinge an meiner Haut spüre. Mit aller Kraft stelle ich mir vor, wie ich mich gegen die Einflüsterungen wehre und meine Hand von mir schiebe, jedoch rinnt im nächsten Moment warmes Blut meinen Hals hinab.

In einem letzten Moment durchzuckt mich die Frage, was meine Mutter und meine Schwester wohl denken werden, sollte ihnen jemand meinen Körper für die Beerdigung bringen. Elvi müsste mir eine rituelle Bestattung verweigern. Weil ich mich selbst getötet habe.

Ein Schrei erschüttert den Himmel über mir. Auch ohne den Kopf zu heben, weiß ich, von wem er stammt, doch ich erlaube mir nicht zu hoffen.

Die Axtklinge schneidet sich tiefer in mein Fleisch. Ich spüre den Schmerz, die Wärme meines Blutes, die wachsende Angst vor dem, was mich danach erwartet.

Und plötzlich ist da eine riesige geschuppte Pranke, die meinen Körper umschließt. Ein weiterer greller Schrei unterbricht endlich die Einflüsterungen der Fürstin. Blinzelnd vertreibe ich den letzten Rest ihres Zaubers und senke hastig die Axt. Eine Hand auf die Wunde gepresst, sehe ich nach oben. Zwar erkenne ich nicht viel mehr als Drakkars Bauch, aber ich weiß genau, wer auf ihrem Rücken sitzt.

»Ah«, schnurrt Astrid. »Wie nett von dir, dass du freiwillig herkommst. Das erspart mir die Mühe, dich zu suchen.«

»Ich bin nicht deinetwegen hier.« Als ich Kiers Stimme höre, durchrieselt mich ein wohliger Schauer, der all die Angst der letzten Minuten hinwegspült.

»Das ist äußerst schade.« Astrids Worte gleichen einem katzenhaften Raunen. »Wir hätten es weit bringen können, du und ich. Noch ist es nicht zu spät.«

»Hör ihr nicht zu!«, schreie ich.

Umständlich winde ich mich aus Drakkars Kralle und klettere ihren Rücken hinauf. Kiers Blick wirkt leer und ist starr auf Astrid gerichtet, die mit lieblichen Versprechungen versucht, ihn zu sich zu locken. Ich rutsche zu ihm, bis ich direkt vor ihm auf dem Hals des Wyvern sitze.

Mit beiden Händen umschließe ich Kiers Gesicht, dennoch scheint er durch mich hindurchzusehen.

»Konzentriere dich auf mich«, flüstere ich. »Bitte.«

Er kneift die Augen zu, aber Astrids Zauber scheint nicht gänzlich gebrochen zu sein. Deshalb schiebe ich meine Hände weiter nach hinten und lege sie über seine Ohren. Endlich findet sein Blick meinen.

»Yrsa.« Es klingt, als sei er erstaunt, mich zu sehen.

»Ich bin hier«, versichere ich ihm, obwohl er mich nicht hören kann.

Nun bin ich diejenige, die wieder Astrids Zauber ausgesetzt ist. Obgleich ihre Worte keinerlei Sinn ergeben, fressen sie sich in meinen Kopf und pflanzen gewaltsam Bilder hinein. Kier, der sein Schwert gegen eine mir unbekannte Frau hebt, deren geblendete Augen hinter einem weißen Schleier verborgen sind. Nur Sekunden später ist der Schleier von Blut besudelt.

Dasselbe wird er mit deiner Schwester machen. Die Stimme, die in meinem Kopf widerhallt, klingt genauso wie die des Schemens. Mein ganzer Körper beginnt zu zittern. *Nachdem er sich vorgestellt hat, sie wäre du, und sie wieder und wieder benutzt hat. Würde es ihr genauso gefallen? Wird er ihr genauso viel Lust bereiten wie dir?*

Ich beiße die Zähne zusammen, um nicht zu schreien. Doch ich bin machtlos dagegen, dass meine Hände, die bis eben schützend über Kiers Ohren lagen, sich zu Krallen formen. Weitere Bilder prasseln auf mich ein, eines furchtbarer als das vorherige. Ich bin gefangen zwischen diesen schaurigen Szenen und dem Flüstern, das Ängste in mir heraufbeschwört, von denen ich noch nichts geahnt habe.

Warme Hände legen sich über meine Ohren, und einen Augenblick später verschwinden die Bilder. Das Flüstern verstummt ebenfalls.

Immer noch zitternd nehme ich einen tiefen Atemzug, bis ich genügend Mut habe, um Kier anzusehen. Sorge umwölkt seine grünen Augen. Sein Mund bildet Worte, die ich nicht verstehe. Ohne den Klang seiner Stimme und die darin mitschwingende Aura kann ich die Bilder nicht vollständig abschütteln. Sie wirbeln durcheinander, quälen mich aufs Neue, wenn ich glaube, sie verdrängt zu haben.

Kiers Blick verhärtet sich, als er zur Seite schaut. Wahrscheinlich hat er Drakkar einen Befehl gegeben, denn ihr Körper bebt zwischen meinen Beinen. Hitze breitet sich kurz darauf in meinem Rücken aus. Offenbar hat sie einen weiteren Lavaklumpen ausgespien und so die Unstreth in Angst und Schrecken versetzt. Ich würde es gern sehen, wage aber nicht, mich umzudrehen. Als sie ihre Flügel bewegt, um sich in die Lüfte zu schwingen, nehme ich die Hände von Kiers Ohren.

»Vangar«, sage ich. »Wir müssen sie mitnehmen.«

Kier nickt, lässt seine Hände ebenfalls sinken und erteilt Drakkar einen weiteren Befehl. Jedes Mal, wenn er mit ihr redet, klingt seine Stimme so sanft und klar, dass ich mir wünsche, er würde auf diese besondere Weise mit mir sprechen. Ich bin mir sicher, dass das raue Timbre die Schrecken des Flüsterns vertreiben könnte.

Ich verscheuche diesen Gedanken und drehe mich um, sodass ich mich mit dem Rücken gegen seine Brust lehnen kann.

»Festhalten!«

Diesen Befehl hat er mir bereits erteilt, als wir zusammen in den Nachthimmel geflogen sind. Damals habe ich gefragt, woran ich mich denn festhalten soll. Diesmal grabe ich die Hände unter Drakkas Schuppen, die an ihrem Hals biegsam sind und weiter verteilt liegen.

Wie sie es vorhin bei mir getan hat, umschließt Drakkar mit ihrer Kralle Vangars bewusstlosen Körper, ehe sie sich in den Himmel hinaufschwingt. Als wir außerhalb der Reichweite der Unstreth sind, will ich erleichtert aufseufzen, doch dazu komme ich nicht.

Gerade als wir ein paar Meter über dem Strand sind, gerät der Wyvern ins Straucheln und stößt ein schmerzerfülltes Brüllen aus. Sofort wirbelt Kier hinter mir herum und findet schnell den Auslöser: Ein Speer steckt in Drakkars linkem Flügel. Ich werfe einen Blick über die Schulter und entdecke den zweiten Fürsten neben Astrid, dessen Körperhaltung nahelegt, dass er ebendiesen Speer geschleudert hat.

Ich blecke die Zähne. Sie haben darauf gewartet, dass Drakkar zurück zum Strand fliegt! Sie haben damit gerechnet, weil sie mich festgesetzt haben.

Drakkar trudelt zur Seite, doch sie hält sich in der Luft. Bei jedem Flügelschlag gibt sie einen gequälten Laut von sich.

»Durchhalten, mein Mädchen.«

Deutlich höre ich die angespannte Nuance aus Kiers Stimme heraus und beginne am ganzen Leib zu zittern. *Meine Schuld.* Das alles passiert meinetwegen.

Als Drakkar bloß einen Flügel bewegt, geraten wir in Schieflage. Ich glaube, dass ich schreie. Wäre da nicht Kiers Arm, den er nun fest um meine Mitte schlingt, wäre ich von Drakkars Rücken gerutscht. So beruhige ich mich ein wenig, als ich seine gleichmäßigen Atemzüge hinter mir spüre.

»Sie schafft das«, murmelt er mir ins Ohr. »Vertraue ihr.«

»Das tue ich«, bringe ich hervor.

Wir tauchen in den Nebel ein, der so dicht ist, dass ich gerade noch Drakkars Kopf erkennen kann. Ich wünschte, auch in mir würde ein solcher Nebel herrschen, der das schlechte Gewissen außer Sichtweite hält, das mit jedem gequälten Flügelschlag stärker und stärker wird.

»Wie weit ist es bis zum Schiff?«, frage ich, um mich von dem nagenden Elend in mir abzulenken.

Kier zögert mit einer Antwort, ehe er wiederholt: »Sie schafft das.«

Es fühlt sich an, als würde es bis ans Ende aller Zeitalter dauern, bis das Schiff endlich in Sichtweite kommt. Drakkar findet den Weg von selbst, jedoch musste sie unterwegs mehrmals die Richtung anpassen, weil sie immer weiter abdriftete.

Ihre Landung ist so hart, dass das Schiff bedenklich schaukelt und ich von ihrem Rücken geworfen werde.

Nachdem ich mich aufgerappelt habe, sehe ich nach Vangar, die während des Fluges nicht zu sich gekommen ist. Drakkar hält sie bloß noch lose fest, sodass es mir leicht gelingt, sie zwischen den scharfen Krallen des Wyvern hervorzuziehen. Unterdessen ruft Kier nach Halvar und einigen anderen Männern. Als ich sicher bin, dass Vangar nur ohnmächtig ist und abgesehen davon keine nennenswerten Verletzungen hat, eile ich ebenfalls zu Kier.

»Ich … Ich kann …«

Ich habe keine Ahnung, was ich sagen will. Ein Blick auf Drakkar und Kier genügt, um mich vor Schuldgefühlen fast vergehen zu lassen. Und alles, was ich tue, ist stammeln.

»Du stehst im Weg, Kleine«, brummt Halvar, ehe er mich unsanft zur Seite schiebt.

Ich habe diesen Spitznamen schon immer gehasst, aber stets ignoriert, doch diesmal trifft er einen Nerv bei mir. Gerade als ich Halvar die Leviten lesen will, ruft Kier nach ihm.

Schnell stelle ich mich vor ihn. »Ich möchte helfen.«

Halvars Blick wirkt noch finsterer als gewöhnlich. »Du hast genug angerichtet.«

Seine Worte treffen mich härter, als sie sollten. Sie steigern die nagende Schuld in mir nur noch weiter. Zusammen mit meiner Hilflosigkeit ist es eine gefährliche Mischung, die mich reden lässt, bevor ich einen klaren Gedanken gefasst habe.

Meine Fingernägel bohren sich in meine Handflächen, so fest balle ich die Hände zu Fäusten. »Ich habe nicht darum gebeten, dass er kommt, um mich zu retten!«, brülle ich Halvar hinterher.

Zwar sehe ich Kier bloß von hinten, dennoch bemerke ich, wie er sich versteift. Erst da wird mir klar, was ich gerade gesagt habe.

Wenn ich könnte, würde ich meine Worte einfangen, damit Kier sie niemals hört. Ich beiße mir so fest auf die Zunge, dass ich vor Schmerzen schreien möchte, doch ich bleibe stumm. Ebenso wenig wie ein Schmerzenslaut verlässt eine Entschuldigung meinen Mund, denn keine Entschuldigung dieser Welt könnte das wiedergutmachen, was ich angerichtet habe.

Zwar habe ich weder darum gebeten, gerettet zu werden, noch eigenhändig Drakkar verletzt, doch es ist meine Schuld. Kier ist meinetwegen zurückgekommen und hat die Unversehrtheit seines Tierwesens aufs Spiel gesetzt, um mich zu retten.

Abrupt wende ich mich ab, um Kiers angespannte Haltung keine Sekunde länger ertragen zu müssen, und gebe vor, mich um Vangar zu kümmern. Nachdem ich sie ein Stück zur Seite gezogen habe, lehne ich sie mit dem Rücken gegen die Reling. Bran gesellt sich zu mir; auch er straft mich mit einem abweisenden Blick, der mir fast die Tränen in die Augen treibt.

»Es tut mir leid«, flüstere ich. Ihm gegenüber kommen mir die Worte leicht über die Lippen. »Ich wollte, dass du in Sicherheit bist. Ich hätte es mir nie verziehen, wenn du …«

Hastig presse ich eine Hand auf den Mund, damit das Schluchzen, das in meinem Hals emporsteigt, mir nicht entweicht.

Ich habe Brans Sicherheit über meine eigene und auch die meiner Begleiterin gestellt, während Kier nichts unversucht gelassen hat, um mich zu retten.

Mein Tierwesen schmiegt seinen großen Kopf an mich und wirft mich beinahe um. Schnell schlinge ich beide Arme um seinen Hals und berge das Gesicht in seinem dichten Fell. Ich möchte weinen. Ich weiß, dass ich es kann, nun da sich der Schemen nicht mehr an meinen Emotionen labt, doch es fließen keine Tränen. Zurück bleiben ein fieses Brennen und die Gewissheit, einen riesigen Fehler begangen zu haben.

Während ich darauf warte, dass Vangar zu sich kommt, nehme ich mir fest vor, mich bei Kier zu entschuldigen. Wenn ich bloß wüsste, wie ich das anstellen soll …

KAPITEL 12

KIER

Drakkar ist auf der Seite liegen geblieben. Ihr massiger Körper hebt und senkt sich unter schweren Atemzügen. Ich brauche unsere Verbindung nicht, um zu wissen, welche Schmerzen sie gerade durchsteht.

Beruhigend streichele ich ihr über die Schnauze. »Wir ziehen den Speer gleich heraus. Dann wird es dir besser gehen.«

Sie erschauert, und wenn sie könnte, würde sie wohl fliehen. Die Flügel eines Wyvern sind um ein Vielfaches empfindlicher als unsere Fingerspitzen. Unzählige Nerven laufen dort zusammen, um jeden noch so kleinen Luftzug zu spüren und zum Fliegen nutzen zu können.

Als Halvar und drei andere kräftige Männer über Drakkars Rücken klettern, um an den Speer heranzukommen, ruckt ihr Kopf herum, und es fehlt nicht viel, dass sie nach den Männern schnappt.

Schnell lege ich beide Hände an die Seiten ihrer Schnauze. »Sieh nicht hin. Sieh nur mich an.«

Unruhig huscht ihr Blick aus den geschlitzten Pupillen umher, während ihr Körper vor Angst und Schmerz gleichermaßen erbebt.

Ich lehne den Kopf gegen ihren. Ihre Schuppen fühlen sich kühl auf meiner Haut an. »Es tut mir leid. Ich hätte nicht …«

Mitten im Satz breche ich ab. In der gleichen Situation würde ich wieder genauso handeln und zu Yrsas Rettung eilen, weil alles andere einfach falsch wäre. Aber wenn ich mein vor Angst zitterndes

Tierwesen jetzt betrachte, gerät meine Entscheidung ins Wanken. Ich habe wissentlich in Kauf genommen, dass sie verletzt wird. Hätte ich ihr nicht befohlen zurückzufliegen, wäre das nicht geschehen.

»Verzeih mir.«

Ich halte ihre Schnauze fest, als die Männer den langen Griff des Speers packen, um ihn herauszuziehen. Noch haben sie ihn nicht bewegt, doch die winzige Erschütterung ihrer Hände genügt, um Drakkar vor Schmerzen brüllen zu lassen. Sie bäumt sich auf, sodass mir keine andere Wahl bleibt, als beide Arme um ihr Maul zu schlingen, damit sie nicht doch noch nach den Männern schnappt.

»Es ist gleich vorbei«, verspreche ich ihr, ohne zu wissen, ob sie mich über ihr Brüllen hinweg verstehen kann.

Die Lüge schmeckt bitter auf meiner Zunge. Über unsere Verbindung spüre ich, dass sie mir nicht glaubt.

»Es tut mir leid«, wiederhole ich wieder und wieder. Diesmal zweifelt sie nicht an meinen Worten.

Als Halvar befiehlt, den Speer mit einem Ruck herauszuziehen, versteift sich Drakkar. Doch nichts könnte sie auf die Qualen vorbereiten, die kurz darauf ihren riesigen geschuppten Körper schütteln. Ich kriege nur einen Bruchteil dessen über unsere Verbindung mit, aber es genügt, um mich beinahe in die Bewusstlosigkeit zu treiben. Beruhigend murmele ich ihr Wortfetzen zu, die keinen Sinn ergeben, doch ich höre nicht auf. Ich rede mit ihr, halte sie fest, so gut ich kann, und irgendwie stehen wir es gemeinsam durch.

Als der Speer, der in etwa so groß wie Halvar ist, endlich aus ihrem Flügel gezogen wurde, kippt Drakkar wieder zur Seite. Das Schiff gerät ins Schlingern, doch ich habe nur Augen für meinen Wyvern, der zitternd und zusammengerollt daliegt – den verwundeten Flügel nah an den Körper gezogen, um ihn vor weiteren Verletzungen zu schützen. Das Loch in der empfindlichen, dünnen Haut hat den Umfang meiner Faust.

»Wie lange wird es dauern, bis sie wieder fliegen kann?«, höre ich einen der Männer hinter mir fragen.

Ich richte mich auf, drehe mich langsam zu ihm um und kehre den tödlichsten Blick nach außen, über den ich verfüge. Niemand wagt, erneut das Wort an mich zu richten.

»Drakkar erhält so viel Erholungszeit, wie sie benötigt«, teile ich der Menge um mich herum in einem entschlossenen Tonfall mit. Alle nicken eifrig; keiner stellt meinen Befehl infrage. Sie zerstreuen sich, um ihren Aufgaben nachzugehen, und lassen mich mit Halvar bei Drakkar zurück.

»Wie schlimm ist es?«, will mein bester Freund wissen.

»Sie hat Schmerzen«, sage ich, während ich über ihren Kopf streichele. »Sehr schlimme Schmerzen. So schnell wird die Wunde nicht verheilen.«

»Was hast du jetzt vor?«

Geräuschvoll stoße ich den Atem aus. »Warten. In dem Zustand werde ich sie nicht fliegen lassen. Hier im Nebel sind wir sicher.«

»Lass uns hoffen, dass unsere Rationen reichen«, brummt Halvar.

Ich nicke. Zwar führen die beiden Schiffsbauer und ich penibel Buch über die verbleibenden Rationen, aber mir ist klar, dass sie nicht für immer reichen werden. Schließlich gingen wir bei der Planung davon aus, dass wir den Proviant bei unsrem Landgang auffüllen würden. Sosehr ich auch darauf beharre, Drakkar alle Zeit der Welt zur Genesung zu geben, werde ich das nicht können. Einige Tage, vielleicht eine Woche müssen genügen, doch darüber will ich jetzt nicht nachdenken, wenn ich noch den Widerhall ihrer Schmerzen in mir spüre.

»Wir haben übrigens vier Männer verloren«, teilt mir mein bester Freund mit.

»Und Astrid«, sagt eine dünne Frauenstimme hinter uns. Vangar. »Wir haben auch Astrid verloren.«

Nur flüchtig streift mein Blick Yrsa, die versucht, ihre Begleiterin von uns wegzuziehen. Es tut weh, sie anzusehen, während ich hinter mir Drakkars gequälte Atemzüge spüre.

Ihre Undankbarkeit hat mich mehr getroffen, als ich mir im

Moment eingestehen will, doch letztendlich war ich derjenige, der den Befehl gab. Ich habe Drakkar vom Geschirr gelöst, bin auf ihren Rücken geklettert und habe ihr aufgetragen, zurück zum Strand zu fliegen.

Es ist meine Schuld, dass sie verletzt wurde. Mein Fluch bringt jedem Unglück, der mir nahesteht; selbst mein Tierwesen ist nicht vor den Auswirkungen des dunklen Zaubers gefeit, der bereits vor meiner Geburt auf mir lastete.

»Verschwindet«, knurre ich. »Alle.«

Ich setze mich neben Drakkar, schmiege mich an sie.

»Du solltest jetzt nicht allein sein«, wirft Halvar ein, aber es genügt ein Blick, um ihn doch zum Rückzug zu bewegen.

Ich werde nie allein sein, solange ich das Einzige habe, was die Götter mir zugestanden haben – mein Tierwesen. Mehr als Drakkar brauche ich nicht. Und ich werde sie mit allem beschützen, was ich habe.

KAPITEL 13

YRSA

Ich habe alle Hände voll damit zu tun, auf Vangar aufzupassen, nachdem sie wieder zu sich gekommen ist. Wie eine Verlorene wandert sie über Deck und sucht nach ihrer Partnerin. Mir bleibt nichts anderes übrig, als sie gewähren zu lassen. Doch als sie zu Kier geht, muss ich eingreifen. Sein abweisender Blick trifft mich derart hart, dass ich mich am liebsten unsichtbar gemacht hätte, um keine Sekunde länger auf diese Weise von ihm angesehen zu werden. Ich spüre seinen Schmerz, als wäre es mein eigener, und will mich entschuldigen, aber erneut bleiben mir die Worte im Hals stecken.

So schnell es mir möglich ist, zerre ich Vangar von ihm und Drakkar weg. Sie kämpft gegen meinen Griff an und ruft so laut nach Astrid, dass ich mir sicher bin, dass die Unstreth sie durch den Nebel hören können.

Irgendwie gelingt es mir, sie ans andere Ende des Schiffes zu bugsieren – weg von der verletzten Drakkar und Kiers eiskalter Miene – und sie zum Hinsetzen zu bewegen.

Mit stumpfem Blick starrt sie ins Leere, also versuche ich, ein Gespräch zu beginnen. Doch die einzigen Themen, die mir einfallen, drehen sich um ihre Partnerin. Die drängendste Frage, die ich nicht länger zurückhalten kann, entschlüpft mir, bevor ich sie aufhalten kann.

»Wusstest du, dass Astrid …?«, will ich wissen, kann die Frage aber nicht stellen.

Ich kenne die Antwort: Vangar war mindestens genauso überrascht wie ich, als Astrid auf der falschen Seite auftauchte und sich obendrein in eine Unstreth verwandelte. Trotzdem erachte ich es für besser, mit Vangar zu reden, statt sie ziellos übers Schiff stromern zu lassen. Nicht auszudenken, auf welche Ideen sie in ihrem Kummer kommt.

Mit beiden Händen rauft Vangar sich das dunkle Haar, bis es ihr wirr vom Kopf absteht. Nie zuvor habe ich sie in einem solchen Zustand gesehen; selbst nach einem Kampf achtete sie stets auf ihr Äußeres. Ich warte darauf, dass sie ihr Haar glatt streicht, wie sie es immer tut, sobald auch nur eine Strähne nicht an ihrem Platz liegt.

Stattdessen starrt sie weiterhin an mir vorbei ins Leere und schüttelt auf meine Frage hin den Kopf. »Astrid würde nie … Sie könnte nie …«

Ich setze mich neben sie, den Rücken gegen die Reling gelehnt, und versuche, ebenfalls etwas in dem Nichts zu erkennen, das sie unentwegt fixiert. »Die Frau …«, sage ich vorsichtig, »dieses Wesen, das wir am Strand gesehen haben … Das war nicht mehr Astrid.«

Vangar versteift sich neben mir, als hätte ich mit meinen Worten ihre schlimmsten Befürchtungen wahr gemacht.

Schnell lege ich eine Hand auf ihre, um sie daran zu hindern, von mir abzurücken.

Zögerlich dreht sie den Kopf in meine Richtung und sieht mich zum ersten Mal, seit sie zu sich gekommen ist, an. »Aber … was ist sie dann?«

»Ich bin mir nicht sicher«, gebe ich zu. »Meine Schwester wüsste sicherlich mehr.«

»Wir können Elvi aber nicht fragen, bis wir zurück sind. Und dann ist es für Astrid … vielleicht zu spät.«

Mir liegt bereits der Einwand auf der Zunge, dass es in dem Moment für sie zu spät war, als sie sich das erste Mal in eine Unstreth verwandelt hat. Wie ist es überhaupt möglich, dass sie zwischen einer normalen menschlichen Form und der einer Untoten wechseln kann?

Fieberhaft krame ich in meinen Gedanken nach allen Schriften, die ich Elvi vorgelesen habe und in denen die Unstreth erwähnt wurden. Die meisten befassten sich jedoch damit, wie unter allen Umständen das Wiederauferstehen eines Verstorbenen als Unstreth vermieden wird. Eine Bestattung ist nur ein kleiner Teil der Liste; weniger wohlhabenden Toten, denen keine Feuerbestattung zusteht, werden die Füße an den Sargboden genagelt, damit sie sich nicht erneut erheben können. Schwere Steine auf den Gräbern tun ihr Übriges, um diejenigen, die keine Ruhe finden, unter der Erde zu halten.

Ein Bericht in einem zerfledderten Valkrabuch kommt mir in den Sinn. Ich erinnere mich genau daran, weil es einer der wenigen bebilderten Einträge war. Mir fiel die undankbare Aufgabe zu, Elvi dieses Bild in allen Einzelheiten zu beschreiben. Zu sehen war eine schwangere Frau, die noch vor oder während der Geburt starb, woraufhin ihr ungeborenes Kind zu einem Unstreth wurde. Die Abbildung des Unstreth mutete für mich als Heranwachsende schon schaurig an; sie real vor mir zu sehen, ihre runzelige Haut, die Pusteln und offenen Wunden, und ihren Verwesungsgestank zu riechen ist jedoch um ein Vielfaches schlimmer, als eine Zeichnung in einem Buch zu beschreiben. Jedenfalls wurde diesem Ungeborenen-Unstreth nachgesagt, dass er besondere Fähigkeiten hätte. Vielleicht zählt das Annehmen eines menschlichen Äußeren dazu. Doch wie konnten wir das nicht bemerken? Wie konnte Vangar all die Jahre keinen Verdacht schöpfen?

Ich runzele die Stirn, während diese und ähnliche Fragen durch meinen Kopf huschen.

»Ihr … stammt nicht vom Küstenclan, oder?«, frage ich zögerlich.

Meine Erinnerungen an Astrid und Vangar reichen nur einige Jahre zurück. Ich weiß noch genau, wie sie nach einem erfolgreichen Raubzug zu einer der umliegenden Inseln in unser Langhaus kamen und den ganzen Clan bis zum Morgengrauen mit ihren Geschichten unterhielten. Genauso erinnere ich mich daran, dass sie seit Jahren zu den fähigsten Kämpfern zählen, die unser Clan zu bieten hat, und dass ich stolz darauf bin, diese Schildmaiden an meiner Seite zu wissen, nachdem sie bereits meiner Mutter gedient hatten.

Nun ja, ich *war* stolz, bis sich eine als Unstreth entpuppte.

Aber was war davor? Lebten sie schon vor dem Raubzug in unserem Clan? Ich kann mich nicht daran erinnern … Obwohl ich die Clanführerin bin, kenne ich nicht jeden Einwohner unseres Dorfes persönlich. Doch die fast gleichaltrigen Frauen müssten mir aufgefallen sein, oder?

Je länger ich in meinen Erinnerungen krame, desto verschwommener wird das Bild, das ich von ihnen habe. Ein Bild, das sich bei einer von ihnen zu einem dunklen Wesen verwandelt, während die andere … nicht existiert.

Vangars Blick gleitet ziellos umher, während sie über meine Frage nachdenkt. Unruhig rutsche ich auf meinem Platz herum und halte die Luft an, als sie den Mund öffnet.

»Ich wurde in eine Gruppe Ausgestoßener geboren«, sagt Vangar, die Stirn gefurcht, als müsse sie sich stark konzentrieren. »Wir zogen von Gebiet zu Gebiet. Ich weiß noch genau, dass ich vor Hunger oft nicht schlafen konnte und viel weinte, was mir und meinen Eltern eine Menge Ärger einbrachte. Nicht bloß ein Mal wurden wir entdeckt, weil ich nicht still sein konnte.«

Ich betrachte sie. Es fällt mir nicht schwer, mir vorzustellen, was die anderen Mitglieder der Gruppe getan haben, um das junge Mädchen zum Schweigen zu bringen. Ihre Maßnahmen waren derart weitreichend, dass Vangar heute noch zu den ruhigsten Menschen zählt, die ich kenne. Allerdings kann ich auch die anderen Ausgestoßenen verstehen. Ihr Leben muss alles andere als einfach gewesen sein. Auch mein Küstenclan vertreibt Ausgestoßene rigoros von seinem Gebiet, sobald wir welche entdecken. Es gibt immer einen Grund, warum sie keinem Clan angehören, und unsere Vorräte sind selbst in guten Jahren zu knapp, um sie mit Fremden zu teilen.

»Wir kämpften täglich ums Überleben«, fährt Vangar fort. »Meine Eltern waren der Meinung, dass ich so früh wie möglich lernen musste, mich zu verteidigen. Also übte ich mit Stöcken, wie es wäre, ein echtes Schwert zu führen.« Auf meinen fragenden Blick hin sagt sie: »Etwas anderes hatten wir nicht. Wir waren dankbar für die Kleidung, die wir am Leib trugen, und jede Beere, die wir irgendwo fanden.« Sie sieht wieder in die Leere. »Ich erinnere mich noch an den Tag, als eine weitere Frau zu unserer Gruppe stieß. Sie war hochschwanger und von ihrem Clan verstoßen worden, weil ihr Ehemann behauptete, das Kind in ihrem Leib sei nicht von ihm.«

Ich verziehe den Mund. In meinem Clan hat das auch ein Mann versucht, während seine Frau bei allen Göttern beteuerte, dass sie ihm nie untreu war. Ich ließ Elvi entscheiden, die sich sogleich auf die Seite der Frau stellte. Ich will lieber nicht wissen, welche Stimmen meine Schwester hört, doch die Götter müssen ihr die Wahrheit zugeflüstert haben. Denn alsbald stellte sich heraus, dass es der Mann war, der seine Frau betrog. Diese ließ sich daraufhin scheiden und heiratete einen anderen, während ihr vorheriger Mann vom gesamten Clan gemieden wurde. Er durfte zwar noch bei uns leben, wirkte jedoch eher wie ein Ausgestoßener. Allerdings ist mir klar, dass nicht jeder Clan auf diese Weise bei solchen Anschuldigungen verfährt. Untreue während einer Ehe ist ein schweres Vergehen – für beide Seiten. Wenn noch ein Kind aus einer untreuen Verbindung hervorgeht, ist es umso schlimmer – auch für das Kind, denn die Götter werden es nie wohlwollend betrachten.

»Das Kind dieser hochschwangeren Frau«, setze ich an, »war es Astrid?«

Vangars Stirnrunzeln vertieft sich. »Ich bin mir nicht sicher. Meine Erinnerungen ab diesem Zeitpunkt sind lückenhaft.«

Ich drücke ihre Hand. »Versuch es trotzdem. Jedes Wissen könnte ein Vorteil sein.«

»Ich glaube, ich hatte … Albträume.«

»Albträume?«, wiederhole ich.

Vangar nickt. »Alle aus unserer Gruppe liegen tot auf dem Boden, während da ein gräuliches Wesen ist, das …« Sie schüttelt sich, entreißt mir ihre Hand und schlingt beide Arme um sich.

»Was hat dieses Wesen getan?«, hake ich nach. »Hat es … die Toten gefressen?«

Nun sieht mich Vangar an. Ihr Gesicht ist blasser als Schnee. »Woher …? Es war doch nur ein Albtraum.«

Ich drücke ihre Hand, um sie nicht noch weiter zu verstören, ehe ich düster sage: »Wenn es aber keiner war, haben wir es mit etwas Schlimmerem als einem Unstreth zu tun.«

»*Noch* schlimmer?«

Ich nicke grimmig, gehe aber nicht weiter darauf ein. Zunächst muss ich meinen Verdacht von Elvi bestätigen lassen, ehe ich unnötig Panik schüre. »Nehmen wir an, dass es sich bei diesem Wesen, von dem du geträumt hast, um Astrid handelt. Dann wundert es mich nicht, warum die Dunkle Herrin sie unbedingt in ihren Reihen haben wollte und sie obendrein mit weiteren Kräften ausstattete.«

»Ich …« Vangar bricht ab und schluckt sichtlich angestrengt. »Ich will es lieber nicht hören, was sie … sein könnte.«

Ich lege ihr eine Hand auf die Schulter. »Das verstehe ich. Sobald wir zurück sind, werde ich meine Theorie sowieso erst mit Elvi besprechen. Und ich respektiere es, wenn du es auch dann nicht hören willst. Was ist danach geschehen – nach deinem … Albtraum?«

Vangar reibt sich über die Stirn. »Das Nächste, was ich weiß, ist, dass wir im Küstenclan lebten und glücklich miteinander waren. Es ist seltsam. Ich habe es bis heute nicht infrage gestellt. Dabei kann ich mich nicht mehr daran erinnern, wie ich Astrid kennengelernt habe. An den Tag, an dem ich mich in sie verliebte. Wo wir hingegangen sind, wenn wir ungestört sein wollten. Oder … irgendeine andere Begebenheit, die mir wichtig sein müsste.«

»Es ist in Ordnung. Seit unserer Begegnung mit … ihrem anderen Ich wissen wir, dass sie andere mit ihrer Magie manipulieren kann. Es würde mich nicht wundern, wenn sie das bei dir gemacht hat.«

»Aber warum hätte sie das tun sollen?«, fragt Vangar.

Ich schüttele den Kopf. »Das weiß ich nicht. Aber sie schien einem Plan zu folgen, schließlich hat sie sich jahrelang ruhig verhalten und uns jetzt direkt in ein verdammtes Unstrethnest geführt.«

Ich sehe Vangar deutlich an, dass sie gegen meine Worte protestieren und Astrid in Schutz nehmen will, doch sie klappt den Mund zu, ohne dass ein Wort herauskommt. Auch sie scheint nun begriffen zu haben, dass die Frau, die sie zu lieben glaubte, nicht mehr existiert.

Und vielleicht nie existiert hat.

»Es tut mir leid«, murmelt Vangar, nachdem sie eine Weile geschwiegen hat. »Dass ich … auf sie hören und ihr deinen Kopf bringen wollte. Das … Du … wirst mich dafür verbannen. Ich verstehe das.«

Ich drücke ihre Schulter, ehe ich aufstehe. »Mach dir keine Sorgen. Du hast unter einem Zauber der Unterwelt gestanden, und die Macht dieses Zaubers habe ich am eigenen Leib zu spüren bekommen. Dafür werde ich dich nicht bestrafen.«

Sie hebt den Kopf und sucht meinen Blick, als müsse sie sich vergewissern, dass ich mir keinen Scherz erlaube. Doch wie könnte ich? Unter normalen Umständen wäre Verbannung die beste Strafe gewesen, die sie hätte erwarten können. Aber die Umstände sind nicht normal.

»Wie kannst du mir noch vertrauen?«, fragt Vangar vorsichtig. »Nachdem ich …«

Ich zucke mit den Schultern. »Ich vertraue niemandem völlig.«

Das ist keine Lüge, doch ich gebe zu, dass es mir in nächster Zeit schwerfallen wird, Vangar den Rücken zuzuwenden.

»Du sagtest, du hättest auch unter ihrem Zauber gestanden«, murmelt sie. »Was hat … sie dir eingeflüstert?«

Ich versteife mich, antworte ihr aber dennoch, schließlich hat sie mir auch von ihren Albträumen erzählt. »Kurz bevor wir an Land gingen, meinte Astrid, dass Kier seine Valkra getötet hätte. Ich konnte mich noch nicht davon überzeugen, ob sie die Wahrheit sagte oder bereits da gelogen und mich hintergangen hat. Aber sie zeigte mir … Bilder, wie Kier auch meine Schwester tötet, nachdem er …«

Ich breche ab und presse fest die Lippen zusammen. Elvis Tod und ein von ihrem Blut besudelter Kier waren nicht alles, was mir Astrid gezeigt hat. Zuvor sah ich, wie sie sich vergnügten: Kier und eine Frau, die – abgesehen von den Augen – ein nahezu exaktes Ebenbild von mir ist.

Vangar öffnet den Mund, als ihr Blick hinter mich gleitet. Als ich mich umwende, entdecke ich Halvar, der mich aus ein paar Metern Entfernung abwartend mustert. Er betrachtet mich derart eindringlich, dass ich versucht bin, mich vor seinem Starren zu verstecken; dabei gibt es keinen Grund dazu. Und doch sieht er mich an, als könne er eine Antwort in mir finden, die er am liebsten nicht hätte.

»Kann ich dir helfen?«, frage ich, als mir sein Starren zu viel wird.

»Ich versuche, mir einzureden, dass es eine dumme Idee ist«, gibt er zurück.

Ich runzele die Stirn. »Was meinst du?«

Er bewegt den Kopf. »Kann ich dich kurz sprechen?«

Mein Blick huscht zu Vangar, die sogleich eine Hand hebt. »Geh nur. Ich möchte eine Weile allein sein und über das nachdenken, was du gesagt hast.«

KAPITEL 14

YRSA

Ich folge Halvar zu einem Teil des Schiffes, wo weniger Betrieb herrscht; ein Besatzungsmitglied läuft ziellos und mit leerem Blick herum, während die meisten sich jedoch unter Deck zurückgezogen haben. Oder haben es etwa nur so wenige zurückgeschafft? Ich hatte noch keine Zeit, mich danach zu erkundigen, und während des Kampfes hatte ich alle Hände voll damit zu tun, mir Unstreth vom Leib zu halten, da blieb keine Zeit aufzupassen, wie gut die Beiboote besetzt waren. Ich musste den Blick nach vorn richten, um keine leichte Beute für die Untoten zu werden.

»Hatten wir viele Verluste?«, frage ich, während ich neben Halvar hergehe.

»Einige«, erwidert er vage, ehe er geräuschvoll die Luft ausstößt. »Aber ohne deine Anleitung und dein Wissen wären es noch mehr gewesen, das muss ich zugeben.« Er verzieht dabei das Gesicht, als hätte er in eine saure Frucht gebissen. »Ich schätze, dafür muss ich dir dankbar sein.«

»Ich erwarte keinen Dank«, gebe ich zurück.

Er bleibt stehen. Wieder bohrt sich sein musternder Blick in mich. »Was erwartest du dann?«

Ich runzele die Stirn. »Wovon redest du?«

»Irgendwas musst du doch erwarten. Vor allem, da du schon nicht wolltest, dass Kier dich rettet.«

Unwillkürlich versteife ich mich. »Ich wollte das so nicht sagen …«

»Aber du hast es gesagt.« Halvars Stimme ist derart kalt, dass es mich fröstelt. »Es ist passiert; Drakkar ist verletzt. Und wie ich es auch drehe und wende: Wir sitzen bloß deinetwegen in diesem Schlamassel.«

Ich balle die Hände zu Fäusten. »Ich war nicht diejenige, die einen Speer nach Drakkar geworfen hat.«

Halvar ignoriert meine Worte. »Eigentlich sollte ich froh sein.«

Ich blinzele, verwirrt über den Themenwechsel. »Worüber?«

»Dass dein Mund oft schneller ist als dein Verstand.«

Augenrollend wende ich mich ab. »Wenn ich nur hier bin, damit du mich beleidigen kannst, gehe ich. Meine Freundin braucht mich jetzt dringender als du.«

»Von welcher Freundin redest du?«, fragt Halvar, und ich bleibe wie angewurzelt stehen. »Wir beide wissen doch, dass du keine Freundin hast. Dass du niemanden nah genug an dich heranlässt, um irgendwas zu empfinden.«

Ich wirbele zu ihm herum. »Was erlaubst du dir?«

Ungerührt betrachtet er meinen Ausbruch, als sei ich nicht mehr als ein trotziges Kind. »Ich frage mich schon die ganze Zeit, was er in dir sieht. Seit du mir diesen miesen Kuss aufgedrückt hast, frage ich mich das erst recht. Denn der war wirklich, wirklich schlecht. Hast du ihn auch so miserabel geküsst?«

Natürlich begreife ich, dass wir von Kier reden. Doch wie wir zu diesem Punkt gelangt sind, kann ich nicht nachvollziehen. Also bleibt mir nichts anderes übrig, als Halvar fragend anzustarren.

Nachdem wir uns eine Weile voll stummer Vorwürfe angesehen haben, sacken Halvars breite Schultern herab. »Du solltest zu ihm gehen.«

»Wie bitte?«

»Er braucht dich jetzt.«

Die Muskeln zwischen meinen Augenbrauen schmerzen, so fest ziehe ich sie zusammen. »Er war sehr deutlich. Er will mich – und alle anderen – nicht um sich haben. Sollte dich das nicht freuen? Schließlich hattest du von Anfang an etwas gegen mich.«

Halvar nickt. »Das hat sich auch nicht geändert.«

Ich knirsche mit den Zähnen. »Was habe ich dir getan?«

»Abgesehen von dem miesen Kuss?«

Ich verdrehe die Augen. »Es tut mir leid, in Ordnung? Für mich war es auch nicht gerade schön. Wie all die Male zuvor ebenfalls nicht.«

»Aber mit Kier schon, nicht wahr?«

Meine Wut auf Halvar verraucht ein Stück weit, als ich mich an den Moment zurückerinnere, als Kier mich geküsst hat. Bloß für eine Sekunde blitzt dieser Augenblick in meinen Gedanken auf, doch es genügt, um mich seine Lippen auf meinen spüren zu lassen. Es ist, als hätten sie sich dort unwiderruflich eingebrannt. Als könnte es nie einem anderen Mann gelingen, diesen Druck und diese Intensität zu verdrängen.

Kiers Kuss war nicht einfach nur schön. Er war besser als alles, was ich mir erträumt habe.

Er ließ mich fühlen. Er belebte Stellen in meinem Inneren, die ich an den Schemen verloren glaubte. Er erweckte mich auf eine Weise, die bis heute in mir nachhallt. Ein Klang, der lauter wird, sobald der Mann, der diese Gefühle in mir hervorgerufen hat, in meiner Nähe ist.

Ich nicke bloß auf Halvars feststellende Frage hin, weil ich meiner Stimme gerade nicht traue.

Halvar seufzt, ehe er sich mit der Hüfte gegen die Reling lehnt. »Du hast recht, ich habe etwas gegen dich.«

»Ich habe mich für den schlechten Kuss mit dir entschuldigt«, grummele ich.

»Darum geht es nicht.« Der Blick aus seinen dunklen Augen ist derart durchdringend, dass ich fast davor zurückzucke. »Du tust ihm nicht gut. Und wenn du nicht der einzige andere verdammte Flüsterer auf diesem Schiff wärst, wäre ich nicht hier. Und ganz bestimmt würde ich dich nicht bitten, zu ihm zu gehen, weil ich weiß, dass es nur noch schlimmer wird.«

»Was soll schlimmer werden?«, frage ich.

»Ihr beide«, antwortet er ungerührt. »Das, was zwischen euch ist oder zum Glück nicht mehr ist. Kier hat hoffentlich begriffen, dass du es nicht sein kannst. Und das ist gut so. Du wärst sein Untergang gewesen. Ein weiteres Mal wäre es mir nicht gelungen, ihn zu bewahren.«

Er gibt zu viel und gleichzeitig zu wenig preis. Mein Kopf schwirrt vor lauter Fragen; sie alle haben mit Kier zu tun. Das Letzte, was ich über ihn erfahren habe, hörte ich aus Astrids Mund, und wie könnte ich ihren Worten jetzt noch trauen?

Halvar kennt Kier besser als irgendein anderer Mensch. Ich möchte so vieles über ihn erfahren – alles! –, und doch kriege ich keinen Ton heraus. Denn Halvar hat deutlich gemacht, dass ich Kier schade. Und das will ich auf keinen Fall.

»Was ist mit ihm geschehen?«, frage ich zögerlich.

Halvars Miene verhärtet sich. »Es ist nicht an mir, dir das zu erzählen. Und unter anderen Umständen würde ich es vorziehen, wenn du dich von ihm fernhieltest. Aber er braucht dich jetzt. Er braucht einen anderen Flüsterer, der begreift, was er gerade durchmacht. Ich bin sein bester Freund und sehe seinen Schmerz, aber ich … bin gerade nicht die richtige Gesellschaft für ihn.«

Ich starre ihn an. Bevor ich jedoch darauf reagieren kann, sagt er: »Du wirst mittlerweile verstanden haben, dass ihr beide mehr gemeinsam habt, als nur Flüsterer zu sein.«

»Die Dunkle Herrin wollte uns beide als Fürsten in ihren Reihen. Heißt das, Kier hatte früher auch einen Schemen?«

Halvar verzieht den Mund. »Nein. So dumm, einen Schemen zu rufen, bist bloß du.«

Ich hätte nicht wenig Lust, ihn deswegen anzuschreien, doch dann würde ich seine nächsten Worte verpassen. Der Mistkerl lässt mich eine schiere Ewigkeit zappeln, bis er den Mund wieder öffnet.

»In Kier wohnt die dunkle Macht in anderer Form, und das schon sehr lange.«

KAPITEL 15

KIER

Ich lausche Drakkars Atemzügen. Ich spüre sie an meinem Rücken und bin über jeden einzelnen unendlich erleichtert. Zwar ist ihre Verletzung nicht lebensbedrohlich, dennoch mache ich mir Sorgen.

Was wird aus ihr werden, wenn sie den Flügel nicht mehr benutzen kann? Wenn die Wunde hier, mitten auf dem Meer, nicht richtig verheilt oder sich gar entzündet? Wird sie überhaupt weit genug genesen, um das Schiff ziehen zu können? Sind wir alle dazu verdammt, auf ewig an dieser Stelle zu treiben, bis uns Hunger und Durst wahnsinnig gemacht haben?

Ich wünschte, es gäbe jemanden, mit dem ich darüber reden könnte, aber das wage ich nicht. Gerüchte machen auf einem begrenzten Raum wie diesem Schiff zu schnell die Runde. Meine Leute sind geschwächt und verängstigt; wie schnell kann da Panik ausbrechen. Es würde Ausschreitungen geben. Vielleicht sogar Meuterei.

Ich habe heute bereits genug verloren. Ich will nicht auch noch den spärlichen Rückhalt meiner Mannschaft einbüßen, den ich mir so hart erarbeitet habe.

Im Augenblick bleibt mir nichts anderes übrig, als abzuwarten und das Beste zu hoffen. Dazu zählt auch, dass die Unstreth keinen Weg finden, uns zu folgen. Ich muss keine Valkra sein und in die Zukunft sehen können, um zu wissen, dass wir einem weiteren Angriff schutzlos ausgeliefert sind.

Ein Schatten fällt auf mich, der das spärliche Licht von mir abschirmt, das sich einen Weg durch den dichten Nebel bahnt. Als ich aufsehe, vergesse ich für einen Moment zu atmen.

»Darf ich mich zu dir setzen?«

Deutlich sehe ich Yrsa an, wie viel Überwindung sie diese Frage kostet. Ihre Mimik wirkt beinahe so steif wie an dem Tag, als ihre Valkra mich nach vorn bat, um mich ebenfalls für die bevorstehende Reise zu segnen.

Nun, da ich an diesen Tag zurückdenke, hätte ich fast bitter gelacht. Ich hätte nie zu dieser Segnung gehen dürfen. Wahrscheinlich ist es meine Schuld, dass wir nun in dieser Situation stecken. Als Verfluchter ist mir jeder Segen, jede noch so kleine Gnade der Götter verwehrt; und sollte ich sie doch erhalten, ist sie bloß von kurzer Dauer.

Das habe ich in der Vergangenheit mehrmals schmerzlich erfahren müssen.

»Was willst du hier?«, knurre ich, in der Hoffnung, Yrsa so vertreiben zu können.

Aber sie zuckt nicht einmal zusammen. Yrsa erwidert meinen Blick und bewegt sich nicht von der Stelle. Egal wie lange ich in ihre meerblauen Augen schaue, kann ich doch die Emotionen darin nicht deuten. Ist es Vorsicht? Mitleid? Schuld?

Hinter mir regt sich Drakkar und gibt ein Gurren von sich, als sie Yrsa bemerkt. Ich habe diesen für sie typischen Laut bereits einige Male gehört. Sie stößt ihn aus, wenn sie mich lange nicht gesehen hat und sich freute, wieder bei mir zu sein. Dass sie diesen Laut der Zuneigung nun auch Yrsa entgegenbringt, macht mich stutzig. Mein Wyvern reckt den Hals, bis die Schnauze beinahe Yrsa erreicht. Diese legt Drakkar eine Hand zwischen die Nasenlöcher. Als sie sanft über ihre Schuppen streicht, schließt Drakkar die Augen.

»Es tut mir leid, dass du verletzt wurdest«, murmelt Yrsa dem riesigen Wesen zu, das sich gerade gebärdet wie ein Schoßhund. Erneut gibt Drakkar dieses tiefe Gurren von sich, als könnte sie Yrsa verstehen.

Mein Herz hüpft vor lauter Emotionen, während ich mein Tierwesen und die Frau, die ich für meine Erlöserin hielt, Zärtlichkeiten austauschen sehe. Ich wünschte, ich könnte einer von ihnen nachgeben, doch ich unterdrücke sie alle, presse sie zusammen und verschließe sie, damit sie nicht wieder hervorkommen. Ganz will es mir aber nicht gelingen.

Es gibt nur wenige Flüsterer auf unserem Eiland, die über solch mächtige Wesen gebieten wie Yrsa und ich. Der Großteil hat Kontrolle über gewöhnliche Tiere wie Pferde oder Ochsen, und auch das Band zwischen ihnen ist nicht derart ausgeprägt wie bei uns. Sie können ihnen Befehle erteilen und auf eine besondere Art mit ihnen kommunizieren, doch sie *spüren* ihr Wesen nicht so wie wir.

Wenn Yrsa und ich je in die Situation kommen, uns einen Lebenspartner zu suchen, werden nicht bloß wir die Entscheidung treffen, sondern auch unser Tierwesen.

Ich ertappe mich bei dem Gedanken, wie perfekt es sein könnte: sie, ich, unsere Tierwesen. Wir würden einander verstehen und vertrauen und wissen, dass es keine Gefahr da draußen gibt, der wir gemeinsam nicht gewachsen wären.

Doch eine Gefahr gibt es. Kein Sterblicher – ob mit oder ohne Tierwesen – kann gegen die Macht der Götter bestehen.

Die Freude, die ich eben noch bei Drakkars und Yrsas Anblick verspürt habe und kaum unterdrücken konnte, wandelt sich nun in Wut. Wir hätten perfekt sein können, aber das werden wir nie sein. Denn wäre Yrsa tatsächlich die, für die ich sie gehalten habe, müsste mein Fluch bereits gebrochen sein. Ich müsste frei sein. Trotzdem konnte die Unstreth, die einst Yrsas Begleiterin war, noch die Dunkelheit in mir sehen.

Und für einen Moment gestattete ich mir den Gedanken, wie einfach es sein könnte, dem Ruf der Dunklen Herrin zu folgen.

»Wie geht es dir?«, fragt Yrsa unvermittelt und reißt mich aus meinen wirren Gedanken.

Ich habe nicht bemerkt, wie sie ihre Aufmerksamkeit von Drakkar auf mich verlagert hat. Vor wenigen Tagen, bevor wir an dieser verfluchten Küste gelandet sind, hätte ich ihre Aufmerksamkeit genossen. Nun möchte ich mich ihr am liebsten entziehen.

Ich öffne den Mund, um sie mit einer weiteren scharfen Erwiderung in die Flucht zu schlagen, schließe ihn jedoch wieder.

Meine Wut über die Götter an Yrsa auszulassen bringt nichts. Sie kann nichts dafür, dass ich bereits vor meinem ersten Atemzug verflucht war. Ich wünschte bloß, sie könnte etwas daran ändern. Vielleicht hätte sie es gekonnt, wäre ihr Herz nicht von einem Schemen zerfressen worden. Vielleicht hätte ich es heilen können, wenn mir mehr Zeit bliebe.

Doch wenn ich eine Sache nicht habe, dann ist es Zeit.

»Sie hat Schmerzen«, sage ich auf ihre Frage hin.

»Das kann ich sehen«, erwidert Yrsa. »Ich habe aber nicht nach Drakkars Befinden gefragt, sondern nach deinem.«

Sie geht in einiger Entfernung von mir in die Hocke, ebenfalls mit dem Rücken zu Drakkar, und als ich sie nicht davonjage, setzt sie sich.

»Als ich Bran gefunden habe«, sagt sie, den Blick in den Nebel gerichtet, »hatte ein Adler ihn übel zugerichtet und bei mir weitergemacht.«

Sie berührt die Narbe, die sich über ihre Augenbraue zur Schläfe und in einem Halbkreis fast wieder zurück zum Auge zieht. Meine Fingerspitzen kribbeln bei der Erinnerung daran, wie ich diese Narbe ebenfalls berührt und sie nachgezeichnet habe. Ich würde es auch jetzt gern tun; um mich davon abzuhalten, verschränke ich die Arme.

»Sein Fell war so blutverkrustet, dass ich die Farbe nicht erkennen konnte«, fährt sie fort, ohne etwas von meinen Gedanken zu ahnen. »Und obwohl der Adler mich nur im Gesicht erwischt hatte, schmerzte mein restlicher Körper. Ich spürte Wunden, die nicht da waren, und hörte das gequälte Wimmern eines Tieres, das mehr tot als lebendig war. Ich war zu jung, um vollends zu begreifen, was mit mir los war, doch ich wusste, dass ich alles tun musste, um das Bärenjunge zu beschützen.« Sie dreht den Kopf in meine Richtung. »Seitdem ist Bran nicht mehr verletzt worden. Dafür danke ich den Göttern. Auch wenn sein Schmerz nicht meiner wäre, könnte ich es nicht ertragen, ihn leiden zu sehen. Dass du Drakkars Schmerzen spürst, musst du mir nicht sagen. Aber was ist mit dir? Bist du irgendwo verletzt?«

Nur in meinem Inneren, hätte ich beinahe gesagt. Während ich Yrsas vorsichtigen Blick erwidere, will ich am liebsten meinen Zorn auf die Götter hinausbrüllen. Wie kann die Frau, für die ich so viel empfinde und die so perfekt für mich wäre, nicht diejenige sein, die den Fluch bricht?

Ich sehe woanders hin, ehe ich sage: »Ich bin unverletzt.«

»Da bin ich erleichtert.« Nach einer Pause fügt sie hinzu: »Ich war auch erleichtert, als ich Drakkars Ruf gehört und euch in den Wolken gesehen habe.«

Ich runzele die Stirn, während ich doch wieder zu ihr schaue. »Das klang vorhin aber ganz anders.«

Sie nickt. »Ich werde mich für das, was ich gesagt habe, nicht entschuldigen, denn es stimmt. Ich habe euch nicht gebeten, mich zu retten. Ich wollte nicht, dass sich irgendjemand für mich in Gefahr begibt und meinetwegen verletzt wird. Jetzt ist es doch geschehen.« Sie wendet sich halb um, sodass sie über Drakkars geschuppten Hals streicheln kann. »Und es tut mir leid.«

Ich rutsche so weit zu ihr heran, dass ich meine Hand auf ihre legen kann. »Drakkar und ich werden immer kommen, um dir zu helfen, wenn du uns brauchst.«

Yrsa sieht lange auf meine Hand, ehe sie den Blick hebt. »Bran und ich würden euch auch jederzeit beschützen.«

Ich weiß nicht, ob es ihre Worte, ihre Nähe oder die Berührung ist, die mein Herz schneller schlagen lässt. Es wummert so sehr gegen meine Rippen, dass es fast wehtut, und erinnert mich schmerzlich daran, dass mir die Zeit durch die Finger rinnt.

Hier, gefangen auf einem Schiff, das nicht vorwärtskommt, kann ich sowieso nichts unternehmen. Doch könnte ich es, sobald wir zurück sind? Könnte ich Yrsa und die Erinnerungen an alles, was wir bisher hatten, aus meinem Gedächtnis tilgen und nach einer anderen suchen, die meinen Fluch lösen kann?

Dass ich weitermachen muss, steht außer Frage, auch wenn ich mir im Moment nicht vorstellen kann, dass eine andere Frau ähnliche Gefühle in mir hervorruft wie Yrsa. Ich habe bereits vor ihr den Fehler gemacht und mich verliebt und gehofft, dass alles gut wird. Als es das nicht wurde, habe ich mir geschworen, nie wieder so dumm zu sein.

Doch Hoffnung, das habe ich gelernt, ist eines der hinterlistigsten Gefühle. Fast so schlimm wie Liebe. Beide fallen über dich her, wenn du es am wenigsten erwartest, und klammern sich in dir fest, bis du an nichts anderes mehr denken kannst. Hoffnung und Liebe kannst du nicht ignorieren oder einfach abstreifen wie ein kaputtes Hemd.

Mein Blick gleitet wie von selbst zu ihren Lippen und bleibt dort hängen. Ich werde Yrsa und all die Erinnerungen, die ich mit ihr verbinde, niemals abstreifen können. Die nächste Frau, die ich irgendwann küssen werde, muss sich unweigerlich an ihr messen. Und sie wird verlieren. Denn obwohl Yrsa aufgrund fehlender Erfahrung zunächst zurückhaltend war, stellte unser Kuss alles in den Schatten, was ich je gespürt habe.

Trotzdem war er nicht genug.

Ich lehne mich weiter zu ihr, den Blick weiterhin fest auf ihre Lippen gerichtet, während ich flüstere: »Ich wünschte, du wärst es.«

Sie öffnet den Mund, ihre Unterlippe bebt leicht und lockt mich, erneut zu testen, ob sie es nicht doch ist – mein ástin min. Mein Gegenstück. Doch die Enttäuschung würde ich nicht noch einmal durchstehen. Nicht jetzt, wenn meine erste Sorge Drakkar gilt. Nicht nach dem, was das letzte Mal geschehen ist, als ich sie geküsst habe.

Die Erinnerung daran, wie sie mir sagte, dass ich sie gern weiterhin küssen und vögeln könnte, aber dass nie mehr als das zwischen uns sein würde, hat dieselbe Wirkung, als hätte jemand einen Eimer kaltes Wasser über mir ausgeschüttet.

»Was meinst du damit?«, fragt sie.

Ich will mich zurücklehnen und wieder etwas Abstand zwischen uns bringen, doch mein Körper verweigert den Befehl. Mein Verstand mag begriffen haben, dass Yrsa nicht meine Rettung sein wird, aber der Rest von mir wird noch lange nicht aufgeben. Mein Herz wird weiter schneller für sie schlagen. Meine Nase wird weiter gierig ihren Duft einatmen. Meine Hände werden sich nach ihr ausstrecken, wann immer sich ihnen die Gelegenheit bietet. Mein Blick wird über sie wandern und stets aufs Neue Kleinigkeiten finden, die ihm bisher verborgen geblieben sind. Und mit jeder dieser Handlungen wird es mir schwerer fallen, sie zu vergessen.

Als ich ihr nicht antworte, runzelt Yrsa die Stirn, wie sie es immer tut, wenn sie angestrengt über etwas nachdenkt.

»Die Dunkle Herrin wollte dich ebenfalls rekrutieren«, sagt sie schließlich. »Ich dachte, dass du auch einen Schemen in dir getragen hast, aber Halvar hat mich für diese Theorie ausgelacht.« Sie zieht auf eine Weise die Nase kraus, die ich viel zu niedlich finde. »Nur ich wäre dumm genug, mir einen Schemen aufzuhalsen, meinte er.« Ihre Miene wird wieder ernst, während sie mich betrachtet, als stünde die gesuchte Antwort auf meiner Stirn. »Was ist es dann? Mit welcher Art von dunkler Magie kamst du in Berührung?«

Dank ihrer Frage schaffe ich es endlich, meine Hand von ihrer zu nehmen, doch Yrsa umklammert sogleich meine Finger.

»Ich verstehe, wenn du mir nicht antworten willst«, murmelt sie, während sie meine Hand festhält. »Aber ich habe … so viele Fragen. Und sie alle führen letztendlich zu dir. Ich will deine Theorie hören, was unseren Vätern zugestoßen ist und warum eine meiner Begleiterinnen plötzlich eine Unstreth ist. Und ich will aus deinem Mund hören, dass das, was sie zu mir sagte, nicht stimmt. Und ich will verstehen, was du vorhin meintest. Doch ich …«, sie senkt den Blick, »… respektiere, wenn du nicht darüber reden willst. Ich habe auch niemandem anvertrauen können, dass ich einen Schemen in mir habe, mit Ausnahme meiner Schwester. Nicht einmal meine Mutter weiß es.« Geräuschvoll stößt sie den Atem aus, ehe ihr Blick wieder meinen findet. »Ich werde dich nicht drängen. Aber ich werde wahnsinnig werden, wenn ich keine Antworten erhalte.«

»Was hat Astrid zu dir gesagt?«, frage ich, obwohl ich mir die Antwort denken kann.

»Dass du … deine Valkra eigenhändig getötet hast und die Götter dir deshalb eine weitere verwehren.«

Ich betrachte sie und spiele mit dem Gedanken zu lügen. Denn wenn ich lüge, würde sie mich weiterhin mit dieser Mischung aus Wissbegierde und Erwartung ansehen. Sage ich ihr aber die Wahrheit, wird sich ihre Miene schneller wandeln, als ich es ertragen kann.

Eine Lüge wäre der einfache Weg, doch sie würde nichts ändern. Ebenso wenig, wie die Wahrheit etwas ändert. Aber Yrsa verdient die Wahrheit. Allein dafür, dass sie mich mit den Gerüchten konfrontiert und sie nicht einfach als gegeben hinnimmt, verdient sie es, dass ich sie nicht belüge.

»Es stimmt«, sage ich. »Ich habe sie mit meinen eigenen Händen getötet.«

Yrsas Augen werden groß. Entsetzen breitet sich auf ihrer Miene aus. Als sie mir ihre Hand entziehen will, halte ich sie jedoch unerbittlich fest.

»Gibst du mir die Chance, es dir zu erklären?«

Deutlich sehe ich, wie sie mit sich ringt. Doch sie denkt darüber nach, und schon allein das bedeutet mir viel.

Ich habe innerhalb meines Clans nie versucht, es richtigzustellen. Was geschehen war, war geschehen, und sosehr ich es mir auch wünschte, ich konnte es nicht rückgängig machen. Halvar war der Einzige, dem ich alle Einzelheiten erzählte und der mir von Anfang an zur Seite stand – noch bevor alles schieflief. Die Meinung der anderen war mir gleichgültig. Ebenso egal war es mir, dass viele den Clan, dessen neuer Anführer ich war, verließen oder bloß aus Furcht blieben, dass mein Fluch auch sie treffen könnte, wenn sie sich von mir abwandten.

Denn dass ich verflucht bin, war spätestens ab diesem Zeitpunkt für alle klar.

»Du hast eines der obersten Gesetze gebrochen«, sagt Yrsa gepresst. »Eine Valkra zu töten ist fast genauso schlimm, wie einen Gott töten zu wollen.«

Mein Herz sinkt. Es kümmerte mich nicht, was sich die anderen zusammenreimten. Aber ich wollte, dass Yrsa zumindest jetzt die ganze Geschichte erfährt – nicht nur den Teil, in dem ich ein Mörder bin. Doch ich verstehe, wenn sie als Schwester einer Valkra nichts davon hören will. Ich respektiere ihre Entscheidung – auch wenn es mich mehr verletzt, als ich zugeben kann.

Doch als ich ihre Hand loslasse, verschränkt sie die Finger mit meinen. Mir entgeht nicht, wie ihre zittern, dennoch liegt Entschlossenheit in ihrem Blick, als sie sagt: »Ich höre dir zu. Ich weiß nicht, ob das ein Fehler ist und ich dich hinterher nicht mehr auf dieselbe Weise ansehen kann wie jetzt, aber … ich höre dir zu.«

KAPITEL 16

KIER

Ich wage weder zu atmen noch den Blick von Yrsa abzuwenden. Zu groß ist die Furcht, sie könnte ihre Meinung ändern, sobald ich den kleinsten Laut von mir gebe oder blinzele. Doch sie verschwindet nicht; nachdem ich kurz die Augen geschlossen und tief durchgeatmet habe, sitzt sie immer noch neben mir und hält meine Hand.

»Der Grund, warum ich unsere Valkra getötet habe, hat auch mit deiner anderen Frage zu tun«, sage ich vorsichtig. »Der Frage, welche Dunkelheit in mir wohnt, dass die Dunkle Herrin mich in ihren Reihen haben will. Es ist keine schöne Geschichte, nichts davon.«

»Ich will sie trotzdem hören«, sagt Yrsa.

In der Vergangenheit habe ich oft mit dem Gedanken gespielt, meine Geschichte zu erzählen. Ich wollte sie meinem Clan nahebringen, damit sie mich nicht mehr völlig ablehnen. Die Worte, die ich mir zurechtlegte, klangen alle gut und gerecht, und doch verließen sie nie meinen Mund. Ich redete mir ein, dass sie es nicht verstehen und mich danach immer noch ablehnen würden. Dass es die Mühe nicht wert sei, mein Inneres vor ihnen zu entblößen und mich angreifbar zu machen.

Genau das werde ich jetzt bei Yrsa machen, und ein Teil von mir fürchtet sich vor ihrer Reaktion. Dennoch öffne ich den Mund.

»Auf mir lastet ein Fluch, ausgesprochen von der Valkra eines verfeindeten Clans.«

Ein Fluch gilt als einer der stärksten Zauber, den wir Sterblichen wirken können. Er ruft dunkle Mächte an, deshalb darf er niemals leichtfertig gesprochen werden. Ich erinnere mich noch daran, wie Yrsas Mutter mich nach der Segnung verfluchen wollte und Yrsa sie im letzten Moment stoppte. Wenn ich ihren besorgten Gesichtsausdruck richtig deute, wandern ihre Gedanken ebenfalls zu dieser Begebenheit.

»Was hast du getan?«, fragt sie.

Mit einem traurigen Lächeln schüttele ich den Kopf. »Der Fluch galt nicht mir, sondern meiner Mutter, die mit mir schwanger war, und meinem Vater. Ich war zu dem Zeitpunkt noch nicht einmal geboren. Mein einziges Verbrechen war, die falschen Eltern zu haben.«

Yrsa rutscht näher zu mir. Ich spüre nun die Wärme ihres Körpers an meiner Seite, die mich beruhigt und dazu bringt weiterzusprechen.

»Meine Mutter stammte aus dem Krallenclan, war die Tochter des Clanführers und – so hieß es – die schönste Frau, die es je auf unserer Insel gab. Viele Männer buhlten um ihre Gunst, doch sie wies sie alle ab. Irgendwann war ihr Vater es leid. Er versprach ihre Hand einem verfeindeten Anführer des Waldclans, dessen Territorium an das des Krallenclans grenzt, um den wackeligen Waffenstillstand zu sichern. Doch das Herz meiner Mutter gehörte zu diesem Zeitpunkt bereits dem jungen Anführer des Schwingenclans, dem sie bei einem Thing begegnet war. Als die geplante Hochzeit näher rückte, lief meine Mutter davon, um bei meinem Vater zu sein. Aber sie wurde verraten, und meinem Vater blieb nichts anderes übrig, als sie herauszugeben, damit mein Großvater nicht über den Schwingenclan herfiel und Unschuldige für ihre Liebe leiden ließ.«

Neben mir gibt Yrsa ein Seufzen von sich, das ich nicht deuten kann.

»Sag mir, was du denkst«, bitte ich sie.

Sie bettet ihr Kinn auf die angewinkelten Knie. »Ich bin selbst die Tochter eines Clanführers und weiß, wie es ist, wenn andere darüber verhandeln, an wen du verheiratet werden sollst, ohne dass du nach deiner Meinung gefragt wirst. Mir hätte es wegen des Schemens vermutlich wenig ausgemacht. Ich wurde so erzogen, dass ich meine Pflicht erfüllt hätte. Deshalb kann ich nicht behaupten, dass ich deine Mutter verstehe. Die Familie und den eigenen Clan zurückzulassen wegen … eines Mannes, den sie kaum kannte …«

»Du hast mir erzählt, dass du froh warst, als du wegen der Narbe in deinem Gesicht nicht mehr an den Meistbietenden verheiratet werden solltest«, sage ich.

Sie nickt. »Ich hätte es jedoch ertragen, wenn es anders gekommen wäre.«

»Wegen deines Schemens.«

»Und weil es meine Pflicht ist.«

Ich betrachte ihr Profil. »Nehmen wir an, der Schemen hätte nicht in dir gelebt. Ich glaube dir, dass du deine Pflicht erfüllt hättest. Aber hättest du auch jemanden heiraten können, der das Wichtigste ablehnt, das du besitzt?« Mit einem Kopfnicken deute ich auf Bran, der ein paar Meter entfernt friedlich schläft. »Hättest du jemanden heiraten können, der dein Tierwesen nicht mag, es vielleicht sogar schlecht behandelt? Der von dir erwartet hätte, dass du ohne Bran in sein Gebiet kommst?«

Yrsas Kopf ruckt zu mir herum. Schrecken zeichnet ihr Gesicht, während sie mich aus weit aufgerissenen Augen anstarrt.

Mein rechter Mundwinkel hebt sich zu einem Lächeln. »Ich weiß, dass es für dich noch schwer ist, das Konzept von Liebe zu begreifen. Aber so in etwa muss sich meine Mutter gefühlt haben, als sie den falschen Mann heiraten sollte, nur weil das Gebiet seines Clans an das Clangebiet meines Großvaters grenzte.« Ich drücke ihre Hand, und der Schrecken, der eben noch ihr Gesicht verzerrte, löst sich auf, als sie versteht. »Ich bewundere dich dafür, dass dir Pflicht, Prinzipien und der Schutz deiner Familie und deines Clans so wichtig sind. Für einen Anführer sind das unschätzbare Eigenschaften. Aber ich habe gelernt, dass nicht mehr viel übrig bleibt, wenn dir all das genommen wird.«

»Was meinst du damit?«

»Wenn du dich nur auf deinen Clan und deine Familie konzentrierst, wirst du irgendwann allein dastehen. Das Band einer Familie ist nicht so stabil, wie manche glauben, und das eines Clans ist noch viel dünner. Sobald sie sich von dir abwenden, bleibt dir nichts mehr.« Ich lehne mich zurück, spüre Drakkars kühle Schuppen durch mein Hemd und passe meine Atmung ihrer an. »Aber wir Flüsterer haben immer jemanden, auf den wir uns verlassen können, auch wenn sich die gesamte Welt von uns abwendet. Ohne Drakkar hätte ich es nicht geschafft.«

Yrsas Blick wandert zu Bran, und sofort wird ihre Miene weich. »Ich verstehe, was du meinst.« Sie schaut wieder zu mir. »Was ist passiert, als dein Großvater vor der Grenze zum Schwingenclan stand?«

»Er war nicht allein. Bei ihm waren nicht nur Krieger seines Clans, sondern auch der Clanführer des Waldclans, dem die Hand meiner Mutter versprochen war, sowie dessen Krieger und seine Valkra. Sie alle waren fest entschlossen, meine Mutter zu befreien, glaubten sie zu dem Zeitpunkt noch, sie wäre entführt worden. Mein Großvater wollte alles daransetzen, sie zurückzuholen. Wenn er dafür einen ganzen Clan hätte auslöschen müssen, hätte er es vermutlich getan.« Ich zucke mit den Schultern. »Da ich damals nicht dabei war, kenne ich bloß die Erzählungen, die über die Jahre sicherlich bei jeder Wiederholung am Feuer im Langhaus aufgebauscht wurden. Aber es muss furchtbar gewesen sein. Mein Vater weigerte sich, zu verraten, ob meine Mutter hier sei, woraufhin mein Großvater den Schwingenclan angriff. Als die ersten Clanmitglieder getötet wurden, hielt es meine Mutter nicht mehr in ihrem Versteck aus. Sosehr sie meinen Vater auch liebte, wollte sie nicht für den Tod Unbeteiligter verantwortlich sein. Zu dem Zeitpunkt war sie bereits sichtbar mit mir schwanger, was meinen Großvater noch mehr erzürnte. Er beschimpfte meinen Vater, er habe sie gewaltsam genommen. Doch noch schlimmer als mein Großvater tobte der andere Clanführer. In diesem Zustand – geschwängert von einem anderen Mann – wollte er meine Mutter nicht mehr. Er fühlte sich betrogen und hintergangen und kündigte den dürftigen Waffenstillstand auf. Seiner Valkra befahl er darüber hinaus, einen Fluch auszusprechen.«

Yrsa zieht scharf die Luft ein. »Ein Fluch ist ein mächtiger Zauber. Aber ausgesprochen von einer Valkra, ist er …«

»… verheerend«, beende ich ihren Satz. »Ich weiß.«

Sie drückt meine Hand. »Wie lautete der Fluch?«

Ich schüttele den Kopf. »Wen ich auch fragte, niemand konnte sich an den genauen Wortlaut erinnern, nicht einmal mein Vater, der zu dem Zeitpunkt zu sehr damit beschäftigt war, seine Frau und seinen Clan zu beschützen. Er achtete nicht auf die fremde Valkra, und dann war es zu spät.«

»Aber du wirst wissen, worum es in dem Fluch ging, auch wenn du seinen genauen Wortlaut nicht kennst.«

»Um Liebe und Gegenstücke«, murmele ich. »Darum, dass sie niemals Liebe finden werden, da sie keine Gegenstücke waren.«

»Waren sie nicht?«, fragt Yrsa. »Sie haben so viel auf sich genommen und riskiert, da dachte ich …«

»Wie viele Paare kennst du, bei denen es sich um Gegenstücke handelt?«

Sie runzelt die Stirn, während sie nachdenkt. »Meine Eltern nannten sich einander *cymara me*, was in unserem Clan der Kosename für diesen besonderen Partner ist. Abgesehen von ihnen … gab es vielleicht noch zwei oder drei Paare, die sich auf diese Weise anredeten. Und Astrid und Vangar, wobei ich mir da nicht mehr sicher bin.«

»So viele«, sage ich vage. »In meinem Clan gab es bedeutend weniger. Worauf ich hinauswill: Die Saga über die Gegenstücke ist eine nette Geschichte am Feuer, um all jenen Hoffnung zu machen, die ihren Partner noch finden müssen. Aber in Wirklichkeit gibt es nur wenige Paare, die füreinander bestimmt sind. Den meisten reicht Zuneigung, einigen wenigen Liebe und noch weniger sind wahrhaftig Gegenstücke, wie die Götter Noren und Merwa es sind.

Meine Eltern haben sich geliebt, daran besteht kein Zweifel, aber ich glaube nicht, dass sie Gegenstücke waren. Denn dann wäre der Fluch gebrochen worden. So sagte es mir zumindest eine andere Valkra.«

»Was ist mit deinen Eltern geschehen?«

»Meine Mutter starb bei meiner Geburt. Mein Vater war danach … nicht mehr er selbst, meinten die Clanmitglieder. Weder suchte er sich eine neue Frau noch kümmerte er sich um mich. Er konnte … niemandem mehr Liebe entgegenbringen. Und niemand liebte ihn. Nicht einmal ich.« Meine Hände ballen sich zu Fäusten. »Ich hasste ihn sogar.«

Als ich einen Seitenblick wage, sehe ich Yrsa an ihrer Unterlippe kauen, während sie angestrengt nachdenkt. Es ist erfrischend, dass sie mich für meine Aussage, dass ich meinen Vater hasste, nicht verurteilt. Für die Wahrheit über die Beziehung zu meinem Vater erntete ich über Jahre nur entsetzte Blicke – im besten Fall. Irgendwann ging ich dazu über, zu lügen und all die blauen Flecken an meinem Körper zu verbergen, damit mich niemand darauf ansprechen konnte.

»Was denkst du?«, frage ich.

»Der Fluch war zwar für deine Eltern gedacht, aber er ist auch auf dich übergegangen. Ich vermute, dass es sich bei Astrid um einen ähnlichen Fall handelt, nur nicht um einen Fluch. Ihr Dasein ist endgültig. Aber bei dir gibt es sicherlich einen Weg, den Fluch zu brechen. Was sagte die Valkra, mit der du darüber gesprochen hast?«

Unwillkürlich versteife ich mich.

Als ich schweige, rückt Yrsa so nah zu mir, dass ich nicht bloß ihre Wärme, sondern ihren Körper spüre. Mit beiden Händen umschließt sie meine und lehnt sich an meine Seite.

»Ich bin nicht gut in so was«, murmelt sie. »Aber wenn es mir schlecht geht, fühle ich mich besser, wenn Bran nah bei mir ist und ich das Gesicht in seinem Fell vergraben kann. Ich bin weder dein Tierwesen noch habe ich Fell, aber ich hoffe …«

Ich lehne den Kopf gegen ihren. »Es hilft mir mehr, als du ahnst.« Eine Weile bleiben wir auf diese Weise sitzen, bis ich genügend

Kraft gesammelt habe, um über die Frau zu reden, die mein Leben noch mehr als der Fluch aus den Angeln gehoben hat. »Sie war die Valkra meines Clans und nur ein paar Jahre älter als ich, und doch strahlte sie eine betörende Ruhe aus, der ich mich nicht entziehen konnte. Mein Vater … ließ seine Wut über den Tod seiner Frau gern an mir aus. Er beschuldigte mich, sie getötet und ihm genommen zu haben. Wann immer ich einen Fehler beging oder ihm Widerworte gab, ließ er seine Fäuste sprechen. Manchmal waren es nur blaue Flecken. Manchmal aber eine aufgeplatzte Lippe oder gar angeknackste Knochen, die behandelt werden mussten.«

»Ist niemand eingeschritten?«

Ich schüttele den Kopf. »Das hat niemand gewagt. Er war der Anführer und es war sein Recht, seinen Sohn so zu erziehen, wie er es für richtig hielt. Jedenfalls musste ich mich anfangs von der alten Valkra zusammenflicken lassen. Sie war schon ziemlich gebrechlich. Ihre Finger zitterten und sie verwechselte oft die Zutaten der Tränke. Zum Glück war sie bereits dabei, eine jüngere Valkra auszubilden, die dazwischenging, wenn etwas schieflief. Ihre Hände waren weich, nicht so rau und runzelig wie die der alten Valkra. Ihr Lächeln war freundlich und sie belehrte mich nicht darüber, dass ich mir mehr Mühe damit geben müsse, ein gehorsamer Sohn zu sein.«

»Hast du das geglaubt?« Yrsa drückt meine Hand fester. »Dass es deine Schuld war. Der Tod deiner Mutter und die Wut deines Vaters.«

»Viele Jahre lang habe ich das«, gebe ich zu. »Schließlich habe ich nie etwas anderes gehört. Der gesamte Clan begegnete mir mit Misstrauen. Ich war verflucht. Ich war der Grund, warum ihr einst so verehrter Anführer nicht mehr er selbst war. Also musste es meine Schuld sein. Es gab bloß zwei Menschen, die mich etwas anderes glauben ließen: Halvar, der von klein auf mein bester Freund war und bei dessen Familie ich Unterschlupf fand, wenn es richtig schlimm wurde, und die junge Valkra.«

»Du mochtest sie.«

Kein Hauch Vorwurf oder Verurteilung liegt in ihrer Stimme; es ist nicht mehr als eine Feststellung. Im selben Tonfall könnte sie über den Nebel sprechen, der uns umgibt. Ich weiß nicht, was ich davon halten soll. Halvar war der Einzige, dem ich je meine Gefühle für die junge Valkra anvertraut habe. Er redete mir von früh bis spät ins Gewissen, dass das nicht gut enden könne. Valkras ist es verboten, sich zu verlieben und eine Familie zu gründen. Sie dienen einzig und allein den Göttern. Doch ich wollte davon nichts hören. Die Götter hatten mir schon meine Eltern genommen. Zwar lebte mein Vater noch, aber ich … sah ihn nie als Vater. Er war ein Ungeheuer, vor dem ich mich versteckte, wann immer es möglich war.

»Ich mochte sie nicht nur«, gebe ich zu. »Ich war rettungslos in sie verliebt.«

Yrsa zieht scharf die Luft ein.

»Ich weiß«, sage ich, bevor sie mich mit Vorwürfen überhäufen kann, wie Halvar es stets getan hat. »Ich weiß, dass es töricht von mir war, mich in eine Valkra zu verlieben, doch damals war sie die einzige Frau, die mir je ein freundliches Lächeln geschenkt hat.«

»Ich verstehe wenig von Liebe«, sagt Yrsa, »aber wie kann ein freundliches Lächeln ausreichen, um sich zu verlieben?«

»Was braucht es deiner Meinung nach sonst?«

»Gemeinsamkeiten«, antwortet sie.

Ich drehe den Kopf, um sie anzusehen. »So wie bei uns? Wir sind beide Anführer und Flüsterer. Also haben wir mehr miteinander gemein als mit den meisten anderen Menschen. Und trotzdem … bist du nicht in mich verliebt.«

Sie blinzelt, öffnet den Mund. Mein Herz setzt einen Schlag aus, als warte es darauf, dass sie etwas sagt. Dass sie meine Worte Lügen straft und mir widerspricht. Ich weiß nicht, warum ich so sehr darauf hoffe, dass ich selbst das Atmen vergesse.

Doch Yrsa schließt ihren Mund, ohne dass ein Ton herauskommt. Mein Herz schlägt wieder wie gewohnt, und der nächste Atemzug ist genauso wie die unzähligen davor.

Es hätte nichts geändert, wenn sie mir widersprochen hätte. Genauso wenig wie die Valkra damals konnte Yrsa den Fluch nicht von mir nehmen.

»Die Antwort, warum ich mich in sie verliebt habe, erhielt ich erst einige Jahre später«, sage ich. »Als ich bereits Anführer war und gemeinsam mit Halvar und ein paar anderen ein Dorf am Rande unseres Gebietes besuchte. Unserem Besuch ging ein harter Winter voraus und die Menschen waren vor Hunger und Entbehrungen mehr tot als lebendig. Einer meiner Begleiter machte sich einen Spaß daraus, den Bettlern verschimmeltes Brot hinzuwerfen, und feixte, als sie es gierig verschlangen. Da verstand ich es.«

»Dass dein Begleiter ein Idiot war und verbannt gehörte?«

Ich schmunzele. »Ja, das auch. Und dafür sorgte ich.«

Jeder Anflug von Freude verfliegt jedoch schlagartig, als ich an den Bettler zurückdenke, der mit einem breiten Lächeln in das offensichtlich verschimmelte Brot biss und genüsslich kaute. Meine Begleiter verspotteten ihn oder verzogen wenigstens angewidert den Mund. Bloß ich nicht, denn ich erkannte mich selbst in diesem Bettler.

»Was ich meine, ist, dass ich verstand, was mit mir nicht stimmte. Ich sehnte mich mein ganzes Leben so verzweifelt nach Liebe und Zuneigung, dass ich nicht einmal davor zurückschreckte, verdorbene Liebe als etwas Wundervolles und Erstrebenswertes anzuerkennen. Ich wollte sie so sehr, dass ich die Augen vor allen Warnzeichen verschloss und auch nicht auf Halvar hörte.«

KAPITEL 17

YRSA

Kiers Geschichte schmerzt mich so sehr, dass sich meine Brust zusammenzieht.

Meine Kindheit wurde zwar von Vaters Unfall überschattet, aber mir ist familiäre Liebe nicht fremd. Durch meine Aufgaben als Anführerin konnte ich mich nicht immer so um meine Mutter und meine Schwester kümmern, wie ich es gern getan hätte, doch wir waren stets verbunden. Auch der Schemen konnte diese Verbindung nie völlig unterdrücken.

Ich schmiege mich an Kiers Seite und gebe ihm stumm so viel Rückhalt, wie ich vermag. Die richtigen Worte zu finden, versuche ich gar nicht erst; sie würden sich schal und ungelenk anhören.

Dass sein Vater ihn misshandelte, ist mir ebenfalls neu. Wütend darüber, dass niemand aus seinem Clan einschritt, drücke ich Kiers Hand. Er lehnt den Kopf gegen meinen, was ein warmes Pochen in meiner Brust hervorruft.

Ich wünschte, du wärst es.

Ich möchte ihm sagen, wie sehr ich es ebenfalls wünschte. Wie gern ich in seiner Nähe bin. Wie sehr ich es genieße, dass er mich nach Jahren unter der Kälte des Schemens endlich fühlen lässt. Aber ist das genug, wenn nicht einmal Gemeinsamkeiten ausreichen, wie ich bisher angenommen habe?

Sobald dieses Schiff an unserer Insel anlegt, sind wir wieder die Anführer unterschiedlicher Clans. Sobald wir einen Fuß auf unser

Eiland setzen, kann zwischen uns nicht mehr sein als Respekt. Die Geschichte seiner Eltern hat gezeigt, was geschieht, wenn zwei Menschen, die nicht füreinander bestimmt sind, zueinanderfinden und sich gegen alle Bräuche stellen. Sie stürzen nicht bloß sich ins Unglück, sondern auch ihre Clans und ein unschuldiges Kind.

Ganz gleich, was diese fremden Gefühle sind, die in meiner Brust schwelen und sich immer mehr in den Vordergrund drängen, ich werde ihnen niemals nachgeben.

Noch bevor ich diesen Gedanken zu Ende gedacht habe, befällt mich eine Schwere, die mich schier zu Boden drückt. Um mich abzulenken, frage ich: »Was ist mit dir und der Valkra geschehen?«

Ihn über seine Zeit mit einer anderen Frau reden zu hören, der er offenbar sehr zugetan war, ruft eine andere Art von Schmerz in mir hervor, die leichter zu ertragen ist als die Schwere.

Sein Körper versteift sich neben mir. »Sie war die erste Frau, für die ich mich interessierte. Die erste, mit der ich während eines Merwafests zusammen war. Und auch danach. Sie nahm sich Zeit – mehrere Jahre – und lehrte mich, bis ich ihren Ansprüchen genügte.«

Es ist Brauch, dass Valkras an den Merwafesten teilnehmen, und auch nicht ungewöhnlich, dass sie sich hin und wieder einen Liebhaber suchen. Solange ihre Aufgaben nicht darunter leiden oder die Kommunikation mit den Göttern gestört wird, sind sie frei zu tun, was sie wollen.

»Wie alt warst du?«

»Fünfzehn.«

Zu jung. Doch ich halte mich mit Vorwürfen zurück. Bei allem, was Kier in seiner Kindheit und Jugend durchmachen musste, ist er schneller erwachsen geworden als die meisten anderen. Genau wie Elvi und ich. Wir hatten nie etwas mit Gleichaltrigen gemein, auch wenn ich unsere Gaben außer Acht lasse.

»Hat sie dir geholfen, dich gegen deinen Vater zu behaupten?«, frage ich, weil ich nichts davon hören will, was sie ihn lehrte. Dazu brauche ich nicht viel Fantasie.

»Nein«, antwortet er mit einem seltsamen Lächeln in der Stimme. »Das warst du.«

Verdutzt drehe ich den Kopf zu ihm, um ihn ansehen zu können. Das Lächeln, das nun nicht mehr in seiner Stimme ist, sondern sich auf seinen Lippen ausbreitet, lässt mein Herz rasen. Mein Blick saugt sich an seinem Mund fest, und ich habe Mühe, mich zu entsinnen, worüber wir geredet haben.

Er erzählt von unserer ersten Begegnung, an die ich mich nicht mehr erinnere. Von einem wütenden Mädchen, dessen Gesicht tränenüberströmt war, weil gerade sein verunglückter Vater nach Hause gebracht wurde, und das trotzdem mit erhobenem Haupt Steine nach den fremden Clanmitgliedern warf, um sie von seinem Gebiet zu vertreiben.

Ich erinnere mich an jenen Tag; er hat sich unweigerlich in mein Gedächtnis gebrannt. Aber ich erinnere mich nicht daran, einen Stein geworfen zu haben. Wahrscheinlich habe ich alles, was nicht mit meinem Vater zu tun hatte, verdrängt.

»Wann immer mich mein Vater grün und blau schlug, dachte ich an das Mädchen, das sich dieser Übermacht an fremden Clansmännern gegenübersah und dennoch einen Stein nach dem anderen aufhob.«

»Das ist keine glorreiche Leistung«, murmele ich. »Das Mädchen konnte nichts ausrichten mit seinem Stein.«

»Das mag sein«, sagt Kier. »Aber sie hat sich erhoben. Hat ihren ›Feinden‹ die Stirn geboten, obwohl es jeder verstanden hätte, wenn sie sich weinend irgendwo verkrochen hätte. Ich wollte mich nicht mehr verkriechen. Ich wollte mich nicht mehr klein machen und beten, dass mein Vater mich übersah, wusste ich doch, dass die Götter sowieso taub für meine Gebete waren. Der einfache Weg hat mir nichts als Schmerz und Angst gebracht.«

»Und der schwere?«

Er schmunzelt. »Der hat mir zunächst auch viel Schmerz eingebracht. Aber ich bin jedes Mal wieder aufgestanden und habe angefangen zu trainieren. Und irgendwann war ich stark genug, um zurückzuschlagen. Mir ging es nie darum, meinen Vater zu verletzen oder ihn für all die Jahre leiden zu lassen. Ganz gleich, wie unser Verhältnis war – er war immer noch mein Vater und meine ganze Familie. Ich wollte nur, dass er begreift, dass er seinen Frust nicht an mir auslassen konnte.«

»Hat er es verstanden?«

»Zunächst nicht.« Seine Miene wird wieder ernst. »Die Male, die er mich danach verprügelt hat, waren schlimmer als die zuvor. So kam ich der Valkra näher, die meine gebrochenen Knochen schienen musste.«

»Also hatte es auch etwas Gutes«, sage ich vorsichtig.

Kier schüttelt den Kopf. »Ganz im Gegenteil. Obwohl ich es damals für etwas Gutes hielt, schließlich saugte ich jede Berührung, jede Zuwendung von ihr auf wie ein Schwamm. Doch bald begann sie damit, mir einzuflüstern, welch schlechter Anführer mein Vater sei und dass es Zeit wäre, dass ich seinen Platz einnahm. Sie wiederholte es so oft und immer, nachdem sie mich mit Zuneigung überschüttet hatte, dass ich es selbst irgendwann glaubte. Obwohl ich zu dem Zeitpunkt gerade mal siebzehn war, war ich überzeugt, ein besserer Anführer zu sein als mein Vater. Aber ich wusste, dass er mir den Hochsitz im Langhaus nicht einfach so überlassen würde. Ich müsste ihn besiegen. Zwar konnte ich mich bis dahin mehrmals gegen ihn behaupten, doch bei der Frage, wer der bessere Anführer ist, geht es nicht nur um körperliche Kraft.«

Ich nicke. Zwar kommt es hin und wieder vor, dass ein neuer Anführer während eines rituellen Zweikampfes ausgewählt wird, doch bloße Körperkraft ist nicht das Einzige, worauf es ankommt. Wenn ich so darüber nachdenke, ging es bei den Prüfungen zum obersten Anführer um genau das, was auch für die Wahl eines Clanführers wichtig ist: Stärke, Willenskraft und Wissen. Diese Prüfungen sind heilig, weshalb es auch niemals gestattet ist, den obersten Anführer zum Zweikampf herauszufordern.

»Die Valkra versprach mir, dass sie sich darum kümmern würde«, fährt Kier fort. »Und ich glaubte ihr.« Er stößt den Atem aus.

»Ich glaubte jedes verdammte Wort aus ihrem Mund. Hätte sie mir befohlen, von den felsigen Klippen in unserem Gebiet zu springen, hätte ich auch das getan. Sie bildete meinen kompletten Lebensinhalt. Alles, was ich wollte. Alles, was ich brauchte. Wonach ich mich sehnte. Und ich war fest davon überzeugt, dass sie diejenige war, die meinen Fluch brechen würde.«

»Aber sie war eine Valkra«, werfe ich ein. »Dass sie dich manipuliert hat, steht außer Frage, und ich bin froh, dass du das heute erkennst. Aber wie hattest du es dir vorgestellt? Auch damals musst du gewusst haben, dass eine Valkra keine Beziehung oder gar eine Ehe eingehen darf.«

Er schürzt die Lippen, ehe er mich mit einem traurigen Lächeln bedenkt. »Ich finde es erstaunlich, wie schnell du die Schwachstellen meines Plans ausfindig machst, vor denen ich monatelang die Augen verschlossen habe.«

Dass Kier alles andere als dumm ist, ist mir klar; ich hätte nie etwas anderes angenommen. Nun zu hören, wie leichtgläubig er als Heranwachsender war, macht es mir schwer, den Mann neben mir mit dem Jüngling in seiner Geschichte in Einklang bringen. Im Stillen danke ich dem Schemen, dass er mich vor solchen Torheiten bewahrt hat.

»Wir wollten fliehen«, sagt Kier schließlich. »Das hatte sie mir zumindest versprochen, während sie gleichzeitig davon sprach, dass ich schnellstmöglich der nächste Anführer werden muss. An dem einen Tag flüsterte sie mir jenes ein, am nächsten das andere.«

»Und wieder glaubtest du ihr.«

»Sieh mich nicht so an.« Er weicht meinem Blick aus. »Ich habe deinen Schemen dafür gehasst, dass du mich nicht ansehen konntest. Jetzt wünschte ich, er wäre noch da, damit ich deine Blicke nicht ertragen müsste.« Er stößt den Atem aus, bevor er den Kopf wieder gegen meinen lehnt. »Das war gelogen. Ich bin froh, dass wir ihn los sind.«

Verstohlen reibe ich mir über die Brust. Als wir den Unstreth gegenüberstanden, fühlte es sich an, als wäre der Schemen noch in mir. Als würde er mir zuflüstern, dass ich das Angebot der Dunklen Herrin auf jeden Fall annehmen soll. Auch jetzt ist es, als hinge sein unheilbringender Schatten über mir und verfolgte mich. Nur in Kiers Nähe belastet er mich nicht. Zwar bin ich noch weit davon entfernt, wie eine Person zu handeln und zu fühlen, die nie einem Schemen Zuflucht in ihrer Brust gewährt hat, aber bei Kier erhalte ich eine Ahnung, wie es wäre, normal zu sein.

Während er mir von seinem Fluch erzählt, möchte ich ihn schütteln für seine dummen, fehlgeleiteten Gefühle, und gleichzeitig will ich ihn fest in den Arm nehmen und ihm versichern, dass er sich darüber nie wieder Gedanken machen muss.

Doch für Letzteres fehlt mir der Mut.

Als ich ihm das letzte Mal gesagt habe, dass ich ihm gern weiterhin körperlich nahe sein will, hat er mich aus seiner Kajüte geworfen. Der Schmerz über diese Zurückweisung kam so unerwartet und hat sich eingebrannt. Noch immer sitzt er tief, weshalb ich bloß dankend die kleinen Berührungen annehme, die er mir von sich aus gewährt.

»Ich habe es mir anders überlegt«, sagt er unvermittelt und reißt mich aus meinen wirren Gedanken. »Sieh mich doch wieder an.«

Selbst wenn ich es wollte, könnte ich mich nicht dagegen wehren. Wie von selbst gleitet mein Blick, der bis eben irgendwo ins Leere gerichtet war, zu ihm zurück und versinkt in seinem. In seinen grünen Augen, deren Farbe mich je nach Lichteinfall an frische Tannenknospen oder von Tau benetztes Moos erinnert. Eine Farbe, die mich gleichzeitig fasziniert und beruhigt.

»Was denkst du über mich, nun, da du von meinem Fluch weißt?«, fragt er mit ernster Miene. »Und von mir und der Valkra.«

»Ich kenne das Ende deiner Geschichte noch nicht«, sage ich. »Aber bisher hat sich meine Ansicht über dich nicht geändert.«

»Und was genau ist deine Ansicht über mich?«

Plötzlich fühlt sich mein Hals an wie zugeschnürt. Fieberhaft suche ich nach den richtigen Worten, um seine Frage zu beantworten, finde sie jedoch nicht. Und die, die ich finde, erscheinen mir unpassend. Sie verraten zu viel. Sie kratzen an einer Wahrheit, die ich mir noch nicht einzugestehen gewagt habe.

Mehrmals setze ich zum Sprechen an, bleibe aber stumm. Kier beobachtet jede Bewegung meines Mundes aufmerksam, was meine Lippen prickeln lässt. Ich presse sie zusammen, kann das Gefühl jedoch nicht vertreiben. Vielmehr glaube ich, dass es sich noch weiter verstärkt.

»Du bist ein Anführer«, bringe ich schließlich hervor, »auf den dein Clan stolz sein kann.«

Kier zieht eine Augenbraue hoch. »Dann solltest du ihnen das irgendwie klarmachen. Denn wenn ich nach dieser Reise zurückkomme, kann ich froh sein, wenn sie mich bloß verbannen.«

Ich runzele die Stirn. »Wir kommen beide mit leeren Händen zurück.«

»Ich habe aber etwas anderes versprochen.« Sein Gesicht wirkt hart. »Ich habe ihnen Reichtümer in Aussicht gestellt. Entdeckungen, die es würdig sind, in unsere Sagas einzugehen. Nun kann ich den Göttern danken, wenn ich die Männer, die mir geblieben sind, heil nach Hause zurückbringe.«

»Nichts davon ist deine Schuld.«

»Ach nein? Wessen Schuld denn dann? Diese Reise war meine Idee. Ich habe so lange auf die Männer eingeredet und ihnen das Blaue vom Himmel versprochen, damit sie mich begleiten, nur damit sie an diesem verdammten Strand sterben. Oder auf diesem verfluchten Schiff, das sich vielleicht nie von der Stelle bewegen wird.« Er rauft sich mit einer Hand das rabenschwarze Haar. »Meinem Vater wären sie ohne Versprechungen gefolgt. Er hätte einen Weg gefunden, seine Männer zu retten. Er wüsste auch jetzt, wie wir hier wegkommen. Aber ich bin nicht mein Vater.«

»Und das ist gut so«, sage ich. »Dein Vater war ein Scheusal, das sich an Schwächeren vergriffen hat. Wäre er nicht der Anführer gewesen, hätte der Clan ihn hart bestraft.«

Kier schnaubt. »Mein Clan wäre froh gewesen, wenn mein Vater mich totgeprügelt hätte. Denn sie alle wussten, dass ich Unglück über sie bringe. Und sie hatten recht.« Er schaut ins Leere, während seine Miene erstarrt. »Ich habe zugesehen, wie sie ihn getötet hat.«

Verwirrt über den Themenwechsel runzele ich die Stirn. »Sie? Etwa die Valkra? Sie hat deinen Vater getötet?«

Kier nickt zögerlich. »Ich bin durch Zufall dazugestoßen, als sie …« Er bricht ab und kneift gequält die Augen zu, als könnte er dadurch die Erinnerungen vertreiben. »Ich glaubte fest, dass sie mich lieben würde, wie sie es mir so oft versichert hatte. Und doch ließ sie sich von meinem Vater besteigen. Wie lange schon, vermag ich nicht zu sagen, und ich wollte es auch nicht wissen. Aber als ich sie sah … Da zerbrach etwas in mir. Ich konnte nichts anderes tun, als von meinem Versteck aus zuzusehen. Ihr Stöhnen und ihr verzücktes Gesicht verfolgten mich in meinen Albträumen. Hatte sie je so ausgesehen, wenn ich mit ihr schlief?«

Ich drücke seine Hand, weil ich nicht weiß, was ich sonst tun soll. Astrids Einflüsterungen kommen mir wieder in den Sinn, und ich verstehe genau, wie Kier sich in dem Moment gefühlt hat. Allein die Vorstellung, dass es so sein könnte, hätte mich fast in die Knie gezwungen, aber er musste es tatsächlich mitansehen.

»Was ist dann geschehen?«, frage ich, um seine Gedanken von dem Augenblick des Verrats abzulenken – und meine ebenfalls, auch wenn es sich bei mir bloß um eine Vision handelt.

Sein Blick gleitet durch den allgegenwärtigen Nebel. »Sie bemerkte mich. Und sie lächelte.« Sein Körper erschauert neben mir. »Sie lächelte mich an, während mein Vater wieder und wieder in sie hineinstieß. Und dann … zog sie ein Messer unter der Matratze hervor. Ich wollte schreien, brachte aber keinen Ton heraus, sondern war erneut zum Zusehen verdammt. Stumm schaute ich dabei zu, wie sie das Messer hob und es meinem Vater in den Rücken rammte. Er schrie und wehrte sich, doch sie zog es heraus und stach erneut zu. Als ich das ganze Blut sah, kam ich endlich wieder zu mir. Ich stürzte in die Hütte, zerrte sie von meinem Vater weg und presste beide Hände auf die tiefen Wunden in seinem Rücken. Aber egal, wie fest ich drückte, das dicke, klebrige Blut quoll zwischen meinen Fingern hindurch. Als ich dann spürte, wie die Valkra mir ins Ohr flüsterte, sie hätte es für mich getan, da … setzte bei mir alles aus. Ich kann mich nicht mehr daran erinnern, wie ich mich nach dem Messer bückte und es ihr in den Hals rammte. Aber ich muss es getan haben, denn das Nächste, was ich weiß, ist, dass ich inmitten einer riesigen Blutlache stand mit zwei Leichen um mich herum. Und so fand mich einer der Ältesten des Dorfes.«

Ich brauche nicht viel Fantasie, um mir vorzustellen, was sich dieser Älteste zusammengereimt hat.

»Sie hatten recht«, murmelt Kier. »Jeder im Clan sagte, dass ich ein verfluchtes Kind sei. Dass ich allen bloß Unglück brächte. Und sie hatten recht. Ich habe meine Mutter getötet und meinen Vater ebenfalls. Ich habe unsere Valkra umgebracht. Bloß etwas mehr als die Hälfte meiner Mannschaft ist noch am Leben und wird vielleicht nie wieder nach Hause kommen. Und Drakkar …« Er wendet sich um und streicht über den geschuppten Bauch des Wyvern. »Sie wird womöglich nie wieder fliegen können, weil ich ihr den Befehl gab, zum Strand zurückzukehren.« Sein Blick richtet sich auf mich. Die Trauer und Mutlosigkeit darin versetzen mir einen Stich. »Du solltest dich so weit wie möglich von mir fernhalten.«

Ich komme auf die Füße. Kiers Miene wankt bloß für einen winzigen Moment, doch ich habe ihn gesehen – den Schmerz, der der Resignation vorausgegangen ist, die sich nun in seinem markanten Gesicht abzeichnet. Einen Augenblick betrachte ich den Mann, der schon ein Leben lang glaubt, er sei verflucht. Der denkt, er sei der Grund, wieso alle, die ihm etwas bedeuten, sterben. Bisher kannte ich ihn als starken Anführer, dessen herausragende Aura sogar mich beeindruckte. Ich kannte ihn als verlässlich und stoisch. Einerseits bin ich froh darüber, dass er mir so viel von sich preisgegeben hat. Andererseits bin ich unendlich traurig, ohne zu wissen, woher dieses Gefühl rührt.

Meine Kindheit war alles andere als einfach, aber ich hatte

meine Familie, auf die ich mich verlassen konnte. Kier hatte nur seinen Vater, der ihn verprügelte und ablehnte, weil er ihn für den Tod seiner Frau verantwortlich machte. Er geriet an eine machthungrige Valkra, die glaubte, sie könne den Jungen nach ihrem Gutdünken formen, und die vor nichts zurückschreckte.

Die Einzigen, die Kier geblieben sind, sind Halvar und die verletzte Drakkar.

Und ich.

Ich strecke ihm die Hand hin, die er unsicher mustert. »Ich bin keine Valkra«, sage ich, »aber die Schwester von einer. Zwar würde ich mir nie anmaßen, so viel zu wissen wie sie, aber das ein oder andere habe ich gelernt. Wenn du mir hilfst, werde ich Drakkars Wunde versorgen und sicherstellen, dass sie wieder fliegen kann.«

Unendlich langsam gleitet Kiers Blick von meiner dargebotenen Hand zu meinem Gesicht. »Hast du schon mal einen Wyvern versorgt?«

Ich hebe die Schultern. »Vor Drakkar habe ich noch nie einen gesehen. Aber Haut ist Haut. Vor allem die an ihren Flügeln ist von ähnlicher Beschaffenheit wie Menschenhaut. Aber du kannst natürlich auch weiterhin hier sitzen und dich bemitleiden, wenn dir das lieber ist.«

Er verzieht den Mund. »Ich habe mich nicht bemitleidet.« Genervt stößt er den Atem aus. »Dir erzähle ich gar nichts mehr.«

»Doch. Erzähle mir alles. Während du mir hilfst.« Einladend bewege ich die Hand.

»Warum willst du das?«

»Weil ich mehr über den einzigen Flüstererfreund wissen will, den ich habe.«

Endlich ergreift er meine Hand und ich ziehe ihn auf die Füße. Sofort verändert sich die ganze Situation, als er vor mir steht und ich auf seine breite Brust starre. Die Luft um mich herum scheint zu flirren; das Atmen fällt mir schwerer, obwohl jeder Atemzug von seinem Duft erfüllt ist. Zögerlich schaue ich nach oben. Seine Miene zu deuten gelingt mir nicht.

»Freunde, hmm?«, raunt er, während er den Kopf kaum merklich zur Seite neigt.

Wie durch einen Zauber wird mein Blick von seinem Mund angezogen. Er ist mir so nah, dass ich mich bloß auf die Zehenspitzen stellen müsste, um ihn zu küssen. Und ich will es. Es ist mir egal, ob er verflucht ist oder nicht. Ob ich diejenige bin, die seinen Fluch lösen kann oder nicht. Ob der Schemen noch in mir ist oder nicht.

Ich denke nicht an Flüche und dunkle Zauber, sondern nur an den Mann, der trotz allem, was ihn hätte brechen müssen, aufrecht vor mir steht. Der mich mehr als einmal vor dem Untergang bewahrt hat. Der mir gezeigt hat, was es heißt zu fühlen. Etwas zu wollen. Zu begehren.

Ich weiß, dass er mir noch viel mehr zeigen und geben könnte, doch die Götter haben entschieden, uns beide zu Clanführern zu machen. Also ist das Beste, was ich ihm anbieten kann, meine Freundschaft und mein Wissen, um das Wesen zu retten, an dem ihm am meisten liegt.

»Freunde«, wiederhole ich und lege so viel Überzeugung in dieses eine Wort, wie ich kann. Es ist nicht genug, und er hört es deutlich heraus.

Kier neigt den Kopf weiter, sodass seine Nase leicht über meine streicht. Mein gesamter Körper erschauert. Ich habe vorhin seine Hand gehalten und halte sie auch jetzt noch. Ich habe den Kopf gegen seinen geschmiegt, doch nichts davon hat mein Herz derart zum Rasen gebracht wie diese kleine Berührung. Warm streicht sein Atem über meine Lippen, die vor Verlangen prickeln.

Obwohl er das Gegenteil behauptet hat, habe ich mich bei unserem ersten Kuss furchtbar ungeschickt angestellt. So gern würde ich es erneut versuchen, um es besser zu machen. Doch ich weiß, dass es alles nur noch komplizierter machen würde. Dennoch fehlt mir die Kraft, mich zurückzuziehen. Atemlos harre ich darauf, was er als Nächstes tun wird. Was *ich* als Nächstes tun werde.

Denn seit ich ihn kenne – und vor allem, seitdem uns der Schemen nicht mehr im Weg steht –, tue und sage ich Dinge, die früher unvorstellbar für mich gewesen wären; und in diesem Moment wünsche ich mir nichts sehnlicher, als dass er sich die verdammten paar Zentimeter weiter vorlehnt und mich von dem Prickeln meiner Lippen erlöst.

»Sag mir, was du willst«, murmelt er nur einen Hauch von meinem Mund entfernt.

Ich schlucke. »Dass du mich küsst.«

Er stupst mit der Nase gegen meine; ich erschauere erneut. »Und warum sollte ich das tun? Freunde küssen sich nicht.«

Ich will ihm sagen, dass er nicht mein Freund ist. Dass er *mehr* ist. Dass er *alles* ist. Aber ist das die Wahrheit? Oder verstehe ich es bloß nicht richtig wegen des Schemens und der Tatsache, dass ich weder Freunde hatte noch je verliebt war? Also schweige ich und beiße mir stattdessen auf die Unterlippe, um das Kribbeln darin zu mildern.

Es gelingt mir nicht völlig, aber gut genug, um zu sagen: »Wir sollten Drakkar helfen.«

»Mache ich dich nervös?«

Ich nicke, woraufhin er mit dem Mund hauchzart über meine Wange streicht. Mein gesamter Körper erbebt.

»Auf eine gute oder eine schlechte Art nervös?«, fragt Kier, wobei sein Atem in meinem Ohr kitzelt.

Schauer um Schauer rieselt durch mich hindurch, einer wärmer als der andere, bis ich das Gefühl habe, in Flammen zu stehen.

»Ich … Ich weiß es nicht«, antworte ich wahrheitsgemäß.

»Willst du es herausfinden?«

Alles in mir schreit vor Zustimmung, doch ich schüttele den Kopf. »Zuerst werde ich Drakkar versorgen.«

Kier zieht sich zurück. Ich bin mir nicht sicher, ob ich deswegen erleichtert sein oder in Tränen ausbrechen soll. Zumindest normalisiert sich meine Atmung wieder, bis ich den Blick hebe und seinem ehrlichen Lächeln begegne. Ich schnappe nach Luft. Dachte ich bisher, dass sein schiefes Grinsen mein Herz schneller klopfen lässt, gerät es bei diesem Lächeln völlig aus dem Takt.

»Danke«, murmelt er, ohne dass das Lächeln verblasst.

Ich blinzele. »Wofür? Ich habe noch nichts erreicht.«

»Dafür, dass du bist, wie du bist.«

Ich runzele die Stirn. »Das verstehe ich nicht.«

Kier lehnt sich abermals vor und küsst mich auf die Nasenspitze. »Vielleicht erkläre ich es dir später. Jetzt sagst du mir, was du brauchst, um meinem Mädchen zu helfen.«

Mit zwei Fingern berühre ich die Stelle, an der ich seine Lippen eben gespürt habe. Viel zu lange brauche ich dafür, um mir ins Gedächtnis zu rufen, was ich zur Behandlung benötige. Mein flatterndes Herz will sich auf andere Dinge konzentrieren, doch ich zwinge es dazu, sich zu beruhigen.

»Wir brauchen sämtlichen Alkohol, den du finden kannst«, sage ich. »Saubere Tücher. Und ich sehe nach, ob ich in meinem Gepäck ein paar Kräuter finde. Du musst Drakkar beruhigen, während ich die Wunde auswasche und versorge. Es wird ihr wehtun.«

Kier nickt mit ernster Miene. »Geht es ihr danach besser?«

»Ich schwöre, dass ich mein Möglichstes tue, aber ich bin keine Valkra.«

Er schmiegt den Kopf gegen meinen. »Und dafür bin ich zutiefst dankbar.«

KAPITEL 18

YRSA

In meinem Gepäck finde ich tatsächlich noch ein paar getrocknete Heilpflanzen, die meine Schwester Elvi zur Wundbehandlung benutzt. Zum Glück weist kein Mannschaftsmitglied ernsthafte Verletzungen auf, sodass ich alles für Drakkar verwenden kann. Kier bringt mehrere Laken mit, und Halvar beauftrage ich damit, mir so viel des geheimen Alkoholvorrats zu holen, wie er kann. Es passt ihm nicht, dass ich ihm Befehle erteile, aber er trollt sich, als er begreift, dass es um Kiers Wyvern geht.

Als ich zu Drakkar zurückkomme, hat Kier sich bereits zu ihr gekniet und streichelt ihre Schnauze, während er ihr beruhigende Worte zumurmelt. Dennoch ruht der Blick aus den geschlitzten Pupillen des Wyvern ausschließlich auf mir. Deshalb gehe auch ich zu ihr und streiche über die Schuppen zwischen ihren Augen.

»Ich gebe mein Bestes«, verspreche ich.

Drakkar gibt eine Art Gurren von sich.

»Sie hat dich verstanden«, sagt Kier. »Und sie ist dir dankbar.«

Ich lächele. »Ich wäre dir trotzdem verbunden, wenn du ihre Zähne von mir fernhalten könntest.«

Als ich mir die Laken unter den Arm klemme und mit der anderen Hand den Eimer mit dem klaren Alkohol hochnehme, kommt Bran zu uns und nimmt meinen Platz ein. Mit ruhigen Brummlauten wirkt er auf den Wyvern ein. Ich wünschte, ich könnte verstehen, was sie einander sagen.

Ich inspiziere unterdessen die Verletzung. Zwar steckte der Speer darin, aber die empfindliche Flügelhaut um die Einstichstelle herum scheint nicht verletzt zu sein. Das Loch ist etwas größer als meine Faust, die Ränder sind blutrot. Ein leichtes Rinnsal läuft weiterhin heraus. Je länger die Wunde offen bleibt, umso größer ist die Gefahr einer Infektion. Elvi hat stets darauf geachtet, dass die genutzten Verbände sauber sind. Hier haben wir nur die Laken von Kiers Bett, die groß genug sind, dass ich sie um den Flügel schlingen kann.

Ich pfeife Halvar herbei, der in sicherem Abstand herumlungert. Er folgt meiner Aufforderung nur widerwillig.

»Halte ihren Flügel unten, aber pass auf, dass du sie nicht weiter verletzt«, weise ich ihn an.

Er macht einen Schritt zurück. »Du willst, dass ich den Flügel eines zweifelsohne gleich aufgebrachten Wyvern nach unten drücke? Kier mag dafür sorgen, dass sein Wyvern dich nicht verspeist, aber bei mir bin ich mir da nicht so sicher.«

Ich verdrehe die Augen. »Drakkar wird niemanden fressen. Und jetzt mach, was ich gesagt habe. Ich muss die Hände frei haben, um die Wunde auszuwaschen.«

»Mit Alkohol«, sagt Halvar. Vielleicht ist es auch eine Frage. »Du willst einem Wesen, das mehr als zehnmal so groß ist wie du, reinen Alkohol in eine offene Wunde kippen. Ich muss keine Valkra sein, um zu wissen, was dann passiert.« Er ruckt den Kopf zu Kier herum. »Warum lässt du sie das machen?«

»Weil sie Drakkars einzige Hoffnung ist«, antwortet Kier.

»Blödsinn! Dein Tierwesen ist ein Wyvern. Sie wird schon wieder auf die Beine kommen.«

Kier erhebt sich. Ich fröstele plötzlich, und das nur, weil ich ihn beobachte. Seine Aura scheint die Luft um uns herum merklich abgekühlt zu haben. Kier macht zwei Schritte auf Halvar zu, was genügt, damit er den Kopf zwischen die Schultern zieht.

»Was geschieht mit einem Vogel, der nicht mehr fliegen kann?«, fragt Kier seinen besten Freund.

»Er wird sterben.«

Kier nickt. »Ich werde nicht danebenstehen und dabei zusehen, wie mein Mädchen vielleicht stirbt. Nicht, wenn ich derjenige war, der sie in Gefahr gebracht hat. Wenn du also keine bessere Idee hast, wirst du ohne Widerworte das tun, was Yrsa dir aufträgt. Haben wir uns verstanden?«

Halvar strafft die Schultern. »Haben wir.«

»Was ist dein Problem?«, flüstere ich, als Kier zurück zu Drakkars Kopf gegangen ist.

»Mein Problem bist du«, grollt Halvar. »Dass er dir zu sehr vertraut. Dass er deinetwegen seinen kostbaren Wyvern in Gefahr gebracht hat. Dass du ihm so sehr den Kopf verdreht hast. Und dass du trotz allem nicht diejenige bist, die ihm helfen kann.«

»Du meinst, du kannst mich nicht leiden, weil ich seinen Fluch nicht brechen kann?«

»Das ist nur ein kleiner Teil davon«, gibt er zurück, während er vorsichtig beide Füße auf Drakkars Flügel stellt. »Er empfindet etwas für dich. Zu viel, wenn du mich fragst. Und es wird ewig dauern, bis er über dich hinweg ist und endlich nach derjenigen suchen kann, die ihm hilft. Ob nun gegen seinen Fluch oder seine Besessenheit davon, sei dahingestellt.«

Vorsichtig träufele ich etwas Alkohol auf den Zipfel eines Lakens. Der beißende Geruch brennt in meinen Augen. Ich verdränge den Gedanken, wie er sich in einer offenen Wunde anfühlen muss. Zum Glück muss ich mich zu sehr auf meine Aufgabe konzentrieren, als dass ich über Halvars Worte nachdenken könnte. Dass Kier etwas für mich empfindet. Er sagte selbst, dass er mich mag, aber dann hat er … mich rausgeworfen. Und danach bin ich davon ausgegangen, dass seine Gefühle für mich verschwunden seien. Mein Herz macht einen Satz bei dem Gedanken, dass dem nicht so ist.

»Glaubst du, dass Kier verflucht ist?«, frage ich.

Halvars Blick bohrt sich in mich. »Wie viel hat er dir erzählt?«

Ich zucke mit den Schultern. »Vermutlich alles.«

Er stößt eine gegrummelte Verwünschung aus, die aber in

Drakkars Brüllen untergeht, als ich vorsichtig mit dem getränkten Laken ihre Wunde abtupfe. Ihr riesiger Körper bäumt sich auf. Kier hat alle Hände voll damit zu tun, ihren Kopf unter Kontrolle zu halten, der zu mir herumschnellen und mich vermutlich fressen will. Seine beruhigenden Worte dringen nur undeutlich zu mir. Halvar kniet nun auf Drakkars Flügel.

Ich warte, bis Drakkar sich beruhigt hat. Als ich das nächste Mal ihre Wunde berühre, ist ihre Reaktion nicht mehr ganz so stark. Ihr Körper zittert vor Schmerzen, doch sie wehrt sich kaum noch.

»Glaubst du denn, dass er verflucht ist?«, fragt Halvar.

Ich hatte nicht mehr mit einer Erwiderung gerechnet, doch während ich mich auf meine Aufgabe konzentriere, sage ich: »Ich bin keine Valkra. Meine Schwester könnte sicher eine bessere Einschätzung geben als ich.« Behutsam tupfe ich das Blut weg, das nun herausläuft. Frisches Blut, das habe ich von Elvi gelernt, ist wichtig, um die Wunde zu reinigen. Es darf nur nicht zu viel sein. »Es gibt Fälle, in denen ein Fluch oder auch eine sonstige Veränderung auf das ungeborene Kind übergeht. Kier könnte aber auch bloß ein Mensch mit sehr viel Pech sein.«

Mein Blick gleitet zu ihm. Noch immer hat er beide Arme um Drakkars Maul geschlungen. Sein Oberkörper liegt halb auf ihrer Schnauze, während er ihr beruhigend zumurmelt.

»Aber irgendwas muss mit ihm sein, denn sonst hätte die Dunkle Herrin ihn nicht in ihren Reihen haben wollen. Zu einem Zeitpunkt seines Lebens muss er mit dunkler Magie in Berührung gekommen sein.« Ich schaue wieder zu Halvar. »Du kennst ihn länger als ich. Glaubst du an einen Fluch?«

Erneut lässt er sich Zeit mit einer Antwort. »Früher habe ich es nicht. Wie du schon sagtest, es gibt Menschen, die vom Pech verfolgt sind, ohne dass sie verflucht sind. Und es gibt so viele Kinder ohne Mutter und mit Vätern, die diese Bezeichnung nicht verdienen. Aber jede Valkra, mit der er gesprochen hat, war sich sicher, dass er verflucht ist.«

»Mit wie vielen hat er geredet?«, frage ich, ehe ich mir ein paar der Heilkräuterblätter in den Mund stecke, um sie zu einer Paste zu zerkauen. Sie schmecken scheußlich.

»Mit der, die unserem Clan diente, und mit einer weiteren eines benachbarten Clans. Es war gar nicht so leicht, noch eine Valkra zu finden, die überhaupt mit ihm reden wollte, nachdem er … na ja, unsere getötet hat.«

Obwohl sich die meisten Valkras nie persönlich begegnen, gehören sie doch einer eigenen Art Gemeinschaft an, fast wie ein eigener Clan. Ich kann mir vorstellen, dass diese Kunde sich schnell verbreitet hat.

»Kier musste nur in der Nähe der anderen Valkra sein«, sagt Halvar, »und schon wusste sie, dass ein Verfluchter unter ihnen war.«

»Hat sie auch etwas Nützliches gesagt?«, frage ich, während ich die Paste auf Drakkars zitternden Flügel auftrage. »Wie der Fluch gebrochen werden kann, zum Beispiel.«

Als Halvar erneut schweigt, sehe ich zu ihm. Sein Blick, den ich beim besten Willen nicht deuten kann, ruht auf mir, bohrt sich in mich, bis ich mich am liebsten davor verstecken würde. Doch ich halte ihm stand, auch wenn es mich einiges an Kraft kostet.

»Durch Liebe«, sagt er.

Ich runzele die Stirn. »Kier war bereits verliebt. In die Valkra eures Clans.«

Halvar gibt ein Schnauben von sich. »Es geht nicht um ihn. Er muss derjenige sein, der geliebt wird. Um seinetwillen. Nicht wegen seines Status als Anführer oder weil er den Frauen reihenweise die Köpfe verdreht, sobald er seinen Zauberschwanz rausholt.«

Ein Muskel zuckt bei dieser Aussage unter meinem rechten Auge.

»Du willst lieber nicht wissen, wie viele den Boden unter seinen Füßen anbeten, weil er sie um den Verstand gevögelt hat. Ach, das habe ich ja ganz vergessen.« Sein dunkler Blick bohrt sich in mich. »Du bist auch eine von denen. ›Lebensverändernd‹ nanntest du es, wenn ich mich recht entsinne.«

Ich öffne den Mund, um ihm zu widersprechen, schließe ihn

aber wieder. Denn er hat recht. Ich wusste zwar nicht, dass Kier mein Partner in der letzten Merwanacht war, aber das ändert nichts daran, dass diese Nacht lebensverändernd für mich war. Ich werde nie wieder mit einem anderen Mann schlafen können, ohne ihn mit Kier zu vergleichen.

Als ich nichts zu meiner Verteidigung vorbringe, stößt Halvar ein Schnauben aus. »Schon allein deshalb kann ich dich nicht leiden. Und ich bin heilfroh, dass du nicht diejenige bist, die seinen Fluch lösen wird. Sofern tatsächlich einer auf ihm lastet.«

»Weil ich ihn nicht liebe?«

»Ich weiß nicht, ob du überhaupt lieben kannst«, gibt er zurück. »Oder ob dein Herz vom Schemen derart zerfressen ist, dass es nicht mehr normal funktioniert.«

Ich richte meinen Blick wieder auf Drakkars Wunde. »Das weiß ich auch nicht.« Ich trage eine weitere Schicht Paste auf. »Gab es denn niemanden, der Kier geliebt hat, ohne dass er von seinem Status wusste?«

»Vielleicht gab es so jemanden, aber das reicht nicht.«

»Wieso?«

»Wenn Kier wirklich verflucht ist, ist es derselbe Fluch, der auf seiner Mutter lastete. Sie hätte sich retten können, indem sie zu dem Mann gegangen wäre, den sie eigentlich hätte heiraten sollen. Derjenige, der sie für sein Gegenstück hielt.«

Ich schaue auf. »Aber sie ist bei Kiers Vater geblieben.«

Halvar nickt. »Niemand weiß, ob Kiers Eltern Gegenstücke waren oder ob es doch der andere Mann war, der zu seiner Mutter gehört hätte. Ihre Sturheit und natürlich die Sorge um ihr ungeborenes Kind ließen sie beim Schwingenclan bleiben. Und das besiegelte ihr Ende.«

Vorsichtig steige ich von Drakkars Flügel und bedeute Halvar, dass er das ebenfalls tun kann. »Er muss die Liebe seines Gegenstücks erringen, nicht wahr?«

»Seid ihr fertig damit, hinter meinem Rücken über mich zu reden?«, fragt Kier, der zu uns getreten ist.

Halvar zuckt mit den Schultern. »Du warst es, der ihr fast alles erzählt hat. Ich habe lediglich die Lücken aufgefüllt. Kann ich jetzt gehen?«

Ich nicke. »Sie muss den Flügel schonen. Verbinden will ich ihn nicht. Die Paste sollte ausreichen, um eine Verunreinigung zu verhindern. An der Luft wird sich die Wunde schneller schließen.«

»Dann werde ich ja nicht mehr gebraucht.« Ohne eine Antwort von Kier oder mir abzuwarten, trollt sich Halvar.

»Was denkst du?«, fragt Kier. Er steht so nah hinter mir, dass ich seinen warmen Atem im Nacken spüre.

»Sie wird wieder fliegen können, solange die Wunde nicht weiter einreißt.«

Er gibt ein geschnaubtes Lachen von sich. »Das erleichtert mich, aber das meinte ich nicht. Was denkst du über meinen Fluch?«

Ich wende mich zu ihm um. »Wenn tatsächlich ein Fluch auf dir liegt, ist er ziemlich übel. Wenn wir zurück sind, werde ich meine Schwester bitten, eine genauere Einschätzung zu geben. Sie ist eine gute Valkra. Ihr Gespür ist untrüglich.«

Kier schenkt mir ein Lächeln, doch es wirkt so aufgesetzt und gezwungen, dass mir ganz eng in der Brust wird. »Das wäre schön.«

Nach dem, was er mir erzählt hat, verstehe ich, warum er kein Vertrauen zu Valkras hat und sie lieber meidet. Erst jetzt ergibt seine Reaktion auf die Prüfung während des Merthings Sinn: all die fremden Valkras um ihn herum, die nur darauf zu warten schienen, dass er einen Fehler macht. Wie viele von ihnen wussten wohl, dass sie jemanden vor sich hatten, der eine der ihren getötet hat?

Ich kann und werde seine Tat nicht rechtfertigen, aber ich kann sie ein Stück weit verstehen. Schließlich würde ich auch gegen jeden eine Waffe ziehen, der meine Familie bedroht – auch gegen eine Valkra. Aber ob die Götter so einsichtig sind wie ich, wage ich zu bezweifeln.

Sie sind nicht nur uneinsichtig, sondern auch ungeduldig. Mir schickten sie den Schemen, als ich meinen Schwur nicht schnell genug erfüllte. Wie lange werden sie warten, bis sie Kiers Fluch zuschlagen lassen und sein Leben fordern?

Eine weitere Frage schiebt sich in den Vordergrund, und sie entschlüpft mir, ehe ich sie zurückhalten kann. »Wieso hast du gedacht, ich wäre dein Gegenstück?«

Ich habe leise, fast zögerlich gesprochen und hoffe insgeheim, dass Kier so sehr in seinen eigenen Gedanken gefangen ist, dass er mich nicht gehört hat. Doch das hat er. Kaum dass ich fertig gesprochen habe, wendet er sich mir zu. Ich erwarte, Resignation über seinen Trugschluss in seinem Gesicht zu lesen, aber davon fehlt jede Spur. Seine Miene ist weich, genau wie der Blick, unter dem ich schier zerfließe. Diesmal wirkt sein Lächeln aufrichtig, obwohl er bloß vorsichtig die Mundwinkel hebt.

»Wer sagt, dass ich das nicht mehr denke?«

»Weil … ich deinen Fluch nicht … brechen konnte?«

Er setzt sich und lehnt sich mit dem Rücken wieder gegen Drakkar. »Das wäre für mich in Ordnung.«

»Wie kann das ›in Ordnung‹ sein?«, frage ich mich, als ich mich zu ihm setze. »Du könntest an diesem Fluch sterben. Oder Schlimmeres.«

Kier nickt. »Damit habe ich mich bereits abgefunden.«

Mein Hals fühlt sich an wie zugeschnürt und ich bekomme kein Wort heraus.

»Diese Reise«, fährt er fort, »sollte dazu dienen, dass etwas von mir bleibt, und sei es nur in Geschichten. Ich dachte nicht, dass sie so lange dauern wird, sondern glaubte, in ein paar Wochen zurück zu sein und der nächste oberste Anführer zu werden. Dadurch hätte ich Zugang zu allen Clans. Und bei einem würde mir schon mein Gegenstück über den Weg laufen. Und wäre das nicht der Fall gewesen, wollte ich zumindest meinen eigenen Clan versorgt wissen – mit allem, was er braucht.«

Plötzlich dämmert es mir. »Die Valkra – meine Valkra – hast du gefordert, damit deinem Clan wenigstens zeitweise die spirituelle Führung bleibt, solltest du …«

Erneut nickt er. »Ich wollte vorbereitet sein. Aber nicht bloß für meinen Clan, sondern auch um meinetwillen. Zwar will ich so wenig wie möglich mit Valkras zu tun haben, doch diese Einstellung ändert sich bestimmt, sobald ich dem Tod ins Auge blicke. Ich wollte eine Valkra für meinen Clan und für mich, damit ich ehrenvoll bestattet werde, sobald mich der Fluch holt. Jede Nacht, in der sich die roten Lichter von Árora zeigten, habe ich gehofft, dass in meinem Clan ein Mädchen mit der Valkragabe geboren wird. Aber jedes Mal wurde ich enttäuscht, als hätten sich die Götter gegen mich verschworen.«

Und eine andere Valkra von einem Clan, der über mehrere verfügte, konnte er nicht bitten, zu ihm zu kommen. Keine Valkra bei klarem Verstand wäre zum Schwingenclan gegangen. Nicht nach dem, was mit der letzten geschehen ist.

»Ich wünschte, ich könnte dir helfen«, murmele ich.

»Du bist hier«, sagt er. »Du redest mit mir, ohne mich von vornherein zu verurteilen. Du hast dir meine Seite der Geschichte angehört.«

»Das ist nicht genug«, halte ich dagegen.

»Für mich ist es das. Es ist sehr viel mehr, als die meisten anderen für mich getan haben. Nicht zu vergessen, dass du meinen Wyvern zusammenflickst.«

Seine Worte entzünden ein warmes Feuer in der Nähe meines Herzens, doch es brennt beinahe augenblicklich herunter. »Was wird mit Drakkar geschehen, wenn du nicht mehr da bist?«

Er dreht sich so, dass er mit der Hand über Drakkars Rücken streicheln kann. »Auch da hoffe ich auf deine Hilfe. Mir ist noch niemand begegnet, den mein Wyvern akzeptiert. Selbst Halvar traut sich nur in ihre Nähe, wenn ich dabei bin oder es sich nicht vermeiden lässt. Doch mit dir kommt sie … zurecht.«

»Ich soll …?« Meine Augen werden groß. »Aber sie ist nicht mein Tierwesen. Wir haben keine direkte Verbindung.«

»Es reicht, wenn du ihr eine Freundin bist und hin und wieder nach ihr siehst.«

Ich kann kaum noch atmen. »Warum reden wir, als seist du bereits tot?«

Kier wendet sich wieder nach vorn. »Du hast Astrid gehört. Es ist nur eine Frage der Zeit, bis ich in den Reihen der Dunklen Herrin dienen werde. Ich … fürchte mich davor, so zu enden. Auch deshalb setze ich alles daran, eine Valkra zu bekommen, und sei es nur als Leihgabe auf Zeit. Ich darf nicht riskieren, dass ich wegen einer nicht standesgemäßen Bestattung zu einem Unstreth werde. Wenn es doch dazu kommen sollte«, er greift nach meiner Hand, »hoffe ich darauf, dass du mein Leiden schnell beendest.«

Ich schlucke angestrengt. »Warum ich?«

Sein Blick findet meinen. »Weil ich dir vertraue. Weil du als Einzige verstehst, was es bedeuten würde, in diesem untoten Heer zu dienen. Du hast das Angebot abgelehnt, und ich bewundere dich dafür. Ich habe kurz gezögert. Ein Fürst zu sein – und sei es ein untoter Fürst – klang ziemlich verlockend im Vergleich dazu, ständig den eigenen Tod vor Augen zu haben und sich zu fragen, ob es nicht für alle um mich herum das Beste wäre, wenn ich … bereits jetzt fort wäre.«

Drakkar regt sich, während ich nur stumm dasitzen und Kier anstarren kann. Sie dreht ihren langen Hals so weit, dass sie ihn an der Schulter stupsen kann. Dabei geht sie ein bisschen zu stürmisch vor, wobei Kier beinahe auf meinem Schoß landet. Lachend krault er ihre Schnauze, doch als Flüsterin weiß ich, dass Drakkar genau verstanden hat, wie er sich fühlt und was ihm durch den Kopf geht.

Sie hat ihn nicht aufgegeben. Und ich werde das genauso wenig tun.

Ich schlinge beide Arme um ihn. Eingekesselt zwischen dem riesigen Wyvern und mir kann er sich kaum noch bewegen, doch das scheint ihn nicht zu stören. Sein Lachen wird lauter und gleichzeitig sanfter, während er mir eine Hand auf den Arm legt.

»Es tut mir leid«, flüstere ich. »Ich wünschte, ich könnte mehr für dich tun. Aber ich kann dir eine Sache versprechen: Drakkar und ich werden auf dich aufpassen, ganz gleich was mit dir geschieht.«

KAPITEL 19

YRSA

Ich muss eingeschlafen sein, denn ein hoher Schrei schreckt mich hoch. Kier und Bran neben mir ergeht es nicht anders. Jede Müdigkeit ist wie weggeblasen, als der seltsame Laut ein weiteres Mal ertönt. Er ist mit Sicherheit nicht menschlich.

Ich bin die Erste, die auf die Füße kommt, und spähe nach oben. Durch den Nebel kann ich zwar nichts erkennen, aber ich bin mir sicher, dass dieser merkwürdige Laut von über uns kam. Meine Hände gleiten zu meinen Hüften, greifen jedoch ins Leere. Kälte bohrt sich in meinen Magen, während ich fieberhaft überlege, wo ich meine Äxte abgelegt habe. Ein Seitenblick verrät mir, dass auch Kier keine Waffen trägt.

Ich habe noch keine Antwort auf meine Überlegung gefunden, als sich ein Schatten aus dem Nebel schält und mit einem dumpfen Aufprall an Deck landet.

Die Kreatur erinnert mich entfernt an eine Fledermaus, nur sehr viel größer und mit unheimlich rot glühenden Augen, die direkt in mich hineinzustarren scheinen. Bran schiebt sich neben mich und gibt ein bedrohliches Grollen von sich. Eine Hand in sein Fell gekrallt, halte ich ihn zurück, als die riesige Fledermaus ihrerseits das Maul öffnet und erneut diesen schaurigen Schrei ausstößt, der mir in den Ohren klingelt. Dabei entblößt sie mehrere spitze Zähne, die alle in etwa so groß sind wie meine Handfläche.

»Ein Tierwesen?«, grollt Kier an meiner anderen Seite.

Ich stoße ein Schnauben aus. Es sollte mich nicht verwundern, dass die Unstreth auch in ihren Reihen Flüsterer haben, doch dieser Kreatur fehlt die Furcht einflößende, aber majestätische Präsenz, die sowohl Kiers als auch meinem Tierwesen zu eigen ist. Ganz wie die Unstreth verströmt dieses den Gestank von Tod und Fäulnis, während es aussieht, als sei es gerade der Unterwelt entstiegen.

»Hol unsere Waffen«, trage ich Kier auf, ohne die Fledermaus aus den Augen zu lassen. »Ich beschäftige sie so lange.«

Er nickt, wirft einen letzten Blick auf Drakkar, die sich wie eine Katze zusammengerollt hat, und eilt davon.

Just in diesem Moment schießt die Fledermaus vor, das Maul weit aufgerissen. Bran stößt mich zur Seite, stellt sich auf die Hinterbeine und schlägt mit seinen Pranken auf das fremde Tierwesen ein. Er trifft sie mehrmals, doch das scheint sie nicht zu beeindrucken. Nur kurz gerät sie ins Schlingern, ehe sie sich erneut vom Boden abdrückt.

In der Luft ist sie im Vorteil, das wird mir in der Schrecksekunde klar, als sie auf Bran hinabstürzt. So schnell, dass ich ihr kaum mit den Augen folgen kann, greift sie mein Tierwesen an. Bran gelingt es, die Pranken zu heben, aber mehr als seinen Kopf zu schützen, vermag er nicht. Sein Brüllen, als die spitzen Fledermauszähne seinen dichten Pelz durchdringen, geht mir durch Mark und Bein.

Ich haste nach vorn, packe das andere Wesen an den stummeligen Hinterbeinen und zerre es mit aller Kraft weg. Doch es hat sich so fest verbissen, dass ich Bran dadurch nur noch größere Schmerzen zufüge. Mein Herz rast. Ich kriege einen der schnell schlagenden Flügel zu fassen, kratze mit den Fingernägeln über die empfindliche Membran dazwischen und verdrehe den oberen knochigen Teil so, dass die Fledermaus aufheult und endlich von Bran ablässt. Sie gerät ins Trudeln und schlägt wieder an Deck auf.

Direkt in Drakkars Nähe. Das tiefe Grollen des Wyvern ist die einzige Warnung, die das fremde Tierwesen erhält, ehe Drakkar das Maul öffnet und die Fledermaus nahezu verschlingt. Sie kreischt so laut, dass ich mir beide Hände auf die Ohren presse, trotzdem höre ich den angewiderten Laut, mit dem Drakkar sie ausspuckt. Grünliches Blut sickert aus unzähligen Wunden hervor; der Körper der Fledermaus zuckt und krampft, ehe er jede Bewegung einstellt.

»Was ist hier los?«

Halvars Stimme reißt mich von dem scheußlichen Anblick los. Er steht mit Vangar und Kier hinter mir; meine Begleiterin reicht mir meine Äxte. Ihr Gewicht beruhigt meine angekratzten Nerven. Kier berichtet den beiden knapp von dem Angriff der Fledermaus, während ich nach Bran sehe.

Die Bissspuren verlaufen um sein Vorderbein; dank seines dichten Pelzes konnten die Zähne nicht allzu tief eindringen, dennoch hat er Schmerzen, die ich deutlich über unsere Verbindung spüre.

»Du hast tapfer gekämpft«, murmele ich und streichele ihm durchs Fell.

Ich kenne Brans Kraft, seine Stärken und Schwächen, aber es gab bisher so gut wie nie eine Situation, in der wir tatsächlich kämpfen mussten. Ein Schaukampf gegen einen anderen Flüsterer, der glaubt, stärker als mein Bär zu sein, ist etwas völlig anderes als ein echter Kampf.

Ich lehne mich vor, sodass ich das Gesicht in Brans Pelz vergraben kann, und flüstere: »Ich habe noch nie solche Angst gehabt.«

Bran gibt ein beruhigendes Brummen von sich, das mich wissen lässt, dass er noch hier ist. Dass wir gemeinsam gegen den fremden Feind bestanden haben. Doch mein Körper prickelt noch immer vor Anspannung. Vor meinen geschlossenen Augen sehe ich den Moment, als die Fledermaus hinabstürzte und sich in Brans Vorderlauf verbiss. Ich höre erneut sein schmerzerfülltes Brüllen. Mit meinen Waffen hätte ich schneller eingreifen können. Aber wenn es um mein Tierwesen geht, stelle ich mich jedem noch so bedrohlichen Feind auch mit bloßen Händen entgegen.

Ich hebe den Kopf und sehe zu Kier. Nun, da mein Tierwesen einem Feind gegenüberstand, erhalte ich eine Ahnung, welches

Risiko er eingegangen ist, als er Drakkar zurückfliegen und mich holen ließ.

Würde ich dasselbe tun? Könnte ich Bran befehlen, umzukehren und zurück in die Gefahr zu eilen – immer den Gedanken im Hinterkopf, dass er verletzt oder gar getötet werden könnte?

Ich bin Kier dankbar dafür, dass er mich gerettet hat, aber bisher habe ich die Tragweite dieser Tat nicht vollends begriffen. Diesmal musste ich Bran einsetzen, da ich keine Waffen bei mir hatte. Aber würde ich das auch, wenn es anders wäre? Wenn es darum ginge, einen anderen Menschen zu retten, obwohl ich mein Tierwesen in Sicherheit weiß?

Kier hat diese Entscheidung getroffen. Er hat mein Leben über die Unversehrtheit seines Wyvern gestellt.

Während ich ihn dabei beobachte, wie er Drakkar den Hals tätschelt und sich davon überzeugt, dass sie ansonsten unverletzt ist, fällt mir das Atmen schwer. Zwar sagte er, dass er mich mag, und auch Halvar ließ diesbezüglich ein paar Bemerkungen fallen, aber ein solches Risiko würde ich niemals für jemanden eingehen, den ich lediglich mag. Wobei ich bis vor einiger Zeit überhaupt nicht wusste, was dieses Gefühl ist. Nun begreife ich es Stück für Stück. Ich verstehe, vor welche Entscheidungen dieses Gefühl einen stellt. Welche Risiken man bereit ist, einzugehen.

Ich reibe mir mit der Hand über die Brust, wo mir ein warmes Ziehen die Antwort zuflüstert. Eine Antwort, die ich am liebsten nicht hören will, denn sie macht nicht nur mich verwundbar, sondern auch Bran.

Denn ich würde ihn einsetzen, um Kier zu beschützen.

Als hätte ich laut gesprochen, dreht Kier den Kopf in meine Richtung. Unsere Blicke begegnen sich, und ich könnte schwören, dass er mir ansieht, was ich gerade denke.

Ich bin tatsächlich dabei, mich in einen anderen Anführer zu verlieben.

Die Götter mögen mir beistehen.

Ich sollte es besser wissen, als den Beistand der Götter zu erflehen. Immerhin weiß ich, dass sie nicht gut auf mich zu sprechen sind.

Während ich noch Kiers Blick erwidere, stoßen weitere Fledermauswesen durch den Nebel und stürzen sich auf die Besatzung, die an Deck gekommen ist, um dem Lärm auf den Grund zu gehen.

Neben mir gibt Vangar einen Fluch von sich, ehe sie auf das Wesen losgeht, das ihr am nächsten steht. Ich tue es ihr gleich; nun, da ich wieder meine Äxte in Händen halte, komme ich mir nicht so nutzlos vor wie eben.

Solange sie in der Luft sind, gleichen sie Pfeilspitzen: Sie sind derart schnell, dass ich sie nicht erwische. Aber sobald sie den Fehler machen und an Deck landen, sind sie leichte Beute für meine Klingen. Ihre kurzen Beine sind nicht kraftvoll genug für schnelle Bewegungen. Das Einzige, was mir gefährlich werden kann, sind ihre spitzen Zähne. Während Vangar die Fledermaus ablenkt, versenke ich meine Äxte in ihrem Hinterkopf. Die Schneide dringt viel zu leicht ein; ihre Haut ist weich und bietet kaum Widerstand. So spielend leicht meine Axt eindringt, so schwer fällt es mir, sie wieder herauszuziehen.

Gerade als ich mich damit abmühe, höre ich schräg hinter mir Drakkars Brüllen. Eine ganze Schar Fledermäuse hat sich auf den Wyvern gestürzt; es sind zu viele, als dass Kier allein mit ihnen fertig werden könnte.

»Kümmert euch um die Besatzung!«, weise ich Halvar und Vangar an. »Bringt sie wieder unter Deck!«

Kaum dass ich fertig gesprochen habe, sprinte ich in Kiers Richtung, während mir Bran eine weitere Fledermaus vom Hals hält. Durch die Verletzung seiner Vorderpranke sind seine Bewegungen träger als sonst. Ich wünschte, ich könnte ihm ebenfalls befehlen, sich unter Deck in Sicherheit zu bringen, doch dazu ist er zu groß. Über unsere Verbindung gebe ich ihm zu verstehen, dass er in meiner Nähe bleiben soll, damit ich auf ihn aufpassen kann.

Gemeinsam arbeiten wir uns zu Kier vor. Mehrere feindliche Tierwesen stellen sich uns entgegen. Den fliegenden weiche ich im letzten Moment aus, sodass zwei von ihnen ihren Schwung nicht mehr abfangen können und dumpf an Deck aufschlagen. Sofort kümmert Bran sich um sie.

Ich ducke mich unter einer weiteren Fledermaus hinweg und ziehe meine Axt genau in dem Augenblick nach oben, als sie direkt über mir ist. Ihr Schrei gellt mir in den Ohren, doch ich setze ihren Schmerzen ein Ende, noch bevor sie auf dem Boden landet.

Dunkles Blut klebt überall an mir; gut möglich, dass auch ein paar Eingeweide dabei sind.

Drakkar versucht ebenfalls, sich gegen die Angreifer zu wehren, und bäumt sich auf.

»Sie darf sich nicht bewegen!«, schreie ich Kier über das Kreischen der Fledermäuse hinweg zu.

Nur flüchtig sieht er in meine Richtung, nickt aber als Zeichen, dass er mich verstanden hat. Einen riesigen, wütenden Wyvern, der sich und seinen Flüsterer verteidigen will, zum Stillhalten zu bewegen stellt Kier vor eine schier unlösbare Aufgabe.

Ich habe den Überblick verloren, wie viele Fledermäuse Bran und ich bereits getötet haben, und auch Kier hat einige dorthin zurückbefördert, woher sie gekommen sind. Trotzdem scheint es kein Ende zu nehmen. Wie ein dunkler Schwarm umkreisen sie das Schiff und warten bloß auf eine Gelegenheit zum Angriff. Die Frage, wie sie das Schiff im dichten Nebel überhaupt gefunden haben, streift nur kurz durch meine Gedanken, bevor ich dem nächsten Paar spitzer Krallen ausweichen muss, die auf mich herabschießen. Ich ducke mich zwar, doch sie verfangen sich in meinen Haaren und reißen mich zurück. Unvermittelt verliere ich das Gleichgewicht.

Das Deck ist glitschig von dunklem Blut, deshalb brauche ich zu lange, um wieder auf die Füße zu kommen. Schnell werden die Fledermäuse auf mich aufmerksam und stürzen auf mich herab. Die erste treffe ich mit einem Axthieb, der zweiten weiche ich aus, indem ich mich hastig zur Seite rolle. Doch die dritte zielt direkt auf meinen Kopf. Ich sehe ihre Krallen direkt über mir und meine- bereits zu spüren, wie sie mir ins Fleisch schneiden und mir die Augen auskratzen.

Bloß einen Hauch von meiner Nasenspitze entfernt, wird die Fledermaus zur Seite geschleudert und landet mit einem dumpfen Aufprall einige Meter von mir entfernt. Noch ehe ich realisiere, was geschehen ist, taucht eine ausgestreckte Hand in meinem Sichtfeld auf.

»Bist du in Ordnung?« Kiers Stimme scheint von ganz weit weg zu kommen, doch sie dringt in mich ein und vertreibt die lähmende Angst, die mich noch vor ein paar Sekunden gequält hat.

Ich ergreife seine Hand, mit einem Ruck zieht er mich auf die Füße. »Mir geht's gut«, versichere ich ihm.

Mein Blick huscht über Kier, der genauso besudelt aussieht wie ich, doch zu meiner Erleichterung kann ich keine Verletzungen entdecken.

Mehr Zeit bleibt mir nicht, denn weitere Fledermauswesen setzen zum Angriff an. Bran, Kier und ich verteidigen Drakkar, während Vangar und Halvar den Eingang unter Deck und damit die Mannschaft schützen. In dem Gewirr aus grauen Leibern, dunklem Blut und aufblitzendem Stahl entdecke ich auch ein paar von Kiers Kriegern, die sich gegen den Angriff behaupten.

Rücken an Rücken schlagen Kier und ich die Wesen zurück, die sich Drakkar nähern, doch ich spüre, wie ich langsamer und langsamer werde. Wie meine Atmung mehr und mehr aus dem Takt gerät und ich eher keuche als kontrolliert Luft hole.

Und mir ist klar, dass ich das nicht mehr lange durchhalte.

Ein kurzer Seitenblick auf Kier verrät mir, dass es ihm nicht besser geht. Seine Schultern heben und senken sich hektisch; seine Bewegungen wirken nicht mehr fließend, sondern abgehackt und gezwungen.

»Wir brauchen eine Idee«, brülle ich über das Kreischen der attackierenden Fledermäuse hinweg.

Mein Kopf ist leer. Zu mehr, als den nächsten Angriff zu interpretieren, den ich parieren muss, bin ich nicht fähig. Und selbst das gelingt mir eher schlecht als recht. Sowohl mein Körper als auch mein Geist machen schlapp.

Eine Fledermaus reißt mir mit ihren Krallen den linken Oberarm auf, weil ich nicht schnell genug reagiere. Ich schreie auf. Ihren zweiten Angriff, der diesmal meinem Gesicht galt, pariere ich nur mit knapper Not.

Bran ist zur Stelle. Er verbeißt sich in einen Flügel und zerrt so fest daran, dass die Membran reißt. Mit einem Kreischen fällt die Fledermaus zu Boden, wo ich ihr meine Axt in den Schädel ramme.

Keuchend schnappe ich nach Luft. Obwohl ich weiß, dass ich mir den Luxus einer Pause nicht leisten kann, bleibe ich stehen.

Ich sehe nach oben, wo uns noch immer ein dunkler Schwarm dieser schaurigen Wesen umkreist. Weitere scheinen aus dem Nebel zu kommen und nur auf den Befehl zum Angriff zu warten.

Ich runzele die Stirn, während ich ihre Formation betrachte. Wie in einer Art Spirale fliegen sie über dem Schiff, sodass sie sich mit ihren Attacken nicht gegenseitig behindern. Und in der Mitte dieser Spirale entdecke ich eine größere Fledermaus, die unentwegt dieses schaurige Kreischen ausstößt. Es scheint, als wäre sie diejenige, die immer neue Wesen zu unserer Position lockt.

Mein Kopf ruckt zu Kier. »Kommst du für einen Moment allein zurecht?«

Flüchtig erwidert er meinen Blick, ehe er sich um eine weitere Fledermaus kümmert. »Hast du einen Plan?«

»Eventuell«, gebe ich zurück.

Seine Schultern zucken, als würde er lachen. »Ein ›eventuell‹ ist besser als ein ›Nein‹. Geh!«

Ich wende mich an Bran. »Pass auf die beiden auf!«

So schnell es mir auf dem widerlich rutschigen Boden möglich ist, haste ich hinüber zu Halvar und Vangar. Auf sie stürzen sich zwar auch einige Fledermäuse, aber ihre Attacken sind bei Weitem nicht so konzentriert wie auf der Rückseite des Schiffes. Das bestärkt mich in meinem Rückschluss, dass sie es hauptsächlich auf Drakkar abgesehen haben.

»Ich brauche deine fähigsten Bogenschützen«, sage ich zu Halvar, als wir einen Moment zum Luftholen haben.

Während ich auf seine Antwort warte, fliegt mein Blick zur Rückseite, wo sich Kier allein gegen die Übermacht an Fledermäusen behaupten muss. Bei jeder, die auf ihn hinabstürzt, setzt mein Herz für einen Schlag aus. Meine Füße kribbeln vor Verlangen, sofort wieder zu ihm zu rennen und ihm zu helfen.

»Wozu?«, will Halvar wissen.

Obwohl sich alles in mir sträubt, drehe ich mich zu ihm, während uns Vangar eine Fledermaus vom Leib hält.

Ich deute nach oben in die Mitte der Spirale. »Wir müssen sie abschießen.«

Halvar stößt ein Grummeln aus. »Das ist verdammt weit oben.«

»Es muss uns gelingen. Wenn sie fällt, kommen keine neuen nach.«

Er wendet sich mir zu. »Bist du dir sicher?«

Ich bin mir über gar nichts mehr sicher. Nur dahin gehend, dass wir diesen Kampf nicht gewinnen werden, solange eine unendliche Anzahl Fledermäuse nachrückt, sobald wir eine erledigt haben. Früher oder später werden wir unterliegen.

Halvar gegenüber lasse ich mir meine Anspannung nicht anmerken, sondern zucke auf seinen Einwand hin bloß mit den Schultern. »Die Alternative ist, bis zum Ende der Welt hier zu kämpfen. Oder bis uns die Kräfte ausgehen. Entscheide selbst, was eher eintreten wird.«

Halvar gibt eine gemurmelte Verwünschung von sich, bevor er unter Deck eilt und mehrere Namen brüllt.

Ich schaue nach oben. So ungern ich es zugebe: Er hat recht. Diese größere Fledermaus ist *verdammt* weit oben. Dazu kommen die vielen anderen, die sie umkreisen. Der Pfeil, der sie trifft, müsste von den Göttern selbst gelenkt werden, um sein Ziel zu finden.

Oder es muss von einem sehr hohen Punkt abgeschossen werden.

»Halvar soll die Bogenschützen nach hinten zu Kier und Drakkar bringen«, trage ich Vangar auf, ehe ich zu Kier zurückeile.

Ich kämpfe mich durch ein Gewirr aus niedergestreckten Leibern, nach mir schlagenden Krallen und stinkenden Kadavern, bis ich endlich die beiden Tierwesen und Kier erreiche. Alle stehen noch und behaupten sich gegen die Übermacht, doch mir entgehen weder Brans Keuchen noch Kiers langsamere Bewegungen. Mein Bär gibt ein erleichtertes Grollen von sich, als er mich entdeckt. Über unsere Verbindung schicke ich ihm so viel Dankbarkeit, wie ich vermag, bevor ich mich zu Kier vorarbeite.

»Ich dachte schon, du willst mir den ganzen Spaß allein überlassen«, sagt er, nachdem wir wieder Rücken an Rücken stehen.

»Dann kann ich wohl froh sein, dass du mir noch ein paar Gegner übrig gelassen hast«, gebe ich zurück. »Halvar wird gleich einige Bogenschützen zu uns bringen. Glaubst du, du kannst Drakkar dazu überreden, sie nicht zu fressen, wenn sie auf ihren Rücken klettern?«

Auch ohne es zu sehen, spüre ich, wie er den Kopf dreht und mir einen verwirrten Blick zuwirft. Nachdem ich den Kopf einer weiteren Fledermaus vom Rumpf getrennt habe, deute ich hinauf.

»Sie müssen die Fledermaus da oben in der Mitte abschießen, aber von hier unten ist das nicht möglich. Wenn Drakkar sich reckt und ihnen erlaubt, auf ihren Hals zu klettern, könnten sie nah genug rankommen.«

Kier gibt einen Laut von sich, den ich nicht genau deuten kann.

»Sie ließ auch Halvar auf sich reiten, wenn er das Material zu uns an den Strand gebracht hat«, gebe ich zu bedenken. »Und deine Briefe.«

»Halvar kennt sie fast genauso lange wie mich«, hält er dagegen, während er einen weiteren Hieb ausführt.

»Mich hat sie auch mitfliegen lassen.«

»Weil sie dich mag.«

Wenn ich könnte, würde ich mir die Haare raufen, aber ich darf meine Äxte keine Sekunde sinken lassen.

»Dann musst du mit dem Bogenschützen hochklettern«, sage ich. »Wir konzentrieren die Verteidigung auf euch.«

Gerade als Kier zu einem Widerspruch ansetzt, eilt Halvar mit zwei jungen Burschen herbei, die kaum dem Knabenalter entwachsen sind. Sie drängen sich ängstlich aneinander, während sie sich an ihre Bögen klammern, als hinge ihr Leben davon ab.

Unseres hängt auf jeden Fall davon ab.

Allerdings bin ich mir nicht sicher, ob sie mit diesen schmächtigen Ärmchen ihren Bogen überhaupt spannen können.

Doch für Zweifel bleibt mir keine Zeit. Wenn Halvar der Meinung ist, dass diese beiden Jungen die besten Bogenschützen sind, über die wir noch verfügen, dann muss ich ihm vertrauen.

Knapp erläutere ich ihnen den Plan und ihr Ziel. Als sie hören, dass sie auf Drakkars Hals klettern sollen, werden sie noch blasser um die Nasenspitze. In einer anderen Situation würde ich versuchen, ihnen ihre Angst vor der Aufgabe zu nehmen, aber uns fehlt die Zeit dazu.

»Wir verlassen uns auf euch«, sage ich daher nur.

Während ich uns ein paar Fledermäuse vom Leib halte, entgeht mir nicht, wie Halvar und Kier über meinen Kopf hinweg Blicke tauschen und eine stumme Unterhaltung führen.

Nach einem Moment verdreht Halvar die Augen. »Nein, ich werde sie den Viechern nicht zum Fraß vorwerfen.«

»Redest du von mir?«, frage ich.

Halvar hat die Dreistigkeit zu nicken. »Kier ist sich nicht sicher, ob er dich allein mit mir hier unten lassen kann, weil er offenbar denkt, ich würde dich an die Fledermäuse verfüttern, sobald sich die Chance dazu bietet.«

Da auch Vangar zu uns gekommen ist, bleibt mir eine kleine Atempause. Ich trete zu Kier und sehe zu ihm auf. Genau wie ich ist er über und über mit dunklem Fledermausblut und schleimigen Eingeweiden bedeckt, doch seine grünen Augen stechen in all dieser Dunkelheit hervor. Ihr Blick richtet sich einzig und allein auf mich, und für die Dauer eines Herzschlags kann ich den Gräuel um uns herum ausblenden.

»Ich komme zurecht«, sage ich so leise, dass nur er mich über das Kreischen hinweg verstehen kann. »Ich brauche Halvar nicht, um auf mich aufzupassen.«

»Ich weiß«, erwidert er ebenso leise. »Ich decke trotzdem gern deinen Rücken – nur um sicherzugehen.«

Meine Mundwinkel heben sich zu einem Lächeln. Ich verstehe, was er meint. Mir Halvar als Aufpasser vorzusetzen hat nichts damit zu tun, dass er an meinen Fähigkeiten zweifelt oder mich einschränken will. Und das beruhigt mich.

Kier neigt den Kopf ein Stück zu mir herab. »Sei vorsichtig. Lass dir von den anderen helfen. Keine Alleingänge.«

Nach meinen Alleingängen am Strand und gegen die Unstreth kann ich ihm diese Ermahnungen nicht verdenken.

»Ich versprech's«, sage ich daher.

Für den Bruchteil einer Sekunde lehnt er die Stirn gegen meine, was meinen Herzschlag aus dem Takt bringt, ehe er sich genauso abrupt zurückzieht. Mit wenigen langen Schritten marschiert er auf die beiden Burschen zu, die vor Angst die Köpfe zwischen die Schultern gezogen haben.

Ich habe nie einen Beschützer gebraucht. Ich brauche auch jetzt keinen. Aber dieses Wissen, dass da noch jemand ist, falls ich durch einen dummen Zufall doch straucheln sollte, ist beruhigender, als ich zugeben will.

KAPITEL 20

KIER

Die beiden Knaben gehören zu einflussreichen Familien meines Clans; ihre Großväter sitzen länger im Rat, als ich an der Macht bin. Wenn Drakkar sie frisst, werde ich mir einiges anhören dürfen, falls wir es zurückschaffen.

Ich habe die beiden bloß mitgenommen, weil ihre Familien es verlangten. Und weil sie ganz brauchbare Bogenschützen sind. Bereits am Strand haben ihre brennenden Pfeile zielsicher die Unstreth getroffen; das wurde Halvar nicht müde zu berichten.

Wenn sie sich einer Horde Untoter entgegenstellen können, können sie auch am Hals meines Wyvern emporklettern.

So weit die Theorie.

In der Praxis rutschen ihre schweißnassen Hände pausenlos an den glatten Schuppen meines Mädchens ab. Ihre Füße finden keinen Halt, auch nachdem ich ihnen dreimal erklärt habe, wohin sie sie setzen sollen. Obwohl Drakkar sich so wenig wie möglich bewegt, spüre ich über unsere Verbindung, dass sie alles andere als begeistert davon ist, diese Fremden auf sich herumklettern zu lassen. Nicht bloß ein Mal ruckt ihr Kopf zu uns herum, wenn einer der Burschen zu fest an einer Schuppe zerrt, um den Halt nicht zu verlieren, woraufhin die beiden in noch größere Panik verfallen.

Am liebsten würde ich die ganze Sache abblasen, selbst einen der Bögen zur Hand nehmen und auf die verdammte Fledermaus schießen, doch leider verfüge ich über keinerlei Fähigkeiten im Bogenschießen.

Also versuche ich, Drakkar über unsere Verbindung so weit zu beruhigen, dass sie die beiden nicht abwirft – oder gar frisst –, und rede ihnen weiter gut zu.

Unter meiner Anweisung reckt sich Drakkar sich so weit wie möglich, ohne ihren verletzten Flügel zu bewegen. Ich scheuche die beiden Burschen ihren Hals hinauf. Als ich einen Blick über die Schulter werfe, entdecke ich Yrsa, die ebenfalls auf Drakkars Rücken geklettert ist. Von mir abgewandt, nimmt sie sich jene Fledermäuse vor, die es an Halvar und den anderen vorbeischaffen oder sich direkt auf mein Mädchen stürzen. Obgleich sie verletzt zu sein scheint, sind Yrsas Attacken schnell und präzise, dennoch halte ich jedes Mal die Luft an, wenn eine Fledermaus mit ausgestreckten Krallen auf sie losgeht. Ich täte nichts lieber, als die Jungen ihrem Schicksal zu überlassen und an ihre Seite zu rennen. Mit einem Schwert in der Hand würde ich mich nicht ganz so nutzlos fühlen.

Als wir endlich an dem Punkt ankommen, von wo aus sie ihre Pfeile abschießen können, wird eine Fledermaus auf uns aufmerksam. Ihr Angriff verfehlt mich nur knapp, weil ich mich zur Seite lehne, und an Drakkars Schuppen rutschen ihre Krallen ab. Dennoch schüttelt sich mein Mädchen, als würde sie ein lästiges Insekt vertreiben. Die Jungen kreischen fast lauter als unsere Gegner, als sie ein Stück an ihrem Hals herabrutschen und mich beinahe mitreißen. Mit gebellten Befehlen jage ich sie zurück nach oben und mir entgeht der erneute Angriff der Fledermaus.

Als ich sie aus den Augenwinkeln sehe, ist es zu spät, um auszuweichen. Ich schaffe es gerade noch, den Arm zu heben und meinen Kopf zu schützen; innerlich wappne ich mich gegen die Schmerzen.

Aber sie bleiben aus.

Ich rieche bereits den säuerlichen Verwesungsgestank der Fledermaus, doch kurz bevor ihre Krallen auf meine Haut treffen, stößt sie einen hohen Schrei aus und trudelt wie eine angeschossene Ente zu Boden.

Aus ihrem Rücken ragt eine Axt.

Mein Blick fliegt zu Yrsa, die noch immer in der Pose verharrt, in der sie die Axt geworfen hat. Ich lächle. Keine Ahnung, worüber. Darüber, dass ich gerettet wurde? Oder dass Yrsa getroffen hat? Der Grund ist unerheblich; wichtig ist nur diese warme Erleichterung, die mich bis in die Fingerspitzen durchströmt.

Für einen flüchtigen Moment erwidert Yrsa mein Lächeln, ehe sie sich wieder auf den Kampf um uns konzentrieren muss. »Beeilt euch!«, ruft sie uns zu, bevor sie mit ihrer zweiten Axt nach einer weiteren Fledermaus schlägt.

»Ihr habt sie gehört«, knurre ich die Burschen an. »Schießt endlich die verdammte Fledermaus im Zentrum ab!«

Sie nicken, zittern aber am ganzen Körper; als sie nach ihren Bögen greifen, rutschen sie beinahe von Drakkars Hals ab. Beide Beine und Arme um den schlanken Hals meines Mädchens geschlungen, gebe ich ihnen den Halt, den sie brauchen. Das bedeutet aber, dass ich jegliche Verteidigung aufgebe.

»Macht schon!«, grolle ich.

Die ersten Versuche, die Bögen zu spannen und ihr Gleichgewicht zu halten, scheitern. Wenn sie überhaupt einen Pfeil abschießen, fliegt er nicht mal ansatzweise in die richtige Richtung, sondern direkt in einen Schwarm Fledermäuse, die sich nun auf uns konzentrieren.

Ich stoße einen Fluch aus. »Schneller!«

Sie zittern noch stärker, sofern das überhaupt möglich ist, und ich beiße mir auf die Zunge, um sie deswegen nicht erneut anzuschreien.

Krallen schlagen sich in meinen Rücken, zerfetzen mein Hemd und schrammen über meine Haut. Ich beiße die Zähne zusammen und warte auf einen weiteren Angriff, der mir diesmal die Haut vom Leib reißen wird. Doch ich lasse nicht los. Wenn ich loslasse, stürzen die beiden ab und unsere einzige Chance wäre vertan.

Mein ganzes Leben lang habe ich Schmerzen ertragen. Habe die Zähne zusammengebissen, bis ich Blut schmeckte. Habe mich gezwungen, mich normal zu bewegen, obwohl mein Körper bei jedem Schritt geschrien hat.

Ich werde es auch jetzt durchstehen.

Wenn mich meine Vergangenheit eins gelehrt hat, dann, dass Haut genäht und Knochen geschient werden können.

Doch erneut warte ich vergeblich auf den Schmerz. Ich muss nicht zu ihr schauen, um zu wissen, dass Yrsa auch ihre zweite Axt benutzt hat, um mich zu beschützen. Dennoch drehe ich den Kopf zu ihr und muss hilflos mitansehen, wie sie sich mit bloßen Händen gegen einen weiteren Angriff verteidigt.

So sehr will ich ihr zu Hilfe eilen, dass ich es verpasse, wie die Burschen die Fledermaus in der Mitte abschießen.

Ich bemerke es erst, als der Schwarm um uns herum schier zum Stillstand kommt. Wo sie uns vorher umkreisten und nur auf den perfekten Zeitpunkt für eine Attacke warteten, flattern die Fledermäuse nun verloren auf der Stelle, als könnten sie sich nicht mehr daran erinnern, wie sie hierhergekommen sind oder was ihre Mission ist.

Mit einem Tritt bringt Yrsa die Fledermaus auf Abstand, die sie eben noch angegriffen hat.

»Ihr … habt es geschafft«, sage ich zu den Burschen, weil ich es selbst nicht glauben kann, bis ich es ausgesprochen habe.

Die übrigen Gegner setzen sich erneut in Bewegung. Beinahe glaube ich, dass sie sich doch wieder zu einer Attacke formieren, doch sie flattern in den Nebel hinein, der sie alsbald verschluckt.

Einer meiner Männer jubelt. Der Laut ist so dröhnend, dass mir die Ohren klingeln, und im nächsten Moment fallen alle anderen mit ein. Es gelingt mir gerade noch so, die beiden Burschen von Drakkars Hals zu bugsieren, bevor auch mein Mädchen einen triumphalen Schrei von sich gibt, der das gesamte Schiff erbeben lässt.

Ich rutsche von ihr herunter, helfe den beiden Jungen noch und suche dann Halvar. Am liebsten würde ich sofort zu Yrsa rennen, aber ich bin ein Clanführer und meine erste Sorge hat dem Clan zu gelten, auch wenn es in mir anders aussieht.

»Wie viele haben wir verloren?«, frage ich meinen besten Freund, nachdem ich mich versichert habe, dass er wohlauf ist.

»Zwei, soweit ich es gesehen habe. Und drei Verletzte. Einer wird es vermutlich nicht schaffen.«

Ich zwinge mich zu einem Nicken. Zwei, höchstwahrscheinlich drei Verluste, nachdem wir bereits vier Männer am Strand verloren haben, sind ein herber Rückschlag. Von den einst zehn Kriegern, die ich auf diese Reise mitgenommen habe, sind nur noch vier übrig; drei, wenn der Verletzte nicht überlebt. Weniger als die Hälfte wird es zurück nach Hause schaffen. Falls wir je dort ankommen sollten. Ich verdränge diesen Gedanken; mir bleibt noch genug Zeit, mich deswegen zu grämen. Zuerst muss meine Sorge den Überlebenden gelten und jenen, die tapfer gekämpft haben und gefallen sind.

»Sorge dafür, dass die Toten zum vorderen Teil des Schiffes gebracht werden, damit wir ihnen später eine würdige Bestattung erweisen können.« Ich drücke Halvars Schulter. »Und ruh dich danach aus.«

Mit einem leisen Schnauben dreht er den Kopf zu mir. »Ich kann mich ausruhen, wenn ich es in die Ewigen Gefilde geschafft habe. Bis dahin habe ich alle Hände voll damit zu tun, auf dich aufzupassen.« Sein Blick gleitet hinter mich. »Aber eine kleine Atempause würde nicht schaden.«

Ehe ich fragen kann, was er damit meint, drehe ich mich um.

Hinter mir steht Yrsa. Bran folgt seiner Flüsterin mit ein paar Schritten Abstand. Sie sieht furchtbar aus. Dunkles Blut klebt überall an ihr und ich bin mir nicht sicher, ob alles von den Fledermäusen stammt. Und obwohl sie abgekämpft und blutbesudelt ist, schlägt mein Herz schneller. Während ich sie von oben bis unten betrachte und nach Verletzungen absuche, bemerke ich ihre Äxte, die wieder an ihrem gewohnten Platz in den Halterungen an ihrer Hüfte stecken.

Mit einem Schritt verkleinere ich den Abstand zwischen uns und frage leise: »Bist du in Ordnung?«

Sie schenkt mir ein kleines Lächeln, das meinen Herzschlag endgültig stolpern lässt. »Ich bin ziemlich fertig«, gibt sie ebenso leise zurück.

Die Tatsache, dass sie mir dies anvertraut und ihren Zustand nicht einfach herunterspielt, bedeutet mir mehr, als sie ahnen kann.

Ich hebe die Hand, lege sie an ihre Wange und streiche ein paar Fledermausüberreste weg. »Ich danke dir. Du hast mich gerettet. Zweimal.«

So flüchtig, dass ich es für eine Einbildung halte, schmiegt sie die Wange gegen meine Handfläche und schließt sie Augen. Dann fällt ihr offenbar wieder ein, dass wir nicht allein sind. Die Verzückung, die sich eben auf ihrem Gesicht spiegelte, weicht der distanzierten Freundlichkeit der Anführerin.

»Damit sind wir quitt«, lässt sie mich wissen.

Ich sollte meine Hand sinken lassen, einen Schritt zurückmachen und mich um meine Leute kümmern. Doch noch viel mehr als das will ich erneut diesen Ausdruck auf ihrem Gesicht sehen. Und sei es nur für einen winzigen Moment. Also streichele ich noch einmal mit dem Daumen über ihre Haut, erst unter dem Auge, dann ganz nah an ihrem Mundwinkel. Ihre kühle Fassade wankt, ihre Lippen zucken.

Wie gebannt beobachte ich jede noch so kleine Veränderung in ihrer Miene und frage mich, ob genauso viel Verzückung auf ihrem Gesicht gelegen hat, als ich während der letzten Merwanacht mit ihr schlief. Wegen der verdammten Maske konnte ich es nicht sehen, aber seither ist kein Tag vergangen, an dem ich mir nicht vorgestellt habe, wie es ausgesehen haben könnte.

»Quitt?«, wiederhole ich mit rauer Stimme. »Ich wusste nicht, dass es sich dabei um einen Wettstreit handelt.«

Sie zieht eine Augenbraue hoch, während sie meinen Blick festhält. »Ist nicht alles, was mit uns zu tun hat, ein Wettstreit?«

Ich lehne mich zu ihr herab. Nur ein Stück. Nur so weit, dass ich mit Genugtuung feststelle, wie sich ihre Pupillen vergrößern und das Meerblau ihrer Iriden beinahe verschlingen. Ich habe nicht vergessen, was sie sich vor ein paar Stunden gewünscht hat. *Dass ich sie küsse.* Und bei allen Göttern, das will ich! Mir sind im Moment sogar die vielen Blicke gleichgültig, die zweifelsohne auf uns gerichtet sind.

Aber geht es ihr genauso? Ist es noch immer ihr Wunsch?

Ich fahre mit dem Daumen direkt unter ihrem Mund entlang. Ihre Unterlippe zittert so stark, dass sie daraufbeißt. Vorsichtig befreie ich sie aus dem Klammergriff ihrer Zähne und lege ihr auch die andere Hand an die Wange, während ich mich so weit zu ihr herabbeuge, dass sich unsere Nasenspitzen fast berühren.

»Zwischen uns«, flüstere ich, »muss nicht *alles* ein Wettstreit sein.«

Ein Laut entweicht ihr, eine wundervolle Mischung aus Seufzen und Stöhnen, und fährt mir direkt in den Bauch. Dennoch halte ich mich zurück und warte.

»Ich will dich wirklich gern küssen«, wispert sie, »aber …« Ein Lächeln erscheint auf ihren Lippen. »Du stinkst ganz furchtbar nach Fledermausblut und -innereien.«

Obwohl mir alles andere als zum Lachen zumute ist, heben sich meine Mundwinkel, als ich mich zurückziehe und die Hände sinken lasse.

»Na, zum Glück riechst du nach Frühlingsblumen«, gebe ich zurück.

Mit zwei Fingern zupft sie an ihrem Hemd, das vor lauter Blut an ihr klebt wie eine zweite Haut. »Vermutlich nicht.« Ihr Blick gleitet über das Schiffsdeck. »Wir sollten nicht nur uns waschen, sondern auch alles andere. Nicht dass sie das nächste Mal ein Wesen schicken, das uns durch den Verwesungsgestank aufspürt.«

Ich kann nicht in Worte fassen, wie sehr ich es schätze, mit ihr zu reden und ihren Ideen zu lauschen. So wenig Erfahrung sie in allen zwischenmenschlichen Dingen hat, so erfahren ist sie in allem anderen. Und clever obendrein. Hätte sie nicht die Anführerfledermaus entdeckt, würden wir immer noch vergeblich versuchen, den Angriff zurückzuschlagen.

»Ich werde das Schiff mit ein paar Männern weiter in den Nebel rudern«, sage ich. »Wir werden es nicht weit bewegen können, aber ich fühle mich besser, wenn wir nicht an dieser Stelle verharren.«

Yrsa nickt. »Vangar und ich werden euch helfen. Nachdem wir uns gewaschen haben.«

KAPITEL 21

YRSA

Meine Arme schmerzen, als ich den nächsten Eimer Meerwasser an Decke ziehe. Ich habe aufgehört zu zählen, der wievielte es ist, und noch immer klebt dieses verdammte dunkle Blut an mir, egal wie fest ich schrubbe.

»Du schabst dir noch die Haut vom Leib, wenn du weiter so stark reibst«, tadelt mich Vangar.

Zusammen mit ihr und Bran habe ich mich von der übrigen Mannschaft abgesetzt und bis auf die Unterwäsche ausgezogen. Meine Kleidung ist wohl nicht mehr zu retten, deshalb nutze ich sie als Lappen, um wenigstens meine Haut sauber zu kriegen.

Ich werfe einen Seitenblick auf Bran, dessen braunes Fell fast durchgehend schwarz und verklebt ist. Wenn ich bei mir schon scheitere, wie soll ich erst ihn säubern?

»Gib mal her«, sagt Vangar, die meine kläglichen Versuche offenbar nicht mehr mitansehen kann.

Ich reiche ihr mein zusammengeknülltes Hemd, das sie tief in einen Eimer taucht, ehe ich mich vor sie setze. Das Wasser ist eiskalt, schmeckt salzig, sobald es auch nur in die Nähe meines Mundes kommt, und riecht nach Fisch und Algen. Es erinnert mich so sehr an das Wasser an unserer Küste, dass es beinahe wehtut. Wie es wohl meiner Mutter geht? Und Elvi? Denken sie an mich oder gehen sie mittlerweile davon aus, dass wir nicht zurückkommen? Wie lange sind wir wohl schon unterwegs?

Ich atme durch den Mund, doch das stechende Heimweh verschwindet nicht völlig.

Bisher habe ich mir die Frage verboten, aber nun schleicht sie sich wieder in meinen Kopf: Werden wir je nach Hause zurückkehren?

Während Vangar mir die Schultern und den Rücken abschrubbt, sehe ich zum hinteren Teil des Schiffes, wo Kier offenbar ebenso vergeblich versucht, Drakkars Schuppen zu säubern. Ich sehe ihn nur von hinten, und obwohl uns mehrere Meter trennen, klebt mein Blick förmlich an ihm. Er hat sich ebenfalls bis auf die Unterhose ausgezogen. Ich wünschte, ich wäre näher, um die Bewegungen seiner Muskeln nicht nur zu erahnen, sondern wirklich beobachten zu können, wenn er sich vorbeugt und mit einem Stück Stoff in beiden Händen kräftig über Drakkars Rücken reibt. Dem Wyvern scheint es zu gefallen; sie dreht den langen Hals und stupst mit der Schnauze gegen ihren Flüsterer, wobei sie gurrende Laute ausstößt. Lachend streichelt Kier über ihre Nase.

Mein Hals wird eng, so sehr will ich, dass er mich ebenfalls anlächelt und berührt.

»Du starrst«, murmelt Vangar.

Blinzelnd wende ich den Blick ab, doch nur wenige Sekunden später kehrt er zu Kier zurück, als hätte er ein verdammtes Eigenleben entwickelt.

»Ich kann nichts dagegen tun«, gebe ich leise zu.

Unvermittelt kippt Vangar den Inhalt eines Eimers über mir aus. Prustend schnappe ich nach Luft und zittere am ganzen Körper.

»Geht`s jetzt besser?«, will sie wissen.

Ich ziehe die Beine nah an mich und schlinge die Arme darum. »Nicht wirklich.«

Mit einer Hand kämmt sie mir durchs Haar, das hoffnungslos blutverklebt ist, mit der anderen rubbelt sie mit dem Lappen über meinen Kopf. »Dann gib dir mehr Mühe.«

Ich knirsche mit den Zähnen. Bei ihr klingt es, als würde ich absichtlich nur bei Kier etwas empfinden und mich danach sehnen, von ihm berührt zu werden. Es klingt, als hätte ich mir bewusst den Anführer eines anderen Clans und meinen ärgsten Rivalen ausgesucht. Aber das stimmt nicht!

Ich recke das Kinn. »Was ist mit dir? Wirst du dir sofort eine neue Frau suchen, sobald wir zurück sind?«

Die Bewegungen ihrer Hände geraten ins Stocken.

»Nicht?«, hake ich nach. »Dann solltest du dir mehr Mühe geben.«

Mir ist klar, dass meine Worte sie verletzen, doch ich habe es satt, dass mir meine Begleiterinnen vorschreiben, was ich darf und was nicht. Ich bin mir der Verantwortung auf meinen Schultern sehr wohl bewusst. Ansonsten wäre ich schon längst zu Kier marschiert und hätte ihn, falls nötig, auf Knien angefleht, mich endlich wieder etwas fühlen zu lassen. Ich hätte ihn auch vorhin vor versammelter Mannschaft geküsst. Der Gestank der Fledermäuse störte mich nicht; nicht, als er mir so nah war. Und doch siegte auch da die Vernunft über meine neuen Gefühle. Dass ich mir nun anhören muss, ich hätte mich nicht ausreichend unter Kontrolle oder würde mir nicht genug Mühe geben, trifft mich mehr, als es sollte.

Vangar seufzt, ehe sie ihre Tätigkeit wiederaufnimmt. »Dass Astrid auch Männern zugetan war, weißt du ja. Das hat mir nicht gefallen, aber ich hatte Angst, ich würde sie verlieren, wenn ich ihr Vorschriften mache. Also ließ ich es zu, wenn ihr Verlangen nach einem Mann überhandnahm. Es war … eine einmalige Sache und danach hatte sie monatelang nur Augen für mich.«

Diese Anekdote kommt so unerwartet und passt nicht zu meinen Gedanken eben, dass ich über ihre Worte nachdenken muss, während sie einer verknoteten Haarsträhne zu Leibe rückt. »Was willst du mir damit sagen?«

»Verlangen«, antwortet sie, »ist nichts, was sich einfach kontrollieren lässt. Nicht einmal für jene, die nicht ihr halbes Leben einen Schemen in sich hatten. Aber oftmals ist es nicht mehr als ein Feuer, das ein einziges Mal lichterloh brennen muss, ehe es erlischt. Es wird schwelen und verzehren, wenn man ihm nicht nachgibt. Doch wenn man es tut, ist es oft schneller verschwunden, als einem lieb ist.«

Mein Blick gleitet zu Kier, als mir dämmert, worauf sie hinauswill.

»Lass dir von ihm geben, wonach es dich verlangt«, fährt sie fort. »Genieße es. Ein einziges Mal. Und dann vergiss ihn.« Sie lässt von mir ab. »Ich verbinde dir noch deinen Oberarm. Danach bist du fertig.«

Ich schaue an meinen Armen hinab, die zwar vom Schrubben gerötet, aber frei von dunklem Blut sind. »Danke«, murmele ich. »Auch für deinen Ratschlag.«

Sie nickt. »Ich werde heute Abend woanders hinsehen, wenn du dich in seine Kajüte schleichst, damit ich unserem Clan nichts berichten muss.«

Ich stehe auf und ziehe sie aus einem unerklärlichen Impuls heraus in eine Umarmung. Nach kurzem Zögern legt auch sie die Arme um mich.

»Es tut mir leid«, flüstere ich gegen ihre Schulter, »dass du sie verloren hast. Dass ich dich gezwungen habe, gegen sie zu kämpfen.«

Vangar verstärkt den Druck um mich. »Es ist nicht deine Schuld. Astrid ist diejenige, die uns alle getäuscht hat. Und dafür wird sie büßen, sollte sie uns je wieder unter die Augen treten.«

Die Verletzung an meinem Oberarm ist zum Glück nicht tief. Nachdem Vangar sie verbunden hat, helfe ich ihr dabei, sich zu säubern. Sie hat deutlich weniger Blut abbekommen als ich, sodass wir schneller fertig sind.

Bran, der geduldig neben uns gewartet hat, stellt jedoch eine ganz andere Herausforderung dar.

Seufzend sage ich, als ich seine Pranke schrubbe: »Es wäre einfacher, dich zu scheren.«

Mein Tierwesen straft mich mit einem entsetzten Blick, der mich schmunzeln lässt.

Mit beiden Händen umschließe ich seine Schnauze und ziehe seinen Kopf zu mir. »Du hast so tapfer gekämpft. Ich bin stolz, deine Flüsterin zu sein.«

Er schmiegt sich an mich, und während ich mich gegen ihn lehne, erspähe ich etwas Weißes in seinem Fell. Als ich danach greife, bemerke ich auch die Kordel, die um Brans Hals liegt. Mein Herz klopft augenblicklich schneller, denn ich weiß sofort, worum es sich dabei handelt. Es ist gefühlt ein halbes Leben her, seit Kier und ich uns die ersten Nachrichten geschrieben haben, damals während der Prüfungen zum Obersten Anführer. Und genau wie damals zittern meine Finger vor Anspannung, als ich die Kordel löse und den ziemlich in Mitleidenschaft gezogenen Zettel auseinanderfalte. Kiers akkurate Runen sind verschmiert von Fledermausblut und kaum noch zu erkennen, doch ich kann sie entziffern.

Triff mich in meiner Kajüte, wenn alle schlafen.

Nun befürchte ich, dass mein Herz jederzeit aus meiner Brust hüpfen könnte, so wild trommelt es gegen meine Rippen.

»Wann hat er dir den Zettel umgelegt?«, frage ich Bran.

Ich wünschte, er könnte mir antworten, doch zumindest sehe ich durch unsere Verbindung Kier, wie er auf Bran zuläuft. Das muss gewesen sein, bevor wir an Land gegangen sind.

Während ich mir den Zettel an die Brust drücke, denke ich an Vangars Worte. Ich bin zu unerfahren, um entscheiden zu können, ob sie recht hat. Ob es … danach wirklich besser wäre, meine ich. Bis eben war ich mir nicht mal sicher, ob ich ihren Rat annehmen will. Ich sah mich schon vor Kiers Tür stehen und kein Wort herauskriegen. Oder ich sah, wie er mich sofort rauswarf, wie beim letzten Mal. Dieser Stachel sitzt tief und dämpft meinen beschleunigten Herzschlag ein wenig.

Doch auf diesem Zettel steht, dass er mich sehen will. Vielleicht wirft er mich nicht sofort raus, sondern … Ja, was? Werden wir reden oder …?

Ich presse die Beine zusammen. Vangar hat recht: Ich kann kaum noch klar denken, wenn es um Kier geht. Sämtliche logischen Entscheidungen, auf die ich früher stolz war, sind wie weggeblasen, sobald ich zu ihm sehe oder in seiner Nähe bin. Bei ihm komme ich zur Ruhe; ich habe nicht ständig das Gefühl, die perfekte Anführerin sein zu müssen. Wenn das alles wäre, könnte ich ihn als Freund betrachten. Als verbündeten Anführer.

Aber das ist nicht alles, wie mir das Brennen in meinem Unterleib beweist, sobald auch nur die Möglichkeit im Raum steht, dass wir mehr tun als bloß reden.

Obwohl er noch immer damit beschäftigt ist, Drakkars Schuppen zu reinigen, hält Kier inne und schaut zu mir herüber. Es ist, als könne er mir auch über die Entfernung ansehen, was in meinem Kopf vorgeht. Meine Wangen beginnen zu glühen, doch ich bin außerstande, den Blick zu senken.

»Ich werde es versuchen«, flüstere ich Bran zu. »Mehr, als mich erneut rauszuwerfen, kann er nicht tun, nicht wahr?«

Was eine zweite Zurückweisung mit meinem Selbstwertgefühl anstellen würde, darüber denke ich lieber nicht nach. Auch das ist etwas, was der Schemen ruhig hätte behalten können. Früher habe ich über die anderen Mädchen mitleidig den Kopf geschüttelt, wenn sie auf die nächste Merwanacht hinfieberten oder sich nachts heimlich mit ihrem Liebsten trafen – ungeachtet der Konsequenzen und der Meinung ihrer Familien. Nun bin ich im Begriff, etwas mindestens genauso Dummes zu tun – sehenden Auges und voll kribbelnder Vorfreude.

Mir ist wirklich nicht mehr zu helfen.

KAPITEL 22

YRSA

Es dauert nicht lange, bis die gesamte Mannschaft schläft. Nachdem wir mit vereinten Kräften das Deck von jeglichen Fledermausüberresten gesäubert haben, rudern wir es ein Stück weiter in den Nebel. Dieses riesige Schiff mit Rudern zu bewegen ist ein Ding der Unmöglichkeit und wir schaffen es auch nicht weit. Trotzdem haben fast alle das Gefühl, dass es nun besser ist. Dass wir jetzt an einem Ort sind, wo der Nebel dichter ist und uns die Fledermäuse nicht so leicht finden können.

Ich lasse die Mannschaft in diesem Glauben, während ich mich frage, wie es ihnen überhaupt gelungen ist. Durch unseren Geruch? Durch Geräusche? Oder sind sie uns bereits gefolgt, als Drakkar zurückgeflogen ist? Durch ihre Verletzung war sie langsam, also wäre es möglich. Aber hätte dann der Angriff nicht schneller erfolgen müssen?

Während ich mir noch das Hirn zermartere, tönt aus den Unterkünften unter Deck einheitliches Schnarchen. Auch ich könnte mich an Bran kuscheln und wäre innerhalb von Sekunden eingeschlafen, wäre da nicht diese Aufregung in mir, die jedes Mal stärker wurde, sobald sich Kiers und meine Blicke kreuzten.

Ich bin nicht stolz darauf, aber mir ist das Wasser im Mund zusammengelaufen, als ich seinen breiten Rücken angestarrt habe, während er mit Rudern an der Reihe war und ich drei Bänke hinter ihm saß und regelmäßig aus dem Takt geriet, weil ich mich mehr auf das Spiel seiner Muskeln, das sich unter dem Stoff abzeichnete, konzentriert habe als auf irgendwas anderes.

Vangar hat recht: Das muss aufhören! Und laut ihrem Urteil scheint es dafür nur einen Weg zu geben.

Nachdem ich ein paarmal tief durchgeatmet und mich umgesehen, aber niemanden entdeckt habe, gehe ich zu Kiers Kajütentür, unter der noch Kerzenlicht hervorscheint.

Als ich unschlüssig davorstehe, fehlt nicht viel, um mich zurück zu Bran flüchten zu lassen. So groß ist die Angst vor einer erneuten Zurückweisung. Ich verlagere mein Gewicht von einem Bein aufs andere, als könnte ich mich nicht entscheiden, ob ich verschwinden oder bleiben soll. Doch ehe ich feige den Rückzug antreten kann, hebe ich die Hand und klopfe.

»Herein«, kommt es sogleich von drinnen.

Meine Handfläche ist derart schweißnass, dass sie beinahe von der Klinke abrutscht, doch irgendwie kriege ich die Tür auf.

Kier sitzt an seinem Schreibtisch über allerlei Karten, Pläne und Schriftstücke gebeugt auf einer Holzkiste. Hatte er nicht mal einen Schemel? Ich bin mir ziemlich sicher, dass er …

»Was kann ich für dich tun?«, fragt er.

Blinzelnd lande ich wieder im Hier und Jetzt und konzentriere mich auf ihn. Mein nervöses Hirn hatte sich derart auf den fehlenden Schemel fokussiert, damit ich nicht völlig in Panik ausbreche, dass ich fast vergessen habe, warum ich hier bin. Aber als ich ihn ansehe, weiß ich es wieder. Eine Welle aus Sehnsucht und Verlangen rauscht über mich hinweg – einfach nur, weil ich ihn ansehe und mit ihm in einem Raum bin. *Allein.*

»I-Ich …« Verdammt, warum stottere ich jetzt? Schnell räuspere ich mich und ziehe den Zettel aus der Hosentasche. »Ich habe das hier an Brans Hals gefunden.«

Nur für den Bruchteil einer Sekunde gleitet Kiers Blick zu dem Zettel, ehe er wieder zu meinem Gesicht zurückkehrt. Die Art, wie er mich ansieht, ist derart intensiv, dass ich nicht weiß, ob ich mich wohlig darunter winden oder mich ihm entziehen soll.

»Du … wolltest mich sehen?«, helfe ich aus, als er schweigt.

Kier nickt. »Um mit dir zu reden.«

Beinahe hätte ich vor Enttäuschung laut aufgestöhnt, doch ich kann mich zurückhalten. »Worüber?«, frage ich stattdessen.

Er sieht wieder den Zettel an. »Ich hätte fast vergessen, dass ich ihn Bran umgelegt habe.«

Enttäuschung breitet sich weiter in mir aus. »Soll ich wieder gehen und dich in Ruhe lassen, wenn … es nicht wichtig war?«

Kier schweigt erneut, ehe er sagt: »Ich sollte wollen, dass du gehst. Aber ich will, dass du bleibst.«

Aus seinem Mund klingt es, als wäre er derjenige, der befürchten muss, gleich zurückgewiesen zu werden. Dabei war ich diejenige, die hinausgeworfen wurde. Ich müsste Angst haben, und so ist es auch. Zumindest glaube ich, dass diese Anspannung, die in mir rumort wie ein wildes Tier, Angst ist.

»Worüber wolltest du mit mir reden?«, wiederhole ich, als ich die Stille zwischen uns keine Sekunde länger aushalte.

Er lehnt sich zurück. »Ich wollte dir erklären, warum ich dich beim letzten Mal hinausgeworfen habe. Halvar meinte, dass du … ziemlich verwirrt ausgesehen hättest. Und weil ich weiß, dass es dir manchmal noch schwerfällt, Gefühle richtig zu deuten, wollte ich es dir erklären. Aber das habe ich bereits.«

Ich runzele die Stirn. Hat er das? Er hat mir von seinem Vater erzählt und wie sehr er als Heranwachsender unter ihm gelitten hat. Von seinem Fluch. Und von seiner fatalen Liebschaft mit der Valkra. Davon, dass sie ihn ausgenutzt hat, um ihre eigenen Ziele zu verfolgen.

Als es mir dämmert, ziehe ich scharf die Luft ein. Hat er das etwa auch von mir gedacht?

»Ich hätte nie …«

»Ach nein?«, unterbricht er mich. »Wenn ich mich recht erinnere, waren deine genauen Worte, dass ich dich gern küssen und vögeln könnte, aber dass nichts anderes geschieht. Dass Gefühle unerwünscht sind. Dass *meine* Gefühle unerwünscht sind.« Seine

Miene verdüstert sich. »Du hast mich angesehen wie sie. Als sei ich nicht mehr als ein Stück Fleisch, das du nach Belieben benutzen kannst.«

Ich schlucke angestrengt. »Das wollte ich nicht.« Mein Einwand klingt dünn und schal.

Ich könnte mich darauf herausreden, dass ich keine Ahnung von Gefühlen habe. Dass ich nicht verstanden habe, was damals in mir vorging. Aber das wäre nur die halbe Wahrheit.

Denn ich habe jedes Wort ernst gemeint, das ich zu ihm gesagt habe.

»Es tut mir leid«, sage ich. »Verzeih, wenn ich dir das Gefühl gegeben habe, dass ich … nur daran interessiert wäre. Aber für den Rest kann ich mich nicht entschuldigen. Ich würde es heute wieder genauso sagen, obwohl ich weiß, dass es dich verletzt. Denn es stimmt. Wir sind Anführer, Kier. Sogar Rivalen. Wir können uns keine Gefühle leisten.«

Er gibt ein freudloses Lachen von sich. »Das Schlimme ist, dass ich sogar weiß, dass du recht hast. Und doch wünschte ich, es wäre anders.« Sein Blick gleitet ins Leere. »Vielleicht ist das Teil meines Fluchs.«

»Ist es nicht«, erwidere ich. »Du hast nur … Pech, dass du ausgerechnet an mich geraten bist. Jede andere hätte dir bereits ihr Herz geschenkt. Ich auch, wenn ich keine Anführerin wäre.«

Ein vorsichtiges Leuchten stiehlt sich zurück in seine Augen. »Hättest du?«

Ich schenke ihm ein ebenso vorsichtiges Lächeln. »Da bin ich mir sicher. Ich empfinde etwas für dich, und das macht mir Angst. Denn ich weiß, dass diese Gefühle mich schlimmer verletzen werden als eine Waffe, wenn ich sie zulasse. Ich fürchte mich vor dem Schmerz, für den es keine Heilung gibt. Sobald wir zurück zu Hause sind, werden wir getrennte Wege gehen. Wir werden um den Posten des Obersten Anführers konkurrieren und danach … sehen wir uns vielleicht nie wieder. Aber noch schlimmer ist …« Ich straffe den Rücken und schlucke gegen die Enge in meinem Hals an. »Du bist der erste Mann, bei dem ich etwas gefühlt habe. Du warst der Einzige, der mich während des Merthings wahrgenommen hat. Alle anderen haben durch mich hindurchgesehen. Bei dir habe ich gelernt, wie es ist, normal zu sein. Trotz des Schemens hast du mich nicht als seltsam verurteilt. Und es kann sein, dass ich all das nie wieder bei einem anderen erfahren werde.«

Seine Augen sind groß, als er mich anstarrt.

»Es ist egoistisch von mir«, murmele ich. »Aber ich will das nicht verlieren. Ich will *dich* nicht verlieren. Doch das werde ich. Trotzdem stehe ich hier und versuche irgendwie, mein Herz vor dem Schaden zu bewahren, den es davontragen wird, wenn ich in deiner Nähe bin.«

Kier erhebt sich und umrundet den Tisch, kommt aber nicht auf mich zu. Und dennoch spüre ich den knappen Meter, den er mir nun näher ist. Mein gesamter Körper reagiert auf ihn. Es ist, als lauerte er nur darauf, dass Kier die Hand ausstreckt und ihn berührt. Ganz egal wo. Einfach nur, damit ich etwas spüre.

»Machen wir uns nichts vor«, sagt er, während er sich mit der Hüfte gegen die Tischkante lehnt und die Knöchel überkreuzt, »ich weiß, warum du hier bist. Ich habe es in dem Moment gewusst, als du hier hereinkamst und deine Wangen geglüht haben.«

Ich winde mich innerlich. »Es tut mir leid. Ich schwöre, ich bin nicht … wie sie.«

Doch, genau genommen bin ich das. Das wird mir aber erst jetzt klar, und ich schäme mich dafür. So sehr, dass ich am liebsten umkehren und aus dieser Kajüte flüchten würde. Aber ich bleibe an Ort und Stelle stehen und begegne Kiers Blick, den ich beim besten Willen nicht deuten kann.

»Warum bist du hier?«, verlangt er zu wissen. Seine Stimme klingt nun wie die des Anführers: unnachgiebig und fordernd. »Sprich es aus.«

Ich kann gar nicht anders, als zu gehorchen. »Ich wollte noch ein letztes Mal fühlen.«

Er neigt den Kopf ganz leicht. »Ein letztes Mal?«

Ich nicke. »Eine letzte Erinnerung, wie es ist, normal zu sein, von der ich zehren kann, sobald ich mein Herz verschließe.«

»Vor mir?«

»Vor jedem.«

Er stößt sich vom Tisch ab. »Ein letztes Mal ist dir also genug?«

Ich bin derart gefangen von seinen geschmeidigen Bewegungen, dass ich erst mit einiger Verzögerung den Kopf schüttele. »Nein, aber es muss genügen. Wenn ich mich weiter daran gewöhne, wird es nur noch schwerer.«

Er streckt eine Hand nach mir aus, stoppt sie aber in der Luft, bevor seine Finger meine Wange erreichen. »Und wenn ich will, dass du dich daran gewöhnst?«

Ein sehnsuchtsvoller Laut sammelt sich in meiner Kehle. Schnell beiße ich mir auf die Unterlippe, damit er mir nicht entfleucht. Ich würde ihm so gern sagen, dass ich mich ebenfalls daran gewöhnen will, doch da blitzt das Bild von Fulkirs niedergestrecktem Leib vor meinem inneren Auge auf. Eine Warnung, dass Beziehungen zwischen Angehörigen verschiedener Clans niemals gut ausgehen. Abgesehen davon haben weder Kier noch ich ein Mitspracherecht. Unsere Beziehungen und Ehen müssen zum Wohle des eigenen Clans geschlossen werden. Was wir davon halten, ist zweitrangig. Eine Ehe gegen den Willen der Familie und des Clans zieht großes Unglück nach sich, wie Kiers Eltern feststellen mussten.

Die Götter sind sowieso schon schlecht auf uns beide zu sprechen. Wir sollten sie nicht noch mehr erzürnen, indem wir ihre Gesetze mit Füßen treten, bloß weil wir uns nicht unter Kontrolle haben. Denn dann würden nicht nur wir leiden, sondern auch andere. Meine Mutter. Meine Schwester. Kiers bester Freund. Unsere Clans.

Ich mache einen Schritt zurück. Kier lässt seine Hand sinken. Der gequälte Ausdruck in seinem Gesicht zwingt mich beinahe zum Einlenken, doch ich bleibe standhaft.

»Ich kann dir nicht mehr anbieten als bei unserem letzten Gespräch, auch wenn es dich verletzt«, sage ich. »Dir wehzutun ist nicht meine Absicht, aber ich kann zu niemandem gehen außer zu dir. Wenn du mich erneut rauswirfst, verstehe ich das.«

»Was wäre die Alternative?«, will er wissen. »Was erwartest du, wenn ich dich bleiben lasse?«

Ich schlucke angestrengt. »Ich will … fühlen. Normal sein. Ich will Spaß haben.«

Er stößt ein freudloses Schnauben aus. »Dann bist du bei mir richtig. Es heißt, ich sei ganz gut darin, Frauen Spaß zu bereiten.«

Gequält schließe ich die Augen. »Das meinte ich nicht so. Ich sollte jetzt gehen.«

»Du bleibst«, sagt er, und ich bleibe wie angewurzelt stehen. Kier beobachtet mich aufmerksam, ehe sich ein wissendes Lächeln auf seinen Lippen ausbreitet. »Du magst das, nicht wahr? Wenn ich dir sage, was du tun sollst.«

»Ja«, gebe ich zögerlich zu.

»Warum?«

Ich suche nach den richtigen Worten. »Weil ich dann nicht nachdenken muss. Ich bin furchtbar schlecht in …«, ich mache eine hilflose Handbewegung, »… alldem hier. Aber wenn du mir sagst, was ich tun soll, muss ich nicht alles abwägen. Ich verfalle in keine Starre, sondern kann mich auf andere Dinge konzentrieren. Ich würde nichts gegen meinen Willen tun, auch wenn du es verlangst, aber bei allem, was zwischen uns passiert, finde ich deine Anweisungen … hilfreich.«

Offenbar scheint er zufrieden mit meiner Antwort zu sein, denn er nickt. »Du hast recht, wir können es uns nicht leisten, zu viel füreinander zu empfinden. Es würde uns nur schwächen, gerade im Hinblick auf den Posten des obersten Anführers.«

Heilige Götter, habe ich vorhin genauso kühl und abweisend geklungen, als ich etwas Ähnliches gesagt habe? Es nun aus seinem Mund zu hören versetzt mir einen Stich, und am liebsten würde ich mir die Ohren zuhalten.

»Aber ich verstehe, dass du noch etwas fühlen willst. Zum vielleicht letzten Mal.«

Ich blinzele. »Tatsächlich?«

Er nickt. »Ich stehe dir zur Verfügung, wenn du meine Hilfe willst. Allerdings«, er reckt das Kinn, »geschieht das zu meinen Bedingungen.«

»Und die wären?«

Ganz gleich, welche Bedingungen er mir gleich nennen wird, ich werde zustimmen. Allein die Aussicht, dass gleich mehr zwischen uns geschieht, dass ich endlich wieder fühlen kann, lässt meinen ganzen Körper kribbeln.

»Ich werde dich nicht küssen.«

Ich ziehe scharf die Luft ein. Vor ein paar Stunden habe ich mir zweimal sehnlichst gewünscht, dass er mich küsst. Nun hätten wir die Gelegenheit, und er will es nicht?

Kier bemerkt meinen inneren Zwiespalt. »Es bedeutet mir zu viel. Für dich ist es vielleicht nur ein Kuss oder die Möglichkeit, etwas zu fühlen. Für mich aber …«

»Ich verstehe«, sage ich. »Was ist deine andere Bedingung?«

»Ich werde dich nicht vögeln.«

»Was?« Ich schäme mich noch nicht einmal dafür, wie schockiert ich klinge.

Kier scheint es allerdings zu erheitern. Beinahe beiläufig kommt er auf mich zugeschlendert und bleibt in voller Größe vor mir stehen. Ich muss den Kopf in den Nacken legen, um zu ihm aufzusehen. Wieder prangt dieses wissende, schiefe Lächeln auf seinen Lippen, das mich schier um den Verstand bringt.

»Meine unwissende Yrsa«, raunt er in diesem besonderen Tonfall, der mich wohlig erschauern lässt. Ich weiß nicht, ob ich noch atme, während sein Blick meinen gefangen hält. »Ich kann dir auf mehr als eine Art Spaß bereiten.«

Heilige Götter …

Ich schlucke derart heftig, dass er es hört, woraufhin sein Lächeln noch breiter wird. »A-Aber …«

»Was ist?«, fährt er fort, bevor ich einen klaren Satz herausbringe. »Stimmst du meinen Bedingungen zu?«

»Habe ich eine Wahl?«, gebe ich zurück.

»Natürlich. Du kannst durch diese Tür dort gehen und wir verlieren nie wieder ein Wort darüber. Also?«

Ich muss nicht darüber nachdenken, denn ich habe meine Wahl in dem Moment getroffen, als er eingelenkt hat. Seine Bedingungen sind zwar nicht das, was ich mir erhofft habe, aber im Moment würde ich nahezu alles tun, um von ihm berührt zu werden.

»Einverstanden.«

Er lehnt sich zu mir hinab. »Fein.« Ich spüre die Vibration dieses einen Wortes bis hinab in den kleinen Zeh. »Dann dreh dich um und schieb den Türriegel vor.«

Ich zittere vor Vorfreude und Anspannung gleichermaßen, als ich mich umwende und die Tür verriegele. Sogleich stemmt Kier beide Hände seitlich von mir gegen das Holz und drängt sich von hinten an mich. Ich schnappe nach Luft.

»Hast du Angst vor mir?«, raunt er mir ins Ohr, sodass ich erbebe.

Ich schüttele den Kopf.

»Sprich es aus.« Seine Stimme klingt nun härter, bestimmender, und selbst wenn ich es nicht wollte, könnte ich mich ihrer Macht nicht entziehen.

»Nein.«

»Vertraust du mir?«, wispert er mir ins andere Ohr.

Ich presse meine Lippen zusammen, doch das Wimmern entweicht mir trotzdem. »Ja«, flüstere ich.

»Gut. Ich werde mich nicht damit aufhalten, ständig nach deinem Einverständnis zu fragen. Du hast jederzeit die Möglichkeit, es zu beenden und die Tür zu öffnen. Hast du das verstanden?«

»Ja.« Mehr als ein Krächzen bringe ich nicht zustande.

Er löst seine linke Hand von der Tür und legt sie an meine Seite. Langsam fährt er über meine Rippen hinab, über meine Taille, um schließlich an meiner Hüfte zu verharren. Obwohl noch viel zu viel Stoff zwischen uns ist, fühlt es sich an, als würde meine Haut in Flammen stehen. Sein Griff ist fest und fordernd, als er meine Hüfte packt und ein Stück nach hinten zieht, damit er sich an meinem Po reiben kann. Ich wimmere erneut, lauter diesmal, als ich seine Härte spüre, die sich verlangend gegen mich presst. Vergeblich versuche ich, an dem rauen Holz Halt zu finden.

Die andere Hand vergräbt er in meinem Haar und zieht leicht daran, bis ich mich wieder aufrichte. Nicht so fest, dass es wehtut, aber genug, dass meine Kopfhaut prickelt.

»Wie stehen meine Chancen, dass du mich doch noch hier irgendwo gegen die Wand vögelst?«, frage ich atemlos.

»Wie in der Merwanacht?«, raunt Kier mir ins Ohr. »Hat dir das gefallen?«

Gefallen ist kein Ausdruck dafür. Ich habe mich noch nie so begehrt und lebendig gefühlt wie in jenem Moment.

»Ja«, krächze ich.

»Ich enttäusche dich nur ungern, aber das wird nicht passieren.«

Ich beiße mir auf die Lippe, um nicht frustriert zu schreien oder ihn nach dem Grund dafür zu fragen. Dass er ebenso erregt ist wie ich, spüre ich deutlich.

»Ich will dir helfen, Yrsa. Ich werde dir geben, was du brauchst.«

Beinahe hätte ich aufgelacht. Es würde mir sehr helfen, wenn er mich jetzt genauso nehmen würde wie in der letzten Merwanacht. Dann wäre ich endlich dieses Brennen los, das schlimmer und schlimmer wird, je länger ich in seiner unmittelbaren Nähe bin. Vielleicht hat Vangar recht und ich bekäme ihn dann endlich aus meinem Kopf. Aber genau das verwehrt er mir. Ich verstehe, was er damit bezwecken will, doch ich stimme nicht mit ihm überein, dass es das ist, was ich brauche. Mein Körper ist einhellig der Meinung, dass das, was ich brauche, das ist, was sich gerade hart und fest gegen meinen Po drückt.

Meine Gedanken kommen zum Stillstand, als er ein Bein zwischen meine schiebt und eine Hand unter mein Hemd gleiten lässt. Jeder Zentimeter Haut, den er berührt, kribbelt und steht in Flammen. Bedächtig arbeitet er sich von meiner Taille über meine Rippen nach oben vor. Meine Hüften bewegen sich wie von selbst, reiben sich an seinem Bein im verzweifelten Versuch, dieses Brennen in mir zu löschen.

Noch bevor er meine Brust berührt, greift er nach meiner rechten Hand, mit der ich immer noch versuche, mich am rauen Holz der Tür festzuhalten, und schiebt sie in meine Hose. Meine Finger treffen auf Feuchtigkeit und Hitze.

»Berühre dich«, raunt er in diesem besonderen Befehlston.

Mein Kopf ruckt nach oben, doch sosehr ich ihn auch zur Seite drehe, kann ich ihn nicht erkennen. »Aber ich dachte, dass du …«

Seine linke Hand legt sich um meine Brust und drückt zu. Ein leichter Schmerz, der sofort von heißer Lust abgelöst wird, schneidet mir das Wort ab. Ich wölbe den Rücken, um seiner Hand weiter entgegenzukommen.

»Wenn du willst, dass ich weitermache, wirst du dich jetzt berühren.«

Ich schlucke angestrengt. »Ich bin nicht … sonderlich gut darin.«

Tatsächlich ist das noch eine Untertreibung. Ich habe keine Ahnung, was mir gefällt oder mir Lust bereitet – abgesehen von Kier –, dafür hat der Schemen all die Jahre gesorgt. Seit der letzten Merwanacht wanderten meine Gedanken öfter, als mir lieb war, zu dem Unbekannten, der mir diese neue Lust geschenkt hat. Selbst der Schemen war überfordert, all das Brennen und Sehnen zu fressen, weshalb ich versuchte, mir selbst Befriedigung zu verschaffen.

Doch ich scheiterte ein ums andere Mal.

»Du könntest recht haben«, fährt er fort. »Vielleicht findest du nie wieder jemanden, der dich fühlen lässt. Du solltest dann wenigstens allein in der Lage sein, dich etwas spüren zu lassen. Denn sonst«, sanft streichelt er die äußere Form meiner Brust nach, was mich wohlig erschauern lässt, »hätte der Schemen auch weiterhin in dir leben können.«

Geräuschvoll lasse ich die angehaltene Luft entweichen, ehe ich flüstere: »Das will ich nicht. Ich will mich nicht mein ganzes Leben lang so fühlen, als hätte ich noch immer den Schemen in mir.«

Sein Griff um meine rechte Hand wird fester. »Dann beweg deine Finger.«

Auch diesmal tue ich wie geheißen. Erneut treffen meine Finger auf Wärme und Feuchtigkeit. Ich bewege sie, versuche, irgendwas dabei zu empfinden. Und scheitere. Es ist, als würden sich all meine Sinne nur auf den Mann hinter mir ausrichten. Auf das Gefühl seiner Hände auf mir. Auf die Wärme seines Atems in meinem Nacken. Auf alles, was er tut und nicht tut und mich damit in den Wahnsinn treibt.

Kier bemerkt es. »Du scheinst mehr Unterstützung zu brauchen. Ich helfe dir. Ich würde gern mehr für dich tun, ástin min, aber so ist es für uns beide am besten.«

Als er sanft diesen besonderen Kosenamen murmelt, rauscht eine Hitzewelle durch mich hindurch. Ich will ihm widersprechen. Ihm sagen, dass es unmöglich so das Beste sein kann, doch ich nicke.

»Ich bin für jede Hilfe dankbar.«

»Dann schließ die Augen.«

Die Vibration, die seine Stimme in seiner Brust verursacht, springt auf meinen Rücken über und lässt mich wohlig erschauern. Nur um im nächsten Moment scharf die Luft einzuziehen, als sich Kiers Finger seiner anderen Hand um meine Brustwarze legen. Ich winde mich, recke mich seiner Hand entgegen, während helle Punkte vor meinen geschlossenen Augen tanzen.

»Mehr«, hauche ich.

Ein Lachen rumpelt in seiner Brust. »So gierig.«

Bevor ich ihn anbetteln kann, umschließen seine rauen Finger wieder meine aufgerichtete Brustwarze, drücken und ziehen sie. Ich werfe stöhnend den Kopf zurück gegen seine Schulter. Mein Körper prickelt. Ich habe das Gefühl zu verbrennen, und doch will ich noch weiter in Flammen stehen.

An meinem Hals spüre ich seinen Mund, der kleine Küsse darauf verteilt und an einer empfindlichen Stelle saugt.

Als er sich von dort löst, zieht sein Mund eine heiße Spur hinauf zu meinem Ohr. »Berühre dich, oder ich höre auf.«

Ich schnappe nach Luft. Ohne ihr bewusst den Befehl dazu gegeben zu haben, bewegt sich meine Hand. Ich bin noch viel feuchter als zuvor. Vergeblich versuche ich, mir Linderung zu verschaffen.

»Langsamer«, mahnt Kier direkt an meinem Ohr, ehe er die Finger seiner rechten Hand ausstreckt, sie über meine legt und mich leitet.

Kiers raunendes Stöhnen, als er ebenfalls bemerkt, wie feucht ich bin, fährt mir direkt in den Unterleib.

»Spreiz die Beine weiter.«

Sofort gehorche ich und werde mit einem anerkennenden Raunen belohnt, das mein Inneres auf eine andere Weise wärmt als die verzehrende Hitze der Lust, die in mir schwelt.

Mit der rechten Hand führt er meine Finger zu einem festen, pulsierenden Knoten. Ich zucke zusammen, derart empfindlich bin ich an dieser Stelle.

»Auf diesen Punkt konzentrierst du dich, wenn du allein bist.«

Ich glaube, dass ich nicke. Meine Finger bewegen sich nun, ohne dass er sie führen muss. Zwar habe ich mich bereits früher an dieser Stelle berührt, doch der Knoten war nie derart fest und geschwollen und bei Weitem nicht so empfindlich. Nun erschauere ich wieder und wieder, wenn ich meine Finger in unterschiedlichem Druck darübergleiten lasse.

»So ist es brav.«

Ich spüre seine warmen Lippen an meinem Hals. Jeder sanfte Kuss, jedes kaum merkliche Lecken seiner Zunge schickt einen weiteren wohligen Schauer durch mich hindurch. Jeder sammelt sich zwischen meinen Beinen, genau an dem Punkt, über den ich mit meinen Fingern streiche.

Doch es reicht nicht.

Mein Kopf ist herrlich leer. In diesem Moment ist es egal, wie ich auf ihn wirke. Was er über mich denken könnte. In mir tobt eine Welle der Lust, überbrandet mich, lässt aber nichts zurück. Es fühlt sich schön an und ich genieße die Hitze, aber sie reicht mir nicht.

Ich will seine Hände nicht lediglich an meiner Brust spüren. Sein Mund soll sich nicht nur um die Haut an meinem Hals kümmern. Ich will ihn überall – *ihn*, nicht bloß einen Teil von ihm. Ich will ihn über mir, auf mir und vor allem *in* mir. An meinem unteren Rücken spüre ich seine wundervolle Härte, verhüllt von zu viel Stoff. Ich bewege die Hüften, um ihr entgegenzukommen. Um wenigstens dort ihren herrlichen Druck zu spüren, obwohl ich weiß, dass auch das nicht ausreichen wird.

Nichts wird mir genügen, wenn er nicht in mir ist, mich ausfüllt, bis ich nicht mehr weiß, wo ich aufhöre und er beginnt. Nichts wird mir genügen, bis er seine Härte in mir versenkt und mich nimmt, bis ich meinen eigenen Namen vergesse. Bis ich so laut schreie, dass jeder auf diesem verdammten Schiff weiß, was er mit mir anstellt. Ich wünschte, er täte es jetzt sofort. Ich wünschte, er würde mir das letzte bisschen Verstand rauben sowie die Erinnerung an meinen Namen, der erst wieder von Bedeutung ist, sobald er ihn in diesem wundervollen Tonfall raunt, wenn er sich in mir ergießt.

Ich versuche vergeblich, mir seinen Gesichtsausdruck dabei vorzustellen. Wenn er in mir ist. Sich bewegt und in mich hineinstößt. Wenn er nicht bloß mir Lust bereitet, sondern auch auf seinen eigenen Höhepunkt zusteuert. Stumm verfluche ich die Maske, die mich bei der letzten Merwanacht davon abgehalten hat, diesen Gesichtsausdruck bei ihm zu sehen. Nun werde ich ihn niemals sehen, und auch meine Vorstellungskraft lässt mich im Stich.

Wieder bewege ich die Hüften, um mich an ihm zu reiben, und diesmal kommt er meiner Bewegung entgegen.

Wir stöhnen. Jeder Laut klingt auf seine Weise süß und verzweifelt.

»Yrsa«, wispert er. Anders als zuvor hört sich seine Stimme nun rau und verletzlich an.

Und es sind dieser Laut und mein geflüsterter Name auf seinen Lippen, die mich tiefer berühren, als meine eigenen Finger es je könnten, und mich schließlich vergehen lassen.

Meine Muskeln zittern, spannen sich an, bis ich meinen Körper nicht mehr unter Kontrolle habe. Ich bäume mich auf, und ohne Kiers starken Arm um meinen Bauch hätte ich mich verkrampft. Doch er ist da, hält mich fest und leitet mich durch diese Vielzahl fremder Empfindungen, die mich Sterne sehen lassen. Heiß und heißer schießt ein Kribbeln durch mich hindurch, sammelt sich in meinem Unterleib und entlädt sich schließlich dort mit einer solchen Intensität, dass ich mich aufbäume, ehe meine verkrampften Muskeln erschlaffen und ich dankbar mit dem Rücken gegen Kiers Brust sinke.

Im ersten Moment ist mir schwindelig, und mein Körper fühlt sich an, als wäre jeder Knochen darin geschmolzen und er seiner ganzen Kraft beraubt worden.

Kiers sanftes Streicheln holt mich zurück. Zurück in seine Arme, seine Kajüte. Zurück zu dem Wissen, dass dies hier – was auch immer es war – eine einmalige Sache war. Und die Hitze, die eben noch schier meine Knochen geschmolzen hat, verschwindet jäh aus mir.

»Hast du erhalten, was du gesucht hast?«, fragt er.

Nun fehlt seiner Stimme dieses ganz besondere rohe Raunen, das mich eben noch alles vergessen ließ.

»Nein«, antworte ich wahrheitsgemäß, ohne darüber nachdenken zu müssen.

Zwar ist es mir gelungen, etwas zu fühlen, aber wenn überhaupt, hat mich dieser Höhepunkt nur daran erinnert, was ich mehr als alles andere will. *Ihn.* Seine Berührung. Seine Liebkosungen. Seinen Körper. Seine Haut auf meiner. Seine Härte in mir.

Obwohl ich gerade den wohl zweitbesten Höhepunkt meines Lebens hatte, fühlt sich mein Körper leer und alles andere als befriedigt an. Vielmehr erinnert er mich mit einem mahnenden Pochen, dass dies nicht mehr als eine winzige Kostprobe war. Dass er noch mehr will. *Viel mehr.* Und dass ausschließlich dieser Mann hinter mir in der Lage dazu ist, es mir zu geben.

Zum ersten Mal seit wir begonnen haben, drehe ich mich zu

ihm um. Beinahe erwarte ich, die kühle Zurückweisung in seinem Blick zu sehen, wie vorhin, als ich seine Kajüte betreten habe und das Gespräch nicht so gelaufen ist, wie ich mir es vorgestellt hatte.

Doch das Gegenteil ist der Fall. Seine Pupillen sind so stark geweitet, dass sie fast das sonst so lebendige Grüne verschlucken. In seiner angespannten Miene entdecke ich all die Emotionen, all das Verlangen, all die Sehnsüchte, die auch in mir schwelen.

Er wirkt, als hinge seine Selbsterhaltung an einem seidenen Faden.

Und ich weiß mit absoluter Gewissheit, dass ich die Macht habe, diesen Faden zu durchtrennen. Eine Berührung, ein Wort – mehr bräuchte es nicht, um Kier zu entfesseln.

Und um ihn zu zerstören.

Obwohl alles in mir danach schreit, diese Macht zu nutzen, um endlich das zu bekommen, wonach ich mich sehne, runzele ich die Stirn. Seine Brust hebt und senkt sich unter tiefen, zu schnellen Atemzügen. Ich sehe und spüre die immense Willensstärke, die er aufbringen muss, um mich nicht wieder zu sich zu ziehen. Ich wünschte, er täte es, und gleichzeitig bin ich froh, dass er es nicht tut. Denn ich würde mich ihm hingeben, wenn er jetzt die Hand nach mir ausstreckte.

Jedoch würde ich uns beide damit verdammen.

Wenn wir es jetzt zuließen, gäbe es kein »letztes Mal«. Es wäre keine einmalige Sache. Ich würde es immer wieder wollen, und das würde es nur noch schwerer machen.

Sosehr ich mich auch nach ihm sehne und ihn brauche, so würde ich doch nie meine eigenen Bedürfnisse über seine stellen.

Und erst recht würde ich diese Macht, die ich über ihn habe, niemals missbrauchen.

»Danke«, murmele ich. »Für deine … Hilfe.«

»Gern geschehen«, erwidert er mit angespannter Stimme.

Ich warte darauf, dass er noch etwas sagt, doch er schweigt. Ich schweige ebenfalls, und es fühlt sich so falsch an. Wie so vieles zwischen uns. Nicht wir oder die Gefühle, die wir füreinander haben, sondern … alles drum herum. Die Anforderungen an uns als Anführer. Die verdammten Prüfungen. Die Blicke unserer Clanmitglieder. Wenn es nichts davon gäbe, wenn ich eine einfache Frau und Kier ein einfacher Mann wäre – ohne Rang, ohne Titel, ohne Verpflichtungen anderen gegenüber –, dann könnte ich … normal sein. Glücklich sogar.

Ich habe nie an mein eigenes Glück gedacht. Nie danach gestrebt. Meine Tage waren erfüllt von Arbeit für meinen Clan, die Sorge, sie alle zu ernähren, von Training für die Prüfungen, von Aufgaben, die ich niemandem sonst aufbürden wollte. Ich selbst blieb dabei auf der Strecke, und bisher hat mich das nicht gestört. Es kümmerte mich nicht, dass ich allein ins Bett fiel. Es war mir egal, dass sich niemand danach erkundigte, wie es mir ging. Ich vermisste es nicht. Es war in Ordnung, keinen zu haben, der seine Hand nach mir ausstreckte, wenn ich strauchelte.

Für einen kurzen Moment stelle ich mir vor, wie es sein könnte, während ich Kiers Blick erwidere. Wie *wir* sein könnten.

Die Wärme, die sich nun in meinem Körper ausbreitet, ist völlig anders als die verzehrende Hitze, die vorhin darin tobte, aber nicht weniger wundervoll.

Doch ich darf sie genauso wenig zulassen wie die Hitze. Denn egal, wie herrlich es sich jetzt anfühlen mag, beides wird mich versengen, wenn wir zurück auf unserer Insel sind und getrennte Wege gehen.

Ich wende mich von Kier ab und zupfe an meiner Kleidung herum, um sie zu richten. Meine Bewegungen sind langsam und fahrig, als sträube sich mein Körper dagegen. Aber ich zwinge ihn zu gehorchen. Das Geräusch, als ich den Riegel zurückschiebe, hallt in mir wider wie ein Stein, der in einen leeren Brunnenschacht geworfen wird.

Nur halb drehe ich den Kopf zu Kier. Er hat sich nicht bewegt; noch immer steht er im Raum. Mein Körper ist der Meinung, dass ich sofort zu ihm eilen, mir im Laufen die Kleider vom Leib reißen und dort weitermachen soll, wo wir eben aufgehört haben, um diese Leere in mir zu füllen.

Stattdessen murmele ich ein erneutes »Danke«, ehe ich aus seiner Kajüte schlüpfe.

KAPITEL 23

KIER

Ich habe nicht geschlafen.

Erst habe ich eine gefühlte Ewigkeit auf die Tür gestarrt, die Yrsa, ohne ein Geräusch zu verursachen, hinter sich geschlossen hat.

Danach habe ich versucht, die Erinnerung an sie und das, was wir getan haben, aus dem Kopf zu kriegen. Es gelang mir nicht. Selbst nachdem ich mir zweimal Erleichterung verschafft hatte, genügte der leichte Duft von ihr, der noch in der Luft und in meinem Hemd hing, um mich erneut hart werden zu lassen. Der Gedanke daran, wie feucht sie war, obwohl ich sie kaum berührt hatte, und wie vertrauensvoll sie auf meine Anweisungen reagiert hatte, gaben mir den Rest. Auch beim dritten Mal war meine Hand kein adäquater Ersatz.

Also gab ich es auf und stürzte mich in Arbeit.

Ohne auf Drakkar über den Nebel fliegen zu können, ist es mir nicht möglich, die Tageszeit abzuschätzen. Das gesamte Schiff schläft noch. Irgendwo in mir spüre ich eine bleierne Erschöpfung, aber sobald ich in meine Kajüte gehe, werde ich bloß wieder von den Eindrücken der vergangenen Stunden übermannt.

Auf dem Weg zum hinteren Bereich des Schiffes, wo Drakkar sich befindet, komme ich an Bran und dem Grund meiner Schlaflosigkeit vorbei. Yrsa hat sich zusammengerollt und schläft an ihren Bären gekuschelt. Bran hebt nur kurz den Kopf, als er meine

Schritte hört, schließt aber sogleich die Augen, nachdem er mich erkannt hat.

Für einen Moment bleibe ich stehen und betrachte Yrsa im spärlichen Schein der Fackeln. Ein neidvolles Stechen rumort in meinem Bauch, als sie sich enger in Brans Fell kuschelt. Wo ich vorhin noch vor Erregung an nichts anderes als sie denken konnte, mischt sich nun eine andere Art von Verlangen unter die Vielzahl an Gefühlen in mir. Ich wünschte, sie würde mir ebenfalls so viel Vertrauen entgegenbringen, dass ich sie im Arm halten und über ihren Schlaf wachen dürfte, während sie sich enger an mich schmiegt. Wo ich zuvor ihren Körper auf jede erdenkliche Weise berühren und nehmen wollte, würde es mir nun genügen, ihn zu halten.

Ein solches Verlangen ist mir fremd. Ich habe nie jemanden nah genug an mich herangelassen, um etwas Ähnliches zu empfinden. Auch nicht *ihr* gegenüber. Bei *ihr* ging es um Kontrolle und Lust und Befriedigung in allen erdenklichen Facetten. Danach gingen wir unserer Wege; es war zu gefährlich, schließlich war das, was wir taten … Es war nicht direkt verboten, aber es hätte Gerede gegeben. Vielleicht sogar Konsequenzen. Also zog ich mich an, wenn wir fertig waren, und verließ auf leisen Sohlen ihre Hütte, so wie sie sich aus meinem Zimmer im Langhaus schlich.

Bei Yrsa wünschte ich, es wäre anders. Wünschte, sie würde bleiben, nicht einfach ihre Kleidung richten und verschwinden. Was wir tun, ist ebenfalls verboten; vielleicht nicht ganz so sehr wie meine Beziehung zu einer Valkra, aber trotzdem hätte niemand Verständnis für uns.

Dennoch wünschte ich, sie würde bleiben, damit ich sie im Arm halten und ihr dabei zusehen kann, wie sie langsam einschläft. Und gleichzeitig bin ich froh, dass Yrsa das niemals tun wird, denn dieses Vertrauen in mich würde etwas in mir verändern, das nicht mehr rückgängig gemacht werden kann.

»Pass gut auf deine Flüsterin auf«, murmele ich Bran zu, bevor ich mich auf den Weg zu Drakkar mache.

Drakkar scheint genauso unruhig zu sein, wie ich mich fühle. Bei ihr liegt es jedoch daran, dass sie sich nur so wenig wie möglich bewegen darf.

»Alles gut, mein Mädchen«, beruhige ich sie, als sie auf mich aufmerksam wird und den Kopf in meine Richtung dreht.

Sie genießt die Streicheleinheiten, ehe sie ein frustriertes Knurren von sich gibt.

»Ich weiß«, sage ich, während ich mir ihren Flügel ansehe.

Das Loch ist noch immer da und etwa faustgroß, doch die Haut drum herum sieht schon besser aus. Ich entdecke kein frisches Blut, und die Rötung ist sichtlich zurückgegangen. Vielleicht könnte Yrsas Mittel auch weiterhin helfen und die Heilung beschleunigen. Ich sollte sie …

Ich spüre ihre Nähe, noch bevor Drakkar dieses hohe Gurren ausstößt. Es ist, als wüsste es mein Körper ganz genau, wenn sie sich nähert, denn er spannt sich an, als müsse er sich selbst mit aller Kraft zurückhalten. Ein wenig bin ich stolz auf meine Willensstärke, auch wenn sie vor einigen Stunden beinahe zerrissen wäre. Ein Teil von mir wünschte, sie wäre gerissen. Vielleicht stünde ich dann jetzt nicht derart neben mir. Allein das Wissen, dass Yrsa sich hinter mir befindet, veranlasst meinen Schwanz dazu, sich zu regen. Ich unterdrücke dieses Gefühl mit aller Kraft.

Doch ich scheitere.

Aus den Augenwinkeln sehe ich Yrsa auf Drakkars Kopf zugehen.

»Wie geht es dir?«, fragt sie mit einem Lächeln, was mein Tierwesen mit einem weiteren Gurren beantwortet.

Heißer Neid brandet in mir auf, als ihre Hand sanft über Drakkars bläuliche Schuppen zwischen ihren Nasenlöchern gleitet. Ich will, dass sie mich ebenfalls anlächelt und auf eine ähnliche Weise berührt – nicht nur meinen Wyvern.

Mit einem leichten Kopfschütteln versuche ich, den Neid und das

Verlangen abzustreifen, scheitere aber erneut, weil der verdammte Wind dreht und mir die Ahnung ihres Dufts entgegenträgt.

Scheiße.

Ich stehe kurz davor, die wenigen Schritte zu ihr zu marschieren, sie über meine Schulter zu werfen und in meine Kajüte zu tragen. Oder sie gleich hier zu nehmen, völlig egal, wer uns dabei sehen könnte.

Derart neben mir stand ich noch nie. Natürlich fantasierte ich als Heranwachsender von allerlei sexuellen Dingen; viele machte die Valkra wahr. Doch ich wurde nie zuvor von einem solch heißen Verlangen verzehrt, das mir ein klares Denken unmöglich machte.

Als spürte Yrsa, was in mir vorgeht, wird ihr Körper von einem kaum sichtbaren Schauer geschüttelt. Aber ich habe ihn gesehen. Genau wie die leichte Röte, die sich über ihre Wangen zieht, als sie leicht den Kopf in meine Richtung dreht. Oder ihre leicht geöffneten Lippen, die ich mehr als alles andere küssen will.

In dem Moment, als sich unsere Blicke treffen und ich nicht weiß, ob ich in ihren blauen Iriden versinken oder fliegen will, vergesse ich den Grund, warum ich ihr gesagt habe, dass ich sie nicht küssen und nicht mit ihr schlafen werde. Der Grund war wichtig, doch er verbrennt zu einem Häufchen Asche, während ich ihr Gesicht betrachte. Irgendwo tief in meinem Bewusstsein weiß ich, dass es auch einen Grund dafür gab, dass ich hinter ihr geblieben bin. Jetzt verfluche ich mich dafür, denn so konnte ich ihr Gesicht nicht sehen, als sie kam. Haben ihre Augen dabei ähnlich geglänzt wie jetzt?

Die Luft zwischen uns flirrt und ist so dünn und stickig, dass meine Atmung ebenso wie Yrsas aus dem Takt gerät. Wir sehen uns an, als warteten wir nur darauf, dass der jeweils andere endlich den ersten Schritt macht, um uns beide von dieser verdammten Anspannung zu erlösen.

Doch wir bleiben stehen; gefangen in alten Mustern und Traditionen, über die wir uns nicht hinwegsetzen können, ohne uns beide zu zerstören.

Es ist egal, wonach ich mich sehne, ich würde nie zulassen, dass Yrsa meinetwegen leiden muss.

»Oh, du bist auch schon auf den Beinen«, sagt eine Frauenstimme rechts von mir.

Sie gehört zu Vangar, aber ich weiß nicht, ob sie mich oder ihre Anführerin meint. Weder frage ich nach noch löse ich meinen Blick von Yrsa. Ich bin gefangen von diesem Zauber, der zwischen uns prickelt.

Auch als Vangar ein genervtes Seufzen von sich gibt, sehe ich nicht weg. »Das darf doch wohl nicht wahr sein.«

»Was meinst du?«, fragt Halvar, den ich bis eben nicht bemerkt habe.

»Es ist schlimmer geworden«, antwortet die dunkelhaarige Schildmaid. »Dabei dachte ich, es würde besser werden.«

Ein ungutes Gefühl kribbelt in meinem Nacken, doch es ist noch nicht ausgeprägt genug, als dass ich deswegen etwas unternehmen müsste.

»Was ist schlimmer? Drakkars Verletzung? Das wäre in der Tat ein …«

»Nein«, unterbricht Vangar meinen besten Freund. »Das zwischen den beiden.«

Eine Weile ist es still. Dann sagt Halvar: »Stimmt, jetzt, wo du es sagst … Sie sehen aus, als würden sie gleich übereinander herfallen.«

»Und dabei dachte ich, dass es helfen würde, wenn ich Yrsa zu ihm schicke, damit er ihr den Kopf zurechtvögelt.«

Yrsa zieht scharf die Luft ein, und der Bann zwischen uns ist gebrochen.

»Du hast *was* getan?«, fragt Halvar ungläubig. »Wie konntest du so dumm sein? Natürlich wird es jetzt viel schlimmer! Hast du eigentlich eine Ahnung, wie viele Wochen ich mir sein Gejammer nach der letzten Merwanacht anhören musste?«

»He, ihr zwei«, knurre ich. »Wir stehen hier und können euch hören.«

Halvar ignoriert mich. »Natürlich ist es jetzt schlimmer! Was hast du denn erwartet?«

Vangar verschränkt abwehrend die Arme. »Dass es besser werden würde natürlich. Ich habe mir sagen lassen, dass es durchaus hilft und man nach einem Mal wieder … normal ist.«

»Hat dir das deine kleine Freundin erzählt, die versucht hat, jeden hier auf dem Schiff zu vögeln?«

Vangar zuckt bei Halvars Worten zusammen, fängt sich jedoch schnell wieder.

»Das mag vielleicht für sie funktioniert haben«, fährt Halvar ungerührt fort, »doch es klappt nicht, wenn Kiers Zauberschwanz im Spiel ist. Frauen werden süchtig danach. Und wenn ich mir vorstelle, dass er sich bei Yrsa richtig Mühe gegeben hat, dann … Nein, halt, ich will es mir lieber *nicht* vorstellen.«

»Könntet ihr endlich aufhören, über uns zu reden, als wären wir nicht da?«, knurrt Yrsa. Ihre Wangen müssen brennen wie Feuer, aber abgesehen davon lässt sie sich nichts anmerken. Stolz reckt sie das Kinn und versucht, ihre Begleiterin und meinen Freund niederzustarren. Doch da die beiden uns weiterhin ignorieren, funktioniert das nicht.

»Zauberschwanz?«, wiederholt Vangar abfällig. »Ich bezweifle, dass es so was gibt.« Sie vollführt eine abwertende Handbewegung. »Sie werden sich schon wieder einkriegen. Sicherlich haben sie alles geklärt und es wird bald abflauen.«

»Tatsächlich?« Halvar deutet mit einer Kopfbewegung auf Yrsa und mich. »Kommen sie dir so vor, als wäre jetzt alles geklärt?« Er kneift sich mit Daumen und Zeigefinger in die Nasenwurzel. »Es wird jetzt noch schlimmer werden, nachdem er sie gevögelt hat.«

»Ich habe sie nicht gevögelt«, platze ich dazwischen.

Endlich wenden sie sich zu mir um. »Hast du nicht?«, fragen sie wie aus einem Mund.

Ich schüttele den Kopf, und Yrsa tut es neben mir gleich.

»Aber warum?«, will Vangar wissen. Halvar nickt bekräftigend.

Ich kenne meinen besten Freund. Mir ist klar, dass ich diese

Sache hier und jetzt beenden muss, damit er nicht ständig davon anfängt. Und es vielleicht sogar noch die restliche Mannschaft aufschnappt.

»Das geht euch zwar nichts an«, grolle ich, »aber ich hatte mehrere Gründe dafür. Zwei sind für eure Ohren bestimmt, und ihr werdet es damit auf sich beruhen lassen, habt ihr verstanden?«

Erneut nicken sie.

Ich lehne mich mit verschränkten Armen zurück gegen Drakkars Flanke. »Ein Grund ist der, dass ich mich nicht über meine eigene Anordnung hinwegsetze.«

»Welche Anordnung?«, fragt Vangar.

»Dass jeder seinen Schwanz in seiner Hose zu lassen hat.«

Halvar gibt ein schlecht unterdrücktes Lachen von sich. »Als er diese Anordnung ausgesprochen hat, dachte ich, dass sie zum Schutz der Frauen an Bord wäre. Nachdem ich Astrid kennengelernt hatte, war mir klar, dass sie auch zum Schutz der Männer dient.«

Vangar wirft ihm einen giftigen Seitenblick zu, sagt jedoch nichts. Sie wird genau wissen, wie es um den sexuellen Appetit ihrer ehemaligen Gefährtin stand, der sich nicht nur auf Vangar und auch nicht nur auf ein Geschlecht beschränkte. Hier, eingepfercht auf einem Schiff mit nichts weiter zu tun, als in den Nebel zu starren, hatte sich ihr Appetit offenbar verschlimmert.

»Wir haben viele Besatzungsmitglieder verloren«, sage ich. »Sie haben Angst und befürchten, nicht mehr nach Hause zu kommen. Bis zu einem gewissen Grad machen sie mich für diese Misere verantwortlich, das weiß ich. Ich wollte meinen ohnehin wackeligen Rückhalt nicht verlieren, indem ich mich über meine eigene Anordnung hinwegsetze.«

Halvar blinzelt. »Ich bin … beeindruckt.«

Ich gebe ein Schnauben von mir. »Der andere Grund ist eher von praktischer Natur. Bei einer Merwanacht verteilt die Valkra des Clans Tränke, um eine unerwünschte Empfängnis zu verhindern, an alle, die einen solchen Trank benötigen, weil sie nicht verheiratet sind. Ich bezweifle, dass es auf diesem Schiff einen solchen Trank gibt.«

»Das ist«, murmelt Vangar, »sehr vorausschauend und verantwortungsvoll.«

Erneut schnaube ich. »Erspart mir das und kümmert euch ab jetzt um euren eigenen Kram. Habt ihr keine Aufgaben, die eurer Aufmerksamkeit bedürfen? Wenn das so ist, finde ich sicherlich etwas, was ihr …«

»Schon gut, schon gut«, sagt Halvar und wendet sich ab. »Wir sind schon weg. Und von dir«, sein Blick fliegt zu Vangar, die sich ebenfalls umgedreht hat, um ihren Aufgaben nachzukommen, »will ich nie wieder hören, dass du dich ›um das Problem gekümmert hättest‹. Etwas Dümmeres habe ich noch nie gehört, als …«

Ihr Gezanke wird leiser, je weiter sie sich entfernen. Erst als ich sie nicht mehr hören kann, spüre ich, wie eine ungeheure Anspannung von mir abfällt, die mir zuvor nicht aufgefallen ist. Nun nehme ich wieder überdeutlich Yrsas Nähe wahr, ebenso ihren Blick, der sich schier in mich bohrt.

»Was?«, frage ich mit einem vorsichtigen Lächeln.

»Hast du … das gestern wirklich alles gedacht, bevor du … entschieden hast, nicht mit mir zu schlafen?«

Mein Lächeln wird breiter, während ich sie betrachte. So viel ernste Neugier liegt in ihrer Miene, aber auch der Wunsch nach Wahrheit. Die habe ich ihr verwehrt, ohne daran zu denken, was sie sich zusammenreimen könnte. Bei jeder anderen Frau wäre es mir egal gewesen, aber nicht bei Yrsa. Bei ihr will ich, dass sie mein Handeln versteht, auch wenn sie es vielleicht nicht gutheißt.

Ich lehne mich in ihre Richtung und genieße die Tatsache, dass sie nicht zurückweicht. Ganz im Gegenteil, sie reckt das Kinn weiter, um mir entgegenzukommen. Vangars und Halvars Auftauchen hat dieses magische Flirren zwischen uns schlagartig verpuffen lassen, doch genauso schnell, wie es verschwunden ist, ist es nun zurück. Jeder meiner Atemzüge ist erfüllt von ihrem Duft. Ich spüre die Wärme ihres Körpers, die ganz anders ist als die des Wyvern hinter mir. Ich erkenne die hellen türkisfarbenen Sprenkel in ihren Iriden, die mich an den endlosen Himmel erinnern, durch den ich für immer mit Drakkar fliegen könnte.

»Ehrliche Antwort?«, raune ich in dem Tonfall, von dem ich weiß, dass sie ihn mag. Beinahe sofort nachdem die erste Silbe meinen Mund verlassen hat, erschauert sie leicht.

Ich werde mich nie daran sattsehen können. An diesem leichten Erschauern. An der Röte ihrer Wangen. Dem Glanz in ihren Augen. Auf all das musste ich verzichten, als der Schemen noch in ihr hauste und sie stets das Gesicht schmerzerfüllt verzog, sobald ich in der Nähe war. Und trotzdem habe ich bereits damals etwas für sie empfunden, ungeachtet der Tatsache, dass sie mich tot sehen wollte.

»Ehrliche Antwort«, flüstert sie.

Ich lehne mich so nah zu ihr herunter, dass ich mit der Nasenspitze gegen ihre stupse. Sie zieht scharf die Luft ein, bewegt sich jedoch nicht.

»Ich habe nichts davon gedacht, als du in meine Kajüte kamst«, gestehe ich. »Ich war überhaupt nicht dazu in der Lage, klar zu denken, denn ich habe dir sofort angesehen, weshalb du da warst.«

Ein gequält klingender Laut entringt sich ihrer Kehle. »Es tut mir leid. Ich wollte nicht … so sein wie *sie*.«

»Das bist du nicht.«

Mit einer Hand streiche ich ihr eine wirre Haarsträhne hinters Ohr und berühre dabei sanft ihre Wange. Wieder reagiert ihr gesamter Körper auf diese winzige Berührung. Ich liebe es, sie dabei zu beobachten, wenn sie etwas fühlt. Ich liebe das Wissen, dass diese vermeintlich alltäglichen Berührungen für sie die Welt bedeuten, weil sie nie zuvor etwas dabei empfunden hat. Und ich liebe es, derjenige zu sein, der ihr diese Gefühle geben kann.

Doch ich weiß, dass es mein Untergang sein wird.

»Du bist nicht wie sie«, sage ich leise, während ich mit zwei Fingern ihre blonde Haarsträhne festhalte. »Ihr Herz war dunkler, als deines es mit zehn Schemen hätte sein können.« Ich lasse die

Haarsträhne los und streiche ihr mit den Fingerknöcheln über die Wange. Augenblicklich schmiegt sie sich in diese Berührung. »Ich habe weder an sie noch an diese hehren Gründe gedacht, als ich dir meine Bedingungen genannt habe.«

»Sondern?«

Ich lehne die Stirn gegen ihre. »Daran, wie perfekt es war. Wie perfekt du dich angefühlt hast. Wie keine Frau zuvor. Ich wollte es so sehr. Ich wollte erneut spüren, wie perfekt es sich anfühlt, in dir zu sein. Aber ich wusste, dass ich dann nicht würde aufhören können. Wir würden jetzt nicht hier stehen. Ich könnte mich nicht um Drakkar kümmern und du nicht um Bran. Das gesamte Schiff hätte gehört, was ich mit dir gemacht hätte. Denn ich hätte … nicht aufhören können.«

Sie gibt ein Wimmern von sich, ehe sie eine Hand über meine Brust gleiten lässt. »Gäbe es denn so viel, was du … was wir hätten tun können?«

Ich schmunzele. »Heilige Götter, macht es mich zu einem schlechten Mann, wenn ich deine Unwissenheit verdammt heiß finde?«

Ich hätte es nicht für möglich gehalten, dass mich so etwas an einer Frau anziehen könnte. Aber bei Yrsa ist das der Fall. Wahrscheinlich weil ihre Unwissenheit sie nicht hemmt. Mein Blut rauscht heißer durch meine Adern, als ich an unsere Merwanacht zurückdenke. An die Art, wie sie sich vertrauensvoll meiner Führung überließ und trotzdem nicht passiv war. Wie willig sie sich meinen Berührungen und Stößen hingab. Wie schnell sich ihr Körper meiner Größe angepasst und sie unseren Rhythmus gefunden hat. Und ich bin mir sicher, dass es auch diesmal so wäre. Auch als sie in meiner Kajüte war, hat sie keine Sekunde gezögert, als ich sie berührt habe. Keine Zurückhaltung, keine Scham. Nichts davon finde ich in ihrer Unwissenheit. Und wäre unser Schicksal ein anderes, würde ich mich mehr als geehrt fühlen, ihr all die Dinge zu zeigen, von denen sie nichts ahnt.

Als der fragende Ausdruck nicht aus ihrem Gesicht weicht, murmele ich: »Ich habe eine Liste.«

Sie runzelt die Stirn. »Was für eine Liste?«

Ich senke meine Stimme weiter, bis sie kaum mehr als ein heiseres Raunen ist, obwohl nur sie hier ist, um mich zu hören. »Eine Liste mit all den Dingen, die ich mit dir machen will. Und glaub mir, diese Liste ist ziemlich lang. Ich hatte viele Wochen, um ihr neue Punkte hinzuzufügen.«

Yrsas Atmung geht unregelmäßig. »Was steht auf dieser Liste?«

»So läuft das nicht.« Mit dem Daumen streiche ich knapp unter ihrer Unterlippe entlang, die sogleich anfängt zu zittern. »Es würde keinen Spaß machen, dir nur davon zu erzählen. Außerdem wird es eh nicht dazu kommen.«

»Und wenn es ... anders wäre?« Ihre Augen glänzen derart verheißungsvoll, dass ich auch dann den Blick nicht davon abwenden könnte, wenn das verdammte Schiff jetzt im Meer versänke. »Wenn es keine einmalige Sache wäre? Wenn ich ... nicht gewollt hätte, dass du jemals aufhörst?«

Mit beiden Händen umschließe ich ihr Gesicht und ziehe sie so nah an mich wie möglich. »Mach das nicht, ástin min. Zeige Gnade und führe mich nicht weiter in Versuchung.«

»Wegen der anderen Gründe?«, wispert sie. Das Leuchten ist aus ihren Augen verschwunden.

Ich gebe ein gepresstes Lachen von mir. »Die anderen Gründe, die ich Halvar eben genannt habe, sind mir erst eingefallen, nachdem du gegangen warst und ich mich davon abhalten musste, dir hinterherzulaufen und dich notfalls zurück in meine Kajüte zu tragen. Das bedeutet aber nicht, dass sie keine Daseinsberechtigung haben.« Ich lasse sie los und richte mich auf, sodass wir uns nirgends mehr berühren. »Ein Teil von mir ist froh, dass es ... eine einmalige Sache war. Ich gebe zu, dass dieser Teil sehr klein und leise ist, aber es ist ... das Beste so. Für alle.«

Yrsa nickt nach kurzem Zögern. »Zu dem Schluss bin ich auch gekommen.«

KAPITEL 24

YRSA

Nach meinem Tagewerk bin ich völlig erledigt. Wir haben mit vereinten Kräften das Schiff ein Stück weitergerudert, auch wenn niemand wusste, in welche Richtung. Ich habe Drakkars Wunde erneut versorgt und eine Runde mit Bran trainiert. Eigentlich müsste ich todmüde sein und auf der Stelle einschlafen.

Doch ich stehe erneut vor Kiers Tür, die Hand bereits zum Klopfen erhoben.

Wie genau ich hierhergekommen bin, kann ich nicht sagen. Bevor ich bewusst den Entschluss gefasst hatte, stand ich bereits hier. Und sosehr ich es auch versuche, kann ich meine Füße nicht davon überzeugen, zu Bran hinüberzugehen.

Gerade als ich genug Mut gesammelt habe, um anzuklopfen, wird die Tür schwungvoll geöffnet und Kier überrennt mich beinahe. Im letzten Moment stützt er sich am Türsturz und fängt seinen Schwung ab.

Er starrt mich mit gerunzelter Stirn an. »Yrsa, was machst du hier?«

»Ich …« Nervös knete ich meine Hände. »Darf ich reinkommen?« Ich stoße den Atem aus. »Verzeih, du wolltest gerade irgendwohin und ich halte dich auf. Vergiss einfach, dass ich hier war und …«

»Es ist nicht wichtig«, unterbricht er mich. »Nun, eigentlich schon, aber es hat sich erledigt.« Er macht einen Schritt zurück und lässt mich ein, ehe er zum Schreibtisch hinübergeht und sich dagegenlehnt.

Unschlüssig bleibe ich in der Mitte des winzigen Raumes stehen und wage kaum zu atmen. Warum bin ich nur so verdammt nervös?

»Dir ist schon klar, dass ich dir den Grund ansehe, warum du hier bist, oder?«, fragt Kier mit einem schiefen Grinsen, das jedoch gleich verblasst und dieser ernsten Miene Platz macht, die mich stets aufs Neue beeindruckt. »Du wirst es trotzdem aussprechen.«

Ich schlucke angestrengt und habe Mühe, meine Stimme wiederzufinden. Zwar weiß ich nicht, wie ich letztendlich vor Kiers Tür gelangt bin, aber den Grund, wieso ich hier stehe, kenne ich genau. Den ganzen Tag über hat er mich verfolgt, ganz gleich wie sehr ich versucht habe, meine Gedanken mit Arbeit und Training zu überlagern. In jeder Sekunde, in der ich Luft holen konnte, schlichen sie sich wieder in meinen Kopf, wurden immer lauter und lauter, bis ich mich ihnen nicht mehr entziehen konnte.

Bis ich sie als eine unumstößliche Wahrheit anerkennen musste, gegen die ich mich nicht länger wehren kann.

Ich halte meine Hände von weiterem nervösen Kneten ab und balle sie zu Fäusten, während ich Kiers Blick festhalte. »Ich will nicht, dass es eine einmalige Sache war.«

Seine Haltung versteift sich sichtlich. »Was willst du dann?«

»An meinem Grund, warum ich hier bin, hat sich nichts geändert. Ich will Spaß. Ich will normal sein. Ich will fühlen.«

»Ich habe dir gezeigt, wie du fühlen kannst. Wie du selbst Spaß haben kannst.«

Ich schnaube. »Du weißt sehr wohl, dass es nicht dasselbe ist. Ich schätze sehr, dass du mir helfen wolltest, aber wenn überhaupt, hast du mir gezeigt, was ich *nicht* haben kann.«

Er neigt den Kopf. »Und was wäre das?«

Dich wäre die richtige Antwort, doch sie kommt mir nicht über die Lippen. Denn alles, was wir haben, ist gestohlene Zeit. Sobald es Drakkar besser geht und wir wieder zu Hause ankommen, wird nichts von dem, was jetzt zwischen uns geschieht, von Bedeutung sein.

Also straffe ich die Schultern und sage: »Spaß mit einem Mann.«

Kier verzieht den Mund. »Einem Mann«, wiederholt er in einem Tonfall, bei dem sich die Härchen in meinem Nacken aufrichten.

Die Luft im Raum verändert sich, wie immer, wenn er diese besondere Präsenz nach außen kehrt, gegen die ich mich nicht wehren kann. Der ich verfallen bin, seit ich sie bei den Prüfungen zum ersten Mal wahrnahm. Meine Atmung gerät ins Stocken, als ich ihn dabei beobachte, wie er mit zwei Schritten, die an die Geschmeidigkeit eines Raubtieres heranreichen, auf mich zukommt. Ich weiche zurück; nicht aus Furcht, sondern aus dem Wunsch heraus, ihn noch länger beobachten zu können. Wenn es möglich wäre, würde ich ans andere Ende der Welt zurückweichen, nur um ihm weiter zusehen zu können. Doch hier pralle ich viel zu schnell mit dem Rücken gegen die geschlossene Tür.

Es ist mir unmöglich, Kiers Miene zu deuten, als er bei mir ankommt und sich mit einer Hand neben meinem Gesicht abstützt. Schmerzhaft hämmert mir das Herz gegen die Rippen, während ich seinen Blick erwidere. Die meisten hätten wohl längst vor dieser Präsenz gekniffen und wären geflohen, aber ich nicht. Egal, wie oft ich sie sehen und spüren kann, ich bin jedes Mal aufs Neue beeindruckt und hoffe, dass nur ein winziges bisschen von dieser unnachgiebigen mentalen Stärke auf mich überspringen möge.

»Ich dachte«, grollt er in einem Tonfall, der meinen gesamten Körper zum Schwingen bringt, »wir hätten bereits, als du Halvar geküsst hast, geklärt, dass dir nicht *irgendein* Mann genügt.«

»Das haben wir«, gebe ich zurück. »Denkst du, ich wäre sonst hier? Denkst du, es fällt mir leicht, immer wieder zu dir zu kommen? Zu meinem ärgsten Konkurrenten.« Ich hebe zögerlich die Hand und lege sie an seine Brust. Unter meinen Fingern spüre ich sein Herz, das mindestens genauso schnell und fest und verwirrt schlägt wie meines. »Zu dem Mann, vor dem ich mein Herz unbedingt verschließen muss, um keinen schlimmeren Schaden davonzutragen.«

Zu meiner Verwunderung stößt Kier ein Lachen aus, ehe er

die freie Hand nach mir ausstreckt und sie ebenfalls über mein Herz legt. »Deine Worte klingen so süß, aber ich kann dir versichern, dass es dir gelungen ist, dein Herz zu verschließen. Jedes Mal, wenn ich die Finger danach ausstrecke und es berühren will, schlägt es seine spitzen Zähne in mich.« Er zieht seine Hand zurück, nur um sie ebenfalls neben meinem Kopf abzustützen. »Du musst mir unbedingt verraten, wie du das machst. Meine Gefühle für dich fressen mich nämlich von innen heraus auf. Sie … *Du* bist überall. Alles an mir verzehrt sich nach dir. Meine Gedanken. Meine Seele. Mein Körper. Und ich hasse es. Ich will diesem Schmerz nicht mehr ausgesetzt sein. Ich will nicht mehr hören, dass du … bloß hier bist, weil ich deine einzige verdammte Wahl bin. Nicht, weil du es von dir aus willst.« Er lehnt sich so weit vor, wie es ihm möglich ist, ohne mich zu berühren. »Also verrate mir, wie es dir gelungen ist, dein Herz zu verschließen. Denn ich *brauche* dieses Wissen.«

Gequält schließe ich die Augen. Während er gesprochen hat, habe ich nicht gewagt, Luft zu holen. Wie gebannt lauschte ich jeder Silbe, obwohl jede ein Schlag in die Magengrube war. Ich glaubte, seinen Schmerz wie meinen eigenen zu spüren. Wie ein Abbild dessen, was ich ebenfalls empfinde. Ohne es zu wollen, habe ich ihm immer mehr Leid zugefügt und dafür gibt es keine Wiedergutmachung.

»Ich habe keinen Weg gefunden«, wispere ich.

Als ich langsam die Augen wieder öffne, fällt mir sofort die tiefe Falte zwischen seinen zusammengezogenen Augenbrauen auf.

»Die Zähne, von denen du gesprochen hast, sind mein einziger Schutz.«

Sein hartnäckiges Schweigen setzt mir zu, ebenso wie die immer tiefer werdende Falte. Schließlich halte ich es nicht mehr aus, hebe die Hand und streiche mit zwei Fingern darüber, in der Hoffnung, sie zu glätten.

»Ich habe es versucht«, flüstere ich, während ich mich einzig und allein auf die Bewegung meiner Finger konzentriere. »Ich habe ohne Unterlass nach einer Möglichkeit gesucht, um dich nicht näher an mich heranzulassen, als du es ohnehin schon warst, und dir trotzdem nahe sein zu können. Es klingt so widersprüchlich, wenn ich es ausspreche, und so klang es auch immer in meinen Gedanken. Anfangs habe ich es darauf geschoben, dass ich wegen des Schemens keine eigenen Erfahrungen sammeln konnte. Doch ich bin es leid, ihm die Schuld zu geben, denn es wäre nichts als eine Ausrede. Ich bin hier, weil ich es will. Obwohl ich weiß, dass es uns beide verletzt. Solange wir auf dem Schiff sind, kann ich mir einreden, dass dies alles ist, was wir haben. Dass diese Kajüte unsere Welt ist, in der wir uns nicht verstecken müssen. Und für die Zeit, die ich hier bin, fühlt es sich gut an.« Ich lasse die Hand sinken. »Wenn ich jedoch hinausgehe und die Tür hinter mir schließe, fällt mir wieder ein, wie töricht es von mir war herzukommen. Wie schädlich für mein Herz. Wie schmerzhaft für dich. Ich nehme mir vor, nicht mehr herzukommen und endlich die Anführerin zu sein, die ich all die Jahre war. Die ruhige, verlässliche und rational denkende Yrsa.« Hilflos hebe ich die Schultern. »Und dann stehe ich trotzdem wieder hier.«

Noch immer sagt er kein Wort. Es ist, als hätte er vorhin alle Worte aufgebraucht, und ich verstehe.

Ich lasse die Hand sinken und hauche kaum hörbar: »Ich sollte jetzt gehen.«

»Du bleibst.«

Selbst wenn ich es wollte, könnte ich mich diesem Befehl nicht entziehen. Sein Blick ist genauso hart und unnachgiebig wie seine Stimme, die diesen zwei kurzen, simplen Worten solche Kraft verliehen hat. Jeder Widerspruch, jeder Grund, warum ich gehen sollte – um unser beider willen –, bleibt mir im Hals stecken. Ich kann nichts anderes tun, als ihn anzusehen.

»Du sagst, du hättest keinen Weg gefunden«, sagt er, wobei seine Stimme nichts von ihrer Härte eingebüßt hat. »Dann lass uns gemeinsam einen Weg finden.«

»Wofür?«, krächze ich, denn ich bin mir nicht sicher, dass wir noch über die gleiche Sache sprechen. Meint er einen Weg, um unsere Herzen zu verschließen, oder einen Weg, wie wir … auch nach unserer Rückkehr …

»Die Entscheidung überlasse ich dir.«

Ich gebe ein geschnaubtes Lachen von mir. »Ich bin wohl die denkbar unpassendste Wahl, um in solchen Fragen eine Entscheidung zu treffen.«

Er lehnt sich zurück. Sofort beiße ich mir auf die Zunge und will meine Worte zurücknehmen, doch ehe ich den Mund öffnen kann, streichelt er über die Narbe an meiner Wange und Schläfe.

»Gerade weil du bist, wie du bist, wirst du eine Antwort finden«, sagt er.

Ich schmiege mich in seine Berührung. »Und wenn ich die falsche Entscheidung treffe?«

»Es gibt dabei kein Richtig und Falsch. Es gibt lediglich Entscheidungen, mit denen du leben oder dich arrangieren kannst. Was uns beiden guttäte, wären klare Regeln für … das hier.«

Ich begegne seinem Blick. »Wie du sie bereits aufgestellt hast. Kein Küssen, kein Vögeln. Du erinnerst dich?«

Er verzieht den Mund. »Jedes Mal, wenn ich dich küssen würde, käme ich deinem bissigen Herzen so nah, dass ich unweigerlich eine neue Wunde davontragen würde. An diesen Regeln gibt es nichts zu rütteln. Ich meinte auch eher das hier.« Sanft legt er seine andere Hand an meine andere Wange. »Ist das in Ordnung, solange wir unter uns sind?«

Ich stoße den Atem aus. »Mehr als in Ordnung.«

Ein vorsichtiges Lächeln zupft an seinen Mundwinkeln. »Ich vertraue darauf, dass du es mir sagst, sobald etwas nicht in Ordnung ist.«

Ich nicke, umschließe sein Handgelenk und führe seine Hand zu meinem Herzen hinab. »Es will dich nicht verletzen. Es hat nur nicht gelernt, sich anders zu schützen.«

Die letzte Spur Härte verschwindet aus Kiers Miene, als er mit den Fingern seiner anderen Hand die Schnürung meines Hemdes öffnet, bis er es mir über die Schulter schieben kann. Dann lehnt er sich vor und haucht einen Kuss auf die Stelle, unter der mein Herz wie wild schlägt. Mein gesamter Körper erbebt, obwohl seine Lippen nur zart über meine Haut streichen. Wie von selbst graben sich meine Finger in sein rabenschwarzes Haar, um seinen Kopf dort zu halten.

»Ich will es auch nicht verletzen.« Bei jeder Silbe streicht sein Mund über meine empfindliche Haut und ruft einen wohligen Schauer nach dem anderen hervor. »Ich würde ihm gern versichern, dass es sich nicht vor mir schützen muss, aber ich weiß, dass es nicht so einfach ist.«

»Warum?«, wispere ich. »Warum bist ausgerechnet du der eine Mann, bei dem ich etwas empfinde?«

Er hebt den Kopf und legt die Stirn gegen meine. »Wieso bist ausgerechnet du mein ástin min?«

Ich schlinge die Arme um seinen Hals und schmiege mich an ihn. »Die Götter haben bei uns beiden ganz schönen Mist gebaut.«

Kier vergräbt das Gesicht an meinem Hals und hält mich so fest, dass ich kaum atmen kann, aber genau das ist es, was ich gerade brauche. Was wir beide brauchen. Zu wissen, dass ich mit meinem Leid und meinem Hadern nicht allein bin, hilft mir, obwohl ich keine Ahnung habe, wie ich unsere Situation lösen soll. Daran, dass wir nie zusammen sein können, hat sich nichts geändert, egal, was wir empfinden. Selbst wenn ich bereit wäre, meinen Posten als Anführerin aufzugeben, müsste ich meinem Clan den Rücken kehren und meine Familie verlassen. Meine Mutter würde nie hinnehmen, dass ich Gefühle für Kier habe. Ihn vielleicht sogar liebe. Sie würde vor Hass und Schande vergehen, und es wäre meine Schuld. Und was würde aus meinem Clan? Es gibt niemanden bei uns, dem ich meinen Posten anvertrauen könnte. Ein anderer Clan würde kommen und sich unser Gebiet einverleiben – und meine Leute töten.

Und es wäre meine Schuld. Weil ich selbstsüchtig war. Damit könnte ich nicht leben. Auch nicht für Kier.

Ich bin mir sicher, dass es ihm genauso geht. Sein Clan mag

nicht so geschlossen hinter ihm stehen wie meiner hinter mir, aber auch er wird Menschen haben, die er beschützen will und die leiden müssten, wenn er sich von ihnen abwendet.

Würden unsere Gebiete direkt aneinandergrenzen, sähe die Sache anders aus. Zwar würden wir uns den Groll der anderen Clans zuziehen, die es nicht gut fänden, wenn wir unsere Gebiete vereinen, und es gäbe noch ein paar andere Fallstricke zu beachten, aber es wäre nicht völlig aussichtslos. Doch unsere Gebiete liegen an völlig anderen Enden der Insel.

Und als wäre all das nicht schon schlimm genug, ist da womöglich noch sein Fluch, der ihn töten wird, wenn es ihm nicht gelingt, die wahre Liebe seines Gegenstücks zu erringen.

Das womöglich ich bin.

Ausgerechnet die Frau, die ihm nie das geben kann, was er braucht, weil ich nicht weiß, ob ich überhaupt lieben kann oder ob der Schemen mich derart zerstört hat, dass es mir nie möglich sein wird, ein solches Gefühl zu empfinden.

Dabei würde ich nichts lieber tun, als Kier zu retten. Aber auch das gelingt mir nicht. Vielmehr verstärke ich sein Leid nur noch, indem ich wieder und wieder zu ihm komme und ihn anbettele, mich etwas fühlen zu lassen.

Ich weiß nicht, ob es mir gelänge, ihm gänzlich mein Herz zu öffnen. Doch was geschieht mit ihm, wenn ich … es doch nicht bin? Wenn er sich geirrt hat? Wenn sich der Fluch auf etwas ganz anderes bezieht? Meine Schwester wüsste es. Sie müsste nur in seiner Nähe sein und könnte sagen, um welche Art von Fluch es sich handelt.

Aber ich bin nicht meine Schwester.

»Ich kann förmlich hören, wie es in deinem Kopf arbeitet«, murmelt Kier an der Stelle, an der mein Hals in meine Schulter übergeht.

Meine Finger gleiten durch sein schwarzes Haar, das im Schein einer einzelnen Kerze schimmert. »Ich kann nicht damit aufhören. Es ist … verwirrend.«

Er richtet sich auf, nicht ohne mit dem Mund eine heiße Spur an meiner Halsseite zu hinterlassen. »Ich wüsste einen Weg, um deine Gedanken zumindest für eine Weile zum Schweigen zu bringen.«

Mein Körper ist ganz klar der Meinung, dass ich sofort auf sein Angebot eingehen sollte. Doch es ist mein Herz, das anderer Ansicht ist.

»Es genügt mir, wenn du mich einfach weiter im Arm hältst«, sage ich zögerlich.

Kier blinzelt mit gerunzelter Stirn. Er wirkt derart überrumpelt, dass ich kurz davor bin, meine Bitte zurückzuziehen. Aber schließlich breitet sich ein Lächeln auf seinen Lippen aus, bei dessen Anblick mein Herz noch schneller schlägt als sowieso schon.

»Gern«, raunt er, ehe er seinen Kopf an meinen schmiegt.

Ich schließe die Augen, doch sein Lächeln geht mir nicht aus dem Sinn. Es wirkte anders als das schiefe Grinsen, das er sonst zeigt. Beinahe befreit. Es erinnert mich an den Moment, als er mir dafür gedankt hat, dass ich zuerst Drakkar helfen wollte und erst dann mit ihm … was auch immer tun.

»Wieso wirkst du so erleichtert?«, frage ich.

Als er mir nicht gleich antwortet, öffne ich die Augen und sehe ihn an. Sein Lächeln ist verblasst, und sofort sehne ich es mir wieder herbei. Es war besser als seine nachdenkliche Miene.

»Sie ist neu für mich«, antwortet er. »Diese Art des Zusammenseins. Sie ist besonders. Und anders.«

Fragend neige ich den Kopf, woraufhin er mit einem schelmischen Grinsen seine Hand an meiner Seite hinaufwandern lässt. Mit genau dem richtigen Druck reibt er mit dem Daumen über meine Brust, bis ich scharf die Luft einziehe und meine Antwort auf sein Angebot ernsthaft überdenke.

»Das ist es, was ich normalerweise tue«, raunt er in diesem von mir geliebten Tonfall. »Was ich gut kann. Und weshalb die Frauen zu mir kommen.«

Ein Stich durchzuckt mich, als er von diesen namenlosen Frauen spricht, die vor mir kamen. Wie viele waren es? Waren sie …?

Meine Gedanken kommen zum Stillstand, als er erneut über meine aufgerichtete Brustwarze reibt. »Du grübelst schon wieder.«

Ich habe Mühe, mich daran zu erinnern, worüber wir gesprochen haben.

»Tut mir leid«, murmele ich.

»Das muss es nicht.« Seine Lippen streifen über meine Wange und ich erschauere wohlig. »Ich würde mir nur wünschen, dass du in meiner Gegenwart nicht grübeln musst. Ich wüsste auch, wie ich dich davon abhalten kann.«

Ich bin drauf und dran, ihn anzuflehen, genau das zu tun, doch ich zögere.

»Das«, sagt er, »ist die einzige Form von Liebe, die ich kannte.«

Ich runzele die Stirn. »Die einzige … Form?«

Er nickt. »Für eine lange Zeit – fast mein ganzes Leben – dachte ich, dass es mir genügen würde. Dass es ausreicht.«

Ich betrachte seine Züge, während ich nachdenke. Seine Mutter hat er nicht gekannt, und sein Vater war ein Ungeheuer. Ich kenne keine romantische Liebe, weil der Schemen dafür gesorgt hat, aber familiäre Liebe sehr wohl. Als Kinder wurden meine Schwester und ich damit überschüttet, und später blieb die Verbundenheit zu Elvi bestehen. Auch meine Mutter liebe ich auf meine Art, auch wenn sie nicht mehr sie selbst ist, seit mein Vater als lebender Toter von den Prüfungen zurückkehrte.

Kier kennt nichts davon. Weder die grenzenlose Liebe, die Eltern ihren Kindern entgegenbringen sollten, noch die Verbundenheit einem Bruder oder einer Schwester gegenüber.

Ich schlinge meine Arme enger um ihn. »Halt mich so fest, wie du willst. Ich bin nicht zerbrechlich.«

Es dauert einen Moment, bis er meiner Aufforderung nachkommt. Für einen Augenblick umarmt er mich so fest, dass ich kaum Luft kriege, doch er lockert seinen Griff gleich wieder.

»Mit dir ist es anders«, murmelt er nah an meinem Ohr. »Einerseits freut mich das. Andererseits macht es mir Angst.«

»Mir ergeht es genauso«, gebe ich zu.

KAPITEL 25

KIER

Hier mit Yrsa zu stehen. Sie im Arm zu halten. Ihren Duft einzuatmen. All das hilft mir, alles andere um mich herum zu vergessen. Und es genügt mir. Das verwundert mich am meisten. Normalerweise gibt es nur zwei Situationen, in denen mein Kopf völlig frei von Sorgen ist: wenn ich mir mehr Arbeit aufbürde, als ich schaffen kann, und wenn ich auf Drakkar fliege.

Doch jetzt finde ich Ruhe, indem ich Yrsas Körper an meinem spüre. Ihre Wärme. Ihre gleichmäßigen Atemzüge. Ich spüre sogar das Schlagen ihres Herzens, das so gern seine Zähne in mir vergräbt – friedlich und ohne Anzeichen eines Angriffs.

Als ich zu Yrsa hinabschaue und sie meinem Blick begegnet, ehe ihrer für einen winzigen Augenblick zu meinem Mund huscht, bin ich kurz davor, meine eigenen Regeln über den Haufen zu werfen. Ich sehne mich danach, ihre Lippen auf meinen zu spüren.

Doch ein forsches Klopfen hält mich davon ab, meine eigens gezogenen Grenzen zu übertreten. Yrsa hält die Luft an; ihr Körper versteift sich in meinen Armen und gleicht nun einer gespannten Bogensehne.

»Wer ist da?«, grolle ich möglichst abweisend in Richtung Tür.

»Deine Mannschaft«, erhalte ich zur Antwort. »Wir wollen mit dir reden.«

Ich verziehe den Mund. »Jetzt?«

»Jetzt.«

Meine Kajüte hat weder eine weitere Tür noch ein Fenster; es gibt also keine Möglichkeit, Yrsa ungesehen hier rauszuschaffen.

»Vertraust du mir?«, flüstere ich ihr zu.

Ihr Nicken zaubert mir ein Lächeln ins Gesicht. Ich erinnere mich noch gut an die Zeit, als ihre Antwort ein promptes Nein war. Leise, damit die Männer draußen ihre Schritte nicht hören, schiebe ich sie hinter die Tür und bedeute ihr mit einem Fingerzeig, dort zu bleiben.

Dann reiße ich die Tür schwungvoll auf und trete auf die Schwelle, damit niemand einen Blick in meine Kajüte werfen kann.

An Deck steht der kümmerliche Rest meiner Mannschaft. Nur vier haben den Angriff am Strand und den darauffolgenden der Fledermäuse überlebt. Gemeinsam mit den beiden Baumeistern stehen sie vor meiner Kajüte. Ihre Gesichter sind allesamt gezeichnet von Angst und Entbehrungen, und in ihren Augen glimmt Wut statt Überlebenswille, während sie mir entgegenstarren. Ich lasse den Blick eine Weile über sie gleiten. Halvar und Vangar kann ich nicht entdecken, und ich weiß sofort, dass dies kein Höflichkeitsbesuch ist.

Ich straffe die Schultern. »Was kann ich für euch tun?«

»Bring uns nach Hause!«, brüllt einer der Männer rechts von mir. Zustimmendes Gemurmel erhebt sich.

Nach außen hin ungerührt erwidere ich seinen Blick mit einer hochgezogenen Augenbraue. »Das habe ich vor.«

»Es sieht für uns aber nicht danach aus«, kontert ein anderer. »Wir dümpeln seit Tagen auf der Stelle oder müssen dieses riesige Schiff mit purer Muskelkraft bewegen.«

»Ihr kennt den Grund, warum wir nicht schneller vorankommen«, sage ich immer noch ruhig.

»Lass deinen verdammten Wyvern endlich fliegen!«

Meine Ruhe bröckelt, als sie Drakkar ins Spiel bringen. »Mit ihrer Verletzung kann sie …«

»Ist uns egal!«

Unwillkürlich balle ich die Hand zur Faust. »Das sollte euch nicht egal sein. Wenn Drakkar zu früh wieder fliegt, wird sie das Schiff womöglich nie wieder bewegen können, weil die Wunde weiter aufreißt. Ihre Wunde würde sich verschlimmern. Vielleicht würde sie völlig flugunfähig werden. Was soll dann aus uns werden?«

»Was soll aus uns werden, wenn uns der Proviant ausgeht?«, kontert einer von ihnen.

Ich verschränke die Arme vor der Brust. Natürlich ist mir bewusst, wie es um unseren Proviant steht, schließlich führe ich penibel Buch darüber. Und leider haben sie recht: Ewig können wir so nicht weitermachen. Selbst mit der nun geringeren Besatzung werden wir in wenigen Wochen kein Trinkwasser und keine Nahrung mehr haben.

Meine Männer sind alles andere als einfältig; auch wenn sie vielleicht nicht die genauen Details über unseren Proviant kennen, wird ihnen nicht entgangen sein, dass sie von Halvar seit zwei Tagen geringere Rationen erhalten.

Der Mann direkt vor mir zuckt mit den Schultern, ehe er seinen Nebenmann mit dem Ellenbogen anstößt. »Noch gibt es hier auf dem Schiff einen fetten Bären, der uns eine Weile ernähren wird.«

Mit aller Macht halte ich mich davon ab, zur Seite zu blicken, wo Yrsa sich versteckt hält. Aber auch ohne sie zu sehen, spüre ich, dass sie am liebsten hervorspringen und dem Kerl die Zunge herausschneiden will. Und ich kann es ihr nicht verdenken. Sollten sie Drakkar noch einmal als »verdammten Wyvern« bezeichnen, wird Blut fließen.

Ich recke das Kinn. »Dieser fette Bär, von dem du redest, wird dich zerfetzen, noch bevor du überhaupt in seine Nähe gekommen bist. Und solltest du es doch schaffen, ihm ein Haar zu krümmen, wird dir seine Flüsterin mit ihren Äxten wichtige Körperteile abtrennen und ihrem Tierwesen anschließend zum Fraß vorwerfen. Ich würde mir an eurer Stelle sehr gut überlegen, mit wem ihr euch anlegt.«

Bei einigen scheinen meine Worte Wirkung zu zeigen, denn in

ihren Mienen spiegelt sich weniger Wut und Frustration als zuvor. Doch nicht bei allen.

»Merk dir unsere Worte, Kier«, grollt der, der direkt vor mir steht. Ich erinnere mich nicht an seinen Namen, bloß daran, dass er einer der Ersten war, die sich für die Mission gemeldet hatten. Wenn ich mich nicht täusche, ist er einer der Söhne eines Ältesten. »Eure verdammten Tierwesen sind die Ersten, die dran glauben müssen, sobald unser Proviant zur Neige geht. Wenn ich sowieso draufgehe, nehme ich sie mit. Ohne dich wären wir besser dran. Aber wenn wir deinetwegen sterben, werden wir dich leiden lassen – in diesem Leben und in dem Dasein, das dir als Verfluchtem danach blüht.«

Abrupt wendet er sich ab und gibt den übrigen Männern ein Zeichen, ihm zu folgen. Ich kann nichts anderes tun, als ihnen nachzustarren. Erst als sie bereits unter Deck hinabgestiegen sind, kocht das Verlangen, ihm für seine Worte die Zähne einzuschlagen, in mir hoch.

Es ist Yrsas sanfte Berührung an meinem Arm, die mich davon abhält, ihnen hinterherzueilen und ihrem Rädelsführer das Rückgrat durch den Rachen herauszureißen und anschließend Drakkar mit seinen kümmerlichen Überresten zu füttern.

»Du hast mir zwar erzählt, dass du keinen sehr guten Stand bei deinem Clan hast«, murmelt sie, »aber eben habe ich zum ersten Mal mit eigenen Augen gesehen, wie schlimm es wirklich ist.« Ihre Finger gleiten meinen Unterarm hinab und verschränken sich mit meinen. »Soll ich dir helfen, ihn so weit zu zerstückeln, dass Drakkar ihn bequem fressen kann? Meine Äxte sind scharf und präzise.«

Der Anflug eines Lächelns lässt meine Mundwinkel zucken. »Verlockende Vorstellung, und vielleicht komme ich darauf zurück. Aber fürs Erste kann ich es mir nicht leisten, noch mehr Männer zu verlieren. Erst recht keine Sprösslinge meiner Ältesten.«

Yrsa drückt meine Hand. »Sag einfach Bescheid, wenn du deine Meinung änderst. Und jetzt …«

Ihr Blick huscht zur Tür.

»Geh«, sage ich. »Bewache Bran. Ich werde heute Nacht auch bei Drakkar schlafen und nach dem Aufwachen einen Testflug wagen.«

Sie sieht mich wieder an. Sorgenfalten zeichnen sich auf ihrer Stirn ab, aber ich rechne ihr hoch an, dass sie meine Entscheidung nicht infrage stellt. Ich weiß selbst, dass sich Drakkars Wunde noch nicht vollständig geschlossen hat und ich riskiere, sie weiter einzureißen, wenn ich sie jetzt fliegen lasse. Jedoch haben auch meine Männer teilweise recht: Wir können nicht für immer hier herumdümpeln und darauf warten, dass uns entweder der Proviant ausgeht oder die Fledermäuse erneut angreifen.

Oder bis es zu einer Meuterei kommt.

Zwar glaube ich nicht, dass die wenigen verbliebenen Männer mir, Yrsa, unseren Tierwesen sowie Halvar und Vangar etwas entgegenzusetzen hätten, aber ich kann es mir auch nicht leisten, das letzte bisschen Rückhalt zu verspielen, das ich noch besitze. Bei unserer Rückkehr würden sich die Ältesten geschlossen gegen mich stellen und mir meinen Titel als Clanführer aberkennen. Ich habe nicht jahrelang an diesem Schiff getüftelt und hart für die Prüfungen zum obersten Anführer trainiert, um dann zu versagen.

Um unser aller willen muss ich Drakkar in die Luft kriegen. Ich verlange nicht von ihr, dass sie das Schiff wie auf unserer Hinreise den Großteil des Tages zieht, aber ein paar Stunden würden die Gemüter sicherlich beruhigen. Auch im Hinblick auf unseren schwindenden Proviant, denn in dem Punkt haben meine Leute recht.

Ich muss es riskieren.

»Sag Bran, er soll im hinteren Teil des Schiffes in Drakkars Nähe schlafen«, murmele ich. »Dann können wir gegenseitig auf unsere Tierwesen aufpassen.«

Yrsa nickt, ehe sie seufzt. »Irgendwie ärgert es mich jetzt, dass ich dein Angebot vorhin nicht angenommen habe. So, wie die Dinge liegen, werden wir die nächste Zeit zu sehr mit der Bewachung unserer Tierwesen beschäftigt sein.«

Ich bin froh, dass sie mein Angebot ausgeschlagen und mir stattdessen eine neue Form des Zusammenseins gezeigt hat, aber das sage ich ihr nicht. Ich verstehe, dass sie sich nach körperlicher Zuneigung sehnt, musste sie doch ihr bisheriges Leben lang darauf verzichten. Und ich hätte sie ihr gegeben, wenn sie danach verlangt hätte. Mit genügend Zeit hätte ich ihr vermutlich alles gegeben, was sie wollte, ungeachtet meiner Regeln. Ich bin ihr unendlich dankbar, dass sie diese Macht, die sie über mich hat, nicht ausnutzt. Auch das ist eine völlig neue Erfahrung für mich.

KAPITEL 26

YRSA

Beim kleinsten Geräusch schrecke ich hoch und greife nach der bereitgelegten Axt zu meiner Rechten.

Schnell hebt Vangar beide Hände. »Beruhige dich, ich bin's nur!«

Ich fokussiere erst sie und nehme dann nach und nach meine Umgebung wahr. Wie Kier es vorgeschlagen hat, habe ich Brans Schlafplatz auf den hintersten Teil des Schiffes verlegt, wo Drakkar ebenfalls ruht. Es dauerte lange, bis überhaupt an Schlaf zu denken war. Kier ging es genauso. Er hat es mir gegenüber zwar nicht erwähnt, aber ich merkte ihm an, wie sehr ihm die Worte des Mannes zugesetzt haben.

Wir waren beide so aufgewühlt von unserem Gespräch und dem Zusammenstoß mit der Mannschaft, dass wir uns noch eine ganze Weile unterhielten, während unsere Tierwesen friedlich schliefen. Es fühlte sich beinahe so an, als schrieben wir uns Briefe, wie vor unserem Aufbruch. So hatte ich Kier kennengelernt und nun konnte ich mein Wissen vertiefen.

»Schlecht geschlafen?«, fragt Vangar, als sie sich neben mich hockt und mit den Fingern durch mein Haar kämmt. Ich habe ihr zwar vom ersten Tag an gesagt, dass ich ihre Hilfe nicht brauche, aber seit Astrid nicht mehr da ist, lasse ich es zu. Alles, was sie von ihrem Verlust ablenkt, ist willkommen, und sei es eine Tätigkeit, wie mir das Haar zu kämmen und zu flechten.

»Kaum geschlafen trifft es eher«, brumme ich.

Jedes Knarzen der Holzbalken ließ mich hochschrecken, nachdem ich endlich die Augen zugemacht hatte. Jedes Pfeifen des Windes hörte sich für mich wie ein Signal zum Angriff an. Jedes Mal, wenn ich aufschrak, wachte auch Kier auf und griff nach seinem Schwert, und umgekehrt war es genauso. Ein Blick zu ihm offenbart, dass er genauso fertig aussieht, wie ich mich fühle.

Ich seufze. Er hat recht, wir können Drakkars Flug nicht weiter hinauszögern und müssen hoffen, dass es ihr gelingt, das Schiff ein wenig in die richtige Richtung zu bewegen. Das wird die Mannschaft eine Weile beruhigen und uns etwas mehr Schlaf einbringen.

Kier bringt Halvar mit wenigen Worten auf den neuesten Stand und berichtet von der Drohung der restlichen Mannschaft. Auch Vangar spitzt die Ohren und murmelt einen Fluch, nachdem Kier geendet hat.

»Das sieht diesen Feiglingen ähnlich, dass sie den Schwanz einziehen und Kier die Schuld für alles geben. Dabei sind sie alle freiwillig hier. Jedem hätte klar sein müssen, dass jenseits des Nebels nicht nur Reichtümer warten.«

Ich drücke in stummer Zustimmung ihre Hand, dankbar für ihre Sichtweise. Wenigstens muss ich mir beim Rest *meiner* Mannschaft keine Gedanken darüber machen, mit einem Messer im Rücken aufzuwachen. Aber Kier bleibt keine Wahl, als sich den Forderungen der Männer zu beugen. Auch wenn das bedeutet, die Gesundheit seines Tierwesens erneut aufs Spiel zu setzen. Ich möchte wirklich nicht in seiner Haut stecken.

Als Vangar schließlich mit meiner Frisur zufrieden ist, gehe ich hinüber zu Drakkar, um mir ihre Verletzung anzusehen. Sie ist erstaunlich schnell verheilt: Wo anfangs ein etwa faustgroßes Loch in ihrem Flügel klaffte, könnte ich jetzt kaum zwei Finger durch den Spalt stecken. Auch die Wundränder sehen fast wie die gesunde Haut rings herum aus; sie sind bloß ein wenig dunkler als die restliche pergamentdünne, durchscheinende Flügelhaut. Doch ich weiß, dass sich ihr Zustand schnell ändern kann. Ein zu heftiger Flügelschlag, ein zu zackiges Manöver, und die empfindliche Haut könnte erneut einreißen.

»Heute darfst du endlich wieder fliegen, mein Mädchen«, flüstert Kier seinem Wyvern zu, der seine Worte mit einem gurrenden Laut beantwortet.

Genau wie ich gestern lehnt Drakkar sich in Kiers Berührungen, als er ihr über den Kopf und die Schnauze streichelt.

Behände klettert er auf ihren Rücken, wo er ihr den Hals tätschelt, ehe er sagt: »Wir lassen es langsam angehen, in Ordnung?«

Hinter mir höre ich Schritte. Ich muss mich nicht umdrehen, um zu wissen, dass sich die restliche Mannschaft hinter mir versammelt hat und Drakkars ersten Flugversuch genau beobachtet. Am liebsten würde ich zu ihnen herumwirbeln und sie anschreien, dass sie verschwinden sollen. Doch stattdessen gehe ich zu Bran hinüber, die Hände demonstrativ auf meine Äxte gelegt.

Drakkar stößt sich derart kraftvoll ab, dass das Schiff bedenklich wackelt. Wie ein Pfeil schießt sie hinauf, die ausladenden Schwingen nah am Körper angelegt, bis sie vom Nebel verschluckt wird.

Wir alle starren in den Nebel. Warum ich es tue, kann ich nicht genau sagen. Vielleicht warte ich auf einen Schmerzensschrei von Drakkar, weil ihre Wunde weiter aufgerissen ist. Oder dass sie gar abstürzt? Der rational denkende Teil meines Hirns listet alle möglichen Szenarien auf; mit einem rechne ich jedoch nicht, die übrige Besatzung dagegen sehr wohl.

»Was ist, wenn er nicht zurückkommt?«, fragt einer der Jungen, die die Pfeile auf die größte Fledermaus geschossen haben, mit verzagter Stimme. »Wenn er … nach Hause fliegt und uns hier zurücklässt?«

»Warum so ängstlich?«, frage ich, während ich die Arme vor der Brust verschränke. »Habt ihr so wenig Vertrauen in euren Anführer?«

»Was geht dich das an, Küstenmädchen?«, geifert einer der Männer.

»Ich wäre an deiner Stelle vorsichtig«, grollt Vangar, die neben mich tritt. »Du redest mit einer Clanführerin.«

»Und weiter?«, gibt er zurück. »Als ob mich das beeindrucken würde! Der Küstenclan hat nie etwas erreicht. Auch auf dieser Reise wart ihr nichts als Ballast. Gefährlicher Ballast, denn ihr habt eine Unstreth mitgeschleppt und uns alle verdammt!«

Zustimmendes Gemurmel erhebt sich, während Vangar neben mir zusammenzuckt.

»Ich habe euch am Strand gerettet«, halte ich dagegen. »Ohne mich wärt ihr alle draufgegangen, denn die Unstreth haben dort bereits gelauert – auch ohne diejenige, die unerkannt in unserer Gruppe war. Ich war es, die beim Angriff der Fledermäuse herausgefunden hat, woher die eigentliche Bedrohung kam, während ihr euch feige unter Deck verkrochen habt. Ich war es, die Drakkars Verletzung versorgt hat, damit sie endlich wieder fliegen und uns von hier wegbringen kann.« Ich mache einen bedrohlichen Schritt auf den Mann zu. »Wage es also nie wieder, mir vorzuwerfen, ich wäre nur Ballast, wenn du selbst rein gar nichts zum Gelingen dieser Reise beigetragen hast.«

Stille senkt sich über uns, während ich den Blick des Mannes gefangen halte. Er ist derjenige, der zuerst woanders hinsieht. Und ich weiß, dass ich gewonnen habe.

Wortgefechte wie eben sind mir nicht fremd. Als ich Vaters Hochsitz und seinen Titel als Clanführer übernommen hatte, musste ich mich pausenlos beweisen. Jeder Fehltritt wurde mir unter die Nase gerieben, wohingegen das, was ich erreicht hatte, unter den Tisch fiel. Aber ich habe schnell gelernt, diese Ungerechtigkeit nicht hinzunehmen, sondern die Stimme zu erheben und meinen Blick nicht abzuwenden.

»Hat sonst noch jemand etwas vorzubringen?«, knurre ich an die restliche Besatzung gewandt. Niemand sagt ein Wort. »Dann kümmert euch um eure Aufgaben. Und habt Vertrauen in euren

Anführer. Ich an seiner Stelle hätte mein Tierwesen nicht der Gefahr einer weiteren Verletzung ausgesetzt, ganz gleich, wie laut ihr es gefordert hättet. Aber er tut es – für euch. Weil er eure Sicherheit, euer Überleben an die erste Stelle setzt. Wie könnt ihr nur derart engstirnig sein und das nicht erkennen?«

»Was weißt du denn schon?«, erwidert einer der anderen Männer. »Du hast keine Ahnung, wie es ist, einen Verfluchten als Anführer zu haben. Noch dazu einen, der eine Valkra getötet hat. Die Götter haben sich gegen uns verschworen.«

Ich lasse meine Miene zu einer eisigen Maske werden. »Dann geht. Verlasst euren Clan, sobald wir zurück sind. Wendet euch von Kier ab, wenn ihr es als derart schrecklich empfindet, ihn als Anführer zu haben. Ihr seid mit ihm nicht einverstanden? Dann kehrt ihm den Rücken.« Ich recke das Kinn. »Aber dazu seid ihr zu feige, nicht wahr?«

»Wir sollen ... gehen?«, fragt einer der Jungen. »Aber dann würden wir sterben.«

»Was ist wichtiger? Die Götter oder euer trauriges Dasein?«, entgegne ich. »Aber ihr könnt ja nichts anderes als große Reden schwingen und kritisieren. Nur um dann andere für eure Unzulänglichkeiten verantwortlich zu machen.« Ich verziehe den Mund. »In meinem Clan wärt ihr schon längst Ausgestoßene. Ja, mein Küstenclan mag klein sein im Vergleich zum Schwingenclan. Wir haben uns in den letzten Generationen auch nicht durch besondere Leistungen hervorgetan. Aber wisst ihr, was wir erreicht haben?« Ich schaue jedem Besatzungsmitglied fest in die Augen. »Wir sind noch hier. Wir sind weder verhungert noch ausgelöscht worden. Weil wir auch in schwierigen Zeiten zusammengehalten haben. Meine Clansleute wissen das. Und deshalb haben solche wie ihr keinen Platz bei uns. Eure Reden streuen nichts als Zwietracht und Neid, anstatt etwas zu bewirken. Diese Reise werden wir nur überstehen, wenn wir zusammenhalten, auch in schwierigen Zeiten. Also tut uns allen einen Gefallen: Unterstützt euren Anführer – oder habt genug Schneid, euer Schicksal in die eigene Hand zu nehmen, wenn ihr glaubt, ihr wüsstet es besser.«

Einige schauen betreten zu Boden, andere erwidern meinen Blick für eine Weile, ehe auch sie woanders hinsehen.

»Ich kümmere mich um das Frühstück«, murmelt einer der Jungen, bevor er davonhuscht.

»Ich helfe ihm«, sagen zwei andere Männer wie aus einem Mund.

So zerstreut sich die Gruppe nach und nach, um ihren Aufgaben nachzugehen. Erst nachdem nur Halvar, Vangar und ich zurückgeblieben sind, fällt die Anspannung von mir ab und ich sacke ein wenig in mich zusammen.

»Das war beeindruckend«, sagt Halvar. Echte Anerkennung, vermischt mit einer Spur Stolz zeichnet sich in seiner Miene ab. »Ich habe schon immer gesagt, dass du ganz schön was hermachst, wenn du nicht ständig betonst, wie dringend du Kier töten willst.«

Ich verdrehe die Augen.

»Aber dass du dich besonders hervortust, wenn du dich auf seine Seite schlägst«, fährt er fort, »damit habe ich nicht gerechnet.«

Ich winke ab. »Ich habe nur die Wahrheit gesagt. Kier ist ein guter Anführer. Sein Fluch – sofern es ihn tatsächlich gibt – ändert daran nichts. Genau wie mein Schemen keinen Einfluss auf meine Qualitäten als Anführerin hatte.«

Halvar nickt. »Das mag sein. Ich wünschte nur, er könnte genauso für sich einstehen, wie du es eben stellvertretend für ihn getan hast. Aber seit der Sache mit der Valkra hat er … jedes Selbstwertgefühl als Anführer verloren.«

»Ich weiß«, murmele ich. »Und ich verstehe ihn. Auch für mich gab es Zeiten, in denen ich mir sicher war, dass sich die Götter gegen mich und meine Familie verschworen haben. Doch diese Zeiten gehen vorbei und es kommen wieder andere.«

»Wirklich?«

Der Unterton in Halvars Stimme lässt mich aufhorchen.

»Für Kier ist die Lage nicht so einfach wie für dich«, sagt er. »Für ihn ändert sich nur etwas, wenn er den Wettstreit gewinnt.

Und selbst dann wird die Änderung nicht von Dauer sein, denn wenn es den Fluch tatsächlich gibt, wird er Kier dahinraffen, bevor er mit eigenen Augen sehen kann, wie sich seine Welt verändert.«

Ein eisiger Schauer rauscht mir den Rücken hinunter.

»Du kannst zurück zu deinem Küstenclan gehen und deine Leute werden dich feiern, egal ob du gewinnst oder verlierst. Ja, es wird schwer für euch, weiterhin zu überleben, aber im schlimmsten Fall bleibt alles, wie es ist. Kier hingegen wird nicht mehr lange der Anführer bleiben. Entweder wird er von seinem eigenen Clan vertrieben oder er erliegt den Folgen seines Fluchs.« Halvar kommt auf mich zu, bleibt einige Meter von mir entfernt stehen und betrachtet mich von oben bis unten. »Hinzu kommt, dass er dich verlieren wird. Sobald wir zurück sind, wird das, was auch immer zwischen euch ist, keine Bedeutung mehr haben dürfen.« Er schüttelt den Kopf. »Für Kier kommen keine besseren Zeiten. Er kann nur verlieren. Dich, seinen Clan, sein Leben. Im Moment setzt er alles daran, zumindest eines davon zu retten. Und ich bin dir dankbar für deine kleine Ansprache eben, denn ohne sie hätte er einen Teil seines Clans bereits heute verloren, obwohl er große Risiken eingeht, um das zu vermeiden. Aber letztendlich …«, er hebt die breiten Schultern, »… wird er der Verlierer sein.«

Ich habe keine Ahnung, was ich darauf erwidern soll. Von dieser Seite aus habe ich es noch nie betrachtet. In der Vergangenheit hatte ich nur zu wenigen Gelegenheiten mit den anderen Clans zu tun, aber dabei ist mir stets aufgefallen, wie wohlgenährt und wohlhabend alle anderen Anführer aussahen – bis auf mich. Mein Clan litt Hunger, während die anderen alles im Überfluss hatten. Ich bin nie auf die Idee gekommen, dass hinter der Fassade ein wackeliger Clanzusammenhalt stehen könnte. Die einzigen Probleme, mit denen ich mich tagtäglich konfrontiert sah, waren die, hungrige Menschen zu führen und von Dummheiten abzuhalten, die gesättigte niemals begangen hätten. All diese wohlgenährten Anführer hatten sicher auch wohlgenährte Clansleute – und somit keine Probleme.

Ich beneidete sie aus tiefster Seele. Ich wollte so sein wie sie – satt und sorgenfrei.

Mitzuerleben, wie sehr Kiers Leute ihm misstrauen, obwohl er alles für sie tut, erschüttert mich. Und das hier werden längst nicht seine schlimmsten Kritiker sein; die sitzen nämlich bequem zu Hause in ihren warmen Hütten und sind das Risiko dieser Reise von vornherein nicht eingegangen.

Nein, sie warten lieber in Sicherheit darauf, ob ihr Anführer erneut scheitert.

Wutentbrannt balle ich die Hände zu Fäusten. Nur um sie im nächsten Moment wieder zu lockern.

Um Kier zu helfen, müsste ich zur Verliererin werden. Ich müsste nicht nur den Wettstreit verlieren, sondern auch ihn. Denn um sein Leben zu retten, muss er sein Gegenstück finden.

»Sind dir die klugen Worte ausgegangen, Kleine?«, fragt Halvar.

Ich bin derart verwirrt von meinen Gedanken und Gefühlen, dass ich mich nicht einmal über den Spitznamen aufregen kann. Deshalb schüttele ich nur den Kopf.

Drakkars Landung bewahrt mich davor, mich weiter mit dem Thema zu befassen. Dankbar für die Ablenkung eile ich zum Wyvern hinüber, obwohl das Schiff wankt, nachdem ihr riesiger Körper darauf gelandet ist. Nachdem ich ihr den Hals getätschelt und sie mich in ihren Schwefelatem gehüllt hat, untersuche ich ihren Flügel.

»Es geht ihr gut«, höre ich Kier sagen.

Mein Herz flattert, als ich seine Stimme vernehme. Es wird schlimmer, als ich zu ihm aufschaue. Sein schwarzes Haar ist vom Fliegen zerzaust und steht ihm wild und verwegen vom Kopf ab. Meine Finger kribbeln vor Verlangen hindurchzufahren. Ich weiß nicht, ob ich es glätten oder weiter durcheinanderbringen will. Am meisten fesseln mich jedoch seine Augen; selbst auf die Entfernung sehe ich das Grün darin leuchten.

Doch es ist sein Lächeln, das mir den Rest gibt und mich auf eine Weise trifft, die ich vor einigen Monaten nicht für möglich gehalten hätte.

Wie kann er derart echt und sorgenfrei lächeln, wenn er sich so vielen unüberwindbaren Hindernissen gegenübersieht?

Kier streckt mir die Hand entgegen. Sie ist zu weit oben, als dass ich sie ergreifen könnte, trotzdem streckt sich mein Körper von allein, ehe ich ihn stoppen kann.

»Flieg mit mir.«

Nun kann ich nichts mehr dagegen tun, dass mein Körper sich bewegt. Auch ohne seinen Befehlston gehorche ich, klettere an Drakkars Bein empor und ergreife Kiers Hand, sobald ich sie erreichen kann. Mit einem Ruck zieht er mich hoch und ich finde mich vor ihm zwischen seinen Beinen wieder.

Kaum dass ich sitze, gibt er Drakkar ein Zeichen. Sofort stößt sich der Wyvern ab und schießt mit einem halsbrecherischen Tempo hinauf in den Nebel.

Ich muss einen erschrockenen Laut von mir gegeben haben, denn er schlingt seinen Arm fest um meinen Bauch und zieht mich an sich.

»Keine Angst«, wispert er mir ins Ohr, sodass ich wohlig erschauere. »Ich lasse dich nicht los. Niemals.«

Augenblicklich entspanne ich mich und schmiege mich an ihn.

Es dauert eine Weile, bis wir über dem Nebel sind. Sobald wir ihn durchbrechen, strahlt mir die Sonne ins Gesicht. Sie ist viel heller und wärmer, als ich sie in Erinnerung habe. Blinzelnd stelle ich mich ihrer Kraft und sauge so viel von ihr auf, wie ich kann. Ihre warmen Strahlen liebkosen mein Gesicht, kitzeln in meiner Nase und streichen über meine Haut, die seit Tagen nur Dunkelheit und Nebel kennt.

Drakkar geht in einen sanften Gleitflug über. Nur manchmal bewegt sie dabei die Schwingen, wobei sie ihre Verletzung nicht zu behindern scheint.

»Ich sagte doch, es geht ihr gut«, meint Kier, der meinem Blick gefolgt ist.

»Ich habe mir trotzdem Sorgen gemacht.«

Er lehnt den Kopf gegen meinen. »Und dafür danke ich dir. Aber jetzt …«, sein Arm löst sich von meinem Bauch, doch ehe ich in Panik verfallen kann, umschließen seine Hände meine und breiten meine Arme aus, »… genieß den Flug.«

Mein Herz klopft wie wild. Sonne und Wind streifen gleichermaßen über mein Gesicht, und ich fühle mich … als würde ich selbst durch den Himmel gleiten. Aus eigener Kraft und frei wie ein Vogel.

Meine Mundwinkel heben sich, und ehe ich mich versehe, lache ich.

Langsam verstehe ich, warum Kier das Fliegen so sehr liebt. Hier oben gibt es keine Sorgen. Keine Fehler. Keine Vorhaltungen. Keine Zurückhaltung. Hier oben ist nichts als der grenzenlose Himmel und die beständige Kraft der Sonne, die meinen Körper belebt, als würde sie ihn aus einem langen Winterschlaf erwecken. Ich recke mich weiter vor, will mehr Wind und Wärme auf meiner Haut spüren und kann nicht aufhören zu lächeln.

Mein Lächeln verblasst jedoch, als ich mich, so gut es geht, zu Kier umdrehe und seine erschrockene Miene sehe.

»Was?«, frage ich mit einem Anflug von Angst. »Was ist los?«

Mein Blick huscht zu Drakkars Flügel. Ist die Wunde etwa weiter eingerissen?

Sanft legt Kier mir eine Hand an die Wange und wartet, bis ich mich wieder auf ihn konzentriere. Dabei streicht er mit dem Daumen über meinen rechten Mundwinkel.

»Bitte lächle wieder«, sagt er so leise, dass ich ihn über das Rauschen des Windes hinweg kaum verstehen kann. Sein Blick ruht beinahe flehentlich auf meinen Lippen.

Ich kann gar nicht anders, ich lächele erneut. Doch diesmal schleicht sich ein Hauch Melancholie in meine gehobenen Mundwinkel. Auch Kier bemerkt es, wie mir die Furche zwischen seinen Augenbrauen beweist.

Wieder streicht er mit dem Daumen über meinen rechten Mundwinkel. »Nicht. Zwinge dich nicht.«

»Das tue ich nicht.«

Ich schließe für einen Moment die Augen und streife die Melancholie ab, die mich überfallen hat, als mir klar wurde, dass auch dies bloß gestohlene Momente sind, die bald enden und nichts mehr bedeuten werden. Doch jetzt tun sie das. Mir, meinem Herzen, das schnell in meiner Brust wummert, bedeuten sie etwas. Ich klammere mich an den Gedanken, dass niemand außer uns hier ist, der uns verurteilen könnte. Niemand, der unseren Clans von unseren Fehltritten berichten könnte. Nur er, ich, Drakkar, der Himmel und der Wind sind hier. Und im Augenblick interessiere ich mich weder für den Wyvern unter mir noch für den Himmel über mir, sondern ausschließlich für den Mann hinter mir.

Der Mann, der meinen Schemen besiegt und mir gezeigt hat, was es heißt zu fühlen.

Der Mann, der mich nicht aufgegeben hat, obwohl ich ihm wieder und wieder gedroht habe, ihn umzubringen.

Der Mann, der mein Leben gerettet und das seines Tierwesens aufs Spiel gesetzt hat.

Und ich schenke ihm das strahlendste Lächeln, zu dem ich fähig bin.

Kiers Augen leuchten auf. Nahezu ehrerbietig tastet sein Blick mein Gesicht ab, als wolle er sich jede Kleinigkeit einprägen.

»Ich habe dich noch nie lächeln sehen«, flüstert er. »Nicht auf diese Weise.« Nun umschließt er mein Gesicht mit beiden Händen. »Ich wünschte, du würdest immer so lächeln, wenn du mich ansiehst.«

Er spricht es nicht aus, aber ich verstehe, was er meint. Sobald wir wieder landen, sind heimliche Blicke alles, was wir uns zugestehen, solange wir uns nicht hinter verschlossene Türen zurückziehen können. Und davon gibt es auf dem Schiff zu wenig. Außerdem kann ich Bran nicht ungeschützt lassen; nicht nach der Drohung der Mannschaft. Zwar kann Drakkar wieder fliegen und vermutlich das Schiff ziehen, aber das bedeutet nicht, dass Bran außer Gefahr ist. Spätestens sobald die Vorräte knapp werden, wird die Besatzung sich wieder an den massigen Bären erinnern, der ihnen nicht nur ihre eigenen Vorräte wegfrisst, sondern sie auch eine ganze Weile ernähren und wärmen könnte. Zurück auf dem Schiff werde ich nicht lächeln können, wenn ich ihn ansehe, aus Sorge, die Mannschaft könne sich noch mehr zusammenreimen als sowieso schon.

»Ich wünschte auch, ich könnte immer auf diese Weise lächeln«, sage ich. »Es fühlt sich … ungewohnt an. Trotz des Schemens habe ich gelernt, wann ich lächeln und freundlich sein musste, aber es war nicht echt.«

Kier lehnt sich vor, bis seine Nasenspitze gegen meine stößt. Ich halte die Luft an und drehe mich noch ein Stück weiter zu ihm, obwohl mein Körper bei dieser Verrenkung protestiert.

»Aber jetzt ist es echt, nicht wahr?«, raunt er leise.

Vergessen ist das Ziehen dieser ungewohnten Position, denn mein Körper reagiert sofort auf seinen Tonfall. Eine warme Gänsehaut breitet sich auf meinen Armen aus.

»Ja«, wispere ich. »Es ist echt.«

Ich bin mir nicht mehr sicher, ob wir von meinem Lächeln reden oder … von mehr. Aber ganz gleich, was wir meinen, die Antwort wäre dieselbe. Jedes Gefühl ist echt, wenn er bei mir ist. Nicht gespielt. Nicht halb verzehrt vom Schemen und nur ein kümmerliches Abbild der wahren Emotion.

Kiers Hand gleitet tiefer, bis sie auf meinem Herzen ruht. Sein Blick folgt dieser Bewegung. »Wird es wieder seine Zähne in mich schlagen, wenn ich versuche, dich zu küssen?«

Ich schlucke angestrengt, ehe ich nach einer besseren Sitzposition suche. Dabei rutscht Kiers Hand von mir, und sein Blick huscht zu meinem Gesicht zurück. In seinem erkenne ich einen Anflug von Schmerz. So schnell ich es wage, schwinge ich ein Bein über Drakkars Hals, wobei ich mich an Kier festhalte, um nicht doch noch in den Tod zu stürzen. Nun, mit beiden Beinen auf einer Seite, kann ich mich besser zu ihm umwenden.

Ich greife nach seiner Hand und lege sie wieder auf mein Herz. »Es wird dich nicht verletzen. Nicht hier. Nicht heute.«

Das ist das beste Versprechen, das ich ihm geben kann, und er verlangt kein anderes.

Alles, was wir haben, ist *jetzt* und *echt*. Und genau das will ich ihm geben.

Mein Herz klopft noch schneller, als er sich wieder vorlehnt, obwohl ich dachte, dass das nicht möglich wäre. Beruhigend streicht Kier mit dem Daumen über meinen Brustkorb, als wolle er das hektische Wummern darin besänftigen.

Ich spüre bereits seinen warmen Atem auf meinen Lippen, als er innehält. Es vergeht ein Herzschlag, dann noch ein weiterer, bis ich verstehe, dass er auf mich wartet. Flatternd schließe ich die Lider und überbrücke die Distanz zwischen uns.

Als meine Lippen auf seine treffen, ist es genauso perfekt wie bei unserem ersten Kuss. Nein, noch perfekter, denn diesmal sorge ich mich nicht darum, etwas falsch zu machen oder mich ungeschickt anzustellen.

Diesmal fühle ich, lasse mich von ihm führen und schwelge in all den Empfindungen, die mich durchströmen.

Kiers freie Hand gleitet in meinen Nacken. Sein fester Griff zieht mich näher, bewegt meinen Kopf, sodass er besseren Zugang zu meinem Mund hat. Ich habe beinahe vergessen, wie weich und gleichzeitig fest seine Lippen sich anfühlen. Als sie sich öffnen, tue ich es ihnen gleich. Vorsichtig streicht seine Zunge über meine, eine träge und zugleich sanfte Liebkosung, die mir ein Wimmern entlockt, das in seinen Mund überspringt und von einem halb erstickten Stöhnen seinerseits beantwortet wird.

Ich schlinge beide Arme um seinen Hals, rutsche so nah, wie es auf dem Wyvernrücken möglich ist, zu ihm und halte mich an ihm fest, als hinge mein Leben davon ab. Ich küsse ihn, als könne nur er mir die dringend benötigte Luft liefern, ohne die ich nicht mehr existieren kann. Meine Lippen prickeln, wodurch ich jede noch so kleine Veränderung bemerke. Kier ändert den Druck, die Geschwindigkeit, einfach alles, sodass es mir vorkommt, als küsse ich ihn auf tausend unterschiedliche Arten. Jede lässt eine weitere

Hitzewelle durch meine Adern strömen und ich winde mich auf meinem Platz, weil ich ihm nicht nah genug sein kann.

Die ganze Zeit über ruht seine rechte Hand auf meinem Herzen – schützend und zärtlich zugleich.

Als wir uns viel zu früh voneinander lösen, geht unsere Atmung abgehackt und schwer. Mein Blick ruht auf Kiers geöffneten und geschwollenen Lippen, und allein sie anzusehen beschwört das Gefühl des Kusses wieder herauf. Ich lehne mich vor, um es erneut auszukosten, sanfter diesmal. Zarte, kurze Küsse. Zumindest war das mein Vorhaben, doch sie verwandeln sich alsbald in etwas Hungriges, Verzehrendes, das mich nicht mehr klar denken lässt. Aber das muss ich nicht, denn Kier ist bei mir und leitet mich durch das Verlangen, die schwelende Hitze, die mit jedem Zusammenprall unserer Lippen, jedem Streicheln unserer Zungen weiter zunimmt.

In meinem lustvernebelten Zustand meine ich, ihn meinen Namen flüstern zu hören, und ich flüstere seinen.

Es klingt wie ein Abschied. Wie das Ende von etwas, was wundervoll hätte werden können, das jedoch stirbt, bevor es die Gelegenheit zum Leben hatte.

Und ich lasse es gehen. Kier tut es ebenfalls. Denn wir haben uns lange genug in diese Traumwelt geflüchtet, in der es nur uns beide gibt.

Er ist derjenige, der es ausspricht, nachdem er sich von mir gelöst und die Stirn gegen meine gelehnt hat. »Wir müssen zurück.«

Ich bin auf diese Worte vorbereitet, und doch hinterlassen sie eine solche Leere in mir, dass ich mich kaum noch an die wunderschönen Emotionen klammern kann, die mich bis eben beseelt haben. Mit den Fingerspitzen streiche ich über meine Lippen, als könne ich dadurch die Gefühle für immer bewahren.

»Ich weiß«, flüstere ich.

KAPITEL 27

KIER

Yrsa hat ihr Versprechen gehalten: Ihr Herz hat nicht seine spitzen Zähne in mich geschlagen und mich bei lebendigem Leibe gefressen. Trotzdem haben mich all diese Küsse auf eine Weise verletzt, die ich nicht in Worte fassen kann. Kaum merklich zunächst, doch jetzt kann ich es nicht mehr ignorieren. Jeder Kuss hinterließ einen neuen Kratzer, bis die Wunde so tief war, dass sie nun aufklafft. Ich kann das Ausbluten nur verhindern, indem ich Yrsas Körper nah an mich ziehe, ihren Rücken an meine Brust, während ich Drakkar befehle, zum Schiff zurückzufliegen.

Was mit mir geschieht, sobald wir landen und ich sie loslassen muss, weiß ich nicht.

Eine leise Stimme wirft mir vor, dass ich sie nicht hätte küssen dürfen. Dass ich an meinen Grundsätzen hätte festhalten sollen, um es für uns beide einfacher zu machen. Denn auch Yrsa ist merklich still geworden, seit ich ihr gesagt habe, dass wir zurückmüssen.

Aber ich konnte nicht anders. Als sie lachte – ehrlich und aus tiefstem Herzen –, bewegte sich mein Körper von ganz allein. All die klugen Gründe, warum es eine dumme Idee ist, sie noch näher an mich heranzulassen, verschwanden aus meinem Kopf, als wären sie nie da gewesen. Als hätten sie nie eine Bedeutung gehabt. Und für eine Weile fühlte es sich gut an. Mehr als gut. Besser als unser erster Kuss. Diesmal spürte ich bei ihr keine Angst, keine Zurückhaltung. Da war nichts anderes als …

Ich wage nicht, diesem Gefühl einen Namen zu geben. Denn egal, welchen ich wähle, er wäre falsch.

Also schweige ich, genau wie Yrsa, den Arm fest um sie geschlungen. Ihr blondes Haar kitzelt mir in der Nase, als Drakkar im Sturzflug und mit angelegten Schwingen nach unten gleitet. Das erstickte Japsen, das Yrsa bei diesem Manöver von sich gibt, finde ich niedlicher, als gut für mich ist.

Erst kurz vor dem Schiffsdeck breitet Drakkar ihre Schwingen wieder aus und landet sanfter als sonst auf dem hinteren Teil des Schiffs. Ich streichele ihr über den Hals und sende ihr über unsere Verbindung ein Danke, das sie mit einem tiefen Gurren erwidert.

Ich gleite von ihrem Rücken und halte Yrsa beide Hände hin. Zwar gehe ich fest davon aus, dass sie ohne meine Hilfe hinabspringen oder sich hinunterhangeln wird, doch sie lässt sich in meine Arme fallen; meine Hände legen sich sofort um ihre Taille, um ihren Sprung abzufangen. Ihr Körper gleitet an meinem herunter und ich ziehe sie fester als nötig an mich. Auch sie klammert sich an mir fest, die Arme um meinen Hals gelegt, und sieht aus diesen wunderschönen tiefblauen Augen zu mir auf.

Ich hätte ewig auf diese Weise mit ihr stehen bleiben können, doch ich bin mir der Blicke, die auf uns gerichtet sind, deutlich bewusst. Zwar sind es bloß Halvar und Vangar, die uns mustern, aber das genügt, um mich widerwillig die Hände von ihrer Taille nehmen zu lassen. Auch Yrsa macht einen Schritt zurück, allerdings nicht ohne den Anflug eines winzigen Lächelns in meine Richtung zu schmuggeln, bei dem mein Herz einen Satz macht.

»Und?«, fragt Halvar, als er zu mir tritt.

Blinzelnd löse ich meinen Blick von Yrsa, die meinem Wyvern über die Schuppen streichelt, und sehe zu ihm. »Was und?«

Er neigt seufzend den Kopf – wie immer, wenn er mir das Offensichtliche erklären muss. »Wie fliegt Drakkar?«

Ich atme verstohlen auf, froh darüber, dass er Yrsa und mich nicht zur Sprache bringt. Das wird er, da bin ich mir sicher, aber ich bin dankbar, dass er es nicht hier und jetzt tut. »Als sei sie nie verletzt gewesen. Ich werde ihr nachher das Geschirr umschnallen, damit sie das Schiff ziehen kann.«

Halvar nickt. Für einen Moment sieht er zu Yrsa, dann wieder zu mir. Mit gesenkter Stimme sagt er: »Bevor du das der Mannschaft mitteilst, solltest du warten, bis deine Lippen nicht mehr so gerötet sind.«

Ich verdrehe die Augen und mache mich daran, Drakkars Flügel zu untersuchen. »Ich habe keine Ahnung, wovon du redest.«

»Nein, natürlich nicht«, brummt Halvar hinter mir. »Und du hast die Kleine zum Fliegen mitgenommen, weil …?«

»Weil sie Drakkars Wunde behandelt hat und sich selbst davon überzeugen sollte, dass es ihr besser geht.«

Für meine Antwort ernte ich nicht mehr als ein mitleidiges Lachen, das mich auf dem falschen Fuß erwischt.

»Erspare mir deine Vorhaltungen«, grolle ich. »Ich weiß auch so, dass es nicht meine klügste Entscheidung war.«

»Ich habe dir im Hohen Norden bereits gesagt, dass sie dein Untergang sein wird – auf die eine oder andere Weise.«

Unwillkürlich versteife ich mich. »Ich erinnere mich.«

»An meiner Einschätzung hat sich nichts geändert. Obwohl sie mich heute ziemlich beeindruckt hat. Das tut sie hin und wieder, wenn ich mich nicht darüber ärgern muss, wie verdammt blind ihr zwei in euer Verderben rennt.«

Ich wirbele zu ihm herum. »Was muss ich tun, damit du die Klappe hältst?«

Halvar mustert mich ungerührt. »Du könntest fragen, warum sie mich beeindruckt hat. Denn das ist ziemlich schwer, wie du weißt. Wärst du nicht mein bester Freund und würde ich nicht fest an dich glauben, hätte ich vorhin alles darangesetzt, in ihren Clan eintreten zu dürfen.«

Ich runzele die Stirn. »Was meinst du damit?«

»Dass die Kleine klug ist, wusste ich.«

»Sie hat immer noch einen Namen.«

Halvar ignoriert mich. »Dass sie gewitzt ist, wusste ich ebenfalls.

Und dass sie in ihrem kompletten Anführerstaat etwas hermacht, auch. Aber heute habe ich zum ersten Mal gesehen, wie sie als Anführerin agiert. Sie hat dich gegenüber deiner eigenen Mannschaft verteidigt. So vehement, dass es niemand gewagt hat, erneut etwas Schlechtes über dich zu sagen. Sie alle haben vor ihr den Schwanz eingezogen und sich lieber freiwillig um ihre Aufgaben gekümmert, als noch ein Wort über dich zu verlieren.«

Ich starre ihn an. »Sie hat … mich verteidigt?«

Halvar nickt. »Wie eine Wolfsmutter ihre Jungen.« Er verzieht den Mund. »Nicht mein bester Vergleich, aber du verstehst hoffentlich, was ich meine. Ich mag sie mittlerweile, und ich hoffe, dass sie dir helfen kann.«

Mit dem Rücken lehne ich mich gegen Drakkars Flanke. »Kann sie nicht.« Ich reibe mir mit der flachen Hand über die Brust. »Ich spüre den Fluch immer noch in mir.«

Genau wie die Wunde, die unsere Küsse in meiner Brust hinterlassen haben, füge ich im Stillen hinzu. Ein mahnender Schmerz, keine dummen Entscheidungen mehr zu treffen.

»Vielleicht kann dir ihre Schwester einen Rat geben«, sagt Halvar.

Ich nicke. »Ich werde zumindest mit ihr reden, auch wenn mir der Gedanke nicht gefällt. Valkras und ich … kommen nicht gut miteinander aus. Sie machen mich nervös. Aber einen Versuch ist es wert.«

Ich bin an einem Punkt, wo ich jede Möglichkeit ergreife, diesen verdammten Fluch loszuwerden. Aber was werde ich tun, wenn Yrsas Schwester mir sagt, ich müsse mein Gegenstück finden? Wenn es doch nicht Yrsa ist? Wenn ich … eine andere Frau finden muss? Ungeachtet der Tatsache, dass ich in meiner verbleibenden Zeit unmöglich unsere ganze Insel durchkämmen und jede Frau kennenlernen kann, sperrt sich alles in mir gegen den bloßen Gedanken, einer anderen nahezukommen. Wie soll das gehen, wenn ich mein Herz bereits an Yrsa verloren habe?

Ich sehe ihr dabei zu, wie sie sich um Bran kümmert und mit Vangar redet. Zwar höre ich nicht, worüber sie sich unterhalten, aber ich erkenne deutlich die Momente, in denen sie ihr einstudiertes Lächeln aufsetzt, das ihr Gegenüber erwartet. Die Unterschiede zu ihrem echten Lächeln sind derart gravierend, dass ich mich frage, wie Vangar das nicht auffallen kann. Oder ob es sie nicht stört?

Halvar folgt meinem Blick, ehe er mir die Hand auf die Schulter legt. »Du magst sie wirklich, nicht wahr? Du magst sie auf eine andere Weise als … die Valkra.«

Ich bin ihm zutiefst dankbar, dass er ihren Namen seit jenem schrecklichen Tag nie mehr ausgesprochen hat. Manchmal rede ich mir ein, dass ich ihn vergessen könnte, ebenso wie die Zeit mit ihr.

»Yrsa ist nicht wie sie«, murmele ich. »Sie gleichen sich in keiner Weise.« Ich stoße den Atem aus. »Yrsa ist die denkbar schlechteste Wahl, denn wir werden nie zusammen sein können. Und doch kann ich nicht aufhören, sie zu mögen. Es ist mehr als das. Ich habe mich hoffnungslos in sie verliebt.«

Erneut reibe ich mir über die Brust, fester diesmal, als könne ich das flatternde Schlagen meines Herzens dadurch beruhigen und in andere Bahnen lenken.

»Weiß sie, wie es um deine Gefühle steht?«

Ich lasse die Hand sinken und zucke mit den Schultern. »Eine Frau, die nicht ihr halbes Leben ihre Gefühle mit einem Schemen hätte teilen müssen, wüsste es. Bei Yrsa bin ich mir nicht sicher. Sie spürt sicherlich, dass da etwas zwischen uns ist, aber genau wie ich vermeidet sie es, dieses Gefühl zu benennen, weil es zu nichts führt.«

»Du solltest es ihr dennoch sagen«, meint Halvar.

Ich stoße mich von Drakkars Flanke ab. »Wozu? Damit sie sich von mir abwendet, noch bevor wir wieder zu Hause sind?«

»Würde es weniger wehtun, wenn du es hinauszögerst? Und wer weiß, vielleicht überrascht dich ihre Antwort.«

Seufzend lasse ich ihn stehen und steuere meine Kajüte an. Halvar irrt sich. Egal, was ich sage oder tue, Yrsa wird meine Gefühle nicht erwidern, weil ihr Stolz größer ist als alles, was ihr Herz zu empfinden vermag.

Nachdem ich alle wichtigen Karten aus meiner Kajüte geholt habe, trommele ich die Mannschaft zu einer Besprechung an Deck zusammen. Die meisten weichen meinen Blicken aus und wagen es gar nicht erst, in Yrsas Richtung zu schauen, die mit verschränkten Armen dasteht und die Besatzung grimmig mustert. Meine Männer erinnern mich an verängstigte Jungen, die sich vor der Schelte ihrer Mutter fürchten und sich deshalb erst nach Einbruch der Nacht nach Hause trauen.

Ich breite verschiedene Karten vor ihnen aus. Die meisten zeigen nur unsere Insel sowie die kleineren Splitterinseln, eingekreist von einem hellen Nichts, das den Nebel symbolisiert, doch zwei weisen jenseits der Nebelwand fremde Küsten aus.

»Drakkar kann wieder fliegen, wie ihr wisst«, sage ich, »aber noch ist sie nicht vollends genesen. Deshalb wird sie längere Pausen benötigen.«

»Wir können es uns nicht leisten, für die Rückreise noch länger zu brauchen als für die Hinreise«, brummt einer der Männer. »Unser Proviant wird nicht ausreichen.«

Ein anderer nickt. »Wir kamen nicht dazu, unsere Vorräte aufzufüllen, weil wir vor einer Horde Unstreth fliehen mussten, wenn du dich erinnerst.«

Zustimmendes Gemurmel.

»Uns bleibt nichts weiter als der fette Bär, der …«

Yrsa gibt ein Knurren von sich. »Wenn du Bran auch nur schief ansiehst, verfüttere ich deinen abgetrennten Arm an die Haie, ist das klar?«

Schnell gehe ich dazwischen, ehe die Situation eskalieren kann. »Unsere Rückreise wird schneller vonstattengehen«, versichere ich.

Stumm starren mich alle an, als hätte ich jetzt endgültig den Verstand verloren.

»Wie soll das gehen, wenn du deinen Wyvern schonen willst?«, fragt Halvar.

»Wir sind in etwa hier«, sage ich und deute auf die Stelle nahe der fremden Küste. »Wobei diese Karten nicht genau sind, schließlich ist schon seit Generationen niemand mehr durch den Nebel gesegelt. Ich habe mir das schon gedacht, als wir aufgebrochen sind, deshalb habe ich Drakkar im Zickzack fliegen lassen, in der Hoffnung, so früher oder später auf Land zu stoßen.« Ich hole eine der Karten hervor, die ich normalerweise in meiner Kajüte verberge und auf der die genaue Route eingezeichnet ist, die wir genommen haben. »Auf der Rückreise muss ich nichts suchen, von dem ich nicht weiß, wo es sich befindet. Ich kann Drakkar anhand der Sterne und des Standes der Sonne direkt nach Hause fliegen lassen.«

»Wie lange werden wir brauchen?«, fragt Yrsa.

»Einige Tage sicherlich«, antworte ich. »Vielleicht auch zwei Wochen. Aber definitiv nicht Monate, wie auf der Hinreise. Unser Proviant ist knapp, ja. Aber wenn wir sparsam sind und ihn gut einteilen, wird er ausreichen.«

Ich wünschte, ich könnte eine genaue Abschätzung über die Dauer unserer Reise machen, aber inmitten des Nebels ist es schwer, Tag und Nacht zu unterscheiden. Nur wenn ich auf Drakkar über dem Nebel fliege, kann ich mit Sicherheit sagen, welche Tageszeit wir haben. Da mir das aber nicht immer möglich ist, habe ich hoffnungslos den Überblick verloren, wie lange wir bereits unterwegs sind. Und durch die Zickzackroute, die wir auf der Hinreise genommen haben, kann ich nicht genau sagen, wie weit die fremde Küste von unseren Gestaden entfernt ist.

Mehr als zu schätzen, meiner Besatzung gut zuzureden und zu hoffen, dass keiner von ihnen dumm genug ist, sich Bran zu nähern, kann ich nicht tun.

Ich rolle meine Karten wieder zusammen und klemme sie mir unter den Arm. »Ich verlasse mich darauf, dass die Verteilung des Proviants fair verläuft.«

»Ich werde ein Auge darauf haben«, versichert Halvar.

KAPITEL 28

YRSA

Unsere weitere Reise verläuft ereignislos. Die erste Zeit rechnen wir mit weiteren Angriffen der Fledermäuse, doch je weiter wir uns von der fremden Küste entfernen, desto unwahrscheinlicher wird es. Trott und Langeweile machen sich breit, und leider sind gelangweilte Menschen fast genauso unberechenbar wie hungrige. Noch gefährlicher wird es, wenn beides zutrifft. Also wage ich es nicht, Bran länger unbeaufsichtigt zu lassen. Zwar ist mir klar, dass er einen Angreifer auch allein in die Flucht schlagen könnte, aber ich gehe kein Risiko ein. Ich bin seine Flüsterin; es ist meine Aufgabe, für seine Unversehrtheit zu sorgen. Wenn ihm etwas geschehen würde, während ich bei Kier bin, um meinen eigenen Bedürfnissen nachzujagen, könnte ich mir das nie verzeihen.

Jedes Mal, wenn der Drang, zu Kiers Kajüte zu gehen und ihm erneut zu sagen, dass ich keine einmalige Sache will, übermächtig wird, betrachte ich Bran. Meine Verpflichtung ihm gegenüber ist größer als die Sehnsucht nach dem, was Kier mir wegen seiner Regeln sowieso nicht geben wird. Das rede ich mir zumindest ein, um nicht doch eine falsche Entscheidung zu treffen.

Nachts träume ich vom Gefühl seiner Lippen auf meinen und seiner Hände auf einem Körper. Tagsüber sehe ich ihn nur flüchtig, wenn er sich um Drakkar kümmert oder eine Weile mit ihr fliegt. Bis auf ein paar wenige Floskeln, wenn wir uns an Deck über den Weg laufen, reden wir kaum miteinander.

Ich hasse es.

Ich hasse diese Distanz, die wir uns selbst auferlegen. Ich hasse es, dass sich unsere Küsse im Himmel nicht nur wie ein Abschied angefühlt haben, sondern auch einer waren. Ich hasse es, dass ich nicht einfach zu ihm gehen und mit ihm reden kann. Und ich hasse es, dass ich Bran die Schuld dafür gebe.

Denn die wahren Schuldigen sind Kier und ich. Nicht mein Schemen. Nicht mein Tierwesen. Sondern einzig und allein wir.

Doch wann immer ich genug Mut gesammelt habe, um ihn anzusprechen, bemerke ich Vangars aufmerksamen Blick. Sie hat mir eine Nacht mit Kier ermöglicht, aber keinen Zweifel daran gelassen, dass es eine einmalige Sache sein muss. Alles andere wird sie dem Clan berichten. Doch darüber mache ich mir weniger Sorgen als um die übrige Besatzung. Dass Kier in ihrer Gunst nicht weit oben steht, habe ich mit eigenen Augen gesehen. Der Teil seines Clans, der zu Hause geblieben ist, wird noch schlechter von ihm denken. Jede Information, die die Mannschaft über ihn erzählen würde, könnte seine Position schwächen.

Und dafür will ich nicht verantwortlich sein.

Also begnüge ich mich damit, ihm zuzunicken, wenn wir uns begegnen, wie ich es bei jedem anderen Besatzungsmitglied tue, und fresse meine Sehnsüchte in mich hinein, die sich in sehr lebhaften Träumen entladen. Nicht nur einmal wache ich schweißgebadet und mit vor Lust pulsierendem Körper auf, nur um mir klarzuwerden, dass ich nicht in Kiers Kajüte bin, sondern auf dem hinteren Deck liege; eng an Bran gekuschelt und mit Vangar neben mir.

Als ich eines Nachts wieder aus einem lebhaften Traum erwache, höre ich Schritte in der Nähe und setze mich abrupt auf. Obwohl mein Körper noch mit anderen Dingen beschäftigt ist, wandert meine Hand zu einer meiner Äxte, die ich im Schlaf zwar ablege, aber in Reichweite aufbewahre.

Doch es ist kein Besatzungsmitglied, das Bran an den Pelz will, sondern Kier, der aus Drakkars Richtung zurückkommt.

»Verzeih«, flüstert er, als sein Blick auf mich fällt. »Ich wollte dich nicht wecken.«

Erleichtert ziehe ich meine Hand zurück. »Ist nicht deine Schuld. Ich schlafe in letzter Zeit nicht sonderlich gut.«

»Ich auch nicht«, gibt er nach kurzem Zögern zu.

Als ich ihn im Schein der Fackeln näher betrachte, bemerke ich die dunklen Schatten unter seinen Augen. Ein ungutes Gefühl rumort in meinen Eingeweiden. Hat sich Drakkars Zustand verschlechtert? Oder haben wir uns im Nebel verirrt? Oder ist der Proviant …?

»Hör auf«, wispert er. Der Anflug eines Lächelns erscheint auf seinen Lippen. »Ich sehe förmlich, wie es in deinem Kopf arbeitet. Egal, was du dir gerade ausmalst, nichts davon trifft zu.«

»Drakkar geht es gut?«, hake ich leise nach.

Er nickt.

»Und wir haben uns nicht verirrt?«

»Haben wir nicht.«

Ich neige den Kopf. »Warum schläfst du dann schlecht?«

»Das könnte ich dich auch fragen«, gibt er zurück, ohne dass das winzige Lächeln verschwindet.

Und plötzlich habe ich das Gefühl, dass er mir nicht nur ansehen konnte, wie ich eine Misere nach der anderen durchgespielt habe, sondern auch, was ich zuvor geträumt habe. Ohne dass ich es verhindern kann, beginnen meine Wangen zu brennen.

Kiers Lächeln verwandelt sich in ein schalkhaftes Grinsen. »Ich wusste es.«

»Gar nichts wusstest du!«, zische ich so leise wie möglich. Dennoch regt sich Vangar neben mir brummelnd, wacht jedoch nicht auf.

Auf leisen Sohlen kommt er näher und geht neben mir in die Hocke. Sanft streicht er mir mit den Fingerknöcheln über die glühenden Wangen.

»Ich kann dir alles ansehen, was du denkst«, flüstert er. »Deine Sorgen. Deine Ängste. Und deine Sehnsüchte.«

Ich versteife mich. Dass er all das sieht, ist alles andere als gut, denn es lässt mich schwach erscheinen. Als Anführerin muss ich …

»Nicht.« Er legt auch die andere Hand an meine Wange und umschließt sanft mein Gesicht. »Du brauchst dich vor mir nicht zu verschließen. Ich habe dich in deinen dunkelsten Zeiten erlebt. Lass mich auch deine hellsten sehen.«

Ich schließe für einen Moment die Augen und gebe mich der lockenden Wärme seiner Hände hin.

»Ich habe übrigens eine Theorie, warum du schlecht schläfst«, wispere ich, als ich ihn wieder ansehe.

»Lass hören.«

»Du treibst dich in meinen Träumen herum. Deshalb kannst du nicht schlafen.«

Kier grinst mich an. »Und was tue ich in deinen Träumen?«

Ich beiße mir auf die Unterlippe und hülle mich in Schweigen. Stumm verfluche ich mich für meinen plötzlichen Mut, das Thema überhaupt angesprochen zu haben.

Kier legt mir einen Finger unters Kinn und zwingt mich mit leichtem Druck, ihn anzusehen. »Verrate mir, wovon du träumst.«

Von uns. Diese zwei winzigen Worte hängen in meinem Hals fest. Egal, was ich versuche, ich kann sie nicht aussprechen. Aber es wäre die Wahrheit, denn in meinen Träumen geht es nicht nur um die Befriedigung, die er mir verschafft, sondern um *mehr*. Um Gefühle, die ich nur der Bezeichnung nach kenne. Allen voran Geborgenheit. Wenn er seine Arme links und rechts von mir abstützt, fühle ich mich nicht gefangen oder bedroht, sondern beschützt. Ich weiß, dass ich mir dann um nichts, was sich jenseits dieser schützenden Arme befindet, Sorgen machen muss, denn er wird jede Gefahr, jede Widrigkeit vor mir abschirmen. Genauso wenig muss ich mich davor fürchten, etwas Falsches zu tun, denn er wird mich niemals deswegen verurteilen. Ich fühle mich begehrt allein durch die Art, wie er mich in meinen Träumen ansieht.

Ich fühle mich … *geliebt*. Mit all meinen Fehlern, nicht trotz ihnen.

Und ich wünschte mit jeder Faser meines angefressenen Herzens, dass ich ihm all diese Gefühle ebenfalls entgegenbringen könnte.

Doch es spielt keine Rolle, was ich empfinde und wovon ich träume. Mehr als eine flüchtige Befriedigung und das ständige Sehnen nach *mehr* wird es zwischen uns nicht geben.

Also setze ich ein scheues Lächeln auf und flüstere: »Ich träume von dem, was wir in der letzten Merwanacht getan haben.«

Kiers Grinsen verblasst, während er die Hände sinken lässt. Nur kurz streicht er mit dem Daumen knapp unter meinem Mund entlang. »Ich hatte gehofft, dieses aufgesetzte Lächeln nie wieder sehen zu müssen.«

Alles in mir schreit danach, seine Hand zu ergreifen und ihm die Wahrheit zu sagen. Doch ich bleibe sitzen und sehe stumm dabei zu, wie er aufsteht und in Richtung seiner Kajüte geht, ohne sich noch mal nach mir umzudrehen. Bei jedem seiner Schritte rede ich mir ein, dass es besser so ist. Dass ich uns beiden einen noch größeren Schmerz erspare, wenn ich ihn jetzt gehen lasse. Dass das, was zwischen uns ist, jenseits dieses Schiffes sowieso keine Zukunft hätte – und selbst hier ist kein Platz dafür. Dass Kier dringend sein wahres Gegenstück finden und sich retten muss, wobei ich ihm nur im Weg stünde.

All diese Gründe wiederhole ich ohne Unterlass und warte darauf, dass der stechende Schmerz in meiner Brust verschwindet.

Doch er bleibt bestehen, und ich finde in dieser Nacht keinen Schlaf mehr.

KAPITEL 29

YRSA

Als das Schiff einige Tage später die Nebelwand verlässt, blinzele ich gegen die plötzliche Helligkeit an, die meine Augen nicht mehr gewohnt sind. Der restlichen Besatzung, die nach und nach an Deck kommt, ergeht es nicht anders.

Als dann kurze Zeit später noch Land in Sicht kommt, bluten mir beinahe die Ohren von den lauten Jubelschreien um mich herum. Sogar Vangar zieht mich in eine unerwartete Umarmung.

Ich freue mich zwar auch, endlich wieder meine Küste zu sehen, aber ich habe nicht vergessen, warum wir diese Reise gemacht haben. Nun sind wir zurück, ohne irgendwelche Reichtümer gefunden zu haben, die ich dem obersten Anführer präsentieren kann. Es gibt nicht einmal Geschichten über das fremde Land und dessen Bewohner, weil wir nicht zum Erkunden kamen. Nein, wir mussten Hals über Kopf fliehen und konnten unsere Haut nur mit knapper Not retten.

Nichts davon wird mich gut dastehen lassen, wenn Vangar heute Abend am Feuer im Langhaus davon erzählt. Ich kann nur hoffen, dass sie alles, was mit Kier zu tun hat, bloß am Rande erwähnt.

»Freust du dich nicht?«, fragt meine Begleiterin.

Ich zögere mit einer Antwort. »Ich freue mich darüber, dass wir zurück sind. Aber wir haben nichts erreicht. Ich werde nicht die nächste oberste Anführerin werden.«

Sie legt mir eine Hand auf die Schulter. »Das weißt du nicht.«

Mit gesenkter Stimme fährt sie fort: »Kiers Leute haben schließlich auch nichts gefunden. Ihre Hände sind ebenso leer wie unsere.«

Sie hat recht, dennoch kann ich das Gefühl des Versagens nicht abschütteln. Was soll ich meinem Clan auf die Frage antworten, was ich mitgebracht habe? Was soll ich sagen, wenn sie wissen wollen, welche Entdeckungen wir gemacht haben, die einer Saga würdig sind?

Ich kann ihnen nichts anderes bieten als die Wahrheit, ein paar Geschichten über wandelnde Untote und hoffen, dass sie sich damit zufriedengeben.

Als wir näherkommen, entdecke ich am dunklen Strand meiner Küste eine Gestalt in einem wallenden weißen Kleid, und selbst auf die Entfernung weiß ich, dass es meine Schwester ist. Die wirren Gedanken und Ängste über die Entscheidung des obersten Anführers werden von purer Erleichterung weggeschwemmt, und endlich kann ich wieder atmen.

Aus den Augenwinkeln entdecke ich Kier, der gerade dabei ist, Drakkars Geschirr abzunehmen; die restliche Strecke werden wir mit den Booten rudern, damit das Schiff nicht auf Grund läuft.

Ich gehe zu ihm. Der Wyvern entdeckt mich vor ihm und stößt einen gurrenden Laut aus. Kier sehe ich nur von hinten. Zwar merke ich an seiner Haltung, dass er mein Kommen sehr wohl bemerkt hat, aber er dreht sich nicht zu mir um.

»Meine Schwester wird dir sicher mehr zu deinem Fluch sagen können. Du und deine Besatzung – ihr seid in meinem Dorf willkommen. Geh bitte nur meiner Mutter aus dem Weg.«

Endlich wendet sich Kier mir zu. Die Zurückhaltung in seiner Miene kann den Schmerz darin nicht völlig überlagern. »Wie werden wir miteinander umgehen, sobald wir an Land sind?«

Auf diese Frage habe ich keine befriedigende Antwort gefunden, obwohl ich sie die letzten Tage wieder und wieder in meinem Kopf gewälzt habe. Ich weiß zwar, was ich jetzt sagen muss, aber glücklich bin ich damit nicht.

»Wie die Anführer, die wir sind. Wir haben diese Reise zusammen unternommen, haben Seite an Seite gekämpft und haben es zurück geschafft. Niemand erwartet von uns, dass wir danach noch Todfeinde sind – bis auf meine Mutter vielleicht. Aber mehr als das … Mehr als Verbündete können wir nicht sein. Als Anführer haben wir die Traditionen zu wahren.«

Kier nickt. Die Bewegung wirkt hölzern und abgehackt, ganz anders, als er sich sonst bewegt. Doch ich nicke ebenfalls, um meine Worte zu bekräftigen.

Um meine Unsicherheit zu überspielen, gehe ich zu Drakkar und streichele über die knochigen Wülste zwischen ihren Augen. »Erinnerst du dich noch an die zerklüfteten Felsen am Strand?«, murmele ich ihr zu. »Dort kannst du dich ausruhen, bis ihr zurück ins Gebirge des Schwingenclans fliegt.«

»Wir werden euch nicht lange zur Last fallen«, sagt Kier in einem Tonfall, der mir ganz und gar nicht gefällt – abweisend und kühl, als spräche er mit einer Fremden. Aber ist es nicht genau das, was erforderlich ist? »Morgen werden wir in unsere Heimat aufbrechen. Doch meine Männer werden dankbar sein, eine Nacht an Land ausruhen zu können.«

»Wir finden einen Platz für sie«, verspreche ich in einem ähnlichen Tonfall, der mir ihm gegenüber schwer über die Lippen kommt.

Es dauert nicht lange, bis die ersten Boote bemannt sind und zu Wasser gelassen werden. Unseres ist eines der letzten, was daran liegt, dass Bran alles andere als begeistert davon ist, in diese schaukelnde Nussschale einzusteigen. Doch irgendwie gelingt es mir, ihn dazu zu überreden, während an der Küste bereits die ersten Jubelrufe darüber laut werden, endlich wieder festen Boden unter den Füßen zu haben.

Kier ist mit Drakkar in Richtung der Felsen davongeflogen.

Mein gesamter Clan muss sich am schwarzsandigen Strand versammelt haben, nachdem die Kunde unserer Rückkehr die Runde gemacht hat.

Als auch Vangar, Bran und ich am Strand ankommen, sinken wir ebenfalls zu Boden und danken den Göttern für unsere Rückkehr.

Doch lange kann ich nicht knien, weil mich meine Mutter in eine herzliche Umarmung zieht. Elvi schließt kurz danach die Arme um mich. Dankbar gebe ich mich der lockenden Wärme ihrer Körper hin. Tränen der Erleichterung stechen in meinen Augen, die ich krampfhaft zurückblinzele.

»Ich bin zu Hause«, flüstere ich gegen Mutters Schulter.

Sie streicht mir mit einer Hand über den Haarschopf. »Das bist du, mein Kind. Willkommen daheim.«

»Wir waren krank vor Sorge«, fügt Elvi hinzu. »Nun ja, Mutter war krank vor Sorge. Ich wusste ja, dass du zurückkehrst. Aber vermisst habe ich dich trotzdem.«

Für einen Moment klammere ich mich an meine Familie und genieße es, von ihnen im Arm gehalten zu werden. Dann mache ich mich von ihnen los.

»Erzählt mir alles, was im Dorf geschehen ist«, bitte ich. »Haben wir viele Verluste zu beklagen? Worum muss ich mich als Erstes kümmern? Gibt es Streit, der geschlichtet werden muss?«

»Komm erst mal mit uns ins Dorf«, sagt Mutter, während sie sich bei mir unterhakt. »Dort nimmst du ein Bad und ziehst dir etwas an, das du nicht schon seit Wochen trägst. Und erst danach sagen wir dir, wo du am dringendsten gebraucht wirst.«

»Das Dorf steht noch, keine Sorge«, raunt Elvi verschwörerisch, ehe sie ihren Arm unter meinem anderen hindurchschiebt. »Es wird nicht in sich zusammenbrechen, nur weil du dich für zwei Stunden um dich kümmerst. Erlaube mir die Bemerkung, dass du stinkst, Schwester. Ein Bad wäre also durchaus angebracht.«

Ich seufze. »Ihr habt recht. Wenn ich fertig bin, benötige ich deine Hilfe, Elvi. Jemand braucht deinen Rat.«

»Jemand vom Schwingenclan«, sagt sie, ohne es wie eine Frage klingen zu lassen, und nickt. »Bring ihn zu mir. Ich erwarte euch in meiner Hütte.«

»Wie lange werden die Mitglieder des Schwingenclans bleiben?«, fragt Mutter mit angespannter Stimme.

»Sie haben eine genauso anstrengende Reise hinter sich wie ich«, entgegne ich. »Ich werde nicht darauf drängen, dass sie sich schon heute auf den weiten Weg gen Norden machen. Sie sollen eine Nacht in Ruhe an Land schlafen und etwas zu essen und zu trinken erhalten. Morgen werden sie aufbrechen, denn auch sie sehnen sich nach ihren Familien und ihrer Heimat. Bis dahin erwarte ich, dass du niemanden verfluchst, Mutter.«

Sie reckt das Kinn. »Ich werde mich heute Abend sowieso zeitig in meine Gemächer zurückziehen und so tun, als würde ich nichts sehen. Aber ich werde diese Brut nicht länger als nötig in unseren Reihen tolerieren. Immerhin war es ihr Anführer, der deinen Vater getötet hat.«

Meine Schritte geraten ins Stocken, doch die beiden Frauen ziehen mich weiter. Während der Reise ist so viel passiert, dass ich kaum mehr an den Vorfall gedacht habe, der zu Vaters Zustand und letztendlich zu seinem Tod geführt hat. Mit dem Schemen habe ich auch meinen Schwur verloren. Doch obgleich die Götter nicht mehr von mir erwarten, dass ich Vaters Tod räche, will ich es dennoch. Mittlerweile glaube ich nicht mehr, dass Kiers Vater wissentlich für den Vorfall verantwortlich ist, denn er hätte dadurch keinen Vorteil gehabt. Vielmehr wurde auch er deswegen von der Teilnahme am Wettstreit der Anführer disqualifiziert. Also muss ein anderer Teilnehmer dafür verantwortlich sein.

Ich denke auch noch darüber nach, als Mutter mir beim Entkleiden hilft und mich in eine Wanne voll heißem Wasser steckt, die die Mägde in aller Eile herbeigeschafft haben. Auch Bran ist uns gefolgt und hat sich auf dem Schafsfell vor meinem Bett eingerollt.

»Was hast du nur mit deinen Haaren gemacht?«, tadelt mich

Elvi, die gerade versucht, die Knoten mit ihren Fingern zu entwirren.

»Wo ist eigentlich Astrid?«, will Mutter wissen, während sie mit einem Schwamm aus Moos meine Haut abschrubbt. »Ich habe sie am Strand nicht gesehen.«

Da beide eine ganze Weile zu tun haben werden, bis ich ihrer Ansicht nach wieder aussehe wie ich selbst, beginne ich damit, von meiner Reise zu erzählen. Persönliche Dinge, die Mutter nur aufregen würden, lasse ich aus und konzentriere mich stattdessen auf die Ankunft an der fremden Küste, auf Astrids Verrat und die Schwierigkeiten, gegen die wir uns behaupten mussten.

Schweigend hören mir die beiden zu. In regelmäßigen Abständen schütteln sie ungläubig die Köpfe.

»Wusstest du es?«, frage ich meine Schwester. »Das mit Astrid.«

Sie zögert mit einer Antwort. »Ich habe gespürt, dass etwas anders bei ihr ist. Aber darauf, dass sie eine Wiedergängerin ist, wäre ich nicht gekommen. Wie du schon vermutet hast, muss es sich bei ihr um eine geborene Form der Unstreth handeln, sonst hätte ich ihren Gestank nach Tod und Verderbnis Hunderte Meter gegen den Wind riechen könnte. Sogar jemandem ohne meine Gabe wäre es auffallen. Aber Astrid konnte jahrelang unerkannt in unserer Mitte leben und fügte sich ein.«

»Du hast also gespürt, dass sie anders ist«, sage ich. »Was meinst du damit?«

»Es gibt Menschen, die eine dunkle Aura ausstrahlen«, antwortet Elvi. »Diese kann von einem Fluch herrühren oder davon, dass sie einen Bund mit dem falschen Gott eingegangen sind. Oder sogar weitläufig von einem Gott abstammen. Bei Astrid hätte ich auf Letzteres getippt, denn sie hat sich durch ihre Kampferfahrung hervorgetan. Es wäre gut möglich gewesen, dass irgendwo in ihr verdünntes Götterblut zirkulierte. Aber eine Unstreth im Dienst der Dunklen Herrin …« Elvi schüttelt den Kopf. »Das ist übel.«

»Allerdings«, stimme ich ihr zu. »Ich bin froh, dass sie nun nicht mehr unser Problem ist. Vermutlich hockt sie nachts noch immer an der Küste und starrt aufs Meer.« Ich drehe den Kopf und erhasche gerade noch einen Blick auf Elvis Mund, der sich verzieht, als wolle sie mir widersprechen, ehe sie die Lippen fest zusammenpresst. Trotz des heißen Wassers um mich herum rinnt mir ein eisiger Schauer den Rücken hinab. »Sie ist doch nicht mehr unser Problem, oder?«

»Ich bin mir nicht sicher«, gibt meine Schwester zu. »Wenn sie direkt der Dunklen Herrin untersteht, könnte sie meine Visionen täuschen, genau wie die Dunkle Herrin über Zeitalter hinweg ihre Eltern getäuscht hat. Noch spüre ich keine direkte Gefahr von ihr ausgehen.«

»Das wird sich auch in Zukunft nicht ändern«, brumme ich. »Sie haben kein Schiff. Und selbst wenn sie eins hätten, würden sie nie den Weg durch den Nebel finden.«

»Ihr habt ihn auch gefunden«, hält Mutter dagegen.

Ich schlucke meine Antwort hinunter. Nicht wir haben den Weg gefunden, sondern Kier. Er und Drakkar. Dank ihrer Verbindung, die wohl nur ein anderer Flüsterer versteht, ist ihnen das gelungen, woran andere Entdecker und Eroberer seit Generationen gescheitert sind.

Astrid wird niemals etwas Ähnliches vollbringen.

KAPITEL 30

YRSA

Nachdem ich endlich das Gefühl habe, sauber zu sein, ziehe ich mich an, wähle jedoch nicht den kompletten Staat der Anführerin, wie meine Mutter es wünscht. Auf dem Schiff habe ich über Wochen und Monate bloß ein luftiges Hemd und eine einfache Hose getragen. Ich habe das Gefühl, dass ich unter zu viel ungewohnter Kleidung schier begraben würde. Also entscheide ich mich für eine aufwendigere dunkelblaue Tunika mit goldenen Stickereien an den Säumen, die mir bis zur Mitte der Oberschenkel reicht und von einem breiten Gürtel an der Taille zusammengehalten wird, eine Lederhose und kniehohe Stiefel. Mein Haar binde ich nur an den Schläfen zurück, da es noch nicht ganz trocken ist.

»Sagst du den Mägden Bescheid, dass sie das Langhaus für heute Abend herrichten?«, frage ich, die Hand bereits auf den Türknauf gelegt.

Mutter neigt den Kopf. »Die Geschichten deiner Reise müssen bis morgen warten. Heute Abend haben wir bereits etwas anderes vor.«

Ich runzele die Stirn. »Was denn?«

Ich kann mich an keine Begebenheit erinnern, zu der mein Vater eine Reise zu einem anderen Clan unternommen hat und nach seiner Rückkehr kein Festmahl ausgerichtet wurde. Steht es so schlecht um unsere Vorräte, dass Mutter sich erst um die Beschaffung kümmern muss? Oder geht es ihr darum, dass die

Mitglieder des Schwingenclans morgen nicht mehr da sein werden?

Ich will ihr gerade erneut einschärfen, dass sie Kier fernbleiben und ihn keinesfalls verfluchen soll, als sie begütigend die Hände hebt.

»Elvi wartet bereits auf dich. Sie wird dir alles Weitere erklären. Wie du es wünschst, werde ich mich für den Rest des Tages in meine Gemächer zurückziehen.«

Mein Stirnrunzeln vertieft sich, als Mutter an mir vorbeirauscht.

»Lass uns gehen«, sage ich zu Bran.

Um zu Elvis Hütte zu gelangen, die etwas außerhalb des Dorfes liegt, muss ich den Dorfplatz überqueren. Normalerweise würde ich die Strecke zu meiner Schwester innerhalb weniger Minuten zurücklegen, da unser Dorf alles andere als weitläufig ist, doch unterwegs werde ich von meinen Clansleuten aufgehalten, die meine Rückkehr preisen und so viele Einzelheiten zur Reise wie möglich hören wollen. Ich vertröste sie auf morgen Abend und begnüge mich damit zu beteuern, dass auch ich froh über meine Rückkehr bin.

Früher, als noch der Schemen in mir lebte, kamen mir solche Floskeln leichter über die Lippen. Sie waren einstudiert und ich wusste genau, wann ich was sagen musste. Nun ertappe ich mich dabei, wie ich zu lange nachdenke und nach den richtigen Worten suche.

Ich entschuldige mich bei den Dorfbewohnern und setze meinen Weg fort. Nur flüchtig bemerke ich, dass der Festplatz geschmückt ist; mehrere Menschen sind dabei, Feuerholz aufzuschichten. Andere stellen Fackeln auf. Wieder andere wickeln bunte Bänder um Bäume. Sogar Mitglieder des Schwingenclans entdecke ich unter denen, die mit anpacken.

Doch es gibt gerade Wichtigeres, worauf ich mich konzentrieren muss. Hoffentlich kann Elvi herausfinden, welche Art von Fluch auf Kier lastet, und ihm helfen. Ich darf nicht zulassen, dass ihm etwas geschieht! Nicht nach allem, was wir durchgemacht haben. Es darf nicht umsonst gewesen sein, dass er der Dunklen Herrin getrotzt hat.

Bran und ich warten bloß wenige Augenblicke, bis Kier auf dem Dorfplatz auftaucht. Seine groß gewachsene Gestalt und das rabenschwarze Haar stechen in der Menge hervor; ich würde beides überall erkennen. Meine Gedanken verstummen. Ich höre weder das aufgeregte Geschnatter der Clanmitglieder noch kann ich mich daran erinnern, warum ich hier bin. Ich sehe nur *ihn*. Sauge die Art, wie er sich bewegt und wie die anderen ihm eilig Platz machen, in mich auf. Beobachte jeden seiner Schritte. Bei jedem klopft mein Herz schneller und schneller, bis ich mir sicher bin, dass es mir aus der Brust springen wird, sobald er bei mir angekommen ist – direkt in seine Hände.

Oder in den Staub vor seinen Füßen, wenn er entscheidet, dass es nicht wert ist, von ihm aufgefangen zu werden.

Dieser flüchtige Gedanken lässt meinen Hals eng werden, doch gegen das aufgeregte Wummern in meiner Brust bin ich machtlos. Ich kann mir wieder und wieder vorbeten, dass es zu nichts führt. Dass wir uns darauf geeinigt haben, respektvoll wie zwei Anführer miteinander umzugehen. Mein Herz stellt sich taub. Es gibt vor, all die guten Gründe, warum Kier und ich und das, was zwischen uns ist, eine ganz miese Idee ist, nicht zu verstehen.

Stattdessen legt es noch einen Zahn zu, als Kier mich entdeckt. Etwas ändert sich in seiner Miene. Für einen winzigen Augenblick erscheint ein Lächeln auf seinen Lippen, bei dem mir der Mund trocken wird. Doch im nächsten Moment ist es verschwunden, als wäre auch ihm wieder eingefallen, worauf wir uns geeinigt haben.

Seine Schritte haben nichts von der Eleganz eingebüßt, als er auf mich zukommt. Er bewegt sich stolz und präzise wie ein Raubtier, das keinen Gedanken um Gefahren oder Feinde verschwenden muss. Ein Raubtier, das ganz genau weiß, dass es an der Spitze der Nahrungskette steht. Meine verschwitzten Hände verkrampfen sich um den Saum meiner Tunika. Sie müssen sich an etwas klammern, damit sie sich nicht nach ihm ausstrecken, um ihn in der Hoffnung zu berühren, so etwas von dieser überwältigen Präsenz aufnehmen zu können.

Bei mir angekommen, bleibt er etwa einen Meter entfernt von mir stehen. Alles in mir schreit danach, diese Kluft zu überbrücken. Ihn zu berühren. Mich an ihn zu schmiegen. Seinen Duft einzuatmen. Auch er hat sich gewaschen, wie mir sein noch leicht feucht in der Sonne schimmerndes Haar und die frische Kleidung beweisen. Hemd und Hose sind zwar einfach, aber trotzdem ist er der mit Abstand schönste Mann, den ich je gesehen habe.

Sein Blick gleitet über mich; ich spüre ihn wie eine sachte Berührung. Eine wohlige Gänsehaut breitet sich auf meinem ganzen Körper aus und meine Atmung geht flach, was wohl meinem außer Kontrolle geratenen Herzschlag geschuldet ist.

»Du siehst gut aus«, sagt Kier und presst nur eine Sekunde später die Lippen fest zusammen.

»Du auch«, murmele ich.

Was rede ich denn da? Er sieht immer gut aus. Wir beide haben uns bereits in den schlimmsten Situationen gesehen: durchnässt, abgekämpft, besudelt von Fledermausblut, verletzt und mehr tot als lebendig. Und nie habe ich gedacht, dass es seiner rauen Schönheit geschadet hätte.

Ich räuspere mich. »Meine Schwester erwartet uns sicher schon. Bist du bereit?«

Er nickt knapp. »Bringen wir es hinter uns.«

Im Inneren der Hütte meiner Schwester riecht es noch genauso, wie ich es in Erinnerung hatte: nach herben getrockneten Kräutern, prasselndem Feuer und frischem Blut. Ein Windspiel aus kleinen Knochen, das Elvi über der Tür angebracht hat, kündigt unser Kommen an. Kier erschauert neben mir beim Geräusch der aneinanderklappernden Knochen und sieht sich verstohlen um. Ich verstehe sein Misstrauen und auch seine Angst, deshalb berühre ich ihn am Arm, um ihm zu zeigen, dass er nicht allein ist. Dass es sich bei der Valkra, der er gleich gegenübersteht, nicht um die aus seiner Vergangenheit, sondern um meine Schwester handelt, die ihm helfen will.

Dass *ich* ihm helfen will.

All das versuche ich mit dieser Berührung auszudrücken, die nicht länger als einen Herzschlag währt. Und Kiers dankbarer Blick verrät mir, dass es mir gelungen ist.

»Kommt herein«, ruft Elvi aus dem Raum gegenüber dem Korridor, wo sie für gewöhnlich ihre Besucher empfängt.

Dort riecht es meist noch stärker nach Blut und Innereien, weil einige Clanmitglieder ihr Hühner mitbringen, damit Elvi aus deren Eingeweiden die Zukunft vorhersagt. Diese Hühneropfer haben meine Familie und Bran einige harte Winter überstehen lassen.

Kier muss sich bücken, um mit dem Kopf nicht gegen den Türsturz zu stoßen. Das Holz der Dielen knarrt unter seinem Gewicht.

Elvi erwartet uns stehend in der Mitte des Raumes, die Hüfte gegen den runden Tisch gelehnt und das Gesicht Richtung Tür gewandt. Ich danke ihr im Stillen dafür, dass sie ihren weißen Schleier aufgezogen hat und somit ihre Augen bedeckt. Weder mich noch irgendwen sonst aus dem Clan stören die Narben um ihre Augenhöhlen und das milchige Weiß ihrer Pupillen, aber bei Kier bin ich mir nicht sicher, nach allem, was er erlebt hat.

»Ich grüße dich, Kier vom Schwingenclan«, sagt Elvi und neigt leicht den Kopf. »Du bist mir in meinem Haus willkommen.«

»Ich danke dir, Valkra des Küstenclans«, erwidert Kier nach kurzem Zögern.

Sein Blick huscht zwischen Elvi und mir hin und her. Es ist zwar nicht das erste Mal, dass er meiner Zwillingsschwester begegnet, aber beim letzten Mal herrschte noch der Schemen über mich, und

Kier hatte andere Dinge zu tun, als uns miteinander zu vergleichen. Während der Segnung vor unserer Reise trug Elvi außerdem ihre volle Valkrakleidung und war nahezu verhüllt. Nun ist sie aber – bis auf den Schleier, der die obere Hälfte ihres Gesichts bedeckt – ebenso zwanglos gekleidet wie Kier und ich.

»Na?«, flüstere ich. »Welche von uns beiden ist hübscher?«

Ich könnte mir für diese Frage, die ich noch nie zuvor jemandem gestellt habe, die Zunge abbeißen. Doch sie kam mir so schnell über die Lippen, dass ich sie nicht aufhalten konnte. Tatsächlich interessiert mich Kiers Antwort auch gar nicht, ich wollte eher die angespannte Stimmung im Raum auflockern – und frage dafür natürlich das Dümmste, was mir hätte einfallen können.

Als ich schon sagen will, dass er darauf nicht antworten muss, lehnt sich Kier mit einem verschmitzten Lächeln in meine Richtung. »Dir ist schon klar, dass ich diese Frage nur falsch beantworten kann, oder? Wenn ich sage, dass mir deine Schwester nicht gefällt, obwohl sie dein Ebenbild ist, denkst du, ich halte dich nicht für hübsch. Sollte ich aber sagen, dass sie mir gefällt, hältst du mich für einen treulosen und unbelehrbaren Idioten.«

Ich muss über seine Antwort lächeln, beiße mir aber schnell auf die Unterlippe, um es zu überspielen. Mir fällt auf, dass sich seine Haltung ein wenig entspannt hat, also belasse ich es dabei.

»Setz dich, Kier«, sagt Elvi und bewahrt mich davor, weitere unpassende Fragen zur Auflockerung der Situation zu stellen. »Yrsa, dich brauchen wir hier nicht. Du kannst draußen bei den Vorbereitungen helfen.«

Ich bin nicht überrascht darüber, hinausgeschickt zu werden. Alles, was in diesem Raum besprochen wird, geht nur die Valkra und den Betroffenen etwas an.

»Was genau wird denn draußen vorbereitet?«, frage ich, schon halb zum Gehen gewandt. »Wusstest du etwa, dass wir genau heute zurückkommen?«

Elvi schenkt mir ein Lächeln, bei dem ich Kier scharf einatmen höre. »Nein. Ich wusste zwar, dass ihr zurückkommen werdet, aber so exakt sind die Visionen nicht, die die Götter mir schicken. Wir bereiten uns auf das Merwafest vor, das heute Abend stattfindet.«

Nun bin ich diejenige, die nach Luft schnappt. Mein Blick fliegt zu Kier, und er erwidert ihn mit einer solchen Intensität, dass mir beinahe schwindelig wird.

Beim letzten Merwafest vor einem halben Jahr war er mein Partner. Und es war die beste Nacht meines Lebens. Jede Faser meines Körpers sehnt sich seitdem nach einer Wiederholung, und es wurde schlimmer, als ich erfuhr, dass Kier derjenige war, der mir diese unvergessliche Nacht geschenkt hatte. Jeden Tag auf dem Schiff lechzte ich nach mehr.

Vor wenigen Stunden habe ich ihm klargemacht, dass außer einem professionellen Umgang auf Augenhöhe nichts zwischen uns sein kann. Kameraden. Verbündete. Das können wir sein, aber nicht mehr.

Ich könnte mich dafür ohrfeigen.

Kier scheint meine Gedanken zu lesen, denn er neigt den Kopf leicht, wie zu einer stummen Frage. Das verschmitzte Lächeln, das ich eben noch so hinreißend fand, nimmt verruchte Züge an und mir werden die Knie weich.

»Was ist los mit dir, Schwester?«, trällert Elvi.

»Hmm?«, gebe ich wenig geistreich zurück, ohne den Blick von Kier zu lösen.

»Ich höre gar keine Klagen von dir darüber, dass schon wieder ein Merwafest ansteht. Warst du nicht immer die Erste, die sich lautstark darüber beschwert und nach dem offiziellen Teil das Weite gesucht hat?«

»Ich … nun … Weißt du …« Ich schließe den Mund, um nicht weiter zu stammeln.

»Es wäre von immenser Bedeutung, wenn du heute Nacht nicht in alte Muster zurückfällst, sondern als Dank für deine sichere Rückkehr teilnimmst«, sagt Elvi. »Die Mitglieder des Schwingenclans sind natürlich herzlich eingeladen, dieses wichtige Fest zusammen mit uns zu begehen.«

Mit einem leisen Fluchen schließe ich für einen Moment die Augen. Als ich sie wieder öffne, ist Kiers Grinsen noch breiter, noch verruchter geworden.

»Ich kümmere mich selbstverständlich darum, dass es danach keine unerwünschten Folgen gibt, wie es meine Pflicht als Valkra ist.«

»Danke für die Einladung, Valkra«, sagt Kier, ohne zu meiner Schwester zu sehen. Sein Blick bohrt sich in meinen. »Ich werde es meinen Leuten mitteilen.«

»Die Einladung gilt natürlich auch für dich«, fügt Elvi hinzu. »Das heißt, wenn du und Yrsa euch während der Reise nicht schon zu sehr miteinander verausgabt habt.«

Unsere Köpfe rucken gleichzeitig zu meiner Schwester herum. Ich bin es zwar gewohnt, dass sie Dinge weiß, von denen sie nichts ahnen dürfte, aber normalerweise verbirgt sie dies hinter einem distanziert-freundlichen Lächeln.

»Woher …?«, setze ich an, doch Elvi winkt sogleich ab.

»Seit ich euch gesagt habe, dass heute Nacht das Merwafest ist, ist die Luft in diesem Zimmer so dick, dass ich kaum atmen kann. Und nun geh, Schwester. Ich fände es unpassend, wenn ihr hier auf meinem Tisch übereinander herfallt. Spart euch das bitte für heute Abend auf. Bis dahin haben Kier und ich noch ein paar Dinge zu besprechen.«

Ich murmele eine kleinlaute Entschuldigung, ehe ich mit gesenktem Kopf und glühenden Wangen aus dem Zimmer schleiche.

KAPITEL 31

KIER

Ich bin mir nicht sicher, ob ich über Yrsas verlegenen Gesichtsausdruck lachen oder lieber mit ihr verschwinden soll, um keine Sekunde mit ihrer Schwester allein sein zu müssen. Denn dass diese Frau mehr weiß, als sie je zugeben wird, steht außer Frage. Und nun, da ich hier bin, kann ich nicht sagen, ob ich ihren Rat noch hören will.

Mit einer Handbewegung deutet sie auf den Tisch und die Schemel. »Setz dich, Kier. Wir haben einiges zu bereden, denke ich.«

Ich schlucke angestrengt. »Ich möchte lieber stehen.«

Sie grinst. »Wie du willst. Aber du musst dich vor mir nicht fürchten. Ich hege keinen Groll gegen dich wie einige meiner Valkraschwestern.«

Die Muskeln in meinen Beinen spannen sich fluchtbereit an. *Weg.* Ich muss hier weg. Keine Valkra war mir je wohlgesonnen. Auch diese, die ein Abbild von der Frau ist, die mein Herz gestohlen hat, wird da keine Ausnahme sein. Sie hat noch mehr Gründe, mich zu hassen. Ich fordere ihre Anwesenheit in meinem Clan für ein Jahr, entreiße sie ihrer gewohnten Umgebung, ihrer Familie. Und noch dazu weiß sie, dass ihre Schwester und ich … Ausgeschlossen, dass eine von den Göttern gesegnete Frau wie sie das gutheißt.

Es würde mich nicht wundern, wenn sie mich hier und jetzt verflucht, wie ihre Mutter es versucht hat.

Als sie einen Schritt auf mich zu macht, bin ich wirklich kurz davor, das Weite zu suchen. Doch dann höre ich sie schnuppern.

»Du riechst wie Yrsa nach Dunkelheit und Unterwelt«, sagt sie, nachdem sie sich wieder zurückgezogen hat. »Wer auch immer deinen Fluch verursacht hat, muss gleichermaßen mächtig und wütend gewesen sein.«

Ich blinzele mehrmals. »Yrsa ist von ihrem Schemen befreit.«

Elvis Mundwinkel zucken und heben sich für einen Moment zu einem seltsam wirkenden Lächeln. Da ich den Rest ihres Gesichts nicht sehen kann, bin ich nicht sicher, ob dies ein erleichtertes oder trauriges Lächeln ist.

»So?«, murmelt sie. Der Klang ihrer Stimme bei diesem einen Wort verursacht mir eine Gänsehaut. Doch ehe ich fragen kann, was sie meint, strafft sie die Schultern und sagt: »Wir sind nicht wegen Yrsa hier, obwohl sie eine wichtige Rolle spielt. Lass uns über dich und deinen Fluch reden. Oder verschwinde durch diese Tür, wie du es die ganze Zeit schon vorhast. Dann werde ich dir aber keinen Rat geben können.« Sie deutet erneut auf den Schemel. »Willst du dich nicht doch setzen?«

Diesmal folge ich ihrer Einladung. Nicht, weil ich mich plötzlich wohl in ihrer Gegenwart fühle, sondern weil ich sonst doch fliehen würde. Elvi ist meine einzige Chance. Ich habe es Halvar und Yrsa versprochen, mit ihr zu reden. Ich habe es sogar Drakkar versprochen. Und ich will kein Versprechen brechen, das ich diesen drei wichtigen Wesen gegeben habe.

Den wichtigsten in meinem Leben.

Also setze ich mich an einen Tisch mit der Frau, die mehr über mich zu wissen scheint, als mir lieb ist.

»Fangen wir mit dem offensichtlichsten Punkt an«, sagt sie. »Dass ein Fluch auf dir lastet, steht außer Frage.«

Meine Schultern sacken herab. Ich wusste es zwar immer, aber ein winziger Teil von mir wollte Halvars Meinung glauben, dass ich einfach nur Pech hätte. Es würde alles so viel einfacher machen.

»Was kann ich dagegen tun?«, frage ich. »Bei einem Fluch gibt es immer einen Weg, den Zauber zu brechen.«

»Nicht immer«, murmelt Elvi, das Gesicht von mir abgewandt, als sehe sie an der leeren Wand etwas, was nur sie erkennen kann. »Es gibt Flüche, die derart entsetzlich sind, dass die Götter sich weigern, sie aufzuheben. Die Verbannung der Dunklen Herrin ist ein solcher Fluch.« Sie zögert einen Moment. »Wobei es auch für diesen Fluch einen Weg gibt, ihn zu brechen. Aber sei unbesorgt.« Sie dreht den Kopf wieder zu mir. »Dein Fluch wurde von einer Valkra gesprochen, die zwar mächtig war, jedoch nicht dir im Speziellen schaden wollte, sondern deiner Mutter, die sich gegen ihren Clanführer entschieden hat. Rache und das vermeintliche Erfüllen von Ehre sind zwei sehr niedere Gründe für einen Fluch, wodurch seine Macht leichter zu durchbrechen ist – ungeachtet der Macht desjenigen, der ihn verhängt hat.«

»Leicht«, grolle ich, während ich die Hände auf dem Tisch zu Fäusten balle. »Nichts ist leicht an diesem Fluch.«

»Dein Fluch«, fährt Elvi ungerührt fort, »richtete sich, wie gesagt, nicht gegen dich. Deshalb hast du auch das Gefühl, dass er jenen um dich herum schadet. Anders als Yrsas Fluch manifestiert es sich nicht in einem Schemen oder verbleibt nur in dir, sondern ist weitreichend. Das kommt daher, dass du zu dem Zeitpunkt, als der Fluch ausgesprochen wurde, bereits im Bauch deiner Mutter warst und er nun auf dich übergegangen ist. Du warst lediglich zur falschen Zeit am falschen Ort.«

»Lediglich«, wiederhole ich monoton. Meine Finger verkrampfen sich, sodass ich meine Fäuste löse.

Wieder lässt sich Elvi davon nicht beeindrucken. Zwar kann sie meine Anspannung nicht sehen, aber ich bin sicher, dass sie sie spürt oder sie zumindest in meiner Stimme hört. Dennoch tut sie so, als würde sie das nicht interessieren. Beinahe hätte ich laut gelacht, als mir aufgeht, wie sehr ihr Verhalten Yrsas ähnelt. Auch ihre Schwester verschließt gern Augen und Ohren vor dem Offensichtlichen.

»Wenn ich den Fluch deiner Mutter richtig deute, ging es dabei nie darum, denen in ihrem Umfeld zu schaden. Bloß ihr. Sie sollte sterben, wenn sie sich nicht für den anderen Clanführer entschied, der sich für ihr rechtmäßiges Gegenstück hielt. Deine Mutter wusste, was sie hätte tun müssen, um den Fluch zu brechen, der über ihr schwebte.«

»Und sie entschied sich für meinen Vater, womit sie ihr Schicksal besiegelte.«

»Nein.« Elvi neigt den Kopf. »Hast du das wirklich nicht verstanden? Sie entschied sich für *dich* und nahm ihren Tod in Kauf, um dir das Leben zu schenken.«

Ich starre sie an. Bisher habe ich es vermieden, sie direkt anzusehen – einerseits weil sie eine Valkra ist, andererseits weil jede kleine Geste mich zu sehr an Yrsa erinnert –, doch nun kann ich nichts anders. »Aber das …«

»Du glaubst doch nicht im Ernst, dass ein Clanführer den Bastard eines anderen aufgezogen hätte«, sagt Elvi kühl. »Die andere Valkra hätte versucht, dich noch im Mutterleib zu töten. Wäre das fehlgeschlagen, hätten sie dich sofort nach der Geburt im Wald ausgesetzt.«

Ich bin nicht schockiert über ihre Worte, sind diese Gräueltaten doch seit Anbeginn der Zeit in unserer Kultur verwurzelt. Das bedeutet jedoch nicht, dass ich so was in meinem Clan gutheiße, und sollte ich davon erfahren, würde ich hart durchgreifen. Aber nicht jeder Anführer wagt es, sich seit Generationen bestehenden Bräuchen zu widersetzen. Und ich kann mir gut vorstellen, dass der Mann, der meine Mutter um jeden Preis besitzen wollte, sich mit Freuden auf diese grausamen Bräuche berufen hätte, um mich loszuwerden.

»Aber meine Mutter ist tot«, sage ich. »Der Fluch hat sie geholt, weil sie sich gegen den anderen Clanführer entschieden hat. Müsste der Fluch dann nicht aufgehoben sein, weil er … keinen Wirt mehr hat?«

»Deine Mutter starb nicht an den Folgen des Fluchs, sondern

während deiner Geburt«, erklärt Elvi. »Das ist das Los von unzähligen Frauen und hat rein gar nichts mit göttlicher Macht zu tun. Der Fluch hatte danach keinen Wirt mehr, also ging er auf dich über. Nicht in seiner eigentlichen Form … Oder gibt es einen anderen Clanführer, der dich als sein Gegenstück verlangt?«

Beinahe hätte ich laut aufgelacht, wäre die Situation nicht derart deprimierend. »Den gibt es nicht. Wie sieht also diese andere Form aus, die auf mich übergegangen ist?«

»Im Grunde ist es derselbe Fluch«, sagt Elvi, »der nur durch das Gegenstück gebrochen werden kann.«

Ich schnaube. »Also muss ich nur mein Gegenstück finden. Wenn es weiter nichts ist …«

Elvi gibt ein Kichern von sich, bei dem sich mir die Nackenhaare aufstellen.

»Was ist so witzig?«, will ich wissen.

»Ich frage mich nur, wie lange wir noch so tun wollen, als wüssten wir nicht beide, dass dein Gegenstück vor einigen Minuten diesen Raum verlassen hat.«

Ich verkrampfe mich. »Woher …?«

»Ich mag blind sein, aber trotzdem sehe ich alles, was ich sehen muss. Also lass uns endlich ehrlich zueinander sein.«

In aller Ruhe legt sie die Hände auf den Tisch. Da ich nicht weiß, worauf sie hinaus will, betrachte ich sie. Ihr Haar ist eine Spur dunkler als Yrsas, das im Sonnenlicht honigfarben glänzt. Die Valkra vor mir ist schmaler als die Frau, die ich liebe, wohl weil sie anders als Yrsa nicht ihr halbes Leben mit Äxten trainiert, sondern in dieser stickigen Hütte gelebt hat. Während an Yrsas Schläfe die Narben von Adlerkrallen prangen, werden sich unter Elvis Schleier andere Narben verbergen. Doch abgesehen davon sind sie sich so ähnlich, dass es fast beängstigend ist.

Wäre da nicht diese allwissende und erdrückende Präsenz, die Elvi verströmt und der sich nur ein Narr widersetzen würde.

Ich habe von Clans gehört, die falschen Valkras gehuldigt haben. Die Kinder geblendet haben, weil ihre Eltern behaupteten, sie hätten die Gabe der Weissagung, nur damit sie die Vorteile einer solchen Gabe in ihrer Linie genießen konnten. Im Nachhinein bin ich mir nicht sicher, ob die Valkra, die einst meinem Clan diente, von den Göttern gesegnet war oder deren Einflüsterungen über ihre eigenen Ambitionen hinweg nicht mehr hören konnte.

Doch niemand wird je die Fähigkeiten dieser Frau vor mir in Zweifel ziehen können. Wüsste ich nicht, dass sie sich den Mutterleib mit Yrsa geteilt hat, würde ich sogar schwören, dass sie von den Göttern selbst abstammt, so viel Macht verströmt sie, indem sie einfach nur dasitzt und den Kopf in meine Richtung neigt.

»Du weißt bereits, dass meine Schwester dein Gegenstück ist«, sagt sie nach einer Weile.

Wenn es nicht unmöglich wäre, hätte ich gesagt, dass sie mich die ganze Zeit über gemustert hat. Ich konnte spüren, wie sie in mich hineinsah, und möchte nicht wissen, was sie alles entdeckt hat.

»Ja«, antworte ich mit heiserer Stimme, obwohl sie mir keine Frage gestellt hat.

Elvi nickt, offenbar zufrieden mit meiner Ehrlichkeit. »Und da kommen wir zum eigentlichen Punkt. Die Schwierigkeit ist, dass Yrsa sich für dich entscheiden muss, so wie sich deine Mutter für den anderen Clanführer hätte entscheiden sollen.«

Ich stoße die Luft aus. »Was jedoch nicht passieren wird.«

Sie neigt den Kopf. »Was macht dich da so sicher?«

Ich zögere mit einer Antwort, doch Elvi weiß sowieso schon mehr als die meisten, die wochenlang mit uns auf dem Schiff waren. Die verkrampfte Anspannung verschwindet, mein Körper fühlt sich nun kraftlos und leer an, als ich das wiederhole, was Elvi hören muss. »Yrsa weiß im Großen und Ganzen von meinen Gefühlen und sie hat sehr deutlich gemacht, dass zwischen uns nicht mehr sein kann als die Kameradschaft zwischen zwei Anführern.«

»Und wenn einer von euch kein Anführer mehr wäre?«, fragt Elvi.

Ich stoße ein Schnauben aus. »Unter keinen Umständen wird sie sich gegen ihre Familie und ihren Clan entscheiden, um mich zu wählen.«

»Ich habe nicht von meiner Schwester gesprochen. Die Beine deines Hochsitzes wackeln schon seit Jahren. Dein Clan steht nicht hinter dir. Fiele es dir tatsächlich so schwer, ihn hinter dir zu lassen, um bei der Frau zu sein, die du liebst, und dein Leben zu retten?«

Ich runzele die Stirn, schüttele dann aber den Kopf. »Es würde mir nicht schwerfallen, aber es würde nichts an meiner Situation ändern.«

»Wieso?«, fragt Elvi mit einem zufriedenen Lächeln, als wäre sie stolz darauf, dass ich diesen Schluss gezogen habe.

»Weil Yrsa die stolzeste Person ist, die mir je begegnet ist«, antworte ich. »Sie wird mich nicht mehr auf die gleiche Weise ansehen, wenn ich meinen Clan und meine Pflichten hinter mir lasse, während sie für ihren Clan alles tun würde. Sie würde schlechter von mir denken, und dann hätte ich sie erst recht verloren.«

Noch immer prangt ein zufriedenes Lächeln auf Elvis Lippen, als sie sagt: »Ich danke dir dafür, dass du eine solch hohe Meinung von meiner Schwester hast. Deine Rückschlüsse sind richtig, aber das weißt du bereits. Vermutlich kennst du sie fast so gut wie ich. Ein paar Dinge möchte ich dir dennoch sagen. Sicherlich muss ich dir nicht erklären, dass sie es nicht immer leicht hatte. Die Verantwortung auf ihren jungen Schultern. Der Schemen. Doch am meisten gebrochen hat sie der Zustand unseres Vaters und das damit verbundene Dahinsiechen unserer Mutter. Meine Schwester musste mitansehen, wie schrecklich es ist, wenn ein Gegenstück das andere verliert. Ich glaube, dass sie sich damals geschworen hat, niemals eine solche Verbindung einzugehen. Ständig hatte sie unseren Vater vor sich, der nie wieder zu sich kam, und sah hilflos zu, wie die Mutter, die wir einst hatten, sich immer mehr veränderte, bis wir sie kaum mehr erkannten. Ich wurde erst kurz nach Vaters Rückkehr zur Valkra, aber ab da lebte ich bei meiner Vorgängerin und anschließend allein in dieser Hütte, doch Yrsa bekam alles mit. Von Anfang an. Bis zum Ende. Das hat sie verändert, sowohl ihr Denken als auch ihre Gefühle – zusätzlich zum Schemen, der erst nach Vaters Tod hinzukam. Aber vielleicht war es auch ihr Glück, dass sie alles miterleben musste.«

»Warum soll das Glück gewesen sein?«, frage ich.

»Weil ihr Schemen sich von ihren Gefühlen ernährt hat«, antwortet Elvi. »Wäre Yrsa wie andere Gleichaltrige gewesen und hätte verschiedene Liebschaften geführt oder sich gar bereits für einen zukünftigen Mann entschieden, bevor sie den Blutschwur geleistet hat, hätte der Schemen mehr Nahrung gehabt und wäre bedeutend stärker geworden. So stark, dass deine Gefühle und Beharrlichkeit niemals bis zu ihr durchgedrungen wären.« Sie senkt den Kopf. »Doch wegen unserer Eltern entschied sie sich für ein Leben in Einsamkeit, um nicht so zu enden wie unsere Mutter.«

Ich reibe mir mit der Hand über die Stirn. Aus dieser Perspektive habe ich es noch nie gesehen. Ich bin stets davon ausgegangen, dass der Schemen für Yrsas zuerst fehlende und dann unbeholfene Gefühle verantwortlich war. Doch es war sie selbst, die sich zur Einsamkeit verdammt hat.

»War sie glücklich?«, frage ich. »Bevor sie zu den Wettkämpfen ging, meine ich. War sie … zufrieden so, wie es war?«

Angespannt warte ich auf Elvis Antwort. Wenn sie mir sagt, dass Yrsa mit ihrem Leben zufrieden war, werde ich es nicht auf den Kopf stellen. Sie hatte Gründe, sich für ein Leben in Einsamkeit zu entscheiden. Gründe, die ich ein Stück weit nachvollziehen kann. Müsste ich dabei zusehen, wie Halvar oder Drakkar sterben, würde ich mir danach nie wieder einen solch besten Freund oder ein anderes Tierwesen suchen. Ich würde mein Innerstes vor erneuten Schmerzen schützen und die Einsamkeit der Qual vorziehen.

Auch wenn es bedeutet, dass ich damit mein Todesurteil unterschreibe, werde ich Yrsa nicht zu einem Leben drängen, das sie sich weder ausgesucht noch gewünscht hat.

Zu meiner Verwunderung schenkt mir Elvi ein Lächeln, das

mich viel zu sehr an Yrsas erinnert. Über den Tisch hinweg streckt sie den Arm aus und legt die Hand auf meine Brust. Ich bin viel zu überrumpelt, um vor ihrer Berührung zurückzuweichen.

»Trotz allem, was dir widerfahren ist, hast du dir Güte und Verständnis bewahrt«, sagt sie. »Ich verstehe nun, dass meine Schwester mehr in dir sieht als Äußerlichkeiten oder schale Gemeinsamkeiten. Und ich wäre mit Freuden bereit, ihre Zukunft in deine Hände zu legen.«

»Aber?«, hake ich nach.

Sie zieht ihre Hand zurück. »Meine Visionen sind nicht immer eindeutig. Manchmal sehe ich verschiedene Ausgänge und Variationen. Nicht immer hast du Erfolg. Nicht immer ist euer Glück von Dauer.«

»In welcher habe ich Erfolg?«

Elvi schüttelt den Kopf. »Du weißt, dass ich dir das nicht sagen darf, weil es gegen den Plan der Götter verstieße. Mit jeder Hilfe würde ich euch in ein noch größeres Unglück stürzen, und es liegt mir fern, meiner Schwester zu schaden. Oder dir.«

»Kannst du mir wenigstens einen Hinweis geben?«

»Was ich dir sagen kann, ist, dass dir nicht mehr viel Zeit bleibt. Der Fluch lebt schon zu lange in dir als behelfsmäßigem Wirt. Er wird dein Leben fordern, um seinen Zweck zu erfüllen.«

Unter dem weißen Tuch sehe ich ihre Augenhöhlen leuchten und rutsche auf meinem Schemel so weit wie möglich zurück. Ihre Stimme ändert sich. Es klingt nun so, als würde eine Vielzahl an Valkras zu mir sprechen – nicht nur Yrsas Zwillingsschwester. Der Hall ihrer Worte jagt mir eine Gänsehaut über den Rücken.

»Der Fluch wird an deinem fünfundzwanzigsten Geburtstag dein Leben fordern.«

Ich brauche einen Moment, um mich von der Gewalt ihrer Aussage zu erholen, bis sie tatsächlich zu mir durchdringt. In der Zwischenzeit verschwindet das Leuchten unter Elvis Schleier und ihr Körper sackt in sich zusammen, als wäre er jeder Kraft beraubt worden.

»Mein fünfundzwanzigster Geburtstag ist bereits in wenigen Wochen«, murmele ich.

»Ein Grund mehr, dich zu beeilen«, sagt Elvi nun wieder mit ihrer normalen Stimme.

Ich schnaube. »Als ob das so einfach wäre!«

Es ist ja nicht so, als hätte ich nichts versucht. Aber auf meine übliche Art komme ich bei Yrsa nicht weiter.

Sie scheint meine Gedanken zu lesen, denn wieder breitet sich ein wissendes Lächeln auf Elvis Lippen aus. »Dass meine Schwester mehr braucht als einen Mann, der ihr Zuneigung entgegenbringt, hast du mittlerweile verstanden.«

»Mehr«, wiederhole ich und runzele die Stirn. »Wie viel weißt du?«

»Sie hat mir nichts Genaues erzählt, aber ihre Reaktion vorhin darauf, dass heute eine weitere Merwanacht stattfindet, hat mir alles gesagt, was ich wissen muss.«

Ich verziehe den Mund, verfolgt von den Erinnerungen an mein jüngeres Ich. »Ich hoffe doch sehr, dass es ihr nicht nur darum geht.«

Elvi kichert. »Ich könnte dir sehr viele Männer zeigen, die sich darüber freuen würden. Ebenso viele Frauen. Aber nein, meine Schwester ist alles andere als oberflächlich. Ein hübsches Gesicht oder guter Sex lassen sie nicht ihre Pflichten vergessen.« Sie erhebt sich. »Und ich hoffe für euch beide, dass ihr schnell begreifen werdet, was sie braucht. Sonst könnte es schwierig werden.« Sie dreht den Kopf, ihr weißer Blick gleitet ziellos durch den Raum. »Gegenstücke sind das größte Geschenk, das uns die Götter gemacht haben. Ohne den bedingungslosen Glauben an eine solche Liebe und Verbundenheit wäre unser Dasein kaum auszuhalten. Doch so wichtig sie auch sind, wenn sich zwei Gegenstücke nicht als würdig erweisen, verwandeln sie sich in ein Verhängnis.«

Ich nicke langsam. Zwar habe ich versucht, alle Erinnerungen an die Valkra meines Clans aus meinem Kopf zu verdrängen, aber ein paar Fetzen sind geblieben. Einige Erzählungen der alten Texte, die sie während der wenigen Zusammenkünfte im Langhaus wiedergegeben hat, sind auch darunter. »Gegenstücke«, sage ich, »werden in Schlachten geschmiedet und mit Leidenschaft besiegelt.«

Ich habe nie verstanden, was die Valkra damit meinte oder was der uralte Text damit ausdrücken wollte. Nun begreife ich es zunehmend. Gegenstücke sind nicht einfach nur zwei Menschen, die sich lieben. Das Gefühl zwischen ihnen geht tiefer und endet nicht dort, wo sie allein sind. Auch das trifft auf Yrsa und mich zu. Wir haben Seite an Seite gekämpft, die Überfahrt überstanden und uns so vielen Widrigkeiten gestellt, dass ich sie gar nicht mehr aufzählen kann.

Und dennoch … reicht es nicht aus.

Elvis leerer Blick hinter dem Schleier kehrt zu mir zurück. Ihre Miene ist mitfühlend, als wüsste sie genau, was gerade in mir vorgeht. »Wenn meine Schwester dein Herz nicht will, wird es jemand anderes beanspruchen. Du weißt wer, und du weißt auch, welches Dasein dich dann erwartet. Du darfst nicht länger zögern.«

Ich schlucke angestrengt und runzele dann die Stirn, als ihre letzten Worte in mein Bewusstsein sickern. Aus ihrem Mund klingt es, als wäre ich derjenige, der eine Beziehung auf reiner Kameradschaft zwischen zwei Anführern vorgeschlagen hat. »Ich weiß, dass mir nicht mehr viel Zeit bleibt, um …«

»Ich rede nicht von dir«, fällt sie mir ins Wort. »Sondern von uns allen.«

KAPITEL 32

YRSA

Kiers Gespräch mit Elvi dauert ziemlich lange. Während ich mit Bran vor ihrer Hütte warte und den Dorfbewohnern bei den Vorbereitungen zusehe, werde ich nervöser, je weiter sich die Sonne senkt. Normalerweise ist Elvi sehr präzise bei ihren Vorhersagen. Nun, zumindest so präzise, wie eine Valkra sein darf, ohne den allumfassenden Zorn der Götter auf sich und den gesamten Clan zu ziehen. Ich weiß, dass sie es eigentlich nicht mag, wenn Fremde in ihrer Hütte sind, weshalb sie alles daransetzt, sie so schnell wie möglich loszuwerden, ohne dabei ihre Pflichten zu vernachlässigen.

Aber bei Kier lässt sie sich Zeit. Oder gibt es Schwierigkeiten bei seiner Vorhersage? Kann sie vielleicht den Fluch nicht bestimmen, der auf ihm lastet? Ich kaue auf meiner Unterlippe. Mir ist keine fähigere Valkra als Elvi bekannt. Niemand, zu dem ich Kier sonst schicken könnte, damit er …

Die Holztür zu Elvis Hütte öffnet sich mit einem vertrauten Knarzen, gefolgt vom Aneinanderklappern des Knochenwindspiels. Mein Kopf ruckt zur Tür herum, und ich bin unendlich erleichtert, Kier dort zu sehen.

Ich mache einen Schritt auf ihn zu. »Was hat sie gesagt?«

Er schenkt mir ein Lächeln, das nicht echt wirkt. Nervös taste ich mit Blicken seine Miene ab, die jedoch nichts preisgibt. Das ungute Gefühl, dass Elvis Vorhersage alles andere als positiv war, beschleicht mich und setzt sich in mir fest.

Kier muss mir meine Sorge ansehen. Mit wenigen langen Schritten durchquert er Elvis nach Kräutern duftenden Vorgarten, kommt auf mich zu und streicht mir mit den Fingerknöcheln über die Wange, als er mich erreicht hat. Ich erstarre unter dieser zärtlichen Berührung. Wir sind nicht im Schutz seiner Kajüte oder auf Drakkars Rücken über den Wolken, wo uns niemand sehen kann. Es müsste sich bloß ein Dorfbewohner zu uns umwenden und könnte uns entdecken.

Mir ist klar, dass ich einen Schritt von ihm wegmachen sollte, doch meine Beine gehorchen mir nicht. Stattdessen kann ich mich nur mit knapper Not davon abhalten, mich stärker in seine Berührung zu lehnen.

Als fielen auch ihm die potenziellen Zuschauer ein, zieht Kier die Hand zurück.

»Mach dir keine Sorgen um mich«, sagt er.

»Das tue ich aber«, widerspreche ich.

»Warum?«

Ich öffne den Mund, schließe ihn aber gleich darauf wieder. Mein Blick huscht ziellos umher, während ich über seine Frage nachdenke, die so simpel und gleichzeitig so schwierig zu beantworten ist.

Kier legt mir einen Finger unters Kinn und bringt mich mit sanftem Druck dazu, ihn wieder anzusehen, ehe er in diesem besonderen Tonfall sagt: »Antworte mir, Yrsa.«

Ich schlucke angestrengt und bin außerstande, mich ihm zu entziehen. Bran muss meinen inneren Zwiespalt über unsere Verbindung bemerken, denn ohne dass ich ihn dazu auffordern muss, setzt er sich vor uns und schirmt uns mit seinen breiten Schultern vor neugierigen Blicken ab.

»Weil du … mein Verbündeter bist«, sage ich stockend.

»Verbündeter«, wiederholt er.

Bevor ich mich über den Klang seiner Stimme wundern kann, presst er den Mund auf meinen. Fest, fordernd, verzehrend. Anders als bei unseren vorherigen Küssen gibt es jetzt kein vorsichtiges

Vortasten, kein stummes Fragen um Erlaubnis, kein ständiges Versichern, dass ich es jederzeit beenden könnte.

Nicht, dass ich für eine Sekunde daran denken würde, es zu beenden.

Dieser Kuss, der so anders ist als unsere vorherigen, setzt mich auf eine Weise in Brand, dass mir schwindelig wird. Er nimmt und gibt, verzehrt und schenkt. Wie von selbst spiegeln meine Lippen seine Bewegungen, als hätte es nie eine andere Art von Kuss zwischen uns gegeben. Als wären alle vorangegangenen eine Vorbereitung hierauf gewesen. Ich spüre seine Zähne, seine Zunge, seine wilden, ungefilterten Emotionen, die mich überrollen und mitreißen.

Und noch bevor er sich zurückzieht, weiß ich mit unumstößlicher Gewissheit, dass dieser andere Kuss mein Untergang ist.

Denn ich werde mich bis ans Ende meines Lebens nach einer Wiederholung sehnen.

Ohne den Druck seines Mundes auf meinem geht mein Atem keuchend. Meine Lippen fühlen sich leer und kalt an. Doch irgendwie gelingt es mir, mich nicht sofort auf die Zehenspitzen zu stellen und ihn erneut zu küssen.

»Verbündete«, raunt er mir ins Ohr, als er sich erneut vorlehnt, und löst damit ein weiteres heißes Kribbeln in mir aus, »küssen sich nicht auf diese Weise.«

Ein verdammtes, zustimmendes Wimmern entschlüpft meinem Mund, ehe ich es aufhalten kann.

Seine Hand gleitet meinen Rücken hinab und legt sich auf meinen Po. Die Wärme seiner Handfläche brennt sich durch meine Hose und es ist, als könnte ich sie direkt auf meiner Haut spüren.

»Verbündete«, wispert er so nah an meinem Ohr, dass ich die Bewegung seiner Lippen spüre, »berühren sich nicht auf diese Weise.«

Er schiebt die andere Hand Stück für Stück zwischen meine Beine. Ich halte den Atem an, gefangen zwischen dem Wunsch, ihm entgegenzukommen, um endlich seine Berührung zu spüren, und dem sehr leisen Flüstern der Vernunft, das jedoch Stück für Stück zu Asche verbrennt. Es geht lichterloh in Flammen auf, als Kiers Finger mit dem genau richtigen Druck über meine Mitte streichen. Ich schwanke, doch er fängt mich auf.

»Verbündete …«, ich spüre dieses Wort eher als Rumpeln in seiner breiten Brust, gegen die ich mich kraftlos lehne, als dass ich es höre, »… treffen sich nicht während einer Merwanacht.«

Noch immer streicht sein Finger über die empfindliche Stelle zwischen meinen Beinen, und ich verfluche das dicke Leder, aus dem meine Hose gefertigt ist.

»Das war es doch, was du wolltest, oder habe ich deine Blicke in der Hütte deiner Schwester falsch gedeutet?«

Auch ohne den Kopf zu heben, höre ich das wissende Grinsen aus seiner Stimme heraus. Ich kann mich nicht darüber ärgern, denn er hat mit jedem Wort recht. Diese eine gemeinsame Nacht hat mich für alle kommenden Merwanächte unweigerlich verdorben – zumindest wenn er nicht dabei ist. Aber die Götter scheinen doch etwas für uns übrig zu haben und schenken uns diese kleine Gnade, bevor sich unsere Wege trennen.

»Vielleicht erfülle ich dir deinen Wunsch«, murmelt Kier.

Nun schaue ich zu ihm auf. Das Glimmen in seinen grünen Augen raubt mir schier den Verstand. Ich könnte den ganzen Tag nichts anderes tun, als in seine Augen zu schauen, und würde mich keine Sekunde langweilen. Angespannt warte ich darauf, dass er weiterspricht.

»Ich könnte dir deinen Wunsch erfüllen«, sagt er, »unter der Bedingung, dass du für heute Nacht vergisst, dass wir Anführer sind. Du musst bis zum Sonnenaufgang vergessen, dass du eine Familie und einen Clan hast. Bis Merwa eine neue Sonne aufgehen lässt, vergisst du auch den verdammten Wettstreit.«

Ich verdrehe die Augen. »*Weitere* Bedingung? Als wären die beiden anderen nicht schon genug.«

Kier hebt den rechten Mundwinkel zu einem schiefen Grinsen, das meinen Herzschlag beschleunigt. »Ich bin durchaus geneigt, auf die anderen beiden Bedingungen für heute Nacht zu verzichten.«

Ich ziehe scharf die Luft ein, als er mir einen sanften Klaps auf den Po gibt. Nicht genug, dass es wehtut, aber genug, dass meine Haut kribbelt. »Du sagtest ›vielleicht‹. Was muss ich dafür tun, außer zu vergessen, dass ich eine Anführerin bin?«

»Du musst mir eine Antwort geben«, sagt Kier. »Eine wahre Antwort, nicht irgendeinen Blödsinn über Verbündete.«

»Mistkerl«, murre ich.

Doch das scheint ihn nur noch mehr zu erheitern. Er lehnt sich zu mir, bis sich unsere Nasenspitzen berühren. »Ich mag es, wenn du so redest.«

Ich ziehe eine Augenbraue hoch. »Du magst es, wenn ich dich beleidige?«

Er schüttelt den Kopf, wodurch seine Nasenspitze mehrmals leicht gegen meine schlägt. »Ich mag es, wenn du sagst, was du denkst. Wenn du nicht erst abwägst, was dein Gegenüber davon halten könnte. Wenn du deine wahren Emotionen zeigst, ohne dich hinter einem vorgeschobenen Grund zu verstecken, es nicht zu tun. Dazu zählt auch, dass du mich beleidigst, wenn ich es verdient habe, aber ich werde mich nicht dafür entschuldigen. Also, Yrsa, warum sorgst du dich um mich?«

Ich stoße den Atem aus. »Weil ich nicht will, dass dir ein Fluch, der nicht einmal für dich bestimmt war, schadet. Weil ich … nicht will, dass dir etwas zustößt. Denn du … bist mir wichtig.«

Ein ehrliches Lächeln umspielt seine Lippen, ehe er mir ins Ohr wispert: »Braves Mädchen.« Beim rauen Klang seiner Stimme erschauert mein gesamter Körper. »Wir treffen uns nach Sonnenuntergang in einer der Hütten am Strand, die für meine Baumeister errichtet wurden.«

»In welcher Hütte?«, krächze ich. Selbst meinem lustbenebelten Hirn ist klar, dass es mehrere gibt, und ich will meine Zeit nicht damit verschwenden, ihn zu suchen.

»Du wirst sie erkennen«, antwortet er, ehe er sich von mir löst und einen Schritt von mir weg macht. »Ich halte meine Versprechen. Heute Nacht werde ich auf meine Bedingungen verzichten, bis auf eine. Denk daran, was sie beinhaltet.«

Ich nicke abgehackt. Zwar weiß ich noch nicht, wie es mir gelingen soll, alles, was mich ausmacht, für eine Nacht zu vergessen, aber – bei allen Göttern! – ich werde mir, verdammt noch mal, Mühe geben.

Denn dies wird die einmalige Sache sein. Sobald die Sonne aufgeht, sind wir Rivalen und im besten Fall Verbündete.

»Ich werde auf dich warten«, raunt Kier, ehe er sich umwendet und mit langen Schritten den Dorfplatz überquert.

Ein wenig benommen sehe ich ihm nach. »Was ist da gerade passiert?«, frage ich Bran, froh darüber, dass er mir nicht antworten kann. Ein Brummen ringt er sich dennoch ab.

»Ihr beiden«, sagt eine vertraute Stimme hinter mir, »seid wirklich etwas Besonderes.«

Ich wirbele zu meiner Schwester herum, die scheinbar unbekümmert Unkraut aus ihren Kräuterbeeten zupft. »Wie lange stehst du da schon?«

»Ich habe was von Bedingungen gehört, auf die er für heute Nacht verzichten könnte, und bin ganz neugierig, worum es sich dabei handelt.«

Ich verziehe den Mund. »Um ganz viel ›geht dich nichts an‹.«

Damit entlocke ich Elvi jedoch nur ein Lachen. »Dann hoffe ich für dich, dass er sich an seine Abmachung hält und auf sie verzichtet. Und dass du dich an die neue Bedingung hältst.«

»Ist das alles, was du dazu zu sagen hast?«, hake ich nach.

Elvi hält in ihrer Arbeit inne und hebt den Kopf. Sie hat den Schleier abgelegt; der Blick aus ihren milchigen, vernarbten Augen geht ein ganzes Stück an mir vorbei. »Fühlst du dich besser, wenn ich dir Vorhaltungen mache, wie Mutter es tun würde?«

»Nein«, gebe ich zu. »Ich dachte nur nicht, dass du … es gutheißt.«

Sie erhebt sich und klopft sich die Erde vom Kleid, wobei sie jedoch nur neue Erde von ihren Händen dazuschmiert. »Ich bin eine Valkra. Es steht mir nicht zu, den Willen der Götter infrage zu stellen.«

Ich runzele die Stirn. »Dass ich die Nacht mit Kier verbringe, ist der Wille der Götter?«

Meine Schwester bedenkt mich mit diesem distanzierten Lächeln, das mir jedes Mal eine Gänsehaut beschert. Denn ich weiß, dass ich dann an einer Wahrheit kratze, deren Ausmaß ich lieber nicht gänzlich begreifen will.

»Ich wünschte«, sagt sie, »ich könnte dir helfen. Ich wünschte, ich könnte euch allen den richtigen Weg weisen. Aber die Strafe, die mich und euch dann ereilen würde, wäre tausendmal schlimmer als das Schicksal, das ich sehe. Deshalb bleibt mir nichts anderes übrig als zu hoffen, dass sich alles fügen wird. Heute Nacht musst du dir jedoch keine Gedanken darüber machen.«

»Wann muss ich mir Gedanken machen?«

Wieder dieses distanzierte Lächeln. »Nicht heute.«

Ich mustere meine Schwester. »Wie schlimm wird es? Was auch immer du siehst, meine ich.«

»Ich sehe vieles«, antwortet sie ausweichend. »Doch selbst im besten Fall wird es … schwer. Für uns alle.«

KAPITEL 33

YRSA

Vor allem die Mitglieder des Schwingenclans hängen an Elvis Lippen, als sie den offiziellen Teil des Feiertags leitet. Ich halte mich, wie gewohnt, im Hintergrund; zum Glück erwartet auch nach meiner Rückkehr niemand von mir eine ausschweifende Rede. Einige Clansleute bedrängen mich mit Fragen zu meiner Reise, doch ich vertröste sie auf morgen. Am Abend, so verspreche ich ihnen, soll ein großes Festmahl stattfinden, während dem Vangar und ich ihnen von unseren Abenteuern berichten werden. Einige erkundigen sich auch nach Astrids Verbleib, aber auch diese Antwort bleibe ich ihnen schuldig. Sie geben sich mit ihrer eigenen Erklärung, dass sie ehrenvoll im Kampf gefallen ist, zufrieden. Bevor ich meinem Clan morgen Abend Rede und Antwort stehe und dabei zuhöre, was Vangar über unsere Reise zu sagen hat, muss ich mit ihr sprechen, wie wir Astrids Verschwinden erklären wollen. Meine Leute verdienen die Wahrheit, doch ich will keine unnötige Angst schüren.

Aber damit will ich mich jetzt nicht befassen. Nachdem Elvi die letzte Segnung gesprochen hat, deren genauen Wortlaut ich nicht verstehe, jedoch mitsprechen kann, setzen sich alle Teilnehmer der heutigen Merwanacht ihre hölzernen Masken auf. Hier innerhalb unseres Clans hat jede Familie ihre eigene Art von Masken; nur unsere Besucher vom Schwingenclan müssen sich mit einfachen Holzmasken zufriedengeben. Während Elvis Maske an einen weißen Vogel erinnert, ist meine reich verziert und mutet wie das Gesicht eines Bären an. Sie hat im hinteren Teil meines Schrankes bereits Staub angesetzt; auch wenn ich sie die letzten Jahre nicht getragen habe, liebe ich die filigranen Details und die kunstvoll aufgebrachte Farbe.

Abgesehen von meiner verzierten Maske, trage ich die gleiche Kleidung wie die anderen Teilnehmer: ein einfaches, aus Leinen gefertigtes Gewand, das mir bis zu den Knien reicht und meinen Körper lose umspielt.

Natürlich weiß jeder aus meinem Clan, wer sich hinter der Bärenmaske verbirgt, so wie auch ich die meisten Teilnehmer anhand ihrer Masken zuordnen kann. Eine absolute Anonymität, wie während des Merwafestes der Prüfungen, gibt es in einem Clan nicht. Der in Strömen fließende Met tut jedoch sein Übriges, um die Sicht zu trüben und das eine oder andere Stelldichein vergessen zu lassen.

Ich lehne jeden Krug ab, der mir gereicht wird, halte mich eine Zeit lang abseits des Treibens und atme den betörenden Duft der Kräuter ein, die Elvi in den großen Lagerfeuern verbrennen lässt. Zwar kenne ich mich damit nicht aus, aber ich vermute, dass dieser Duft nicht ganz unschuldig an dem Kribbeln ist, das mich befällt. So unauffällig wie möglich stehle ich mich aus der tanzenden und feiernden Menge davon und nähere mich dem Dorfausgang. Hier draußen haben sich bereits die ersten Paare eingefunden. Noch vor gut einem Jahr wäre ich angesichts der Laute, die sie von sich geben, und dieser Freude, die sie offenbar teilen, kopfschüttelnd davongelaufen. Wütend und erleichtert zugleich, dass ich nicht ebenso empfinde. Nun beschleunigen sich meine Schritte. Als ich mich den Hütten am Strand nähere, verliere ich im fast schwarzen Sand beinahe den Halt, rappele mich jedoch schnell wieder hoch.

Unschlüssig bleibe ich vor der ersten Hütte stehen. Kier meinte, ich würde sie erkennen. Zögerlich stoße ich die Tür auf, doch im Inneren ist niemand. Ich gehe zur nächsten Hütte, doch auch da habe ich kein Glück.

Die Euphorie, die mich eben noch durchströmt hat, verschwindet mit jeder Hütte, die ich leer, dunkel und verlassen vorfinde, und färbt auch mein Inneres dunkel. Hat Kier etwa seine Meinung geändert?

Meine Schritte werden langsamer. Eine weitere leere Hütte. Ich sollte umkehren. Es war eine törichte Idee, überhaupt am Merwafest teilnehmen zu wollen! Ich hätte es besser wissen sollen. Dass ich hier stehe, in diesem traditionellen Aufzug, wo ich doch nie etwas für dieses verdammte Fest übrig hatte, kommt mir nun unsagbar blöd vor. Am liebsten würde ich mir die Maske vom Gesicht reißen und sie ins Meer schleudern. Ich tue es nur nicht, weil ich die Handwerkskunst sehr schätze.

Für die letzte Hütte, die nah an den Klippen erbaut wurde, habe ich nur einen flüchtigen, niedergeschlagenen Blick übrig. Halb habe ich mich bereits umgewandt, um zurück zum Dorf zu gehen und irgendwie ungesehen ins Langhaus zu schleichen. Dort werde ich mich in meinem Zimmer verschanzen und erst wieder hervorkommen, wenn Kier auf dem Weg in sein Gebiet ist.

Als ich dieses Vorhaben in die Tat umsetzen will, fällt mein Blick auf ein Stück Pergament, das an die Tür der letzten Hütte genagelt ist. Darauf stehen nur zwei Runen: die für *Bär* und die für *Wyvern*.

Mein Herz, das sich bereits besiegt und geschlagen in den tiefsten Winkeln meiner Brust verkrochen hat, schlägt plötzlich wieder schneller. Meine Hand zittert, als ich sie nach der Tür ausstrecke. Was, wenn das Innere wieder leer ist? Wenn das …? Beinahe ziehe ich die Hand zurück aus Angst, mich von einem weiteren leeren Innenraum nicht zu erholen. Was völlig irrational ist. Selbst wenn er seine Meinung geändert hat, ist das sein gutes Recht.

Und trotzdem würde es mich zerstören.

Ich kratze all meinen Mut zusammen und stoße die Tür auf.

Eine einzelne Kerze brennt; ihr Licht ist so dunkel, dass sie von außen nicht zu sehen war. In der Mitte des einzigen Hüttenraumes sitzt ein Mann. Eine hölzerne Maske bedeckt sein Gesicht, doch ich hätte ihn auch so erkannt – seine Haltung, seine Tätowierungen, die sich an seinem unbedeckten Arm entlangschlängeln.

Seine Stimme klingt wie warmer Honig, als er sagt: »Du hast mich warten lassen.« Keine Spur von Härte oder Vorwurf höre ich aus seinen Worten heraus. Nur Erleichterung darüber, dass ich endlich da bin.

Zittrig hole ich Luft. »Ich konnte nicht eher gehen.«

Er erhebt sich von dem niedrigen Schemel. »Wir wissen beide, warum wir hier sind, deshalb spare ich mir die Belehrungen und Nachfragen. Letzte Chance, einen Rückzieher zu machen.«

Mein Lachen klingt zu aufgekratzt und schrill, und ich versuche, es mit einem Husten zu überspielen. »Ganz bestimmt nicht.«

Ich meine, ihn unter der Maske lachen zu hören. »Dann schließ die Tür.«

Sogleich wende ich mich um, schließe die Tür und schiebe den Riegel vor. Noch ehe ich mich wieder zu ihm umdrehen kann, ist Kier bei mir. Seine bloße Nähe lässt meinen Körper wohlig erschauern.

»Willst du, dass ich wieder die Kontrolle übernehme?«, raunt er mir ins Ohr.

Ich gebe ein Wimmern von mir, ehe ich eine Zustimmung krächze, die nur mit viel Fantasie als eigenständiges Wort durchgeht.

Bedächtig, wohl um mich nicht zu verschrecken, nestelt er am Band, das meine Maske am Hinterkopf befestigt. »Du kannst jederzeit sagen, wenn du etwas nicht willst, aber …«

»Aber du wirst mich nicht jedes Mal um Erlaubnis fragen«, unterbreche ich ihn mit wankender Stimme. »Solange du mir nicht wieder nur zeigst, wie ich mir selbst Spaß bereiten kann, bin ich für alles offen.«

Kiers Brust vibriert an meinem Rücken vor Lachen. »Wollen doch mal sehen, wie lange du noch so keck daherreden kannst.«

Als er den Verschluss geöffnet hat, greife ich nach der Maske, damit sie nicht zu Boden fällt, und lege sie auf einer Kommode neben der Tür ab. Kier legt seine daneben. Der rational denkende Teil meines Gehirns wirft mir vor, dass meine Schwester es nicht gutheißen würde, wenn ein Paar während dieser Nacht die Masken ablegt, aber ich bringe diesen Teil zum Schweigen. Bis die Sonne aufgeht, will ich ihn nicht mehr hören.

»Sieh mich an, Yrsa.«

Ich drehe mich um und sehe zu ihm auf. Im spärlichen Licht wirkt sein Gesicht markanter als gewöhnlich und seine Augen so dunkel, dass sie fast schwarz erscheinen.

Kier streckt seine Hand nach mir aus und berührt mich federleicht an der Wange. »Sag mir, dass du genauso nervös bist wie ich.«

Meine Mundwinkel heben sich unter einem Lächeln. »Bin ich, aber es ist völlig absurd. Wir wissen doch, wie es geht.«

Er kommt näher; so nah, dass ich den Kopf in den Nacken legen muss, um zu ihm aufzusehen. So nah, dass ich seine Körperwärme spüre. Etwas verändert sich in seiner Miene. Das von mir so heiß geliebte schiefe Lächeln lauert in seinem rechten Mundwinkel.

»Du hast keine Ahnung, oder?«, raunt er. »Was ich alles vorhabe. Was ich mit dir anstellen werde. Ich habe schließlich eine Liste abzuarbeiten.«

Heilige Götter, die Liste habe ich beinahe vergessen. Plötzlich kann ich kaum noch atmen. »Ich dachte, dass … wir das … machen, was wir beim letzten Mal … gemacht haben.«

Sein Lachen wirkt gepresst, als müsse er es mit aller Macht zurückhalten. »Meine wundervolle, unwissende Yrsa.«

Der Klang seiner tiefen Stimme vibriert in mir nach und erreicht Stellen, von denen ich nicht wusste, dass sie derart empfänglich sein können. Empfänglich für alles, was von ihm ausgeht.

Er stützt sich mit einer Hand an der Tür ab und lehnt sich zu mir herunter. »Du ahnst nicht, wie sehr ich es genießen werde. Und wie gewissenhaft ich dafür sorgen werde, dass du es ebenfalls genießt. Das hier ist kein schnelles Stelldichein zweier Fremder während dieser heiligen Nacht. Das hier sind wir.« Mit den Fingern seiner anderen Hand streicht er von meiner Wange hinab zu meinem Hals, wo mein Puls unregelmäßig hämmert. »Es wird nicht wie beim letzten Mal – schnell in einer Seitengasse und mit Masken, durch die ich dein Gesicht nicht sehen, dich nicht küssen und nicht an deinen Brüsten saugen kann.«

Ich schlucke angestrengt. Ich habe offenbar wirklich keine Ahnung, denn seine Worte bringen mich aus dem Konzept. Als ich hierherkam, glaubte ich zu wissen, was mich erwartet, doch ich lag falsch. Normalerweise fürchte ich mich vor dem Ungewissen, will keine Fehler begehen, aber jetzt ist es anders. Ich zögere nicht, sondern genieße all die Gefühle, die Kier in mir weckt, obwohl wir noch nicht begonnen haben.

Ich lege meine Hand auf seine, die noch an meinem Hals ruht. »Ich vertraue dir. Was auch geschieht, ich vertraue dir.«

Mit dem Daumen streicht er über meine Unterlippe, ehe er sich vorbeugt und mich so sanft küsst, dass ich es fast für eine Einbildung halte.

»Uns bleibt nur diese Nacht«, wispert er nur einen Hauch von meinem Mund entfernt. »Wir sollten anfangen.«

»Unbedingt«, flüstere ich kaum hörbar.

Sogleich verändert sich seine Haltung und seine Ausstrahlung. Mein ganzer Körper erschauert vor Wonne, wie immer, wenn ich seine besondere Aura aus nächster Nähe erleben darf. Und nun, da er sich mit all seiner Kraft und Ausstrahlung einzig und allein auf mich konzentriert, ist es noch ausgeprägter.

»Zieh dich aus.«

Selbst wenn ich wollte, könnte ich mich dem rauen Befehlston nicht widersetzen. Da er keinen Schritt von mir weg macht, winde ich mich zwischen seinen Armen eingekesselt umständlich aus der Leinentunika. Als ich sie endlich über den Kopf gezogen habe, lasse ich sie zu Boden fallen.

Kiers betrachtet mich eingehend und ohne eine Miene zu verziehen. Wäre da nicht der Glanz in seinen Augen, den auch das schlechte Licht nicht kaschieren kann, hätte ich Angst, ihm nicht zu gefallen. Er hat mich schon zuvor nackt gesehen, und doch fühlt es sich diesmal anders an. Intensiver. Meine Haut brennt dort, wo sie seinen Blick spürt, und mein Blut rauscht schneller durch meine Adern.

Überrascht schnappe ich nach Luft, als er sein Bein zwischen meine schiebt. Weit genug, dass sich meine Mitte gegen seinen Oberschenkel drückt.

»Schon so feucht?« Sein Atem streicht warm über mein Ohr. »Dabei habe ich noch gar nichts gemacht.«

Ich wimmere, als er sein Bein fester gegen mich presst. Meine Hüften bewegen sich wie von selbst. Ich reibe mich an ihm. Alles andere ergibt keinen Sinn. Meine Empfindungen, die ich vor wenigen Monaten noch für nicht existent gehalten habe, richten sich allesamt auf den Punkt aus, wo wir uns berühren. Eine gleißende Hitze baut sich in mir auf, durchströmt mich ausgehend von diesem Punkt bis in den kleinen Zeh.

Doch egal, wie schnell und fest ich mich an ihm reibe, diese verzehrende Hitze wird nicht erträglicher. Sie wird schlimmer, brennt durch mich hindurch und verwüstet jeden Rest Zurückhaltung, der sich noch irgendwo in mir versteckt hat.

Ich will mehr, nichts ist mir genug. Jede Bewegung meiner Hüften lässt mich höher und höher emporsteigen. Ich weiß nicht, was mich am Gipfel erwartet. Die Erinnerung daran, wie es mit ihm ist, ist über das letzte halbe Jahr verblasst. Und ich weiß, dass es sowieso anders sein wird, nun da wir uns nicht hinter Masken verstecken.

Ich zwinge meinen Blick dazu, sich auf sein Gesicht zu fokussieren. Akribisch betrachtet er jede meiner Regungen. Von ihm dabei angesehen zu werden lässt mein Blut noch heißer durch meine Adern rauschen.

»Drück den Rücken durch und heb deine Brüste an.«

Meine Hände sind verschwitzt, als ich sie um meine Brüste lege und seinem Befehl sofort nachkomme. Ohne sein Bein zurückzuziehen, lehnt er sich herab und schließt die Lippen um meine rechte Brustwarze. Vor meinen Augen explodieren Sterne, die die dunkle Hütte für einen winzigen Moment in helles Licht tauchen. Ich schreie und stöhne gleichzeitig, während mein Körper sich verkrampft. Mein Kopf sackt nach hinten gegen die Tür, und ohne sein Bein zwischen meinen wäre ich wohl gänzlich zusammengesunken.

Nicht in meinen kühnsten Träumen wäre ich auf die Idee gekommen, dass das Gefühl seines Mundes an meinen Brüsten derart berauschend sein könnte. Seine Finger fühlten sich schon unbeschreiblich an, aber jetzt … Diese Ekstase, die mich durchströmt, wenn er saugt und knabbert und leckt, ist nicht von dieser Welt. Ein leichter Schmerz wird von Prickeln abgelöst und wandelt sich kurz darauf wieder zu Schmerz, sobald er seine Zähne einsetzt, nur um einen Atemzug später fast entschuldigend mit der Zunge darüberzustreichen. Es ist wie eine endlose Spirale, die mich immer wieder aufs Neue mitreißt.

Jedes Mal, wenn er für einen Moment von der einen Brust ablässt, um sich um die andere zu kümmern, knurre ich entrüstet auf, womit ich ihm ein wissendes Lächeln entlocke, nur um dann erleichtert aufzustöhnen, sobald ich seine Lippen wieder auf meiner empfindlichen Haut spüre.

Ich bin mir nicht mehr sicher, ob ich nach oben klettere oder in die Tiefe stürze. Es kümmert mich auch nicht, solange dieses Gefühl niemals aufhört. Und gleichzeitig wünschte ich, ich würde irgendwo ankommen – entweder entkräftet am Gipfel oder zerschmettert in der Tiefe –, denn diese Hitze, die er mit jeder Bewegung meiner Hüften, jedem Saugen seines Mundes weiter nährt, wird mich sonst unweigerlich von innen heraus versengen.

Unvermittelt zieht er sein Bein zurück. Dieser wichtigen Stütze beraubt, gerate ich ins Taumeln, doch sofort legt er seine Hände an meine Hüften. Ehe ich protestieren kann, hebt er mich hoch. Wie von selbst schlingen sich meine Beine um seine Taille. Seine Härte, noch immer verhüllt von der Leinentunika, presst sich fordernd gegen meine Mitte. Ich will mich an ihr reiben, sie spüren, doch Kiers Griff hält mich unerbittlich oben, knapp außer Reichweite.

Er trägt mich hinüber zum Tisch und lässt mich behutsam darauf herab, ehe er einen Schritt von mir weg macht. Mit klopfendem Herzen sehe ich ihn an, darauf harrend, was als Nächstes geschieht. Eine ganze Weile gleitet sein Blick über mich. Jeder Teil von mir, den er betrachtet, als wolle er ihn sich für die Ewigkeit einprägen, beginnt zu zittern.

Kiers Stimme ist tief und voll und rau zugleich, als er befiehlt: »Spreiz die Beine.«

Ich schlucke angestrengt, ehe ich gehorche. Zögerlich. Ich habe mich noch nie so verletzlich und angreifbar gefühlt wie in diesem Augenblick, doch ich vertraue ihm bedingungslos.

Ein tiefes Grollen entweicht ihm bei meinem Anblick und löst ein Kribbeln in meinem Bauch aus. Es verschwindet jedoch abrupt, als er etwas tut, womit ich nicht gerechnet habe.

Ich stütze mich auf meine Unterarme. »Was … was machst du?«

Es gibt nur eine einzige Person auf der Welt, vor der ein Anführer sein Knie beugt. Nicht vor anderen Anführern, nicht einmal vor dem Than der Thane.

Ein Clanführer kniet ausschließlich vor seiner Valkra.

Mit weit aufgerissenen Augen und offen stehendem Mund sehe ich Kier dabei zu, wie er vor *mir* auf die Knie sinkt.

Mein Herzschlag gerät aus dem Takt. Abwartend sieht Kier mich an; offenbar wartet er darauf, dass ich protestiere, doch jedes Wort bleibt mir im Hals stecken. Ich verliere mich in seinen dunkel wirkenden Augen, als er sich vorlehnt, ohne den Blick von meinem Gesicht zu nehmen. Als sein warmer Atem über meine feuchte, erhitzte Mitte streicht, zucke ich so sehr zusammen, dass meine Arme unter mir nachgeben und ich zurück auf die Tischplatte sacke. Und als sein Mund schließlich auf meinen empfindlichsten Punkt trifft, habe ich keine Kontrolle mehr über mich. Ich schreie, stöhne, bäume mich auf, suche verzweifelt etwas, woran ich mich festhalten kann. Er gibt ein Stöhnen von sich, als er mich mit der Zunge liebkost und von mir kostet.

Wie zuvor an meiner Brustwarze leckt und saugt er an diesem

festen Punkt, der mich mehr als nur Sterne sehen lässt. Ich sehe den gesamten Nachthimmel, noch mehr als während unseres Flugs auf Drakkars Rücken.

Die Hitze in mir ist nicht mehr auszuhalten. Sie sammelt sich in meinem Unterleib, so siedend heiß, dass ich in Flammen stehen muss. Um mir irgendwie Linderung zu verschaffen, komme ich den Bewegungen seiner Zunge entgegen, reibe mich an seinem Gesicht, was er mit einem tiefen Raunen belohnt. Die Vibration dieses wundervollen Lauts springt direkt auf mich über und verstärkt die Hitze in mir nur noch weiter.

Als ich sicher bin, dass ich es keine Sekunde länger aushalte, ohne an dieser sich immer weiter aufbauenden Spannung zu vergehen, zieht sich Kier zurück.

Ich stoße einen krächzenden Laut aus, gefolgt von einer Verwünschung, was Kier jedoch zu erheitern scheint. Seine Lippen glänzen von meiner Nässe, als er sie zu einem trägen Lächeln verzieht.

»Du … kannst jetzt nicht aufhören!«, presse ich abgehackt hervor, während ich mich auf dem Tisch winde.

Wie von selbst wandern meine Hände zwischen meine Beine, um mich dort zu berühren, wie er es mir gezeigt hat. Doch Kier packt mich an den Handgelenken und fixiert meine Hände über meinem Kopf.

»Das wirst du schön sein lassen«, raunt er, als sein Gesicht auf der Höhe von meinem ist. »Ich bin derjenige, der dir Linderung verschafft.«

»Dann tu es auch!« Meine Stimme klingt flehend und wütend zugleich.

»Noch nicht.« Er senkt den Kopf und knabbert an meinem Hals. »Es wird besser, wenn du dich noch ein wenig geduldest.«

Keuchend schnappe ich nach Luft. Das kann doch nicht sein Ernst sein! »Mistkerl«, zische ich, was ihn jedoch nur noch mehr erheitert.

Ich winde mich unter ihm hervor und rutsche vom Tisch. Er

lässt es geschehen, ohne den Blick von mir zu nehmen. Jeglicher Anflug von Erheiterung ist aus seiner Miene verschwunden. Stattdessen wirkt er angespannt. Als wäre er nicht sicher, was ich als Nächstes tun werde. Rechnet er etwa damit, dass ich verschwinde? Ich schnaube. Nichts liegt mir ferner.

»Warum bist du noch angezogen?«, frage ich.

Kier greift sich in den Nacken und entledigt sich der Tunika in einer fließenden Bewegung, die die Muskeln an seinen Armen zur Geltung bringt. Ich hatte nie die Gelegenheit, ihn vollständig entkleidet zu sehen. Nun nehme ich mir Zeit, um dies nachzuholen. Ich genieße den Anblick seiner breiten Schultern, der wohldefinierten Brust, auf der sich noch einige Fortsätze seiner Armtätowierungen entlangschlängeln, und dem trainierten Bauch, der in eine schmale Hüfte übergeht. Ein Krieger durch und durch. Und wunderschön obendrein.

»Du kannst mich berühren, wenn du willst«, sagt er heiser, ohne eine Spur des Befehlstons in der Stimme. Vorsichtig, als erwarte er noch immer, dass ich gleich das Weite suche.

Ich strecke die Hand nach ihm aus und lege sie an seine Brust. Sein Herz schlägt ebenso schnell wie meines. Ich lächle.

»Du bist atemberaubend«, sage ich.

Kier öffnet den Mund. Vielleicht, um mir zu widersprechen oder meine Worte herabzuspielen. Doch er schließt ihn wieder, ohne dass ein Ton herauskommt. Er wirkt, als wolle er dringend etwas sagen und müsse an den Worten ersticken, wenn er sie nicht ausspricht. Aber er presst die Lippen zusammen und schluckt sie herunter. Ich habe eine Ahnung, was diese Worte sind, und ich bin dankbar dafür, dass er sie zurückhält, denn ich wüsste nicht, wie ich darauf reagieren sollte.

Um mich von den Worten und dem, was sie für uns bedeuten könnten, abzulenken, konzentriere ich mich wieder auf seinen Körper. Ich lasse meine Hand von seiner Brust hinab über seinen Bauch gleiten. Die festen Muskeln erschauern unter meinen Fingern. Ich könnte ewig damit weitermachen, doch als ich zwischen uns hinabschaue, fesselt etwas anderes meine Aufmerksamkeit. Auch seine Erektion habe ich noch nie gesehen. Ich habe sie gespürt – in mir und an mir – und weiß daher, dass sie größer ist als die der anderen Männer, mit denen ich bisher intim war. Aber sie nun tatsächlich zu sehen ist … anders. Meine inneren Muskeln ziehen sich beim Anblick der breiten Spitze verlangend zusammen. Meine Finger wollen sie berühren, sich um sie schließen und …

Ich beiße mir auf die Unterlippe. Ich habe keine Ahnung, was ich dann tun soll. Ich habe noch nie einen Mann dort berührt. Was, wenn ich etwas falsch mache? Wenn ich ihn dadurch verletze oder vergraule oder …?

Sanft umschließt Kier mein Gesicht mit beiden Händen. »Was auch immer du gerade denkst, hör auf damit. Du brauchst dir keine Sorgen zu machen. Genau wie ich von dir erwarte, dass du mir sagst, wenn dir etwas nicht gefällt, werde ich das auch tun.« Er lehnt sich vor, küsst mich und zieht sich nur ein winziges Stück zurück. »Also bitte, berühre mich auch dort. Ich verzehre mich so sehr danach, dass es schon schmerzt.«

Ich lasse meinen Atem entweichen, und mit ihm schwindet auch die Anspannung aus mir. »Zeig mir wie.«

Kier nimmt meine Hand, führt sie zu seiner Härte und schließt meine Finger darum. Sie ist noch dicker, als ich sie in Erinnerung habe; meine Fingerspitzen berühren sich nicht. Ich bin überrascht über das weiche und gleichzeitig stahlharte Gefühl, als ich meine Hand unter seiner Anleitung auf und ab bewege.

Keuchend lehnt Kier die Stirn gegen meine. Er hat die Augen geschlossen, während sein Körper erbebt und sich sein Gesicht verzieht, als hätte er Schmerzen. Doch ich weiß aus eigener Erfahrung, dass es keine Schmerzen sind, die ihn erbeben lassen.

Ein völlig neues Gefühl von Macht durchströmt mich, während ich diesem starken Krieger dabei zusehe, wie er sich vertrauensvoll in meine Hände begibt und seinen Emotionen freien Lauf lässt. Ein Vertrauen und eine Macht, die ich nie missbrauchen würde, die ich jedoch in vollen Zügen auskosten will.

Ehe ich genauer darüber nachdenken kann, sinke ich vor ihm auf die Knie, den Blick fest auf sein Gesicht gerichtet. Kiers Augen sind weit aufgerissen, wie zweifelsohne meine vorhin, doch er fängt sich schneller als ich. Seine Miene verändert sich, und ein heißes Kribbeln durchrauscht mich, als er wieder seine Aura nach außen kehrt.

Den Daumen an mein Kinn gelegt, befiehlt er: »Mach den Mund auf.«

Und ich gehorche.

Ein amüsierter Ausdruck erscheint auf seinem Gesicht. »Weiter.«

Heilige Götter, worauf habe ich mich da nur eingelassen? Doch ich werde keinen Rückzieher machen, sondern öffne den Mund weiter. Trotzdem kann ich kaum mehr als seine breite Spitze aufnehmen. Vorsichtig lecke ich darüber und beginne dann, ermutigt durch Kiers tiefes Stöhnen, daran zu saugen und den Kopf zu bewegen, während ich weiterhin seinen Schaft massiere. Kier vergräbt die Hand in meinem Haar und lenkt damit meine Bewegungen. Im schummrigen Licht zeichnen sich deutlich die hervorgetretenen Sehnen an seinen Armen und an seinem Hals ab, und seine Mimik wirkt nun nicht mehr ruhig und beherrscht.

Sondern wild und entfesselt.

Als seine Erektion in meinem Mund zuckt, weiß ich, was ich zu tun habe. Ich lehne mich zurück, unterbreche den Kontakt und sehe abwartend zu ihm auf. Seine breite Brust hebt und senkt sich unter seinen schweren Atemzügen, während er mich entgeistert anstarrt.

»Wie kannst du so grausam sein, ástin min?«

Ich stehe auf, wische mir mit der Hand über den Mund und genieße seinen Geschmack, der mir noch auf der Zunge liegt, ebenso wie den Klang des Kosenamens, den ich schon vermisst habe. »Ich habe vom Besten gelernt. Es soll wohl besser werden, wenn du es hinauszögerst.«

Er grinst, ehe er mein Kinn umfasst. »Du lernst wirklich schnell, aber ich glaube, wir haben genug herumgealbert.«

Herumgealbert? Ich bin schon drauf und dran, ihm zu widersprechen, als er mit rauer Stimme sagt: »Wenn ich nicht gleich in dir sein kann, werde ich wahnsinnig.«

Jeder Widerspruch, jede spitze Erwiderung bleibt mir im Hals stecken. Ich kann nichts anderes tun, als voller Überzeugung zu nicken. Der Wahnsinn, von dem er spricht, ist mir nur allzu gut bekannt.

Kier hebt mich hoch und trägt mich hinüber zum Bett, wobei er bei jedem Schritt kleine Küsse auf meiner Wange und meinem Hals verteilt. Behutsam lässt er mich darauf hinab, ehe er zwischen meine Beine gleitet. Keuchend schnappe ich nach Luft, als er mit der Hand zwischen meinen Beinen entlangstreicht und dabei meinen empfindlichsten Punkt berührt. Dann taucht er mit zwei Fingern in mich ein. Meine Hüften bewegen sich von ganz allein, heben und senken sich und kommen ihm entgegen, um die Länge seiner Finger voll auszukosten. Sie ist nichts im Vergleich zu dem, was mich erwartet, und ich bin dankbar dafür, dass er sich die Zeit nimmt, mich vorzubereiten. Trotzdem wünschte ich, er würde sich beeilen.

Denn auch ich werde sonst wahnsinnig, wenn ich ihn nicht gleich in mir spüren kann.

Ich lege eine Hand an seine Wange und ziehe ihn zu mir nach oben. Mit beiden Armen stützt er sich seitlich von mir ab und ragt über mir auf. Ich streichele über seine Brust, während ich einladend die Hüfte bewege.

Als er endlich seine Härte gegen meine Mitte drückt, halte ich die Luft an.

»Sag mir jetzt, wenn ich aufhören soll.« Seine Stimme ist kaum mehr als ein heiseres Flüstern. »Denn ich werde es dann nicht mehr können.«

Ich drücke mich auf die Unterarme hoch, sodass ich die Stirn gegen seine lehnen kann. »Du wirst von mir nichts dergleichen hören.«

Er schiebt sich weiter in mich, bloß ein winziges Stück. Ich beiße mir auf die Unterlippe und versuche, den Dehnungsschmerz zu ignorieren. Er war bereits zuvor in mir; ich weiß also, dass es passt. Aber gerade habe ich das Gefühl, dass es zu viel sein könnte.

Kier greift zwischen uns und massiert mit dem Daumen meinen empfindlichsten Punkt – genau wie er es in der letzten Merwanacht getan hat. »Entspann dich.«

Ich lasse mich zurück aufs Bett fallen und konzentriere mich einzig und allein auf das Gefühl seiner rauen Fingerkuppe. Die unterschwellige Anspannung, die mit dem Dehnungsschmerz einherging, verschwindet mit jeder kreisenden Bewegung seines Daumens. Zwar taucht sie kurz wieder auf, als er weiter in mich eindringt, nachdem aber die Spitze in mir ist, ebbt sie gänzlich ab.

Stück für Stück arbeitet er sich weiter vor und bringt mich nun damit um den Verstand. Ich spüre, wie mein Körper sich ihm anpasst, ihm den Platz bietet, den er braucht, und ihn willkommen heißt. Meine Muskeln umschließen ihn, ziehen sich um ihn zusammen, als wollten sie sich seine Form für immer einprägen.

Schweiß glänzt auf Kiers Stirn. Die Sehnen an seinem Hals treten stärker hervor als vorhin, als seine Hüfte gegen meine stößt und er zwischen uns hinabschaut. Ich folge seinem Blick. Zu sehen, dass er komplett in mir ist, ist ein erregenderer Anblick, als ich es mir je hätte vorstellen können. Erneut ziehen sich meine Muskeln verlangend zusammen und entlocken Kier ein kehliges Stöhnen.

»Wenn du nicht sofort damit aufhörst«, raunt er, »komme ich, ohne mich ein einziges Mal bewegt zu haben.«

»Dann beweg dich endlich«, wispere ich.

Er schenkt mir ein schiefes Grinsen, ehe er sich ein Stück zurückzieht, um wieder in mich hineinzustoßen. Sofort sehe ich Sterne. Ich stöhne, lauter als zuvor. Hitze rauscht durch mich hindurch. Heißer noch als vorhin, obwohl das nicht möglich sein kann. Und doch wird das Feuer in mir mit jedem Stoß verzehrender. Ich winde mich unter ihm, komme ihm entgegen, klammere mich an seinen Armen, seinen Schultern fest, weil ich das Gefühl habe, zu verglühen, zu fliegen, zu fallen – alles gleichzeitig. Es ist, als wäre ich nicht mehr in dieser Hütte. Ich spüre weder das zerschlissene Laken unter meinem Rücken noch höre ich das Knistern der Kerze. All meine Sinne, all meine Empfindungen sind einzig und allein auf meinen Schoß gerichtet. Außer ihm in mir nehme ich nichts anderes wahr. Aber das umso deutlicher. Ich spüre ihn zucken, pulsieren. Wie auch ich zucke, wenn er gegen einen Punkt tief in mir stößt, von dessen Existenz ich bis zur letzten Merwanacht nichts wusste. Doch Kier findet ihn – wieder und wieder und wieder –, bis ich schreie und wimmere und mich winde, damit er erneut diesen Punkt trifft.

Kiers Stöße werden härter, schneller, fordernder, was meine inneren Muskeln nur dazu veranlasst, sich noch fester um ihn zusammenzuziehen. Sein stöhnendes Keuchen vermischt sich mit meinem. Die Hitze durchfließt mich nun nicht mehr, sondern sammelt sich in meinem Unterleib und konzentriert sich dort. Lange werde ich das nicht mehr durchstehen.

Kier scheint es zu bemerken, denn wieder greift er zwischen uns und massiert mich zusätzlich, ohne seine Stöße zu unterbrechen.

»Yrsa, sieh mich an.«

Meine Lider flattern, mein Blick ist unscharf, doch ich gehorche.

»Komm für mich, ástin min.«

Und bei seinem nächsten Stoß explodiert die Hitze in meinem Unterleib. Mein gesamter Körper, jeder einzelne Muskel spannt sich an, verkrampft sich auf eine Art, die erschreckend und wunderschön zugleich ist, während ein Gefühl der puren Ekstase durch mich hindurchrauscht. Ich bäume mich auf, schreie meine Erlösung hinaus, koste dieses Gefühl bis zur letzten Sekunde aus, ehe meine Muskeln erschlaffen.

Kiers gesamter Körper zittert, als koste es ihn seine gesamte Kraft, sich zurückzuhalten. Tränen brennen mir in den Augen, als mir aufgeht, dass er das meinetwegen tut. Dass er sich selbst zurücknimmt, damit ich diesen Moment in vollen Zügen genießen kann.

»Und jetzt«, sage ich, während ich ihm eine Hand an die Wange lege, »wirst du für mich kommen.«

Er stöhnt, als ich die Muskeln um sein hartes Glied anspanne. Seine Stöße sind nun hektisch, fahrig und voll ungestilltem Verlangen. Seine Miene ist angespannt und wild zugleich. Ihm dabei zuzusehen, wie er sich das nimmt, wonach er sich verzehrt, hat etwas ungemein Berauschendes.

Seine Härte zuckt und pulsiert und kurz darauf ergießt er sich mit einem kehligen Stöhnen in mir. Ich komme erneut, schwächer als zuvor, aber nicht minder befriedigend.

Kaum dass sein eigener Höhepunkt abgeebbt ist, sackt er auf mir zusammen. Ich spüre, wie er von mir herunterrutschen will, doch ich schlinge die Arme um ihn und streichele ihm über den schweißnassen Rücken.

»Danke«, flüstere ich.

Er haucht mir einen Kuss auf die Schläfe.

»Für … für das alles. Was ich lernen konnte. Was ich fühlen konnte.«

Sein Oberkörper erbebt unter einem schlecht unterdrückten Lachen. »Meine unwissende Yrsa. Das war noch längst nicht alles, was ich dir heute Nacht beibringen werde.«

Mein Mund wird schlagartig trocken, als ich seinen wissenden Blick einfange. »Nicht?«

Er schüttelt den Kopf. »Du glaubst doch nicht, dass mir einmal genügt.« In mir regt sich sein Glied, das nun wieder härter wird. »Diese Nacht endet erst, wenn die Sonne aufgeht, oder?«

Ich schlucke angestrengt und nicke, während sich ein Flattern in meinem Bauch ausbreitet. »Ja.«

KAPITEL 34

KIER

Yrsa lernt schneller, als gut für sie ist. Oder für mich.

Ich verbringe diese Nacht weder mit der rationalen Anführerin noch der Berserkerin mit dem zerfressenen Herzen. Sondern mit einer jungen Frau, die genau weiß, was sie will. Die sich völlig hingibt und verliert und strahlt.

Ich kann mich nicht daran erinnern, sie so oft lächeln gesehen zu haben. Mal ist es dieses wissende Grinsen, wenn sie mich um den Verstand bringt. Mal ein erleichtertes Lächeln, wenn sie sieht, wie ich auf sie reagiere. Und wenn wir uns gerade nicht lieben, ich sie einfach nur im Arm halte und wir reden, dann ist es dieses ehrliche Lächeln, das außer mir wohl noch niemand zu Gesicht bekommen hat. Jedes Mal, wenn sich ihre Mundwinkel heben, stiehlt sie mir einen weiteren Teil meines Herzens, obwohl ich dachte, dass es nichts mehr gibt, was ihr nicht bereits zu Füßen liegt.

Beinahe hätte ich es ihr vorhin gesagt. Dass ich sie liebe. Die Worte drängten aus mir heraus; so vehement, dass ich befürchtete, an ihnen ersticken zu müssen, hielte ich sie auch nur eine weitere Sekunde zurück. Doch schließlich gelang es mir, sie wieder hinunterzuschlucken, denn diese Nacht wäre anders verlaufen, wenn ich sie ausgesprochen hätte. Ich hätte dann nämlich allein in dieser Hütte versauern können.

So genießen wir sehr viele *einmalige Sachen*. Ich rede mir ein, dass es besser ist, als allein zu sein, und verdränge das Wissen, dass bei Sonnenaufgang die Einsamkeit auf mich wartet.

Denn ganz gleich, wie oft Yrsa mich jetzt anlächelt, sobald diese Nacht endet, wird sie wieder zu der stoischen Anführerin, die ihre Gefühle im Zaum hält und die niemals die Idee zulassen würde, sich in einen anderen Anführer und Rivalen zu verlieben.

Ich versuche, mich davon zu überzeugen, dass ich damit umgehen kann. Doch ein Teil von mir ist taub für jeden guten Grund, warum wir niemals zusammen sein können. Dieser Teil ist fest davon überzeugt, dass ich sie umstimmen kann, wenn ich mich nur anstrenge. Und mein Körper glaubt ihm. Anders kann ich mir meine Ausdauer nicht erklären.

Sie und ich – wir sind perfekt, in jeder Hinsicht. Es ist, als wäre ich für sie erschaffen und sie für mich. Diese Verbindung, dieses Vertrauen geht über alles hinaus, was ich für möglich gehalten hätte. Was ich je für mich gewünscht hätte.

Und ich nehme mir alles. Ich nehme *sie* auf nahezu jede Weise, wobei ich gestehen muss, dass ich eine besondere Vorliebe dafür habe, sie hochzuheben und gegen eine Wand zu pressen. Wie bei unserem ersten Mal. Bevor alles … kompliziert wurde.

Danach trage ich sie zurück ins Bett, wo sie sich an mich schmiegt und ich ihr über den Rücken streiche. Auch ich bin müde und muss dagegen ankämpfen, dass mir die Augen zufallen.

Als Yrsa den Kopf auf meine Brust legt und ich ihren gleichmäßigen Atem auf meiner verschwitzten Haut spüre, verliere ich diesen Kampf. Genau wie den, mich nicht noch mehr in sie zu verlieben.

KAPITEL 35

YRSA

Noch bevor ich die Augen aufschlage, weiß ich genau, wo ich bin. Kiers Duft kitzelt mich bei jedem Atemzug in der Nase, während sich mein Kopf zusammen mit seiner Brust gleichmäßig hebt und senkt. Einen Arm hat er um mich geschlungen, mit der anderen Hand hält er meine fest – direkt über seinem Herzen.

Ich gebe mich noch eine Weile der Illusion hin, dass ich niemals die Augen öffnen und aus diesem herrlichen Traum erwachen muss. Noch einen Moment länger genieße ich die herrliche Schwere meines Körpers nach unzähligen Befriedigungen. Für die Dauer eines weiteren Herzschlags, den ich unter meinen Fingerspitzen spüre, sage ich mir, dass ich bleiben könnte. Dass ich ihn küssen oder auf eine andere Art wecken könnte und dass wir da weitermachen, wo wir vor ein paar Stunden wegen Erschöpfung aufhören mussten.

Es wäre so einfach. So wie alles mit ihm.

Doch ich kann mich nicht ewig in diese Träumereien flüchten. Unsere Nacht ist vorbei. Die Sonne ist bereits aufgegangen; ich spüre ihre warmen Strahlen auf meiner nackten Haut.

Das bedeutet, dass ich wieder Yrsa die Anführerin des Küstenclans bin. Und als solche habe ich nichts im Bett des Anführers des Schwingenclans verloren.

Ich schlage die Augen auf. Kiers Gesicht ist das Erste, was ich sehe. Vorsichtig, um ihn nicht zu wecken, stemme ich mich auf die

Unterarme und betrachte ihn. Im Schlaf wirkt er beinahe unschuldig, sodass ich ihn kaum mit dem Mann von letzter Nacht in Einklang bringen kann. Mit dem, was er getan und gesagt hat. Mit den Befehlen, die er mir gegeben hat und die mir meine Unsicherheit nahmen. Wie er gewirkt hat. Behutsam zeichne ich die Kontur seines Gesichts nach, während mein Herz viel zu wehmütig schlägt. Dieser verletzliche Kier sollte es nicht auf diese Weise schlagen lassen. Es ist der andere, der unerbittliche Kier, der es in helle Aufregung versetzt. Zwar wummert es nicht so schnell wie sonst, doch dieser Art des Schlagens wohnt eine Traurigkeit inne, die mir fast die Tränen in die Augen treibt.

Ich blinzele hastig und lehne mich vor, um ihn auf die Wange zu küssen. »Danke«, wispere ich, ehe ich mich langsam unter seinem Arm hervorwinde und aus dem Bett krabbele.

Meine Tunika finde ich in der Nähe der Tür, meine Maske liegt noch auf der Kommode daneben.

Es kostet mich all meine Willenskraft, nicht zurück zum Bett – zu Kier – zu blicken, als ich die Tür öffne und in den anbrechenden Tag hinausschlüpfe. Mit jedem Schritt, den ich mich von ihm und der Hütte entferne, schlägt mein Herz langsamer. Gleichmäßiger. Gefasster.

Wie ich es gewohnt bin.

Und erneut brennen meine Augen vor Tränen, die ich niemals zulassen darf.

Bis hinunter zum Strand haben es keine Pärchen geschafft, weshalb ich der ersten Menschenseele erst im Dorf begegne. In der Nähe des Dorfplatzes liegen noch ein paar Clanmitglieder, niedergestreckt durch zu viel Met. Noch ist niemand auf den Beinen, der das Chaos beseitigt, das nach einer Merwanacht im ganzen Dorf herrscht. Ich muss beinahe darüber lachen, dass ich sonst eine der Ersten war, die mitangepackt haben, weil ich früh schlafen gegangen war und mich nicht verausgabt hatte. Und weil ich sämtliche Beweise dieses Festes, das mir nie etwas gab, so schnell wie möglich los sein wollte. Heute hätte ich nichts dagegen, wenn die abgebrannten Lagerfeuer noch ein wenig länger stehen bleiben und die bunten Bänder, die um jeden Baum im Dorf geschlungen sind, weiter in der Morgenbrise flattern.

Ich schlage den Weg zu Elvis Hütte ein, um nachzusehen, wie sie die letzte Nacht überstanden hat, und um mir das Mittel abzuholen, das sie an all jene Frauen verteilt, die nicht mit Folgen aus der Merwanacht hervorgehen wollen.

Kaum dass ich an dem hüfthohen Zaun ihres Kräutergartens angekommen bin, öffnet sich die Tür zu ihrer Hütte.

Und heraus kommt Halvar.

Ich bleibe stocksteif stehen und beobachte ihn dabei, wie er geräuschlos die Tür hinter sich schließt und auf leisen Sohlen durch den Garten schleicht. Als er ebenfalls fast am Zaun angelangt ist, bemerkt er mich jedoch und starrt mich aus großen Augen an.

Ich erhole mich als Erste und verschränke die Arme vor der Brust. »Du und meine Schwester?«

Er schnaubt. »Was soll dieser vorwurfsvolle Ton? Wir hatten die ganze Zeit unsere Masken auf, wie es sich gehört. Dafür bin ich dankbar, weil ich sonst gedacht hätte, ich würde dich vögeln.« Er reibt sich mit beiden Händen über die Arme, als würde er plötzlich frösteln. »Verstörende Vorstellung.«

»Allerdings«, grolle ich. »Ein gut gemeinter Rat: Hüte dich vor Elvi. Sie ist dafür bekannt, Männern das Herz zu brechen.«

»Also habt ihr noch mehr gemeinsam als bloß euer Äußeres?«

Ich knirsche mit den Zähnen, weiß ich doch, dass er auf Kier anspielt.

»Was guckst du so verdrießlich?«, fragt Halvar. »Habe ich etwa nicht recht? Nein, warte, beantworte mir eine andere Frage: Hast du dich von ihm verabschiedet oder wacht er ganz allein dort auf, wo du ihn zurückgelassen hast?«

»Ich habe ihn nirgends zurückgelassen«, knurre ich.

»Das beantwortet nicht meine Frage.«

Ich verdrehe die Augen. »Ich wüsste auch nicht, warum ich sie beantworten sollte.«

Halvar nickt. »Das reicht mir.« Kopfschüttelnd verlässt er den Garten und geht an mir vorbei. »Von euch Schwestern bricht nur eine das Herz eines Mannes. Die andere ist eine Valkra, und jeder Mann, der seine Sinne halbwegs beisammen hat, weiß, was das bedeutet. Die andere versteckt sich hinter Ausflüchten und sieht lieber tatenlos dabei zu, wie der Mann, den sie liebt, ihr durch die Finger gleitet.«

Ich schnappe nach Luft, bleibe jedoch eine Erwiderung schuldig. Mir selbst konnte ich eingestehen, dass ich dabei bin, mich in Kier zu verlieben. Diese Tatsache aber aus dem Mund eines anderen zu hören schockiert mich. Jedoch ändert es nichts an dem wehmütigen Schlagen in meiner Brust.

»Geh zurück und weck ihn auf. Sei da, wenn er die Augen aufmacht. Und sag ihm, um der Götter willen, was du fühlst. Sonst wird er nachher unseren Aufbruch befehlen und ihr seht euch … so schnell nicht wieder.«

»Das weiß ich«, sage ich ruhig, obwohl in mir ein Sturm tobt.

Ich wusste, dass er geht. Dass die halbe Insel zwischen uns liegt und dass ich keinen Wyvern befehlige, mit dem ich diese Strecke innerhalb weniger Stunden zurücklegen kann. Es ist üblich, dass sich die verschiedenen Clanführer so gut wie nie treffen, außer zu besonderen Anlässen wie den Prüfungen alle fünfzehn Jahre. Wir reden für gewöhnlich nicht miteinander und tun im besten Fall so, als würden die anderen nicht existieren. Ich hatte bisher kein Problem damit, hatte ich doch genug mit meinem eigenen Clan zu tun.

Auch jetzt sollte es mich nicht kümmern. Ich wusste es schließlich von Anfang an. Ich wusste, dass unsere Wege sich trennen werden. Dass wir in unseren angestammten Gebieten leben. Dass alles, was seit den Prüfungen geschah, nur dazu da ist, abends an den Feuern erzählt zu werden.

Es gibt nichts, was ich dagegen tun kann.

»Warum stehst du noch hier?«, fragt Halvar.

Ich straffe die Schultern. »Kümmere dich um deine eigenen Probleme und halte dich aus meinen raus.«

Er schüttelt den Kopf. »Die Freude kann ich dir nicht machen.«

Ein Schnauben entringt sich mir. »Das haben bestimmt schon viele Frauen von dir gehört, nicht wahr?«

Ehe Halvar zu einer Erwiderung ansetzen kann, öffnet sich die Tür zur Hütte erneut. Meine Schwester tritt heraus, nichts weiter als eine Wolldecke um sich geschlungen.

»Könnt ihr euch woanders als in meinem Garten streiten?«, murrt sie und massiert sich die Schläfen.

Sie bekommt Kopfschmerzen, wenn sie über viele Stunden den Qualm der verbrannten Kräuter einatmet. Offenbar hat Halvars Leistung nicht dazu beigetragen, diesen Schmerz zu lindern.

»Wir sind nicht in deinem Garten«, gibt Halvar zurück.

»Dann eben direkt davor«, entgegnet Elvi genervt. »Wo auch immer, ihr seid laut. Mein Schädel fühlt sich an, als würde etwas darin leben und gerade versuchen, sich mit seinen Klauen nach draußen zu arbeiten.«

Ich kenne dieses Gefühl nur zu gut. Bei mir war es der Schemen, doch zum Glück muss sich meine Schwester nicht auch noch mit einer solchen Bürde herumschlagen.

Während ich mich an Halvar vorbeischiebe und den Garten betrete, sage ich: »Ich wünsche euch eine gute Heimreise.«

Bei Elvi angekommen, berühre ich sie an der Schulter und bedeute ihr, zurück in die Hütte zu gehen. Mit dem Rücken lehne ich mich gegen die geschlossene Tür.

Elvi dreht sich zu mir und zieht die Augenbrauen zusammen. »Nicht weinen.«

Ich stoße ein gepresstes Lachen aus. »Wie kommst du auf die Idee, dass ich …?«

Und da spüre ich, dass meine Wangen nass sind. Tränen rollen mir bis zum Kinn und tropfen von dort hinunter. Hastig, beinahe wütend reibe ich mir über die Augen, doch die Tränen fließen weiter. Mein Herz weint mit. Schmerzvoll zieht es sich in meiner Brust zusammen, bis ich das Gefühl habe zu ersticken.

Elvi tastet nach meinem Arm. »Niemand kann dich in meiner Hütte sehen.« Sie zieht mich in eine Umarmung. »Bleib, solange du willst.«

Ich schluchze gegen ihren Hals, überwältigt von dieser tiefen Traurigkeit, die mir den Boden unter den Füßen wegzieht. Mir ist klar, was ich tun müsste, um mich besser zu fühlen. Doch ich kann nicht. Ich kann nicht zu ihm eilen und ihn bitten, nicht zu gehen. Welchen Sinn hätte das? Meine Leute mögen den Schwingenclan für ein paar Feiertage in ihrer Mitte willkommen geheißen haben, aber sie werden nie einen fremden Anführer an meiner Seite akzeptieren, wenn sich dadurch keine Verbesserungen für sie ergeben. Doch unsere Gebiete sind viel zu weit voneinander entfernt, als dass wir sie vereinen könnten.

Einer von uns müsste auf seinen Posten als Anführer verzichten. Und das ist eine Entscheidung, die ich niemals treffen will – auch nicht für Kier.

KAPITEL 36

YRSA

Nachdem ich mich beruhigt habe, eile ich mit langen Schritten ins Langhaus, um mich umzuziehen und die letzten verräterischen Spuren wegzuwaschen. Heute Abend werde ich meinen Leuten Rede und Antwort stehen und sie mit den Geschichten meiner Reise unterhalten müssen. Ich habe keine Zeit, in Selbstmitleid zu versinken.

Und doch wandern meine Gedanken in jeder ruhigen Minute zu Kier, ehe sie zu Halvars Worten zurückspringen.

Nachdem ich mich hergerichtet habe, verstaue ich mein weniges Gepäck, das ich auf dem Schiff dabeihatte, an seinem Platz. Da mich aber auch das nur Minuten beschäftigt, putze ich unter Brans wertendem Blick mein Zimmer. Wir haben Mägde und Diener, die dafür zuständig sind und bezahlt werden, und schmutzig ist hier nichts, da ich wochenlang nicht hier war, aber ich muss etwas tun. Ich muss meine Hände bewegen, mich auf etwas konzentrieren.

Als ich bei meinem Bett angekommen bin, reiße ich das unbenutzte Laken herunter. Ein ungeöffneter Brief flattert dabei zu Boden, wo er geräuschlos auftrifft. Und doch ist es, als könnte ich sein Auftreffen hören wie eine von Drakkars halsbrecherischen Landungen.

Ich muss nicht die Vorderseite des Briefs und Kiers akkurate Handschrift sehen, um zu wissen, um welchen Brief es sich handelt. Es ist der letzte, den er mir vor unserer Abreise geschickt hat.

Der, den ich nicht lesen sollte. Den ich, laut seinen eigenen Worten, wohl niemals lesen sollte.

Mein Hals ist wie zugeschnürt, während ich das abgezogene Laken fest umklammere und den Brief anstarre, als hinge mein Leben davon ab.

Vielleicht wäre es besser, ihn tatsächlich niemals zu lesen. Vielleicht sollte ich ihn umgehend in die Halle tragen und ihn dort ungeöffnet verbrennen. Ein klarer Schnitt. Das wäre besser für uns. Besser für mein Herz, das sich schon beim Gedanken, Kiers Stimme in meinem Kopf zu hören, während ich den Brief lese, sehnsuchtsvoll zusammenzieht.

Das Laken entgleitet meinen Händen, als ich mich hinknie, ohne dabei den Blick vom Brief zu nehmen.

»Was soll ich tun?«, flüstere ich Bran zu.

Kier und ich haben uns so viele Briefe und Nachrichten geschrieben, dass ich sie nicht mehr zählen kann. Wann immer Drakkar oder Halvar einen Brief von ihm überbrachten, stellte es den Höhepunkt meines Tages dar, ihn zu lesen, obwohl wir bloß Alltägliches austauschten. Nichts, was mir irgendwer vorwerfen könnte.

Und doch weiß ich, dass dieser Brief anders ist, ohne dass ich ihn geöffnet habe.

Als noch Hoffnung bestand, dass die Götter ein Wunder geschehen und ihn wieder aufwachen lassen, waren natürlich Eheschließungen für mich im Gespräch, die allesamt das Ansehen und den Wohlstand unseres Clans mehren sollten. Nun bin ich die Anführerin und meine erste Sorge gilt immer meinem Clan. Eine Verbindung mit Kier und seinem Schwingenclan, dessen Gebiet so weit von uns weg ist, hätte keinen Vorteil. Von den anderen Clans würde es als Bedrohung angesehen werden. Sie würden dagegen rebellieren und es gäbe keinen Weg, wie ich meine Leute verteidigen könnte.

All das bete ich wie schon in den letzten Tage und Wochen herunter, während ich den Brief anstarre und mich an das Gefühl von Kiers Händen auf meinem Körper erinnere. Seinen Lippen auf meinen. Und der stummen Huldigung, die jeder seiner Berührungen innewohnte.

Zögerlich strecke ich die Hand aus, halte aber inne, bevor sich meine Finger um das raue Pergament legen können. Bran gibt ein aufmunterndes Brummen von sich. Über unsere Verbindung schickt er mir Bilder, um die ich nicht gebeten habe. Seine Beobachtungen von Kier und mir. Auf den ersten Blick erscheinen sie unverfänglich. Kier und ich, während wir uns unterhalten. Doch bei genauerer Beobachtung fallen mir meine roten Wangen und das Glänzen in meinen Augen auf. Und sein Lächeln. Fast immer, wenn er mich ansieht, lächelt Kier. Meistens dieses schelmisch-überhebliche schiefe Grinsen, das nicht gut für meinen Herzschlag ist. Aber manchmal ist es ein sanftes Lächeln, das nur für Drakkar und mich bestimmt ist.

Brans Erinnerungen verändern sich. Nun sehe ich Kier und mich Rücken an Rücken, während wir uns gegen die Fledermäuse behaupten. Nicht einmal mit Vangar hätte ich derart gut und eingespielt kämpfen können oder mich so sicher und beschützt gefühlt. Ich wusste, dass ich mich um nichts sorgen müsste, was hinter mir geschieht, weil Kier da war.

Weitere Bilder wirbeln durcheinander. Ich am Anfang unserer Reise, als ich mir schier die Seele aus dem Leib kotze und Kier, der mich ablenkt und mir hilft. Ich, während ich unschlüssig vor Kiers Kajütentür stehe. Ich, als ich Kiers Hand ergreife, damit er mir auf Drakkars Rücken helfen kann.

»Du meinst also, ich soll ihn öffnen«, murmele ich.

Bran stupst mit der Schnauze gegen meine Schulter, und beinahe verliere ich das Gleichgewicht. Noch während ich mich mit der einen Hand abstütze, greife ich mit der anderen nach dem Brief. Meine Finger zittern; fast wäre er mir entglitten. Schnell presse ich ihn an meine Brust, als könnte ich damit das hektische Wummern darin beruhigen. Doch das funktioniert nicht, reicht doch schon ein Blick auf meinen in gleichmäßigen Runen geschriebenen Namen auf der Vorderseite aus, um mein Herz vor Freude hüpfen zu lassen.

Behutsam breche ich das Wachssiegel und falte den Brief auseinander, ehe ich andächtig über Kiers akkurate Schrift streiche. Beim Lesen seiner Briefe habe ich mich oft gefragt, ob er auch in allen anderen Bereichen so strikt und klar ist, wie es seine Schrift vermuten lässt. Heute kenne ich die Antwort auf diese Frage. Wahrscheinlich haben lediglich Halvar und Drakkar Kier in ähnlich vielen Situationen gesehen wie ich, die nichts mit dem beherrschten Anführer zu tun haben, als der er sonst auftritt.

Ich atme tief durch und beginne zu lesen.

Yrsa,
ich weiß nicht, ob dieser Brief dich noch rechtzeitig erreicht. Ich hoffe es, und gleichzeitig fürchte ich mich davor. Denn dies ist der letzte Brief, den ich dir vor unserer Abreise schreibe.
Keiner von uns weiß, was uns jenseits des Nebels erwartet oder wie unsere Reise verlaufen wird. Dich an Bord zu lassen bedeutet auch, deinen Schemen an Bord zu lassen.
Ich wünschte, es wäre anders. In den letzten Monaten habe ich in deinen Zeilen nichts von der abweisenden Anführerin gelesen, die nach meinem Blut giert. Stattdessen habe ich von einer jungen Frau gelesen, die sich auf die Reise freut und die ihre Bedenken mit mir geteilt hat. Die sich mir nach und nach geöffnet und mir einen Blick hinter ihre kalte Fassade gewährt hat.
Ich danke dir aus tiefstem Herzen dafür, dass meine Leute an euren Feierlichkeiten zum Jahresende teilnehmen durften und dass auch mein Zweig einen Platz an eurem Baum gefunden hat. Du hast so viel für mich getan. Viel mehr, als du ahnst.

Ich freue mich auch auf unsere Reise. Aber ich habe Angst davor, auf die abweisende Anführerin zu treffen, wenn wir uns erneut gegenüberstehen. Ich möchte lieber der jungen Frau mit eigenen Worten für alles danken, was sie jetzt und schon vor Jahren für mich getan hat, anstatt mich gegen die Äxte der kühlen Anführerin zu behaupten. Und doch wird sie diejenige sein, die mich erwartet.

Vielleicht ist dies meine letzte Gelegenheit, mit der jungen Frau zu sprechen, die ich kennen- und schätzen gelernt habe. An die ich ... mein Herz verloren habe. Anders kann ich es mir nicht erklären, warum ich jedes Mal enttäuscht bin, wenn ich nicht sofort einen Brief von ihr an Drakkar finde, obwohl sie immer da sind. Mein Mädchen kam nicht ein einziges Mal ohne eine Antwort zurück.

Und das bedeutet mir mehr, als ich in Worte fassen kann.

Ich bete zu den Göttern, dass sich die junge Frau auf unserer Reise zeigt. Dass du dich zeigst, Yrsa. Nicht dein vom Schemen verzerrtes Ich. Ich hoffe, dass wir dann da weitermachen können, wo unsere Briefe nun enden. Dass ich dir sagen kann, was ich empfinde – von Angesicht zu Angesicht.

Aber wenn das nicht geschehen sollte ... Wenn der Schemen dafür sorgen sollte, dass du mich weiterhin hasst und tot sehen willst, dann werde ich es hinnehmen und mich damit trösten, dass ich dir wenigstens in diesem Brief alles sagen konnte.

In tiefer Zuneigung

Kier

Die letzten Zeilen verschwimmen vor meinen Augen. Hastig blinzele ich die Tränen zurück, um keine einzige klare Rune zu verpassen.

Er wusste es. Er wusste es bereits vor unserer Reise. Schon da war er sich über seine Gefühle im Klaren. Obwohl ich ihn tot sehen wollte. Obwohl ich mehr als einmal versucht habe, meine Drohungen wahr zu machen. Selbst da hat er mehr in mir gesehen. Mehr, als ich sehen konnte oder wollte.

Fluchend reibe ich mir mit der freien Hand über die Augen, ehe ich den Brief behutsam auf meinen Schreibtisch lege. Dann stürme ich aus meinem Zimmer, so schnell mich meine Füße tragen.

Auf dem Weg zum Strand komme ich an einer Vielzahl Clanmitglieder vorbei. Sie beseitigen die Überbleibsel der Merwanacht und bereiten das heutige Treffen im Langhaus vor. Ich schiebe mich an ihnen vorbei, wimmele alle Gespräche ab und eile aus dem Dorf.

Als ich endlich an der letzten Hütte angelangt bin, in der ich die letzte Nacht verbracht habe, reiße ich die Tür schwungvoll auf.

»Kier?«

Keuchend schnappe ich nach Luft und rufe erneut seinen Namen. Doch da ist nur Stille.

Er ist weg.

Ich klammere mich an einen letzten Rest Hoffnung, während ich in jeden Winkel der Hütte spähe, obwohl sie so klein ist, dass ich den Innenraum vom Eingang aus überblicken kann. Trotzdem hoffe ich, dass Kier gleich irgendwo hervortritt.

Doch er tut es nicht. Ganz gleich, wie oft ich seinen Namen rufe, er antwortet nicht.

Ich lasse die Hütte hinter mir und wende mich der Felsformation zu, in der Drakkar gehaust hat, wenn sie länger hierbleiben musste. Obwohl ich eine miserable Kletterin bin, hangele ich mich an den Felsvorsprüngen nach oben, die zu einem Spalt führen, der groß genug für den Wyvern ist.

»Drakkar?«, rufe ich hinein. Ein Echo schallt aus den rauen Steingemäuern zurück. »Bitte friss mich nicht, aber ich muss wissen, ob du da bist.«

Die Hände vorgestreckt, taste ich mich in die Dunkelheit hinein.

Zwar verbreitert sich die Höhle nach einigen Metern und ich gelange zu Drakkars Schlafstelle, doch auch diese ist verwaist.

Ich knie mich ins kalte Stroh. Er ist weg. Drakkar ebenfalls und vermutlich auch alle anderen Mitglieder des Schwingenclans. In meiner Hast habe ich mich nicht nach ihnen umgesehen. Ich wollte nur zu Kier.

Wütend auf mich selbst drücke ich mir die Handflächen gegen die brennenden Augen. Halvar hatte recht. Ich hätte gleich zu ihm zurückgehen sollen. Aber um ihm was zu sagen?

Ich raffe mich auf und verlasse die Höhle, während sich meine Gedanken überschlagen. Ihm hinterherzureisen steht außerhalb jeder Diskussion. Ich müsste dabei mehrere fremde Territorien durchqueren. Ohne Erlaubnis würde mir das eine Menge Ärger einhandeln – und meinem Clan gleich mit.

Das Einzige, was mir bleibt, ist, ihm eine Nachricht zu schicken. Wir waren vor unserer Reise gut darin, uns mit Briefen zu verständigen. Vielleicht fällt es mir dann leichter auszusprechen, was ich empfinde. Aber sollte ich das überhaupt in Worte fassen? Ich reibe mir über die Brust und das schmerzende Herz darin. Wird es weniger wehtun, wenn ich Kier meine Gefühle gestanden habe? Oder ist es für eine Besserung bereits zu spät?

Zurück in meinem Zimmer habe ich noch keine Entscheidung getroffen. Ich kauere über einer leeren Pergamentseite, auf der meine Feder, die unbewegt einige Zentimeter darüber schwebt, schon ein paar Tintenkleckse hinterlassen hat. Normalerweise würde ich mich dafür schämen, weiß ich doch, wie makellos Kiers Briefe immer aussahen. Doch jetzt scheinen sie mich zu verhöhnen. Ich starre sie an, als könnte ich mittels Willenskraft aus ihnen die Runen und Worte formen, die ich Kier mitteilen will, aber sie verändern sich nicht.

Kier ist gegangen, ohne sich zu verabschieden. Das ist es, was mich am meisten belastet, obwohl ich kein Recht habe, deswegen verletzt zu sein. Schließlich habe ich dasselbe getan. Ich habe sogar von ihm gefordert, dass er sich – abgesehen von letzter Nacht – wie ein Verbündeter zu verhalten hat. Dieses Stechen in meiner Brust ist meine eigene Schuld und somit völlig unangebracht.

Ich weiß das alles, trotzdem fällt es mir schwer, mit dem Schmerz zurechtzukommen. Und ich weiß auch, dass sich nichts ändern wird, wenn ich das in meinem Brief erwähne. Schließlich ist alles so gekommen, wie ich es wollte. Ich durfte eine Nacht erneut fühlen, und nun habe ich meinen Clan, um den ich mich kümmern muss, und einen Wettstreit, den ich gewinnen will.

Ich sollte mich auf das Festmahl und die Erzählungen heute Abend vorbereiten, statt diese verdammte leere Pergamentseite anzustarren.

Ich sollte endlich wieder zu der Anführerin werden, die ich vor dem Aufbruch war.

Ich sollte dankbar für den klaren Schnitt sein.

Ich sollte mich um wichtigere Dinge kümmern.

Es gibt so vieles, was ich sollte, und doch senke ich die Spitze der Schreibfeder aufs Pergament und beginne, die ersten Runen zu schreiben.

Ehe ich es mir anders überlegen kann, schicke ich den fertigen Brief mit einem Raben Richtung Schwingenclan los.

Mutter flüstert mir am Abend verschwörerisch zu, dass meine Rückkehr am Tag des Merwafestes eine Fügung der Götter sei. Denn auch heute, einen Tag später, sind die meisten Clanmitglieder noch satt oder zeitweilig vom Alkohol geheilt, sodass wir weniger von unseren Vorräten auftischen mussten. Unsere Leute werden dennoch gesättigt und schwankend die große Halle verlassen, wie es der Brauch ist. Ich stimme ihr mit einem Nicken zu. Zwar ist der nächste Winter noch einige Monate entfernt, doch diesmal haben wir keinen Gönner, der uns mit Vorräten unterstützt, wenn ich nicht die nächste oberste Anführerin werde. Jedes Fass Met, das nicht für diese Feier geöffnet, jedes Schwein, das nicht geschlachtet werden muss, wird uns in den kommenden Monaten große Dienste erweisen.

Ich seufze erleichtert auf, als diese Gedanken durch mich hindurchwirbeln, dachte ich doch schon, dass nichts mehr von der alten Anführerin in mir wäre. Dass Kier alles, was mich einst ausmachte, mit seinen Berührungen und Küssen verbrannt hätte. Doch da ist sie, die ruhige, berechnende Yrsa, deren höchstes Ziel das Überleben ihres Clans ist.

Trotzdem ist da eine neue Yrsa in mir. Eine, die ich noch nicht zuordnen kann und die ihren Platz in dieser Gemeinschaft noch nicht gefunden hat. Eine, die ich niemandem zeigen darf.

Hier, inmitten meiner Leute, die an Vangars und meinen Lippen hängen, während wir von unserer Reise berichten, fällt es mir leicht, die neue Yrsa im Zaum zu halten. Später, wenn ich allein mit Bran in meinem Zimmer liege und an die mir fremd gewordene Decke anstatt in den gräulichen Nebel starre, wird sie wieder hervorkommen und mich mit Erinnerungen quälen.

Den Großteil des Berichts übernimmt Vangar, wie es ihre Aufgabe ist. Sie stockt nur, als sie dem Clan von Astrid erzählen muss, also löse ich sie ab. Sämtliche Gespräche, jedes Aneinanderschlagen von Tonkrügen, jedes Schmatzen verblasst. Ich würde sogar wetten, dass viele meiner Leute vergessen zu atmen, während ich die Verwandlung der blonden Schildmaid in eine Unstreth schildere. Ich berichte von unserem Kampf am Strand, von den Verlusten und davon, dass wir beinahe unterlegen wären, als die Unstreth ihre Fähigkeiten einsetzten.

»Astrids …«, setzt Vangar an, unterbricht sich jedoch sofort. »Ich meine, die Fähigkeiten der Unstreth waren … furchtbar. Sie konnte durch ihre Einflüsterungen meine Handlungen steuern. Sogar so weit, dass ich gewillt war, meine Anführerin anzugreifen und zu töten.« Ihr Blick huscht zu mir. »Ich bin Yrsa unendlich dankbar, dass sie mich für diese Torheit nicht sofort hingerichtet hat und ich heute noch vor euch stehen kann.«

Ich winke ab. »Auch ich stand unter dem Einfluss der Unstreth, wenn auch anders als Vangar. Ihre Einflüsterungen waren schlimmer als alles, was ihr euch vorstellen könnt. Sie zielen genau auf die Schwachstellen ihrer Opfer. Deshalb wäre es nicht recht, Vangar dafür zu bestrafen, dass sie unter einem Zauber stand. Als ich sie brauchte, war sie da und beschützte mich, wie es ihre Aufgabe ist.«

»Was hat sie dir eingeflüstert?«, will eine Frau in der vorderen Reihe wissen.

Ich schlucke angestrengt, kann mich aber nicht davon abhalten, für einen kurzen Moment zu meiner Schwester an meiner linken Seite zu schauen. Schnell setze ich ein einstudiertes Lächeln auf, als ich mich wieder der Frau zuwende. »Daran kann ich mich nicht mehr erinnern. Ich weiß nur noch, dass es furchtbar war.«

Es war mehr als furchtbar, und die Bilder sind geblieben. Bilder von Kier und meiner Schwester in allen erdenklichen Positionen und mit verzückten Gesichtern, ehe ihr weißes Gewand voller Blut ist und ihr schmaler Körper zerschmettert am Boden liegt.

Ich spüre Vangars Blick auf mir. Sie scheint zu ahnen, welche Bilder Astrid mir eingepflanzt hat, und ich bin dankbar dafür, dass sie mich nicht darauf anspricht, sondern mit ihrem Bericht fortfährt. Auch unserem Kampf gegen die Fledermauswesen wird still gelauscht.

»Wir haben zwar eine fremde Welt betreten«, sage ich, »aber nichts gefunden außer Zerstörung und den Schrecken der Unterwelt.«

»Wirst du erneut mit dem Schiff fahren?«, fragt ein Mann weiter hinten.

Ich denke einen Moment über seine Frage nach, ehe ich den Kopf schüttele. Die Antwort auf seine Frage hat viel mit Kier zu tun, an den ich so wenig wie möglich denken will, um der neuen Yrsa keinen Raum zu geben. »Was uns jenseits des Nebels erwartet hat, hat mich erschüttert«, sage ich daher. »Ich für meinen Teil will für keine Schätze dieser Welt erneut einem Unstreth gegenüberstehen müssen. Ich verstehe nun, warum uns die Götter den Nebel gesandt haben. Er ist keine Strafe, sondern dient unserem Schutz. Und ich werde diesen Schutz nicht mehr freiwillig verlassen. Es kann ein unglücklicher Zufall gewesen sein, dass wir ausgerechnet an der Küste gelandet sind, an der die Unstreth wüteten. Genauso gut kann es sein, dass alles, was jenseits des Nebels liegt, bereits der Dunklen Herrin anheimgefallen ist.«

Meine Leute schnappen hörbar nach Luft, doch diese Theorie ist alles andere als abwegig. Die Zerstörung, die die Fürsten und ihre Unstreth in dem Ort angerichtet haben, war verheerend. Und der erste Fürst, dem ich im Keller des Hauses begegnet bin, sagte, er wolle meine schattenbefleckte Seele und die Seelen all jener, die ich kenne.

»Yrsa könnte recht haben«, sagt Elvi, die bisher stumm Vangar und mir gelauscht hat. Ich berühre sie sachte am Arm, woraufhin sie sich von ihrem Stuhl zu meiner Linken erhebt. »Ich habe euch oft die Saga zum Untergang unserer Welt erzählt. Davon, dass die Dunkle Herrin alles daransetzen wird, ihre Eltern Noren und Merwa von ihrem göttlichen Thron zu stürzen. Ihr Zorn darüber, dass sie ihre Eltern niemals beerben wird, hat sie zu furchtbaren Taten getrieben, weshalb sie in die Unterwelt verbannt wurde. Doch auch dieses Gefängnis wird sie nicht für immer halten können.«

Ein eisiger Schauer rinnt mir den Rücken hinunter, als ich mir den Rest der Saga in Erinnerung rufe. Um ihrem Gefängnis zu entkommen, muss die Dunkle Herrin ein Heer zusammenstellen, das so mächtig ist, dass die Unterwelt es nicht halten kann. So mächtig, dass es selbst Götter zu töten vermag.

Und wie ginge das besser, als wenn sie jeden lebenden Menschen in einen Unstreth verwandelt?

Meine Gedanken springen weiter. Wie hoch ist die Chance, dass wir ausgerechnet an der Küste landen, die von Unstreth überrannt wurde? Wäre es nicht wahrscheinlicher, dass … ein Großteil der

Welt jenseits der Nebel bereits von den Untoten heimgesucht und niedergemacht wurde? Was, wenn die Götter genau wussten, dass das geschieht, und unsere Insel deshalb in Nebel gehüllt haben? Damit wir das letzte Hindernis für die Dunkle Herrin sind.

Mit einem unterdrückten Seufzen reibe ich mir über die Stirn. Wenn das stimmt, war es ein riesiger Fehler, die Nebel zu durchsegeln, denn jetzt wissen die Unstreth, dass es noch weitere Menschen gibt, die zwischen den Göttern und ihrem Sieg stehen. Und wenn das Heer der Dunklen Herrin wirklich aus jedem einzelnen Menschen bestehen muss, damit sie die Götter stürzen kann, werden sie hierherkommen.

»Du wirkst beunruhigt«, flüstert meine Mutter, während Elvi unsere Leute mit unseren Sagas unterhält.

Ich kaue auf meiner Unterlippe. »Es ist nichts. Nur … ein ungutes Gefühl.«

Es dauert einen Moment, bis ich den Grund des Gefühls ausmachen kann. Nicht nur die Furcht, erneut einem Unstreth gegenüberstehen zu müssen, macht mich rastlos. Sondern die Tatsache, dass zumindest ein Unstreth mit Sicherheit weiß, dass es möglich ist, den Nebel zu durchsegeln.

Astrid.

Als meine Vertraute war sie von Anfang an dabei, auch als die fremden Schiffsbauer ankamen. Wie viel wussten sie von der Route, die wir nahmen?

Ich erhebe mich so leise wie möglich aus meinem Hochsitz, um Elvi nicht zu unterbrechen. Aber wie ich meine Schwester kenne, spürt sie meine Unruhe genau. Nur leicht dreht sie den Kopf in meine Richtung, redet jedoch nahtlos weiter. Ausschmückend rezitiert sie die Saga, die den Untergang unserer Welt beschreibt. Obwohl sie diese Geschichte unzählige Male erzählt hat, hört ihr der Clan aufmerksam zu.

Vangar sitzt in der vorderen Reihe. Mit einer Handbewegung gebe ich ihr zu verstehen, dass sie mir folgen soll. Ich führe sie in mein Zimmer, wo es ruhiger ist.

»Ich werde dir jetzt eine unangebrachte Frage stellen«, sage ich, nachdem ich die Tür hinter mir geschlossen habe. »Sie wird dich verletzen, und ich entschuldige mich jetzt schon dafür. Aber ich muss es wissen.«

Vangar runzelt die Stirn. »Es geht um … Astrid, nicht wahr?« Noch immer fällt es ihr sichtlich schwer, den Namen ihrer einstigen Frau auszusprechen.

Ich nicke. »Als die Schiffsbauer vom Schwingenclan hier ankamen … Hat sich Astrid für einen von ihnen interessiert? Ihm vielleicht sogar nachgestellt?«

Vangar zieht scharf die Luft ein, und ich sehe ihr deutlich an, dass sie mich am liebsten zurechtweisen würde. Doch irgendetwas in meinem Gesichtsausdruck hält sie davon ab. Ihr Blick wandert umher, während sie nachdenkt. »Ich dachte, es wäre nichts weiter als eine flüchtige Verliebtheit, und ließ sie gewähren. Woher weißt du davon?«

Grob erzähle ich ihr von den Rückschlüssen, die ich gezogen habe. »Es würde passen. Wenn Kiers Schiffsbauer auch die Route kannte, die er nehmen wollte, macht es Sinn, dass Astrid versucht hat, einen von ihnen zu verführen. Sie wollte die Route, damit sie und die übrigen Unstreth einen Weg durch den Nebel finden.«

Aus Vangars Gesicht weicht jegliche Farbe. »Ist das … möglich?«

Ich denke einen Moment nach. Kier hat einmal erwähnt, dass der Nebel nicht das einzige Problem sei. Es gibt eine starke Strömung, die es einem normalen Schiff unmöglich macht, dagegen anzuschwimmen.

Aber nicht einem Schiff, das von einem riesigen Wyvern gezogen wird.

»Sie bräuchten ein ähnliches Schiff wie wir«, murmele ich. »Und etwas, was stark genug ist, es durch die Strömung zu ziehen.«

»Wie die Fledermäuse?«

Ich stand diesen schrecklichen Wesen im Kampf gegenüber, daher weiß ich, dass sie bei Weitem nicht so stark sind wie Drakkar. Aber viele von ihnen könnten eine ähnliche Zugstärke aufbringen.

»Ich bin mir nicht sicher«, sage ich. »Und ich will mir lieber nicht vorstellen, über welche andere Wesen die Dunkle Herrin noch gebietet. Das Einzige, was uns jetzt noch schützen kann, ist der Nebel. Ich muss Kier fragen, ob jemand außer ihm die genaue Route kannte.«

Ich erinnere mich, dass er mehrere Karten in seiner Kajüte verwahrte. Manche lagen für alle, die die Kammer betraten, sichtbar herum. Auf unserer Rückreise zeigte er uns eine, die ich bis dahin nicht gesehen hatte. Ich kann nur hoffen, dass auch keiner der Schiffsbauer – oder gar Astrid – sie ebenfalls zu Gesicht bekommen hat.

Jemand klopft an der Tür. Schnell lege ich einen Finger an den Mund, um Vangar mitzuteilen, dass sie über unser Gespräch kein Wort verlieren soll. Sie nickt mit ernster Miene.

Vor der Tür steht ein Bursche und streckt mir einen versiegelten Brief entgegen. Mein Herz macht einen Satz, und ich muss mich dazu zwingen, ihn dem Jungen nicht aus den Händen zu reißen. Ich bedanke mich und schließe die Tür wieder. Mein Herzschlag beruhigt sich jedoch augenblicklich, als ich die Runen auf der Vorderseite betrachte. Das ist nicht Kiers Handschrift. Es ist auch zu früh, als dass er mir auf meinen Brief hätte antworten können. Aber vielleicht hatte er ebenfalls das Bedürfnis, mir zu schreiben.

»Du siehst enttäuscht aus«, sagt Vangar in ihrer gewohnt ruhigen Art. »Nicht von demjenigen, von dem du gehofft hast?«

Ich verdrehe die Augen, erspare mir aber, ihr zu widersprechen. »Es ist kompliziert.«

»Was du nicht sagst«, erwidert sie trocken. »Ich habe euch lange genug beobachten müssen, um das bestätigen zu können. Von wem ist der Brief, wenn nicht von Kier?«

Das interessiert mich auch, und die Neugier überlagert meine Enttäuschung ein Stück weit. Ich breche das Wachssiegel auf der Rückseite und entfalte die Pergamentseite.

Grüße, Than Yrsa.
Ich habe von deiner Rückkehr gehört. Es wird Zeit herauszufinden, wer mein Nachfolger wird. Triff mich in drei Tagen bei Sonnenaufgang an der Grenze zum Flussclan. Dann werde ich meine Entscheidung treffen. Du und zwei deiner Begleiter haben freies Geleit durch fremde Gebiete.
–Than der Thane

»Das ging schnell«, murmele ich und halte Vangar den Brief hin.

»Du musst bald aufbrechen, wenn du es rechtzeitig schaffen willst«, sagt Vangar, nachdem sie die Zeilen überflogen hat.

Unruhig laufe ich im Zimmer auf und ab. Sofort wieder aufzubrechen, nachdem ich gerade erst zurückgekommen bin, ist nicht das Problem. Obwohl ich gern zunächst nach dem Rechten gesehen und mich davon überzeugt hätte, dass mein Clan wohlauf ist. Ich hatte gehofft, erst ein paar Briefe mit Kier wechseln zu können. Dass ich ihm nun bald wieder von Angesicht von Angesicht gegenüberstehe, macht mich nervöser, als es sollte. Und dann ist da noch die Entscheidung des obersten Anführers. Für knapp einen Tag konnte ich so tun, als wäre der Grund unserer Reise in unerreichbarer Ferne, eingehüllt in den Nebel, den ich über Wochen sehen musste.

Doch jetzt ist es so weit. In wenigen Tagen entscheidet der oberste Anführer, wer sein Nachfolger wird. Darauf habe ich mich mein halbes Leben lang vorbereitet. Meine Waffenausbildung, mein Wissen, meine Konsequenz als Clanführerin – all das sollte ausreichen, um mich zum nächsten Than der Thane zu machen. Und um meinen Vater stolz zu machen.

Ich stehe hier mit leeren Händen. In meinem Besitz ist nichts anderes als die Qualitäten, die ich mir über die Jahre angeeignet habe. Ich muss darauf vertrauen, dass es ausreicht, um den obersten Anführer zu überzeugen.

Nur kurz schleicht sich der Gedanke in meinen Kopf, was dann aus Kier wird, wenn ich die nächste oberste Anführerin werde. Mit einer abrupten Kopfbewegung versuche ich, ihn zu vertreiben. Es ist nicht meine Aufgabe, mich um Unterlegene zu kümmern. Und ich darf kein Mitleid empfinden, bloß weil es sich um Kier handelt. Meine erste Sorge gilt meinem Clan, das hat sich nicht geändert.

»Wie schnell bist du reisefertig?«, frage ich Vangar.

Sie zuckt mit den Schultern. »Quasi sofort. Ich habe noch nicht ausgepackt. Wer soll dich noch begleiten?«

»Bran«, sage ich. »Das genügt.«

Vangar nickt. »Kier wird auch nur Halvar und seinen Wyvern mitnehmen. Mit der restlichen Besatzung kam er nicht so gut zurecht. In der Hinsicht seid ihr euch ähnlich.«

Auch diesmal verdränge ich den Gedanken an Kier und was ich zu ihm sagen soll, sobald er mir gegenübersteht. Es ist eine Sache, in einem Brief von meinen Gefühlen zu sprechen, aber eine ganz andere, wenn er mich dabei ansieht.

»Wir brechen vor Tagesanbruch auf«, teile ich Vangar mir, die daraufhin mein Zimmer verlässt.

KAPITEL 37

KIER

Dank Drakkar müssen wir erst wenige Stunden vor Sonnenaufgang des dritten Tages aufbrechen. Leider verschafft mir das zu viel Zeit zum Grübeln. Zwischendurch trage ich sogar die Idee mit mir herum, ob ich zu Fuß gehen sollte, ungeachtet der Tatsache, dass ich fast nichts mehr liebe als zu fliegen.

Fast.

Dem Grund für dieses »Fast« bald wieder gegenüberzustehen macht mich dünnhäutig. Vor wenigen Stunden kam ein Brief von ihr an, der ungeöffnet auf dem Tisch in meiner Hütte liegt und mich zu verhöhnen scheint. Alles in mir will wissen, was sie mir zu sagen hat. Ich sehne mich danach, ihre ungleichen Runen zu betrachten, und verzehre mich nach einem Grund für ihr Handeln. Doch mein Stolz veranlasst meine Hände dazu, sich zu Fäusten zu ballen, sobald sich meine Finger nach dem Brief ausstrecken wollen.

Und das wollen sie ständig. Nicht einmal Halvar gelingt es, mich auf andere Gedanken zu bringen, obwohl er mein ungeladener Dauergast ist, seit der Brief des obersten Anführers eintraf – nahezu gleichzeitig mit Yrsas.

»Nun lies schon den verdammten Brief«, brummt er, nachdem er mich dabei ertappt hat, wie ich wieder in Richtung des Tisches gestarrt habe, als könnte ich mit purer Willenskraft durch das gefaltete Pergament hindurch ihre Nachricht entziffern.

Ich verschränke die Arme vor der Brust und klemme die Fäuste unter die Achseln, damit meine Hände ja nicht auf dumme Ideen kommen. »Warst du nicht derjenige, der mir den ganzen Rückweg von der Küste eingeredet hat, dass ein klarer Schnitt das Beste wäre?«

»Das war, bevor ich mir stundenlang deine Trauermiene ansehen musste«, gibt mein bester Freund zurück.

Ich kann ihm nicht widersprechen. Wann immer ich mit dem kümmerlichen Rest meiner Mannschaft und den beiden Baumeistern oder Drakkar zu tun hatte, gelang es mir, ruhig und bestimmt zu wirken. So wie immer. Ich versuchte sogar, mit ein paar Witzen für Auflockerung zu sorgen, was aber nicht funktionierte. So wie immer. Ich kümmerte mich um mein Mädchen. So wie immer. Ich tat all das, was von mir erwartet wurde. Und das, obwohl ich allein in dieser Hütte aufwachte.

So wie, verdammt noch mal, immer.

Noch bevor die Gewissheit, was das für mich bedeutet, vollständig in mein Bewusstsein sickern konnte, hatte ich mich angezogen, meine Männer zusammengetrommelt und den Aufbruch befohlen. Verschlafene, nicht ganz nüchterne Gesichter blickten mir fragend entgegen, doch ich erstickte jede Nachfrage zu unserer überhasteten Abreise im Keim. Obwohl es sonst nicht ihre Art ist, wehrte sich mein Mädchen nicht dagegen, so viele fremde Menschen auf ihrem Rücken oder in ihren Klauen zu transportieren. Sie spürte, dass mit mir etwas nicht stimmte. Wahrscheinlich wusste sie sogar den Grund, denn ich musste sie bloß einmal darum bitten, ohne dass sie ein protestierendes Brummen von sich gab.

Bald werde ich Drakkar und die Baumeister zurück zum Küstenclan schicken, um das Schiff so weit zu zerlegen, dass Drakkar die Einzelteile zurück in mein Gebiet fliegen kann. Ich werde keinen Fuß mehr in das Gebiet des Küstenclans setzen und bin froh darüber, dass das Treffen mit dem obersten Anführer auf halber Strecke zwischen Yrsas und meinem Gebiet stattfindet.

Seit der Brief mit dem Treffpunkt ankam, zermartere ich mir den Kopf. Sowohl Yrsa als auch ich stehen mit leeren Händen da.

Ich kann nicht sagen, worauf der oberste Anführer seine Entscheidung stützen wird. Während der Prüfungen hat er keinen Zweifel daran gelassen, dass er uns beiden nicht viel abgewinnen kann.

Ich lasse den Blick durch meine Hütte schweifen auf der Suche nach etwas, was ich ihm als Geschenk mitbringen könnte. An den Abenden der Prüfung überhäuften ihn die anderen Clanführer mit kostbaren Gaben. Es hat ihnen nichts genützt, denn sie waren Yrsa und mir unterlegen, und ich habe mich dagegen gesträubt, ihm in den Arsch zu kriechen, sollten es doch meine Taten sein, die mich zum nächsten obersten Anführer machen.

Trotzdem wünschte ich jetzt, dass ich etwas besäße, was den amtierenden obersten Anführer milde stimmen könnte. Doch meine Hütte ist kaum aufwendiger eingerichtet als die hastig für meine Baumeister errichtete an Yrsas Strand.

Wieder wird mein Blick auf magische Weise von dem ungeöffneten Brief angezogen.

Halvar seufzt. Ich hatte fast vergessen, dass er da ist. Er erhebt sich, geht hinüber zum Tisch und greift nach dem Brief. Ich ziehe scharf die Luft ein und springe ebenfalls von meinem Platz am Fenster auf.

»Wenn du ihn nicht lesen willst«, sagt er, während er das Pergament zwischen seinen Fingern rascheln lässt, »werde ich ihn lesen.«

»Untersteh dich!«, knurre ich.

»Warum? Es wäre doch eine Verschwendung, ihn ungeöffnet hier verrotten zu lassen. Vielleicht hat die Kleine ja einen guten Grund.«

Ich verdrehe die Augen. »Yrsa hat selten einen guten Grund für ihre Handlungen.«

Halvar mustert mich mit zweifelndem Blick. »Dafür, dass du eine so geringe Meinung von ihr hast, hattest du auffallend viel mit ihr zu tun.«

Ich weiß selbst nicht, warum ich das gesagt habe. Meine Meinung über Yrsa ist alles andere als geringschätzig. Sie ist klug und gewitzt, eine hervorragende Kämpferin, eine Flüsterin, der ihr

Tierwesen genauso am Herzen liegt wie mir meins, und obendrein ist sie bezaubernd.

Wäre da nicht ihre verdammte Angewohnheit, sich umzudrehen und zu gehen, wenn die Dinge kompliziert werden.

Mit zusammengebissenen Zähnen starre ich den Brief in Halvars Hand an. Was auch immer darin steht, es wird nichts an dieser Verhaltensweise von ihr ändern. Genauso wenig, wie das, was ich sage oder tue, sie von einem Wir überzeugen kann.

Ich wende den Blick ab und wedele mit der Hand. »Lies ihn meinetwegen. Und dann verbrenn ihn.«

Halvar stößt ein Grummeln aus. »Deine Trauermiene hat mir besser gefallen als dein schmollendes Ich. Aber wie du willst.«

Schnell drehe ich ihm den Rücken zu, um ihn nicht doch davon abzuhalten, das Wachssiegel zu brechen. Ich höre jedes Geräusch überdeutlich: das leise Knacken des Siegels, das Rascheln des Pergaments, Halvars gleichmäßigen Atem. Gerade aus Letzterem versuche ich herauszuhören, was in dem Brief steht. Ich bereue es, ihn nicht vor ihm gelesen zu haben, und gleichzeitig beglückwünsche ich mich zu meiner Standhaftigkeit.

Nach einer schieren Ewigkeit stößt Halvar geräuschvoll die Luft aus. »Du solltest ihn lesen.«

Ich verkrampfe mich. »Es gibt wichtigere Dinge, um die ich mich kümmern muss.«

Die gibt es zuhauf. Erik und Leif, zwei ältere Männer aus dem Clanrat, hatten nichts Besseres zu tun, als die übrigen Leute gegen mich aufzuwiegeln, nachdem ich sie noch während der Prüfungen im Hohen Norden nach Hause geschickt habe. Außerdem habe ich es noch nicht geschafft, jede Familie der gefallenen Besatzungsmitglieder zu besuchen und mit ihnen zu reden. Ich muss mir etwas überlegen, wie ich den obersten Anführer von mir überzeugen kann, damit die Götter meinen Clan endlich wieder für würdig genug betrachten, uns eine Valkra zu senden.

Und nicht zuletzt wäre da noch mein Fluch, der mich in wenigen Wochen dahinraffen wird.

Es gibt also eine Menge Dinge, um die ich mich kümmern muss, abgesehen von einer an der Küste ansässigen Anführerin, der ich offenbar egal bin. Und doch ist sie es, die meine Gedanken und Träume bevölkert. Ich denke ständig an sie und frage mich, wie ihre Meinung dazu wäre. Welches Gesicht sie machen würde, wenn sie vor meinem Clan sprechen müsste. Würde sie auf ihre niedliche Weise die Nase kraus ziehen? Würde sie Drakkar wieder dazu bringen, diesen gurrenden, liebevollen Laut auszustoßen, wenn sie sie berührt? Würde sie mir versichern, dass alles gut wird und ich mich nicht vor der Zukunft fürchten muss, weil sie da ist und mich mit ihren Äxten gegen jedes Unheil verteidigt?

Gerade Letzteres träume ich oft. Nicht immer hat sie Erfolg; manchmal muss ich mich meinem Fluch geschlagen geben, und ich wache jedes Mal auf, wenn das geschieht. Nur um festzustellen, dass ich allein bin. Dass diese hartnäckige Yrsa nur in meinen Träumen existiert und lediglich dort für mich kämpft.

In der Realität dreht sie sich um, ohne einen Blick zurückzuwerfen.

»Wir brechen in ein paar Stunden auf«, sage ich. »Hilf mir, bis dahin etwas zu finden, was ich dem obersten Anführer darbringen kann.«

»Ich dachte, du wolltest ihm nicht in den Arsch kriechen.«

Ich nicke. »Das will ich auch jetzt nicht, aber mir bleibt keine Wahl.«

Mit Halvars Hilfe entscheide ich mich für ein paar Schmuckstücke, die wohl schon lange im Besitz meiner Familie sind, die ich aber noch nie getragen habe und die auch nicht von Wert für mich sind. Ich kann nur hoffen, dass der oberste Anführer mehr in ihnen sieht als ich und sich vom blitzenden Gold beeindrucken lässt.

Eine Weile starre ich die Tracht des Anführers an, die ich auf meinem Bett ausgebreitet habe. Es ist erst wenige Tage her, dass ich sie getragen habe. Nach unserer Rückkehr richtete ich ein Festmahl aus, wie es der Brauch ist, doch kaum einer aus meinem Clan war an Halvars Berichten über unsere Reise interessiert. Die Familien der Verstorbenen fragten mich nach dem Verbleib ihrer Familienmitglieder. Und die übrigen hörten ab dem Zeitpunkt nicht mehr zu, als ich zugeben musste, keine Schätze mitgebracht zu haben. Unsere Kämpfe gegen die Unstreth oder die Fledermäuse haben sie nicht gekümmert. Irgendwann hat Halvar es aufgegeben, gegen die immer lauter werdenden Unmutsrufe anzukommen.

Mit den Fingern streiche ich über das Fell am Halsausschnitt meines Umhangs. Seine Farbe erinnert mich an Brans Pelz. Und sofort sind meine Gedanken wieder bei seiner Flüsterin.

»War es bei dir genauso?«, wispere ich in die Leere meines Schlafzimmers. »Oder hast du sie dazu gebracht, dir zuzuhören?«

Bestimmt hat sie das. Ich gebe mich für einen Moment der Vorstellung hin, wie die Versammlung verlaufen wäre, wenn nicht nur ich, sondern auch Yrsa vor meinen Leuten gestanden hätte. Ich muss lächeln, als ich mir ausmale, dass sie das Desinteresse nicht hingenommen hätte. Doch mein Lächeln verblasst schnell. Mit steifen Bewegungen schäle ich mich aus meiner einfachen Kleidung und in die des Anführers.

Halvar wartet bereits vor meiner Hütte auf mich. Hinter ihm zeichnet sich der anbrechende Tag am noch dunklen Horizont ab.

»Du ziehst ein Gesicht, als müsstest du zu deiner eigenen Hinrichtung«, sagt Halvar statt einer Begrüßung. »Aber wenigstens siehst du dabei gut aus.«

Ich zwinge meine Mundwinkel, sich zu heben, was bei meinem besten Freund für eine mitleidige Grimasse sorgt.

Nachdem ich nach meinem Mädchen gepfiffen habe, tritt er neben mich. »Sie wird auch gut aussehen«, flüstert er mir verschwörerisch zu. »Das tut sie immer, wenn nur die leiseste Möglichkeit besteht, dich zu treffen.«

Meine Muskeln versteifen sich, während ich Drakkar dabei zusehe, wie sie aus ihrer Höhle kommt und ihren langen Wyvernkörper streckt wie eine riesige Katze.

»Ich weiß«, murmele ich.

Obwohl wir wahrscheinlich die schnellste Anreise haben, sind wir die Letzten, die am Treffpunkt ankommen. Drakkar muss mehrmals das Gebiet überfliegen, um einen Platz zum Landen zu finden, bei dem wir nicht noch Stunden zu Fuß gehen müssen.

Alle Blicke sind auf uns gerichtet, als wir zwischen den Bäumen hervortreten. Meiner versinkt in einem tiefblauen Augenpaar und wandert anschließend an ihrem Körper entlang, ohne dass ich etwas dagegen tun kann. Er saugt sich an ihrem Mund fest, der sich mehrmals öffnet und schließt, als wolle sie etwas zu mir sagen, ohne es tatsächlich zu tun. Es verletzt und beruhigt mich gleichermaßen. Einerseits will ich in ihren eigenen Worten den Grund hören, warum ich ihr so wenig bedeute, dass sie mich ohne einen Abschied zurückgelassen hat, und nicht aus einem Brief. Andererseits ist mir klar, dass ich mich an jedes ihrer Worte klammern würde wie ein Ertrinkender an einen rettenden Ast.

Erst nach einem zu festen Ellenbogenstoß von Halvar erinnere ich mich wieder daran, warum ich hier bin. Ich wende mich dem obersten Anführer zu, den ich bis eben nicht wahrgenommen habe, und neige respektvoll den Kopf vor ihm. Von irgendwoher wurde ein Hochsitz für ihn organisiert, auf dem er thront und auf die übrigen Anwesenden herabblickt. Ich wünschte, ich wäre schon früher da gewesen, um Yrsas Reaktion darauf beobachten zu können. Hinter ihm stehen fünf Krieger sowie weitere Begleiter, die offenbar aus seinem Clan stammen.

»Du kommst spät, Kier«, lässt der Than der Thane mich mit einem Brummen wissen.

Ich hebe den Kopf. »Wähle beim nächsten Mal einen Treffpunkt, wo mein Wyvern landen kann, und ich bin pünktlich.«

Er bedenkt mich mit einem schmallippigen Lächeln, das von seinem Bart nahezu verschluckt wird. »Reise wie alle anderen zu Land an.«

»Warum sollte ich, wenn ich über einen Wyvern verfüge?«

Das bringt mir einen weiteren Ellenbogenstoß von Halvar ein. Ich schließe schnell den Mund, um nicht noch mehr Widerworte zu geben. Stattdessen greife ich in die Tasche an meinem Gürtel und fische die Schmuckstücke heraus, um sie dem obersten Anführer zu reichen.

»Eine kleine … Aufmerksamkeit.«. Ich muss die Worte regelrecht hervorwürgen. Alles in mir sträubt sich dagegen, mich dem obersten Anführer auf diese Weise anzubiedern, und Yrsas stechender Blick, den ich überdeutlich im Rücken spüre, macht es nicht besser.

Einer seiner Clankrieger tritt vor und nimmt die Schmuckstücke aus meiner Hand, um sie dem obersten Anführer zu präsentieren. Er mustert das Geschmeide unbeeindruckt, ehe er seinem Krieger mit einer Handbewegung zu verstehen gibt, dass er sich zurückziehen soll. Ich kann nicht sagen, ob ihm mein Präsent gefallen hat oder nicht.

Ruhig mustert er abwechselnd mich und Yrsa, die ein Stück von mir entfernt bei Vangar und Bran steht. »Ihr seid zurück«, stellt er überflüssigerweise fest. »Was habt ihr mir mitgebracht? Und sag mir bitte nicht, dass das«, er deutet nach hinten, wo sich der Krieger mit den Schmuckstücken befindet, »deine Ausbeute ist, Kier.«

Ich schlucke angestrengt. »Nun, eigentlich … haben wir außer Gefahren nichts an den fremden Gestaden gefunden.«

Betont langsam sieht der oberste Anführer zu Yrsa. »Ist das so?«

»Ja.«

Dieses winzige Wort veranlasst meinen Körper dazu, vor Freude zu kribbeln. Obwohl es weniger als eine Sekunde war, beruhigt es mich, ihre Stimme zu hören.

»Das stimmt nicht«, erklingt eine andere Frauenstimme. Vangar. »Wir haben etwas gefunden.«

Mein Blick fliegt zu ihr. Fassungslos sehe ich dabei zu, wie Vangar eine glänzende Kugel aus ihrer Tasche holt. Selbst in den spärlichen Sonnenstrahlen, die sich mühsam durch die Äste und Zweige des Waldausläufers kämpfen, funkelt sie in mehreren Farbtönen. Während der Reise habe ich diese Kugel nicht zu sehen bekommen; ich hatte keine Ahnung, dass Vangar über einen solchen Schatz verfügt.

Ein ungutes Gefühl rumort in meiner Magengrube, als ich zu Yrsa sehe. Wusste sie etwa davon? In ihrer Miene entdecke ich nichts als Überraschung und Unglauben, was mich beruhigt. Allerdings nur kurz, denn ich warte darauf, dass Yrsa die Stimme erhebt, doch sie bleibt stumm.

Aber was habe ich erwartet? Dass sie ihre Begleiterin der Lüge bezichtigt, damit ich mein Gesicht nicht verliere? Das würde Yrsa nie tun, und das schätze ich an ihr. Gleichzeitig verletzt es mich.

Mit einer herrischen Bewegung winkt der oberste Anführer Vangar zu sich, um sich die Kugel genauer anzusehen.

»Wo hast du sie gefunden?«, fragt er.

»In einer verwüsteten Siedlung«, antwortet Vangar. »Aber nicht ich habe sie gefunden, sondern … meine Partnerin.«

Der Than der Thane reißt seinen gierigen Blick von der Kugel los. Etwas verändert sich in seiner Miene. »Astrid hat sie also gefunden? Wo ist sie?«

Vangar macht einen Schritt zurück. »Sie … sie ist …«

»… nicht mehr unter uns«, kommt ihr Yrsa zu Hilfe.

Nun scheint sich echte Trauer auf dem Gesicht des obersten Anführers abzuzeichnen. Es kam mir eben schon seltsam vor, dass er den Namen von Yrsas Begleiterin kannte. Doch dann fällt mir ein, dass ich sie an einem Abend während der Prüfungen in seiner Nähe gesehen habe. Damals verschwendete ich keinen weiteren Gedanken daran, doch nun setzt er sich in mir fest. Abgesehen von Astrid empfing der oberste Anführer nur andere Anführer, die ihn mit Geschenken überhäuften. Warum gestattete er der Begleiterin einer wenig einflussreichen Anführerin, in seiner Gegenwart zu sein? Darüber hinaus kannte er ihren Namen und ihre Beziehung zu Vangar.

Mein Blick huscht zu Yrsa. An ihrer konzentrierten Miene erkenne ich, dass sie ähnliche Fragen hat wie ich. Zwar blieb Yrsa den abendlichen Treffen während der Prüfungen fern, aber ich kann mir nicht vorstellen, dass sie Astrid mit ihren Anliegen betraut hatte.

Der oberste Anführer sieht zu mir. »Was hast du mir anzubieten, Kier?«

Ich schlucke angestrengt. Noch immer harre ich darauf, dass Yrsa etwas sagt. Dass sie … das Geschenk zurücknimmt. Aber das passiert nicht.

»Ich biete dir mein Schiff und«, ich knirsche mit den Zähnen, »meinen Wyvern.«

Dieses Angebot fällt mir so schwer, dass ich es kaum über die Lippen bringe. Drakkar hört nur auf mich, was bedeutet, dass ich jedes Mal mitsegeln muss, wenn der amtierende Anführer den Nebel durchqueren will. So gesehen mache ich mich zu seinem Sklaven, obwohl ich ihn beerben will. Aber um Letzteres zu tun, muss ich etwas bieten, das einen höheren Wert hat als die glänzende Kugel. Egal, wie schwer es mir fällt.

Ich höre, wie Yrsa bei meinen Worten scharf die Luft einzieht. Am liebsten würde ich zu ihr herumwirbeln und sie fragen, was sie erwartet hat. Dass ich schweige wie sie? Dass ich meine Niederlage einfach hinnehme und somit nicht nur mich, sondern auch meinen Clan verdamme? Zum Glück reden wir nicht miteinander, denn ich habe viele Fragen. Und unser Gespräch würde alles andere als zivilisiert ablaufen.

In den wenigen Tagen, seit ich die Küste verlassen habe, hatte ich genug Zeit, um eine Menge in mich hineinzufressen. Nachdem ich mich von dem Schmerz in meiner Brust erholt habe, herrscht nun nichts als Wut in mir. Und der überwiegende und stetig größer werdende Teil richtet sich gegen die Frau, die mir das Herz gebrochen hat.

KAPITEL 38

YRSA

Seit Kiers Ankunft kann ich mich auf kaum etwas anderes als ihn konzentrieren. Ich wünschte, er wäre schon früher hier gewesen, dann hätte wir reden können. Ich will ihn fragen, ob ihn mein Brief schon erreicht hat. Ob er Gelegenheit hatte, ihn zu lesen. Was er darüber denkt. Ich war so stolz auf mich, dass ich meine Gefühle wenigstens auf Pergament ausdrücken konnte, denn sobald ich ihm gegenüberstehe, ist mein Kopf leer. Normalerweise begrüße ich diesen Zustand und liebe es, wenn er die Kontrolle übernimmt. Aber wenn es darum geht auszudrücken, was ich empfinde, muss ich nachdenken.

Wahrscheinlich ist es mein Glück, dass Kier so spät auftauchte, sonst hätte ich mich um Kopf und Kragen geredet.

Ich reibe mir mit der flachen Hand über die Brust. Seit wir angekommen sind, kriege ich kaum Luft. Sicherlich ist es bloß die Aufregung und nun Kiers Anwesenheit. Und die seltsame Wendung, die das Gespräch mit dem obersten Anführer nimmt. Die Frage, woher er Astrid kennt, wird jedoch von meiner Erschütterung über Kiers Angebot verdrängt. Ich bin drauf und dran zu sagen, dass der oberste Anführer die Kugel nicht erhalten kann. Bis Vangar sie aus ihrer Tasche holte, hatte ich vergessen, dass sie existiert! Zwar habe ich sie kurz am Strand zu Gesicht bekommen, aber sie danach verdrängt. Genauso wenig wusste ich, dass Vangar sie mitgebracht hat.

Der Teil von mir, der noch die alte Yrsa ist, ist ihr dankbar dafür. Mit dieser Kugel habe ich eine Chance zu gewinnen, obwohl ich nicht glaube, dass sie ein Schiff und einen Wyvern aufwiegen kann. Trotzdem klammere ich mich an die winzige Möglichkeit. Für meinen Clan und das Andenken meines Vaters.

Der ständig größer werdende Teil in mir, der von der neuen Yrsa bevölkert wird, begehrt jedoch dagegen auf. Es ist nicht richtig, wirft mir dieser Teil vor. Wir haben diese gefährliche Reise zusammen unternommen. Wir haben gekämpft und so viele Besatzungsmitglieder gerettet, wie es uns möglich war. Daran sollten wir gemessen werden; nicht an einer Kugel, die einer unserer Begleiter zufällig irgendwo gefunden hat. Und der bloße Gedanke, dass ein stolzes Wesen wie Drakkar dem Willen des obersten Anführers unterworfen wird – zusammen mit Kier –, versetzt mir einen Stich.

Dennoch schweige ich, und ich könnte mich dafür ohrfeigen. Mehrmals öffne ich den Mund, doch die richtigen Worte wollen mir nicht einfallen. Wie kann ich dem widersprechen, ohne meine eigene Niederlage einzugestehen? Ich sehe die ausgemergelten Gestalten meines Clans vor mir. Wie viele von ihnen werden den nächsten Winter nicht überstehen, wenn ich nicht die oberste Anführerin werde? Wie viele würde ich mit einer überstürzten Entscheidung verdammen?

Ich presse die Lippen fest aufeinander. Wenn ich schweige, bin ich die Einzige, die verdammt wird, denn Kier wird hiernach nicht mehr mit mir reden. Und ich verstehe es.

»Ich werde mich mit meinem Rat über eure Gaben unterhalten und danach meine Entscheidung treffen«, verkündet der oberste Anführer, erhebt sich umständlich aus seinem Hochsitz und folgt seinen Leuten mit unsicheren Schritten.

Nur einer bleibt zurück: der Krieger, der vorhin Kiers Schmuck an sich genommen hat. Und er mustert mich mit einem Blick, bei dem sich mir die Nackenhaare aufstellen. Als ich seinem Blick stur standhalte und dabei das Kinn vorrecke, zeichnet sich ein überhebliches Grinsen in seinem Bart ab. Nichts an diesem Lächeln ist vergleichbar mit Kiers. Während mir das eine schier den Verstand raubt, verursacht mir dieses eine Gänsehaut. Das Engegefühl in meiner Brust verstärkt sich und verschwindet auch nicht, als ich fester mit der Hand darüberreibe.

»Meinst du, die Kugel kommt gegen einen Wyvern und ein Schiff an?«, fragt Vangar.

»Ich wünschte, es wäre erst gar nicht dazu gekommen«, erwidere ich.

Vangar verschränkt die Arme. »Höre ich da einen Vorwurf heraus?«

Ich massiere mir die Schläfe. »Das habe ich nicht gesagt. Es ist nur …« Ich stoße frustriert den Atem aus. »Es hätte nicht so laufen sollen. Wir sollten anhand unserer Taten bewertet werden, nicht anhand unserer Geschenke. Auf der Reise haben wir alle Anforderungen an einen obersten Anführer erfüllt: Können im Kampf, Wissen und Zusammenhalt.«

Während ich mehr mit Wissen glänzen konnte, hätte sich ohne Kiers besonnene Art die Besatzung schon viel früher gegen uns gestellt.

»Wir sind ebenbürtig«, sage ich daher. »Das waren wir schon vor der Reise und wir sind es auch jetzt noch.«

Mein Blick schweift zu Kier. Nun, da ich nicht mehr unter dem wachsamen Blick des obersten Anführers und dessen Rat stehe, wächst das Bedürfnis in mir, mit Kier zu reden, obwohl ich nicht den leisesten Schimmer habe, was ich zu ihm sagen soll. Und doch kann ich an nichts anderes denken als an ihn.

»Entschuldige mich kurz«, sage ich zu Vangar, ignoriere ihren Protest und gehe hinüber zu Kier und Halvar.

Letzterer mustert mich mit einer Mischung aus Ablehnung und Resignation, während Kier mein Näherkommen konsequent ignoriert. Gerade das verletzt mich mehr, als es sollte, wünsche ich mir doch nichts mehr, als dass er mich ansieht. So wie vorhin, als er eintraf und ich das Gefühl hatte, dass niemand außer uns beiden existiert.

»Hast du einen Moment für mich?«, frage ich, nachdem ich all meinen Mut zusammengekratzt habe.

»Warum?«, fragt er. Seine Stimme wirkt kälter als das Packeis an meiner Küste im Winter.

Ich fröstele bei diesem Klang, hat er doch kaum etwas mit dem tiefen Raunen gemein, mit dem er mich in der letzten Merwanacht um den Verstand gebracht hat. Viele andere hätten angesichts dieser Abweisung wahrscheinlich einen Rückzieher gemacht, aber ich bleibe an Ort und Stelle stehen. »Ich möchte mit dir reden.«

»Ach, auf einmal?« Seine Stimme hat sich noch weiter abgekühlt, auch wenn mir das unmöglich erscheint. Er klingt nun fast so wie an dem Abend, als er mich aus seiner Kajüte geworfen hat. »Ich kann mich nicht daran erinnern, dass du gern redest. Du bist viel besser darin, dich einfach umzudrehen und zu verschwinden.«

Ich schlucke angestrengt, doch gegen die Schmerzen in meiner Brust bin ich machtlos.

»Klärt das später, ihr zwei«, brummt Halvar. »Oder seid, verdammt noch mal, leiser. Keiner von euch will jetzt noch einen Skandal heraufbeschwören, nicht wahr?«

Kiers Haltung verspannt sich und er ballt die Hände zu Fäusten. Noch immer sieht er konsequent an mir vorbei. »Geh einfach wieder zurück an deinen Platz, Yrsa.«

Ich habe es immer geliebt, wie er meinen Namen ausgesprochen hat, doch jetzt zucke ich zusammen. Hinter mir höre ich Vangar näherkommen. Sie legt mir eine Hand auf die Schulter, aber ich schüttele sie ab.

»Was habe ich getan, dass du mich so abweisend behandelst?«, zische ich schärfer als beabsichtigt. Ich bin nicht wütend auf ihn; nur verletzt, dass er mich ignoriert und nicht mit mir reden will. Dabei habe ich so viel zu sagen, obwohl ich nicht weiß, wie ich es ausdrücken soll.

Endlich schießt sein Blick zu mir, und sofort wünschte ich, er würde mich weiter ignorieren. Noch nie habe ich mich in seiner Gegenwart gefürchtet. Ich liebte es, wenn er diese besondere Aura zeigte, die andere verstummen oder zurückweichen ließ. Da sie sich nun direkt gegen mich richtet, erhalte ich eine Ahnung davon, welche Auswirkungen sie wirklich hat. Unwillkürlich mache ich einen Schritt zurück. Der Blick aus seinen stechend grünen Augen bohrt sich durch mich hindurch, durchwühlt mich und stülpt mein Inneres nach außen. Schnell schlinge ich beide Arme um mich, um das Zittern meines Körpers zu dämpfen und das zu verstecken, was er sehen könnte.

»Verstehst du wirklich nicht, wie ich mich fühle?«, fragt er gefährlich ruhig.

Ich schlucke so angestrengt, dass es jeder um uns herum hören muss. Vielleicht sogar der oberste Anführer, obwohl er offenbar noch immer in eine Diskussion mit seinen Begleitern vertieft ist und mehrere Meter entfernt steht. Das leise Murmeln ihrer Unterhaltung kommt kaum gegen meinen dröhnenden Herzschlag an.

Zögerlich schüttele ich den Kopf. »Du erklärst es mir nicht.«

Kiers Kiefermuskeln arbeiten, als er die Zähne zusammenbeißt. Eine Sehne tritt an seinem Hals hervor, als kostete es ihn große Mühe, ruhig zu bleiben. Für einen winzigen Moment huscht sein Blick über meinen Kopf hinweg zur Gruppe des obersten Anführers, ehe er zu mir zurückkehrt.

»Klärt das später«, mahnt Vangar eindringlich, während Halvar ein genervtes und ungläubiges »Heilige Götter« murmelt, das sich wahrscheinlich gegen mich richtet.

»Ich will es verstehen«, zwinge ich mich zu sagen, auch wenn Kiers angespannte Miene keinen Zweifel daran lässt, dass ich es bereuen werde.

Unvermittelt packt er mich am Arm und zieht mich hinter sich her zu einem Baum, außerhalb des Sichtfeldes des obersten Anführers. Ich zucke zusammen, als Kier die Faust direkt neben meinem Kopf gegen den Stamm krachen lässt.

»Du kommst hierher«, knurrt er, »mit dieser verdammten Kugel und wirfst mir vor, dass ich meinen Wyvern nicht hätte einsetzen sollen.«

»Ich wusste nicht, dass Vangar die Kugel dabeihat«, gebe ich zurück, während ich mich bemühe, ruhig zu bleiben. Doch auch in mir brodelt es, wenngleich aus anderen Gründen.

Kier hat sich so weit zu mir vorgelehnt, dass sich unsere Nasenspitzen beinahe berühren. Obwohl seine Blicke wütende Funken schießen, genieße ich es, ihm so nahe zu sein. Ihn zu riechen. Seine Körperwärme zu spüren. Mein Körper reagiert auf ihn, ungeachtet seiner Wut. Am liebsten würde ich mich an ihn schmiegen, ihn festhalten und ihm versichern, dass alles gut werden wird.

»Ich musste Drakkar und das Schiff setzen, wenn ich nicht verlieren will«, grollt er.

»Aber du machst nicht nur sie, sondern auch dich damit zum Sklaven des obersten Anführers.«

»Ich weiß!«

Seine Stimme dröhnt in meinen Ohren und veranlasst Halvar erneut dazu, zur Ruhe zu mahnen. Kiers gesamter Körper erbebt von einer Wut, die ich nicht verstehe. Zögerlich hebe ich die Hand, um sie an seine Brust zu legen, doch er umschließt mein Handgelenk mit seinen Fingern, um sie auf halber Strecke aufzuhalten.

»Ich werde nicht verlieren.« Nun redet er zwar leiser, aber nicht minder eindringlich. »Ich habe bereits zu viel verloren.«

Mein Atem geht abgehackt, denn ich weiß, dass er nicht nur von der Prüfung zum nächsten obersten Anführer redet.

»Das zwischen uns ist für mich schon lange kein Wettkampf mehr«, murmele ich.

Er schnaubt. »Aber mehr ist es auch nicht. Da warst du sehr deutlich. Mehrmals.« Er lässt mein Handgelenk los. »Es geht dir bloß um dich. Du redest zwar davon, dass zwischen uns kein Wettkampf mehr besteht, doch etwas anderes lässt du nicht zu. Und ich bin es leid zu hoffen.«

Ich ziehe scharf die Luft ein. »Was willst du damit sagen?«

Plötzlich scheint die ganze Spannung der letzten Minuten von ihm abzufallen. Mit einem fast traurigen Lächeln wendet er sich kopfschüttelnd ab.

Als er mich wieder anschaut, ist sein Blick nicht mehr schneidend, sondern traurig. »Ich habe die ganze Zeit gehofft, dass da mehr ist. Dass ich für dich mehr bin. Dass ich … es wert bin, dass du deine Stimme erhebst. Oder dass du … bleibst. Nichts davon ist eingetroffen.«

Ich runzele die Stirn. »Ich verstehe nicht …«

Resigniert schließt er die Augen. »Und genau das ist das Problem. Zumindest eines davon.« Als er mich wieder ansieht, kommt es mir vor, als hätte ich nun den Anführer Kier vor mir und nicht mehr den Mann, der mir über die letzten Wochen und Monate so vertraut geworden ist. »Ich gebe auf.«

Mein Hals ist wie zugeschnürt. »Was meinst du damit? Den … Wettkampf? Aber du hast eben …«

»Nein, Yrsa«, presst er zwischen zusammengebissenen Zähnen hervor. »Der Wettkampf ist alles, was mir noch bleibt. Ich bin sogar bereit, mich zu einem Sklaven zu degradieren, wenn das bedeutet, dass ich gewinne. Denn mehr kann ich nicht mehr tun.«

Und endlich dämmert es mir. Es geht hierbei nicht um den Wettkampf. Sondern um uns.

Ich schlucke gegen die Enge in meinem Hals an. »Hast du … den Brief erhalten, den ich dir geschickt habe? Darin habe ich versucht …«

»Ich habe ihn nicht gelesen«, sagt er kühl. »Und ich werde es auch nicht.«

»Warum?«, hauche ich mit zitternder Stimme.

»Egal, was darin steht, es ändert nichts. Du wirst wieder weglaufen, und ich werde derjenige sein, der zurückbleibt.«

Ich recke das Kinn. »Ich laufe nicht davon.«

Er schnaubt, ehe er sich wieder zu mir herablehnt. »Ach nein? Ich hatte den Eindruck, dass du verdammt gut darin bist. Nachdem du über Bord gegangen und danach zu dir gekommen bist, bist du aus meiner Kajüte geflohen. Nach unserem ersten Kuss ebenfalls. Nach unserem Flug auf Drakkar auch. Nachdem ich dir … *geholfen* habe. Oh, und wer ist am Morgen nach der letzten Merwanacht allein aufgewacht?« Er macht ein paar Schritte von mir weg. Eisige Luft streicht über mich, nun da er sie nicht mehr vor mir abschirmt. »Ich habe dir Freiraum gegeben. Ich habe hingenommen, dass du Zeit brauchst. Ich habe dir, verdammt noch mal, alles gegeben, worum du mich gebeten hast. Wirklich *alles*. Ich habe verstanden, dass es für dich nicht einfach ist. Aber meine Grenze ist erreicht. Ich …«, seine Schultern sacken herab, »… kann das nicht mehr.«

Angestrengt suche ich nach den richtigen Worten, doch mein Kopf ist völlig leer. Ich kann nichts anderes tun, als ihn anzustarren. Denn er hat recht. Nie hätte ich es zugegeben, aber ich bin jedes Mal davongelaufen, wenn es ernster zwischen uns wurde. Ich hatte Angst vor dem, was meine Familie, mein Clan oder die Götter über mich denken könnten, und habe keinen Gedanken daran verschwendet, wie es Kier dabei ergeht. Nun tue ich es. Und mir gefällt ganz und gar nicht, wie es sich anfühlt.

»Es tut mir …«

»Wage es nicht, dich zu entschuldigen!«, knurrt er, und ich klappe schnell den Mund wieder zu.

»Sie kommen gleich zurück«, mahnt Vangar leise hinter mir. Wie viel hat sie gehört? Doch im Grunde ist es einerlei.

Als Kier gerade an mir vorbeigehen will, murmele ich: »Du hast mir gesagt, dass du mich magst. Vielleicht sogar mehr als das. Ist das noch der Fall?«

Er bleibt stehen und neigt den Kopf leicht in meine Richtung. »Gefühle«, flüstert er ebenso leise, »verschwinden nicht von jetzt auf gleich. Aber sie können von etwas Stärkerem überlagert werden. Wenn ich dich ansehe, schwanke ich zwischen dem Verlangen, dich besinnungslos zu küssen und dich denselben Schmerz spüren zu lassen, den du mir zugefügt hast. In Momenten wie diesen bin ich mir nicht sicher, welches Verlangen größer ist. Aber eines weiß ich: Ich will nicht länger hoffen und warten.«

»Ich wollte dich nie verletzen.«

»Das hast du aber«, entgegnet er. »Nicht bloß einmal. Ob nun aus Unwissenheit oder Absicht, spielt da keine Rolle.«

Er hat recht. Der Schaden ist angerichtet, obwohl ich ihm nicht schaden wollte. Nicht auf diese Art. Nicht mehr, seit der Schemen verschwunden ist. Und trotzdem habe ich es getan. Vielleicht werde ich das nie wiedergutmachen können.

Ich folge ihm, Vangar und Halvar zurück zum Treffpunkt, nachdem ich mich einen Moment gesammelt habe. So schwer es mir auch fällt, muss ich mich zunächst auf den Ausgang der Prüfung konzentrieren. Danach werde ich bei Kier um Vergebung bitten, so oft, bis er mir verzeiht. Wenn er es überhaupt kann. Aber daran darf ich jetzt nicht denken!

Es fällt mir schwer, die rationale Yrsa hervorzuholen, wenn die fühlende gerade von ihren Empfindungen zerfressen wird. Doch irgendwie gelingt es mir, sie zurück an ihren Platz zu drängen – versteckt hinter meinem Herzen – und nach außen hin die Anführerin zu sein.

Nur der Krieger verweilt noch an seinem Platz; die Gruppe des obersten Anführers ist ins Gespräch vertieft, hat sich aber bereits näher zum Hochsitz bewegt. Für einen Moment verweilt mein Blick auf dem hochgewachsenen Mann, der mich ungeniert angafft. Irgendetwas an der Art, wie er mich ansieht, macht mich ratlos. Als mir aufgeht, woher ich diesen Blick kenne, runzele ich die Stirn: Genauso begutachten meine Leute den Fang der Fischer, um den besten Fisch herauszusuchen.

Ich straffe die Schultern und ignoriere ihn. Soll er mich doch anstarren, wie er will. Ich mustere stattdessen Kier aus den Augenwinkeln. Er steht mehrere Meter von mir entfernt und lässt sich nach außen hin nichts anmerken, während ich sicherlich genauso mies aussehe, wie ich mich fühle, ganz gleich wie bemüht ich bin, die unnahbare Anführerin zu spielen.

In Gedanken gehe ich mehrmals die Momente durch, die Kier angesprochen hat. Ausnahmslos jedes Mal bin ich gegangen, manchmal sogar geflüchtet. Den Grund dafür kenne ich zwar, aber angesichts seiner Wut und Resignation kommt er mir schal und leer vor. Ich hätte zumindest mit ihm reden und ihm erklären sollen, warum ich so gehandelt habe. Für ihn muss es sich angefühlt haben, als hätte ich ihn bloß benutzt. So gesehen verstehe ich, dass er nichts mehr mit mir zu tun haben will; bestimmt unterscheide ich mich in seinen Augen kaum von der Valkra, die sein Leben zerstört hat.

Ich muss ihm auf der Stelle sagen, dass es mir nicht darum ging, ihn auszunutzen. Dass ich echte Gefühle für ihn habe, vor denen ich viel zu lang die Augen geschlossen habe. Wenn er dann weiterhin nichts mehr mit mir zu tun haben will, werde ich es akzeptieren.

Aber ich werde an den Worten ersticken, wenn ich sie nicht endlich ausspreche. Zu lange schon sammeln sie sich in mir, vermehren sich und werden lauter. Ich hätte sie schon viel früher freilassen sollen.

Gerade als ich Luft hole und den Mund öffnen will, kichert jemand. Mein Kopf ruckt zur Gruppe des obersten Anführers, dabei streift mein Blick wieder den des Kriegers. Erneut werde ich von einem eisigen Schauer geschüttelt. Oder ist es das Kichern, das mir das Blut in den Adern gefrieren lässt? Es klingt fast wie …

Mein Atem stockt. Das ist unmöglich.

Ich beginne zu zittern. Egal, wie sehr ich versuche, es zu unterdrücke, es wird immer schlimmer. Eiskalte Panik durchflutet mich vom Scheitel bis zur Sohle.

»Was ist?«, fragt Vangar, als ich stolpernd einen Schritt zurück mache.

Obwohl jeder Muskel in meinem Körper nach Flucht schreit, zwinge ich mich zu einem Lächeln. »Nichts.«

Sie glaubt mir, und ein wenig enttäuscht mich das. Kier oder meine Schwester hätte ich nicht so leicht täuschen können.

Das Kichern wird lauter. Niemand scheint sich daran zu stören. Wenn bloß ich es hören kann, bedeutet das …

Dachtest du, du wärst mich los?

Mein Herz setzt für einen Schlag aus, als ich die kratzige Stimme einer uralten Vettel in meinem Kopf höre, gefolgt von einem scharfen Schmerz, als würde etwas von innen über meinen Schädel kratzen.

Die Götter erwarten noch immer, dass du deinen Schwur erfüllst.

›*Wie kannst du hier sein?*‹, frage ich. Selbst in meinem Kopf klingt meine Stimme ängstlich und angespannt. ›*Kier hat dich … besiegt.*‹

Ich wage nicht, in seine Richtung zu schauen, aus Angst, dass der Schemen dann die Kontrolle übernimmt und mich in eine hirnlose Berserkerin verwandelt. Ich will nicht wieder gezwungen sein, meine Waffen gegen Kier zu ziehen.

Niemand kann mich besiegen, höhnt der Schemen. *Ich bin ein Teil von dir, bis du deinen Schwur erfüllst. Die Götter hatten ein Einsehen mit dir und dem Anführer des Schwingenclans. Das bedeutet aber nicht, dass sie das Blut vergessen haben, das du ihnen dargeboten hast.*

Unter Schmerzen runzele ich die Stirn. ›*Was meinst du damit?*‹

Törichtes Menschenkind! Erinnerst du dich etwa nicht mehr an deinen Schwur? Sollten dich die Götter gleich in die Unterwelt verbannen? Sie sind es leid, dir immer wieder eine neue Chance zu geben. Du lebst nur noch, weil sie der Dunklen Herrin nicht noch mehr Macht zugestehen wollen, als sie schon besitzt. Aber lange werden sie sich nicht mehr gedulden. Der Schemen kichert rau. *Du solltest dich beeilen.*

Ich verstehe nicht, was er meint, doch seine Worte genügen, um mich in bodenlose Panik zu stürzen. Meine Brust fühlt sich an, als würde sie gleich bersten, weil sie nicht genügend Raum für dieses dunkle Wesen bietet. Ich kann nur erahnen, was es dort alles vorfindet, woran es sich laben kann.

Die Gruppe des obersten Anführers kommt zurück. Zitternd sehe ich dabei zu, wie der Than der Thane sich behäbig auf seinem Hochsitz niederlässt. Jedes Wort aus seinem Mund muss ich dem Kichern des Schemens abringen.

»Kier und Yrsa, tretet vor.«

Kier kommt der Aufforderung schneller nach als ich. Meine wenigen Schritte nach vorn sind ähnlich unsicher wie die des obersten Anführers. Ich spüre Kiers Blick auf mir und versteife mich noch mehr.

Sein Flüstern fährt mir direkt unter die Haut. »Yrsa, was …?«

Mit zusammengepressten Lippen schüttele ich den Kopf und zwinge mich zu einer gleichmäßigen Atmung.

Bevor Kier zu einer weiteren Nachfrage ansetzen kann, erhebt der oberste Anführer das Wort. »Ihr beide habt euren Wert als meine möglichen Nachfolger in mehreren Prüfungen unter Beweis gestellt. Ich gebe zu, ich war nicht begeistert, dass zwei Außenseiter wie ihr den Sieg unter sich ausmachen.«

»Das war während der Zusammenkünfte nicht zu übersehen«, brummt Kier, was ihm eine gehüstelte Unterbrechung von Halvar einbringt, woraufhin ich Kiers Zähneknirschen bis zu mir hören kann. Unter normalen Umständen hätte ich darüber gelächelt, doch jeder Anflug von Freude wird vom Schemen vertilgt.

Ich presse mir eine Hand gegen die Brust. ›*Bitte*‹, wispere ich in Gedanken. ›*Friss nicht meine Gefühle für Kier.*‹

Der Schemen stößt ein Lachen aus, bei dessen Klang ich erzittere. *Keine Sorge, Mensch. Die sind sogar für mich zu viel.*

Ich bin nicht sicher, ob ich darüber erleichtert sein soll.

Der oberste Anführer straft Kier für seinen Kommentar mit einem mahnenden Blick, fährt dann aber unbeirrt vor. »Auch bei den letzten Prüfungen waren zwei Außenseiter dabei, den Sieg unter sich auszumachen. Zum Glück für mich wurden sie beide disqualifiziert, sodass ich die Linie meiner Vorfahren fortführen konnte und oberster Anführer wurde.«

Etwas in seinen Worten lässt mich aufhorchen und veranlasst auch den Schemen dazu, noch vehementer in mir zu wüten. Ich muss ein Wimmern von mir gegeben haben, denn ich spüre wieder Kiers Blick auf mir.

»Ist alles in Ordnung mit dir?«, flüstert er, als der oberste Anführer über die Wichtigkeit der Prüfungen schwafelt. Würde ich nicht vom Schemen heimgesucht werden, würde ich ihm rundheraus sagen, dass wir als Teilnehmer sehr wohl wissen, wie wichtig und anstrengend diese Prüfungen sind.

Zögerlich sehe ich zu Kier hinüber. Jede Sekunde rechne ich damit, dass der Schemen in mir aufschreien und lauthals nach seinem Blut verlangen wird. Doch ich kann ihn ansehen. Ich kann das Grün seiner Iriden betrachten und mir für einen winzigen Moment vorstellen, dass nur wir beide hier wären und dass das, was wir vorhin gesagt haben, nichts als ein böser Traum war.

Ihm gegenüber schaffe ich es nicht länger zu lügen. Kaum merklich schüttele ich den Kopf, woraufhin er die Augenbrauen zusammenzieht. Seine Augen weiten sich, als er begreift. Er hat mich öfter als jeder andere gesehen, als ich vom Schemen heimgesucht wurde; er muss die Anzeichen erkennen.

Ehe Kier jedoch etwas sagen kann, wendet sich der oberste Anführer an mich. »Du hast mir eine wertvolle Kugel aus der fremden Welt gebracht, Yrsa. Ihr Wert wiegt jedoch den des Schiffes, das den Nebel durchquert hat, und einen Wyvern nicht auf. Aber es gäbe da etwas, was es aufwiegen könnte.«

›*Konzentriere dich*‹, schimpfe ich mit mir. Ich muss das durchstehen. Noch habe ich die Chance, die nächste oberste Anführerin zu werden. Ich habe mich schon einmal gegen den Schemen behauptet; es wird mir ein weiteres Mal gelingen.

»Und was soll das sein?«, presse ich hervor.

Mein Kopf fühlt sich an, als würde er gleich zerspringen. Vielleicht wäre das besser, da ich dann diese Schmerzen nicht mehr ertragen müsste. Doch es gelingt mir, den Blick des obersten Anführers zu erwidern und nicht schreiend zusammenzusacken.

»Du, Anführerin des Küstenclans«, erhalte ich zur Antwort.

Ich blinzele. Habe ich ihn über die Schreie des Schemens falsch verstanden? »Was meinst du damit?«

»Ich habe dieses Angebot bereits deinem Vater unterbreitet«, sagt der oberste Anführer. »Die Hand einer seiner Töchter für meinen Sohn.«

Ich kann nicht anders, als verständnislos die Stirn zu runzeln, während aus Kiers Richtung ein bedrohliches »Was?« kommt. Der Schemen verlangsamt mein Denken; ich brauche zu lange, um mein Gegenüber zu verstehen, und noch länger, um zu begreifen, was es meint.

Der oberste Anführer scheint von meiner Reaktion nicht begeistert zu sein, denn er seufzt. »Meine Ahnen stellen seit Anbeginn unserer Sagas den obersten Anführer. Zwar gibt es die Prüfungen, aber sie … verlaufen meist zu unseren Gunsten.«

Ich schnappe nach Luft. »Willst du damit sagen, dass du … gegen die Gesetze der Götter verstoßen und die Prüfungen manipuliert hast?«

Er lehnt sich in seinem Hochsitz zurück und faltet die Hände über seinem Bauchansatz. »Sagen wir es so: Meine Familie hat in der Vergangenheit dafür gesorgt, dass dieses Amt und die damit verbundenen Privilegien in unseren Händen bleiben. Das erste Mal wurde es schwierig, als eure Väter teilgenommen haben. Ich war ihnen nicht gewachsen. Also bot ich einem, von dem ich wusste, dass er zwei Töchter hatte, eine Verbindung mit meiner Familie an, wenn er dafür von seiner Teilnahme zurücktritt.«

Ich balle die Hände zu Fäusten. »Dem hätte mein Vater nie zugestimmt!«

Zwar war ich noch klein, als er verunglückte, aber er hätte nie zugelassen, dass Elvi oder ich gegen unseren Willen verheiratet werden – auch bevor sich unsere Gaben gezeigt haben. Und Mutter respektierte seine Einstellung, wusste sie doch selbst, was es mit einer jungen Frau anstellen kann, wenn sie in eine lieblose Ehe gedrängt wird.

»Das hat er auch nicht«, sagt der oberste Anführer, ehe er auf den Krieger neben sich deutet. »Mein Sohn Gorm war beeindruckt von deinem Können während der Prüfungen.«

Blinzelnd mustere ich den Krieger erneut. Er kommt mir nicht bekannt vor. War er auch ein Teilnehmer? Ich kann mich nicht an ihn erinnern, aber das ist kein Wunder. Mein Blick huscht zur

Seite. Ich hatte auch da nur Augen für Kier, wenn auch noch aus anderen Gründen.

Schnell konzentriere ich mich wieder auf den Krieger, Gorm, als er zu mir tritt. Ich mache einen Schritt zurück und schlinge beide Arme um mich im verzweifelten Versuch, den Schemen in mir einzuschließen. Seine Schreie sind ohrenbetäubend, seine Krallen verheerend.

Ich reagiere zu langsam. Ich verstehe zu wenig. Ich brauche viel zu lange, um die richtigen Schlüsse zu ziehen, weil dieses verdammte Wesen mich keinen klaren Gedanken fassen lässt.

Plötzlich ist Kier neben mir. Seine Hand liegt um Gorms ausgestreckten Arm. »Wenn du sie anrührst«, knurrt er gefährlich ruhig, »werde ich dafür sorgen, dass du nie wieder etwas anrührst.«

Das Kreischen wird leiser. Kiers Stimme ist der einzige Laut, der gegen den Schemen ankommt. Nun höre ich auch Halvars und Vangars leises Fluchen und nehme die fremde Hand wahr, die im Begriff war, mich im Gesicht zu berühren. Schnell mache ich einen Schritt von ihm weg und pralle mit dem Rücken gegen Brans weiche Brust. Brummend ragt er über mir auf, offenbar genauso angewidert von dem unbekannten Mann wie Kier.

»Was mischst du dich ein?«, grollt Gorm, während er einen tödlichen Seitenblick zu Kier abschießt. »Sie wird sowieso meine Frau.«

»Ich kann mich nicht daran erinnern, dass sie zugestimmt hat«, erwidert Kier kühl. Doch diesmal erzittere ich nicht angesichts der schneidenden Kälte in seiner Stimme, sondern spüre eine angenehme Wärme, die sogar für den Schemen zu viel ist.

Gorm lacht. Es ist ein abwertendes, gemeines Lachen, bei dem sich mir die Nackenhaare aufstellen. »Und ich kann mich nicht daran erinnern, dass ich sie nach ihrer Meinung gefragt habe. Sie wird meine Frau, ob sie nun zustimmt oder nicht. Keine Sorge, ich werde ihr schon beibringen, wie sie sich mir gegenüber zu verhalten hat. Aber zuerst«, sein Blick gleitet hinter mich und er zieht einen Dolch aus seinem Gürtel, »werde ich dieses Vieh zerlegen.

Sein Fell wird sich sicher gut als Bettvorleger in unserem Schlafzimmer machen.«

Das Letzte, was ich bewusst wahrnehme, ist Kiers knappes Lachen, gefolgt von einem »Falsche Antwort«, bevor er Gorm loslässt und einen Schritt zurück macht.

Im nächsten Moment habe ich eine meiner Äxte gezogen und Gorms Hand mit dem Dolch, dessen Spitze er auf Bran gerichtet hatte, abgeschlagen. Blut spritzt mir schwallartig entgegen. Es ging alles so schnell, dass ich meine Tat erst begreife, als mich die warme Flüssigkeit an der Wange trifft. Eilig gehe ich zur Seite, damit das Blut nicht meine feinen Gewänder beschmutzt. Schreiend sinkt Gorm in die Knie und umklammert den Stumpf seines rechten Armes mit der linken Hand. Keine Spur von Mitleid breitet sich in mir aus, und das ist nicht die Schuld des Schemens.

»Sei froh«, raune ich, »dass ich meinem Tierwesen nicht gestattet habe, dich auseinanderzunehmen. Das wäre bedeutend unsauberer geworden.«

Der oberste Anführer gibt einen abschätzigen Laut von sich. »Nun hör auf zu schreien wie ein kleines Kind.«

Beinahe gelangweilt winkt er die Valkra heran, die sich im Hintergrund gehalten hat. Sie wird von einem der anderen Begleiter zum immer noch brüllenden Gorm geführt, um die Wunde notdürftig zu verbinden. Es wird erst leiser, als Gorm weggebracht wird; seine Schreie hallen dennoch zwischen den Bäumen wider.

Der oberste Anführer streicht sich über den Bart. »Ich gebe zu, dass eine fehlende rechte Hand seinen Wert als Ehemann etwas schmälert. Trotzdem biete ich dir weiterhin eine Verbindung mit meinem Clan an, Yrsa.«

Ich recke unter großer Anstrengung das Kinn. »Ich verzichte.«

Sein Blick gleitet zu Kier. »Seinetwegen?«

Ohne dass ich es will, versteife ich mich noch mehr. »Meine Antwort wäre dieselbe gewesen, wenn es Kier nicht gäbe.«

Aus den Augenwinkeln sehe ich Kier zufrieden lächeln, ehe er wieder eine undurchsichtige Miene aufsetzt.

Nun, da die Wut über Gorm langsam abebbt, drängt sich wieder der Schemen in den Vordergrund. Solange ich Kier ansehe, ist sein Schreien erträglich, aber der oberste Anführer verlangt meine Aufmerksamkeit – auf mehr als eine Weise. Als ich den Kopf wieder zu ihm drehe, wird das Mahnen des Schemens derart intensiv, dass meine Beine zittern und schließlich unter mir nachgeben. Die Axt entgleitet mir. Im verzweifelten Versuch, die Schmerzen zu lindern, presse ich mir eine Hand gegen den Kopf. Die Finger der anderen graben sich in den weichen Waldboden in der Hoffnung, irgendwo Halt zu finden.

»Was ist mit ihr?«, verlangt der überraschte oberste Anführer zu wissen.

Der Schemen zwingt mich dazu, die Zähne zu fletschen. Vielleicht tue ich es auch, weil ich sonst genauso laut schreien würde wie Gorm zuvor. In meinem Kopf dreht sich alles. Zu einem klaren Gedanken bin ich nicht mehr fähig, aber mir ist klar: Wenn der Schemen zurück ist, bedeutet das, dass derjenige hier ist, der für das Unglück meines Vaters verantwortlich ist. Wie damals bei Kier muss ich es jedoch hören. Ich muss mir sicher sein. Bis dahin wird der Schemen mich weiter heimsuchen und quälen.

Es gelingt mir nur mit sehr viel Kraft, den Kopf zu heben und den obersten Anführer anzusehen.

»Was … ist mit meinem … Vater geschehen, nachdem er … dein Angebot abgelehnt hat?«, presse ich zwischen zusammengebissenen Zähnen hervor.

Bevor er antworten kann, taucht Kier in meinem Sichtfeld auf. Er kniet sich vor mich, eine Hand an meine Wange gelegt. Seine Berührung ist so warm, dass sie die Kälte des Schemens ein Stück weit aus mir vertreibt. Ich schmiege die Wange in seine Handfläche und schließe die Augen.

»Der Schemen?«, flüstert er. Ich nicke schwach und bin dankbar dafür, dass er keine weiteren Fragen stellt. »Du bist stärker als er, Yrsa. Du hast ihn bereits zuvor unterdrückt. Von dieser Entscheidung hängt die Zukunft von uns beiden ab.«

»Ich kann … nicht mehr«, hauche ich. »Ich muss … es wissen, sonst werde … ich ihn nie los.«

Kier zögert einen Moment, ehe er sacht mit dem Daumen über meine Wange streichelt. »Ich verstehe dich. Und ich werde dir nicht im Weg stehen.«

Dankbar stoße ich die Luft aus. Noch für einen Augenblick spüre ich die Wärme seiner Hand, ehe er sich zurückzieht.

Ich rappele mich auf und konzentriere mich wieder auf den obersten Anführer. »Was ist mit meinem Vater geschehen?«, wiederhole ich.

Er mustert mich aus verengten Augen. »Du glaubst doch wohl nicht im Ernst, dass ich dir das so einfach erzähle.«

Die Valkra des obersten Anführers ringt hinter ihm die Hände. »Ein Schemen ist hier, nicht wahr?« Ihre Stimme zittert vor Angst. »Die Götter wissen es.«

»Sei still, Weib!«, zischt der oberste Anführer.

Alle um ihn herum ziehen angesichts dieser Respektlosigkeit einer Valkra gegenüber scharf die Luft ein. Alle, bis auf mich.

»Die Götter wissen alles«, zwingt mich der Schemen zu sagen, ohne dass ich weiß, was genau er damit meint.

Doch die Valkra weiß es. Ihr vernarbtes Gesicht verzerrt sich zu einer ängstlichen Fratze. »Du musst es ihr sagen. Vielleicht erweisen sie sich dann als gnädig.«

Der oberste Anführer stößt einen abfälligen Laut aus. »Die Götter lächeln seit Generationen wohlwollend auf meine Familie herab. Das wird sich wegen dieses Görs aus dem Nirgendwo, das so dumm war, einen Schemen herbeizurufen, nicht ändern. Außerdem ist der Schemen fort! Sie kann Kier ansehen.«

Erneut ringt die Valkra nervös die Hände und reckt das Gesicht gen Himmel. »Die Wahrheit muss ans Licht kommen. Dass dein Sohn eine Hand verloren hat, war die letzte Warnung der Götter.«

»Schweig endlich!«, herrscht der Than der Thane sie an. »Gorm hat seine Hand verloren, weil er Yrsa unterschätzt hat. Diesen Fehler wird er nicht noch einmal begehen.«

»Die Götter werden dich für deine Taten strafen«, prophezeit die Valkra. »Dich und alle von deinem Blut.«

Auf seinem Hochsitz wirbelt der oberste Anführer zu ihr herum. »Wenn sie mich strafen, werden sie auch dich nicht verschonen.«

Die Valkra dreht den Kopf in seine Richtung. »Ich weiß. Aber im Beisein eines Schemens kann ich nicht länger schweigen. Wenn du es ihr nicht sagst, werde ich es tun.«

»Untersteh dich!«, grollt er.

»Wovon redet sie?«, will Kier wissen.

Der oberste Anführer reibt sich mit einem Seufzen über die Stirn, ehe er sagt: »Ich habe dafür gesorgt, dass es weiterhin meine Familie ist, aus der der oberste Anführer stammt. Und wenn Astrid nicht versagt hätte, wäre es mir auch diesmal gelungen.«

»Was meinst du damit?«, fragt Vangar, die nun zu mir getreten ist.

»Erkennt ihr die Ähnlichkeit nicht?«, höhnt er. »Sie ist meine Tochter. Oder sie war es, bis sie an diesen fremden Gestaden starb. Sie hätte den Plan früher umsetzen sollen, wie ich es ihr aufgetragen habe. Nachdem sie dich gestürzt hätte, wäre sie die nächste Anführerin des Küstenclans geworden. Sie hätte an den Prüfungen teilnehmen sollen.« Er macht eine abwertende Handbewegung in Kiers Richtung. »Und ihn meinetwegen heiraten können. Dann wären auch das Schiff und der Wyvern in meinem Besitz.«

Mir schwirrt zwar der Kopf, aber auf einmal ergeben so viele Dinge Sinn. Astrid war diejenige, die sich mit mir anfreunden wollte. Sie war es auch, die mir während der Nacht des Sturms das Seil reichte, das möglicherweise manipuliert war. Und im fremden Reich hat sie uns direkt zu dem Haus geführt, in dem der Unstrethfürst bereits auf mich wartete.

»Du solltest leise sterben«, sagt der oberste Anführer, ohne mich aus den Augen zu lassen. »Genau wie dein Vater, dessen Seil ich bei der Kletterprüfung angeritzt hatte. Doch er starb nicht leise, sondern viel zu langsam. Das sollte bei dir anders laufen, doch Astrid hat versagt, und nun muss ich mich mit dir herumschlagen. Leider bist du genauso kurzsichtig, wie dein Vater es war. Du hättest die Hand meines Sohnes ergreifen sollen, anstatt sie ihm abzuschlagen.«

In diesem Moment höre ich zum ersten Mal auf, mich gegen den in mir wütenden Schemen zu wehren. Ich reiße alle Mauern nieder, die ich hastig zu meinem Schutz errichtet habe, und überlasse dem dunklen Wesen die volle Kontrolle.

KAPITEL 39

KIER

Meine Hand zittert, so sehr will ich mein Schwert ziehen und es dem obersten Anführer in den Hals rammen. Dass er hinter einigen Scherereien steckt, die uns den Aufbruch und unsere Reise erschwert haben, war mir klar. Aber dass seine Einmischung so weit geht … Ich wünschte, ich könnte ihn dafür töten.

Doch diese Ehre gebührt Yrsa.

Es fällt mir schwer, ihrem Körper untätig dabei zuzusehen, wie er von dem dunklen Wesen heimgesucht wird, das immer noch in ihm haust. Ich dachte, durch ihre Rettung vor dem sicheren Tod hätte ich den Schemen besiegt, aber er wartete lediglich darauf, dass sich sein wahrer Gegner offenbart.

»Steck deine Äxte weg!«, befiehlt der oberste Anführer. »Oder ich werde meinem Gefolge befehlen, dich niederzumetzeln.«

Yrsa gibt ein abgehacktes Lachen von sich, das nichts Menschliches an sich hat, und als sie den Mund öffnet, klingt ihre Stimme anders. Dunkler. Und gefährlicher.

»Niemand wird mich aufhalten«, sagt sie und deutet mit einer ihrer Äxte auf ihn. »Erst recht nicht ein alter Mann wie du.«

Ich mache einen Schritt vor, die Hand auf den Schwertknauf gelegt. »Wenn sie dich nicht tötet, werde ich es tun.«

»Und danach«, grollt Vangar, »werde ich mein Glück versuchen. Aber ich habe keinen Zweifel daran, dass meine Anführerin deinen feisten Leib Stück für Stück auseinandernimmt.«

Lediglich Halvar hält sich im Hintergrund und stößt einen weiteren gemurmelten Fluch aus. Ihm hat der oberste Anführer nicht direkt geschadet, aber Yrsa und mir schon. Ihr noch sehr viel mehr als mir. Und Vangars Wut verstehe ich ebenfalls. Wenn der oberste Anführer tatsächlich Astrids Vater ist, muss er ihre Mutter geschwängert und dann aus dem Clan verstoßen haben. Yrsa hat mir von ihren Rückschlüssen erzählt; auch davon, wie Astrid vermutlich zu dem wurde, was sie ist.

Und letztendlich ist es die Schuld des obersten Anführers.

»Mein Schwert, sofort!«, brüllt er, und einer seiner Begleiter hastet mit bleichem Gesicht vor, um seinem Befehl nachzukommen.

Umständlich erhebt er sich aus dem Hochsitz, ehe sich seine Finger um den Schwertgriff legen.

»Ich werde dir schon Manieren beibringen, Küstenmädchen! Du wirst dir noch wünschen, dass du meinen Sohn geheiratet hättest, wie es für dich vorgesehen war.«

Yrsas Körper erbebt. Ehe ich es verhindern kann, mache ich zwei Schritte auf sie zu, stoppe aber mitten in der Bewegung. Dass ihre Miene verzerrt ist, wenn der Schemen zu viel Kontrolle über sie hat, ist mir nicht neu. Aber nun wirkt sie wie ein wildes Tier mit gefletschten Zähnen. Ihre Augen sind kohlschwarz. Keine Spur von Weiß, kein Fünkchen des zauberhaften Blaus, das mich an den Himmel und das Meer gleichermaßen denken lässt.

Nichts als bodenlose, unheilvolle Schwärze.

Auch dem obersten Anführer scheint nun aufzugehen, dass er nicht bloß Yrsa gegen sich hat, gegen die er dachte, eine Chance zu haben.

»W-Wie kann das sein?« Taumelnd macht er einen Schritt zurück. »Der Schemen sollte doch …« Sein Blick huscht zu mir. »Sie konnte dich ansehen. Der Schemen sollte verschwunden sein!«

Ich zucke bloß mit den Schultern, während ich die Mundwinkel zu einem Grinsen hebe.

Panisch winkt der oberste Anführer seine Begleiter bei. »Steht nicht so nutzlos hinter mir herum! Beschützt mich!«

Diesmal dauert es länger, bis ihm zwei seiner Begleiter gehorchen. Offenbar reicht ein Blick zu Yrsa, um sie vor Angst erstarren zu lassen. Und ich kann es ihnen nicht verdenken.

»Es ist eure verfluchte Pflicht, mich zu beschützen!«, schreit der oberste Anführer, dessen Stimmlage nun unüberhörbar höhergerutscht ist.

Seine Männer stehen zwar vor ihm, wanken aber. Dabei hat Yrsa noch keinen Angriffsversuch unternommen. Die kohlschwarzen Augen starr auf ihr Ziel gerichtet, hebt sie eine Hand mit der Axt. Als sie den Mund öffnet, klingt ihre Stimme verzerrt und dunkel; ähnlich wie bei ihrer Schwester, als sie meinen Fluch deutete, scheint es, als würden mehrere Stimmen aus ihr sprechen.

»Die Götter haben lange genug dabei zugesehen, wie du ihre Gesetze mit Füßen trittst. Sie bedienen sich nun dieser Frau, um dich zu bestrafen.«

Ich mache einen Schritt zurück, Vangar tut es mir gleich. Doch beide lassen wir unsere Hände an den Waffen.

»Ich war stets ein gottesfürchtiger Mann!«, widerspricht der oberste Anführer mit einem unüberhörbaren Winseln in der Stimme, während er auf die Knie sinkt. Seine Todesangst steht ihm deutlich ins Gesicht geschrieben. »Nie hätte ich etwas getan, was ihrem Willen widersprochen hätte.«

Yrsa – der Schemen – lacht, und meine Nackenhaare stellen sich auf. »Deine Familie«, sagt sie mit hallender Stimme, »hat gegen so viele Überlieferungen und Gesetze verstoßen, dass ich sie unmöglich alle aufzählen kann. Aber das muss ich nicht, denn du weißt ganz genau, wovon ich spreche.« Sie streckt den Zeigefinger der Hand aus, mit der sie die Axt auf ihn richtet, und deutet auf ihn. »Ich verfluche dich und all jene, die den Namen deiner Familie tragen.«

Um uns herum ist es totenstill. Niemand wagt zu atmen.

Der oberste Anführer fängt sich jedoch schnell wieder. Sein Lachen hallt über die Lichtung. »Ich fürchte mich weder vor dir, Küstenmädchen, noch vor deinem Schemen. Meine Familie ist seit

Generationen an der Macht und wir werden es auch weiterhin bleiben. Ich habe dir ein sorgenfreies Leben in Wohlstand angeboten, aber du hast abgelehnt.« Er kommt wieder auf die Füße, richtet die Spitze seines Schwertes auf Yrsa und reckt das Kinn. »Dein Fluch kann mir nichts anhaben, genauso wenig wie dein Schemen.«

Yrsas Lippen verziehen sich zu einem gefährlichen Grinsen. »Ich habe gehofft, dass du das sagst. Es bereitet weder mir noch diesem Gefäß Freude, vor Angst schlotternde Gegner zu bekämpfen.«

Ohne eine weitere Warnung stürmt sie vor. Wenn ich es nicht besser wüsste, würde ich sagen, dass sie sich noch schneller bewegt als gewöhnlich. Die beiden Begleiter wissen nicht, wie ihnen geschieht. Noch bevor sie ihre Schilde heben können, hat Yrsa dem einen die Axt in die Brust gerammt und dem anderen mit einem sauberen Streich die Kehle aufgeschlitzt. Beinahe zeitgleich sacken sie in die Knie und kippen schließlich zur Seite ins Moos.

»Möchte sich mir noch jemand in den Weg stellen?«, fragt sie. Die übrigen Begleiter weichen vor ihr zurück. Eine der Frauen schreit. Yrsa gibt ein Schnauben von sich. »Hätte mich auch gewundert.« Ihr schwarzer Blick kehrt zum obersten Anführer zurück. »Halte dein Schwert oben und hör auf zu zittern. Vielleicht verbannen dich die Götter dann nicht in die tiefsten Tiefen der Unterwelt.« Ihr rechter Mundwinkel hebt sich. »Sondern nur in eine der mittleren Ebenen.«

»Falls du mich tötest …«, begehrt der oberste Anführer auf, wird jedoch sofort von Yrsa unterbrochen.

»Nicht falls. *Wenn.* Dein Ende ist unausweichlich, alter Mann. Sei froh, dass ich nicht deine gesamte Linie mit dir auslösche. Deinem Sohn geben die Götter die Chance, deine Verfehlungen wiedergutzumachen, den Fluch zu brechen. Aber für dich gibt es keine Rettung. Ein anständiges Begräbnis wird dir versagt.« Sie neigt den Kopf in die Richtung seiner restlichen Begleiter. »Der Zorn der Götter wird jeden treffen, der seinen Körper von hier wegbringt. Er soll verrotten als mahnendes Beispiel, was passiert, wenn man sich über die alten Mächte erhebt.«

Neben mir gibt Halvar einen erstickten Laut von sich, und ich kann nur zustimmend nicken. Wenn es ein schlimmeres Schicksal gibt, als von einem solchen Wesen getötet zu werden, dann dass dem Toten ein angemessenes Begräbnis verweigert wird. Allein dadurch wird es ihm nicht möglich sein, in die Ewigen Gefilde eingelassen zu werden – ungeachtet seiner Taten als Lebender. Mit seinem Urteil verdammt der Schemen den obersten Anführer zweifach. Sosehr ich mich auch dagegen sträube, empfinde ich doch einen Hauch Mitleid mit ihm. Wenn mein Fluch mich holt und ich bis dahin keine Valkra in meinem Clan habe, werden meine Taten als Lebender auch nicht mehr von Bedeutung sein.

Der Schemen lässt Yrsa das Kinn recken. Diese Geste sieht beinahe normal aus. »Und nun stell dich mir entgegen. Die Götter sehen zu.«

Am ganzen Körper schlotternd umklammert der oberste Anführer sein Schwert mit beiden Händen. Sein Schild liegt bereits neben ihm am Boden. Tränen rinnen seine Wangen hinab und versickern in seinem Bart. Ich verbiete mir auch jetzt jeden Anflug von Mitleid. Er ist nicht unverschuldet in dieser Situation. Er hat nicht nur das Ritual zur Auswahl des obersten Anführers manipuliert, sondern auch meinen und Yrsas Vater mit hineingezogen. Yrsas Vater musste schlussendlich seine Weigerung, eine seiner Töchter zu versprechen, mit dem Leben bezahlen. Hätte mein Vater anders gehandelt, wenn er keinen Sohn, sondern eine Tochter gehabt hätte? Ich knirsche mit den Zähnen, als ich mir diese Frage mit einem klaren Ja beantworte. Doch Yrsas Vater hat sich geweigert. Er wusste von den Plänen des damals noch jungen Mannes, der nun der oberste Anführer ist. Er konnte nicht am Leben bleiben. Mein Vater hatte das Pech, der Partner von Yrsas Vater während der Kletterprüfung zu sein, und wurde auf diese Weise hineingezogen.

Wären Yrsa und ich anders miteinander umgegangen, wenn unsere Väter durch diesen Schicksalsschlag nicht miteinander verkettet gewesen wären? Hätte sie mich von Anfang an anders angesehen, wenn sie nicht bei ihrem Blut Rache geschworen hätte?

Egal, wie die Antworten auf diese Fragen lauten, eines ist gewiss: Unsere beiden Leben wären anders verlaufen, wenn der oberste Anführer nicht gewesen wäre. Vielleicht wäre es Yrsa leichter gefallen, meinen Fluch zu brechen, wenn sie nicht den Schemen in sich hätte und dabei zusehen musste, wie das Gegenstück ihrer Mutter dahinsiecht.

Nein, ich empfinde kein Mitleid für den obersten Anführer. Er hat sein Schicksal selbst gewählt und unzählige Unschuldige verdammt.

Ich wende den Blick nicht ab, als Yrsa mit ihren Äxten auf ihn losgeht. Es gelingt ihm, ihren ersten Hieb abzuwehren; etwas, was vielen jüngeren Kontrahenten während der Prüfungen nicht gelungen ist. Doch der Schemen gibt ihm keine Gelegenheit, sich darüber zu freuen. Die Klinge ihrer zweiten Axt zerteilt mit einem lauten Schmatzen seinen Brustkorb. Mehr als ein Keuchen gibt der oberste Anführer nicht mehr von sich, ehe er in die Knie sackt, den Blick starr auf den Griff der Axt gerichtet, der vor seinem Gesicht aufragt.

Mit einem Ruck zieht Yrsa ihre Waffe zurück und wendet sich an die ängstlich wimmernden Begleiter, die vergeblich versuchen, sich alle hinter dem Hochsitz zu verbergen. »Bringt mir die Valkra.« Als sich nicht sofort jemand rührt, schickt sie ein geknurrtes »Sofort!« hinterher. Erst da eilt einer der Begleiter davon, nicht ohne über die eigenen Füße zu stolpern.

Völlig reglos erwartet der Schemen in Yrsas Körper die Ankunft der Valkra. Ich verziehe den Mund, während ich das dunkle Wesen beobachte. Yrsa stand nie vollkommen still. Entweder huschte ihr Blick umher, immer auf der Suche nach etwas Neuem, oder sie erinnerte sich daran, wie sie stehen und auf andere wirken musste, woraufhin sie ihre Haltung korrigierte. Oder sie wand sich unter mir, wenn es ihr nicht schnell genug ging.

Diese starre Haltung hat nichts mit Yrsa gemein.

Als wüsste er, dass ich ihn beobachte, dreht der Schemen Yrsas Kopf in meine Richtung und grinst mich an. »Zu dir komme ich gleich, versprochen.«

Ich ringe mich zu einem abschätzigen Lächeln durch, während ein eisiger Schauer über meine Arme huscht und mir Gänsehaut beschert. »Kann's kaum erwarten.«

Ich reiße den Blick von Yrsas starrem Körper los und sehe zu Bran, der sich weit im Hintergrund hält. Mehrmals hält er die Schnauze in die Luft und schnuppert, ehe er weiter hinter Vangar zurückweicht, als wolle er sich verstecken. Natürlich merkt er, dass etwas nicht stimmt. Die Tatsache, dass er keine Verbindung zu seiner Flüsterin aufbauen kann, wird ihn noch weiter verwirren. Obwohl ich weiß, dass er mich nicht verstehen kann wie seine Gefährtin, nähere ich mich ihm. Eine Hand ausgestreckt, warte ich, bis er sich auf mich konzentriert und mir erlaubt, ihn zu berühren. Behutsam streichele ich ihm über den gesenkten Kopf.

»Sie kommt zurück«, murmele ich. »Dafür sorgen wir beide. Wir werden nicht zulassen, dass sie gegen den Schemen verliert.«

»Große Worte von jemandem, der sie erst ignoriert und dann angeschrien hat«, murrt Vangar.

Ohne zu ihr zu schauen, sage ich: »Ich werde mich nicht dafür entschuldigen. Meine Gründe sind …«

»Deine Gründe interessieren mich nicht«, fällt sie mir ins Wort. »Solange du dafür sorgst, dass ich meine Anführerin zurückkriege und nicht ohne sie zurück zu unserem Clan muss, werde ich mich nicht in eure Angelegenheiten einmischen. Aber das da«, aus den Augenwinkeln sehe ich, wie sie mit einer Kopfbewegung auf Yrsa deutet, »ist nicht meine Anführerin.«

Halvar tritt zu uns. »Da stimme ich dir zu. Vor dieser Version von ihr habe ich sogar noch mehr Angst als vor der normalen Yrsa. Was, wenn sie so bleibt?«

Vangar zieht geräuschvoll die Luft zwischen den Zähnen ein. »Ihre Schwester könnte …«

»Nein«, sage ich. »Ich kann sie zurückbringen.«

»Wie kannst du das wissen?«, fragt Halvar.

»Ich habe ihren Schemen bereits zuvor besiegt«, antworte ich. »Es wird mir erneut gelingen.«

Zum Glück werde ich vor weiteren Nachfragen verschont, als der Begleiter die schreiende und sich wehrende Valkra hinter sich herzerrt und sie dem Schemen vor die Füße stößt. Yrsa hockt sich vor sie, und ich meine, dunkle Schwaden aus ihrem Körper herauswabern zu sehen, die nach der panisch zitternden Valkra greifen.

»Du hast den Willen der Götter missachtet«, sagt Yrsa ruhig, trotzdem ist ihre Stimme lauter als das Kreischen der Valkra, die mit beiden Händen versucht, sich gegen die Schwaden zu wehren. »Du bist den irdischen Versuchungen erlegen und somit eine Schande für alle Valkras. Die Götter haben keine Verwendung mehr für dich.«

»Nein, bitte!«, wimmert die ältere Frau. »Ich habe dir die Wahrheit gesagt.«

»Nachdem du über Jahrzehnte geschwiegen hast«, knurrt Yrsa.

»Ich kann mich ändern. Ich kann wieder ...«

»Die Götter werden dir keine Visionen mehr schicken«, unterbricht sie Yrsa. »Demnach bist du nutzlos.«

Der Schrei der blinden Frau endet abrupt, als die Schwaden in sie eindringen und sie von innen heraus zerreißen. Keiner von uns gibt einen Laut von sich. Erst einige Sekunden später beginnt Vangar zu würgen. Halvar ist mucksmäuschenstill; sämtliche Verwünschungen scheinen ihm im Hals stecken geblieben zu sein.

Nachdem der Schemen notdürftig das Blut von Yrsas aufwendigem Gewand gewischt hat, dreht er sich mit einem Grinsen zu mir um und winkt mich mit gekrümmtem Zeigefinger näher.

Als ich den ersten Schritt auf ihn zu mache, packt Halvar mich an der Schulter. »Bist du sicher, dass du ... zu diesem Ding gehen solltest?«, wispert er eindringlich. »Hast du nicht gesehen, wie spielend leicht es die Valkra eben ... auseinandergerissen hat?«

Ich nicke, während ich sanft, aber bestimmt seine Hand wegschiebe. »Wenn der Schemen mir schaden will, dann wird er es tun, egal ob ich hier stehen bleibe oder zu ihm gehe. Aber ich denke nicht, dass mir etwas geschehen wird.«

»Was macht dich da so sicher?«, fragt Vangar mit schwacher Stimme.

»Weil es immer noch Yrsa ist, in der er sich befindet.«

Ich schlucke angestrengt und mache mich auf den Weg zum Schemen, der mein Kommen mit einem breiten Lächeln erwartet, das auf Yrsas Gesicht völlig falsch aussieht. Ich liebe es, wenn sie lächelt – aber nicht auf diese Art. Yrsas Lächeln sieht anders aus. Ehrlicher. Und wärmer.

Für die tote Valkra habe ich nur einen flüchtigen Blick übrig, was auch besser ist, denn sonst würde sich mein Magen ebenfalls nach außen stülpen wie Vangars.

»Du hast deine Rache bekommen«, sage ich, als ich gut zwei Meter von Yrsa entfernt stehen bleibe. »Wird es nicht Zeit, dass du endlich verschwindest?«

Immer noch grinsend kommt der Schemen auf mich zu und stoppt erst, als Yrsas Brust bei jedem Atemzug über meine streicht. Die schwarzen Augen des Schemens sind derart bodenlos, dass sie jedes Licht verschlucken, das sich normalerweise in ihnen brechen würde.

»Deine Feindseligkeit verletzt mich«, säuselt das dunkle Wesen mit Yrsas Stimme. »Es stimmt, ich war anfangs nicht gerade nett zu dir, aber kannst du mir das verdenken? Ich weiß auch nur so viel wie der Wirt, in dem ich mich befinde. Und dieser hier«, sie streicht über Yrsas Wange, »war überzeugt davon, dass deine Familie für den Tod ihres Vaters verantwortlich ist.«

»Nun hast du dich an dem wahren Schuldigen gerächt.«

Sie legt die Hand auf meine Brust, direkt auf mein Herz. Ich halte die Luft an bei dieser Geste, die Yrsas wahrem Verhalten so ähnlich ist. »Meine Aufgabe ist erfüllt. Aber vielleicht will ich lieber hierbleiben. Ich habe mich über die Jahre so sehr an diesen Körper gewöhnt und mich an all den Gefühlen gelabt, dass ich nicht zurückwill.«

Ich versteife mich. »Du wirst augenblicklich aus ihr verschwinden.«

Der Schemen zieht Yrsas Augenbraue nach oben. »Und was, wenn nicht? Was wirst du dann tun, Kier? Wirst du dein Schwert gegen diese Frau ziehen und mich mit Gewalt austreiben?« Als ich zögere, stößt der Schemen ein Kichern aus. »Das kannst du nicht. Du kannst mir nicht schaden. Jeder Hieb, den du ausführen würdest, würde lediglich diese Frau verletzen, aber nie mich.«

Ich knirsche mit den Zähnen. »Was muss ich tun, um dich ein für alle Mal loszuwerden?«

Sie bewegt die Hand und reibt mir über die Brust. »Warum ist dir diese Frau so wichtig? Wie kannst du so sicher sein, dass sie diejenige ist, die deinen Fluch brechen kann?«

»Ich bin mir nicht sicher«, antworte ich. »Und ich hoffe nicht einmal mehr darauf.«

Der Schemen runzelt die Stirn. »Aber dann wirst du …«

»Ich kenne mein Schicksal sehr genau. Wenn ich eines in der Zeit, in der du es noch auf mich abgesehen hattest, gelernt habe, dann dass sich Gefühle nicht erzwingen lassen.«

Den Blick auf Yrsas Hand gerichtet, murmelt der Schemen: »Ich könnte sie dir nehmen – deine Gefühle, die dich so sehr verletzen. Du könntest frei von ihnen sein.«

Ich packe seine Hand. »Das würde ich nie zulassen. Ja, Yrsa hat mir mit ihrem Verhalten wehgetan, aber ich will nicht für eine Sekunde auf das verzichten, was wir hatten.«

»Auch nicht, wenn du dadurch frei für eine andere wärst?« Er entzieht sich meinem Griff. »Frei für eine Frau, die vielleicht bereit ist, sich voll und ganz auf einen Verfluchten wie dich einzulassen?«

Ohne zu zögern, schüttele ich den Kopf. »Ich will nicht nach einer anderen suchen. Das wollte ich nie. Auch nicht, als du uns noch behindert hast. Nie wollte ich eine andere als sie.«

»Und das bedeutet, dass du aufgibst?«

Erneut schüttele ich den Kopf. »Das bedeutet, dass ich die Augen nicht mehr vor meinem Ende verschließe. Dass ich mich nicht mehr davor fürchte, wäre gelogen, aber ich stelle mich dem Unausweichlichen. Ich weiß, dass ich keiner anderen Frau die gleichen Gefühle entgegenbringen könnte wie Yrsa, erst recht nicht in der kurzen Zeit, die mir noch bleibt. Erst recht nicht, wenn du mir meine Gefühle nimmst.«

Das Lächeln, das sich nun auf ihren Lippen abzeichnet, sieht fast genauso aus wie Yrsas, und sein Anblick versetzt mir einen Stich. »Soll ich dir verraten, worum sie mich angefleht hat, als ihr aufging, dass ich niemals weg war?«

»Ich bin mir nicht sicher«, antworte ich ehrlich, was den Schemen nur zu einem weiteren Lächeln veranlasst.

Den Blick auf seine Hand gerichtet, die nun wieder über mein Herz streichelt, sagt er: »Sie hat sich nicht darum gesorgt, dass ich wieder die Kontrolle übernehme oder dass sie den Verstand verliert. Ihre einzige Sorge galt ihren Gefühlen für dich. Sie flehte mich an, sie nicht zu fressen.« Er stößt ein Schnauben aus, das genauso klingt wie Yrsas. »Aber das hätte ich eh nicht gekonnt, denn sie wären sogar für mich zu viel gewesen.«

Mein Herz schlägt bei seinen Worten schneller, doch ich will der Hoffnung keinen Raum geben. »Dass sie Gefühle für mich hat«, murmele ich, »reicht für meinen Fluch nicht aus.«

Der Schemen nickt. »Solange sie sich nicht voll und ganz und aus freien Stücken für dich entscheidet, nicht, das stimmt. Nicht nur ich hoffe, dass ihr Erfolg haben werdet. Auch die Götter möchten dich ungern als Fürsten der Dunklen Herrin sehen. Yrsa bleibt dieses Schicksal erspart, sobald ich mich zurückziehe. Aber in ihren Reihen dienen könnte sie dennoch – wenn auch nicht als mächtige Fürstin.« Er zieht die Hand zurück und macht einen Schritt von mir weg. »Ich hatte schon lange keinen Wirt mehr, dem ich eine gute Zukunft wünsche. Euch beiden schon, wenn auch nicht aus ganz uneigennützigen Gründen.«

Ich ziehe die Augenbrauen zusammen. »Was meinst du damit?«

Er legt sich einen Zeigefinger an die Lippen und schüttelt den

Kopf. »Leb wohl, Anführer des Schwingenclans. Ich habe es gleichermaßen genossen, dich töten zu wollen und die Gefühle meines Wirts für dich nicht anzurühren. Pass gut auf sie auf!«

Erneut steigen dunkle Schwaden aus Yrsas Körper auf, ehe sie zusammensackt. Ich hechte vor, schlinge die Arme um sie und bewahre sie davor, zu Boden zu gehen. Mehrmals flüstere ich ihren Namen, doch sie kommt nicht zu sich. Ihr Gesicht ist blasser als der Mond, Schweißperlen stehen auf ihrer Stirn. Als ihre Lider flattern, atme ich erleichtert auf, denn ich habe das Weiß darin gesehen sowie ein kurzes Aufblitzen ihrer blauen Iriden. Vorsichtig stehe ich mit ihr in den Armen auf.

»Was ist mit ihr?«, fragt Vangar, die zu uns geeilt ist.

Ich schaue auf Yrsa hinab, deren Kopf an meiner Brust ruht. »Sie ist erschöpft. Der Schemen hat ihr alles abverlangt. Aber sie wird wieder.«

Nachdem sie Yrsas Äxte aufgesammelt hat, hält Vangar mit mir Schritt. »Was wollte der Schemen von dir?«

Meine Antwort kommt zögerlich. »Ich bin mir nicht sicher. Aber er ist endlich aus ihr verschwunden.«

Vangar stößt ein Knurren aus. »Sie hat diesen Mistkerl viel zu schnell getötet. Wenn er meinen Vater auf dem Gewissen hätte, hätte ich ihn länger leiden lassen.«

Ich nicke. Auch mein Kampf gegen ihn hätte länger gedauert, als er müsste. »Wahrscheinlich hat es damit zu tun, dass der Schemen die Kontrolle hatte. Obwohl es nur wenige Minuten waren, in denen er Yrsas Handeln gesteuert hat, ist sie nun völlig kraftlos. Ein längerer Kampf hätte vermutlich eine Grenze überschritten.«

Als ich bei Bran ankomme, beschnuppert er seine Flüsterin. Erst als er sich sicher ist, dass es nicht mehr die vom Schemen besessene Yrsa ist, lässt er sich nieder, sodass ich sie behutsam auf seinen Rücken legen kann.

»Ihr müsst von hier verschwinden«, sage ich an Vangar gewandt und deute auf die verbliebenen Begleiter, die sich nun hinter dem Hochsitz hervorwagen. »Sag Yrsas Schwester, dass sie sich auf einen Angriff einstellen muss. Der Clan des obersten Anführers könnte versuchen, Yrsa des heimtückischen Mordes zu bezichtigen.«

Vangar zieht scharf die Luft ein. »Das ist eine Lüge! Und das hier ist kein heiliger Boden wie der Hohe Norden während der Prüfungen. Zweikämpfe sind hier gestattet, erst recht wenn sie wegen eines triftigen Grundes ausgeführt werden.«

Sie will noch weiterreden, doch ich unterbreche sie mit einer Handbewegung. »Das musst du nicht mir erklären, sondern den Kriegern des feindlichen Clans, sobald sie vor eurem Dorf auftauchen. Vielleicht kommt es auch nicht dazu, aber ich will, dass ihr vorbereitet seid. Elvi wird wissen, was zu tun ist.« Ich drehe den Kopf. »Sag ihr auch, dass Yrsa … nein, der Schemen eine Valkra getötet hat.«

Ich sehe Vangar deutlich an, dass sie erneut aufbegehren und die Taten ihrer Anführerin verteidigen will, doch das muss sie mir gegenüber nicht. Im schlimmsten Fall werden Krieger gegen den Küstenclan ausgesandt. Yrsas Clan ist nicht in der Lage, sich gegen einen Angriff zu verteidigen.

»Schick mir umgehend eine Nachricht, wenn es … schlimm wird«, sage ich.

Diesmal fragt Vangar nicht nach, sondern nickt nur. »Sie wird sich nach dir erkundigen, sobald sie aufwacht. Es wäre einfacher, wenn du mitkommen würdest.«

Ich schüttele den Kopf. »Das kann ich nicht. Aus … mehreren Gründen.«

Der Grund, den ich vorschiebe, ist mein eigener Clan. Auch meine Leute haben verdient zu erfahren, warum ich nicht der nächste oberste Anführer geworden bin. Und warum es überhaupt keinen obersten Anführer gibt. Denn dies ist kein Amt, das durch einen Zweikampf erworben werden kann, sondern durch Prüfungen sowie der Entscheidung des vorherigen obersten Anführers. Doch dieser ist tot und kann keinen Nachfolger mehr ernennen. Ich weiß nicht, ob es einen solchen Zustand in der Vergangenheit gab; wahrscheinlich nicht, da die Ahnen des letzten Than der Thane seit Generationen den Nachfolger gestellt haben.

Aber das ist nicht alles. In Wahrheit fürchte ich mich vor Yrsas Mutter, die wieder versuchen wird, mich zu verfluchen, sobald ich einen Fuß ins Dorf setze. Nach unserer Ankunft hat Yrsa dafür gesorgt, dass sich unsere Wege nicht kreuzen, doch diesmal wäre es unvermeidlich, denn ich würde nicht von Yrsas Seite weichen.

Und wenn ich von etwas die Nase gestrichen voll habe, dann sind es Flüche.

Außerdem, sage ich mir, ist es so am besten. Ich werde für Yrsa und ihren Clan da sein, wenn sie meine Unterstützung brauchen, aber alles andere … sollte hier und jetzt enden. Ich habe es bereits dem Schemen gesagt: Ich habe alles versucht. Ich habe ihr alles gegeben, was ich habe. Ich hätte sogar versucht, Ároras Lichter einzufangen, und sie ihr zu Füßen gelegt, wenn sie mich darum gebeten hätte.

Und doch bin ich derjenige, der allein aufwacht und der nun mit leeren Händen zu seinem Clan zurückkehren muss.

Meine Zeit zerrinnt mir zwischen den Fingern. Ich muss Vorbereitungen treffen, ehe es zu spät ist.

Ein letztes Mal überzeuge ich mich davon, dass Yrsa sicher auf Brans Rücken liegt, bevor ich mich abrupt abwende und zu Halvar gehe.

KAPITEL 40

YRSA

Eine Woche ist vergangen, seit ich mit einem gehörigen Brummschädel in meinem Bett aufgewacht bin.

Elvi saß neben mir auf einem Schemel und bemerkte sofort, dass ich wach war. Das Erste, was sie mir verkündete, war, dass ich nicht mehr nach Schatten und Unterwelt stinke.

Von Vangar erfuhr ich, was sich auf der Lichtung zugetragen hat. Nur undeutlich konnte ich mich an die Vorkommnisse erinnern. Es fühlte sich an wie ein Traum, der sich Stück für Stück auflöste, sobald ich aufwachte.

Meine Mutter sorgte dafür, dass ich das Bett hütete, doch schon nach einem Tag hielt ich es nicht mehr aus. Gestützt auf Bran versuchte ich vorsichtige Schritte, aber noch bevor ich die große Halle durchquert hatte, gaben meine Beine unter mir nach. Mit viel Gezeter steckte meine Mutter mich wieder ins Bett, fütterte mich mit Suppe und verdonnerte Elvi oder Vangar dazu, auf mich aufzupassen, wenn sie sich um die Angelegenheiten des Clans kümmern musste.

»Soll ich dir Pergament und Tinte bringen?«, fragt Elvi nicht zum ersten Mal am achten Tag, nachdem ich zu mir gekommen bin.

Ich drehe den Kopf zur Seite. »Er antwortet mir ohnehin nicht.«

Jeden Tag habe ich Kier einen Brief geschrieben. Die ersten waren kurz, weil mich sogar das Halten der Gänsefeder vor ungeahnte Herausforderungen stellte. Alles, was ich wissen wollte, war, ob es ihm, Drakkar und Halvar gut ging.

Doch bis heute hüllt er sich in Schweigen, und das zermürbt mich auf eine Art, die noch furchtbarer ist, als tagein, tagaus an dieses verdammte Bett gefesselt zu sein.

Stets rechne ich damit, dass der Sohn des obersten Anführers, dem ich die Hand abgeschlagen habe, zusammen mit seinem Clan Vergeltung fordert. Beim kleinsten untypischen Geräusch schrecke ich hoch und will nach meinen Äxten greifen, doch jedes Mal hält mich Elvi oder Vangar zurück, und das Geräusch entpuppt sich als unachtsamer Handwerker, der sein Werkzeug fallen ließ, oder eine Dienerin, die wegen ihrer Ungeschicklichkeit ausgeschimpft wird.

Vangar lehnt sich gegen den Türrahmen zu meinem Zimmer. »Ich bin erleichtert, dass ein Angriff offenbar ausbleibt. Kier meinte, er würde sich darum kümmern, und er hat mehrmals nachgefragt, ob bei uns alles in Ordnung ist.«

Mein Blick schießt zu ihr. »Ihr … schreibt euch? Und er antwortet dir?«

Elvi reibt sich seufzend über die Stirn, während Vangar unruhig das Gewicht verlagert. »Na ja, es waren nur kurze Briefe. Er wollte bloß etwas über die Situation bei uns wissen und …«

»Aber er antwortet dir!«, beharre ich.

»Das muss nichts bedeuten«, versucht Elvi mich zu beruhigen, doch ich habe bereits ein Bein aus diesem verdammten Bett geschwungen.

»Natürlich bedeutet es etwas«, knurre ich, ehe ich mich an Vangar wende. »Was hat der Schemen zu ihm gesagt?«

Sie zuckt mit den Schultern. »Ich stand zu weit weg. Der Schemen war deutlich: Er wollte nur mit Kier reden. Weder Halvar noch ich haben uns näher an ihn herangetraut.«

Ich balle die Hände zu Fäusten, während ich verzweifelt gegen das Schwindelgefühl ankämpfe, das mich jedes Mal heimsucht, wenn ich aufstehe. Auch ich habe keine Ahnung, was der Schemen zu Kier gesagt hat. Ich konnte Kier zwar durch meine Augen vor mir sehen und hätte sofort alles unternommen, um den Schemen daran zu hindern, ihm zu schaden, aber ich konnte weder hören, was der Schemen sagte, noch was Kier antwortete. Ich weiß nur, dass ich seither nichts mehr von ihm gehört habe.

»Du brauchst noch Ruhe«, mahnt Elvi, doch ich ignoriere sie. »Wo willst du überhaupt hin?«

»Keine Ahnung!«, zische ich, während ich ziellos in meinem Zimmer auf und ab laufe, nur mit einem langen Hemd bekleidet und mit offenem, wirrem Haar, wobei ich Bran umrunde, der auf dem Teppich in der Mitte des Raumes liegt.

»Soll ich ihm sagen, dass du auf eine Antwort von ihm wartest?«, fragt Vangar vorsichtig, presst jedoch sofort die Lippen zusammen, als ich einen mörderischen Blick in ihre Richtung schieße.

Ich bin so verwirrt, dass ich selbst nicht weiß, was ich will. Ich weiß nur, dass es mich, verdammt noch mal, verletzt, dass er mir nicht antwortet. Dabei wollte ich doch bloß wissen, wie es ihm geht. Und ja, natürlich wollte ich auch wissen, was er über meinen anderen Brief denkt, in dem ich … von meinen Gefühlen gesprochen habe. Aber er sagte, dass er ihn noch nicht gelesen hätte. Und es auch nicht tun wird.

Ich fasse mir an den Kopf. Kier hat mir so vieles gesagt, was ich nicht hören wollte. Wovor ich die Augen verschlossen habe. Aber er hatte mit jedem Wort recht. Ich bin davongelaufen und habe ihn zurückgelassen. Es ist ganz allein meine Schuld, dass ich nun in dieser Lage bin, und ich bin es leid, nach Ausreden für mein Verhalten zu suchen. Ich habe es vermasselt und nun muss ich zusehen, wie ich es wieder geradebiege.

Als Anführerin weiß ich ganz genau, was ich sagen oder tun muss, um mein Gegenüber zu beeindrucken oder von meiner Idee zu überzeugen. Wie ich auftreten und mich geben muss, damit mich alle als die verlässliche Clanführerin sehen.

Aber sobald es um Kier und meine Gefühle für ihn geht, bin ich völlig planlos. Und es gibt niemanden, den ich fragen kann. Elvi kann mir als Valkra keine Tipps geben. Vangars Beziehung zu Astrid beruhte auf einer Lüge und einer Menge Manipulation. Und meine Mutter wird mich in der Luft zerfetzen, wenn mir Kiers Name herausrutscht. Zwar ist sie mittlerweile im Bilde, dass der alte oberste Anführer für Vaters Unfall verantwortlich ist, doch das ändert nichts daran, dass es der vorherige Anführer des Schwingenclans war, der ihr verunglücktes Gegenstück gebracht hat. Sie wird Kiers Vater auf ewig mit diesem Vorfall verknüpfen.

Ich sehe auf, als auch Mutter mein Zimmer betritt. Mit vier Frauen und einem übergroßen Bären ist es zum Bersten voll, und am liebsten würde ich alle nach draußen jagen. Aber auch dazu fehlt mir die Kraft.

»Du siehst blass aus, Kind«, sagt Mutter, als sie mich an der Schulter berührt. »Du solltest dich wieder hinlegen.«

Ich schüttele ein wenig trotzig den Kopf.

»Sie hat Liebeskummer«, hilft Elvi aus.

Ich wirbele zu ihr herum und hätte nicht wenig Lust, ihr den Hals umzudrehen. Obwohl sie meine Wut nicht sehen kann, spürt sie sie dennoch, wie mir das versonnene Lächeln auf ihren Lippen beweist.

Mutter legt beide Hände an meine Wangen und zwingt mich mit sanftem Druck, mich wieder auf sie zu konzentrieren. Auch sie lächelt. »Ich habe lange auf den Tag gewartet, an dem du dein Herz verschenkst und nicht ausschließlich an deinen Clan denkst. Wir alle schätzen deine Hingabe für jeden Einzelnen von uns, doch dabei darfst du dich selbst nicht vergessen.«

Ich stoße lang gezogen den Atem aus. »Die Freude wird dir gleich vergehen, wenn du hörst, in wen ich verliebt bin.«

Nicht für eine Sekunde wankt ihr Lächeln, während sie mich weiter ansieht. »In den Anführer des Schwingenclans, nicht wahr?«

Perplex ziehe ich die Luft ein. »Woher …?«

Sie lässt die Hände sinken. »Ich habe Augen im Kopf, Kind. Eine Mutter bemerkt so was. Da du dich nie für einen der Burschen aus dem Dorf interessiert hast, konnte es nur einer sein, den du entweder bei den Prüfungen getroffen hast oder der während des Schiffbaus hier war. Anfangs hatte ich diesen anderen jungen Mann in Verdacht. Wie hieß er doch gleich?«

»Halvar«, hilft Vangar ihr aus.

Allein bei der Vorstellung rinnt mir ein eisiger Schauer über den Rücken, wohingegen Elvi ein noch breiteres Lächeln schnell hinter ihrer Hand versteckt. Auch wenn sie in der letzten Merwanacht nicht miteinander geredet haben, wird meine Schwester sehr genau wissen, wer ihr Partner war.

Mutter nickt. »Halvar, genau. Aber du hast dich ihm gegenüber nur höflich verhalten. Das wurde mir klar, als du ihn und die anderen Handwerker zu den Feiertagen eingeladen hast.«

»Woher weißt du dann von Kier?«, frage ich.

»Du hast ihn beschützt«, antwortet Mutter. »Vor eurer Reise, als ich ihn verfluchen wollte. Und nach eurer Rückkehr, als du mir sagtest, dass ich im Langhaus bleiben soll. Da wusste ich, dass er der Grund sein muss. Die Tatsache, dass du die Nacht nicht in deinem Zimmer verbracht hast, wie du es normalerweise bei einem Merwafest tust, hat mich in meinem Verdacht bestätigt.«

»Und du … bist nicht wütend oder enttäuscht deswegen?«, hake ich vorsichtig nach.

Mutter zieht mich in die Arme und bringt mich dazu, dass ich den Kopf gegen ihre Schulter lehne, ehe sie beruhigend darüberstreicht. »Verzeih, wenn ich dir den Eindruck vermittelt habe, dass ich mit deiner Wahl nicht einverstanden bin. Ich glaube, jede Mutter und jeder Vater wünscht sich für sein Kind nur den besten Partner, den es auf dieser Welt gibt. Aber es ist nicht an den Eltern, dies zu beurteilen. Meine eigenen Eltern haben das nicht verstanden und sich von mir abgewandt, als ich euren Vater heiratete – einen Anführer aus dem Nirgendwo, statt den Mann, der später der amtierende oberste Anführer werden sollte.«

Vangar schnappt nach Luft, ich tue es ihr gleich. »Du solltest … den alten obersten Anführer heiraten?«

Mutter lässt mich los, ehe sie nickt. »Es gab zumindest Gespräche und meine Eltern hatten mehrere mögliche Bewerber ins Auge gefasst. Ich wurde dabei kein einziges Mal nach meiner Meinung gefragt. Also blieb mir nichts anderes übrig, als zu gehen. Es fiel mir nicht schwer, aber nachdem euer Vater verunglückt zurückgebracht wurde, habe ich mich mehrmals nach einer tröstenden Umarmung meiner Mutter gesehnt. Ich wünschte, ihr hättet eure Großeltern kennenlernen können. Sie waren keine schlechten Menschen. Sie haben nur nicht verstanden, dass es manchmal nicht die Pflichterfüllung ist, nach der wir streben sollten.« Sie legt mir lächelnd eine Hand an die Wange. »Sondern die Erfüllung des Herzens.«

Tränen brennen mir so schmerzhaft in den Augen, dass ich hastig blinzeln muss. »Du … hast nichts dagegen?«

Mutter zieht mich zu sich und legt die Stirn gegen meine. »Wir dachten zwar immer alle, dass du eher nach deinem Vater schlägst, aber du hast auch sehr viel von mir. Der Anführer des Schwingenclans wäre nicht meine Wahl für dich gewesen, jedoch hatte ich genug Zeit zum Nachdenken, als du fort warst. Wenn ich dir verbieten würde, ihn zu sehen und mit ihm zusammen zu sein, wäre ich keinen Deut besser als meine eigenen Eltern, denen ich den Rücken gekehrt habe. Ich habe bereits mein Gegenstück verloren. Ich kann nicht auch noch auf eine meiner Töchter verzichten. Ihr seid doch alles, was ich noch habe.«

Ich schlinge einen Arm um ihren zierlichen Leib und ziehe mit der anderen Hand Elvi zu uns. Mit so viel Kraft, wie ich wage, ohne sie zu zerdrücken, halte ich die beiden Frauen fest.

»Ich habe geholfen«, wispert Elvi verschwörerisch.

Mutter gibt ein jugendlich klingendes Kichern von sich. »Das hast du. Ich kann gar nicht mehr zählen, wie oft du betont hast, dass der Anführer des Schwingenclans hervorragende Manieren hätte. Und dass allein die Tatsache, dass er unserer Yrsa ebenbürtig ist, für sich spräche.«

»Im Gegensatz zu dir«, sagt meine Schwester, »habe ich mitgezählt. Ich musste es elfmal erwähnen, bis du mich angefleht hast, dich abends mit Lobeshymnen über diesen Mann zu verschonen.

Oh, und einmal ist dir herausgerutscht, dass er ziemlich gut aussieht, was ich leider nicht beurteilen kann.«

»Ich muss ihn nicht lieben«, gibt Mutter mit einem leichten Grummeln zurück, ehe sie mir fest in die Augen sieht. »Das musst nur du. Wenn er derjenige ist, nach dem sich dein Herz sehnt, wenn er vielleicht sogar dein Gegenstück ist und wenn er dich gut behandelt, werde ich mich an ihn gewöhnen. Nicht heute oder morgen, aber irgendwann bestimmt.«

Ein vorsichtiges Lächeln umspielt meine Lippen. »Du wirst keinen Versuch mehr unternehmen, ihn zu verfluchen?«

Sie schüttelt den Kopf. »Du und dein Schemen habt den wahren Schuldigen zur Strecke gebracht. Die Götter sind zufrieden, also bin ich es auch.«

Notgedrungen musste Vangar meiner Mutter vom Schemen erzählen, nachdem sie mich bewusstlos auf Brans Rücken zurückgebracht hat und Mutter schier außer sich war vor Sorge. Ich kann nur ahnen, was in ihr vorgegangen sein muss. Bestimmt sah es so aus, als würde sich die Tragödie wie vor gut fünfzehn Jahren wiederholen. Als würde ein weiterer geliebter Mensch eher tot als lebendig zu ihr zurückkehren.

»Es tut mir leid«, murmele ich, »falls ich dir Kummer bereitet habe.«

Mutter schüttelt den Kopf. »Ich bin deine Mutter. Ich werde mich bis zu meinem letzten Atemzug um dich und deine Schwester sorgen. Aber kein Kummer dieser Welt könnte darüber hinwegtäuschen, wie stolz ich auf euch beide bin. Wie froh und dankbar ich bin, euch zu haben. Ihr zwei und die Zeit, die mir mit eurem Vater blieb, sind jede schwere Entscheidung und jeden Kummer wert.«

Ich lehne die Stirn wieder gegen ihre, während mir nun doch Tränen die Wange hinunterrinnen. »Ich bete zu den Göttern, dass sie mir ebenfalls ein solches Glück bescheren. Doch dazu müsste Kier erst wieder mit mir reden. Ich habe ihn verletzt. Und selbst wenn er wieder mit mir reden sollte, weiß ich nicht, ob ich so mutig wäre wie du, Mutter. Ich müsste meinen Clan hinter mir lassen. Wer wird ihn führen, wenn ich gehe?«

»Müsstest du gehen?«, fragt Elvi mit einem Unterton in der Stimme, der mich aufhorchen lässt. »Kier und du, ihr seid Anführer mit Leib und Seele. Eine Verbindung zwischen euch würde nicht bloß einem Clan zum Vorteil gereichen.«

Ich ziehe die Augenbrauen zusammen, während ich über ihre Worte nachdenke. In Momenten wie diesem wünschte ich, dass mir meine Schwester einfach sagen könnte, was sie weiß und sieht.

Vangar hat mir erzählt, was ich … was der Schemen mit der anderen Valkra gemacht hat. Niemals will ich dabei zusehen müssen, wie die Götter sich auch von unserer Valkra abwenden, weil sie sie nicht mehr als würdig erachten.

»Das Gebiet des Schwingenclans und unseres liegen zu weit voneinander entfernt«, sage ich leise zu mir selbst. »Selbst auf Bran wäre es eine Reise von mehreren Tagen bis hinauf ins Gebirge. Mit Drakkar ginge es schneller, aber es ist verboten, fremde Gebiete ohne Erlaubnis zu durchqueren.« Ich neige den Kopf, während sich ein Gedanke in mir formt. »Es sei denn …« Sogleich verwerfe ich ihn jedoch wieder. »Dazu fehlt uns die nötige Stärke. Aber wenn …«

Mutter, Vangar und Bran beobachten mich, während ich leise vor mich hinmurmelnd durchs Zimmer laufe. Es platzt zwar durch so viele Anwesende aus allen Nähten, doch ich zwänge mich hindurch. Meine Gedanken wirbeln schneller, wenn ich mich bewege. Sie formen sich zu einer Möglichkeit, die ich bisher verworfen habe. Die ich nicht einmal in Betracht zu ziehen gewagt habe. Doch nun wirkt sie so glasklar, dass ich mich frage, warum ich nicht schon längst darauf gekommen bin. Mehrmals fällt mein Blick auf Elvis zufriedenes Gesicht; sie scheint zu wissen, dass ich auf dem richtigen Weg bin. Doch die Idee tatsächlich auszusprechen fällt mir nicht leicht.

»Wir haben es bisher vermieden, Streit mit den anderen Clans anzuzetteln«, sage ich zögerlich. »Wenn ich die Idee weiterverfolge, werden wir das tun müssen.«

Vangar grinst. »Sie haben uns jahrelang überfallen und schikaniert, weil sie uns für schwach hielten. Wenn ich ihnen einen Teil davon zurückzahlen kann, bin ich dabei.«

Sogar Mutter nickt. »Es ist an der Zeit, den anderen klarzumachen, dass sie mit dem Küstenclan nicht mehr verfahren können, wie es ihnen beliebt. Wir sind nicht mehr schwach und führerlos.« Sie legt mir eine Hand unters Kinn und drückt es nach oben. »Und deine einzige Bestimmung ist es nicht mehr, uns nur irgendwie durchzubringen. Dein Können, deine Stärke und dein Wissen werden uns in ein neues Zeitalter führen. Eines, in dem wir uns nicht vor dem nächsten Winter, dem nächsten Tag fürchten.«

Vangar legt mir eine Hand auf die Schulter. »Welcher Clan kann schon von sich behaupten, dass er von zwei mächtigen Flüsterern geführt wird?«

Meine Wangen fühlen sich warm an. »So weit sind wir noch nicht. Bisher ist es nur eine Idee. Falls wir den anderen Clans einen Teil ihres Gebietes streitig machen, könnten unsere Leute zu Schaden kommen. Ich würde mich schrecklich dabei fühlen, wenn sie meinetwegen leiden. Bloß weil ich mir ausgerechnet einen anderen Clanführer aussuchen musste. Und außerdem«, ich stoße geräuschvoll die Luft aus und ringe die Hände, »muss dieser andere Clanführer erst wieder mit mir reden. Vielleicht will er nichts mehr von mir wissen. Das muss ich akzeptieren, auch wenn ich keine Ahnung habe, wie mir das gelingen soll.«

Vangar drückt meine Schulter. »Kier ist verrückt nach dir. Er war es, der den Schemen letztendlich aus dir vertrieben hat. Der dich aufgefangen hat, als du kraftlos zusammengesackt bist. Der dich hochgehoben und zu Bran getragen hat. Du hast seinen Blick nicht gesehen, aber ich schon. Und glaub mir, so sieht kein Mann eine Frau an, von der er nichts mehr wissen will.«

Bei jedem ihrer Worte drücke ich meine Hände fester gegen mein Herz, um es daran zu hindern, aus meiner Brust herauszuhüpfen. Ich darf mir diese Hoffnung nicht erlauben, denn mit jedem Tag, an dem keine Antwort von Kier eintrifft, wird sie sich in etwas Dunkleres verwandeln, das mich, ähnlich wie der Schemen, von innen heraus auffrisst.

»Berichte ihm von deiner Idee«, sagt Mutter.

»Was, wenn er meinen Brief wieder nicht liest?«

Elvi stößt ein Schnauben aus. »Dann werfe ich ihm so lange Steine gegen den Kopf, bis er endlich wieder zur Vernunft kommt.«

Etwas an ihrer Aussage lässt mich beinahe straucheln. »Warum sagst du das?«

Meine Schwester neigt den Kopf. »Ich habe schon einmal einen Stein nach ihm geworfen. Und getroffen.«

Das aufgeregte Hüpfen meines Herzens kommt abrupt zum Stillstand. Für eine beängstigende Dauer ist es in meiner Brust völlig still. So still, als hätte mir der Schemen nun doch sämtliche Gefühle geraubt.

»Du … warst das?«, frage ich abgehackt. »Du hast … damals einen Stein … geworfen und ihn an der Stirn getroffen?«

Elvi nickt. »Hat er eine Narbe zurückbehalten?«

Ich schlucke angestrengt. »Hat er.«

Und eine Geschichte, die ihn wieder aufstehen ließ, wenn er am liebsten liegen geblieben wäre. Seine Begegnung mit einem Mädchen, das ihn zum Weitermachen inspirierte.

Aber dieses Mädchen war nicht ich, wie er all die Jahre angenommen hat. Sondern meine Zwillingsschwester. Deshalb konnte ich mich auch nicht an den Vorfall erinnern, als er ihn bei unserer ersten Begegnung während der Prüfungen ansprach. Ich muss der Zwilling gewesen sein, der sich heulend irgendwo verkrochen hat, wohingegen meine Schwester, die bereits zu der Zeit von schrecklichen Visionen geplagt wurde, den fremden Clansleuten die Stirn bot. Sie war es, die Kier inspirierte. Sie war es, die ihm seinen Stein reichte, um sich zu wehren.

Nicht ich.

»Was ist los?«, fragt Mutter. »Du bist ganz blass. Leg dich am besten wieder hin.«

Ich schüttele den Kopf. »Es geht schon. Ich … habe nur gerade etwas verstanden.«

Dabei bin ich mir nicht sicher, ob ich es wirklich verstanden habe. Was bedeutet es, dass es Elvi war? Werden sich Kiers Gefühle dadurch ändern? Er hat in der Vergangenheit bereits auf die uralten Gesetze gepfiffen und sich auf eine Valkra eingelassen. Würde er es wieder tun, wenn er die Wahrheit kennt?

Werden die Visionen, die Astrid in meinen Kopf gepflanzt hat, doch noch Wirklichkeit werden?

Ich erzittere, als die Bilder erneut meine Gedanken fluten. Ich dachte, ich hätte sie weit genug verdrängt. Ich dachte, dass Kier sie mit jedem Kuss, jeder Berührung ausgelöscht hätte. Doch nun sind sie wieder da und quälen mich auf eine Art, die ich niemals erklären könnte.

So sehr wünschte ich, dass ich über mehr Erfahrung verfügte. Vielleicht könnte ich mich dann beruhigen. Vielleicht gelänge es mir, alles in einem völlig anderen Licht zu sehen. Aber ich habe keine Erfahrung. Ich sehe kein Licht. Ich weiß nur, dass ich nicht diejenige bin, für die Kier mich die ganze Zeit über gehalten hat. Ich bin nicht das Mädchen, das ihm geholfen hat. Ich bin nicht seine Erlöserin.

»Hör auf«, sagt Elvi eindringlich und bringt meine wirren Gedanken damit zum Stillstand. »Das hat nichts zu bedeuten.«

Die Frage, woher sie wissen kann, was mir gerade im Kopf herumging, spare ich mir.

»Und wenn doch?«, presse ich hervor.

»Rede mit ihm.«

Ich balle die Hände zu Fäusten. »Er antwortet mir nicht.«

»Wie viele Briefe hast du ihm geschrieben?«, fragt Vangar vorsichtig.

»Zwei oder drei«, murmele ich, woraufhin Elvi eine Augenbraue hochzieht. Seufzend verdrehe ich die Augen. »Na schön, es waren eher acht oder neun. Vielleicht auch fünfzehn. Ich habe irgendwann aufgehört zu zählen.«

Jede der Anwesenden ist klug genug, nichts dazu zu sagen.

»Ich weiß selbst, wie unwahrscheinlich es ist, dass all diese Briefe nicht angekommen sind«, knurre ich daher. »Vermutlich hat er sie gleich ins Feuer geworfen.« Ich kneife mir mit Daumen und Zeigefinger in die Nasenwurzel. »Und ich kann es ihm nicht verdenken.«

»Soll das heißen, dass du aufgibst?«, fragt Mutter.

Jedwede Spannung flieht aus meinem Körper. »Keine Ahnung.«

Sie packt mich unvermittelt an beiden Schultern. »Weder dein Vater noch ich haben dich zum Aufgeben erzogen. Du wirst nicht ausgerechnet jetzt damit anfangen.«

»Aber ich … habe mich ihm gegenüber schrecklich verhalten.«

Mutter presst die Lippen zu einem strengen Strich zusammen. »Denkst du ernsthaft, dass ich deinen Vater nie verletzt habe? Oder er mich? Ja, er war mein Gegenstück, und ich vermisse ihn mit jeder Faser meines Körpers. Aber das bedeutet nicht, dass Liebe immer einfach ist. Manchmal beflügelt sie uns. Manchmal tut sie so weh, dass wir ihr abschwören wollen. Manchmal ist sie so zerstörerisch, dass sie uns den Boden unter den Füßen wegzieht. Ganz gleich, in welcher Form sie sich zeigt, sie ist es immer wert, um sie zu kämpfen. Wenn du die Liebe aufgibst, wird auch sie dich aufgeben.«

Vangar nickt. »Wenn ich etwas aus meiner Beziehung zu Astrid gelernt habe, dann dass es nicht richtig ist, Dinge hinzunehmen, die einen verletzen. Ich habe sie gewähren lassen in der Hoffnung, dass sie sich danach wieder mir zuwendet. Und jeden Tag frage ich mich aufs Neue, ob ich die Katastrophe hätte verhindern können, wenn ich mich anders verhalten hätte. Oder ob ich sie zumindest hätte erahnen können.« Sie wartet, bis ich ihr in die dunklen Augen sehe. »Du hast Kier mit deinem Verhalten verletzt. Sein Herz mag bluten, aber noch ist es nicht derart verwundet, dass es nicht mehr für dich schlagen kann.«

Schon wieder brennen mir Tränen in den Augen. Habe ich nicht schon genug geweint, dass es für dieses Leben reicht? Verbissen blinzele ich sie zurück.

»Eine Beziehung«, sagt Mutter, »braucht viel Pflege. Bloß weil ihr euch gefunden habt, bedeutet das nicht, dass alles von allein gut wird. Dein Vater und ich haben jeden Tag an unserer Beziehung gearbeitet. Wir haben sie genährt und gehegt, wann immer es uns möglich war. Eure Beziehung ist kaum mehr als ein junger Spross, dessen Grün gerade so aus der Erde lugt. Ihr habt eine Menge Arbeit vor euch, um diesen Spross gedeihen zu lassen.« Sie neigt den Kopf auf eine fast identische Weise wie Elvi vorhin. »Oder wirst du ihn verdorren lassen, bevor er die Chance hatte heranzureifen?«

Ich schüttele den Kopf und werde mit einem zufriedenen Lächeln belohnt.

Bevor ich jedoch etwas erwidern kann, klopft es fast schüchtern an der Tür. Nach meiner Aufforderung tritt eine Dienerin herein, die mir einen Brief hinhält.

»Den haben die Jäger eben mitgebracht«, sagt sie leise. »Sie meinten, ein riesiger Schatten hätte ihn über ihren Köpfen fallen lassen.«

Obwohl ich mich zur Ruhe mahne, reiße ich ihr den Brief aus den Fingern und bedeute ihr, dass sie wieder gehen kann. Mein Herz klopft mir bis zum Hals, denn ich weiß, von wem dieser Brief ist. Das wusste ich schon, bevor ich meinen Namen auf der Vorderseite sah, geschrieben in exakten Runen.

»Ist er von Kier?«, fragt Vangar. Ich nicke. »Und an dich gerichtet?« Ich nicke wieder.

»Mach ihn auf«, drängt Mutter.

Einen Moment zögere ich. Nicht, weil ich nicht vorhersagen kann, was drin steht. Will ich, dass meine Mutter mir dabei über die Schulter sieht? Doch ich verdränge diesen Gedanken und breche das Siegel, weil ich es keine Sekunde länger aushalte. Meine Finger zittern, als ich das Pergament entfalte.

Sogleich verlangsamt sich mein Herzschlag jedoch, als ich die wenigen Zeilen sehe. Und als ich sie lese, kommt der dumme Muskel in meiner Brust kaum noch seiner Arbeit nach.

Gemäß unserer Vereinbarung fordere ich deine Valkra für ein Jahr. Ich lasse sie am Morgen des nächsten Neumonds abholen.
– Kier

Ich lese die Zeilen erneut. Und dann ein weiteres Mal. Und ein drittes Mal. Mit jedem Mal verkrampfen sich meine Hände weiter, bis sie das Pergament zerknüllen. Meine Schultern beben vor Wut und Enttäuschung gleichermaßen. Was auch immer ich erwartet habe, das war es nicht.

»Was wirst du tun?«, fragt Vangar.

Ich denke nicht nach. Mein Kopf ruckt aus einem Impuls heraus zu Elvi herum. »Ich brauche deine Hilfe, Schwester.«

Sie bedenkt mich mit einem wissenden Grinsen. »Jederzeit, Schwester.«

KAPITEL 41

YRSA

Mein Rücken schmerzt bei jeder Bewegung und das Rumpeln des Karrens auf der unebenen Strecke verursacht ein solches Hämmern in meinem Kopf, dass ich kaum noch klar sehen kann. Zum Glück erwartet niemand, dass ich etwas sehe.

»Brauchst du eine Pause, Valkra?«, fragt eine Frau aus Kiers Clan, wobei sie auf die Ladefläche des Karrens späht, die ich mir mit hastig zusammengestelltem Gepäck teile.

»Es ist alles in Ordnung«, sage ich mit ruhiger Stimme, obwohl ich sie und die anderen am liebsten zu einem viel schnelleren Tempo antreiben würde. Zwar wird das Ochsengespann den Karren nicht zügiger über das unebene Gestein ziehen können, doch ich habe langsam das Gefühl, dass wir niemals beim Schwingenclan ankommen werden.

Wie viele Tage sind wir bereits unterwegs? Ich habe aufgehört zu zählen. Die Karten, die mein Clan besitzt, sind nicht so genau wie Kiers, aber mir war dennoch klar, dass das Gebiet seines Clans quasi am anderen Ende der Insel liegt. Allein und auf Bran hätte ich diese Strecke in höchstens drei Tagen zurückgelegt. Doch der langsame Karren und eine Gesellschaft von sieben Männern und Frauen, die Kier zum Schutz und zur Gesellschaft der Valkra geschickt hat, halten mich auf. Ich kenne niemanden. Anfangs hat es mich verwundert, dass Halvar nicht dabei ist, bis mir wieder eingefallen ist, dass er während der letzten Merwanacht mit meiner Schwester zusammen war. Und dann war ich froh über sein Fehlen.

Als das Gespann eine weitere Pause einlegt, über die ich innerlich schreie, zupfe ich am Schleier herum, der meine obere Gesichtshälfte bedeckt und meine Augen vor neugierigen Blicken verbirgt. Elvi blieb kaum Zeit, bis Kiers Gesandte eintrafen, aber in den wenigen Tagen bläute sie mir alles ein, was ich wissen musste, um nicht sofort enttarnt zu werden. Dass ich den Kopf nicht zu jedem Geräusch drehen soll. Dass meine Haltung stets ein wenig vom Sprechenden abgewandt sein soll. Und – das bereitet mir am meisten Schwierigkeiten – dass ich Hilfe annehmen soll. Schließlich bin ich für eine Weile eine geblendete Frau auf unbekanntem Gebiet. Wann immer wir ein Nachtlager aufschlagen, muss ich mich zu meinem Platz führen lassen. Ich muss warten, bis die anderen mir mein Essen und Trinken reichen. Und ich muss darum bitten, dass mir eine der Frauen beim Erleichtern hilft. Als ich das erste Mal austreten musste, wäre ich am liebsten im Erdboden versunken. Zwar hielt sie gebührenden Abstand, nachdem sie mich hinter einen Baum geführt hatte, aber es ging trotzdem gegen meine Instinkte. Ich zeige mich nie hilflos oder bedürftig, und mit Ausnahme von Kier habe ich nie einem anderen Menschen erlaubt, mir Anweisungen zu geben, seit ich erwachsen bin.

Ich schicke ein stummes Gebet gen Himmel, dass wir bald ankommen. Seit gestern hat sich unsere Umgebung von waldig zu felsig verändert. Die Wege führen nun nicht mehr über weichen Waldboden, sondern über steile Pfade, die sich ins Gebirge hinaufschlängeln.

Was bedeutet, dass wir noch langsamer vorankommen.

Auch die vielen Begleiter, die Kier zur fremden Valkra entsandt hat, tragen nicht dazu bei, dass es schneller geht. Ständig muss sich einer von ihnen erleichtern – was er ohne Hilfe schafft – oder jemand hat Hunger oder braucht eine Pause.

Wann immer einer von ihnen verlangt, dass wir anhalten, würde ich mir am liebsten den Schleier und das verdammte Kleid vom

Leib reißen, auf einen der Ochsen steigen und auf eigene Faust weiterreisen. Mit jedem Tag fällt es mir schwerer, eine freundlich-distanzierte Miene aufzusetzen und die Würde auszustrahlen, die jeder Valkra innewohnen sollte. Hinzu kommt, dass ich mich ohne Brans Nähe noch rastloser fühle als sowieso schon, doch ich sage mir, dass auch Kier regelmäßig die Trennung von Drakkar aushielt, wenn die Wyverndame Schiffsteile zur Küste geflogen hat.

Wenn der Drang, mich zu offenbaren, zu groß wird, führe ich mir schnell vor Augen, warum ich das hier tue. Diese Reise ist meine einzige Chance, mit Kier zu reden, da er auch bis zu meiner Abreise keinen meiner Briefe beantwortet hat. Nachts finde ich kaum Schlaf, was auch an Brans Abwesenheit liegt, und dann haben die dunklen Gedanken genügend Zeit, sich in meinen Kopf zu schleichen. Dass Kier auch dann nicht mit mir reden wird, wenn ich vor ihm stehe. Dass er es satthat, sich mit mir abzugeben. Dass er mich in Schimpf und Schande wegjagen wird, um eigenhändig die richtige Valkra zu holen, die ihm zusteht. Und sobald meine Gedanken zu Elvi wandern, kommen auch Astrids Visionen hinzu. Ich tue mein Bestes, diese Bilder abzuschütteln, doch manchmal schleichen sie sich in meine Träume, sodass ich schweißgebadet aufwache oder mich unruhig hin und her wälze. Zum Glück interpretieren meine Begleiter das als die Visionen, mit denen sich eine Valkra nun mal herumschlagen muss. Niemand stellt Fragen; bis auf wenige Erkundigungen nach meinem allgemeinen Befinden lassen sie mich in Ruhe.

Also habe ich genug Zeit, mir zurechtzulegen, wie ich Kier gegenübertreten will. Zunächst muss ich abwarten, bis wir allein sind, weil ich weder seine Reaktion noch die seines Clans abschätzen kann, wenn ich enthülle, dass ich keine Valkra bin. Ich werde ihm ganz klar sagen, was ich davon halte, dass er meine Briefe ignoriert hat. Und dann werde ich ebenso deutlich klarmachen, dass ich nur hier bin, um ihm …

Ich schlucke angestrengt. An dieser Stelle stocke ich immer. Dass ich meinen Platz mit Elvi getauscht habe, war eine spontane

Entscheidung, die sich in dem Moment richtig angefühlt hat. Sie fühlt sich auch jetzt noch richtig an, denn egal, wie langsam dieser verdammte Karren vorankommt, er bringt mich doch zu Kier. Bloß was ich sagen und tun soll, wenn ich ihm gegenüberstehe, weiß ich nicht. Zu genau ist mir noch seine wütende Miene im Gedächtnis, als ich nicht verstanden habe, was in ihm vorging. Zu exakt erinnere ich mich an seine Worte, dass er sich nicht sicher sei, ob er mich lieber küssen oder mich all den Schmerz durchleiden lassen will, den er empfindet. Was, wenn er sich mittlerweile für Letzteres entschieden hat? Wenn er mich nie wiedersehen will?

Wir erreichen das Gebiet des Schwingenclans, ohne dass die Gefolgschaft Verdacht schöpft. Innerlich freue ich mich über mein Talent, eine Valkra darzustellen. Und ich kann es kaum erwarten, endlich diesen Schleier und das Kleid loszuwerden! Nach bestimmt mehr als einer Woche und einer gefühlten Ewigkeit jucken diese beiden Kleidungsstücke und ich sehne mich nach einem Bad. Doch zunächst muss ich meine Rolle noch ein wenig weiterspielen.

Das Dorf des Schwingenclans liegt auf einer felsigen Anhöhe inmitten eines Gebirges. In der Ferne höre ich das Meer rauschen, Wellen brechen sich krachend am Gestein. Die Luft hier oben ist so kühl, dass ich unter dem dünnen Kleid trotz Umhang fröstele, aber sie riecht herrlich. Fast wie Kier. Dieser Duft nach Wind und unendlicher Freiheit beruhigt meine angekratzten Nerven, als die Palisaden des Dorfes in Sichtweite sind. Ich muss mich davon abhalten, den Hals zu recken und mich neugierig umzusehen. Während der gesamten Reise ist es mir nie so schwergefallen, mit im Schoß verschränkten Händen und starrem, leerem Blick ruhig auf dem Karren zu sitzen.

Rumpelnd passiert das Gefährt den Eingang zum Dorf. Einige Wachen nicken den Männern und Frauen zu, ehe sie die Köpfe vor mir neigen. Beinahe hätte ich diese Geste erwidert, doch mir fällt gerade noch ein, dass ich sie ja nicht sehen kann. So kurz vor meinem Ziel darf ich mir keine Fehler erlauben!

Als wir den großen Dorfplatz erreichen, bleibt das Gefährt endlich stehen. Über die letzten Tage und Stunden habe ich mich so sehr an das Schaukeln gewöhnt, dass es noch in meinem Körper nachhallt. Zusammen mit meinem viel zu schnell schlagenden Herzen ist es eine aufputschende Mischung. Ich fühle mich, als müsste ich mich gleich vor Aufregung übergeben. Das letzte Mal erging es mir so, kurz bevor ich offiziell zu Vaters Nachfolgerin ernannt wurde.

Aus den Augenwinkeln sehe ich, wie die Bewohner den Dorfplatz säumen und meine Ankunft beäugen. Ich habe damit gerechnet, dass sie sich freuen. Dass sie, ähnlich wie die Baumeister, als sie an unseren Feiertagen teilnehmen durften, zu Tränen gerührt sind, endlich wieder eine Valkra unter sich zu haben. Doch sie begegnen mir mit Misstrauen und Ablehnung. Das stört mich nicht, schließlich fällt es mir leichter, sie alle zu ignorieren, wenn sie sich mir nicht aufdrängen, aber seltsam ist es trotzdem.

Eine andere Bewegung fesselt meine Aufmerksamkeit. Jemand tritt aus dem Langhaus, und obwohl ich ihn nur unscharf im hintersten Winkel meines Blickfeldes und verschwommen durch den leicht im Wind flatternden Schleier erkennen kann, weiß ich, dass es Kier ist. Mein Herz macht einen solchen Satz, dass ich nach Luft schnappen muss. Nur unter Aufbietung all meiner Willenskraft gelingt es mir, nicht sofort den Kopf in seine Richtung zu drehen, um ihn ansehen zu können. Diesmal bin ich dankbar für die helfende Hand, die mir eine der Frauen reicht, denn meine Beine wollen mich nicht mehr tragen. Wackelig steige ich vom Karren, den Kopf erhoben, aber in eine andere Richtung gerichtet – nicht zu Kier. Schon lange ist mir nichts mehr so schwergefallen.

Ich kann kaum atmen, als ich seine Schritte näher kommen höre. Erst da erlaube ich mir, den Kopf ein winziges Stück in seine Richtung zu drehen. Mein Atem bleibt mir im Hals stecken. Habe ich ihn je in seinem vollen Anführerstaat gesehen? Während der Weihe vor unserer Abreise muss er ihn getragen haben, aber damals stand ich noch so sehr unter den Einflüsterungen des Schemens, dass ich ihn nicht ansehen konnte. Und während unseres Treffens mit dem letzten obersten Anführer konnte ich mich kaum auf etwas anderes als seine vor Wut blitzenden grünen Augen konzentrieren. Doch jetzt nehme ich mir die Zeit, ihn heimlich zu bewundern.

Auch wenn die Welt in diesem Moment um mich herum auseinanderbräche oder die Götter selbst aus den Ewigen Gefilden herabsteigen würden, könnte ich den Blick nicht von Kier abwenden.

Dass er gut aussieht, wusste ich schon immer. Aber in der prunkvollen Gewandung des Anführers lässt er jeden anderen Mann neben sich verblassen. Lediglich ein nackter Kier, spärlich erhellt durch eine einzelne Kerze, kann diesen Anblick überbieten.

Gut einen Meter von mir entfernt bleibt er stehen. Ich habe beinahe vergessen, wie fesselnd seine grünen Augen sind. Am liebsten würde ich mich wohlig unter seinem Blick winden, auch wenn er gerade alles andere als freundlich aussieht, sondern … konzentriert?

»Für die Dauer eines Jahres«, sagt ein Mann hinter ihm, den ich erst mit einiger Verspätung als Halvar erkenne, laut genug, damit die Clansleute ihn verstehen können, »haben wir wieder eine Valkra!«

Stille senkt sich über den Dorfplatz. Keine erwartungsvolle, sondern eine, die mich nervös macht.

Es dauert eine Weile, bis der erste Clansmann die Stimme erhebt. »Eine geliehene Valkra.« Er gibt einen abschätzigen Laut von sich. »Dein Vater wird sich im Grab herumdrehen.«

»Kein Wunder, dass die Götter uns keine echte Valkra schicken, wenn unser Clanführer auf solche Tricks zurückgreifen muss«, fügt eine Frau an.

Unter murrendem Gemurmel zerstreut sich die Menge, bis nur noch Kier, Halvar und ich zurückbleiben.

Seufzend reibt sich Halvar über den Nacken. »Das lief nicht so wie gedacht.«

Kier zuckt mit den Schultern, ohne den Blick von mir zu nehmen. »Ich habe nichts anderes erwartet.«

Er streckt die Hand aus und berührt mich leicht am Arm. Zwar beiße ich mir auf die Zunge, um keinen Laut von mir zu geben, aber gegen das leichte Erschauern, das ausgehend von seiner Berührung durch meinen gesamten Körper rast, bin ich machtlos.

Kier hebt den Mundwinkel zu einem schiefen Lächeln, das meinen Herzschlag endgültig aus dem Takt bringt. »Willkommen beim Schwingenclan«, er lehnt sich vor, sodass er mir ins Ohr wispern kann, »Yrsa.«

Scharf ziehe ich die Luft durch meine Zähne ein. Ich sollte ihm widersprechen und beteuern, dass ich Elvi bin. Ich sollte ihm klar sagen, dass er sich irrt. Und ganz dringend sollte ich mich schnell wieder wie eine Valkra verhalten und endlich aufhören zu zittern. Doch mein Kopf ist wie leer gefegt. Ich sehe nur noch ihn. Rieche nur noch ihn. Spüre nur noch ihn. All die klugen Worte, die ich mir tagelang zurechtgelegt habe, sind mit einem Mal verschwunden, als hätten sie nie existiert.

»Sagtest du gerade Yrsa?«, hakt Halvar verdrießlich nach.

Dank ihm gelingt es mir, mich ein Stück weit aus Kiers Bann zu befreien, obwohl ich das gar nicht will. Dennoch straffe ich die Schultern und recke das Kinn.

»Er irrt sich«, sage ich und ahme dabei Elvis Stimme so gut nach, wie es mir möglich ist. Als Kinder haben wir öfter unsere Rollen getauscht – damals, bevor sich Elvis Gabe zeigte und sie unseren verunglückten Vater zurückbrachten. Mit Ausnahme unserer Mutter konnten wir alle an der Nase herumführen. »Ich bin Elvi, die Valkra des …«

Weiter komme ich nicht, denn Kier fällt mir ins Wort. »Ich wusste es schon, als du vom Wagen gestiegen bist, denn ich kenne die Art, wie du dich bewegst. Wie du dich gibst, wenn du unter Fremden bist.« Er atmet tief ein. »Wie du riechst. Und …«, er lässt seine Hand an meinem Arm hinabgleiten, woraufhin sich mein Zittern verstärkt, und verschränkt die Finger mit meinen, »… wie dein Körper reagiert, wenn ich ihn berühre.« Er ist mir so nah, dass unsere Nasenspitzen beinahe aneinanderstoßen. »Muss ich selbst deinen Schleier anheben oder zeigst du mir freiwillig deine wunderschönen Augen?«

Ich schlucke angestrengt, betört von seinen Worten, die alles in mir kribbeln lassen. Doch irgendwie gelingt es mir, meine Tarnung nicht sofort über den Haufen und mich in seine Arme zu werfen. »Dir ist schon klar, dass das Anheben des Schleiers einer Valkra ohne deren Zustimmung ein schwerer Verstoß ist, oder?«

Seine Schultern beben unter einem schlecht unterdrückten Lachen. »Vorlaut wie immer.« Sein Blick gleitet hinter mich. Entfernt vernehme ich das Rufen einiger Männer. »Wo ist Bran?«

Diese Frage bringt mich aus dem Konzept, doch ich fange mich schnell wieder. »Zu Hause bei meiner Schwester, der Flüsterin, wo er hingehört.«

Kier gibt ein lang gezogenes »Hmm« von sich, ehe sein Blick zu mir zurückkehrt. »Da bin ich aber froh. Dann kann dieser riesige Bär, der dort hinten gerade versucht, sich einen Weg durch das Tor zu bahnen, unmöglich Bran sein, und ich habe keinen Grund, meinen Wachen zu befehlen, auf keinen Fall zu schießen.«

KAPITEL 42

KIER

Ich kann ihr Zähneknirschen bis zu mir hören. Schnell beiße ich mir auf die Unterlippe, um nicht laut loszulachen. Nie hätte ich gedacht, dass Yrsa derart niedlich sein könnte, während sie sich krampfhaft an ihre Täuschung klammert, die ich bereits im ersten Moment durchschaut habe. Zwar habe ich ihre Schwester nur wenige Male gesehen, doch dabei sind mir einige Unterschiede zwischen den beiden Frauen aufgefallen. Körperliche Unterschiede, die auch das wallende weiße Kleid einer Valkra nicht völlig überspielen kann, aber auch Unterschiede im Bewegungsablauf. Schon als sie nur widerwillig die Hilfe einer Begleiterin annahm, um vom Karren zu steigen, hätte ich schwören können, dass es sich bei dieser Frau nicht um eine geblendete Valkra handelt, die sich in einer völlig fremden Umgebung zurechtfinden muss. Die Art, wie sie den Kopf in meine Richtung neigte und schließlich drehte und sich mir zuwandte, löschte jeden Zweifel aus.

Nun bebt ihr Körper, während sie mit sich ringt, ob sie weiterhin versuchen soll, mich zum Narren zu halten, oder lieber ihrem Tierwesen zu Hilfe eilen sollte, das gerade versucht, seinen massigen Körper an meinen Wachen vorbeizuschieben.

»Sie rufen gerade nach den Bogenschützen«, sage ich möglichst beiläufig. »Ich weiß ja, dass Bran über einen dicken Panzer unter seinem Pelz verfügt, aber hat er den überall? Nicht dass ein Pfeil dummerweise die Stelle trifft, wo er ungeschützt ist.«

Die Frau vor mir bleckt die Zähne, und nun kann ich mir ein Grinsen nicht mehr verkneifen. Mit einem hervorgepressten »Verdammter Mist« und einer Reihe weiterer Verwünschungen reißt sie sich den Schleier vom Kopf und rafft die Röcke ihres Kleides fast bis zur Hüfte hoch. Während der Schleier langsam zu Boden segelt, schnappt sie sich ihre Äxte, die sie an ledernen Vorrichtungen an ihren Oberschenkeln befestigt hat, wirbelt herum und stürmt in Richtung Dorfeingang. Halvar und ich folgen ihr auf dem Fuße.

Bran entdeckt seine Flüsterin zuerst und gibt ein sehnsüchtiges, aber gleichzeitig beleidigtes Brummen von sich. Offenbar wurde er nicht nach seiner Meinung gefragt, als seine Flüsterin beschlossen hat, ihn zurückzulassen. Meine Wachen starren verdattert zu dem riesigen Bären, der sie keines Blickes würdigt, und der Frau, die sie für die geliehene Valkra hielten, die nun aber mit einer Axt auf sie deutet.

»Der Erste, der einen Pfeil in seine Richtung schießt, verliert mehr als bloß eine Hand, ist das klar?«, knurrt sie.

Ich kann nicht anders. Ich lache. So laut, dass es mir einen Ellenbogenstoß von Halvar einbringt. Auch danach gelingt es mir kaum, meine Belustigung im Zaum zu halten.

»Wisch dir das Grinsen aus dem Gesicht, Mann«, grollt mein bester Freund. »Hilf lieber deinen Leuten! Wer weiß, was Yrsa sonst mit ihnen anstellt.«

Ich zucke mit den Schultern. »Warum sollte ich ihnen helfen? Wenn sie so dumm sind, sich zwischen ein aufgebrachtes Tierwesen und seine noch aufgebrachtere Flüsterin zu stellen, verdienen sie es, Gliedmaßen zu verlieren.«

Halvar reibt sich seufzend über die Stirn. »Wieso macht ihr beide mir das Leben so schwer?«

Darauf weiß ich keine Antwort. Ebenso wenig wie auf die Frage, was ich nun tun und wie ich mich Yrsa gegenüber verhalten soll. Also stehe ich einfach nur da und beobachte sie, während sie eine Wache nach der anderen einschüchtert.

Angelockt von dem Tumult kommen nicht nur einige Dorfbewohner aus ihren Hütten, sondern auch ein Schatten fliegt über uns hinweg. Drakkar landet direkt auf der anderen Seite der Palisaden. Brüllend treibt sie die Wachen zurück, die sich bisher wacker gegen Yrsa und Bran behauptet haben, ehe sie den Kopf zu Yrsa hinabneigt.

Yrsa lässt die Waffen sinken, ehe sie Drakkar anfunkelt und murrt: »Was mischst du dich denn ein? Ich hatte alles bestens unter Kontrolle!«

Mein Mädchen lässt sich davon nicht beeindrucken, stößt ein Gurren aus und schmiegt die Schnauze so lange gegen die andere Flüsterin, bis Yrsa sie zwischen den Nasenlöchern streichelt. »Ich habe dich auch vermisst«, murmelt sie dabei so leise, dass ich es fast nicht verstehe.

Etwas verschiebt sich in mir. Es ist, als würde dieses Etwas zurück auf seinen rechtmäßigen Platz rutschen, während ich Yrsa und Drakkar betrachte. Die Gewissheit, dass es genau so sein muss und richtig ist, durchströmt mich bis in den kleinen Zeh. Erst einige Sekunden später geht mir auf, dass dies Drakkars Empfindungen sind. Mein Tierwesen mustert mich mit einem stechenden Blick, als wolle es mir sagen, dass ich es nicht wieder vermasseln soll, ehe es sich in die Lüfte schwingt und zurück zu seiner Höhle auf dem Plateau fliegt.

»Du hast leicht reden«, murmele ich, was mir einen verwirrten Seitenblick von Halvar einbringt.

Drakkar hat die letzten Wochen keinen Hehl daraus gemacht, dass sie meine Entscheidung, Yrsas Briefe zu ignorieren, und meinen Zustand erbärmlich fand. Über unsere Verbindung habe ich versucht, ihr zu erklären, warum ich so handele. Ich bin mir ziemlich sicher, dass sie es nicht verstanden hat oder nicht verstehen wollte. Der Stapel Briefe in meiner Hütte wuchs mit fast jedem Tag weiter und schien mich von seinem Platz auf der Kommode aus anzustarren und zu locken, doch irgendwie schaffte ich es, keinen davon zu öffnen. Denn ich wusste, dass mich schon die erste Zeile dazu bringen würde, meinen Vorsatz, mich von Yrsa fernzuhalten, in den Wind zu schießen.

In starken Stunden beglückwünschte ich mich zu diesem Entschluss, der mir auf meine letzten Tage viel Kummer ersparen wird. Ich tröstete mich damit, dass ich hier alles hatte, was ich brauchte: mein Tierwesen und meinen besten Freund. Ich sagte mir, dass es sinnlos war, auf etwas anderes zu hoffen, und erst recht bei Yrsa.

In schwachen Stunden sehnte ich mich nach dem Klang ihrer Stimme. Ihren Berührungen. Ihrem unerschütterlichen Willen und ihrer Fähigkeit, allen Widrigkeiten zu trotzen. Nicht bloß einmal war ich schon mit einem Fuß aus meiner Hütte, um Drakkar zu rufen und mit ihr nach Süden zum Küstenclan zu fliegen. Ich schob es auf die Sorge, dass Yrsas Clan angegriffen werden könnte, doch letztendlich ging es nur darum, dass ich es nicht mehr aushielt, von ihr getrennt zu sein. Ich wünschte sie mir an meiner Seite, damit wenigstens ein Hauch dieser Willensstärke auf mich überspringen und mir die Angst vor der Zukunft erträglich machen könnte.

Ihre Valkra jetzt zu fordern war kalkuliert. Doch an ihrer statt ist Yrsa selbst hier. Ihr Kommen habe ich nicht eingerechnet. Ich habe es nicht einmal in Erwägung gezogen, ging ich doch davon aus, dass sie ihren Clan niemals verlassen würde – erst recht nicht jetzt, nachdem der Clan des obersten Anführers Vergeltung fordern könnte.

Trotzdem ist sie hier und kommt zögerlich und mit schuldbewusstem Ausdruck im Gesicht auf mich zu. Bran trottet hinter ihr her und überschüttet sie weiterhin mit beleidigtem Grollen. Wahrscheinlich schilt er sie gerade, wie sie es wagen konnte, ihn einfach zurückzulassen. Gegen meinen Willen muss ich lächeln, und die dunklen, sorgenvollen Wolken, die mein Herz die letzten Wochen über bevölkert haben, lichten sich. Sie verschwinden nicht, doch das Atmen fällt mir wieder leichter.

Mit Yrsa direkt vor mir denke ich nicht darüber nach, wie viele Atemzüge mir noch bleiben. Ich denke nicht an die Zukunft, sondern sehe nur die Frau, die auch dann mein Herz besitzt, wenn sie es verletzt.

»Was hat das zu bedeuten?«, brummt Halvar. »Du bist weder Elvi noch eine andere Valkra.« Yrsa ignoriert ihn, was Halvar dazu veranlasst, weiterzuschimpfen. »Ich sollte dich fesseln, auf den Karren werfen und eigenhändig zurück zum Küstenclan bringen!«

Nun huscht ihr Blick zu ihm und der schuldbewusste Ausdruck weicht einem berechnenden. »Versuch's doch.«

Halvar verstummt, während mein Grinsen breiter wird. Mehr schlecht als recht verberge ich es hinter meiner Hand.

Sie sieht wieder zu mir. »Ich will mit dir reden.« Nach und nach wird sie sich all der neugierigen Blicke um uns herum bewusst und fügt leise hinzu: »Allein.«

»Nichts da!«, herrscht Halvar sie an. »Du wirst augenblicklich zurück zum Küstenclan fahren und deine Schwester herschicken. Sie muss hier sein, bevor …«

»Halvar«, unterbreche ich ihn leise, woraufhin er ein genervtes Schnauben von sich gibt.

Ich könnte mehr als tausend Gründe auflisten, warum es keine gute Idee ist, mit Yrsa zu reden – jeder valider als der andere. Und doch bin ich völlig machtlos gegen den Wunsch, Zeit mit ihr zu verbringen. Ihr zuzuhören. In ihrer Nähe zu sein. Diese Wünsche sind lauter als all die guten Gründe, warum ich es nicht tun sollte.

Nur an einem einzigen ändern sie nichts.

»Wenn du fertig bist mit reden«, murmele ich, »wirst du dann gehen und deine Schwester herschicken?«

Für einen Moment breitet sich Schrecken in ihrer Miene aus, als wäre dies die Reaktion, vor der sie sich am meisten gefürchtet hat. Doch Yrsa hat sich so schnell wie immer wieder unter Kontrolle und präsentiert mir das Antlitz der ruhigen, überlegten Anführerin. Ihr blondes Haar, das ihr vom Herunterreißen des Schleiers wirr vom Kopf absteht, und das Kleid, das sie offenbar von ihrer Schwester geborgt hat und das ihr viel zu klein ist, ändern nichts daran, wer sie ist. Wenn sie es darauf anlegte, würde sie sogar meine Leute dazu bringen, ihr zuzuhören; mir gelingt das nicht einmal, wenn ich meine Anführerkleidung trage.

Mit einer Kopfbewegung bedeute ich ihr, mir zu folgen. Sie zögert, als wir am Langhaus vorbeigehen, doch sie stellt keine Fragen. Alles an ihr wirkt hoch konzentriert. Ich führe sie den Pfad zum Plateau hinauf; sie hat weniger Schwierigkeiten, mir zu folgen, als Bran, aber auch ihm gelingt es. Oben begrüßt uns Drakkar mit einem Gurren. Die Felsformation, in der sie lebt, erstreckt sich direkt hinter meiner Hütte. Davor gibt es genug Platz, dass sie hier wachen und die wenige Sonne genießen kann, die sich um diese Jahreszeit durch die Wolken kämpft, so wie heute. Ihre Schuppen glitzern in einem strahlenden Blau, während Yrsas Haar honigfarben schimmert. Im Vorbeigehen tätscheln wir beide Drakkars Kopf und Hals und betreten meine Hütte; Bran muss draußen warten.

Mein Heim ist einfach: ein großer Raum mit Kochstelle und Sitzgelegenheiten für Halvar und mich und zwei weitere Räume, die vom Eingangsbereich abführen. Es kam mir nie in den Sinn, dass mein Heim klein und schäbig wirken könnte, doch nun halte ich die Luft an, während Yrsa sich umsieht. Dass mein Clan der Meinung ist, diese Hütte wäre eines Anführers nicht würdig, ist mir nicht neu, aber ihre Meinung hat mich nie interessiert. Ich fühle mich hier wohler, als ich es im Langhaus je könnte, das mit zu vielen dunklen Erinnerungen verbunden ist. Wenn ich dort eine Versammlung für meinen Clan abhalten muss, vermeide ich es, in den hinteren Bereich zu gehen, denn in jedem Zimmer kann ich die Schreie und das Weinen des kleinen Jungen hören, der ich einst war.

Yrsa nimmt sich Zeit. Mit bedächtigen Schritten durchschreitet sie meine Hütte, als wolle sie jedes Detail in sich aufsaugen. Mit den Fingern streicht sie über den Tisch, in dem Halvar und ich unsere Namen mit einem Dolch verewigt haben, nachdem wir ihn aufgebaut hatten. Er war das erste Möbelstück in meinem Heim, lange vor einem Bett. An diesem Tisch habe ich zum ersten Mal eine Mahlzeit gegessen, die ich nicht aus Angst vor meinem Vater hastig herunterschlang oder die mir Halvars Mutter heimlich zusteckte. Bei seiner Familie fühlte ich mich wohl und verbrachte so viel Zeit wie möglich dort, doch sie war nicht *meine* Familie, ebenso wenig, wie der Tisch, an dem ich dort aß, oder das Bett, das ich mir mit Halvar teilte, mir gehörte.

Aber dieser Tisch, über den Yrsa gerade die Finger gleiten lässt, gehört mir. Ich habe ihn mit meinen eigenen Händen erbaut und hergeschafft. Wenn ich an ihm esse, muss ich mir keine Sorgen darüber machen, etwas zu verschütten und deswegen verprügelt zu werden. Ich muss auch keine Schuldgefühle haben, wenn ich mir erneut aufschöpfe, um das nagende Loch in meinem Bauch zu besänftigen, obwohl ich im Hinterkopf habe, dass ein anderer dann wegen mir hungert.

Als könne sie meine Gedanken hören, breitet sich ein leichtes Lächeln auf Yrsas Lippen aus, während ihr Zeigefinger die eingeritzten Runen meines Namens nachfährt.

Ich lehne mich mit der Schulter gegen den Türrahmen und verschränke die Arme vor der Brust in der Hoffnung, so das aufgeregte Wummern darin einsperren zu können. Wenn mein Herz noch ein wenig schneller schlägt, wird es heraushüpfen – und direkt vor ihren Füßen landen.

Ein Teil von mir ist sich nicht sicher, ob sie es vorsichtig aufheben oder ohne zu zögern zertreten wird.

Ich dachte, er hätte seine Lektion gelernt, als ich am Morgen der Merwanacht allein aufwachte, aber offenbar wird er das nie, wenn es um Yrsa geht.

Ihr Blick gleitet weiter durch die Hütte, streift die Feuerstelle, wo ein Eintopf kocht, den ich eigentlich der richtigen Valkra servieren wollte, und bleibt schließlich an der Kommode neben dem Eingangsbereich hängen. Ihre Mundwinkel sacken herab, als sie den Stapel Briefe entdeckt.

»Wenigstens hast du sie nicht gleich verbrannt«, sagt sie leise, als spräche sie zu sich selbst.

»Hätte ich das tun sollen?«, frage ich.

Sie schüttelt den Kopf und schlingt die Arme um sich, während sie sich weiter umsieht. »Ich habe alle Türen und wichtigen Gänge verbreitern lassen, damit sich Bran frei im Langhaus bewegen kann. Doch mit einem Tierwesen wie Drakkar hätten ein paar verbreiterte Gänge nichts gebracht. Hier bist du ihr näher und sie dir.«

Mein verdammtes Herz schlägt noch schneller; es ignoriert mich, egal, wie oft ich es zur Ruhe mahne.

Noch nie hat jemand verstanden, warum ich diese Hütte dem Langhaus vorziehe. Sogar Halvar musste ich es mehrmals erklären; verstanden hat er es vermutlich nicht, aber im Gegensatz zu den Dorfbewohnern hat er es mittlerweile hingenommen. Alle anderen runzeln über meine Entscheidung die Stirn – im besten Fall. Doch Yrsa versteht. Sie versteht *mich*. Und ich bin sicher, dass sie genauso gehandelt hätte, wenn ihr Tierwesen zu groß für das Langhaus gewesen wäre.

Fast schüchtern kehrt ihr Blick zu mir zurück. Uns trennen mehrere Meter, zwischen uns stehen der Tisch und mehrere Stühle. Trotzdem versinke ich im Blau ihrer Augen, obwohl es sich anfühlt, als wäre sie ganze Welten von mir entfernt. Doch dieser Blick, so voller Zweifel, Hoffnung und Angst gleichermaßen, trifft mich auf eine Weise, die ich kaum beschreiben kann.

»Willst du mich nicht fragen, warum ich hier bin?«, will sie wissen.

Ich verschränke meine Arme fester, während ich gegen die Enge in meinem Hals anschlucke. »Die letzten Male, als ich dich das gefragt habe, war deine Antwort sehr eindeutig und zielte bloß auf das Eine ab.«

Wann immer sie meine Kajüte oder auch die Hütte am Strand betrat, ging es ihr nur um eine Sache. Ist sie etwa auch jetzt nur deswegen hier? Am liebsten würde ich laut aufschreien. In meinem Inneren tue ich es jedenfalls.

Yrsa umrundet den Tisch und kommt langsam auf mich zu, als würde sie sich einem gefährlichen Tier nähern. Ein vorsichtiges Lächeln umspielt ihre Lippen, als sie sagt: »Ich bin die Letzte, die sich dagegen wehrt, wenn du mich hochhebst und gegen die nächstbeste Wand vögelst.« Direkt vor mir bleibt sie stehen und sieht mir direkt in die Augen. »Aber deswegen bin ich nicht hier.«

Bei jedem hektischen Atemzug kitzelt mich ihr Duft in der Nase. Zusammen mit ihrer unmittelbaren Nähe reicht es fast aus, um meine Verteidigung bröckeln zu lassen. Doch ich halte meine Arme weiter verschränkt und bohre die Finger in meine Haut, um meine Hände daran zu hindern, sich nach ihr auszustrecken.

»Weshalb bist du dann hier?«, frage ich heiser.

Als sie Luft holt, um zu antworten, will sich ein Teil von mir die Ohren zuhalten. Ein weiteres Mal zu hören, dass ich es nicht wert bin, dass jemand mehr für mich empfindet, wird mich nicht bloß verletzen: Eine erneute Zurückweisung von Yrsa wird mich zerstören. Und doch ist da dieser winzige Anflug von Hoffnung. Nicht für immer, denn meine Tage sind gezählt, aber vielleicht … für die wenigen, die mir noch bleiben. Ich dränge diese Hoffnung vehement zurück, denn ich weiß, dass ich mich umdrehen und von den Klippen hinter meiner Hütte stürzen werde, wenn ihre Antwort anders lautet, als die Hoffnung mir einreden will.

Und wenn ich mir bei etwas sicher bin, dann dass ich mir bei Yrsa nie sicher sein kann.

Beinahe zucke ich vor ihr zurück, als sie zögerlich die Hände nach mir ausstreckt. Eine legt sie auf mein Herz, das zum Teil hinter meinen verschränkten Armen verborgen ist, die andere an meine Wange.

»Ich bin deinetwegen hier.«

Ich atme nicht mehr.

»Meinet…« Meine Stimme bricht.

Doch Yrsa hat mich verstanden. Mit einer Kopfbewegung deutet sie auf den Stapel Briefe. »Ich habe versucht, dir alles zu schreiben, weil es … mir einfacher erschien. Wenn ich dir gegenüberstehe, fällt es mir schwer, das Richtige zu tun und zu sagen. Ich sehe dann all die Blicke, die auf uns gerichtet sind, und meine, das Tuscheln zu hören. Auch wenn wir allein waren, war da immer

… diese Angst, andere zu enttäuschen. Aber diese Angst ist nicht mehr die größte in mir. Noch mehr als davor, andere zu enttäuschen, fürchte ich mich davor, dich zu verlieren.«

Ich kann nicht anders, als sie anzustarren. Offenbar deutet sie mein Zögern falsch, denn sie zieht ihre Hände zurück. Ich packe eine davon und gebe dadurch meine Verteidigung gänzlich auf.

Nachdem ich mich geräuspert habe, frage ich: »Warum klopft dein Herz so schnell?«

Yrsa schenkt mir das bezauberndste Lächeln, das ich je gesehen habe, und ich weiß, dass sie meine Anspielung auf unseren ersten Flug auf Drakkars Rücken erkannt hat. »Woher willst du das wissen?«, entgegnet sie genau wie damals.

Ich führe ihre Finger zurück an meine Brust. »Weil meines so sehr rast, als würde es direkt in deine Hand springen wollen.«

Sie legt auch die andere Hand darüber. »Diesmal kann es das. Ich verspreche, dass ich es auffangen werde.« Ihr Blick findet wieder meinen. »Was ich dir nicht versprechen kann, ist, dass ich dich nie wieder verletze. Es gibt so vieles, was ich noch nicht begreife. Dinge, die mir schwerfallen. Ich brauche dich und deine Geduld, um sie mir zu erklären. Aber egal, wie schwer es wird … Egal, was die anderen denken … Ich weiß, dass ich ersticken werde, wenn ich noch einen Tag länger meine Gefühle in mir einsperren muss. Ich habe sie gehasst … Ich habe jedes einzelne Gefühl gehasst, das du in mir hervorgerufen hast. Diese Gefühle waren so neu und fremd für mich, dass ich mich vor ihnen gefürchtet habe. Ich wollte, dass es aufhört, und ich habe mich so sehr dagegen gewehrt, dass ich dich beinahe verloren hätte. Aber mittlerweile ist mir klar, dass ich gegen sie nicht ankomme und dass ich es auch nicht muss.«

Ich lege einen Finger unter ihr Kinn und hebe es leicht an. Als würde ich immer so reden, finde ich schnell die Tonlage, von der ich weiß, dass sie sie besonders mag. »Sprich es aus.«

Mit einem seligen Lächeln schließt sie für einen Moment die Augen. Als sie sie wieder öffnet, sind sie klarer als der Himmel nach einer Gewitternacht. »Ich liebe dich.«

KAPITEL 43

YRSA

Für einen Moment fühlt es sich an, als befände ich mich im freien Fall. Ich habe keine Ahnung, was mich auf dem Boden erwartet, auf dem ich unweigerlich aufschlagen werde, wenn Kier mich weiter nur ansieht. Wäre da nicht das schnelle, fast hektische Klopfen seines Herzens unter meinen Fingerspitzen, könnte ich nicht sagen, was er bei meinen Worten empfindet, denn seine Miene gibt nichts preis.

Doch schließlich bröckelt seine Fassade, als er sich ein Stück zu mir vorlehnt. »Sag es noch mal.«

»Ich liebe dich, Kier.«

Er drückt seine Stirn gegen meine. »Ich bin ein egoistischer Mistkerl, weil ich es wieder und wieder hören will. Und weil ich dich gleich küssen werde.«

»Darin sehe ich nichts Egoistisches, weil ich auch will, dass du mich endlich wieder küsst.«

Kier schüttelt leicht den Kopf, was sich seltsam an meiner Stirn anfühlt. »Zuvor musst du mir etwas versprechen.«

»Alles«, sage ich sofort.

»Hör mir erst zu. Dass ich jetzt deine Schwester gefordert habe, hatte einen Grund. Sie war sehr deutlich, was meinen Fluch betrifft, und konnte mir sagen, wann er zuschlagen wird. Bitte versprich mir, dass du sofort deine Schwester rufst, wenn es … so weit ist.«

Ich weiche einen Schritt zurück, um ihm wieder besser ins Gesicht sehen zu können. »Warum sagst du das?«

Seine Miene ist schmerzverzerrt. »Weil wir uns nicht sicher sein können. Niemand kann sich an den genauen Wortlaut des Fluchs erinnern. Vielleicht ist er nun gebrochen, vielleicht auch nicht. Falls nicht, sind meine Tage gezählt.« Er streicht mir eine wirre Haarsträhne hinters Ohr. »Ich habe deine Briefe nicht beantwortet, weil ich dachte, dass es so leichter für uns beide wäre. Ich wollte deine Schwester hier haben, damit sie ein standesgemäßes Begräbnis abhalten kann und ich … womöglich doch nicht in die Hände der Dunklen Herrin falle. Dass du hier auftauchst, war nicht geplant. Ich wollte weder dir noch mir weitere Hoffnungen machen, die uns der Fluch dann nimmt. Ich wollte, dass es einfacher für dich ist. Jetzt bist du hier und ich sollte dich sofort zurück nach Hause schicken. Aber ich …«, er umschließt mein Gesicht mit beiden Händen, während ich meine vorne in sein Hemd kralle, »… bin viel zu egoistisch, um dich jetzt noch gehen zu lassen. Nicht nach dem, was du gesagt hast. Deshalb versprich mir bitte, dass du deine Schwester rufst, damit sie für ein ordentliches Begräbnis sorgt, wenn es … zu Ende geht.«

Ich starre ihn aus weit aufgerissenen und brennenden Augen an. Doch für Tränen habe ich keine Zeit. Stattdessen blecke ich die Zähne und umklammere den Stoff seines Hemdes fester, als wollten sich meine Finger zu seinem Herzen durchgraben. »Du wirst nicht sterben«, sage ich in einem Tonfall, der keinen Widerspruch duldet. »Dein Herz wird weiterschlagen. Es wird weiterhin meines daran erinnern, dass es ebenfalls so schnell schlagen kann. Die Dunkle Herrin wird dich niemals in die Finger bekommen, das lasse ich nicht zu!«

Er küsst mich mit einem traurigen Lächeln auf die Nasenspitze. »Versprich es mir trotzdem. Nimm mir diese Angst.«

Sämtliche Anspannung weicht bei seinen Worten aus mir. »Ich verspreche es.«

Innerlich tobe ich weiter. Am liebsten würde ich meine Wut auf den verdammten Fluch hinausschreien und die Dunkle Herrin selbst herausfordern, damit sie ihn von Kier nimmt. Was ich gesagt habe, meine ich ernst: Ich werde nicht zulassen, dass der Fluch Kiers Leben fordert. Nicht, nachdem ich endlich mutig genug war, meinen Gefühlen einen Namen zu geben.

Mit einem zufriedenen Laut stößt er den Atem aus und schließt die Augen. »Danke.«

Ich schlinge beide Arme um ihn, halte ihn fest und genieße das Gefühl, ebenfalls gehalten zu werden. Doch ich vergesse darüber hinaus nicht, dass Kier nichts auf mein Geständnis erwidert hat. Und ich vergesse auch nicht, dass es ein weiteres Thema gibt, das ich mit ihm besprechen muss.

»Wo wir gerade von meiner Schwester reden«, murmele ich gegen seine Brust. Er lockert seinen Griff um mich und sieht mich an. »Es gibt da etwas, was du wissen solltest.«

Ich straffe die Schultern. Auf meinem Weg hierher hatte ich genug Zeit, mir die Worte zurechtzulegen, doch nun würde ich sie am liebsten alle in mir einsperren. Kier hat zwar nicht ebenfalls gesagt, dass er mich liebt, aber vielleicht überdenkt er das, was auch immer er fühlt, wenn er die Wahrheit kennt. Es wäre so einfach, das anzunehmen, was wir jetzt haben, und glücklich damit zu sein. Einfach und feige. Aber ich habe genug davon, es mir einfach zu machen, und feige bin ich ohnehin nicht.

Ich strecke die Hand aus und streiche über die Narbe, die seine Augenbraue in zwei unterschiedlich große Hälften teilt. »Das Mädchen, das den Stein nach dir geworfen hat, das war nicht ich, sondern meine Schwester.«

Kier runzelt die Stirn, während er meinen Blick erwidert, dabei aber schweigt.

Mein Hals fühlt sich an wie zugeschnürt, und ich unterdrücke nur knapp den Drang, nervös mit einer Haarsträhne zu spielen. »Ich bin nicht diejenige, die dir damals geholfen hat.«

Er hebt einen Mundwinkel. »Und was willst du jetzt von mir hören?«

»Ich … weiß nicht«, gebe ich ehrlich zu.

Tatsächlich habe ich keine Ahnung, was er nun sagen oder tun wird. Als er mir von seiner Vergangenheit erzählt hat, sprach er über das junge Mädchen, das Steine nach ihm warf, voller Bewunderung. Sie war es, die ihn ermutigte, wiederaufzustehen und ebenfalls zu kämpfen. Die Erinnerung an sie war auch der Grund, warum er während der Prüfungen zu mir kam und das Gespräch mit mir suchte, während ich für alle anderen unsichtbar zu sein schien, weil mein Clan unbedeutend ist.

Aber dieses Mädchen war nicht ich.

Ich kralle die Finger in den Stoff des Kleides, das mir um die Brust so eng ist, dass es mir fast die Luft abschnürt.

Mit dem Daumen streicht Kier knapp unter meiner bebenden Unterlippe entlang, während sein Blick dieser Bewegung folgt. »Du hast gesagt, dass du mich liebst.«

»Ja«, wispere ich.

»Weil ich ein Anführer bin?«

Ich ziehe die Augenbrauen zusammen. »Nein, *obwohl* du einer bist. Alles wäre für mich sehr viel einfacher, wenn du keiner wärst.«

Er lächelt. »Und ich habe mich nicht in dich verliebt, weil ich dachte, du wärst das Mädchen von damals. Ich werde diesem Mädchen immer dankbar sein, denn ohne ihren Mut wäre ich heute vermutlich nicht hier. Aber ich war nicht in sie verliebt. Es mag sein, dass ich dich angesprochen habe, weil ich dich für das Mädchen von damals hielt, doch ich hätte auch mit dir gesprochen, wenn es nicht so gewesen wäre. Denn ich habe dich vom ersten Moment an gesehen, als du im Hohen Norden ankamst. Ich habe deine stolze, kühle Haltung gesehen, mit der du überspielen wolltest, dass du nirgends dazugehörtest. Ich habe es genossen, wie du mit mir geredet hast, ohne eingeschüchtert zu sein. Nach diesem kurzen Gespräch«, er macht einen Schritt auf mich zu und steht mir nun so nah, dass meine Brust bei jedem Atemzug gegen seine streift, »betete ich zu den Göttern, dass du am Merwafest teilnimmst und ich dich finde.«

»Warum?«, krächze ich.

Kiers Hand gleitet über meine Wange, streift mein Ohr und legt sich in meinen Nacken. »Weil ich es wollte. Weil ich *dich* wollte. Ich musste wissen, ob du immer noch genauso kühl und stolz sein würdest, wenn ich in dir bin. Du glaubst nicht, wie ich die Masken dafür gehasst habe, dass ich dein Gesicht nicht sehen konnte. Ich dachte trotzdem, dass es mir genügen würde. Dass ich danach mit den Erinnerungen an das Mädchen und der stoischen Anführerin aus dem Nirgendwo abschließen könnte.« Er zieht meinen Kopf zu sich, bis ich auf den Zehenspitzen stehe und er die Stirn gegen meine lehnen kann. »Aber du hast mich in jener Nacht verdorben, Yrsa. Nichts und niemand wird sich je wieder so gut anfühlen wie du. Ich bekam dich nicht mehr aus meinen Gedanken. Jedes Mal, wenn ich dich ansah, erinnerte ich mich daran, wie perfekt es war. Und dann lernte ich dich kennen, trotz des Schemens. Durch unsere Zettel und Briefe erhaschte ich einen Blick hinter die Maske der starken Anführerin, und mit jeder Zeile, die ich von dir las, verfiel ich dir mehr. Aber letztendlich wusste ich es schon damals. Ich wusste, dass mehr in dir steckte, als du anderen preisgeben wolltest.«

Ich schlinge die Arme um seinen Nacken. »Du hast mich in jener Nacht ebenfalls verdorben«, wispere ich, »und so viele Gefühle in mir geweckt, dass sogar der Schemen machtlos dagegen war.«

Er zieht mich so fest an sich, dass kein Lufthauch mehr zwischen uns durchpasst. »Ich wollte dir schon so lange sagen, was ich fühle, doch ich hatte stets Angst, dich damit in die Flucht zu schlagen. Manchmal wurde der Drang, es auszusprechen, so groß, dass ich beinahe daran zugrunde gegangen wäre. Nach unserem ersten Flug oder als du Drakkar nach ihrer Verletzung geholfen und mir zugehört hast. Nachdem du bei mir warst, damit ich dir helfe, bin ich dir gefolgt und wollte dir alles sagen, doch du hast bereits geschlafen. Als du mit hochroten Wangen nach unserer Rückkehr aus der Hütte deiner Schwester geflüchtet bist, hätte ich dich am liebsten gepackt und dir gesagt, wie bezaubernd ich deine Reaktion finde. Und in der letzten Merwanacht«, er senkt den Kopf, sodass seine Lippen nur einen Hauch von meinen entfernt sind, »als du keinerlei Zurückhaltung kanntest und ich spürte, dass du es genauso so sehr wolltest wie ich.«

»Es tut mir leid, dass ich dich glauben ließ, dies wäre die einzige Art, wie wir zusammen sein können«, murmele ich. »Für mich war es einfacher, meinem Verlangen nachzugeben, als mir meine Gefühle einzugestehen.«

»Du tust es jetzt. Du bist hier.« Er grinst. »Ziemlich spät zwar, aber ich bin dankbar, dich noch ein Mal sehen zu dürfen.«

Am liebsten würde ich mir die Ohren zuhalten, um nichts mehr von seinem Fluch hören zu müssen. Obwohl ich hier bin, schwebt er weiterhin wie eine unheilvolle Mahnung über uns. Ich wünschte, wir könnten irgendwie herausfinden, ob er weiter existiert oder ob wir ihn besiegt haben. Meinen Schemen habe ich auch nicht mehr bemerkt, bis er sich wieder offenbarte. Lediglich eine mächtige Valkra könnte mit Sicherheit sagen, ob Kiers Fluch nun gebrochen ist.

Eine mächtige Valkra wie meine Schwester.

»Wie lange fliegt Drakkar von hier bis zum Küstenclan?«, frage ich.

Kier runzelt die Stirn und ein Schatten legt sich über seine Miene. Schnell lasse ich eine Hand über seine Wange gleiten, um die ersten Anflüge von Zweifel zu vertreiben.

»Ich will nicht von dir weg«, versichere ich ihm. »Sondern du sollst mich begleiten. Ich weiß, wie zermürbend es sein kann, nicht zu wissen, was einem bevorsteht. Deshalb möchte ich, dass meine Schwester herausfindet, ob dein Fluch gebrochen ist.«

»Wird sie uns das sagen?«, will Kier wissen. »Hat sie dir gegenüber gesagt, dass dein Schemen noch in dir ist?«

Ich zögere mit einer Antwort, ehe ich den Kopf schüttele. »Ich habe sie nicht direkt danach gefragt, aber nein … Sie sagte nichts zu meinem Schemen.«

»Was lässt dich glauben, dass sie uns etwas Konkretes über meinen Fluch sagen wird?«

Ich öffne den Mund, schließe ihn jedoch wieder, ehe ein Ton herauskommt.

»Deine Schwester«, sagt Kier, »ist die fähigste Valkra, die mir je untergekommen ist. Aber auch sie ist an die Gesetze der Götter gebunden. Sie kann uns nur das mitteilen, was die Götter uns hören lassen wollen.«

Ich weiß, dass er recht hat. Dennoch klammere ich mich an die Hoffnung, dass nun alles gut werden wird.

»Ich will trotzdem ihr Urteil hören«, sage ich.

Kier nickt. »Das will ich auch. Aber ich halte es für keine gute Idee, zu deinem Clan zu fliegen. Wenn ich deiner Mutter über den Weg laufe …« Er seufzt. »Sagen wir, ich habe die Nase voll von Flüchen und kann mir Schöneres vorstellen, als dass sie mir den nächsten anhängt.«

Damit entlockt er mir ein Lächeln. »Meine Mutter ist der zweite Grund, warum ich will, dass du mich zum Küstenclan begleitest. Ich muss ihr schließlich mein *cymara me* offiziell vorstellen, wie es der Brauch ist.«

Ich genieße es, Kiers Miene zu studieren, nachdem ich zum ersten Mal diese Worte ihm gegenüber benutzt habe. Ganz genau kann ich erkennen, wann die Frage, was ich damit meine, der Erkenntnis weicht, und ich glaube, dass ich noch nie etwas Schöneres gesehen habe als den warmen Glanz in seinen grünen Augen und das herrliche Lächeln, mit dem er mich bedenkt.

»Bedeutet es das, was ich denke?«, fragt er heiser.

»Bedeutet ástin min das, was ich denke?«, gebe ich zurück.

Er stupst mit der Nasenspitze gegen meine. »Das verrate ich dir, falls du dich noch daran erinnerst, wann ich dich zum ersten Mal so genannt habe.«

»Als wir das Schiff besichtigt haben«, antworte ich sofort. »Du hast genauso verwirrt gewirkt wie ich, obwohl ich dich damals noch nicht ansehen konnte. Wusstest du es zu dem Zeitpunkt schon?«

»Ich bin mir nicht sicher«, sagt er, und ich bin dankbar für seine

Ehrlichkeit. »Diese Worte sind mir herausgerutscht, weil sie sich so richtig und natürlich angefühlt haben. Bewusst hätte ich sie zu diesem Zeitpunkt nicht gesagt, denn unsere Beziehung, wenn man sie so nennen kann, stand durch den Schemen auf sehr wackligen Beinen. Die meiste Zeit wolltest du mich tot zu deinen Füßen liegen sehen.«

Ich nicke. »Du hast die Worte aber nicht zurückgenommen.«

»Ich habe kurz darüber nachgedacht, als mir deine Reaktion aufgefallen ist«, gibt er zu. »Erst da habe ich selbst bemerkt, wie ich dich genannt habe. Aber die Worte zurückzunehmen wäre falsch gewesen. Und es hätte keinen Unterschied gemacht, denn ich habe dich danach auch weiterhin so genannt.«

Ich erinnere mich auch an die Male danach. Während unseres ersten gemeinsamen Fluges mit Drakkar fragte er, ob ich unter Höhenangst leide, und sprach mich erneut mit diesem wunderschön klingenden Kosenamen an. Seine Bedeutung kenne ich bis heute nicht, doch ich wusste bereits damals, dass er besonders ist. Selbst der Schemen konnte mein Herz nicht dazu bringen, weniger aufgeregt zu flattern, wenn ich diese Worte aus Kiers Mund hörte.

Und ich weiß mit Sicherheit, dass es niemals weniger schnell schlagen wird, egal, wie oft ich sie noch hören werde.

»Wie lautet eure Übersetzung?«, frage ich.

Jeder Landstrich, ja sogar jeder Clan hat eine eigene Bezeichnung für diesen einen besonderen Partner, nach dem man sich das ganze Leben sehnt. Nicht jeder findet ihn, manch einer verliert ihn zu früh, so wie meine Mutter. Doch ganz gleich, wie viel Zeit uns mit unserem Gegenstück bleibt, jeder Atemzug in seiner Gegenwart ist ein Segen. Ein Wunder der Götter, das einen besonderen Namen verdient. Einen, der so alt und ehrwürdig ist, dass er als eines der wenigen Worte aus den alten Sprachen erhalten geblieben ist.

»Es bezeichnet den ersten Lichtstrahl, der am Morgen oder nach einem Unwetter durch die Wolken bricht«, sagt Kier, während er mir eine Haarsträhne hinters Ohr streicht. »Und bei euch?«

»Es heißt so viel wie ›grenzenloser Himmel‹«, antworte ich.

Erst jetzt fällt mir auf, wie perfekt die Bezeichnung zu Kier passt. Schon bei unserer ersten Begegnung verglich ich seinen Duft mit Wind und Freiheit – etwas, was nur in den Weiten des Himmels existieren kann.

Ich werde durch Kiers besorgten Gesichtsausdruck aus meinen Gedanken gerissen. Nachdem ich ihn gefragt habe, was los ist, murmelt er: »Bist du dir sicher, dass du es deiner Mutter sagen willst?«

Ich lächele. »Sie weiß es schon. Sie wusste es bereits, bevor ich etwas gesagt habe. Also ja, es wird höchste Zeit, dass wir es offiziell machen, sonst ist sie beleidigt.«

»Und sie wird mich nicht wieder … verfluchen?«

Ich schüttele den Kopf. »Sie wird sich besser benehmen als beim letzten Mal, als du ihr begegnet bist. Das hat sie mir versprochen. Und ich glaube ihr. Meine Mutter hatte es nicht immer einfach, aber sie ist die ehrenvollste Frau, die ich kenne.«

Damit entlocke ich ihm ein erneutes Lächeln. »Dessen bin ich mir sicher. Ich muss bloß deine Schwester und dich ansehen, um auch eure Mutter einschätzen zu können. Trotzdem ist es … seltsam. Nicht nur, weil sie mich das letzte Mal verfluchen wollte und aus dem Dorf gejagt hat, sondern weil«, auf einmal wirkt er nachdenklich, »wir uns für einen Clan entscheiden müssen, wenn wir es offiziell machen. Einer von uns muss seinen Posten als Anführer aufgeben. Ich kann verstehen, wenn du …«

Ich lege ihm zwei Finger an die Lippen und bringe ihn dadurch zum Schweigen, ehe ich mich widerwillig aus seiner Umarmung löse, um nach einem gefalteten Stück Papier in den Taschen meines Kleides zu suchen. Auf dem Tisch breite ich es aus. Es ist eine alte, bereits an den Rändern vergilbte Karte unserer Insel.

»Sie ist sicherlich nicht so genau wie deine Karten«, sage ich entschuldigend, als Kier mit hochgezogenen Augenbrauen die mit schwarzer Kohle gezeichneten Umrisse unserer Insel und die Linien betrachtet, die die Grenzen der Clangebiete symbolisieren,

»aber sie muss ausreichen.« Ich deute auf das südwestlichste Gebiet. »Dort lebt mein Clan. Deiner hier oben.« Ich deute auf das Gebiet des Schwingenclans, in dem ich mich gerade befinde und das auf der Karte im Nordosten liegt. »Zwischen uns liegen die Gebiete anderer Clans, aber wenn es uns gelingt, diese Randgebiete zu erobern«, mit dem Finger fahre ich die östlichste Seite unserer Insel nach, »können wir unsere Gebiete vereinen und einen Clan bilden. Diese Randgebiete sind für die anderen Clans nicht von großer Bedeutung; zumeist handelt es sich um Gebirge oder Felsklippen. Wir gefährden niemanden, wenn wir ihnen dieses Stück Land nehmen. Keiner wird deswegen Hunger leiden.«

Ein versonnenes Lächeln breitet sich auf Kiers Lippen aus, während er abwechselnd die Karte und mich betrachtet. Angespannt warte ich auf seine Reaktion zu meiner Idee, doch er lässt mich zappeln. Schlimmer noch: Er lässt mich stehen und geht in eines der Nebenzimmer. Gerade als ich ihn fragen will, was das soll, kommt er mit einem aufgerollten Pergament unter dem Arm zurück. Behutsam schiebt er meine Karte zur Seite, ehe er seine ausrollt. Sie ist ungefähr zehnmal größer und bedeutend detaillierter; ich kann in meinem Gebiet sogar die Felsen erkennen, in denen Drakkar schläft, wenn sie zu Besuch ist.

Mein Blick fällt auf die äußeren Gebiete auf der östlichen Seite der Insel. Hier wurden mehrere Bereiche nachträglich mit schwarzer Kohle nachgezogen – fast genauso, wie ich es auf meiner Karte ebenfalls getan habe.

»Du … hattest die gleiche Idee wie ich«, murmele ich, ehe mein Blick von der Karte zu ihm huscht. »Seit wann?«

Er neigt den Kopf. »Ich hatte diese Karte bereits bei unserer Reise dabei und habe die Gebiete eingezeichnet, die wir leicht erobern könnten, ohne den anderen Clans zu schaden.«

»Aber das … Das ist Wochen her! Warum hast du nichts gesagt?«

Er lehnt sich zu mir. »Weil du sehr deutlich warst. Zwischen uns würde nie etwas anderes sein als Kameradschaft.«

Ich schürze die Lippen. »Du hättest es mir trotzdem sagen sollen!«

Er zieht eine Augenbraue hoch. »Um dann wieder von dir zu hören, dass zwischen uns nie mehr sein wird als ein paar einmalige Sachen?«

Ich stoße den Atem aus, ehe ich nicke. Er hat ja recht. Wären unsere Rollen vertauscht, hätte ich meine Idee auch für mich behalten, um mich vor weiterem Schmerz zu bewahren. Nach unserer Ankunft gab es wichtigere Dinge, um die ich mich kümmern musste. Ein Clan, der Wochen ohne mich zurechtkommen musste. Ein Wettstreit, den ich gewinnen musste. Die Frage, was Kier und ich füreinander sind, drängte sich bei jeder Tätigkeit in den Vordergrund und machte mir ein normales Denken nahezu unmöglich. Dennoch schob ich sie wieder und wieder beiseite. Hätte er mir die Karte damals schon gezeigt, hätte ich seine Idee abgetan. Alles zwischen uns war schwierig und völlig neu für mich. Ich habe mich ihm gegenüber schrecklich benommen.

Mit den Fingern zeichne ich die von ihm auf der Karte markierten Gebiete nach. Er hat diese Idee ausgearbeitet und aufbewahrt, obwohl er bestimmt nicht mehr daran geglaubt hat, dass er sie mir je präsentieren könnte.

Kier beobachtet mich die ganze Zeit über. Es ist, als wüsste er genau, was in mir vorgeht. »Nur damit wir uns richtig verstehen: Ich liebe dich und ich habe kein Problem damit, das zwischen uns offiziell zu machen und notfalls alle anderen Clans noch mehr gegen uns aufzubringen als sowieso schon.«

»Du … liebst mich?«

Er schenkt mir ein Lächeln. »Mehr als gut für uns beide ist. Wenn ich nicht sofort mit dir und unseren Tierwesen losziehe, um all diese Gebiete einzunehmen, dann nur aus dem Grund, dass ich dich nicht bald schon allein zurücklassen will.«

Der Gedanke, dass wir auch jetzt nicht mehr haben sollen als gestohlene Momente, versetzt mir einen Stich.

Ich raffe den Rock des geliehenen Kleides und ziehe eine meiner

Äxte hervor. Ohne zu zögern, drücke ich mir die Schneide in die Handfläche.

Kier zieht scharf die Luft ein. »Was tust du da?«

Ich halte seinen Blick fest, während ich die Hand zur Faust balle, bis Blut zu Boden tropft. Die alten Worte, die jedem Schwur vorausgehen müssen, damit die Götter ihn anhören, kommen mir so leicht über die Lippen, als hätte ich nie etwas anderes gesprochen. Nicht für eine Sekunde wankt meine Stimme, als ich den eigentlichen Schwur leiste.

»Bei meinem Blut schwöre ich, dass ich dich keinem Fluch überlasse. Notfalls werde ich deine Seele eigenhändig aus der Unterwelt zurückholen. Niemand wird dir schaden. Ich werde dich mit meinem Leben beschützen.« Ich strecke die Hand aus und lege sie auf seine Brust. »Die Götter sollen meine Zeugen sein.«

Kier starrt mich an, die grünen Augen schreckgeweitet. Ich merke, dass er drauf und dran ist, mich für diesen Blutschwur zu schütteln, doch er hält sich zurück. Stattdessen umschließt er meine Hand mit seiner. Behutsam dreht er sie, sodass er den Schnitt betrachten kann.

»Das hättest du nicht tun sollen«, flüstert er heiser. »Ich hätte nie verlangt, dass du …«

»Ich weiß«, sage ich. »Aber ich wollte es.«

Der Schwur wird seinen Fluch nicht aufheben, sollte er noch existieren, doch er wird mir helfen, notfalls die Welt aus den Angeln zu heben, falls ihm etwas zustößt. Wenn es sein muss, werde ich mich gegen die Götter selbst stellen, um Kiers Leben zu retten.

»Das ist …« Noch immer klingt seine Stimme gebrochen und rau, »… so viel mehr, als je jemand für mich getan hat.«

Es schmerzt, ihn das sagen zu hören. »Ich würde mehr tun, wenn ich könnte.«

Seine Hände gleiten an meinen Seiten hinab. Die Entschlossenheit, die mich bis eben durchströmt hat, weicht sogleich einer angenehmen Hitze. Nun, da wir alles gesagt und uns einen Plan zurechtgelegt haben, benötigte ich weder Entschlossenheit noch

Stärke. Ich brauche nur *ihn*. Ich schmiege mich an ihn und gebe mich seinen Berührungen hin, dankbar darüber, mich an ihn lehnen zu können und nicht aus eigenen Kräften stehen zu müssen.

»Bist du wirklich echt?«, murmelt er nach einer Weile, die wir nur eng umschlungen dastanden. »Bist du tatsächlich hier? Oder bist du einer dieser Träume, die mich die letzten Wochen heimgesucht haben?«

Ich lege ihm eine Hand an die Wange. »Ich bin echt. Ich bin hier. Und ich habe nicht vor wegzugehen. Nicht ohne dich.«

Kier löst sich ein Stück von mir, um mich zu betrachten. Daraufhin verzieht er den Mund, nur um mich kurz darauf mit einem verruchten Lächeln zu bedenken. »Nimm es mir nicht übel, aber ich ertrage es nicht eine Sekunde länger, dich in diesem Kleid zu sehen. Hast du etwas dagegen, wenn ich dich aus ihm befreie?«

»Nein, aber …«

Ohne mich aussprechen zu lassen, reißt er am Ausschnitt des Kleides. Klimpernd rieseln die winzigen Knöpfe aus geschnitzten Knochen zu Boden, die ich beim Anziehen bereits verflucht habe.

»… ich habe nichts anderes dabei«, beende ich meinen Satz.

Zwar hat mir Elvi noch ein paar Ersatzkleider mitgegeben, aber ich hielt es für zu riskant, meine normale Kleidung einzupacken – immerhin war mein Plan, so lange wie möglich als Valkra durchzukommen.

»Keine Sorge«, raunt Kier, der den Mund an meinen Hals gesenkt hat. »Ich werde schon etwas für dich finden.« Zärtlich haucht er kleine Küsse auf meine Haut und zieht dabei eine Spur bis knapp unter mein Schlüsselbein.

Er packt mich an der Hüfte und hebt mich hoch, um mich auf dem Tisch abzusetzen. Dort zerreißt er das Kleid weiter und befreit meine Brüste aus dem zu engen Stoff. Ich wimmere, als er mit einer Hand meine Brust umfasst, sie drückt und knetet, während er mit der anderen das Kleid weiter zerstört, bis es in Fetzen an mir herabhängt. Umständlich, um nicht für eine Sekunde auf seine

Berührung verzichten zu müssen, winde ich mich daraus hervor. Stöhnend lege ich den Kopf in den Nacken, als er die Lippen um meine Brustwarze schließt und daran saugt. Seine Hände lösen derweil die Schnallen der Axthalterungen an meinen Oberschenkeln. Auch sie fallen zu Boden. Doch anstatt mich auch aus meiner Hose zu befreien, lässt Kier von mir ab. Mein Protest bleibt mir aber im Hals stecken, als er einen sauberen Streifen aus dem nicht mehr zu rettenden Kleid reißt und ihn vorsichtig um meine Hand wickelt. Zwar hat der Schnitt mittlerweile aufgehört zu bluten, aber dennoch beobachte ich diese Geste mit einer Wärme in der Brust, die ganz anders ist als die Hitze, die er mich eben kurz spüren ließ. Anders, aber nicht minder besonders. Nachdem er den Stoffstreifen an den Enden verknotet hat, haucht er einen Kuss darauf.

»Ich werde gut auf mich aufpassen«, sagt er, ohne den Blick von meiner verbundenen Hand zu nehmen, »damit du deinen Schwur niemals einlösen musst und nie wieder ein Schemen von dir Besitz ergreifen kann.«

Ich strecke die Arme nach ihm aus. »Lass uns jetzt nicht davon reden, sondern lieber da weitermachen, wo wir eben aufgehört haben, ohne dass ich betteln muss.«

Seine Lippen verziehen sich zu einem aufreizenden Grinsen, das eine ganze Horde von Schmetterlingen in meinem Bauch in helle Aufregung versetzt. »Dabei klingst du so entzückend, wenn du bettelst.«

Zum Glück lässt er mich nicht länger als nötig zappeln, sondern streift mir die dünne Unterhose ab. Er betrachtet mich eingehend und so liebevoll, dass ich unter seinem Blick schier zerfließe, während er sich ebenfalls aus seiner Kleidung befreit.

Heilige Götter, ich werde nie genug davon bekommen, ihn nackt zu sehen. Allein sein wohldefinierter und mit Tätowierungen verzierter Oberkörper ist es wert, andächtig auf die Knie zu sinken, doch ich habe eine besondere Vorliebe für seine schmale Hüfte und die hervortretenden Muskeln an seinem Bauch entwickelt.

Vor allem jene, die dieses V formen, das meinen Blick auch jetzt auf seine Härte lenkt, obwohl sie sich noch gut verhüllt unter dem Stoff seiner Hose verbirgt. Doch allein ihre Form dort zu erkennen veranlasst meine inneren Muskeln dazu, sich vor Lust zusammenzuziehen.

Mit einem zufriedenen Lächeln sieht er mich an, während ich mich nackt auf seinem Tisch winde und auf den Moment warte, dass er es ebenfalls ist.

»Ich habe davon geträumt«, raunt er. »Von dir«, er öffnet den obersten Knopf seiner Hose, sodass ich bereits die breite Spitze seiner Härte erahnen kann, »auf diesem Tisch«, der zweite Knopf enthüllt die ersten dicken Adern, die sich um seinen Schaft winden, »nackt.«

Sein Glied wippt nach oben, als er endlich die Hose nach unten streift. Stöhnend beiße ich mir auf die Unterlippe, als er seine Härte mit einer Hand umschließt und sie auf und ab bewegt. Ihm dabei zuzusehen, wie er sich selbst berührt, ist dermaßen erregend, dass meine Hände zwischen meine Beine gleiten, um mir einen Hauch von Erleichterung zu verschaffen, auch wenn ich weiß, dass nur Kier sie mir schenken kann. Er gibt einen anerkennenden Laut von sich, der tief aus seiner Brust entspringt, während er mir zusieht. Unter seinem Blick spreize ich die Beine weiter, woraufhin er seine Hand schneller bewegt. Während ich mit den Fingern meinen empfindlichen Punkt massiere, schiebt er zwei seiner Finger in mich hinein, um mich zu dehnen. Ich bewege die Hüften, um ihnen entgegenzukommen, und winde mich, weil es nicht genug ist. Weder seine noch meine Finger können mir das geben, was ich so dringend brauche.

»Bitte«, hauche ich.

Seine Haltung verändert sich und sein Blick findet meinen. Ich erschauere wohlig unter ihm und der starken, unnachgiebigen Aura, die er verströmt. »Bitte was?« Obwohl seine Worte hart klingen, schwingt in ihnen dieses Raunen mit, das ich so liebe. »Sprich es aus, Yrsa.«

»Ich brauche dich«, flüstere ich. »Jetzt sofort. Bitte.«

Er zieht seine Finger aus mir heraus, und sogleich fühle ich mich leer. Doch Kier lässt mich nicht länger warten oder ein weiteres Mal betteln, sondern tritt zwischen meine Beine und drückt seine Härte gegen meine Mitte. Mein Kopf sackt nach hinten. Ich wölbe den Rücken und mein Höhepunkt beginnt in dem Moment, als er sich langsam in mich schiebt. Der Dehnungsschmerz vermischt sich mit der gleißenden Lust, die in mir wütet. Meine inneren Muskeln umschließen ihn, passen sich ihm an und heißen ihn willkommen. Kiers und mein Stöhnen erfüllen den Raum. Als er endlich vollständig in mir ist, zittere ich am ganzen Körper. Ich bin so kurz davor, dass ich nichts anderes mehr wahrnehmen kann.

Nichts, außer ihm.

Mit beiden Händen hebt er meine Beine an und schaut zwischen uns hinab. »So verdammt perfekt.«

Mehr als seine herrlich raue Stimme und den ersten Stoß brauche ich nicht, um zu vergehen. Ich schreie, bäume mich auf und genieße jede Sekunde, die mein Körper sich in diesem Zustand befindet. Auch Kier bewegt sich schneller. Seine Finger bohren sich in meine Oberschenkel, während er wieder und wieder in mich hineinstößt. Die Sehnen an seinem Hals treten hervor und seine Augen sind so dunkel vor Verlangen, dass ich kaum noch das schöne Grün erkennen kann. Ein tiefes, fast animalisches Stöhnen begleitet seinen Höhepunkt, ehe er ein letztes Mal tief in mich eindringt und sich anschließend ergießt.

Mein Herzschlag hat noch nicht wieder in seinen gewöhnlichen Takt zurückgefunden, als Kier die Hände seitlich von mir abstützt und sich zu mir herunterbeugt. Auch sein Atem geht noch keuchend und auf seiner Stirn glänzen Schweißperlen. Sacht streicht er mit der Nasenspitze über meine Wange, ehe er die Lippen für einen zarten Kuss auf meine drückt.

»Das hätte ich vorher tun sollen, nicht wahr?«, murmelt er an meinem Mund. »Dich küssen.«

Ich schlinge die Arme um seinen Hals und fahre ihm mit den

Fingern durch sein rabenschwarzes Haar. »Von mir wirst du keine Beschwerden über den Ablauf hören.«

Er grinst frech, doch sein Grinsen verwandelt sich schnell in ein wehmütiges Lächeln. »Ich hab dich vermisst. Und ich bin froh, dass du hier bist.«

»Ich höre da ein deutliches Aber.«

Behutsam zieht er sich aus mir zurück und hilft mir, mich aufzusetzen. »Wir schulden meinem Clan eine Erklärung dafür, dass du nicht die Valkra bist, die ich ihnen versprochen habe. Und für uns.«

Ich verziehe den Mund. Der Wunsch, einfach auf Drakkar zu klettern und wegzufliegen, ist fast übermächtig. Es ist eine Sache, vor meinen eigenen Clan zu treten und Leuten etwas zu erklären, die ich mein ganzes Leben lang kenne, aber eine völlig andere, das bei einem fremden Clan zu tun. Vor allem, wenn noch mehr von Kiers Leuten so wie die sind, die ich bei meiner Ankunft kurz gesehen habe.

»Werden sie uns zuhören?«, frage ich.

Er zuckt mit den Schultern. »Ich bin es gewohnt, dass sie mir kein Gehör schenken.« Seine Miene wird weich. »Aber bei dir könnte es anders sein. Zum Glück weiß ich, dass du hart im Nehmen bist und nicht sofort zusammenzuckst, wenn sie sich dir gegenüber abweisend verhalten. Um alles andere werde ich mich kümmern.«

»Was meinst du?«

Kier greift nach meiner Hand und hilft mir beim Aufstehen. Mein Rücken hat die harte, raue Tischplatte weniger gut vertragen, als ich angenommen habe, und meine Knie zittern noch leicht, deshalb bin ich dankbar für seine Stütze. »Sie sollen dich kennenlernen. Sowohl als mein Gegenstück als auch als meine Nachfolgerin, wenn mir etwas zustoßen sollte.«

Ich ziehe scharf die Luft ein, doch Kier schneidet mir das Wort ab. »Ich will nichts davon hören. Uns bleibt keine Zeit, sie langsam darauf vorzubereiten. Nimm sie für dich ein.« Er legt mir eine Hand an die Wange. »So wie du mich für dich eingenommen hast.«

Ich ziehe die Augenbrauen zusammen. »Sie werden mich übersehen, so wie die anderen Anführer während der Prüfungen. Wie alle mich übersehen, weil sie mich für unbedeutend halten.«

»Dann gib ihnen einen Grund, das nicht zu tun«, erwidert er. »Nachdem du sie nach Strich und Faden besiegt oder während der Wissensprüfung vorgeführt hast, haben sie dich nicht mehr übersehen. Alle Blicke ruhten auf dir, und du bist deinen Weg unbeirrt weitergegangen. Selbst dein Schemen konnte dich nicht davon abhalten. Kannst du das wieder?«

Ich zwinge mich zu einem Nicken. »Ich gebe mir Mühe. Aber ich bin nicht einverstanden mit deinem Gerede über ›Nachfolgerin‹ und ›wenig Zeit‹.«

Er lächelt, während er mich zu dem zweiten Nebenraum seiner Hütte führt, der sich als kleiner Waschraum entpuppt. »Ich möchte vorbereitet sein. Das ist alles.«

KAPITEL 44

KIER

Es dauert ewig, bis sich meine Leute im Langhaus einfinden. Obwohl ich sie, wie immer, mit reichlich Essen und Met ködere, lassen sie mich warten und zeigen mir dadurch, was sie von mir halten. Normalerweise macht mich das rasend, weshalb ich auf Zusammenkünfte verzichte, wann immer es möglich ist. Manchmal war ich sogar froh darüber, dass wir keine Valkra in unseren Reihen haben, weil es dadurch weniger Versammlungen gab.

»Hältst du das für eine gute Idee?«, fragt Halvar nicht zum ersten Mal, seit ich ihn losgeschickt habe, um alle zusammenzutrommeln. Er lungerte vor meiner Hütte herum, doch Drakkar und Bran ließen ihn nicht in die Nähe der Tür.

»Nein«, gebe ich zu. »Aber es ist die einzige Chance.«

»Du könntest einfach jemanden aus dem Clan zu deinem Nachfolger erklären«, meint Halvar.

Ich seufze, weil wir diese Diskussion schon unzählige Male geführt haben. »Und wen? Eriks Sohn? Oder gleich Erik selbst? Oder einen anderen dieser alten Spinner, die nur an sich denken? Du weißt, dass ich dich gern als meinen Nachfolger gesehen hätte, aber du hast abgelehnt.« Ich drehe den Kopf zu ihm. »Zweifelst du an meiner Wahl?«

Halvars Blick gleitet zur offen stehenden Tür des Langhauses. Yrsa ist noch draußen und kümmert sich um Bran, der sich weigert, sich irgendwo einen Platz für die Nacht zu suchen, und stattdessen brummend vor dem Langhaus auf und ab läuft, weil er es nicht betreten kann.

»Sie ist eine gute Anführerin«, sagt Halvar schließlich. »Ich habe mein Leben in ihre Hände gelegt und es nicht bereuen müssen. Aber werden das auch die anderen erkennen? Egal, welch gute Eigenschaften sie mitbringt, ist sie doch eine Fremde. Und das ist noch nicht alles. Niemand rechnet damit, dass du ihnen heute dein Gegenstück vorstellst. Du wirst viele aus dem Clan vor den Kopf stoßen, die sich für ihre Töchter Chancen ausgerechnet haben.«

Ich nicke. »Sie erwarten nur eine Erklärung, warum sie nicht die Valkra ist, die ich ihnen versprochen habe. Aber ich werde mich nicht damit zufriedengeben, ihnen nur von einer Verwechslung zu berichten. Es gibt keine Chancen, die sich irgendwer für seine Töchter ausrechnen kann, und ich werde sie nicht länger in dem Glauben lassen.«

Halvar legt mir eine Hand auf die Schulter. »Ich wünsche euch beiden viel Glück.«

Es dauert fast bis zum Einbruch der Nacht, bis ich die Türen zum Langhaus schließe, weil niemand mehr kommt.

Im Inneren ist es überschaubar: Nicht einmal die Hälfte meines Clans ist anwesend. Es ist wie ein Schlag ins Gesicht, so wenige Leute hier zu sehen. Noch schlimmer ist es, ihre abschätzigen Blicke auf mir zu spüren, als ich nach vorn gehe und mich auf den Hochsitz setze.

Yrsa hat neben Halvar in der ersten Reihe Platz genommen. Ich habe ihr angeboten, ihr einen Stuhl neben meinen Hochsitz zu stellen, doch sie lehnte ab. Obwohl sie es nach außen hin nicht zeigt, merke ich ihr an, wie nervös sie ist. Nicht nur, dass sie mit meiner Kleidung vorliebnehmen muss, die ihr viel zu groß ist und nicht ihren Stand als andere Anführerin unterstreicht, sondern sie befindet sich auch inmitten fremder Menschen, die nicht verbergen, dass sie viel lieber woanders wären als hier. Auch sie muss die Ablehnung spüren, die schwer in der Luft liegt.

»Ich begrüße euch in meinem Heim«, sage ich, wie es der Brauch ist.

»Du wohnst hier nicht«, ertönt es sofort aus den hinteren Reihen.

Aus den Augenwinkeln sehe ich, wie Yrsa sich versteift. Offenbar sind ihr derartige Respektlosigkeiten fremd; ich tue einfach so, als hätte ich sie nicht gehört, und rede weiter. »Wie ihr sicher bereits gehört habt, ist die Frau aus dem Küstenclan, die heute bei uns ankam, nicht die Valkra.«

Von irgendwo dringt ein abwertender Laut zu mir, gefolgt von einem: »Hätte uns auch gewundert, wenn die Götter uns eine Valkra geschickt hätten – mit dir als Anführer.«

Ich beiße die Zähne zusammen und übergehe auch diese Schmähung. Wie auch die vorherige habe ich sie bereits unzählige Male gehört, und es gibt nichts, was ich zu meiner Verteidigung vorbringen könnte. Yrsa hat die Hände zu Fäusten geballt, wie mir ein kurzer Blick in ihre Richtung offenbart.

Ich atme tief durch, ehe ich mich wieder an die wenigen Anwesenden wende. »Die Frau, die heute ankam, ist Yrsa, die Anführerin des Küstenclans.«

Es ist Leif, einer der älteren Männer aus meinem Rat, die unter meinem Vater zu großem Wohlstand gekommen sind, der sich in der hinteren Reihe erhebt. »Du lässt eine feindliche Anführerin in unsere Mitte?«

»Sie ist kein Feind«, sage ich so ruhig wie möglich.

Doch Leif ignoriert mich und wendet sich stattdessen an die anderen Clanmitglieder. Ihn hatte ich notgedrungen als Begleiter während der Prüfungen dabei, doch ich schickte ihn noch vor dem Ende nach Hause, weil er dem obersten Anführer verraten hat, dass ich an einem Schiff baue, das den Nebel durchsegeln kann. Für einen solchen Vertrauensbruch hätte ich ihn am liebsten aus dem Clan verbannt, aber das hätte mir nur noch größere Probleme eingebracht. Leider schenken meine Leute ihm mehr Gehör als mir.

»Macht die Augen auf!«, sagt er laut genug, dass jeder ihn verstehen kann. »Kier verbündet sich mit dem Feind. Er ist drauf und dran, unseren Clan noch weiter zugrunde zu richten. Seine großspurigen Versprechen, er würde der nächste Than der Thane werden, konnte er auch nicht halten. Warum sollten wir ihm überhaupt noch etwas glauben?«

Zustimmendes Gemurmel erhebt sich und schwillt an, bis ich kaum noch atmen kann. Selbst in der Luft spüre ich die Vorwürfe und die Abneigung, die mir von allen Seiten entgegenschlagen, egal, wie sehr ich mich anstrenge. Meine Erfolge können die Niederlagen nicht aufwiegen, und mein Clan lässt mich das immer wieder spüren.

Leif breitet die Arme aus. »Er lädt den Feind nicht nur unter dieses, sondern auch unter sein eigenes Dach ein. Sie ist nichts weiter als eine Hure, die wir so schnell wie …«

Ich springe von meinem Hochsitz auf. Es kostet mich meine gesamte Selbstbeherrschung, um nicht sofort auf Leif zuzustürmen und ihm die Zähne einzuschlagen. Aus den Augenwinkeln sehe ich, wie sich Yrsa, die ebenfalls aufgesprungen ist, wieder hinsetzt, ein zufriedenes Lächeln auf den Lippen.

»Vorsicht«, grolle ich. »Du kannst mich beleidigen und schmähen, so viel du willst. Aber, die Götter mögen meine Zeugen sein«, ich mache einen bedrohlichen Schritt in seine Richtung, »wenn du noch ein schlechtes Wort über mein Gegenstück verlierst, werde ich keine Nachsicht walten lassen.«

Grabesstille breitet sich im Langhaus aus, die nur vom Knistern des Feuers unterbrochen wird, über dem ein Schwein röstet, dessen Fleisch noch niemand angerührt hat. Alle schauen abwechselnd von mir zu Yrsa, die das Kinn gereckt hat und dem Starren mit ihrer gewohnt kalten Ruhe begegnet.

Es ist Leif, der sich als Erster fängt. Selbst auf die Entfernung erkenne ich, wie sich sein bereits grauer und löchriger Bart auf seiner vor Wut bebenden Brust hebt und senkt, während sein Gesicht rot anläuft.

»Wie kannst du es wagen?«, herrscht er mich an. »Als Anführer kannst du keinen anderen Anführer zum Partner wählen, das muss dir doch klar sein!«

»Eigentlich«, sagt Yrsa, die sich nun ebenfalls erhebt, »gibt es kein Gesetz dagegen. Es muss nur darauf geachtet werden, dass die Gebiete zusammengeführt werden oder sich die beiden Anführer für eines entscheiden. Sicherlich habt ihr noch irgendwo alte Aufzeichnungen über die gängigen Gesetze. Wenn ihr sie mir bringt, kann ich euch das entsprechende gern zeigen.«

Gegen meinen Willen muss ich grinsen. »Ihr solltet auf sie hören. Sie weiß mehr über unsere Gesetze und Bräuche als wir alle hier zusammen.«

»Dass ich nicht lache!« Leifs Stimme überschlägt sich beinahe. »Ich brauche keine kleine Hure aus dem Nirgendwo, um mir etwas zu erklären.«

Mit wenigen Schritten bin ich bei ihm und rage über ihm auf. Unter meinem Starren sinkt er beinahe wieder auf die Holzbank hinab.

»Folge mir nach draußen und nimm dein Schwert.«

Ein jeder hat seine Waffen am Eingang zum Langhaus abzulegen, wenn eine Zusammenkunft stattfindet. Auch meines steht dort gegen die Wand gelehnt. Im Vorbeigehen greife ich danach und warte dann auf dem Platz vor dem Langhaus auf Leif. Neben mir höre ich Brans aufgebrachtes Grollen. Offenbar ist ihm die Aufregung seiner Flüsterin nicht entgangen. Die Bewohner folgen mir nach draußen; Leif ist einer der letzten, die heraustreten. Die wütende Röte in seinem Gesicht ist einer kränklichen Blässe gewichen. Obwohl er weit weniger über unsere Bräuche weiß als Yrsa, wird ihm klar sein, was nun folgt.

»Nimm dein Schwert«, wiederhole ich, als er einen unsicheren Blick in meine Richtung wirft. »Ich würde das gern hinter mich bringen und mit der Versammlung fortfahren.«

Yrsa steht neben Halvar in der ersten Reihe der Schaulustigen. Ihre Miene gibt nichts davon preis, was sie über diesen Zweikampf denkt. Wahrscheinlich ist sie wütend darüber, dass sie Leif für seine Frechheit nicht selbst auseinandernehmen darf, aber das ist meine Aufgabe.

Und ich werde sie zu ihrer Zufriedenheit erledigen.

»Wird's bald?«, knurre ich, als Leif sich noch immer nicht dazu durchringen konnte, nach seiner Waffe zu greifen.

Sein ängstlicher Blick huscht zwischen Yrsa und mir hin und her. »Das ist nicht nötig, ich …«

»Doch«, falle ich ihm ins Wort. »Das ist nötig. Ich habe dich einmal gewarnt und dir eine Chance zur Besserung gegeben, aber du hast es vorgezogen, mein ástin min weiter zu beleidigen. Nun hast du die Gelegenheit, das zu tun, was du schon seit Jahren tun willst: Zieh deine Waffe gegen mich und stürze mich, damit du meinen Platz einnehmen kannst. Das ist es doch, wonach es dich verlangt.« Ich breite die Arme aus. »Tu dir keinen Zwang an.«

Als Leif mir noch immer nicht gegenübertritt, kippt die Stimmung bei den anderen zusehends. Das Wort »Feigling« wird zwar nur geflüstert, dringt jedoch bis an mein Ohr.

Ein wenig habe ich Mitleid mit dem alten Mann, deshalb sage ich: »Es gibt zwei Arten, wie wir das lösen können. Eine wäre, dass du dich weiterhin wie ein Feigling verhältst. Dann werde ich dich dennoch töten, denn ich werde es nicht zulassen, dass du unter meinem Dach nicht nur eine andere Anführerin, sondern auch mein Gegenstück beleidigst. In diesem Fall würden die Götter sich von dir abwenden, denn in ihren Reihen ist kein Platz für Feiglinge. Oder du holst endlich dein Schwert und stellst dich mir, um wenigstens den Anschein des Kriegers zu wahren, der du vor vielen Jahren warst. Vielleicht haben die Götter dann ein Einsehen. Wie dem auch sei, du wirst diesen Platz nicht lebend verlassen. Das Einzige, worauf du noch Einfluss nehmen kannst, ist, wie die Götter dein Ende bewerten.«

Als er endlich nach seiner Waffe greift und in meine Richtung schlurft, umfasse ich den Griff meines Schwertes fester. Ich werde diese Sache schnell erledigen. Mir geht es darum, ein Exempel zu statuieren, und nicht darum, ein Schauspiel daraus zu machen. Leif hat mir nie gute Dienste geleistet; sein Tod ist kein Verlust für meinen Clan. Er verfolgte stets seinen eigenen Vorteil, kannte nichts als seinen eigenen Reichtum und sein Ansehen. Er hat mir mehr Steine in den Weg gelegt, als ich zählen kann, hat unentwegt Stimmung im Clan gegen mich gemacht und plante sogar sich selbst zum nächsten Clanführer auszurufen, hätte meine Schiffsreise noch ein wenig länger gedauert.

Ein Teil von mir ist dankbar, dass er meine Warnung in den Wind geschossen und mir so einen Grund gegeben hat, ihn ein für alle Mal loszuwerden.

Trotzdem will ich es schnell machen und ihm mit einem sauberen Schwertstreich den Kopf von den Schultern trennen, noch ehe er weiß, wie ihm geschieht. Doch Leif zuckt in dem Moment zurück, als ich aushole. Meine Klinge dringt nicht im richtigen Winkel ein, sodass mir keine andere Wahl bleibt, als sie mit einem Ruck herauszuziehen und erneut auszuholen, während Blut in alle Richtungen spritzt. Leifs schmerzerfülltes Brüllen hallt von den Felsen wider; ansonsten ist es still.

Mein zweiter Hieb findet sein Ziel. Dumpf sackt sein Körper in der weichen Erde zusammen. Später wird seine Familie kommen, um ihn zu begraben. Ich werde sie gewähren lassen, obwohl es mein Recht wäre, Leifs Körper irgendwo verrotten zu lassen.

Mit einer ruckartigen Bewegung säubere ich meine Klinge vom Großteil des Blutes und stecke sie zurück in die Scheide.

Mein erster Blick gilt Yrsa. Kühl und unnahbar steht sie dort in der vordersten Reihe, und doch bewegen sich meine Füße wie von selbst auf sie zu. Direkt vor ihr bleibe ich stehen. Sie hebt die Hand, legt sie auf meine Brust und nickt als Zeichen dafür, dass ich ihre Ehre wiederhergestellt habe und sie damit zufrieden ist. Auch die Umstehenden nicken und bekunden dadurch, dass Leifs restlicher Familie kein Groll entgegengebracht wird.

»Das nächste Mal«, murmelt Yrsa, »lässt du mich das erledigen.«

Ich greife nach ihrer Hand, führe sie zu meinem Mund und hauche einen Kuss darauf. »Solange wir uns hier befinden, ist es meine Aufgabe für Ordnung zu sorgen. Das habe ich viel zu lange vor mir hergeschoben, um nicht neue Zwistigkeiten zu provozieren. Mir ist sehr wohl klar, dass du allein imstande bist, deine Ehre zu verteidigen, aber lass mir die Genugtuung, es hier für dich zu tun.«

Sie legt mir die andere Hand an die Wange. »Ich danke dir.«

Ich drücke einen weiteren schnellen Kuss auf ihre Handfläche, ehe ich mich wieder den anderen Anwesenden zuwende. »Zurück ins Langhaus mit euch! Die Versammlung ist noch nicht vorbei.«

Niemand wagt es, für den Rest des Abends auch nur einen schiefen Blick auf Yrsa zu werfen, die nun hinter meinem Hochsitz steht, eine Hand auf meine Schulter gelegt. Es ist ungemein befreiend, sie so nah bei mir zu haben und uns nicht mehr verstecken zu müssen. Ihre Berührung und ihre stoische Haltung verleihen mir eine ungeheure Kraft, die ich nie mehr missen will.

Mein Clan begegnet unserem Plan, Teile der anderen Gebiete zu annektieren, zunächst skeptisch. Die meisten von ihnen sind froh, so weit oben und abgelegen zu leben und dadurch kaum etwas mit den anderen Clans zu tun haben zu müssen. Doch Yrsas Argumente sind stichhaltig und überzeugen sogar die ärgsten Kritiker. Niemand kann sich dagegen aussprechen, dass eine Zusammenlegung unserer Gebiete für beide Clans von Vorteil sein wird. Während Yrsas Clan nicht mehr jeden Winter bangen muss, wie er überleben soll, wird mein Clan wieder über eine Valkra verfügen, die obendrein eine der fähigsten ist, die unser Eiland zu bieten hat. Ein größeres Gebiet bedeutet auch mehr Ansehen, und niemand zweifelt daran, dass zwei mächtige Flüsterer wie Yrsa und ich in der Lage sind, auch ein großes Gebiet zu verteidigen. Ich kann mir nicht vorstellen, dass ein anderer Clan es wagen könnte, die Waffen gegen uns zu erheben.

Nachdem sich meine Leute doch noch über das gebratene Schwein hergemacht und mehr Met getrunken haben, als gut für die meisten ist, verlassen sie wankend und lachend das Langhaus. Ich kann mich nicht daran erinnern, wann das das letzte Mal geschehen ist. Ist es das je? Beinahe ungläubig sehe ich dabei zu, wie auch die letzten aus der Tür stolpern, sodass nur Halvar, Yrsa und ich zurückbleiben.

Sobald der letzte aus meinem Clan den Raum verlassen hat, weicht nahezu jede Spannung aus Yrsas Körper und sie stößt den Atem aus. »Das war anstrengender, als ich dachte.«

Ich ziehe sie am Arm zu mir, sodass sie sich auf meinen Schoß setzen kann. Augenblicklich legt sie den Kopf in meine Halsbeuge und gleich darauf geht ihr Atem gleichmäßiger.

Mein Herz hüpft freudig, als mir auffällt, dass ich es bin, dem sie es erlaubt, sie in diesem Moment der Schwäche zu halten. Dass sie mir genug vertraut, um mich so nah an sie heranzulassen. Ich lehne den Kopf gegen ihren und schließe für einen Moment die Augen, um dieses wunderschöne Gefühl noch ein wenig länger auszukosten.

»Ihr zwei wart gut«, sagt Halvar mit einer Spur Unglauben in der Stimme.

»Warum klingst du so überrascht?«, frage ich. »Dachtest du, die Welt wird untergehen, wenn wir verkünden, dass wir Gegenstücke sind?«

»Nein«, antwortet mein bester Freund. »Aber ich kenne euch. Während sie oft zu schnell handelt, wartest du meist zu lange. Während Yrsa sich nichts bieten lässt, lässt du alles über dich ergehen. Diesmal war es … als hättet ihr die Rollen getauscht. Sie war die Ruhige, Besonnene, wohingegen du sofort klare Verhältnisse geschaffen hast. Ich kann nicht mal sagen, dass es falsch war. Es war nur … unerwartet.« Nach einem Moment nickt er. »Ich hatte meine Vorbehalte, aber ich glaube, dass ihr euch gegenseitig sehr guttut. Mehr, als euch klar ist. Und das überrascht mich, nachdem ich Monate dabei zugesehen habe, wie ihr euch am liebsten töten wolltet und euch danach, so gut es ging, aus dem Weg gegangen seid, um euch nicht ständig schmachtend anzusehen.«

Ich verdrehe die Augen, erspare mir aber eine Erwiderung. Er übertreibt zwar ein wenig, doch er hat nicht unrecht.

»Es hätte wahrscheinlich mehr Gegenwind gegeben, wenn Erik anwesend gewesen wäre«, gebe ich zu bedenken. »Als Sprecher des Rats der Ältesten ist er … schwierig.«

»Vorsicht, Kier«, tönt es vom Eingang des Langhauses her. »Ich könnte das persönlich nehmen.«

Mein Kopf ruckt zu Erik, der, ohne dass ich es bemerkt habe, das Langhaus betreten hat. Neben ihm steht sein Enkel; ich habe seinen Namen vergessen, aber er war einer der Burschen, die mit uns auf dem Schiff waren und den Pfeil auf die große Fledermaus abgefeuert haben.

Als auch Yrsa die Ankömmlinge bemerkt, will sie aufspringen, doch ich halte den Arm um sie geschlungen. Einen Moment lang sträubt sie sich, aber sie gibt ihre Gegenwehr schnell auf und schmiegt sich wieder an mich.

»So spät noch unterwegs, Erik?«, frage ich.

»Spät?«, echot er. »Die Sonne geht bereits auf. Ich bin nur hier, um zu sehen, wie es gelaufen ist.«

»Ich bin sicher, dass du das bereits weißt«, entgegne ich.

Erik nickt. »Leifs Familie hat seinen Leichnam zwar geholt, aber die Blutspuren draußen sprechen eine deutliche Sprache. Ich hätte nur erwartet, dass mehr Blut fließt.«

Meine freie Hand verkrampft sich um die Lehne meines Hochsitzes. »Ich kann mir gut vorstellen, dass du dafür gesorgt hättest. Aber ohne deine Einflüsterungen hat sich der Clan ganz vernünftig gezeigt. Ein jeder hat verstanden, dass das, was wir ihnen bieten, nur Vorteile bringt.«

Zu meiner Verwunderung nickt Erik. »Ich habe nichts anderes erwartet. Das ist auch der Grund, warum ich der Versammlung ferngeblieben bin. Nun ja, eigentlich ist er der Grund.« Er legt seinem Enkel eine Hand auf den Schopf. »Als er gesehen hat, dass es Yrsa war, die hier angekommen ist, war er ganz aufgeregt und erzählte stundenlang von ihr und dem Kampf gegen diese … Fledermäuse. Und davon, dass ihr beide sein Leben gerettet habt. Ich habe die Geschichte schon nach seiner Rückkehr gehört. Als es dann darum ging, ob ich zur Versammlung gehe, bat er mich, es nicht zu tun.«

Erik wirft einen etwas wehmütigen Blick auf seinen Enkel, der Yrsa und mich mit leuchtenden Augen betrachtet.

Die Anspannung weicht ein Stück weit aus mir. »Offenbar weiß auch dein eigen Fleisch und Blut von deinem Hang, das Wort gegen mich zu erheben.«

Widerstrebend nickt Erik. »Ich war deinem Vater treu ergeben. Er war es, der mehr in mir gesehen hat als einen Niemand, der gerade genug Talent hatte, um ein paar Äcker zu bestellen. Ich verdanke ihm alles. Meine gesamte Familie verdankt ihm alles. Deshalb werde ich dir nie verzeihen, was damals geschehen ist. Du beteuerst zwar, dass du es nicht selbst warst, der ihm den Dolch in den Rücken gestoßen hat, aber das ändert nichts daran, dass es deine Schuld war. Als dein Vater bestattet wurde, habe ich geschworen, alles mir Mögliche zu tun, um sein Andenken zu bewahren und dafür zu sorgen, dass du deine gerechte Strafe erhältst. Es war einfach, weißt du? Ein paar Einflüsterungen hier, die richtigen Worte dort, und schon hattest du das gesamte Dorf gegen dich.«

»Und warum hast du heute nicht weitergemacht?«, fragt Yrsa kalt. »Bei der Versammlung wäre es ein Leichtes für dich gewesen, deine Anhänger zu überzeugen.«

Erik stößt ein Schnauben aus. »Dann hätte ich geendet wie Leif. Darauf kann ich verzichten. Aber nein, der Grund, warum ich nicht anwesend war, ist mein Enkel. Er ist noch am Leben, weil ihr ihn und die anderen beschützt habt. Meine Linie kann dank euch beiden fortbestehen. Ich kann zwar keine Valkra um Rat fragen, aber ich bin mir ziemlich sicher, dass die Götter genug von meinen Intrigen haben. Ansonsten hätten sie jemand anderes geschickt, um meinen Arne zu beschützen. Doch ich verdanke sein Leben euch. Also werde ich mich zurückhalten. Aber seid gewarnt. Ich sehe alles und ich werde euch zukünftige Fehler nicht vergeben.«

»Jeder Mensch begeht Fehler«, sagt Yrsa, ehe ich den Mund öffnen kann. »Ob Anführer oder nicht, niemand ist davor gefeit, die falsche Entscheidung zu treffen oder etwas Unbedarftes zu sagen. Wichtig ist, dass unsere guten und richtigen Taten die falschen aufwiegen. Beobachte uns, wenn es dich beruhigt, aber wende dabei nicht den Blick von den Momenten ab, in denen wir das Richtige tun.«

Mit einer Mischung aus Verwirrung und Erstaunen betrachtet Erik Yrsa für einen Augenblick, bevor er seinem Enkel Arne die Hand auf die Schulter legt. »Komm, mein Junge. Wir werden hier nicht gebraucht.«

Arne schenkt uns ein breites Grinsen und verlässt an der Seite seines Großvaters das Langhaus.

»Das kam unerwartet«, murmele ich.

»Du solltest sie immer reden lassen«, sagt Halvar.

Nicht, dass ich ihr je den Mund verboten hätte oder es auch nur in Erwägung gezogen habe, aber Halvar hat recht. Egal, was ich zu Erik gesagt hätte, es hätte nicht ansatzweise so bedeutend geklungen wie Yrsas Worte. Dankbar und erleichtert zugleich küsse ich sie auf die Stirn. Mit einem Lächeln zieht Yrsa die Beine an und rollt sich auf mir ein wie eine Katze. Sie muss nach der anstrengenden Reise hierher todmüde sein. Ich kann mich nicht daran erinnern, wann ich zuletzt über Land gereist bin, aber ich weiß noch, dass es zermürbend langsam und unbequem war.

Behutsam stehe ich mit ihr auf den Armen auf. »Du solltest schlafen.«

Sofort öffnet sie die Augen. »Nein, ich bin wach. Wenn die Sonne wirklich schon aufgegangen ist, sollten wir los. Wir müssen doch zum Küstenclan, um dieses Wunder noch mal zu vollbringen.«

»Deine Leute werden sich kooperativer zeigen als meine«, entgegne ich.

Sie verzieht den Mund, als zweifle sie an meinen Worten. »Ich hoffe zumindest, dass ich niemandem mit Gewalt Vernunft einbläuen muss.«

»Die einzige Person, vor der ich mich beim Küstenclan fürchte, ist deine Mutter.«

Der angespannte Zug um Yrsas Mund verschwindet. »Sie hat mir versprochen, sich zu benehmen.«

Das beruhigt mich nicht, aber das behalte ich für mich. Ohne etwas darauf zu erwidern, trage ich sie Richtung Tür.

»Lass mich runter«, murrt sie. »Ich kann allein laufen.«

»Du kannst vor lauter Müdigkeit kaum geradeaus gucken, geschweige denn gehen.«

»Was, wenn uns jemand sieht?«

Ich schmunzele. »Und was glaubst du, was sie sehen würden? Ich würde einen Mann sehen, der seine völlig erschöpfte Frau nach Hause in sein Bett trägt, damit sie den verdienten Schlaf erhält.«

Sie schürzt die Lippen, und ich muss mich davon abhalten, sie sofort zu küssen. Stattdessen warte ich, bis sie den Kopf wieder gegen meine Schulter lehnt und die Augen schließt. Erst dann stoße ich mit dem Fuß die Tür auf und trage sie hinaus.

Erik hat nicht gelogen: Die Sonne geht tatsächlich schon auf. Ich stehe noch zu sehr unter Spannung, um müde zu sein, aber Yrsa ist derart erledigt, dass sie kein weiteres Mal dagegen protestiert, während ich sie zu meiner Hütte trage und den Dorfbewohnern zunicke, die unseren Weg kreuzen. Bran trottet neben uns her, schnüffelt bloß einmal kurz an Yrsas herabhängender Hand und gibt sich damit zufrieden. Stolz darüber, dass auch ihr Tierwesen mich akzeptiert und mir ihre Sicherheit anvertraut, lässt meine Brust anschwellen.

Yrsa schläft bereits, als ich mein Heim erreiche, deshalb lege ich sie vorsichtig ins Bett und ziehe ihr lediglich die Schuhe aus, ehe ich mehrere Felle über ihr ausbreite. Kurz überlege ich, ob ich mich zu ihr legen sollte, verwerfe den Gedanken jedoch und setze mich stattdessen im Schlafzimmer an die Tür, den Blick aufs Bett und die schlafende Yrsa gerichtet. Ich ziehe die Beine nah an den Körper und bette den Kopf auf die angewinkelten Knie.

Ich werde es nicht noch einmal überstehen, wenn ich aufwache und sie weg ist. Also nehme ich den unbequemen Holzboden in Kauf und blockiere den Ausgang, anstatt allein die Augen aufzuschlagen.

KAPITEL 45

YRSA

Ich werde durch das ohrenbetäubende Knurren meines Magens geweckt. Unruhig werfe ich mich auf dem fremden Bett hin und her, bis ich diesen köstlichen Duft nicht mehr aushalte, der in meiner Nase kitzelt.

Irgendwann gebe ich es auf, noch mal einzuschlafen, und setze mich auf. Nachdem ich mir über die Augen gerieben habe, versuche ich mich zu orientieren. Ich war noch nie in diesem Zimmer, aber ich weiß sofort, wo ich bin. Jedes Fell, die Kissen und jedes Kleidungsstück, das säuberlich zusammengefaltet auf der Kommode gegenüber vom Bett liegt, verströmt Kiers Duft. Nur undeutlich erinnere ich mich daran, wie ich hierhergelangt bin. Dass Zusammenkünfte mich auslaugen, ist mir nicht neu; diesmal kamen noch die Strapazen der langsamen Reise hinzu. Und mein Zusammensein mit Kier direkt davor.

Als mein Magen erneut lautstark nach Nahrung verlangt, schwinge ich die Beine aus dem Bett und tapse barfuß zur Tür. Sobald ich sie einen Spalt breit öffne, strömt mir der köstliche Duft noch stärker als zuvor entgegen. Meine Füße bewegen sich wie von selbst darauf zu, doch mein Blick bleibt nicht an dem Topf über dem Feuer hängen, sondern an dem Mann davor. Kiers breiter Rücken bewegt sich leicht, als er das, was auch immer im Topf vor sich hin köchelt und köstlicher riecht als alles, was ich bisher gegessen habe, umrührt.

Als er sich zu mir umdreht, ist mein Hunger schlagartig vergessen. Ich sehe nur noch ihn. Das sanfte, zufriedene Lächeln, das er mir schenkt. Die Ruhe, die er ausstrahlt. Das Gefühl, dass alles genauso ist, wie es sein soll. Und dass ich das alles für immer haben kann. Dass ich *ihn* für immer haben kann.

Dieser Gedanke sickert zum ersten Mal völlig in mein Bewusstsein. Über Wochen und Monate habe ich ihn von mir geschoben, weil ich glaubte, dass er niemals Wirklichkeit werden kann. Ich verdrängte ihn, weil er mich zu sehr schmerzte. Doch nun stehe ich hier und erhalte eine Ahnung davon, wie es sein könnte, mit Kier zusammen zu sein. *Richtig* zusammen zu sein. Ein Heim. Ein Herd. Ein Bett. Nur wir zwei, umgeben von Vertrautheit und Intimität. Mir wird vor Sehnsucht ganz eng in der Brust.

»Setz dich«, sagt er. »Es ist gleich fertig. Du musst hungrig sein.«

Ich komme seiner Aufforderung nach und setze mich auf einen der Stühle, ohne den Blick von ihm abzuwenden. Solange ich ihn ansehe, kann ich weiterhin in dieser wundervollen Vertrautheit verweilen, die ich nie wieder missen will und von der ich nicht wusste, dass ich mich so sehr nach ihr verzehre.

Mit routinierten Handgriffen füllt Kier eine Schüssel, die er zusammen mit einem Löffel vor mir abstellt und sich anschließend mir gegenüber an den Tisch setzt, ehe er mich mit einem nun erwartungsvollen Lächeln ansieht.

Ich blinzele mehrmals. »Bist du echt?«, sprudelt es aus mir heraus, bevor ich die Worte aufhalten kann. So wie er gestern daran zweifelte, dass die Yrsa, die ihm ihre Liebe gestanden hat, real war, zweifele ich jetzt.

Kier versteckt ein Lachen hinter seiner Hand, bevor er sie nach mir ausstreckt und mir eine Haarsträhne hinters Ohr streicht. »Ich denke schon. Was lässt dich denken, dass ich es nicht bin?«

»Das hier«, antworte ich ein wenig hilflos und gestikuliere durch den Raum, ohne auf etwas Spezielles zu deuten. »Das alles. Du und ich.«

Er zieht seine Hand zurück. Seine Miene wirkt auf einmal ernst. »Gefällt dir dieses ›alles‹?«

»Ja«, sage ich sofort.

Sein Lächeln kehrt zurück. »Mir auch.« Mit einer Kinnbewegung deutet er auf die Schale vor mir. »Und jetzt iss, ehe es kalt wird.«

Nachdem ich drei Schüsseln des köstlichsten Eintopfs vertilgt habe, den ich je gegessen habe, lehne ich mich zufrieden zurück und hätte nichts dagegen, noch ein wenig Zeit mit Kier zu verbringen. Doch Halvar scheint etwas dagegen zu haben, denn kaum dass Kier das Geschirr abgeräumt hat, beehrt er uns mit seiner Anwesenheit. Kier und ich tauschen einen genervten Blick, von dem Halvar sich jedoch nicht beeindrucken lässt. Als würde er ebenfalls hier wohnen, nimmt er sich eine Schale Eintopf und setzt sich an den Tisch.

»Wann brecht ihr auf?«, fragt er zwischen zwei Löffeln.

»Sobald wir dich los sind«, gibt Kier mit einem kleinen Grummeln zurück.

Anstatt deswegen gekränkt zu sein, hält Halvar ihm nur seine leere Schüssel entgegen, um einen Nachschlag zu erhalten. Mit einem weiteren Grummeln füllt Kier sie erneut.

»Kiers Essen ist das Beste, oder?«, fragt er mich, ehe er sich über seinen Nachschlag hermacht.

Ich nicke. »Hab nie was Besseres gegessen.«

»Das bedeutet aber nicht, dass du dich ständig hier durchfressen kannst«, murrt Kier, der nun den Stuhl neben mir hervorzieht und sich ebenfalls setzt.

»Meine Mutter hat dich jahrelang durchgefüttert«, entgegnet Halvar. »Da ist es nur recht und billig, dass du mich jetzt versorgst, nachdem sie gestorben ist.«

»Nein.« Kiers Stimme hat sich noch weiter abgekühlt. »Die logische Konsequenz wäre, dass du selbst kochen lernst, um dich zu versorgen und deine zukünftige Frau zu beeindrucken. Oder such dir meinetwegen endlich eine Frau, die das übernimmt. Aber hör auf, mir die Haare vom Kopf zu fressen.«

»Wir könnten ihm erzählen, was wir auf dem Tisch gemacht haben«, sage ich an Kier gewandt. »Meinst du, das würde ihm den Appetit verderben?«

Kier grinst, während Halvar mit pikiertem Gesichtsausdruck seine Schüssel anhebt und ein Stück vom Tisch abrückt. »Ihr zwei seid widerlich, wisst ihr das?«

Ich kichere, Kier beißt sich auf die Unterlippe, um nicht einzustimmen.

»Warum willst du wissen, wann wir aufbrechen?«, fragt Kier, nachdem Halvar seine Schüssel geleert hat.

»Ich wollte euch begleiten«, antwortet er, während er sich über den Bart streicht und meinem Blick ausweicht.

»Wieso?«, will Kier wissen.

Als Halvar eisern schweigt, sage ich mit einem halb unterdrückten Lachen: »Ich weiß, warum. Dieser Grund sieht mir ziemlich ähnlich.«

Es dauert nur eine Sekunde, bis Kier begreift. Ungläubig starrt er seinen besten Freund an. »Du und die Valkra des Küstenclans?« Er stößt die Luft aus. »Das ist eine ganz miese …«

Halvar hebt die Hand, um ihn zu unterbrechen. »Nimm es mir nicht übel, aber der Allerletzte, von dem ich Vorhaltungen über die Beziehung zu einer Valkra hören will, bist du.«

Kier schließt den Mund und belässt es dabei, ohne eine Spur gekränkt zu wirken. Ich beneide die beiden. Sie können sich kabbeln und mehr als direkt sein, ohne es persönlich zu nehmen. Als wir noch Kinder waren, habe ich diese tiefe Art der Verbundenheit mit meiner Schwester geteilt, und ich wünschte, ich besäße sie noch.

»Elvi würde sich sicher freuen, wenn du mitkommst«, sage ich.

Halvars Miene hellt sich ein wenig auf, bevor er Kier einen Blick zuwirft. »Schafft Drakkar das?«

Kier verdreht die Augen. »Drakkar hat verbaute Teile des Schiffs zum Küstenclan transportiert und nach unserer Rückkehr die gesamte Mannschaft nach Hause geflogen. Dann wird sie drei Menschen und einen Bären befördern können. Du sitzt aber …«

»Ich weiß, ich weiß«, unterbricht Halvar ihn. »Ich sitze nicht oben.«

Es ist kurz nach Mittag, als wir aufbrechen. Während Kier und ich auf Drakkars Rücken klettern, müssen Halvar und Bran in ihren Pranken reisen. Mein Tierwesen wirkt begeisterter davon als Halvar.

Als die Sonne bereits zu sinken beginnt, erreichen wir mein Gebiet. Gestützt von Kiers Armen konnte ich während des Fluges noch ein paar Stunden dringend benötigten Schlaf nachholen, denn auch die heutige Nacht wird anstrengend für mich. Stumm bete ich zu den Göttern, dass meine Mutter sich wirklich benimmt und ich niemanden aus meinem Clan töten muss, weil er mein Gegenstück beleidigt. Ich verurteile Kier nicht dafür, schließlich hätte ich genauso gehandelt. Anders als er hätte ich wahrscheinlich auf eine vorherige Warnung verzichtet. Dass dieser Leif diese in den Wind geschossen hat, ließ mich mehr über Kiers Clan herausfinden, als mir lieb war.

Drakkar landet am Strand und segelt anschließend zu den zerklüfteten Felsen, nachdem wir abgestiegen sind.

Elvi erwartet uns bereits am Dorfeingang. Aus den Augenwinkeln sehe ich, wie Halvar nervös an seiner Kleidung herumzupft und sich mit der Hand durchs zerzauste Haar fährt, ehe ich zu ihr eile und sie in eine Umarmung ziehe. Hinter ihr versammelt sich bereits das halbe Dorf; Drakkars Ankunft ist eben schwerlich zu übersehen.

»Ich habe dich nicht so früh zurückerwartet, Schwester«, wispert mir Elvi ins Ohr. »Deine Verkleidung scheint nicht lange gehalten zu haben.« Während ich noch überlege, wie ich ihr beichten soll, dass von ihrem Kleid nur noch Fetzen übrig sind, fährt sie fort: »Aber du wirkst glücklich.«

»Das bin ich«, flüstere ich, ohne sie loszulassen. »Und ich wäre noch glücklicher, wenn du dich mit Kier unterhalten könntest.«

»Das werde ich«, verspricht sie mir, ehe sie sich von mir löst und Kier näherwinkt.

Ich nicke ihm zu, in der Hoffnung, so die Anspannung aus seinem Gesicht vertreiben zu können, doch es gelingt mir nicht völlig. Zu gern würde ich den beiden zu Elvis Hütte folgen, aber ich habe mich um andere Dinge zu kümmern. Halvar, der etwas verloren am Dorfeingang herumsteht und Elvi nachsieht, verdonnere ich dazu, mir zu helfen.

»Heute Abend«, sage ich zu meinen Leuten, »erwarte ich euch alle im Langhaus. Es gibt zu essen, zu trinken und einiges, was ich mit euch besprechen muss.«

Die Dorfbewohner nicken mir mit einem Lächeln zu, bevor sie sich zerstreuen und ihrer Arbeit nachgehen.

»Ein ungewohnter Anblick«, murmelt Halvar neben mir.

»Wir haben noch eine Menge vorzubereiten«, sage ich. »Das meiste davon wird meine Mutter übernehmen, aber ich wäre froh, wenn du mir hilfst und ihr mit zur Hand gehst, bis Kier zurückkommt.«

Routiniert bereitet meine Mutter nahezu im Alleingang alles vor, was für die kurzfristige Versammlung heute Abend benötigt wird, obwohl ihr nur wenige Stunden dafür bleiben. Ich bewundere sie für ihre Ruhe und Besonnenheit. Selbst die Aufgaben, die Halvar und ich erledigt haben, müssen ihrem kritischen Blick standhalten.

»Ein wenig verstehe ich, warum Kier sich davor fürchtet, deiner Mutter gegenüberzustehen«, flüstert er mir verschwörerisch zu, nachdem er das Spanferkel über die Feuerstelle in der Mitte des

Langhauses gehängt hat. »Sie schüchtert mich auch ganz schön ein.«

Ich stelle das Fass Met ab, das ich gerade hereingetragen habe. »Als Kind dachte ich immer, dass ich mehr so sein muss wie mein Vater, wenn ich eine gute Anführerin werden will, aber je älter ich werde, desto mehr verstehe ich, dass ich auch meiner Mutter nacheifern sollte. Sie hat ihre Fehler, so wie jeder Mensch, doch für den Clan bringt sie hervorragende Eigenschaften mit.« Ich lächele. »Dazu gehört auch, ein strenges Regiment zu führen, wenn es von ihr verlangt wird. Jeder ordnet sich ihr dann unter – auch Elvi und ich. Weil wir alle wissen, dass sie den Überblick hat.«

Halvar schaut über meine Schulter hinweg zum Eingang des Langhauses. Ich drehe mich um und entdecke dort Kier, der meine Schwester am Arm hereinführt. Elvi kann sich frei im Dorf bewegen und ist auf niemandes Hilfe angewiesen. Ich schmunzele darüber, dass sie es Kier gestattet; gleichzeitig durchfährt mich aber auch ein Stich. Astrids verdammte Einflüsterungen! Ich vertreibe die Gedanken und eile auf die beiden zu; Halvar folgt mir auf dem Fuß.

»Ich habe gehört, dass du die beiden begleitet hast«, sagt meine Schwester an Halvar gerichtet, der nervös das Gewicht von einem Bein aufs andere verlagert. Sie streckt die Hand nach mir aus. »Hättest du etwas dagegen, mich zu einer der Bänke zu führen und mir zu berichten, wie die Verkündung in eurem Clan gelaufen ist?«

Mit einem leichten Kopfschütteln sehe ich dabei zu, wie Halvar beinahe über seine eigenen Füße stolpert und Elvi sich von ihm zu einer der hinteren Bänke bringen lässt, ehe ich mich wieder Kier zuwende. Seine Miene wirkt wie versteinert, und das vertreibt die leichte Belustigung, die ich bei Halvars und Elvis Anblick empfand.

»Konnte sie dir nichts sagen?«, frage ich vorsichtig. »Oder …?«

Ich wage nicht, die restlichen Worte auszusprechen. Allein die Vorstellung, dass Kier den Fluch noch in sich tragen könnte, zerreißt mich von innen heraus. Wenn meine Liebe und meine freiwillige Entscheidung für ihn mit allen Konsequenzen nicht genug ist, um den Fluch zu brechen, bedeutet das dann, dass ich nicht sein Gegenstück bin?

Kier schenkt mir ein Lächeln, das meine Unruhe nur noch weiter verstärkt, und legt mir eine Hand an die Wange. »Lass uns morgen darüber reden. Heute sollten wir uns auf die Verkündung konzentrieren.«

Ich bin alles andere als beruhigt, belasse es aber dabei. Kier hat recht. Selbst wenn Elvi ihm nicht helfen konnte oder ihm eine schlimme Kunde überbringen musste, können wir jetzt nichts daran ändern. Morgen, mit frischem Blick, fällt uns bestimmt etwas ein. Doch zunächst muss sich auch mein Clan kooperativ zeigen.

Ich greife nach Kiers Hand. »Wir werden sie überzeugen. Aber als Erstes müssen wir uns noch einer schlimmeren Prüfung als der Versammlung heute Abend stellen.« Auf Kiers verwirrten Blick hin deute ich mit einer Kopfbewegung in den hinteren Bereich des Raumes, wo meine Mutter gerade so tut, als würde sie die Listen mit den Vorräten studieren. Doch ich weiß es besser. Ich spüre, dass ihre Aufmerksamkeit unentwegt auf uns ruht, seit Kier das Langhaus betreten hat.

Kier folgt meinem Blick und wird eine Spur blasser. »Ich könnte draußen helfen, die Fässer mit Met zu tragen und …«

Ich drücke seine Hand. »Sie wird dich nicht auffressen, versprochen.«

»Da bin ich mir nicht so sicher«, murmelt er, während er sich von mir mitziehen lässt.

KAPITEL 46

KIER

Die drei Feuer, die im Langhaus verteilt sind, knistern im gleichen Takt wie mein Herz. Ich könnte mir sehr viele Dinge vorstellen, die ich jetzt lieber täte, als Yrsas Mutter gegenüberzutreten. Ein nicht geringer Teil von mir will dieses Zusammentreffen hinausschieben. Und doch folge ich Yrsa zu der Frau, die mich bei unserem letzten Zusammentreffen verfluchen wollte.

Zwar dreht sie sich erst zu uns um, als Yrsa sie anspricht, aber alles an ihrer Haltung verrät, dass sie sehr wohl wusste, dass wir uns nähern.

Respektvoll neigt Yrsa den Kopf vor ihrer Mutter und ich tue es ihr schnell gleich. Erneut frage ich mich, was zur verdammten Unterwelt ich hier eigentlich mache.

»Mutter, das ist Kier«, sagt Yrsa, um die entstandene Stille zu überspielen. Wenn ich es nicht besser wüsste, würde ich meinen, dass sie genauso nervös ist wie ich.

»Ich weiß«, entgegnet ihre Mutter trocken, was mich den Kopf ein Stück zwischen die Schultern ziehen lässt.

»Sei nett«, wispert Yrsa.

Ihre Mutter verdreht die Augen, was mich so sehr an Yrsa erinnert, dass ich beinahe lächeln muss. Doch ich bin viel zu angespannt, um die Mundwinkel zu heben.

»Du bist unter diesem Dach willkommen, Kier vom Schwingenclan«, sagt sie schließlich.

Fast hätte ich ihr geglaubt; weder aus ihrer Stimme noch ihrer Haltung kann ich irgendeine Form von Abneigung erkennen. Vor mir steht eine Frau, die sehr viel mehr Erfahrung im Führen eines Clans hat als ich. Wahrscheinlich mehr als Yrsa und ich zusammen, und die Kunst der Diplomatie hat sie lange vor uns gemeistert.

»Ich danke dir«, sage ich mit einiger Verspätung. »Ich ...« Hilfe suchend wende ich mich an Yrsa, die aufmunternd meine Hand drückt. Ich stoße den Atem aus und gebe es auf, mich an meine Fassade des Anführers zu klammern. »Ich wünsche mir nichts mehr, als gemeinsam mit Yrsa einen Clan zu erschaffen, in dem niemand mehr Hunger leiden oder sich vor dem nächsten Winter fürchten muss.« Ich senke den Kopf ein wenig tiefer.

Unvermittelt umfasst sie mein Kinn und drückt meinen Kopf ein Stück nach oben. »Als die Frau eines Clanführers und seine Stellvertreterin für viele Jahre freue ich mich über diese Pläne. Aber als Mutter will ich etwas anderes von dir hören.« Ihr Blick gleitet zu Yrsa, die mich ebenfalls erwartungsvoll ansieht.

Ich wünschte, ich hätte meine Mutter kennengelernt. Es wäre ihre Aufgabe gewesen, mich auf diesen Moment vorzubereiten. Von ihr hätte ich die Worte lernen sollen, die nun von mir erwartet werden. Doch ich kenne sie nicht, und mein Vater wählte auch keine neue Frau, die sie mich hätte lehren können. Nun stehe ich vor diesen beiden Frauen, die auf ihre ganz unterschiedliche Weise stark sind, und habe keine Ahnung, was sie hören wollen. Wie soll ich wissen, was ich in diesem Augenblick zu einer Mutter sagen soll, wenn ich selbst nie eine hatte?

Yrsa schenkt mir ein aufmunterndes Lächeln und so fasse ich mir ein Herz und sage das Einzige, was wirklich zählt: »Ich liebe deine Tochter. Weder ihr Schemen noch mein Fluch oder unser Status konnten uns davon abhalten, Gefühle füreinander zu entwickeln. Mein Wyvern vergöttert sie, selbst meinen Clan hat sie beeindruckt. Sie ist mein ástin min. Und ich bin der glücklichste Mann der Welt, wenn ich bis zu meinem letzten Atemzug mit ihr zusammen sein darf.«

Ihre strengen Züge werden weich. Nicht so weich, dass sie mir wohlgesonnen wirkt, aber weich genug, dass ich nicht mehr den Atem anhalte.

Während sie mir eine Hand an die Wange legt, sagt sie: »Ich vertraue dir meine Tochter an. Enttäusche weder sie noch mich.«

Ich straffe die Schultern. »Das werde ich nicht.«

Die Worte schmecken bitter in meinem Mund, doch ich nehme sie nicht zurück.

Mit einem Nicken lässt Yrsas Mutter von mir ab und wendet sich an ihre Tochter. Ihre Haltung wirkt mit einem Mal steif. »Ich werde ab morgen das Zimmer des Anführers für euch räumen. Heute Abend schaffe ich es nicht mehr wegen der Vorbereitungen.«

Yrsa runzelt die Stirn. »Das würde ich nie von dir verlangen.«

Ihre Mutter reckt das Kinn. »Das Zimmer hätte dir von Anfang an zugestanden. Deines ist viel zu klein für zwei Personen. Und dein Bett …«

Yrsa schlingt beide Arme um die kleinere Frau. »Es ist dein Zimmer. Deines und Vaters. Er hat seinen letzten Atemzug dort getan. Und in hoffentlich sehr, sehr vielen Jahren wirst du deinen dort auch tun. Ich will das Zimmer des Anführers nicht, denn es gehört dir. Das tat es schon immer und daran wird sich nie etwas ändern. Ich habe für Bran das gesamte Langhaus ändern lassen. Da werde ich ja wohl eine Lösung für mein eigenes Zimmer finden.«

Zögerlich erwidert ihre Mutter die Umarmung. »Ich danke dir. Aber wo wollt ihr schlafen?«

Mit einem Lächeln löst Yrsa sich von ihr. »Wir kennen da eine nette Hütte am Strand, ganz in der Nähe von Drakkars Schlafplatz. Wir kommen zurecht.« Sie wirft einen Blick in das Langhaus, das sich nach und nach mit Menschen füllt. »Und ich bezweifle, dass wir heute Nacht viel Schlaf bekommen.«

Die Versammlung läuft völlig anders ab als bei meinem Clan. Noch vor der eigentlichen Zeit ist das Langhaus zum Bersten gefüllt – zumindest im Vergleich zu meinem. Yrsas Clan hat weniger Leute, dennoch scheint jeder verfügbare Platz besetzt zu sein. Die Mienen der Anwesenden sind nicht finster und abweisend, wie ich es gewohnt bin, sondern offen und freundlich. Unterhaltungen erfüllen die stickige Luft, keine bleierne Stille, nur unterbrochen von dem Klacken der Becher, die aneinandergeschlagen werden. Zwar werden Halvar und ich beäugt, aber niemand scheint uns feindselig gesonnen zu sein.

Yrsa, Elvi und ihre Mutter haben sich unter die Leute gemischt, hören sich ihre Sorgen und Nöte an und versprechen, sich am nächsten Tag darum zu kümmern.

Ich könnte Yrsa ewig dabei zusehen, wie sich unter ihren Clansleuten bewegt, gekleidet in die volle Gewandung einer Anführerin, und jeder noch so banalen Frage aufmerksam zuhört, als ginge es um das Wohl der gesamten Welt.

Als wir uns vorhin beide umgezogen haben, hat sie mir ihr Zimmer gezeigt. Es ist wirklich klein; kaum groß genug, dass Bran sich auf dem Teppich vor ihrem Bett einrollen kann. Und doch war es genau so, wie ich es mir vorgestellt hatte, wenn ich mir ausmalte, wie Yrsa an einem Tisch saß und ihre Briefe an mich verfasste. Ich wünschte, ich hätte die Briefe mitgenommen, die noch immer ungeöffnet auf meiner Kommode liegen, um endlich zu wissen, was sie mir geschrieben hat. Yrsa spürte, dass mich etwas umtreibt, doch auch diesmal wich ich ihren Fragen aus und beschäftigte sie auf andere Weise. Nur allzu willig gab sie sich meiner Ablenkung hin, und obwohl wir uns beeilen mussten, war es unbeschreiblich. Wie jedes Mal.

Es gibt eine Sache, die ich mir in dem Moment mehr wünschte, als die Briefe mitgenommen zu haben: dass diese Nacht niemals endet.

Doch die Götter hatten noch nie ein offenes Ohr für meine Wünsche. Warum sollte es diesmal anders sein? Als Heranwachsender habe ich mein Schicksal und mein Leben gehasst und hätte die Götter am liebsten für alles, was sie mir auferlegt haben, verflucht. Heute klammere ich mich an die kleinen Gnaden, die sie mir gewähren, und bin froh darüber, neben Halvar zu sitzen und Yrsa von der ersten Reihe aus beobachten zu dürfen.

Während in meinem Langhaus nur ein Hochsitz steht, sind es hier drei in unterschiedlichen Größen und Ausführungen. Yrsa sitzt auf dem mittleren, dem größten und reich verzierten. Ihre Mutter und ihre Schwester haben auf den kleineren Hochsitzen links und rechts neben ihr Platz genommen. Sobald die drei Frauen sitzen, verstummen alle Gespräche im Langhaus. Die sich ausbreitende Stille ist aber weder angespannt noch erdrückend, sondern voller Respekt.

»Ich heiße euch unter meinem Dach willkommen«, sagt Yrsa in die Stille hinein. »Esst und trinkt nach Herzenslust.« Daraufhin stoßen alle Anwesenden ihre Becher mehrmals gegen die Tische. Mit einer Hand deutet sie auf Halvar und mich. »Ich begrüße ebenfalls unsere Gäste aus dem Schwingenclan.«

Erneut ertönt das Klappern der hölzernen Krüge, nicht weniger laut als zuvor. Und obwohl es nichts anderes ist als das Schlagen von Holz gegen Holz, wirkt es doch, als würde ich damit willkommen geheißen. Das wurde ich noch nie. In meinem eigenen Clan komme ich mir oft wie ein Eindringling vor. Doch hier genügt ein Satz ihrer Anführerin, dass ich mich dazugehörig fühle. Mein nächster Atemzug fühlt sich einfacher an als die vorherigen.

Ein älterer Mann eine Reihe von meiner entfernt erhebt sich. »Gerüchte verbreiten sich schnell«, sagt er an Yrsa gewandt. »Ist es wahr, dass du und Kier ein Paar seid?«

Yrsa lehnt sich mit einem Lächeln zur Seite. »Ihr wisst, dass ich nichts von Gerüchten und Gerede halte. Aber diesmal ist es wahr, was sich erzählt wird.«

Eine Frau mittleren Alters steht von ihrem Platz auf. »Was geschieht dann mit uns? Werden wir zum Schwingenclan umsiedeln müssen?«

Ruhig und besonnen erklärt Yrsa allen Anwesenden unser Vorhaben. Als hätte sie über Monate an dieser Ansprache gefeilt, zerstreut sie alle Bedenken, bevor sie vorgebracht werden. Als ich den Blick durch die Menge schweifen lasse, sehe ich nichts anderes als Nicken und erleichterte Gesichter. Yrsa weiß genau, welche Ängste ihre Leute umtreiben und wie die Verbindung unserer Clans diesen entgegenwirken kann.

Bloß eine Sache lässt sie außen vor: die Führung dieser verbundenen Clans.

Nachdem Yrsa fertig und das Klappern der Becher verklungen ist, erhebe ich mich. »Darf ich sprechen?« Nach einem Nicken der Anführerin wende ich mich an die Zuhörer. »Ich bin zutiefst beeindruckt von eurem Clan. Wenn ihr mein Langhaus sehen könntet, sobald ich zu einer Versammlung rufe …« Ich breche ab und schüttele den Kopf. »Euer Clan wurde die letzten Jahre belächelt, gemieden und dezimiert. Doch damit ist Schluss. Eure Anführerin hat nicht nur einen Anführer eines anderen Clans während der Prüfungen das Fürchten gelehrt und mich zutiefst beeindruckt. Auch ohne unsere Verbindung wird es so schnell kein Clan mehr wagen, euch gering zu schätzen. Ihr habt eure Probleme, aber die haben andere Clans auch. Nur weil sie mehr Glück mit ihrem Gebiet oder einen Anführer haben, der an vielen Beutezügen teilgenommen hat, macht das einen anderen Clan nicht besser als euren, ganz im Gegenteil.«

Ich mache einen Schritt von meinem Platz weg und bedeute Halvar, ebenfalls aufzustehen. Mit gerunzelter Stirn und verwirrtem Blick kommt er meiner Aufforderung nach.

»Vor einiger Zeit sagte mir mein bester Freund Halvar, dass er sich liebend gern eurem Clan anschließen würde, weil Yrsa ihn so sehr beeindruckt hat. Das war noch bevor ich die beiden anderen Frauen kennengelernt habe, die an Yrsas Seite sitzen. Schon damals gab ich meinem Freund recht, und bis heute habe ich meine Meinung nicht geändert. Euer Clan wird mit Wissen, Stärke und Güte geführt. Ich maße mir nicht an, euch besser leiten zu können als die drei Frauen, die vor euch sitzen. Ich stehe ihnen zur Seite, wenn sie meine Meinung hören wollen, und biete ihnen und auch euch Schutz gegen andere Clans sowie die Nahrung, die ihr gerade im Winter dringend benötigt. Abgesehen davon wird sich für euch nichts ändern, denn es gibt nichts, was geändert werden müsste.«

Für einen Moment ist es so still, dass mir jeder Atemzug unnatürlich laut erscheint. Gerade als ich mich zu Yrsa umdrehen und sie fragen will, ob ich gerade einen riesigen Fehler begangen habe, brandet tosender Jubel über mich hinweg.

KAPITEL 47

YRSA

Ich verzichte darauf, meine Leute zur Ruhe zu mahnen, sondern beobachte Kiers angespannte Haltung und das schnelle Blinzeln seiner Augen. Wer ihn nicht kennt, sieht nichts anderes als einen stoischen Anführer, doch sowohl Halvar als auch mir entgeht nicht, wie es wirklich in ihm aussieht. Mit einem sachten Schulterklopfen lässt sich Halvar wieder auf seinen Platz sinken und schlägt seinen Becher ebenfalls gegen die hölzerne Tischplatte. Meine Mutter, Elvi und ich klopfen mit den Fingerknöcheln gegen die Armlehnen unserer Hochsitze.

»Ich muss zugeben«, murmelt Mutter verschwörerisch, »dass ich ihn doch ein bisschen mag.«

»Schon vor Wochen habe ich dir gesagt, dass er toll ist«, meint Elvi über meinen Kopf hinweg, woraufhin Mutter die Augen verdreht. »Sein Schutz wird uns einen großen Dienst erweisen.«

Ich schlucke die Frage herunter, die mir bereits auf der Zunge lag, denn Elvi wird sie mir nicht beantworten dürfen. Stattdessen konzentriere ich mich auf den Mann, der sein Leben lang so viel Abneigung und Verlust erfahren hat und der sich nun unvermittelt völlig fremden Menschen gegenübersieht, die ihn nicht nur akzeptieren, sondern schätzen. Er braucht diese Erfahrung, die ihn sichtlich bewegt.

Nach einer Weile, in der der Jubel zwar leiser geworden, aber nicht völlig verstummt ist, bahnt sich Kier einen Weg durch die

Menge Richtung Ausgang. Nicht wenige klopfen ihm auf die Schultern, als er sich an ihnen vorbeischiebt.

»Geh ihm nach«, flüstert Elvi.

Ich werfe ihr einen Seitenblick zu. »Wieso? Er wird sich nur erleichtern und gleich wiederkommen.«

Doch meine Schwester schüttelt den Kopf. »Folge ihm. Er braucht dich jetzt.«

Ich will erneut zu einer Erwiderung ansetzen, doch ihr ernster Tonfall lässt jeden Widerspruch verstummen. Ohne ein weiteres Wort springe ich von meinem Platz auf und folge Kier hinaus in die Nacht.

Ich hole ihn erst am Dorfplatz ein. Verwundert darüber, dass er nicht nur frische Luft braucht, um sich zu sammeln, oder sich erleichtern muss, packe ich ihn am Arm, als ich ihn endlich erreiche. Wie angewurzelt bleibt er stehen, dreht sich jedoch nicht zu mir um.

»Geh wieder hinein«, sagt er mit einer dumpfen Stimme, die ich nicht von ihm kenne. »Die Versammlung ist noch nicht beendet.«

»Erst wenn du mir sagst, wo du hinwillst«, erwidere ich.

Er schüttelt meine Hand ab. »Zu Drakkar. Ich muss nach ihr sehen.«

Mir ist klar, dass er lügt. Drakkar geht es prächtig; sie mag ihre Felshöhle und um diese Jahreszeit findet sie auch genug Nahrung. Zwar hoffe ich, dass sie in die Gebiete des Hornclans fliegt, um zu jagen, aber darum geht es jetzt nicht.

»Wenn es dir zu viel wird, kannst du in meinem Zimmer warten, bis die Versammlung vorbei ist«, biete ich an, obwohl ich weiß, dass es nicht darum geht.

Kier spricht seit Jahren vor seinem Clan und erntet weit weniger Entgegenkommen als von meinen Leuten. Weder seine Ansprache noch die Reaktionen darauf können ihn derart aufgewühlt haben.

Auch als er mit meiner Mutter sprach, fand er die richtigen Worte. Das kann es also auch nicht sein.

»Was hat meine Schwester zu dir gesagt?«

Kiers Schultern versteifen sich, und ich weiß sofort, dass ich die richtige Frage gestellt habe. Ein eisiger Stich durchzuckt mich.

»Bitte geh wieder hinein«, murmelt er.

Ich stelle mich vor ihn. »Erst wenn du mir sagst, was los ist.«

Zögerlich hebt er die Hand und streicht über meine Wange. »Verrätst du mir, was in den vielen Briefen stand, die du mir die letzten Wochen geschickt hast?«

Diese Frage trifft mich unvorbereitet. Mit zusammengezogenen Augenbrauen sage ich: »Dass ich dich liebe. Und dass ich mit dir über meine Idee reden will, wie wir trotz allem zusammen sein können.«

»Ich hätte sie lesen sollen«, flüstert er so leise, dass ich ihn kaum verstehe.

»Das kannst du, sobald du nach Hause zurückkehrst«, sage ich mit mehr Nachdruck als nötig. Doch irgendwas an seinem Verhalten verursacht eine Panik in mir, deren Ursprung ich nicht benennen kann, die aber immer weiter anwächst.

Kier wirft einen Blick in den Himmel. Unzählige Sterne und ein fast im Zenit stehender Halbmond leuchten auf uns herab. »Es ist bald so weit.«

»Was ist bald so weit?« Nun gelingt es mir nicht mehr, den Anflug von Panik in meiner Stimme zu unterdrücken. »Kier, ich schwöre, dass ich den Verstand verliere, wenn du mir nicht sagst, was hier vor sich geht.«

»Geh wieder hinein und versprich mir, dass du meinen Leuten eine genauso gute Anführerin sein wirst wie deinen.«

»Deine Leute haben bereits einen Anführer«, erwidere ich. »Und es wird Zeit, dass sie verstehen, was sie an dir haben. Notfalls werde ich es jedem Einzelnen einprügeln.«

Er schmunzelt. »Das würde ich gern sehen. Aber diese Zeit bleibt mir nicht mehr.«

Und nun dämmert mir endlich, was hier vor sich geht. »Dein fünfundzwanzigster Geburtstag … Ist er … morgen?«

Ich erkenne es in seiner vom Mondschein erhellten Miene, noch bevor er mir antwortet, und mein Blut erstarrt zu Eis. Jeder klare Gedanke kommt zum Stillstand. Es gibt nur noch eine Sache, die in meinem Kopf nachhallt und alles andere verdrängt.

Morgen ist der Tag, an dem der Fluch sein Leben beenden wird.

KAPITEL 48

YRSA

»Nein!«

Dieses eine Wort hallt wie ein Schrei zwischen den Hütten meines Dorfes wider und wird sogar vom Nachthimmel zurückgeworfen. Ich hätte nicht wenig Lust, es wieder und wieder herauszubrüllen, bis die Götter selbst es hören.

Beide Hände in Kiers reich verziertes Hemd gekrallt, sehe ich zu ihm auf und versuche, in seiner versteinerten Miene irgendeinen Hinweis darauf zu entdecken, dass er sich einen grausamen Scherz mit mir erlaubt. Ich bin sein Gegenstück, sein ástin min. Er hat mich in den letzten Tagen so oft mit diesem Kosewort angesprochen, dass ich darauf reagiere, als wäre es mein Name. Ich habe mich für ihn entschieden, ungeachtet der Hindernisse, die unsere Verbindung mit sich brachte. Ich habe mich in ihn verliebt, noch während der Schemen in mir hauste. Das sollte mehr als genug sein, um diesen verdammten Fluch, der nicht für ihn bestimmt war, von ihm zu nehmen.

Doch in seiner Miene erkenne ich, dass es nicht ausreicht.

»Was …«, als meine Stimme nach diesem einen Wort bricht, räuspere ich mich, »… hat meine Schwester zu dir gesagt?«

Kier schließt mit einem gequälten Seufzen die Augen, woraufhin sich meine Finger nur noch fester in sein Hemd krallen. Es kommt mir vor, als würde er mir sofort entgleiten, sobald ich ihn für eine Sekunde loslasse.

»Sie konnte mir nichts zu meinem Fluch sagen«, antwortet er. »Also gehe ich davon aus, dass er … noch intakt ist.«

Mein Atem geht hektisch, während mein Blick wild umherhuscht, ohne dass ich etwas wahrnehme. »Aber ich … Ich bin doch …«

Mit zwei Fingern umfasst Kier mein Kinn und zwingt mich mit sanftem Druck, mich wieder auf ihn zu konzentrieren. »Du bist mein ástin min. Das wusste ich schon nach der Merwanacht während der Prüfungen. Und egal, was mit mir geschieht, daran wird sich nichts ändern.« Er lehnt seine Stirn gegen meine, und sofort schießen mir Tränen in die Augen, die ich gerade so zurückhalten kann. »Ich bin froh, dass es jetzt geschieht. Vor einer Heirat. Vor einem echten Zusammenleben. Bevor wir uns so sehr aneinander gewöhnt haben, dass es dir so ergeht wie deiner Mutter.«

Nun kann ich die Tränen nicht mehr zurückhalten. Ungehemmt strömen sie mir über die Wange. »Eine Heirat, ein eigener Wohnsitz und Gewohnheit ändern nichts an meinen Gefühlen. Ich habe bei meinem Blut geschworen, dich keinem Fluch zu überlassen.«

Kier zieht sich ein Stück zurück und greift nach meiner Hand, über die sich eine rote Linie zieht – direkt über der verblassten Narbe meines ersten Blutschwurs. »Das hättest du nicht tun sollen.«

Trotzig schüttele ich den Kopf, ehe ich die Schultern straffe. »Kein Fluch wird dich mir wegnehmen. Es ist mir egal, ob meine Schwester etwas dazu sagen konnte oder nicht. Auch sie ist nicht allwissend. Was ich aber mit Sicherheit weiß, ist, dass ich es weder einem Fluch noch einem Gott leicht machen werde, wenn er es wagen sollte, sich an dir zu vergreifen.«

Ich bin dankbar für den Trotz und die Entschlossenheit, die mich nun statt der eisigen Panik durchströmen. Dank ihnen kann ich aufrecht stehen. Sie bewahren mich davor, mich irgendwo heulend zu verkriechen und die Augen und Ohren vor dem nahenden Tag zu verschließen. Ob sie mich weitermachen lassen, sollte der Fluch doch zuschlagen, vermag ich nicht zu sagen. Doch jetzt zehre ich von ihnen, so gut es mir möglich ist.

»Wo wolltest du wirklich hin?«, frage ich, als Kier schweigt.

»Zu Drakkar. Das war nicht gelogen.«

»Ich begleite dich.«

Er schüttelt den Kopf. »Du musst wieder hinein. Deine Leute …«

»… haben zwei andere Anführerinnen, die auf sie achten werden, wie du vorhin selbst gesagt hast.«

Noch immer wirkt er zurückhaltend. »Ich will nicht, dass du dich zwischen mir und deinem Clan entscheidest.«

»Das tue ich nicht. Mein Clan schlägt sich da drin gerade den Bauch voll und trinkt auf eine sichere Zukunft. Er wird meine Abwesenheit bis morgen früh verkraften. Er hat sie über Monate hinweg verkraftet, die ich mit dir auf einem Schiff zugebracht habe. Jetzt im Moment gibt es etwas Wichtigeres, worum ich mich kümmern muss.«

Kier streichelt mir über die Wange. »Würdest du gehen, wenn ich dir sage, dass ich dich nicht dabeihaben will? Wenn ich nicht will, dass du es … mitansiehst, was auch immer geschieht?«

»Ich befürchte, dass du mich auch dann nicht loswirst, wenn du mit Drakkar davonfliegst, denn ich würde dich aufspüren. Du hattest recht: Ich bin viel zu lange davongelaufen. Aber ich werde nicht so weitermachen. Ich bleibe bei dir, egal, was kommen mag. Und ich schwöre, dass ich diese verdammte Welt auseinanderreißen werde, wenn irgendein Fluch meint, sich zwischen uns drängen zu können.«

KAPITEL 49

KIER

In Drakkars Höhle kann ich den Nachthimmel nicht sehen, was mich ein Stück weit beruhigt. Dann weiß ich zumindest nicht, wann es geschieht. Lange dauern wird es nicht mehr. Was auch immer es sein wird. Denn im Grunde habe ich keine Ahnung, was mich erwartet.

Yrsa weicht mir nicht von der Seite und klammert sich mit einer Vehemenz an meine Hand, dass ich beinahe lächeln muss. Ich zweifele nicht für eine Sekunde daran, dass sie nach einem Weg suchen wird, der Dunklen Herrin meine Seele abzujagen, wenn ich in der Unterwelt lande. Allerdings enden die Sagas über Sterbliche, die sich gegen die Götter auflehnen, nie gut. Ich wünschte, ich hätte ihr die Axt aus der Hand gerissen, bevor sie diesen törichten Blutschwur leisten konnte. Ich fühle mich schrecklich dabei, eine Last für sie zu sein.

Drakkar hat bereits geschlafen, als Yrsa und ich ihre Höhle betreten. Sie beäugt uns fragend, und auch über unsere Verbindung spüre ich ihre Verwirrung über unser Auftauchen. Ich beruhige sie damit, dass wir etwas Abstand von all den Menschen brauchten, doch sie scheint sich mit der Erklärung nicht zufriedenzugeben. Dennoch rollt sie sich wieder zusammen wie eine übergroße Katze.

Es gibt nur wenige, die ich vermissen werde, wenn der Fluch mich holt. Mein Mädchen gehört auf jeden Fall dazu. Wenigstens weiß ich sie bei Yrsa in guten Händen. Sie werden sich gegenseitig Trost spenden und – hoffentlich! – von Dummheiten abhalten.

»Würdest du jetzt zurückgehen, wenn ich dich darum bitte?«, frage ich Yrsa.

Ich will nicht, dass sie geht. Aber ich habe keine Ahnung, wie es aussieht, wenn man von einem Fluch geholt wird. Werde ich Schmerzen haben? Schreien? Wird es Blut geben? Oder werde ich einfach die Augen schließen und tot sein?

Yrsa hebt mit einem spöttischen Laut eine Augenbraue, ehe sie sich an Drakkar gelehnt auf dem Felsboden niederlässt. Den Blick hat sie grimmig zum Ausgang der Höhle gerichtet, als wollte sie stumm den Mond davon abhalten, weiter über das Himmelszelt zu wandern und den neuen Tag einzuläuten. Doch mir ist klar, dass sogar Yrsa nicht über eine solche Macht verfügt.

Kaum dass ich mich neben sie gesetzt und mich mit dem Rücken gegen Drakkars Flanke gelehnt habe, werden mir die Augen schwer, auch wenn ich mit aller Macht versuche, sie offen zu halten, um jedwedem Grauen furchtlos entgegenzublicken, sobald es mich holen kommt. Ich habe viele Verfehlungen in meinem Leben begangen, die die Götter nicht wohlwollend betrachten, aber angesichts meines nahenden Endes Feigheit zu zeigen gehört nicht dazu.

Yrsa schiebt ihre Hand in meine. »Schlaf. Drakkar und ich wachen über dich.«

Nur zu gern würde ich dieser Verlockung nachgeben, doch ich schüttele den Kopf. Einen Arm um Yrsa gelegt, die nun den Kopf gegen meine Schulter schmiegt, versuche ich, stumm meinen Frieden mit mir und den Göttern zu machen.

Es bleibt bei dem Versuch. Denn während ich die Frau im Arm halte, die mir mehr bedeutet als mein eigenes Leben, und hinter mir das Wesen spüre, für das ich ebenfalls alles opfern würde, fühle ich nichts als abgrundtiefe Wut darüber, dass ich das alles verlieren soll.

Irgendwann gebe ich es auf, den Göttern dafür danken zu wollen, dass sie mir erst Drakkar und dann Yrsa geschickt haben, nur um sie im nächsten Atemzug dafür zu verdammen, dass sie sie mir wieder wegnehmen.

Stattdessen starre ich wie Yrsa zum Eingang, wo ich jedoch nur Finsternis erkenne.

Ich weiß nicht, wo ich bin. Ein Teil von mir will es auch nicht wissen, denn unterschwellig tobt eine Angst in mir, die mich auffressen wird, sobald ich mich orientiere. Ich fürchte mich davor, in den schrecklichen Sphären der Unterwelt zu erwachen, sobald ich die Augen aufschlage, umgeben von so viel Gräuel, dass mir keine andere Wahl bleibt, als mich der Dunklen Herrin anzuschließen. Denn wenn schon eine ihrer Fürstinnen über die Macht verfügt, mich die schlimmsten Dinge denken und fühlen zu lassen, was erwartet mich dann erst als Gefangener in ihrem Reich?

Vor meinen geschlossenen Augen ziehen die Bilder vorbei, die Astrid in meinen Kopf gepflanzt hat. Bilder, die mich in meinen schlimmsten Albträumen verfolgen und mich manchmal auch im wachen Zustand heimsuchen. Die toten, entstellten Körper all jener, die mir etwas bedeuten, ihre leeren Blicke ausnahmslos auf mich gerichtet. Weil ich derjenige bin, der ihnen das angetan hat. Weil meine Taten, meine gottlosen Gedanken allen in meinem Umfeld schaden – und besonders jenen, an denen mir etwas liegt.

Den größten Fluch trage ich seit meiner Geburt in mir. Den zweiten habe ich mir allein zuzuschreiben. Und die Götter lassen keinen Zweifel daran, dass sie mich leiden sehen wollen.

Doch es ist nicht die unnachgiebige Kälte der Unterwelt, die mich schließlich dazu bringt, mir meiner Umgebung bewusst zu werden. Es sind nicht die schrecklichen Bilder einer gefallenen Fürstin, die mich zurück in die Wirklichkeit holen.

Sondern die weiche Wärme eines anderen Menschen. Und als ich den ersten bewussten Atemzug nehme, weiß ich sofort, welcher Mensch es ist, der sich an mich schmiegt und mich festhält.

»Yrsa«, murmele ich mit vom Schlaf rauer Stimme.

Sofort sind da ihre kühlen Finger, die mir eine wirre Strähne aus der Stirn streichen. »Ich bin hier.«

»Wenn du hier bist«, wispere ich und sammele genug Mut, um die Augen einen Spalt breit zu öffnen, »kann das nicht die Unterwelt sein.«

Ihre Brust erbebt leicht unter meinem Kopf vor Lachen. »Es ist zwar dunkel und kalt, aber nein, du bist nicht in der Unterwelt.«

Blinzelnd sehe ich mich um. Ich erblicke kargen, dunkelgrauen Fels, einen Teil von Drakkars langem Schwanz und schließlich Yrsa, die mich sorgenvoll und gleichzeitig erleichtert mustert.

Mein Herz schlägt bei ihrem Anblick schneller. »Du ... bist hier.«

Diese drei Worte reichen nicht ansatzweise aus, um meine Gefühle auszudrücken, doch ich versuche gar nicht erst, die richtigen zu finden. Vermutlich existieren sie nicht.

Zum ersten Mal wache ich neben ihr auf, ohne dass sie bereits verschwunden ist oder Anstalten macht, sofort das Weite zu suchen. Stattdessen hält sie mich fest umschlungen, als befürchte sie, dass ich derjenige bin, der gleich verschwindet. Und sie lebt. Das einzige Mal, als ich neben ihr aufgewacht bin, war sie nach ihrem Sturz ins Meer mehr tot als lebendig, doch nun blicken ihre himmelblauen Augen wach und klar – obwohl mir die dunklen Schatten darunter Sorgen bereiten. Anders als in den Visionen, die Astrid mich sehen ließ, ist ihr Körper nicht blutüberströmt und zerschmettert, sondern warm und anschmiegsam.

»Du bist hier«, wiederhole ich, um mich selbst davon zu überzeugen, dass sie nicht meinen Träumen entstammt.

Yrsa küsst mich auf die Stirn. »Ich werde dich nie wieder allein aufwachen lassen. Das verspreche ich dir.«

Mein Herz schlägt nun im gleichen Takt wie ihres, das ich unter meiner Wange spüre. Langsamer, fester, stetig und erleichtert. »Das wäre schön.«

Die Anspannung und Aufregung der letzten Tage haben mich wieder wegdämmern lassen, denn als ich das nächste Mal die Augen aufschlage, hat Bran sich zu uns gesellt. Er gibt ein leises Brummen von sich, als ich mich langsam aufrichte. Die Nacht auf dem harten Felsboden zu verbringen war nicht meine klügste Idee, wie mir das Stechen in meinem Rücken beweist, doch ich ersticke jeden Klagelaut im Keim. Ich kann mich aufrichten, mich umsehen. Und ich atme. Das ist sehr viel mehr, als ich vor einigen Stunden für möglich gehalten habe.

Yrsa beobachtet jede meiner steifen Bewegungen aufmerksam. Die Schatten unter ihren Augen, die mir zuvor schon aufgefallen sind, haben sich noch eine Spur verdunkelt.

»Hast du überhaupt geschlafen?«, frage ich.

Sie schüttelt den Kopf, ehe sie zum Ausgang der Höhle schaut, durch den nun das Licht des anbrechenden Tages dringt. Als ich vorhin zu mir kam, dämmerte es bereits rötlich, doch jetzt muss es schon Morgen sein. Doch die Strahlen werden immer wieder von Wolken abgeschirmt.

»Ich werde meiner Schwester den Hals dafür umdrehen, dass sie dir und mir einen solchen Schrecken eingejagt hat.«

»Das kannst du tun, nachdem du dich ausgeruht hast«, sage ich. »Aber lass mir noch etwas übrig.«

Mein Gespräch mit Elvi war alles andere als angenehm. In Gegenwart jeder Valkra fühle ich mich unwohl, doch bei Elvi ist es noch schlimmer. Wahrscheinlich weil sie fast so aussieht wie Yrsa und sich ähnlich bewegt wie sie. Ich habe zu viel in jede Neigung ihres Kopfes, in jedes Schürzen ihrer Lippen hineininterpretiert, anders kann ich es mir nicht erklären, warum ich noch hier bin. Denn ihre Aussage war klar: Über mir hängt eine undurchdringliche Dunkelheit, und nur mein Gegenstück kann mich davor bewahren, von ihr verschlungen zu werden. Hat es ausgereicht, dass Yrsa die Nacht bei mir verbracht hat?

Ich reibe mir mit einer Hand über die Brust. Würde ich mich anders fühlen, wenn der Fluch gebrochen wäre? Leichter, nun da diese Last nicht mehr auf mir liegt? Doch da ist keine Veränderung. Ich fühle mich genauso gelöst wie immer, wenn ich Zeit mit Yrsa allein verbringe.

Gestern Nacht meinte sie, dass ihre Schwester nicht allwissend ist. Ob Elvi sich geirrt hat? Oder ist mein Fluch tatsächlich verschwunden und ich merke es nur nicht?

Wie dem auch sei, ich lebe. Ich atme und bin bei der Frau, die ich liebe, und dem Wesen, das für immer mit mir verbunden sein wird. Einen Arm um Yrsa gelegt, ziehe ich sie nah an mich, und strecke die andere Hand nach Drakkar aus, um sie an ihre kühlen Schuppen zu legen.

»Ich danke euch, dass ihr über mich gewacht habt«, murmele ich. »Dass ihr an meiner Seite geblieben seid, obwohl niemand genau wusste, was mich erwartet.«

»Wir werden immer an deiner Seite sein«, sagt Yrsa, woraufhin Bran einen zustimmenden Laut ausstößt.

Mein Leben lang habe ich mich davor gefürchtet, einem anderen Menschen vollends zu vertrauen. Drakkar bildete durch unsere Verbindung eine Ausnahme und Halvar scherte sich nicht darum, dass ich manchmal abweisend und schroff zu ihm war. Er kam trotzdem immer wieder, wollte als Knabe mit mir spielen und schmuggelte mich zu sich nach Hause, wenn er neue Blutergüsse an mir entdeckte. Aber abgesehen von diesen beiden wollte ich niemanden in meinem Leben haben. Ich *brauchte* niemanden.

Mit jedem neuen Atemzug erlaube ich mir wieder zu hoffen. Ich erlaube mir den Gedanken, dass ich nicht auf ewig allein zurechtkommen muss.

Und ein wenig glaube ich wieder an die Götter. Sie haben mich leiden lassen und geprüft, aber sie haben mir auch Yrsa geschickt. Durch sie fühle ich mich wie der Mann, der ich mein ganzes Leben lang sein sollte, der jedoch unter zu viel Dunkelheit und Unglück vergraben lag.

KAPITEL 50

YRSA

Es muss bereits kurz vor Mittag sein, als uns der Hunger aus Drakkars Höhle treibt. Anhand der Sonne kann ich es nicht abschätzen, denn sie versteckt sich hinter immer dichter werdenden Wolken. Offenbar zieht ein Sturm vom Meer heran.

Meine Knochen sind ähnlich steif wie Kiers und ich kann vor lauter Müdigkeit kaum geradeaus schauen, aber ich beklage mich nicht. Nie hätte ich mir verziehen, wenn ich eingeschlafen wäre und der Fluch Kier in dieser Zeit geholt hätte. Wir stützen uns gegenseitig, als wir zum Dorf zurückgehen; Kier hat sich meinen Arm um seine Schulter gelegt, während mich Bran von der anderen Seite aufrecht hält. Ohne ihre Hilfe hätte ich im weichen, fast schwarzen Küstensand das Gleichgewicht verloren.

Ich muss wahrlich einen erbärmlichen Eindruck abgeben, doch auch darüber beklage ich mich nicht. Nichts ist wichtiger als die Dankbarkeit darüber, dass Kier bei mir ist. Dass wir einen Plan für unser gemeinsames Leben haben, auch wenn es nicht einfach werden wird. Einige Clans werden bestimmt vor der geballten Kraft zweier mächtiger Flüsterer den Schwanz einziehen und uns freiwillig einen Teil ihres Gebietes überlassen, aber sicher nicht alle. Es wird zu Kämpfen kommen. Kämpfe, die Opfer fordern werden. Ich wünschte, es wäre anders, denn die Sicherheit und das Überleben meines Clans steht für mich an oberster Stelle, und daran wird sich auch nichts ändern. Ich hadere mit mir, weil ich meine

Leute in den Kampf schicken werde, damit ich mit dem Mann zusammen sein kann, den ich liebe – ungeachtet der Tatsache, dass sie Kier und mich gestern Nacht dafür gefeiert haben. Es gibt kaum jemanden in meinem Clan, der nicht einen Verwandten bei einem Überfall durch fremde Krieger verloren hat. In jedem schwelt der Drang nach Rache und Wiedergutmachung, und wenn sie die Wahl meines zukünftigen Gemahls dazu nutzen können, diesen Drang zu befriedigen, werde ich sie nicht davon abhalten. Dennoch brauchen wir einen Plan, um die Opfer so gering wie möglich zu halten.

Aber darum kümmere ich mich, wenn ich einige Stunden Schlaf nachgeholt habe. Vorher werde ich keinen vernünftigen Plan zustande bringen.

Als wir in Sichtweite des Dorfes sind, erstarren wir jedoch. Mit einem Grummeln reckt Bran die Schnauze in die Luft und schnuppert, nur um kurz darauf ein noch gefährlicheres Grollen auszustoßen. Auch meine Hände wandern instinktiv zu meiner Hüfte, greifen dort aber ins Leere. Als ich gestern Abend Kier überstürzt aus dem Langhaus gefolgt bin, habe ich meine Äxte nicht mitgenommen; sie stehen noch draußen an die Holzfassade gelehnt, wie alle Waffen der Teilnehmer einer Versammlung. Ein Blick zu Kier verrät mir, dass er ebenfalls unbewaffnet dasteht.

Mit einem schiefen Lächeln zupft er an meiner Kleidung herum. In der Gewandung der Anführerin zu schlafen war alles andere als bequem, und die kostbaren Stoffe sind nun zerknittert, dennoch bringt Kier meine Erscheinung mit wenigen Handgriffen in Ordnung, so wie ich es bei ihm tue.

»Wir sind Flüsterer«, erinnert er mich. »Unsere mächtigsten Waffen sind immer in unserer Nähe.«

Ich nicke, während ich eine Hand durch Brans Fell gleiten lasse und wieder zum Dorf schaue. Eine Schar fremder Krieger hat sich vor den Palisaden versammelt. Anhand der Farben ihrer Kleidung ordne ich einige von ihnen dem Hornclan zu, dessen Gebiet direkt an meines grenzt. Doch das ist nicht alles.

»Ruf Drakkar«, sage ich. »Aber sie soll sich im Hintergrund halten.«

Ohne zu zögern, steckt Kier zwei Finger in den Mund und stößt einen lauten Pfiff aus, der fast sofort von Drakkars hohem Brüllen beantwortet wird.

Keiner von uns spricht es aus, doch wir wissen beide, dass dies kein Höflichkeitsbesuch der anderen Clans ist, und ich mache mir nichts vor: Vor den Palisaden meines Dorfes stehen mehr feindliche Krieger, als ich aufbieten könnte. Mein Clan ist einem Angriff schutzlos ausgeliefert. Also muss ich alles tun, um einen Kampf zu vermeiden. Vorerst. Ich schwinge mich auf Brans Rücken, woraufhin mich Kier mit einem versonnenen Lächeln bedenkt.

»Ich bin mit Drakkar gleich hinter dir«, verspricht er.

Ich strecke die Hand nach ihm aus und drücke sie, ehe ich mich abwende und auf Bran ins Dorf presche.

Meine Müdigkeit ist schlagartig vergessen; sie wird von der Sorge um meinen Clan überlagert. Ich nehme den kurzen Umweg über den Dorfplatz und sammele meine Äxte ein. Mit ihrem Gewicht am Gürtel fällt die Anspannung ein Stück weit von mir ab.

»Da bist du endlich«, sagt Elvi, als ich neben ihr von Brans Rücken gleite.

Sie, Mutter, Vangar, Halvar und die wenigen Krieger, über die mein Clan verfügt, versperren den vorderen Eingang zum Dorf. Es beruhigt mich, dass noch niemand verletzt ist und keiner seine Waffen gezogen hat, doch es ist unverkennbar, dass da etwas in der Luft liegt. Eine zu hastige Bewegung, ein falsches Wort und die Stimmung wird kippen.

Meine Leute machen mir Platz. Im Vorbeigehen lege ich Mutter wortlos eine Hand auf die Schulter, ehe ich mir zusammen mit Bran einen Weg zur vordersten Reihe bahne.

Wie ich erwartet habe, stehen dort der Anführer des Hornclans sowie drei andere Anführer, die ich bloß vom Sehen während der Prüfungen kenne. Und zwischen ihnen ist der Sohn des ehemaligen obersten Anführers. Seinem grimmigen Blick begegne ich ungerührt. Bevor ich das Wort erhebe, zieht Drakkar ihre Kreise über uns, nicht ohne hin und wieder einen markerschütternden Schrei auszustoßen, der einige der Krieger vor mir erzittern lässt. Ich warte, bis Kier sie hinter dem Dorf landen lässt und bis Bran sich hinter mir zu voller Größe aufgerichtet hat. Unterdessen betrachte ich die Schar, die sich vor meinem Dorf versammelt hat.

»Bei so vielen Kriegern könnte ich von einem Angriff ausgehen«, sage ich an den Anführer des Hornclans gewandt. »Soll ich das?«

»Es ist mir völlig egal, wovon du ausgehst«, keift er, wobei sein löchriger Bart vor Zorn bebt. »Aber nein, jeder von uns hat nur zehn Begleiter mitgebracht, wie es der Brauch ist. Ein Clan müsste schon winzig und unbedeutend sein, um angesichts so weniger Männer Angst vor einem Angriff zu haben.«

Ich recke das Kinn. In der Vergangenheit ist es seinem und anderen Clans gelungen, meinen mit einer Handvoll Krieger zu überfallen und zum Einknicken zu zwingen. In den ständigen Scharmützeln habe ich so viele gute Krieger verloren, dass ich es irgendwann aufgegeben habe, uns zu verteidigen. Ich ließ sie plündern und rauben, um das Leben meiner wenigen Clanmitglieder zu schützen. Harte Winter und Abwanderungen haben meine Leute weiter dezimiert. Allein hätte ich gegen den Anführer des Hornclans und seine Männer keine Chance, geschweige denn gegen ihn und noch weitere Clans und deren Krieger.

Aber ich bin nicht mehr allein.

Ich muss mich nicht umdrehen, um Kiers Anwesenheit hinter mir zu spüren. Seine Aura gleitet wie ein sanftes Streicheln über mich hinweg, um sich ohne Erbarmen auf jene zu stürzen, die mir gegenüberstehen. Nicht nur ein Krieger weicht einen Schritt zurück.

Ich verschränke die Arme. »Weshalb seid ihr hier?«

Der Anführer des Hornclans deutet auf den Sohn des letzten obersten Anführers. »Wir folgen Gorm Einhand. Er und seine Krieger werden den Tod des Thans der Thane rächen, für den du verantwortlich bist, Küstenmädchen. Durch deine Tat hast du einen unserer wichtigsten Bräuche missachtet.«

Ich verdrehe die Augen. Es hat keinen Sinn, ihm zu erklären, dass nicht ich den obersten Anführer getötet habe, sondern mein Schemen, und dass es nach dem Gesetz der Rache mein gutes Recht war. Stattdessen schaue ich zu Gorm, der sehr schnell einen Beinamen erhalten hat. Normalerweise ist dies eine Ehre, doch gegen seinen würde ich protestieren. »Ihr habt euch aber mächtig Zeit gelassen, um euch zu diesem … Besuch durchzuringen. Hast du ihnen auch erzählt, wie du deine Hand verloren und wie du dabei geschrien hast?«

Ein Muskel zuckt unter seinem rechten Auge, doch er ignoriert meinen Einwand. »Ich wäre gewillt, auf einen Kampf zu verzichten und alle hier Anwesenden dazu zu überreden, friedlich nach Hause zurückzukehren.«

Ein nicht geringer Teil von mir will auflachen und ihm rundheraus sagen, dass er sich seinen Großmut sonst wohin stecken kann. Der größere Teil jedoch ist weiterhin besorgt um das Wohlergehen meiner Leute. Es ist meine Schuld, dass diese vielen Krieger nun vor unseren Palisaden stehen und Genugtuung fordern – ganz gleich, ob ihre Forderung berechtigt ist oder nicht.

»Was müsste ich dafür tun?«

Gorm bedenkt mich mit einem Grinsen, bei dem mir die Nackenhaare zu Berge stehen. »Ich will dir noch immer die Hand zur Ehe reichen.«

Ich ignoriere Kiers grollenden Laut hinter mir und ziehe stattdessen eine Augenbraue hoch. »Deine noch verbliebene Hand, meinst du? Danke, aber ich verzichte, wie auch schon das letzte Mal.« Ich richte meine Aufmerksamkeit wieder auf den Anführer des Hornclans. »Seid ihr deswegen hier? Weil ich ihn abgewiesen habe?«

Er schüttelt den Kopf. »Weil du ihn«, mit einem Kopfnicken deutet er auf Kier, »gewählt hast. Nach dem, was ich während der Prüfungen gesehen habe, wollte ich es erst nicht glauben, aber meine Späher haben mir davon berichtet, dass sie mehrfach seinen Wyvern gesichtet haben – in deinem Gebiet. Ich mag zwar nicht über solch umfangreiches Wissen verfügen wie du, aber ich bin nicht dumm. Mir ist klar, was ihr vorhabt. Und dem werden alle betroffenen Clans Einhalt gebieten. Außerdem habt ihr den obersten Anführer getötet. Eine solche Tat darf nicht ungestraft bleiben. Unser Volk ist nun führerlos, sollte es zu einem Angriff kommen. Und das ist eure Schuld.«

Ich knirsche mit den Zähnen. »Wir waren schon immer führerlos, oder glaubt irgendwer von euch ernsthaft, dass der alte Than der Thane uns gegen einen Angriff hätte verteidigen können? Die Familie des obersten Anführers hat die Prüfungen, die durchaus zu unseren wichtigsten Bräuchen zählen, über Generationen hinweg manipuliert. Es ging nie darum, den Fähigsten von uns zu wählen. Als er Kier und mich durch den Nebel geschickt hat, wollte er uns vernichten. Er hat nicht eine Sekunde damit gerechnet, dass wir zurückkommen.«

»An meiner Seite«, sagt Gorm, »könntest du ein ruhiges und sicheres Leben führen.«

»Hat gerade irgendwer mit dir gesprochen?«, knurrt Kier. »Also sei brav und halt den Mund, oder du verlierst auch noch deine Zunge.«

Ich runzele die Stirn, brauche jedoch nicht lange, um Gorms Worte zu deuten. »Ihr wollt *ihn* zum nächsten obersten Anführer machen?« Es gelingt mir nicht, die Fassungslosigkeit aus meiner Stimme zu verbannen. »Er hat bei den Prüfungen nicht gewonnen.«

»Du auch nicht«, erwidert der Anführer des Hornclans ungerührt. »Da du den Than der Thane getötet hast, bevor er eine Entscheidung treffen konnte, liegt es nun an uns, seinen Nachfolger zu wählen.«

Bevor ich mich weiter hineinsteigern kann, tritt meine Schwester zu mir. »Der letzte oberste Anführer konnte keine Wahl treffen, weil sowohl Yrsa als auch Kier herausragende Eigenschaften mitbrachten. So gesehen könnte unser Volk nicht mit nur einem, sondern gleich zwei Than der Thane gesegnet sein.«

Hätte Kier oder ich einen solchen Vorschlag unterbreitet, wären wir sofort ausgelacht worden. Doch aus dem Mund einer Valkra hat dieser ungewöhnliche Vorschlag Gewicht. Es vergehen mehrere Herzschläge der absoluten Stille, bis der Anführer des Hornclans sich unbehaglich räuspert.

»Ich stelle dein Urteilsvermögen nicht infrage, Valkra. Aber niemand von den hier anwesenden Anführern würde Kier oder Yrsa wählen. Sie sind …«

»… besser als ihr«, fällt Elvi ihm ungerührt ins Wort. »Das ist es, wovor ihr euch fürchtet. Sie sind stark, schlau und halten zusammen. Und sie sind nicht empfänglich für eure Bestechungsversuche, wodurch sich keiner von euch einen Vorteil verschaffen könnte.«

Einige in der Menge werden unruhig, aber niemand wagt es, meine Schwester zurechtzuweisen.

»Es geht weder Kier noch mir darum, der nächste oberste Anführer zu werden«, sage ich versöhnlich. »Nicht mehr.«

»Ihr solltet es werden«, sagt Elvi in einem Tonfall, bei dem ich die Luft anhalte, denn obwohl sie leise spricht, liegt eine solche Tragweite in jeder Silbe, dass jeder an ihren Lippen hängt. »Denn wir brauchen euch.«

Ein merkwürdiges Licht blitzt in meinem Augenwinkel auf. Ich drehe mich um und sehe dabei zu, wie Vangar diese seltsame Kugel aus der Tasche an ihrem Gürtel holt, die wir in der verwüsteten Stadt gefunden haben. Und sie leuchtet, glüht regelrecht, bis sich ein einzelner Lichtstrahl bündelt und aufs Meer hinausscheint.

Aufs Meer, wo gerade zwei Schiffe mit schwarzen Segeln den Schutz des Nebels verlassen und Kurs auf den Strand nehmen. Mein Herz setzt für einen Schlag aus. Es ist, als könnte ich sie auch auf die Entfernung so genau erkennen, als wären sie nur wenige Meter von mir entfernt.

»Heilige Götter«, wispere ich.

Kier stößt einen Fluch aus, dem sich auch Halvar und Vangar anschließen. Denn wir vier wissen sehr genau, wer dort auf den Schiffen lauert, die von hektisch flatternden Fledermäusen stetig nähergezogen werden.

In meinem Kopf herrscht völliger Stillstand. Während ich mir normalerweise bereits meinen übernächsten Schritt zurechtlege, sehe ich nichts als mein zerstörtes Dorf vor mir, das eine schreckliche Ähnlichkeit mit der Stadt auf dem fremden Kontinent hat. Als könnte ich bereits die Asche, den Rauch und den widerlichen Gestank nach verbranntem Fleisch riechen, geht meine Atmung flach und abgehackt.

Nichts anderes ergibt in meinen Gedanken einen Sinn als die Gewissheit, dass sie hier ist. Die Dunkle Herrin hat einen Weg über das Meer gefunden, und nichts auf dieser Welt wird sie jetzt noch davon abhalten, auch unsere Insel zu zerstören und so ihre Rache zu bekommen.

»Wir brauchen euch«, wiederholt Elvi. »Oder diese Welt ist verloren.«

Ich reiße mich aus der Starre, die bereits ihre stählernen Klauen in mich geschlagen hat, wirbele herum und schnappe mir die Kugel aus Vangars Händen.

»Hat sie vorher schon geleuchtet?«, frage ich.

Ich muss die Frage noch zwei weitere Male wiederholen, bis Vangar sich auf mich konzentriert. Ihre Haut ist so blass, als wäre sämtliches Blut aus ihr geflohen. Sie nickt kaum merklich.

»Hin und wieder«, krächzt sie, wobei ihr Blick zwischen der Kugel und den sich nähernden Schiffen hin und her huscht. »Ich hielt es … für eine Lichtspiegelung.«

Ich schlucke angestrengt, kann ihr jedoch keinen Vorwurf machen. Die Kugel wiegt auf einmal mindestens das Zehnfache in meinen Händen. Wie hätten sie und ich auch ahnen können, dass dieses Ding, das wir für nicht mehr als ein nettes Schmuckstück hielten, eine solche Macht besitzt? Nun müssen wir dabei zusehen, wie diese Kugel einen Lichtstrahl in Richtung Nebel abgibt, ohne dass sich die Sonne einen Weg durch die dicke Wolkendecke gebahnt hat.

Ich zwinge meine Gedanken, die bereits wieder in Panik verfallen wollten, zur Ruhe. Später, wenn ich tot bin, kann ich mich bis zum Ende aller Tage darüber ärgern, dass ich dieser verdammten Kugel keinerlei Aufmerksamkeit geschenkt habe. Aber für meinen Clan, für alle, die mir etwas bedeuten, muss ich mich jetzt konzentrieren.

Mein Blick fliegt zu den Schiffen. Es sind bloß zwei. Zu wenige für eine Invasion, selbst für unsere kleine Insel. Zwar habe ich der Dunklen Herrin noch nie gegenübergestanden, aber ich bezweifle, dass sie leichtsinnig ist. Sie weiß, dass wir ihren Truppen an der fremden Küste getrotzt haben und dass wir uns auch diesmal nicht einfach unserem Schicksal ergeben werden. Das bedeutet, dass dies noch nicht alle Schiffe sein können. Wenn ihnen noch mehr folgen und ebenfalls den Weg durch den Nebel finden, sind wir tatsächlich verloren. Aber gegen die Mannschaft auf zwei Schiffen könnten wir ankommen – auch wenn es sich bei dieser Mannschaft um Unstreth und deren Fürsten handelt.

»Was sind das für Schiffe?«, fragt einer der fremden Krieger mit wankender Stimme.

»Wie können sie durch den Nebel kommen?«, will ein anderer wissen.

Weitere Fragen strömen über mich hinweg, zusammen mit der Angst, die ich unter den Anwesenden spüre. Oder ist es meine eigene? Keiner der hier Versammelten hat je miterlebt, wie ein fremdes Schiff den Nebel durchquert und an unserer Küste angelegt hat. Und keiner von ihnen hat auch nur den Hauch einer Ahnung, was ihn erwartet. Selbst ich, die ich bereits mehreren Unstreth gegenüberstand, zittere am ganzen Leib und möchte am liebsten fliehen. Kier, Halvar und Vangar ergeht es ebenso, wie mir ein kurzer Blick in ihre Richtung beweist. Aber eine Flucht scheidet aus. Sobald die Schiffe anlegen, gibt es keinen Ort, an dem wir uns verstecken können.

Uns bleibt nur der Weg nach vorn.

Meine Hände beben und sind schweißnass, als ich sie zu Fäusten balle und mich zu den anderen umdrehe.

»Hört mir zu«, rufe ich den Anwesenden zu, doch meine Worte gehen in den panischen Fragen unter, die wie eine Flutwelle über mich hinwegschwappen und mich mitzureißen drohen.

Erst Kiers lautes Brüllen veranlasst die meisten dazu, den Mund zu schließen. »Ihr werdet ihr auf der Stelle zuhören, wenn ihr überleben wollt! Denn keiner von euch hat auch nur den Hauch einer Ahnung, was dort auf diesen Schiffen lauert.«

Halvar tritt neben mich und nickt ernst. »Eure schlimmsten Albträume sind auf dem Weg hierher. Wir haben ihnen bereits gegenübergestanden und können nur hier stehen, weil uns Yrsas Ideen bei den vorherigen Angriffen gerettet haben.«

Gorm stößt einen verächtlichen Laut aus. »Warum sollten wir auf sie hören? Sie hat …«

Kier bringt ihn mit einem Fausthieb zum Schweigen. Jammernd sackt Gorm zu Boden. Alles geht so schnell, dass ich es nicht wage, Luft zu holen.

»Hört auf sie«, wiederholt Kier an die anderen Anführer gewandt, »oder wir werden alle draufgehen.«

Ich möchte weinen, vor Rührung jauchzen und mich an seine Brust schmiegen und mich vor dem, was gerade auf uns zukommt, verstecken – alles gleichzeitig. Doch im Augenblick kann ich mich nicht in seine Arme flüchten und ihm die Kontrolle überlassen. Bloß für die Dauer zweier Herzschläge erlaube ich mir, in seiner Präsenz zu schwelgen, vor der die anderen Anführer die Köpfe einziehen, und hoffe, dass wenigstens ein bisschen davon auf mich überspringt.

Nach einem tiefen Atemzug sperre ich jede Angst und jeden Zweifel tief in mir ein und schlüpfe in das Antlitz der stoischen Clanführerin.

»Ich hoffe, unter euren Begleitern befinden sich ein paar fähige Bogenschützen«, sage ich. »Und wir brauchen Feuer. Beginnt sofort damit, Holz und Reisig aufzuschichten.«

Während ich die ersten Aufgaben verteile, wacht Kier darüber, dass jeder mir zuhört und sich an meine Anweisungen hält. Meine Mutter betraue ich damit, all jene, die nicht kämpfen können, zum Langhaus zu bringen, wo sie sich verstecken und solange es sein muss verteidigen können. Elvi schicke ich auch dorthin, damit sie sich um die Verwundeten kümmert.

»Wir werden sie am Strand erwarten. Sobald sie einen verfluchten Fuß auf unsere Insel setzen, werden wir ihnen einen Empfang bereiten, den sie niemals vergessen!«

Hier und da brandet Jubel auf. Gerade die Jüngeren unter den Begleitern haben noch nie einen wirklichen Kampf bestritten – abgesehen von den Streitereien zwischen den Clans. Sie sind geradezu euphorisch und brennen darauf, sich ihre ersten Tätowierungen zu verdienen. Aus Erfahrung weiß ich jedoch, dass ihnen diese Freude bald vergehen wird, wenn sie den Geschöpfen der Unterwelt gegenüberstehen.

Halvar teile ich für die Bogenschützen ein. Vangar ist bereits dabei, unsere wenigen Krieger zu bewaffnen und auch jenen, die normalerweise nicht kämpfen können, zumindest einen Dolch zur Verteidigung in die Hand zu drücken.

Als ich sicher bin, dass alle vorerst wissen, was sie zu tun haben, wende ich mich an Kier. Stolz betrachtet er mich und wartet auf meinen Befehl. Mein Hals ist eng, als ich ihm die Kugel hinhalte, die erneut aufleuchtet.

»Du musst sie wegbringen«, sage ich über den Lärm der Vorbereitungen hinweg. »So weit hinaus aufs Meer, wie es möglich ist.«

Der Stolz verschwindet aus seiner Miene und macht Platz für Fassungslosigkeit. »Du … schickst mich weg?«

Ich zwinge mich dazu, den Kopf zu schütteln. »Diese Kugel weist den Unstreth den Weg hierher. Und dir muss doch auch klar sein, dass diese zwei Schiffe bloß die Vorhut sind. Es werden weitere kommen, und dann sind wir verloren. Wir müssen sie in die Irre führen. Sie dürfen unsere Insel niemals finden. Nur du bist dazu in der Lage, die Kugel wegzuschaffen. Flieg mit Drakkar so weit wie möglich in den Nebel und wirf sie dort ins Meer.«

Die Sehnen an seinem Hals treten hervor, als er die Zähne bleckt. »Ich werde an deiner Seite kämpfen! Ich werde dich nicht erneut diesen Kreaturen überlassen.«

Ich lege ihm eine Hand auf die Brust. »Ich werde durchhalten, das verspreche ich dir. Aber ich kann diese Aufgabe niemandem sonst übertragen.«

Als Flüsterin weiß ich, dass er Drakkar dazu bringen könnte, allein mit der Kugel aufs Meer hinauszufliegen. Aber die Verbindung funktioniert nicht über größere Strecken und erst recht nicht in einer solchen Gefahrensituation. Es geht hierbei nicht darum, dass sie ein paar Schiffsteile von einem Gebiet ins andere transportiert. Drakkar wird nicht nur die Unstreth auf den Schiffen bereits wittern, sondern auch Kiers Anspannung spüren. Sobald sie zu weit weg ist, wird die Wyverndame umdrehen und zu ihrem Flüsterer zurückfliegen, um ihn unter Einsatz ihres Lebens zu verteidigen. Nur wenn Kier bei ihr ist, wird sie eine große Strecke zurücklegen können. Und wir dürfen nicht riskieren, dass wir die Kugel zu nah an unserer Insel ins Meer werfen und die übrigen Schiffe doch noch den Weg zu uns finden.

Allein der Gedanke, dass ich diesen Wesen erneut ohne Kier an meiner Seite gegenüberstehen muss, lässt mein Blut zu Eis gefrieren. Ohne ihn und Drakkar sind unsere Verteidigungslinien erheblich geschwächt.

Aber es ist der einzige Weg.

Ich rechne damit, dass er sich weiter gegen meinen Befehl sträuben wird, doch stattdessen zieht er mich in eine feste Umarmung, presst mich förmlich an seine Brust. Ich klammere mich an ihn, atme seinen vertrauten Duft ein und blinzele gegen die Tränen an, die bereits in meinen Augen brennen.

Unvermittelt lässt er mich los und küsst mich so fest und stürmisch, dass unsere Zähne gegeneinanderschlagen. Eine wilde Entschlossenheit liegt in diesem Kuss, die meine Angst für einen Moment betäubt.

Als er sich von mir löst, raunt er in diesem besonderen Tonfall an meinen Lippen: »Ich warne dich, ástin min. Wenn ich zurückkomme und du tot bist, werde ich in die Unterwelt hinabsteigen und dich suchen und dafür bestrafen.«

Mein gesamter Körper erschauert wohlig; eine willkommene Abwechslung zu der eisigen Kälte der Angst. »Wir werden standhalten.«

Ein letztes Mal küsst er mich, sanfter diesmal, ehe er sich abrupt abwenden und im Laufen nach Drakkar pfeift. Es kostet mich all meine Willenskraft, mich von seinem Anblick zu lösen. Als es mir schließlich gelingt, belle ich Befehle an diejenigen, die noch wie versteinert herumstehen. Es sind zum Glück nicht viele; die meisten eilen bereits los, um ihre Aufgabe auszuführen.

Auch ich werde meine erfüllen, obwohl ich nicht genau weiß, wie sie lautet.

Zwar bin ich es gewohnt, andere anzuführen, aber sie gegen einen solchen Gegner in die Schlacht zu schicken ist etwas völlig anderes, als ihnen aufzutragen, an unseren Grenzen zu patrouillieren. Mit Ausnahme der bereits vorangegangenen Kämpfe gegen die Unstreth und ein paar weniger Urteilssprüche musste ich noch nie über Leben und Tod entscheiden.

Ich schüttele mich, als diese Bürde im Begriff ist, mich zu lähmen, schwinge mich auf Brans Rücken und reite auf ihm hinab zum Strand, um unseren Gegnern die Stirn zu bieten.

KAPITEL 51

YRSA

Meinen eigenen Leuten und Halvar Befehle zu geben und darauf zu vertrauen, dass sie sie umsetzen, ist eine Sache. Das Gleiche von fremden Anführern und deren Begleitern zu erwarten eine ganz andere.

Während Halvar die wenigen fähigen Bogenschützen meines Clans und die aus den Reihen der Begleiter um sich schart und meine Mutter bereits dabei ist, Leute zum Aufschichten von Holz einzuteilen, bevor sie diejenigen, die nicht kämpfen können, in Sicherheit bringt, muss ich mit sturen Anführern diskutieren, anstatt ebenfalls von Nutzen zu sein. Ohne Kier in meiner Nähe liegen meine Nerven ohnehin blank; dabei zuzuhören, wie sich die anderen Clanführer kategorisch weigern, einem Niemand wie mir zu folgen, trägt nicht dazu bei, dass ich ruhig bleibe. Auch Gorm hat sich mittlerweile erholt und nutzt den Umstand, dass Kier ihn nicht sofort mit einem weiteren Fausthieb zu Boden schicken kann, schamlos aus, um mir ein erneutes Heiratsangebot zu machen.

Würden dort draußen nicht mit jeder Sekunde die Schiffe der Unstreth näher kommen, hätte ich ihn liebend gern selbst zum Schweigen gebracht – und ich hätte mich nicht mit einem Fausthieb aufgehalten, sondern dafür gesorgt, dass er sich mir nie wieder aufdrängt.

Aber ich brauche ihn. Die anderen Anführer sehen in ihm – warum auch immer – einen Anwärter auf das Amt des Thans der

Thane. Ganz gleich, welche Argumente Kier, Halvar oder Vangar vorbringen, sie werden mir nicht folgen. Sie werden all meine Anweisungen ignorieren – bis es zu spät ist.

Mir ist es gleichgültig, ob sie wegen ihrer Engstirnigkeit draufgehen. Doch wenn wir nicht an einem Strang ziehen, werden auch meine Leute sterben. Unsere gesamte Insel wird über kurz oder lang von den Unstreth ausgelöscht werden. Und ich werde mein Versprechen gegenüber Kier nicht halten können.

Obwohl sich alles in mir dagegen sträubt, setze ich ein hoffentlich liebreizendes und entschuldigendes Lächeln auf, ehe ich mich Gorm zuwende.

»Ich bin nicht abgeneigt, über unsere mögliche Verbindung zu sprechen«, säusele ich, während ich bei jeder Pause gegen die bittere Galle in meinem Hals anschlucken muss. »Aber zunächst müssen wir die nahende Bedrohung ausschalten. Und du musst dich meiner als würdig erweisen.«

Gorm runzelt die Stirn. »Ich bin der Sohn des letzten obersten Anführers! Mein Stammbaum ist ohne Fehl und Tadel und muss nicht unter Beweis gestellt werden.«

Ich knirsche mit den Zähnen, tarne es aber schnell als erneutes Lächeln. »Natürlich nicht. Aber auch dein Stammbaum nützt uns nichts, wenn wir unsere Gegner nicht besiegen.«

Über meine Schulter hinweg wirft Gorm einen Blick auf die zwei Schiffe und verzieht verächtlich den Mund. »Es mögen die Unstreth aus deinen Geschichten über das fremde Reich sein, aber sie sind dumm genug, nur wenige Krieger zu schicken.« Er wendet sich an die übrigen Anführer. »Wir werden sie im Handumdrehen besiegen.«

Nur mit leichter Verzögerung fallen die übrigen Clanführer und deren Begleiter in seinen dröhnenden Kriegsschrei ein. Wie eine Einheit setzen sie sich in Richtung Strand in Bewegung.

Halvar tritt neben dich. »Bisher hatte ich Respekt vor dir. Nun habe ich regelrecht Angst.«

Ich stoße ein Schnauben aus. »Wenn du eine bessere Idee hattest, wie ich diese Idioten gefügig hätte machen sollen, wäre ich ganz Ohr gewesen. Da das nicht der Fall war, musst du mit meinen Entscheidungen leben.«

»Du wirst ihn aber nicht wirklich heiraten, oder?«

Ich werfe Halvar einen angewiderten Seitenblick zu. »Eher stürze ich mich in die Fluten. So wenig ich auch für Gorm und die anderen übrig habe, sind sie im Augenblick unsere beste Chance zu gewinnen. Ich werde nicht zulassen, dass Kier uns alle als Wiedergänger vorfindet, wenn er zurückkommt.«

Denn das wäre das Schlimmste, was ich ihm antun könnte, füge ich im Stillen hinzu. Astrid hatte ihm zwar gezeigt, dass er für den Tod all jener verantwortlich ist, die ihm etwas bedeuten, aber zu uns zurückzukehren und nur Zerstörung und Tod vorzufinden kommt aufs Gleiche hinaus.

»Kümmere dich weiter um die Bogenschützen und schärfe ihnen ein, wohin sie zielen müssen«, sage ich. »Ich versuche, die anderen Anführer dazu zu bringen, sich meinen Plan wenigstens anzuhören. Und wenn ich dafür ein paar nette Worte in Gorms Ohr flüstern muss, werde ich das tun.«

Halvar schüttelt kaum merklich den Kopf, ehe er davoneilt, um meinen Befehl auszuführen. Ich drücke Bran sanft die Fersen in die Flanken und lasse ihn zum Strand hinabrennen.

Die Schiffe sind nun so nah, dass ich das hohe Kreischen der Fledermäuse hören kann. Allein dieser Klang reicht aus, dass sich mir die Härchen im Nacken aufstellen. Aber ich habe keine Zeit, um Angst zu zeigen.

Zunächst versuche ich, mit einfachen Befehlen die anderen Anführer so zu verteilen, dass wir eine Verteidigungslinie direkt am Strand haben, doch sie behandeln mich wie Luft. Ich hätte nicht wenig Lust, sie mit Gewalt gefügig zu machen, aber dazu habe ich keine Zeit. Außerdem brauche ich sie alle kampffähig. Also bleibt mir auch diesmal nichts anderes übrig, als mich bei Gorm einzuschmeicheln und durch ihn meine Befehle durchzusetzen. Jede Sekunde, die ich ihn anlächeln und so tun muss, als freute ich mich über seine schamlosen Blicke, die an mir auf- und abwandern, möchte ich mich übergeben. Ein Teil von mir verabscheut mich für dieses Vorgehen, doch der viel größere Teil sorgt sich um die Sicherheit derer, die mir anvertraut sind. Um so viele wie möglich von ihnen zu retten, verleugne ich meinen Stolz eine Weile.

Mein Vorhaben erhält jedoch einen gehörigen Dämpfer, als Gorm mein Tierwesen taxiert. »Ich bin immer noch der Meinung, dass er sich hervorragend als Bettvorleger eignen würde. Dieses Fell könnte uns die ganze Nacht warm halten und wir müssten uns zwischendurch nicht wieder anziehen.«

Meine Hand schwebt bereits über meiner Axt, um ihm diesmal mehr als nur eine Hand abzutrennen. Ob sich der Beiname »Ohnekopf« genauso schneidig anhören würde wie »Einhand«?

Die Ankunft der Schiffe bewahrt mich zum Glück davor, eine Entscheidung zu treffen. Kaum dass die Schiffe auf Grund laufen, kappt jemand an Bord die Seile der Fledermäuse, die sich sogleich mit ohrenbetäubendem Kreischen auf uns stürzen.

Ich bin nicht verwundert darüber, dass einige Anführer und Begleiter fast noch lauter schreien als die Fledermäuse, sehen sie sich doch zum ersten Mal einer solchen Bedrohung gegenüber. Irgendwie gelingt es mir, sie daran zu hindern, das Weite zu suchen. Zwar sind ihre Hiebe fahrig, aber der eine oder andere Schwerthieb trifft eine angreifende Fledermaus. Anders als bei dem Angriff, den wir zurückgeschlagen haben, tritt an die Stelle der Gefallenen keine weitere.

Nichtsdestoweniger fordern die Fledermäuse erste Opfer. Einigen dieser schrecklichen Wesen gelingt es außerdem, unsere Verteidigungslinie zu durchbrechen und den Strand hinaufzuflattern, wo die Feuer entzündet werden. Auf Bran setze ich ihnen nach, muss jedoch hastig ausweichen, als Halvar einen Angriff seiner Bogenschützen befiehlt.

Ich stoße den Atem aus, froh darüber, dass zumindest ein Teil meiner Verteidiger mitdenkt und fundierte Entscheidungen trifft. So gern ich es auch würde, kann ich mich doch nicht in mehrere

Teile aufspalten. An vorderster Front bin ich mit Bran und meinen Äxten von größtem Nutzen; ich muss darauf vertrauen, dass meine Mutter, Elvi, Halvar und Vangar sich um den Rest kümmern.

Also lasse ich Bran umkehren und zurück zum Strand eilen, wo die ersten Unstreth bereits von den Schiffen ins Meer springen. Sie schwimmen nicht, sondern gehen unter wie ein Stein, was die anderen Anführer zu lauten Jubelrufen veranlasst.

Doch ich stimme nicht mit ein. Anders als die meisten weiß ich, dass unsere Gegner Untote sind. Sie können nicht mehr ertrinken, denn sie haben bereits vor langer Zeit ihren Lebensatem ausgehaucht. Ihre Bewegungen schienen zwar noch langsamer als sonst zu sein – vielleicht weil es Tag ist? –, aber das bedeutet nicht, dass sie ungefährlich sind.

»Lasst euch nicht ablenken!«, rufe ich ihnen zu, als ich hinter ihnen von Brans Rücken gleite und meine Waffen ziehe. »Wir müssen ...«

Meine Worte gehen im wilden Angriffsgebrüll der Unstreth unter, das sofort erklingt, als sie die Wasseroberfläche durchbrechen. Ohne zu zögern, stürzen sie sich auf die vorderen Krieger, die bereits ihren Sieg feierten. Jeder Jubelruf geht in einem Gurgeln unter oder verstummt, um von schreckerfüllten Schreien abgelöst zu werden.

»Zielt auf die Köpfe!«

Meine Anweisung geht im Chaos unter. Beinahe rempeln mich drei Begleiter um, die ihr Heil in der Flucht suchen. Feigheit ist ein Wesenszug, der in unserem Volk nicht geduldet wird, doch ich kann es ihnen nicht verdenken. Auch ich würde nichts lieber tun, als davonzurennen, denn allein in die Richtung der Unstreth zu blicken kostet mich Überwindung. Ich rieche ihre toten, halb verfaulten Körper selbst auf die Entfernung mehrerer Meter. Ihre Gesichtszüge sind grotesk, als wären sie zum Zeitpunkt ihres Todes stehen geblieben. Wie auch das letzte Mal sind ihre Bewegungen langsam und behäbig; es fällt mir nicht schwer, ihren Angriffen auszuweichen und auf die Köpfe zu zielen.

Doch es sind viele.

Es gelingt mir nicht, sie zu zählen, aber es sind auf jeden Fall mehr als beim letzten Mal. Und bis auf Bran stehe ich ihnen nahezu allein gegenüber; einige der Begleiter sind gefallen, einige geflohen. Der Rest hat die Verteidigungslinie nach hinten verlagert und stellt sich den Angreifern. Bran nimmt sich ebenfalls mehrere Unstreth vor, und jedes Mal, wenn er seine Pranke hebt und dadurch seinen verwundbaren Bauch offenbart, bleibt mir vor Schreck das Herz stehen. Doch ich habe eigene Gegner, um die ich mich kümmern muss. Einen Unstreth nach dem anderen mache ich nieder, weiche den gefallenen Untoten aus, deren Leiber teilweise noch zucken und die sich farblich kaum vom dunklen Grau des Sandes unterscheiden.

Gerade als ich Bran zu verstehen geben will, dass wir uns ebenfalls weiter zurückfallen lassen sollten, bahnt sich eine Unstreth ihren Weg durch die verbliebenen Kreaturen und kommt direkt auf mich zu. Im Vergleich zu den anderen wirkt sie weniger verfallen, und ich erkenne sie, noch ehe sie das Wort an mich richtet.

»So treffen wir uns wieder, Yrsa.«

Ich blecke die Zähne. »Verschwinde zurück in den Schlund der Unterwelt, aus dem du gekrochen kamst, Astrid, und nimm deine Schergen mit!«

Sie gibt ein glockenhelles Lachen von sich. »Warum so feindselig? Dabei wollte ich dir gerade einen Handel anbieten.«

Kampfbereit halte ich meine Waffen vor mich. »Ich verzichte.«

»Willst du dir nicht wenigstens anhören, was ich dir anzubieten habe?«, schnurrt sie, während sie ihren Schild vor sich hält.

Ohne Vorwarnung gehe ich auf sie los. Anders als die Unstreth, die ich zuvor bekämpft habe, weicht sie meiner Attacke leichtfüßig aus. Sie hält mich hin, das wird mir sofort klar, und als ich ein sandiges Knirschen vernehme, weiß ich auch, wieso: das zweite Schiff ist nun ebenfalls angelandet. Der nächste Schwarm Fledermäuse geht zum Angriff über. Sie halten sich nicht mit mir auf, sondern fliegen direkt über meinen Kopf hinweg zum Dorf. Ich will ihnen nachsetzen, doch Astrid nutzt diese Lücke in meiner Verteidigung sofort aus. Zwar streift mich ihr Schwert bloß an der Seite, dennoch spüre ich sofort die Nässe, die meine Kleidung an der Stelle tränkt.

Mit einem Lächeln beobachtet sie, wie ich eine Hand auf die Wunde drücke. »Dein Blut riecht wieder herrlich nach Dunkelheit. Wofür hast du diesmal einen Schemen herbeigerufen? Schaffst du es schon wieder nicht allein?«

Ich vollführe einen Ausfallschritt nach vorn und schlage mit meiner Axt nach ihr, aber auch diesmal weicht sie aus. Die plötzliche Bewegung lässt die Wunde an meiner Seite weiter einreißen, und ich kann gerade so einen Schmerzenslaut unterdrücken. Verdammt, ich muss so schnell wie möglich mit ihr fertigwerden und den anderen gegen die Fledermäuse beistehen, sonst …

Astrids Schildschlag trifft mich unvorbereitet und holt mich von den Füßen. Ich schaffe es gerade noch, ihr meine unverletzte Seite zuzudrehen, ehe ich mich im aufgewühlten Sand wiederfinde.

»Du bist so was von erbärmlich.« Ihre Stimme trieft vor Herablassung, während sie auf mich herabstarrt. »Es hat mich all die Jahre angewidert, dir folgen zu müssen. Jede deiner Entscheidungen hat deinen Clan noch weiter ins Unglück gestürzt. Und offenbar ist auch dein teurer Kier zu dieser Erkenntnis gelangt und hat das Weite gesucht. Etwas, was jeder aus deinem Clan hätte tun sollen, als sie deinen Vater zurückbrachten. Du magst zwar von seinem Blut sein, aber ansonsten hast du nichts mit ihm gemein.«

Ich spüre ihre ekelhafte Magie, die aus jedem ihrer Worte hervorquillt wie Eiter aus einer Wunde. Obwohl ich weiß, dass es ihr Zauber ist, treffen mich ihre Aussagen. Sie kennt mich zu gut, weil sie mich über viele Jahre beobachtet hat, und weiß genau, womit sie mich verletzen kann. Ich stemme mich gegen diese Kraft, halte mir immer wieder vor, dass es nicht die Wahrheit ist, trotzdem breiten sich ihre Worte in mir aus und krallen sich in mir fest, als seien sie eine unumstößliche Gewissheit, die ich mir bisher nicht eingestehen wollte.

Ich rappele mich hoch, versuche krampfhaft meine Ohren zu bedecken, doch das würde bedeuten, meine Waffen fallen zu lassen. Noch klammere ich mich an ihnen fest, ohne zu wissen, wie lange mir das noch gelingt.

»Hat Kier dich für deine Schwester verlassen, wie ich es vorausgesehen habe?«, säuselt sie und beschwört damit abermals die Bilder von Kier und Elvi in meinem Kopf herauf, die mich schon seit Wochen verfolgen. Ich dachte, sie besiegt und überwunden zu haben. Ich war mir sicher, dass ich endlich begriffen habe, dass sie nicht mehr sind als der bösartige Zauber einer Unstrethfürstin. Und doch sind sie wieder da und peinigen mich, bis ich beinahe in die Knie sacke.

»Er ist weg und wird nicht zurückkommen«, fährt Astrid ungerührt fort. »Niemand steht mehr hinter dir. Alle haben sich von dir abgewandt, weil sie endlich erkannt haben, welch unwürdige Anführerin du bist. Du wirst mutterseelenallein an diesem Strand krepieren und niemand wird sich an deinen Namen erinnern. Dein Tod wird ehrlos sein, der Zugang zu den Ewigen Gefilden für immer versperrt.«

Ich zittere am ganzen Körper, sodass mir die Zähne klappern. Doch irgendwie halte ich meine Waffen fest umklammert und mich auf den Beinen. Lange werde ich das nicht mehr durchstehen, deshalb gehe ich zum Angriff über. Aber meine Bewegungen sind fahrig, zögerlich und treffen ihr Ziel nicht. Jeder fehlgeschlagene Hieb lässt mich innerlich weiter verzweifeln.

So weit, bis ich ihr zustimme.

Eine Axt entgleitet mir. Die andere halte ich gerade so noch mit drei Fingern fest. Doch auch sie wird mir aus der Hand fallen; ich spüre bereits, wie der dünne Faden, der meine Sinne noch beisammenhält, zu reißen droht. Tief in mir weiß ich, dass ich mich nicht ergeben darf. Dass sie dann recht damit behält, dass mein Tod ehrlos ist und ich meinen Vater niemals in den Ewigen Gefilden wiedersehen werde. Aber diese Gewissheit schwindet, wird überlagert von der dunklen Magie der Fürstin, die sich für mich mehr und mehr wie die Realität anfühlt. Alles, was ich erreicht habe, wirkt auf einmal klein und unbedeutend. *Ich* wirke klein und unbedeutend. Wie konnte ich nur für eine Sekunde glauben, dass ich …?

Nur am Rande bekomme ich mit, wie Astrid mit einem breiten Lächeln ihr Schwert hebt, um mir den Todesstoß zu versetzen. Der Faden reißt in diesem Moment. Ich versuche gar nicht erst, ihr auszuweichen.

Abrupt werde ich zur Seite gestoßen und bekomme keine Luft mehr. Stahl trifft auf Stahl, das Geräusch klingelt in meinen Ohren. Etwas Schweres liegt auf mir, doch es gelingt mir nicht, mich darunter hervorzuwinden. Ich versuche es auch nicht wirklich, wieso sollte ich?

Ich blinzele. Warum denke ich das? Wieso habe ich nicht wenigstens versucht, mich zu verteidigen?

Nun, da Astrids Magie nicht mehr unaufhörlich auf mich einprasselt, erkämpft sich mein wahres Selbst die Vorherrschaft über meine Gedanken zurück.

Das Erste, was ich bewusst wahrnehme, ist Brans aufgebrachtes Brummen. Doch es ist nicht er, der auf mir liegt, sondern Halvar, der sich nun von mir herunterrollt. Finster blickt er mich an, ehe er mir hochhilft.

»Du wirst nicht draufgehen, bis Kier zurück ist«, grollt er. »Haben wir uns da verstanden? Er wird uns alle seinem Wyvern zum Fraß vorwerfen, wenn dir etwas passiert. Ein wenig Hilfe deinerseits wäre aber nett. Also nimm deine verdammten Äxte, steck dir das hier in die Ohren und kämpfe!«

Er hält mir etwas Weißes entgegen, das ich nach einigen Sekunden als weiche Wachspfropfen erkenne. Auch er hat sie sich in die Ohren gestopft. Schnell komme ich seiner Aufforderung nach und nehme die Geräusche um mich herum nur noch gedämpft wahr, was mich aufatmen lässt. Dankbar nicke ich ihm zu, während ich meine Waffen aufhebe und mich anschließend kurz an Bran schmiege, der Halvar offenbar geholt hat, um mir zu helfen.

Und nicht nur ihn. Auch Vangar ist hier und kämpft gegen

Astrid. Sie war es, die den tödlichen Hieb abgewehrt hat und nun die Fürstin beschäftigt.

Ich richte mich so weit auf, wie es mir mit der Verletzung möglich ist, und gebe Halvar mit einer Kopfbewegung und Bran über unsere Verbindung zu verstehen, dass sie sich wieder um die Verteidigung des Dorfes kümmern sollen, zu der auch die übrigen Anführer und Begleiter übergegangen sind.

Vangar kann sich gerade so gegen ihre einstige Partnerin behaupten, deshalb eile ich schnell an ihre Seite. Gemeinsam gelingt es uns, die Fürstin zurückzudrängen. Ich spüre, wie ihre Magie gegen mich brandet; es ist, als würde ranziges Öl über meine Haut gleiten. Doch ihre Bemühungen scheitern, denn auch Vangars Ohren sind mit Wachs versiegelt. Zwar höre ich entfernt das Rauschen des Meeres und das Aufeinanderprallen unserer Waffen, aber Astrids Worte erreichen mich nicht mehr. Nun werde ich ihr alles, was sie mir vorhin einflüstern wollte, heimzahlen!

Aber Astrid muss sich nicht auf ihre Magie verlassen, um Vangar und mir die Stirn zu bieten. Sie ist eine herausragende Kämpferin, das muss ich nach wenigen Hieben, die sie allesamt mit Leichtigkeit pariert, eingestehen. Doch gegen uns beide ist sie in der Defensive und findet nur wenige Gelegenheiten, um selbst anzugreifen. Wenn sie es doch tut, blockt Vangar die Attacke mit ihrem Schild ab, sodass ich sofort zum Gegenschlag ausholen kann. Mehrmals verfehle ich sie knapp, weil sie im letzten Moment ausweicht, doch wenigstens gelingt es ihr nicht, eine von uns zu verletzen.

Meine Freude darüber, dass wir ihr zumindest ebenbürtig sind, verschwindet jedoch nach einigen Minuten. Vangar und ich ringen nach Luft, während Astrid wirkt, als hätte sie sich kaum bewegt. Ich knirsche mit den Zähnen. Kennt ihr verdammter untoter Körper etwa keine Erschöpfung? Wir müssen sie so schnell wie möglich erledigen, sonst …

Ein hohes, mir wohlbekanntes Kreischen dringt sogar durch die Wachspfropfen. Sofort blicke ich gen Himmel und stoße erleichtert den Atem aus, als ich in einiger Entfernung Drakkar zwischen den dunklen Regenwolken ausmachen kann. Zwar ist sie noch weit weg, aber mit ihr und Kier werden wir einen entscheidenden Vorteil haben.

Auch Astrid ist auf Drakkar aufmerksam geworden und bellt irgendwelche Befehle in Richtung des zweiten Schiffes. Sogleich springen einige Unstreth in die Brandung. Ich konnte sie nur undeutlich erkennen, bin mir aber sicher, dass ein paar von ihnen Bögen bei sich trugen. Noch werden sie nicht auf Drakkar schießen können, aber wenn sie nah genug ist, könnten ihren empfindlichen Flügeln die Pfeile gefährlich werden.

Hin- und hergerissen verteidige ich mich gegen die Fürstin, während alles in mir danach schreit, Drakkar und Kier zu Hilfe zu eilen. Solange sie in der Luft sind, können sie die Feinde nicht selbst bekämpfen.

Vangar scheint meine Zerrissenheit zu bemerken. Nachdem sie Astrid zurückgestoßen hat, sodass die ins Taumeln gerät, packt sie mich an der Schulter und schubst mich in Drakkars Richtung. Ich zögere, weil ich sie nicht mit Astrid allein lassen will, doch ein kurzer Blick zum Dorf verrät mir, dass es niemanden sonst gibt, der sich den neuen Angreifern entgegenstellen könnte; sie haben genug damit zu tun, sich gegen die Fledermäuse und Unstreth zu behaupten, die an unserer Verteidigungslinie am Strand vorbeigekommen sind.

Ich schenke Vangar ein dankbares Nicken, ehe ich mich abwende und zu den untoten Bogenschützen haste, die bereits den Strand erreicht haben. Unter ihnen ist auch ein größerer Unstreth, der jedoch keine Waffe zu tragen scheint. Und dennoch geht von ihm eine solche Stärke aus, dass meine Schritte ins Stocken geraten. Hastig schüttele ich diese seltsame Angst ab und ramme dem Bogenschützen, der mir am nächsten steht, meine Axt in den Hinterkopf. Noch ehe sich die anderen zu mir umgedreht haben, schicke ich einen weiteren zu Boden. Der Dritte fällt, ehe er seinen Bogen spannen kann. Auf die kurze Distanz bin ich im Vorteil, doch vier Unstreth versuchen, von mir wegzukommen, um ihre Pfeile auf mich abzufeuern. Schnell packe ich einen Unstreth in meiner Nähe, zerre ihn vor mich und benutze ihn als untoten Schild. Sein Körper zuckt, als die Pfeile ihn treffen. Sogleich versucht er, seine Hände um meinen Hals zu legen, doch ich trenne ihm den Kopf von den Schultern, ehe er dazu kommt.

Plötzlich wenden meine Gegner sich dem Wyvern zu, der mit wildem Kreischen auf uns zufliegt. So schnell ich kann, strecke ich zwei weitere Unstreth nieder, bevor sie ihre Bögen spannen können, aber dennoch schnellen mehrere Pfeile in die Luft – direkt auf Drakkar zu. Es gelingt ihr, ihnen auszuweichen, aber noch bevor sie wieder auf direktem Kurs zu mir fliegen kann, beteiligt sich auch der größere Unstreth am Kampf, den er bisher beinahe gelangweilt verfolgt hat.

Mittels einer Handbewegung formt er einen riesigen schwarzen Speer.

Ich erkenne ihn sofort als den, der in Drakkars Flügel steckte. Die durch Magie herbeigerufene Waffe schwebt über seiner Hand, ehe er sie mit einem abrupten Stoß losschleudert. Meine Augen können ihr kaum folgen, so schnell schießt sie auf Drakkar zu. Ich glaube, dass ich schreie, während ich in einer Starre gefangen bin, in der ich nichts anderes als den Wyvern, seinen Reiter und die Waffe wahrnehme, die schon einmal fast der Untergang dieses riesigen Tierwesens war.

Als Drakkar die Flügel anlegt und in der Luft zur Seite rollt, will ich schon aufatmen, doch die Waffe ändert plötzlich die Richtung. Ich reiße den Blick von Drakkar los und konzentriere mich auf den Unstreth, der die Hand, mit der er vorhin die Waffe beschworen hat, noch immer ausgestreckt hat und damit offenbar auch jetzt noch den Flug des Speers kontrollieren kann. Ohne weiter zu zögern, stürze ich mich auf ihn.

Doch noch ehe ich ihn erreiche, stellen sich mir die kleineren Unstreth in den Weg und gehen auf mich los. Ihre Bögen nützen ihnen nichts, doch ihre Krallen hinterlassen brennende Schrammen überall an meinem Körper. Ohne Unterlass schlage ich mit meinen Äxten nach ihnen; nicht immer treffe ich die Köpfe, manchmal nur einen Arm, der mit einem dumpfen Laut in den Sand fällt, während der dazugehörige verfaulte Körper einfach weitermacht.

Irgendwie gelingt es mir, auch dem letzten von ihnen den Schädel zu spalten, sodass der Weg endlich frei zu dem großen Unstreth ist, der mit Sicherheit ein Fürst ist. Ich habe keine Ahnung, wie lange ich gebraucht habe, aber ich wage es nicht, den Himmel nach Drakkar abzusuchen. Den Blick fest auf den Unstreth gerichtet, setze ich zum Sprung an, beide Äxte über meinen Kopf erhoben.

Er bemerkt mich und beschwört mit seiner anderen Hand einen Dolch, den er auf kurze Distanz auf mich schleudert. Die schwarze Waffe bohrt sich in meine linke Schulter; ich spüre den Schmerz, doch ich zucke nicht zurück. Hastig versucht der Fürst, eine weitere Waffe zu beschwören, aber dazu kommt er nicht mehr. Mit einem Schmatzen, das ich selbst durch die Wachspfropfen höre, versenke ich meine Axt in seinem Schädel und spalte ihn in zwei Hälften. Eine fast schwarze Masse quillt heraus, vor der ich angewidert zurückweiche.

Ohne eine direkte Bedrohung bemerkt auch mein Körper, in welch erbärmlichem Zustand er ist. Meine Sicht wird unscharf und meine Schritte schwimmen im Sand.

Ehe ich jedoch zusammensacken kann, fängt mich jemand auf. Ich versteife mich, sammle meine letzten Kräfte, um einem weiteren Angriff die Stirn zu bieten, doch dann rieche ich es: Wind und Freiheit. Ich rieche Kier. Er ist zurück. Pure Erleichterung durchströmt mich.

Er hält mich aufrecht, während ein sorgenvoller Blick aus seinen moosgrünen Augen über mich wandert und jede Schramme, jede Wunde und jeden Blutstropfen bemerkt. Nun spüre auch ich all die Verletzungen. Die meisten sind nicht schlimm, sondern brennen und ziepen nur, aber in ihrer Vielzahl rauben sie mir doch fast das Bewusstsein.

»Astrid«, bringe ich hervor. »Wir müssen … Vangar helfen.«

Kiers Mund bewegt sich, doch ich kann seine Worte nicht verstehen. Anhand der steilen Falte zwischen seinen zusammengezogenen Augenbrauen bin ich mir aber ziemlich sicher, dass er mir jeden weiteren Kampf ausreden will.

Irgendwie finde ich einen festen Stand und horche kurz in mich hinein. Am meisten behindern mich der Schnitt, den Astrid mir vorhin knapp unter meinen linken Rippen beigebracht hat, sowie die Wunde in meiner linken Schulter durch den Dolch. Diese Seite werde ich in einem Kampf kaum noch gebrauchen können. Dennoch sammele ich beide Äxte ein und stecke eine in die Halterung an meinem Gürtel.

Kier packt mich am Arm und will mich zurückhalten. Wieder redet er auf mich ein und gestikuliert auf meine Verletzungen. Ich schüttele bloß stur den Kopf und deute auf das Wachs in meinen Ohren.

»Flieg mit Drakkar … zum Dorf und hilf … den anderen«, sage ich abgehackt. Selbst das Sprechen bringt mich an meine Grenzen.

Kier bleckt die Zähne, ehe er seinen Mund fest auf meinen drückt. Obwohl dieser Kuss abrupt beginnt und genauso abrupt wieder endet, spüre ich in ihm so viel. Erleichterung, aber gleichermaßen auch Verzweiflung. Stärke und Schwäche. Zuversicht und Angst. All dies teilt er in diesem Moment mit mir. Es ist, als sähe ich meine eigenen Gefühle in ihm. Als würde er sie spiegeln. Und das tut er, denn er ist mein Gegenstück.

Kier zieht das Wachs aus meinen Ohren und steckt es in seine. »Du gehst zu deiner Schwester und lässt deine Wunden behandeln. Drakkar wird sich der Verteidigung des Dorfes anschließen, und ich werde mich um Astrid kümmern.«

»Nein!«, begehre ich auf. »Sie gehörte einst zu meinem Clan. Es ist meine Pflicht, sie zu besiegen.«

Doch Kier tippt sich nur auf die Wachspfropfen in seinen Ohren und zuckt mit den Schultern als Zeichen dafür, dass er mich nicht verstanden hat. Und wahrscheinlich auch nicht verstehen wollte.

Über seine Verbindung trägt er Drakkar auf, mich zum Dorf zu bringen. Erstaunlich sanft für eine solch riesige Kreatur schließt sie die Klauen um mich und erhebt sich mit mir in die Luft.

KAPITEL 52

YRSA

Es sind so viele … So viele Unstreth haben es an unserer hastig errichteten Verteidigung vorbeigeschafft und verwüsten nun mein Dorf. Zwar kämpfen meine Leute tapfer und auch die fremden Anführer und Begleiter stellen sich der Bedrohung, aber mir entgeht nicht, dass auch ihre Zuversicht angesichts all dieser Untoten schwindet. Halvar befehligt ohne Unterlass die Bogenschützen, die eine brennende Pfeilsalve nach der anderen auf die Unstreth abschießen, während Bran und nun auch Drakkar sich um die kümmern, die dem Feuerregen entgehen. Leider findet nicht jeder Pfeil sein untotes Ziel, sodass ein Teil meines Dorfes in Flammen steht. Frauen und Alte hasten zwischen den Kampfplätzen hin und her, schleppen Wassereimer und versuchen, die Feuer unter Kontrolle zu halten.

Und ich … Ich liege auf einem Strohhaufen, obwohl ich viel lieber dort draußen wäre und kämpfen würde. Mutter hält mich unerbittlich unten, eine Hand auf meine gesunde Schulter gedrückt, während Elvi ohne Unterlass über das Ausmaß meiner Verletzungen schimpft. Eine Tinktur nach der anderen trägt sie auf die Schrammen und tieferen Wunden auf. Jede riecht und brennt schlimmer als die davor, bis ich mir nicht mehr sicher bin, ob es die Verletzungen sind, die mich schreien lassen, oder Elvis Mittelchen.

»Bist du bald fertig?«, zische ich meine Schwester an, um den nächsten Schmerzenslaut zu überspielen.

Aber Elvi kann ich nicht täuschen. Unbeirrt und erstaunlich zielsicher für eine Blinde, die sich nicht in ihrer gewohnten Umgebung befindet, sondern in einem hastig errichteten Lager im Langhaus, zieht sie einen Tiegel unter all den Phiolen und Fläschchen hervor und riecht daran, ehe sie die Paste auf meine Schulterwunde aufträgt. Ich beiße die Zähne so fest zusammen, dass ich Angst habe, sie könnten auseinanderbrechen, während ich mich aufbäume. Mutter hat alle Hände voll damit zu tun, mich halbwegs ruhig zu halten.

»Am liebsten würde ich dich ein Fass mit Tinkturen stecken«, murrt Elvi, »so widerlich, wie du nach Dunkelheit und Unterwelt stinkst. Und jetzt halt still! Das sind keine gewöhnlichen Verletzungen, die du dir eingefangen hast. Ich muss mich konzentrieren.«

»Solange du nur endlich fertig wirst!«, gebe ich zurück.

Natürlich weiß ich, dass sie mir nur helfen will, doch ich werde wahnsinnig, wenn ich weiterhin hier rumliege, während da draußen andere kämpfen und sterben. Und vor allem muss ich so schnell wie möglich zu Kier. Zwar ist Vangar bei ihm, aber trotzdem werden sie gegen Astrid kein leichtes Spiel haben. Ob ich ihnen in meinem Zustand eine Hilfe bin, vermag ich nicht zu sagen, aber ich muss es versuchen!

Immer wieder nehme ich zu Bran Verbindung auf, der im Dorf gegen die Unstreth kämpft. Manchmal erhasche ich durch seine Augen einen Blick auf Drakkar, die den Fledermäusen zu Leibe rückt. Auch mein Tierwesen ist verletzt, aber nicht so stark wie ich – seinem Panzer sei Dank. Dennoch spüre ich, wie seine Kräfte ebenfalls schwinden, während unser Gegner über endlose Ausdauer verfügt.

Als Elvi nach einer weiteren Salbe greift, reißt mir der Geduldsfaden. »Du kannst mich später versorgen! Verbinde mich einfach, damit ich da draußen nicht verblute. Alles andere kann warten.«

»Deine Sturheit wird dich noch den Kopf kosten«, murmelt Mutter, lässt mich jedoch los.

Ich winke ab. »Lieber das, als tatenlos dabei zuzusehen, wie andere kämpfen und sterben.«

Fester als nötig zieht Elvi einen Verband um meine Schulter fest. Ich verziehe schmerzerfüllt das Gesicht. »Geh«, sagt sie leise. »Und beeil dich.«

Gänsehaut kriecht meine Arme hinauf, wie immer, wenn sie mit dieser eindringlichen Stimme spricht und einen Teil dessen offenbart, was die Götter sie sehen lassen. Obwohl mein ganzer Körper dagegen protestiert, springe ich auf die Füße, greife nach meinen Waffen und eile nach draußen.

Im selben Moment gibt Drakkar einen durchdringenden Schrei von sich.

KAPITEL 53

KIER

Der Strand ist übersät von Unstreth- und einigen Menschenleichen. Ich kann mir kaum vorstellen, wie vehement die erste Attacke gewesen sein muss.

Ich ließ Drakkar fliegen, bis ich die erste Erschöpfung bei ihr spürte. Dann warf ich die Kugel hinab in den Nebel und hörte das entfernte Platschen, als sie ins Meer fiel. Der Rückweg dauerte viel zu lang; jede Minute kam mir wie Stunden vor. Auch jetzt erscheint es mir angesichts dieser vielen toten Leiber, als wäre ich ein ganzes Zeitalter weg gewesen.

Doch die schlimmste der Unstreth liegt noch nicht am Boden.

Astrid ist es beinahe gelungen, Vangar zu besiegen, als ich zu ihnen stieß. Nun ruht Vangar sich aus, während ich die einst blonde Schildmaid beschäftige. Mir ist es noch nicht gelungen, ihre Verteidigung zu durchbrechen, aber auch sie konnte noch keinen wirklichen Angriff bei mir landen. Sie ist gut, das muss ich ihr lassen, aber ohne ihre Einflüsterungen ist sie nichts weiter als eine Schildmaid.

Ich erlaube mir keine Atempause; meine beiden Schwerter prasseln unentwegt auf ihren Schild nieder, doch er zersplittert nicht. Meine Schultern brennen bereits von den unzähligen Aufprallen. Jedes Mal fällt es mir schwerer, den Arm zu heben. Und trotzdem tue ich es. Obwohl dies nicht das Gebiet meines Clans ist, würde ich mein Leben geben, um es zu verteidigen. Gestern Abend haben mich diese fremden Menschen in ihrer Mitte willkommen geheißen. Ich fühlte mich in diesem Langhaus, das nicht mein eigenes ist, mehr zu Hause, als ich es in meinem eigenen Gebiet je war. Und nicht zuletzt kämpfe ich für Yrsa.

Also schlucke ich den Schmerz eines jeden neuen Angriffs hinunter und schlage weiter auf die Fürstin ein. Ich wünschte, ihr Schild würde endlich bersten; sobald er aus dem Weg ist, werde ich sie mit Leichtigkeit besiegen können. Doch sie scheint darauf abzuzielen, mich zu ermüden, so wie sie es bereits bei Vangar gemacht hat. Die konnte sich kaum noch auf den Beinen halten, als ich zu ihr stieß.

Als ich gerade zu einem weiteren Hieb aushole, schnellt Astrids Schild vor und trifft mich unvermittelt an der Brust und am Kinn. Mein Kopf wird zurückgeschleudert, doch zum Glück bleibe ich bei Bewusstsein. Zwar taumele ich, finde aber schnell wieder einen festen Stand, um zum Gegenschlag auszuholen.

Mir wird erst klar, was sie mit diesem Hieb bezweckt hat, als ich ihre Stimme höre. Auf der rechten Seite muss mir das Wachs aus dem Ohr gefallen sein!

Ich lasse mein eines Schwert fallen, um mir das Ohr zuzuhalten, doch es ist zu spät: Ich spüre, wie sich die faule Magie in mir ausbreitet und ihre Krallen in mich schlägt. Um mich herum liegen nun nicht mehr die stinkenden Leichen der Unstreth, sondern die all jener, die mir etwas bedeuten. Halvar mit eingeschlagenem Schädel, den ich nur an seinem rauschenden Bart erkenne. Drakkars Kadaver nimmt den halben Strand ein. Ihre Flügel sind zerfetzt und die ersten gierigen Möwen picken bereits am Fleisch ihrer offenen Wunden. Unter den Toten liegt auch mein Vater, dessen Augen noch geöffnet und anklagend auf mich gerichtet sind. Neben ihm entdecke ich die Valkra.

Und zu ihren Füßen … liegt Yrsa. Das blonde Haar ist dunkel und sandverklebt, ihr Körper übersät mit Schnitten und Kratzern. Sie hustet, spuckt Blut, aber sie lebt! Auch das zweite Schwert entgleitet mir, als ich auf sie zu renne und mich neben sie knie.

»Halte durch!«, beschwöre ich sie. »Deine Schwester wird dir helfen. Du wirst sehen, bald geht es dir besser.«

Ihre Lippen bewegen sich. So vorsichtig wie möglich, um sie nicht weiter zu verletzen, hebe ich sie an und halte das Ohr an ihren Mund.

»Ich hätte … das Angebot der Fürstin annehmen sollen.« Yrsas Stimme ist nicht mehr als ein Krächzen, und doch schneiden mir ihre Worte ins Herz. »Ich hätte nicht … auf dich warten sollen. Deinetwegen … sind wir alle … verdammt.«

Meine Arme zittern, doch ich halte sie weiterhin fest. »Du hast recht«, sage ich mit einem traurigen Lächeln. »Es ist meine Schuld.«

»Komm zu dir, verflucht noch mal!«

Ich blinzele, als es plötzlich Vangars Stimme ist, die ich höre. Und als sich mein Blick klärt, ist es nicht mehr Yrsa, die ich im Arm halte, sondern ein stinkender Unstreth ohne Kopf.

Bevor ich begreifen kann, was gerade geschehen ist, durchzuckt mich ein dumpfer Schmerz und alles um mich herum wird schwarz.

KAPITEL 54

YRSA

Drakkars Schrei ist ohrenbetäubend. Augenblicklich lässt sie von den verbliebenen Fledermäusen ab und dreht den langen Hals in Richtung Strand.

Mir ist sofort klar, dass etwas mit Kier geschehen sein muss.

Ich zwinge mich dazu, mich auf Bran zu konzentrieren und ihn zu mir zu rufen, während Drakkar sich bereits zum Strand aufgemacht hat. In sicherem Abstand folgen ihr die Fledermäuse. Meine Beine zittern vor Verlangen, ihnen sofort nachzusetzen und Kier und Vangar zu Hilfe zu eilen, aber zu Fuß wäre ich niemals schnell genug. Mein Tierwesen braucht eine schiere Ewigkeit, um sich einen Weg durch die verbleibenden Unstreth zu bahnen und deren Attacken abzuwehren. Einige fallen seinen Pranken zum Opfer, die meisten weichen ihm jedoch aus. Brans eigentlich brauner Pelz ist besudelt von dunklen Unstrethinnereien, doch darum kann ich mich jetzt nicht kümmern. Ich schwinge mich auf seinen Rücken, woraufhin er sofort Drakkar nachsetzt.

Nur am Rande bemerke ich die Verwüstung in meinem Dorf. Rauch und der Gestank der Unterwelt fluten meine Lungen bei jedem hektischen Atemzug.

Mehrere Fledermäuse landen auf einem der Schiffe, das nun seine dunklen Segel setzt. Ein ratschendes Geräusch ertönt, als Drakkar eines der Segel mit ihren Krallen aufschlitzt. Doch bis sie wieder einen Bogen geflogen ist, um das Schiff erneut anzugreifen, ist es der Besatzung offenbar gelungen, die Fledermäuse wieder festzuschnallen, damit diese das Schiff hinaus aufs Meer ziehen. Kreischend umkreist es Drakkar und attackiert die Fledermäuse. Als die Unstreth Pfeile auf die Wyverndame abschießen, bleibt ihr keine andere Wahl, als außer Reichweite zu fliegen.

Als ich endlich am Strand angekommen bin, gleite ich von Brans Rücken. »Kier? Vangar?« Mehrmals rufe ich diese Namen, doch da ist nur das hohe Kreischen der Fledermäuse.

Mein Blut wird eiskalt, als mir aufgeht, dass weder mein Gegenstück noch meine fähigste Schildmaid hier sind. Sofort fliegt mein Blick zum Schiff, das bereits einige Meter vom Strand entfernt ist. Trotzdem erkenne ich Astrid, die mit höhnischem Lachen auf mich herabblickt. Sie wirft etwas Rundes ins Meer, das dort platschend landet und von der Strömung langsam zum Strand gespült wird. Ich wate ins frostige Wasser und kriege das runde Ding erst zu fassen, als mir das Meerwasser bis zur Hüfte steigt. Scharf ziehe ich die Luft ein und hätte es am liebsten fallen gelassen.

Ich halte Vangars abgetrennten Kopf in Händen.

So viele Empfindungen strömen auf mich ein, dass ich beinahe unter ihnen zusammenbreche. Während ich in die leeren Augen meiner Freundin starre, wird mein Körper von einem Zittern geschüttelt, das nicht von der Kälte herrührt. Ich kann nicht begreifen, dass sie tot ist. Dass sie gegen Astrid verloren haben soll. Dass ihre einstige Partnerin Vangars Kopf einfach wie Abfall über Bord geworfen hat. Ich drücke ihn an mich und verspreche ihr stumm, dass sie ein anständiges Begräbnis erhält, damit sie in die Ewigen Gefilde aufsteigen kann, wie es ihre Bestimmung als Kriegerin ist.

Doch selbst in meiner Trauer über diesen Verlust lässt mich die Frage nicht los, warum Astrid nun das Weite suchen sollte. Wieso lässt sie das Schiff aufs Meer hinausziehen, wenn …?

Abrupt kommen meine Gedanken zum Stillstand.

Kier.

Er ist es, den sie wollte. Es muss ihr gelungen sein, ihn ebenfalls zu besiegen. Und das ist auch der Grund, warum Drakkar das

Schiff angreift und es nicht einfach versenkt. Er ist an Bord. Gefangen von den Unstreth.

Schweren Herzens lasse ich Vangars Kopf los und hoffe, dass die Strömung ihn nicht aufs Meer hinauszieht. Dann hole ich so tief Luft, wie ich kann, und rufe nach Drakkar.

Sie ist nicht mein Tierwesen, wir haben keine Verbindung. Außerdem ist ihr Flüsterer in Gefahr. Die Chance, dass sie vom Schiff ablässt und zu mir fliegt, ist verschwindend gering. Aber allein wird sie nicht handeln. Sie wird alles tun, um Kier zu beschützen. Und damit hätte Astrid gewonnen. Solange sie Kier in ihren Fängen hat, hat sie auch Drakkar. Mit ihm als Fürsten und einem solch mächtigen Wesen gäbe es kein Hindernis mehr für die Dunkle Herrin, alles Leben auszulöschen.

Aber ich werde ihr Kier nicht kampflos überlassen! Doch zuerst muss ich auf dieses verdammte Schiff. Und das schaffe ich nicht ohne Drakkar.

Wieder und wieder schreie ich ihren Namen, komme jedoch nicht gegen das Rauschen der Wellen an. Je weiter das Schiff sich von mir entfernt, desto mehr sinkt meine Hoffnung. Fieberhaft suche ich nach einer anderen Möglichkeit, finde aber keine. Wenn ich dem Schiff nachschwimme, werde ich innerhalb von Minuten erfroren sein. Dass ich es einhole, ist unmöglich, und selbst wenn es mir gelänge, käme ich noch immer nicht an Bord.

Meine klugen Überlegungen und mein ruhiger Geist, auf die ich früher so stolz war und die mich durch viele brenzlige Situationen gebracht haben, sind verschwunden. Panik ergreift Besitz von mir. Kein Gedanke ergibt mehr einen Sinn. Es ist nur Kiers Name, der wieder und wieder durch meinen Kopf hallt, gemeinsam mit dem Wissen, dass ich ihn und Vangar im Stich gelassen habe. Dass ich ihn verlieren werde. Dass sein Fluch sich vielleicht doch noch bewahrheitet, denn der Tag ist noch nicht vorbei.

Und dass es meine Schuld ist.

Unter Tränen schreie ich erneut Drakkars Namen, bis meine Stimme versagt. Ich balle meine Hand zur Faust, um die sich noch immer der nun von Meerwasser durchtränkte Verband windet, den Kier mir angelegt hat, nachdem ich geschworen habe, ihn zu beschützen. Ich konnte meinen Schwur nicht halten. Ich habe nicht nur ihn, sondern auch mich verdammt.

Plötzlich erscheint ein Schatten über mir und ich werde aus dem Wasser gezerrt. Bevor ich begreife, wie mir geschieht, befinde ich mich in Drakkars Krallen und fliege mit einer Geschwindigkeit, die mir noch mehr Tränen in die Augen treibt, auf das Schiff zu.

»Danke«, krächze ich.

Drakkar gleitet so nah über das Deck, wie es ihr möglich ist, ohne Gefahr zu laufen, von den Pfeilen durchbohrt zu werden. Ohne Vorwarnung öffnet sie die Pranke und lässt mich fallen. Ich lande auf beiden Füßen, aber hart; der Aufprall pulsiert vor allem in meiner verletzten Schulter. Sogleich wenden sich mir die Unstreth zu. Ich meine, Verwirrung in ihren grotesken Mienen zu erkennen. Es sind sieben – und natürlich ihre Fürstin, die mit angewidertem Gesichtsausdruck auf mich zukommt.

Dann entdecke ich Kier. Sie haben ihn gefesselt und auf die Knie gezwungen. Aus einer Wunde an seiner Stirn quillt Blut, aber abgesehen davon scheint er unverletzt und bei Bewusstsein zu sein. Unsere Blicke treffen sich. In seinem sehe ich so viel, dass mir beinahe schwindelig davon wird. Wut darüber, wie ich so dumm sein und ihm folgen konnte. Erleichterung darüber, dass es mir den Umständen entsprechend gut geht und ich ihn nicht seinem Schicksal überlassen habe.

Mir ist klar, dass ich mit meinen Verletzungen gegen Astrid keine Chance habe. Dennoch erhebe ich mich und biete ihr die Stirn. Sie öffnet den Mund. Während ich mich gegen ihre widerliche Magie wappne, wickele ich den Verband ab und kratze mit den Fingernägeln den Schorf auf. Unaufhörlich malträtiert mich Astrid mit schrecklichen Visionen, doch ich konzentriere mich auf den Schmerz in meiner Hand und balle sie zur Faust, bis Blut hinabtropft.

»Ich könnte ein wenig Hilfe gebrauchen«, wispere ich.

Hinter mir ertönt das heisere Kichern einer alten Frau.

KAPITEL 55

KIER

Ich war noch nie so froh, Yrsa und mein Mädchen zu sehen. Und gleichzeitig hätte ich Erstere am liebsten über Bord geworfen, wenn es mir möglich gewesen wäre. Astrid hat mich hinterrücks überwältigt, aber sie darf auf keinen Fall auch noch Yrsa in die Finger kriegen!

Dennoch steht die Frau, die ich liebe, dort inmitten der Unstreth, bereit, mich zu verteidigen.

Und sie ist nicht allein. Ich habe zunächst nicht verstanden, warum Yrsa sich damit abmüht, den Verband um ihre Hand zu lösen, statt ihre Äxte zu ziehen. Doch als plötzlich rabenschwarze Schattenschwaden aus ihr hervorbrechen, kenne ich die Antwort.

Sie hat den Schemen zu Hilfe gerufen.

Wie eine unheilbringende Rüstung wabern die Schatten um sie herum, sodass sogar die niederen Unstreth zurückweichen, die sich gerade auf sie stürzen wollten.

Der schwarze Blick des Schemens gleitet beinahe gelangweilt über das Schiff. Auch diesmal klingt Yrsas Stimme vertraut und gleichzeitig wieder nicht, als der Schemen ein Seufzen ausstößt und dann sagt: »Das ist also die Armee der Dunklen Herrin, die alles Leben vernichten soll? Ich habe mir mehr darunter vorgestellt.«

Astrid gibt ein Zischen von sich. Sie ist die Einzige, die nicht sofort vor Yrsas Schemen zurückgewichen ist, aber einen Angriff hat sie noch nicht unternommen. »Der Rest ihrer Armee ist auf dem Weg hierher. Wenn sie eintrifft, wird diese Insel …«

Die Fürstin verstummt, als der Schemen seine Aufmerksamkeit auf sie richtet. »Diese ach so tolle Armee wird bis ans Ende aller Zeiten durch den Nebel irren. Dafür haben Kier und mein Gefäß gesorgt.«

»Sie werden einen Weg finden!«, beharrt Astrid. »Diese Insel wird fallen. Spätestens mit seiner Unterstützung.« Sie zeigt auf mich. Ein eisiger Schauer schüttelt mich. »Und dann werden weder du noch die Götter der Dunklen Herrin die Stirn bieten können.«

»Wenn du ihn anrührst«, grollt Yrsas Schemen, »werde ich deinen zweiten Tod besonders schmerzvoll gestalten und mich an jeder Sekunde erfreuen, die du dein untotes Dasein noch nicht ausgehaucht hast.«

Astrid grinst sie an. »Tötet ihn.«

Sofort stürzen sich die Unstreth auf mich. Mit auf dem Rücken gefesselten Händen, zusammengebundenen Füßen und am Boden kniend sind meine Verteidigungschancen gleich null, aber es gelingt mir, einem von ihnen eine Kopfnuss zu verpassen und vor dem zweiten zurückzuweichen, ich bleibe jedoch auf der Seite liegen. Der dritte stürzt sich mit einem Dolch auf mich. Ich rolle mich weg und entgehe so der Attacke, bin der nächsten aber schutzlos ausgeliefert. Das weiß auch der Unstreth, der mich mit einem verzerrten Lächeln anstarrt, als er abermals den Arm hebt, um den Dolch in mich zu stoßen. Bevor er jedoch sein Werk vollenden kann, wird er von Schatten durchbohrt, die ihn von innen heraus zerreißen.

Der Schemen bahnt sich einen Weg zu mir, während seine Schatten die Unstreth auf Abstand halten, hebt er den Dolch auf und durchtrennt damit meine Fesseln. Meine Hände sind blutleer, dennoch nehme ich ihm den Dolch ab, um zumindest irgendeine Waffe zu haben; meine Schwerter liegen am Strand oder wurden bereits von der Strömung fortgewaschen.

Yrsas normalerweise meerblauen Augen sind kohlschwarz, nicht ein Hauch Weiß entdecke ich in ihnen. »Bist du unverletzt?«

»Ich komme klar.«

Ihr Schemen gibt sich mit der Antwort zufrieden. »Dann pass auf, dass dich diese Fürstin nicht doch noch tötet. Das würde diesem Gefäß nicht gefallen.«

»Mir auch nicht«, gebe ich zurück, verziehe aber den Mund, als die Worte schärfer herauskommen als beabsichtigt. Der Schemen hat mir in der Vergangenheit geschadet und wollte mich tot sehen, doch jetzt ist er hier, um zu helfen. Ohne ihn wären meine und Yrsas Seele bereits auf dem Weg in die Unterwelt. Ich verzeihe ihm nicht, dass er Yrsa über Monate gequält hat, aber bis wir heil von diesem Schiff sind, werde ich mich bemühen, mit ihm zusammenzuarbeiten. »Danke … für deine Hilfe.«

Das Lächeln, zu dem der Schemen Yrsa veranlasst, wirkt nicht wie ihres, und doch könnte ich fast glauben, dass sie vor mir steht und nicht dieses dunkle Wesen. »Wie ich bei unserem letzten Treffen schon sagte, liegt mir sowohl etwas an diesem Gefäß als auch an dir. Es mögen ihre Gefühle sein, die ich nicht fressen konnte und die nun auch auf mich übergegangen sind, aber das ändert nichts. Außerdem sehen die Götter in euch beiden Potenzial, das sie ungern in die Hände der Dunklen Herrin fallen ließen.«

Ich verziehe den Mund. »Wenn sie so viel von uns halten, könnten sie ein bisschen hilfreicher sein.«

»Oh, das sind sie«, entgegnet der Schemen. »Sie haben der Valkra erlaubt, euch einen Schubs in die richtige Richtung zu geben und euch zu warnen. Und sie lassen mich helfen. Nichts davon wäre unter normalen Umständen geschehen. Nun würde ich gern dafür sorgen, dass sich dein Fluch nicht doch noch bewahrheitet, denn dein Geburtstag ist noch nicht vorbei.«

Das dunkle Wesen hat recht. Zwar bin ich heute Morgen aufgewacht, aber das bedeutet nicht, dass der Fluch mich nicht noch im Laufe des Tages holen kann.

»Was soll ich tun?«, frage ich.

Der Schemen durchbohrt einen weiteren Angreifer mit seinen Schatten. »Ruf deinen Wyvern.«

»Wozu?«

Er deutet auf eine Stelle rechts von uns, wo sich die Sonnenstrahlen einen Weg durch die dichten Wolken gebahnt haben und das Wasser azurblau glitzern lassen. »Wir beschleunigen die Sache.«

Diesmal erwidere ich sein Grinsen, während ich eine Verbindung zu Drakkar aufbaue. Ich erkläre ihr unseren Plan und weise sie an, die Fledermäuse so sehr zu reizen, dass sie sie dort hinlocken kann. Mein Mädchen lässt sich nicht zweimal bitten. Zuvor hat sie versucht, die Fledermäuse aufzuhalten und in ihrer Bewegung einzuschränken, sodass das Schiff kaum vorwärtskam und der Nebel noch weit entfernt ist. Nun geht sie dazu über, die fliegenden Wesen aus der Unterwelt anzugreifen. Hinzu kommt ihr Brüllen, das das Kreischen der Fledermäuse überdeckt und ihre Kommunikation stört. Ziellos flattern sie auf der Stelle, bis sie sich gefangen haben und gemeinsam den Wyvern attackieren.

Als ich mich umdrehe, hat sich der Schemen bereits Astrid zugewandt. Eine Hand in meine Richtung ausgestreckt, ruft er: »Bleib weg! Kümmere dich um deinen Wyvern und die kleineren Unstreth.«

Alles in mir schreit danach, ihm – Yrsa – zu Hilfe zu eilen, doch ich weiß, dass ich Astrids Magie schutzlos ausgeliefert wäre. Dennoch sträubt sich alles in mir, dabei zusehen zu müssen, wie der Schemen sich ihr allein stellt. Wie geheißen, kümmere ich mich um die übrigen Unstreth, die versuchen, den Schemen hinterrücks anzugreifen. Ich bin weder sonderlich geschickt im Umgang mit einem Dolch, noch reicht die kurze Klinge aus, um einem Untoten den Kopf abzutrennen, deshalb bin ich erleichtert, als der erste Unstreth ein Schwert schwingt, das ich ihm abnehmen kann.

Immer wieder fliegt mein Blick zum Schemen und Astrid. Die Fürstin spricht leise und versucht, ihre Magie auf den Schemen loszulassen, erntet dafür aber bloß ein Lachen.

»Deine vergifteten Worte mögen dieses Gefäß und ihr Gegenstück beeindruckt haben, doch mich nicht. Ich bin so alt, dass ich schon alle Schrecken dieser Welt gesehen habe, und nichts, was du mir einflüsterst, könnte sie übertreffen. Also komm, kleine Fürstin, und zeig mir, ob du auch gegen eine ebenbürtige Gegnerin bestehen kannst, ohne auf deine Magie zurückzugreifen.«

Astrid verzieht das Gesicht zu einer noch schlimmeren Fratze. Nur klingt ihre Stimme lauter und nicht leise und einschmeichelnd. »Damit du mich mit *deiner* Magie tötest?«

Die Schatten ziehen sich Stück für Stück in Yrsas Körper zurück, bis sie vollständig verschwunden sind. Dann zückt der Schemen die beiden Äxte. »Oh, ich brauche meine Magie nicht für ein niederes Geschöpf wie dich. Ohne deine Einflüsterungen wäre es auch diesem Gefäß gelungen. Du möchtest einen Zweikampf? Den kannst du haben.«

Ich wage nicht zu atmen. Wie erstarrt sehe ich dabei zu, wie Astrid auf den Schemen losgeht. Erst im letzten Moment sehe ich den Angriff eines Unstreth aus den Augenwinkeln. Es gelingt mir nicht mehr, das Schwert zu heben, und ich reiße nur meinen Arm nach oben. Die Kreatur versenkt ihre nadelspitzen Zähne in meinem Fleisch, so tief, dass es sich anfühlt, als würden sie über meinen Knochen schaben. Ich schreie auf, was sowohl Drakkar als auch den Schemen dazu veranlasst, sich zu mir umzudrehen. Sogleich stürzen sich die Fledermäuse auf mein Mädchen, das sich nur mit Mühe in der Luft halten kann. Und auch Astrid nutzt ihre Chance, um einen Schlag gegen das dunkle Wesen in Yrsas Körper zu landen. Sie fügt Yrsa einen Schnitt am Arm zu, der sie straucheln lässt.

Für eine schreckliche und endlose Sekunde bin ich gefangen in dem Wunsch, beiden gleichzeitig zu Hilfe zu eilen. Doch ich kann mich bloß für eine von ihnen entscheiden. Diese Entscheidung zerreißt mich innerlich. Ich spüre regelrecht, wie etwas in mir zerbricht.

Hastig schüttele ich den Unstreth ab, der sich noch immer in meinem Unterarm verbissen hat, und verpasse ihm einen Tritt.

Dem nächsten Angreifer weiche ich aus, hebe den Dolch auf, den ich vorhin habe achtlos fallen lassen, und schleudere ihn in Richtung der Fledermäuse. Ich rechne nicht damit, doch die Klinge erwischt eine an den empfindlichen Flügeln. Das Kreischen genügt, um die anderen zu verwirren, sodass Drakkar wieder die Oberhand hat.

Unterdessen renne ich über das Deck, das rutschig ist von all dem dunklen Unstrethblut, direkt auf Astrid zu, die gerade zu einem weiteren Schlag ausholt. Ich erreiche sie gerade rechtzeitig, um den Hieb mit meinem Schwert abzufangen. So viel Kraft liegt darin, dass ich beinahe darunter zusammenbreche. Doch es gelingt mir, auf den Beinen zu bleiben und die Fürstin ein Stück zurückzudrängen.

»Ich werde dich dafür leiden lassen, dass du sie verletzt hast«, knurre ich.

Astrid schenkt mir ein Lächeln und öffnet den Mund. Sofort bin ich woanders – nicht mehr auf dem Schiff, sondern inmitten eines Schlachtfelds, umgeben von Bergen von Leichen. Ich muss mich nicht umsehen, um meine Liebsten zu erkennen.

Ich knirsche mit den Zähnen. »Ist das alles, was du kannst, Fürstin? Hast du nichts Neues?«

Meine Stimme hallt von dem dunklen, fremden Himmel wider. Zwar spotte ich über diese Vision, aber ich spüre, wie sie mir unter die Haut kriecht, sich in mir ausbreitet. Ein Flüstern redet mir ohne Unterlass ein, dass dies real ist. Dass es meine Schuld ist. Und sosehr ich mich auch dagegen wehre und mir vor Augen halte, dass dies nichts weiter als die Vision der Fürstin ist, wird es doch zu meiner Wirklichkeit. Bei jedem Atemzug rieche ich die Verwesung und die Asche, die mich umgibt. Ein kalter Wind peitscht über mich hinweg und zerrt an meinem Haar.

Dann spüre ich plötzlich eine warme Hand an meinem Arm und höre eine vertraute Stimme. »Kier, sieh mich an.«

Es sind Yrsas himmelblaue Augen, in die ich schaue – nicht die schwarzen Löcher des Schemens.

»Ich bin hier und am Leben. Drakkar auch. Wir sind bei dir und brauchen deine Hilfe.«

Ich nehme einen tiefen Atemzug, der diesmal nicht erfüllt ist von Tod, und als ich die Luft ausstoße, verschwindet die Szene, die mir die Fürstin eingeflüstert hat. Nun stehe ich ihr wieder gegenüber, das Schwert immer noch fest umklammert, ihre Fratze nur wenige Zentimeter von mir entfernt. Ihr Mund bewegt sich weiterhin, doch die Worte erreichen mich nicht. Ein sanftes, dunkles Streicheln an meiner Wange lässt mich kurz zur Seite schauen, wo ich die Schatten des Schemens entdecke, die sich um meinen Kopf gewunden haben und so meine Ohren bedecken. Für einen winzigen Moment sehe ich noch Yrsas blaue Augen aufblitzen, ehe der Schemen wieder die Kontrolle übernimmt.

Während ich die Fürstin zurückdränge, stürzt er sich mit Yrsas Kraft und Geschwindigkeit auf sie. Dem ersten Hieb kann Astrid noch ausweichen, muss dafür aber von mir ablassen. Ich setze ihr nach und bringe sie dazu, ihren Schild zur Abwehr in meine Richtung zu heben, damit der Schemen zuschlagen kann. Und das tut er. Sein zweiter Axthieb landet tief in Astrids Hals.

Aber nicht tief genug.

Mit einem Schrei weicht die Fürstin zurück, wirbelt herum und will ihr Heil in der Flucht suchen. Wenn sie es unter Deck schafft, könnte sie sich dort verschanzen!

Der Schemen scheint zum selben Schluss gekommen zu sein. Er holt aus und wirft die Axt auf Astrids Bein. Die Fürstin gerät aus dem Tritt und fällt der Länge nach hin. Dabei entgleitet ihr ihr Schwert, das weit außerhalb ihrer Reichweite rutscht. Doch sie dreht sich schnell auf den Rücken, sodass sie meinen Schwerthieb mit dem Schild abblockt. Als ich ihren Schild packen und ihn ihr entreißen will, tritt sie mir die Beine weg. Ich sacke auf ein Knie, während Astrid wieder auf die Füße kommt. Mit hasserfülltem Blick entwendet sie mir mein Schwert, um es auf mich niedergehen zu lassen.

Bevor es mich jedoch erreicht, schiebt sich der Schemen zwischen uns. Es gelingt ihm, Astrids Hieb mit dem Griff ihrer Axt abzufangen, der dabei jedoch zersplittert. Der Schwerthieb wurde zwar abgeschwächt, aber er trifft trotzdem sein Ziel. Geistesgegenwärtig lehnt das dunkle Wesen den Kopf zur Seite, sodass die Klinge ihm in die Halsbeuge schneidet. Sein Schrei geht mir durch Mark und Bein. Ich greife nach der anderen Axt, die noch in Astrids Bein steckt, zerre sie heraus und schlage sie der Fürstin in den Schwertarm. Von ihr ertönt kein Schmerzenslaut.

»Selbst zu zweit kommt ihr gegen mich nicht an«, höhnt Astrid. »Eure Attacken laufen ins Leere. Wie lange könnt ihr noch weitermachen?« Sie lächelt. »Folgt dem Ruf der Dunklen Herrin, entsagt euren Schmerzen und irdischem Leid. Nichts davon müsst ihr ertragen, wenn ihr in ihrer Armee dient.«

Ich packe ihre Hand, die das Schwert umklammert hält, und drücke sie nach oben. »Halt endlich dein Maul!«

Der Schemen gibt ein Keuchen von sich, als die Klinge aus seiner Haut gleitet, doch er rappelt sich hoch. Ehe wir jedoch zu einem weiteren Gegenschlag ausholen können, brandet erneut Astrids faule Magie über mich hinweg. Die schützenden Schatten des Schemens sind verschwunden. Mit zusammengekniffenen Augen versuche ich, mich gegen ihre Einflüsterungen zu wehren, aber das wird mir nicht lange gelingen.

Solange ich noch bei Sinnen bin, baue ich eine Verbindung zu Drakkar auf. ›*Zieh das Schiff ins Sonnenlicht, sofort!*‹

Sie zögert, aus Angst, uns damit zu schaden, wenn sie ihre Klauen in das Schiffsholz versenkt.

›*Tu es!*‹

Ich spüre das Ächzen und Rumpeln des Holzes unter meinen Füßen, als mein Mädchen meinem Befehl nachkommt. Das Schiff wird der Kraft eines Wyvern nicht lange standhalten, aber es muss reichen.

Widerwillig öffne ich die Augen und befürchte, mich gleich wieder in dieser schrecklichen Vision wiederzufinden, die nach kurzer Zeit zu meiner Wirklichkeit wird, doch ich sehe Astrid vor mir, die mit angsterfülltem Blick zu Drakkar aufschaut, während ich ihren Schwertarm gegen die Reling drücke. Mein Wyvern hat die Hinterläufe im Schiff versenkt und es zur Hälfte auseinandergerissen. Nun bewegt sie die ausladenden Schwingen, um das Schiff die wenigen Meter hinüber ins Sonnenlicht zu zerren. Doch die Fledermäuse attackieren sie, sodass ihr keine Wahl bleibt, als sich zu verteidigen.

»Nimm deine Äxte und hilf ihr!«, rufe ich dem Schemen zu.

Sein dunkler Blick huscht von mir zu Astrid und wieder zurück.

»Ich komme zurecht«, versichere ich.

Sichtlich zweifelnd, zieht der Schemen die Waffen aus der Fürstin und stößt dabei ein Grummeln aus, das genau wie Yrsas klingt. Dann hastet er zum anderen Ende des Schiffes, um die Fledermäuse mit den Äxten zu verwirren.

Unterdessen versucht Astrid, sich aus meinem Griff zu winden. Das Schiff dröhnt unter uns; ein Riss zieht sich quer über das gesamte Deck bis zu unseren Füßen. Die Fürstin schlägt mit ihrem Schild nach mir, der mich aber nur streift. Unerbittlich halte ich ihren Schwertarm umklammert und sie an Ort und Stelle.

Das Licht der Sonne kriecht näher. Beinahe spüre ich schon ihre Wärme auf der Haut.

Astrid unternimmt einen verzweifelten Versuch, mich von sich zu stoßen. Geballt schleudert sie mir ihre Magie und ihre Kraft entgegen und zwingt mich damit beinahe in die Knie. Ich beiße die Zähne zusammen, während sie mich die anklagenden Schreie von Halvar, Drakkar und Yrsa hören lässt. Ich stemme meinen gesamten Körper gegen ihren Schild, mit dem sie mich von sich schieben will. Doch irgendwann rutschen meine schweißnassen Hände an ihrem Arm ab und sie richtet sofort das Schwert gegen mich. Ich versuche nicht auszuweichen, sondern drücke sie weiter gegen die Reling.

Doch der Hieb bleibt aus.

»Ich bin hier«, höre ich Yrsa neben mir sagen, die nun Astrids Arm umklammert hält.

Ihre Stimme reicht aus, um die Einflüsterungen der Fürstin zu vertreiben. All die Gräuel, die sie mich sehen und hören ließ, verhallen wie ein Echo, das sich zusammen mit ihr auflöst, als sie die ersten Sonnenstrahlen treffen.

Diesmal schreit die Fürstin; so laut, dass ich Angst um meine Ohren habe. Dort, wo die Sonne sie berührt, beginnt ihre gräulichverweste Haut zu glühen und zerfällt schließlich zu Asche, die von der Seebrise davongetragen wird.

Noch ehe ihr Schrei verklungen ist, bricht das Schiff unter mir rumorend auseinander. Ich strecke die Hand nach Yrsa aus, bekomme sie irgendwie zu fassen, ziehe sie an mich und stoße einen Pfiff aus, bevor wir von den Fluten verschlungen werden.

KAPITEL 56

KIER

Entgegen allen Instinkten schwimme ich tiefer hinab, um den herunterfallenden Schiffsteilen zu entgehen. Das Wasser sticht und beißt auf meiner Haut und brennt fürchterlich in den Verletzungen, die ich während der letzten Kämpfe davongetragen habe. Strampelnd versuche ich, so weit vom Schiffswrack wegzukommen wie möglich. Erst als ich die Luft nicht mehr anhalten kann, tauche ich auf.

Mein erster Blick gilt Yrsa. Ihre Augen sind geschlossen, ihre Haut blass und bläulich um die Lippen. Schlaff wie eine Puppe hängt sie in meinen Armen. Schnell ziehe ich sie so weit an mich, dass ich mein Ohr über ihre Nase halten kann. Für eine furchtbare Sekunde spüre ich nichts, aber als ich endlich einen sachten Luftzug merke, hätte ich am liebsten gejauchzt.

Yrsa ist schlimmer verletzt als ich. Wir müssen so schnell wie möglich aus diesem eisigen Wasser raus. Erneut pfeife ich nach Drakkar. Das Ufer ist zwar nicht weit entfernt, aber ich kann es nicht riskieren, mit der bewusstlosen Yrsa so weit zu schwimmen.

Endlich entdecke ich mein Mädchen am Himmel. Sie stößt herab und fischt uns vorsichtig mit einem Hinterlauf aus dem Wasser, während sie knapp über die Oberfläche gleitet. Als sie ihre Krallen um uns schließt, stößt sie ein zufriedenes Gurren aus. Über unsere Verbindung übermittele ich ihr meine Dankbarkeit und Freude darüber, dass es ihr den Umständen entsprechend gut geht.

Schnell wie der Wind bringt sie uns zur Insel und landet so nah wie möglich am Dorf, wo sie uns behutsam aus ihrer Klaue entlässt. Ich huste Meerwasser aus, krieche aber sofort zu Yrsa, um sie an mich zu ziehen. Ihr Körper kommt mir noch kälter als das Wasser vor.

»Bitte mach die Augen auf«, flüstere ich rau, während ich ihr einige Haarsträhnen aus dem Gesicht streiche.

Doch ihre Augen bleiben geschlossen, ihre Haut bleich und leblos. Wäre da nicht der leichte Luftzug, den ich immer wieder überprüfe, würde ich vom Schlimmsten ausgehen.

Ich stehe mit ihr in den Armen auf und drücke sie fest an mich, um sie zu wärmen. Zwar zittere ich selbst vor Kälte, aber ich rede mir ein, dass es hilft. Als ich in Richtung Dorf losrenne, holt Bran mich ein und schneidet mir den Weg ab. Ich will ihm gerade sagen, dass ich keine Zeit dafür habe, als er sich flach auf den Bauch legt und mich abwartend ansieht. Nach kurzem Zögern klettere ich mit Yrsa in den Armen auf seinen Rücken. Sogleich steht der riesige Bär auf und prescht zum Dorf. Ich habe alle Mühe, mich auf ihm festzuhalten. Drakkars Bewegungen sind gleichmäßiger und weniger abrupt.

»Wir sind gleich im Dorf«, murmele ich Yrsa zu. »Deine Schwester wird dir helfen.«

Hinter den Palisaden wird noch gekämpft; nicht alle Unstreth scheinen mitbekommen zu haben, dass ihre Fürstin gefallen ist. Der Großteil des Dorfes liegt in Trümmern, an einigen Stellen schwelen noch Feuer, die aber unter Kontrolle zu sein scheinen. Trotzdem wird es Yrsa das Herz brechen, wenn sie das Ausmaß der Zerstörung sieht.

Unter jenen, die sich noch gegen die letzten Unstreth behaupten, entdecke ich Halvar, der mit lauter Stimme den nächsten Angriff befiehlt. Erleichtert stoße ich den Atem aus. Unsere Blicke kreuzen sich, als Bran durch die Ruinen rennt, und auch Halvar wirkt erleichtert, als er mich sieht.

Vor dem Langhaus herrscht ziemliches Durcheinander. Verletzte liegen auf provisorischen Pritschen, während Helfer zwischen ihnen hin und her eilen, Wasser oder Trost anbieten – je nachdem, was gerade benötigt wird. Die meisten, die hier draußen liegen, scheinen weniger bedrohliche Verletzungen erlitten zu haben. Ich erkenne geschiente Gliedmaßen und Platzwunden, die die Betroffenen offenbar davongetragen haben, als ihre Hütte über ihnen eingestürzt ist.

Als Bran anhält, gleite ich mit Yrsa auf den Armen von seinem Rücken. »Wo ist eure Valkra?«, frage ich die erste Helferin, die gerade einem Verletzten einen frischen Verband anlegen will.

Erst nachdem sie Yrsa entdeckt hat, deutet sie auf das Langhaus.

Ich bahne mir einen Weg durch die verstreuten Verletzten und trete die Tür zum Langhaus auf. Sofort schlägt mir der Gestank von Blut, Angst und Tod entgegen. Hier drin liegen all jene, deren Überlebenschancen weitaus schlechter stehen. Und dennoch herrscht Ruhe, mit Ausnahme von Wimmern und Stöhnen. Nur zwei Stimmen sind klar und deutlich zu vernehmen: die der Valkra und die von Yrsas Mutter, die trotz des Leids um sich herum mit hoch erhobenem Haupt den Überblick behält und verhindert, dass Chaos aufkommen kann.

Sie ist es auch, die mich zuerst entdeckt. Mit langen Schritten und gerafften Röcken eilt sie zu mir. Währenddessen ruft sie zwei Helferinnen zu, dass sie mehr heißes Wasser aufsetzen sollen. Vor mir bleibt sie stehen und sieht mich abwartend an.

»Wir haben gewonnen«, sage ich heiser.

Sie legt mir eine Hand an die Wange. »Ich habe nichts anderes von dir und meiner Tochter erwartet.«

Ich schlucke angestrengt. »Yrsa … Sie ist …«

»Wir kümmern uns um sie. Und um dich. Bring sie dorthin.« Sie deutet auf eine Stelle in der Nähe des Hochsitzes, wo Elvi bereits wartet.

Ich bin überrascht von der Ruhe, die Yrsas Mutter ausstrahlt, habe ich doch damit gerechnet, dass sie beim Anblick ihrer bewusstlosen und verletzten Tochter panisch reagieren und mich anschreien wird. Vielleicht habe ich deshalb als Erstes gesagt, dass wir gewonnen haben. Eine Rechtfertigung für all die davongetragenen Wunden und die Opfer, die wir erbringen mussten.

Behutsam lege ich Yrsa auf einem Fell am Fuße ihres Hochsitzes ab.

»Ihr müsst beide aus eurer durchnässten Kleidung raus«, sagt ihre Mutter. An eine Helferin gewandt, fährt sie fort: »Und holt Bran herein. Wir brauchen seine Wärme.«

»Aber es ist zu voll hier drin. Das wäre …«

Die Helferin bricht unter dem unnachgiebigen Blick der anderen Frau ab und eilt davon, um den Befehl auszuführen.

»Ausziehen«, wiederholt Yrsas Mutter.

Ich wage es nicht, ihr zu widersprechen, sondern schäle mich aus Hemd, Hose und Umhang, die wie eine zweite Haut an mir kleben. Unterdessen befreien Elvi und ihre Mutter Yrsa aus ihren Sachen, während die Valkra nach weiteren Feuern in der Nähe verlangt. Ich klappere mit den Zähnen, als ich, nur mit meiner Unterhose bekleidet, hilflos herumstehe.

Yrsas Mutter ergreift meine Hand und zieht meinen Arm zu sich, in den vorhin ein Unstreth seine Zähne geschlagen hat. »Das sieht nicht gut aus.«

»Beschreib es mir«, fordert Elvi, die neben Yrsa kniet.

Detailliert beschreibt ihre Mutter die Bisswunden, ihre Tiefe und die Beschaffenheit der Haut drum herum.

Elvi gibt ein Grummeln von sich, das fast wie Yrsas klingt. »Ich kümmere mich später darum. Ihre Wunden sind schlimmer.« Sie reckt die Nase und schnuppert. »Eine hat sich bereits entzündet.«

Ihre Mutter legt mir ein Fell um die Schultern und schiebt mich zu einem der Feuer, ehe sie Elvi zur Hand geht. Gemeinsam waschen sie Yrsas Wunden aus, nähen die an ihrer Schulter und tragen Salben auf, deren Geruch in meiner Nase beißt. Bran bahnt sich derweil einen Weg durch die Verletzten. Vorsichtig setzt er eine Pranke vor die andere, dennoch müssen zwei Männer auf ihren Liegen weggeschafft werden, damit er zu uns durchkommt. Er stupst Yrsa mit der Schnauze an und gibt ein klägliches Brummen von sich.

»Sie wird wieder«, sagt ihre Mutter.

Doch mein Blick ruht auf Elvi, die bloß den Mund verzieht. Und ich weiß sofort, dass sie diese Meinung nicht teilt. Ich spüre die Wärme nicht, die das Fell oder das Feuer spenden sollten; mein Körper ist wie erstarrt.

»Was kann ich tun?«, frage ich.

»Du hast sie hergebracht«, sagt ihre Mutter ruhig. »Um alles andere kümmern wir uns. Sieh zu, dass du …«

»Nein«, fällt ihr Elvi ins Wort. »Wir brauchen ihn. Und Bran.« Sie winkt mich heran. »Nimm ihre Hand und rede mit ihr. Sag ihr, dass sie zurückkommen muss. Ihre Verletzungen sind schwer, und euer Bad im Meer war auch nicht hilfreich. Aber nichts davon ist der Grund für ihre Bewusstlosigkeit. Sie hat den Schemen gerufen, nicht wahr?«

»Woher …?«

»Ich rieche ihn. Es gab nur eine kurze Zeit, in der meine Schwester nicht nach Unterwelt gestunken hat: als sie von dem Treffen mit dem obersten Anführer zurückkam. Aber als sie bei dir war, roch sie wieder danach. Jetzt ist der Gestank so schlimm, dass ich kaum ihren eigenen Geruch oder den ihrer Wunden wahrnehme.«

»Das letzte Mal, als der Schemen ihren Körper übernommen hat, war sie auch längere Zeit schwach«, wirft ihre Mutter ein.

Ich nicke. »Direkt nachdem er seine Rache bekommen und ihren Körper verlassen hat, ist sie ebenfalls zusammengebrochen.«

»Ich weiß«, murmelt Elvi. »Sie war auch noch nicht zu sich gekommen, als sie auf Brans Rücken im Dorf ankam. Diesmal hat sie dem Schemen ihren Körper zu lang überlassen und war ohnehin schon geschwächt.«

»Was bedeutet das?«, will ihre Mutter wissen.

Elvis leerer Blick richtet sich auf mich. »Du musst sie zurückholen.«

KAPITEL 57

YRSA

Als ich die Augen öffne, bin ich allein. Um mich herum ist es dunkel und ich friere. Kiers Name ist der erste, den ich rufe, doch er ist nicht derjenige, der mir antwortet.

»Du wirst dein Gegenstück hier nicht finden.«

Ein Schatten schält sich aus der Dunkelheit und nimmt die Form meines Körpers an.

Ich weiß sofort, wen ich vor mir habe, doch ich weiche nicht vor dem Schemen zurück. »Wo bin ich?«

»Wir«, verbessert er mich, »sind in deinem Unterbewusstsein. Ich muss mit dir reden.«

»Wo ist Kier? Geht es ihm gut?«

Der Schemen übergeht meine Frage. »Gemeinsam haben wir die Fürstin besiegt, aber das bedeutet nicht, dass die Gefahr gebannt ist.«

Ich runzele die Stirn. »Was meinst du damit?«

»Dass du und die Clans beinahe gegen zwei Schiffe voll Unstreth gescheitert wärt. Ich muss nicht die Gabe der Voraussicht haben, um zu wissen, was geschieht, sobald die Armee an eurer Insel landet. Eine Armee, die aus mehr als zwei kümmerlichen Schiffen besteht. Eine Armee mit mehr als einer Fürstin an ihrer Spitze.«

Fröstelnd reibe ich mir über die Arme. »Die anderen Schiffe werden unsere Insel niemals erreichen. Die Kugel, die sie leitet, liegt irgendwo tief auf dem Grund des Meeres.«

Der Schemen gibt einen abschätzigen Laut von sich. »Das mag sein, aber auf diesen Schiffen befinden sich Untote. Im Nebel erreicht sie keine Sonne. Sie haben also alle Zeit der Welt, um eure Insel zu finden. Und irgendwann wird es ihnen gelingen.«

Ich weiß, dass er recht hat. Bisher hatte ich keine Zeit, darüber nachzudenken, sondern musste handeln. Aber dass wir zwei Schiffe voller Unstreth und vermutlich zwei Fürsten ausgelöscht haben, ist für die Dunkle Herrin wahrscheinlich nicht mehr als ein lästiger Insektenstich. Irgendwo da draußen ist ihre wahre Armee, gegen die wir zum jetzigen Zeitpunkt niemals bestehen könnten.

»Was schlägst du vor?«, frage ich.

»Es steht mir nicht zu, dir einen Vorschlag zu unterbreiten. Aber die Götter hatten mir dir schon immer Großes vor. Und sie erlauben dir, einen Teil von dem zu sehen, was sie im Sinn haben. Ob du dich für diesen Weg entscheidest und die Hürden überwindest, liegt jedoch allein bei dir.«

Ich erinnere mich an das Versprechen, das ich Elvi als Heranwachsende gab. Egal, was sie sah, ich wollte es nicht wissen, wenn es mich betraf. Ich wollte nicht wissen, wie und wann ich sterbe oder welches Schicksal die Götter für mich bereithalten. Als ich zu den Prüfungen aufbrach, habe ich dieses alte Versprechen in den Wind geschossen, doch Elvi sagte nur, dass mich meine Bestimmung im Nebel erwarten würde. Ich dachte, sie meinte damit die Fahrt auf Kiers Schiff, aber lag vielleicht noch mehr in ihren Worten? Wusste sie schon damals, welche Kämpfe uns bevorstehen?

»Ich bin mir nicht sicher, ob ich es wissen will«, gebe ich zu.

Der Schemen neigt den Kopf. »Ich biete dir diese Gelegenheit bloß einmal an.«

Ich kaue auf meiner Unterlippe, ehe ich die Hand ausstrecke. Ohne zu zögern, ergreift der Schemen sie, und sofort ist meine Umgebung nicht mehr dunkel.

Ich sehe unsere Insel, und ich weiß, dass sie nicht von verschiedenen Clans regiert wird, sondern von einem. Geeint. Ich sehe Dörfer, ganze Städte, befestigte Wälle nahe der Küste. Als ich in den Himmel schaue, entdecke ich mehrere fliegende Wesen, die Drakkar sehr ähnlich sehen, und andere, die Federn haben wie riesige Adler. Auf ihnen sitzen Reiter.

Meine Umgebung ändert sich. Ich bin nun in meinem Dorf, auch wenn es kaum noch Ähnlichkeit damit hat. Vielmehr befinde ich mich in einem aufstrebenden Imperium. Obwohl die meisten Menschen Waffen tragen, sehe ich sie lachen. Sie wirken unbekümmert und dennoch bereit. Als wären sie von klein auf darauf vorbereitet worden, was jenseits des Nebels lauert.

Nun bin ich im Langhaus, das meinem nur noch entfernt ähnelt; es ist viel größer. Groß genug, dass mein Clan, Kiers und noch weitere darin Platz haben. Doch der Hochsitz ist noch derselbe. Es ist der, auf dem mein Vater und seine Vorfahren vor ihm saßen und auf dem auch ich Platz genommen habe. Nun sitzt eine andere junge Frau dort. Ihr kohlschwarzes Haar fällt ihr offen über die Schultern, und als sie den Blick hebt, durchbohrt sie mich schier mit ihren blauen Augen, ehe er an mir vorbei zum Tor gleitet. Gedankenverloren krault sie den Kopf einer riesigen gefleckten Katze, die zu ihren Füßen liegt.

Obwohl ich dieser jungen Frau nie begegnet bin, weiß ich doch, wer sie ist: Sie ist eine Nachfahrin von Kier und mir. In wie vielen Generationen sie leben wird, kann ich nicht sagen. Aber ich spüre, dass sie entschlossen ist, diesen geeinten Clan und die gesamte Insel gegen jedwede Bedrohung zu verteidigen.

»Ihr und eure Insel«, sagt der Schemen, »seid die letzte Bastion gegen die Dunkle Herrin. Wenn ihr fallt, fallen auch die Götter. Die Welt, wie wir sie kennen, wird untergehen.«

»Aber wir sind … nur Menschen. Wie sollen wir gegen eine solche Macht bestehen?«

Der Schemen drückt meine Hand. »Du vergisst etwas Wichtiges. Ihr seid nicht nur normale Menschen. Unter euch sind Flüsterer und Valkras, jene, die von den Göttern gesegnet sind. Diese Gaben haben euch heute im Kampf unterstützt und sie werden es wieder tun. Unter deiner und Kiers Führung werden die Clans begreifen, was auf dem Spiel steht. Sie *müssen* es begreifen. Aber ich bin mir sicher, dass ihr sie überzeugen werdet. Es ist euch sogar bei mir gelungen, und ich bin nicht mehr als ein Gesandter der Götter, der alte Schwüre einfordert. Ihr beide seid gesegnet. Eure Kinder und Kindeskinder werden gesegnet sein. Und all jene, die ihr lehrt, mit ihren Gaben umzugehen, werden es ebenfalls sein. Unter euch wird ein Volk entstehen, das es mit dem Heer der Dunklen Herrin aufnehmen kann. Dessen sind sich die Götter sicher. Und ich bin es auch.«

Unter der Last dieser Verantwortung wird mir ganz schwindelig, doch ich drücke die Hand des Schemens fester.

»Wirst du da sein, wenn wir Hilfe brauchen?«, frage ich.

»Ich werde da sein, wenn du deinen Schwur erfüllen musst. Aber ansonsten werde ich euch in Ruhe lassen, wie die Götter es vorschreiben. Ihr müsst euren Weg allein finden. Mehr als euch die Richtung zu weisen und auf das Beste zu hoffen, können sie nicht tun.«

»Warum kämpfen sie nicht selbst gegen die Dunkle Herrin?«, will ich wissen.

»Weil sie ihre Tochter ist«, antwortet der Schemen. »Ganz gleich, welche Gräuel sie begangen hat, sind Noren und Merwa außerstande, ihr zu schaden. Außerdem ist es verboten, dass die Götter einander töten. Geschieht es doch, hätte auch das katastrophale Auswirkungen auf die Welt. Alles, was die Götter tun können, ist, auf euch zu vertrauen.«

Ich senke den Blick. »Wieso habe ich das Gefühl, dass ich den Plänen der Götter nicht gewachsen bin?«

Der Schemen legt mir eine Hand an die Wange. »Jeder verzweifelt angesichts seines Schicksals.«

»Kann ich … ablehnen?«, frage ich zögerlich. »Diese Aufgabe … Sie ist zu viel für mich. Und ich bin … müde.«

Der Schemen lässt seine Hand sinken. »Das ist das Schöne an einem freien Willen. Du kannst hier bleiben, wenn du es wünschst. Du kannst die Aufgabe, die die Götter für dich haben, ablehnen.

Ich verstehe, dass du müde bist, aber du vergisst etwas Entscheidendes. Auf deinem Weg wirst du die eine oder andere falsche Entscheidung treffen, aber wir vertrauen darauf, dass du am Ende den richtigen Pfad beschreitest. Und du bist nicht allein.«

»Yrsa!«

Von irgendwoher höre ich Kiers Stimme.

»Bitte … komm zurück zu mir. Ich brauche dich. *Wir* brauchen dich.«

Mein Herz zieht sich sehnsuchtsvoll zusammen. Müdigkeit und Mutlosigkeit verblassen angesichts seiner Stimme. Keine Aufgabe dieser Welt, keine Anforderung der Götter könnte mich davon abhalten, zu ihm zurückzukehren. Das wird mir schlagartig klar.

Ich wende mich um, in der Hoffnung, ihn irgendwo zu entdecken, doch ich sehe nichts als Dunkelheit. Als ich mich wieder dem Schemen zuwende, ist er verschwunden.

KAPITEL 58

YRSA

Wärme und Geborgenheit. Zwei Gerüche, die ich ganz genau kenne. Der eine erinnert mich an den Wind und luftige Höhen, der andere an trockenes Laub und tiefe Wälder. Noch bevor ich richtig zu mir komme, weiß ich, dass Kier und Bran bei mir sind. Es gelingt mir nicht, die Augen zu öffnen. Meine Lider fühlen sich an, als würden Steine an ihnen hängen, und auch mein restlicher Körper gehorcht mir nicht. Bloß meine Finger kann ich bewegen. Unter ihnen spüre ich feste, warme Haut, dann eine leichte Vibration, als eine Stimme wispert: »Bist du wach?«

Ich gebe ein Summen von mir.

»Sie ist wach!«, sagt Kiers Stimme nun lauter.

Sofort bewegt sich die Wärmequelle hinter mir und ich spüre eine kalte, feuchte Schnauze in meinem Nacken, die mich zusammenzucken lässt. Eine kühle Hand legt sich auf meine Stirn.

»Kein Fieber mehr.« Meine Schwester.

»Wie fühlst du dich?« Meine Mutter. »Willst du etwas trinken?«

Ich stoße ein Grummeln aus und kuschele mich enger an meine andere Wärmequelle, die nur Kier sein kann. Er zieht mich fester in seine Arme.

»Ich glaube, sie braucht noch etwas Ruhe«, sagt er, wobei seine Brust unter meiner Wange vibriert.

Ich dämmere wieder weg, doch ein Gedanke setzt sich in mir

fest: Wir haben gewonnen. Vorerst. Der Schemen hat mich davor gewarnt, dass uns der wahre Kampf erst noch bevorsteht. Wahrscheinlich nicht mehr zu unseren Lebzeiten, aber wir müssen vorbereitet sein. Alle Clans müssen vereint werden. Flüsterer und Valkras brauchen eine bessere Führung und jemanden, der ihnen ihre Fähigkeiten und Pflichten erklärt.

Und aus einem mir unerfindlichen Grund haben die Götter Kier und mich für diese Aufgabe ausgewählt. Ich wünschte, es wäre anders. Ich täte nichts lieber, als mich bis ans Ende meiner Tage an mein Gegenstück zu kuscheln und mein Tierwesen hinter mir zu spüren.

»Hör auf nachzudenken«, murmelt Kier, als er mir über die Wange streichelt. »Ich merke, wie es in deinem Kopf arbeitet. Was auch immer es ist, wir kümmern uns später darum. Jetzt musst du erst gesund werden.«

»Es ist … viel«, bringe ich hervor.

»Das ist es immer, wenn die Götter einen für Großes auserkoren haben«, sagt meine Schwester. »Aber ihr seid nicht allein. Ihr habt eure Tierwesen, eure Freunde und Familie. Wir werden euch alle tatkräftig unterstützen. Fürchte dich nicht, Schwester. Deine Zukunft war nie dunkel und wird es auch nie sein.«

»Nur dank euch können wir alle einen weiteren Sonnenaufgang sehen«, sagt meine Mutter. »Ihr zweifle nicht daran, dass ihr jedes Hindernis überwindet, das noch vor euch liegt. Und vergiss nicht: Ihr habt fähige Verbündete an eurer Seite, die die Last mit euch gemeinsam tragen.«

Mein nächster Atemzug wirkt befreiter als der vorherige. Sie haben recht. Die Aufgabe, die mir die Götter auferlegt haben, muss ich nicht allein lösen. Ich blicke einer neuen Zukunft entgegen. Einer, von der ich vor einigen Monaten nicht einmal zu träumen gewagt hätte. Wie genau sie aussieht, vermag ich nicht zu sagen.

Aber ich werde es herausfinden, mit Kier und allen anderen an meiner Seite.

»Der Schemen … hat mir eine mögliche Zukunft gezeigt«, flüstere ich. »Und ich habe sie gesehen, unsere Nachfahrin.«

Kier streicht mir sanft eine Haarsträhne aus der Stirn. »Beschreib sie mir.«

EPILOG

YRSA

ETWA DREI MONATE SPÄTER

»Ich weiß, dass wir spät dran sind«, murrt Elvi hinter mir, während sie ihren Arm fester um meine Taille schlingt, »aber kannst du Bran bitte trotzdem sagen, dass er langsamer machen soll?«

»Wir wären pünktlich gewesen, wenn du nicht noch etwas an meiner Kleidung auszusetzen gehabt hättest«, gebe ich grummelnd zurück und lasse Bran ein noch schnelleres Tempo anschlagen, was mir ein Quietschen meiner Schwester einbringt. Auf dem Rücken meines Tierwesens werden wir ordentlich durchgeschüttelt, aber auf ihm könnten wir es noch schaffen.

»Es hat nicht gut zusammengepasst«, verteidigt sich Elvi.

Ich verdrehe die Augen. »Du hast es überhaupt nicht gesehen.«

»Ich weiß es aber.«

Ich schüttele den Kopf, erspare mir aber eine Erwiderung. Die letzten Monate sind wie im Flug vergangen. Über mehrere Wochen musste ich das Bett hüten, weil der Schemen während des Kampfes gegen Astrid all meine Kräfte aufgebraucht hatte. Deshalb heilten auch meine Verletzungen nur langsam. Sogar während der rituellen Begräbnisse der Gefallenen konnte ich bloß sitzend teilnehmen. Aber es war mir ein Bedürfnis, dabei zu sein – ungeachtet des

Protestes meiner Mutter und Elvis. Auch die anderen Anführer, die beim Angriff gekämpft und überlebt haben, nahmen teil und dankten Kier und mir für unsere Taten. Außerdem überließen sie uns den gewünschten Teil ihrer Gebiete, ohne dass wir sie erneut dazu auffordern oder gar angreifen mussten. Kier sorgte dafür, dass die Grenzen neu gesetzt und von allen Dörfern akzeptiert wurden. Überhaupt kümmerte er sich an der Seite meiner Mutter um alle Entscheidungen, die den Küsten- oder Schwingenclan betrafen, und verschaffte mir damit die benötigte Ruhe.

Allerdings weiß ich mit Ruhe nichts anzufangen. Ich verließ so oft mein Bett, um ziellos herumzuwandern, dass Elvi mir androhte, mich zu fesseln, würde ich noch einmal aufstehen.

Als ich wieder bei Kräften war, begann meine Mutter mit den Hochzeitsvorbereitungen. Weder Kier noch ich wurden gefragt. Wir hätten Wichtigeres zu tun, lautete Mutters Antwort. So kümmerte sie sich auch um meine Kleidung für diesen besonderen Tag, die Elvi jedoch als unpassend empfand. Da ich aber das Überkleid liebe, das Mutter eigenhändig mit kleinen Bären und Wyvern am Saum bestickt hat, habe ich nur eine andere Hose und Stiefel angezogen, mit denen ich besser auf Bran reiten kann. Drakkar hat bereits vor Stunden meine Mutter abgeholt und ist dann zum Schwingenclan geflogen, um Kier und Halvar zum Treffpunkt in der Mitte unseres neuen Gebietes zu bringen.

Nur Elvi und ich blieben zurück. Wie es der Brauch ist, schlief Kier die letzten drei Nächte in seiner Hütte im Schwingenclan. Es war hart. Seit wir die Unstreth besiegt hatten, waren wir keine Nacht getrennt und ich konnte mein Versprechen, ihn nie mehr allein aufwachen zu lassen, halten. Selbst wenn wir viel oder an unterschiedlichen Orten zu tun hatten, kam er stets bei Sonnenuntergang zurück oder holte mich ab. Obwohl die Aufgaben uns an vielen Fronten schier erdrücken, finden wir dank unserer Familie und Freunde Zeit für uns.

Doch Elvi und meine Mutter waren unerbittlich, als es um die drei Nächte vor der Hochzeit ging. Kier meinte zwar, dass ich damit nicht mein Versprechen brechen würde, aber ich fühlte mich trotzdem schlecht.

Als wir endlich die Lichtung erreichen, die groß genug ist, dass Drakkar dort landen kann, sind wir die Letzten, die eintreffen.

Elvi murrt noch etwas über das halsbrecherische Tempo meines Bären, als sie von dessen Rücken rutscht. Dort wird sie bereits von Mutter erwartet, die die Valkra in die Mitte des Kreises führt, den die Anwesenden gebildet haben und wo Kier auf mich wartet. Die dunkle Tracht des Anführers schmiegt sich perfekt an seinen Körper, den ich die letzten Nächte schmerzlich vermisst habe.

Nachdem Elvi ihren Platz eingenommen und mit den rituellen Gesängen begonnen hat, gleite ich von Brans Rücken und die Anwesenden machen mir Platz. Kiers Augen leuchten, als er mich sieht, und das von mir heiß geliebte schiefe Lächeln erscheint auf seinen Lippen.

Halvar und meine Mutter überreichen unsere Ringe den Anwesenden, die nun, während Elvi den Segen der Götter erbittet, zwischen ihnen herumgereicht werden. Jeder hält sie für einen Moment in den Händen und pflanzt ihnen gute Wünsche für unseren weiteren Weg ein.

An Mutters und Halvars Seite schreite ich auf Kier zu. Bei jedem Schritt klopft mein Herz schneller. Er saugt meinen Anblick in sich auf und ich tue es ihm gleich. Bei ihm angekommen, streckt er beide Hände nach mir aus und ich lege meine hinein. Sogleich umschlingt Elvi unsere Hände mit einem Tuch, das in den Farben unseres Clans gewebt und von Mutter mit allerlei Symbolen und Runen versehen wurde. Es erzählt unsere Geschichte, die sich nun um unsere Finger knotet und uns verbindet.

Mit jeder Faser meines Herzens weiß ich, dass es richtig ist. Dass es perfekt ist. Dass *wir* perfekt sind. Kier wusste das schon vor mir, doch ich habe es aufgegeben, mich deswegen zu grämen. Ich habe es auch rechtzeitig erkannt und stehe nun hier, um mit ihm den Rest meines Lebens zu verbringen – nichts anderes zählt.

»Ich denke nicht, dass ich euch den hier Anwesenden vorstellen muss«, sagt Elvi mit einem Lächeln. »Ihr seid keine Unbekannten. Keine, die sich heute zum ersten Mal begegnen. Ihr habt euch den Weg hierher hart erkämpft, dafür gelitten und geblutet und doch nicht aufgegeben. Ihr steht heute hier, weil eure Gefühle stärker waren als alte Schwüre und dunkle Mächte.« Sie macht einen weiteren Knoten. »Eure Liebe hat sogar die Götter selbst beeindruckt. Doch es sind nicht nur eure Gefühle, die euch hierhergebracht haben, sondern auch eure gemeinsame Vision von einer Zukunft, die uns alle betrifft. Deshalb ist dies nicht nur eure Eheschließung, sondern auch euer beider Erhebung zu den obersten Anführern aller Clans.«

Ich blinzele verwirrt. »Was?«

Auch Kier scheint zum ersten Mal davon zu hören.

Doch Elvi fährt unbeirrt fort. »Ihr zwei seid unser aller Hoffnung, aber zuallererst seid ihr die Hoffnung füreinander. An diesem besonderen Tag, zu diesem besonderen Moment haltet ihr die Hände eures Verbündeten, Freundes und Geliebten, um eure Liebe für heute, morgen und für alle Zeit zu bezeugen.« Ein weiterer Knoten bindet Kier und mich aneinander. »Mit diesen Händen werdet ihr Seite an Seite eine Zukunft errichten, die in unseren Sagas überdauern wird, so wie es eure Namen tun werden.« Erneut windet sie das Tuch um uns. »Diese Hände werden euch Liebe und Lust sowie Wärme und Trost spenden.« Ein weiterer Knoten. »Hände, die die Tränen fortwischen und euch aufrichten, wenn ihr strauchelt.« Sie verbindet die Enden des Tuches. »Und es werden diese Hände sein, die sich auch nacheinander ausstrecken, wenn sie alt und runzelig sind. Ihrer Berührung wird dennoch dieselbe Wärme und Liebe innewohnen wie an diesem Tag.«

Sanft streichelt Kier mit den Fingern über meine, während seine Lippen ein stummes »Ich liebe dich« formen. Ich erwidere die Geste.

Dann ziehen wir die Hände aus dem Tuch, umfassen je ein Ende und ziehen es fest, sodass sich ein mehrmals in sich gewundener Knoten bildet. Die Menge um uns herum jubelt, und auch unsere

Tierwesen fallen mit ein. Nachdem uns die Ringe gereicht wurden, die durch all die Hände, durch die sie gegangen sind, ganz warm geworden sind, stecken wir sie uns gegenseitig an.

Kier legt mir einen Finger unters Kinn und küsst mich auf diese schwindelerregende und verheißungsvolle Weise, die mich für einen Augenblick vergessen lässt, dass wir nicht allein sind. Ich lehne mich in diesen Kuss, der genauso perfekt ist, wie unser erster und alle nachfolgenden es waren. Genauso perfekt, wie jeder kommende es sein wird.

Mutter ist so geistesgegenwärtig und verschafft uns ein wenig Privatsphäre, indem sie die anderen Gäste zu den bereitgestellten Getränken und dem über dem Feuer bratenden Fleisch scheucht.

»Erinnerst du dich daran, was ich während der Besichtigung des Schiffes zu dir gesagt habe, als ich dich das erste Mal in deiner Anführerkleidung gesehen habe?«, murmelt Kier an meinen Lippen.

Ich lächele. »Dass du diesen Anblick bis zu dem Tag, an dem die Götter deine Seele zu sich rufen, nicht vergessen wirst.«

»Du in diesem Kleid auf deinem Bären, während du zu unserer Hochzeit reitest und beinahe zu spät kommst, ist ein weiterer Anblick, den ich niemals vergessen werde.«

»Welche Anblicke zählen noch dazu?«, frage ich ein wenig atemlos und ziehe mich ein Stück zurück, um ihn besser ansehen zu können.

Sofort werde ich mit einem schiefen Grinsen belohnt. »In den meisten spielte Kleidung keine allzu große Rolle. Als du mit der Bärenmaske in die Hütte am Strand kamst. Und als du nackt auf dem Tisch in meiner Hütte lagst, den ich eigenhändig gezimmert habe.«

Ein warmer Schauer durchfährt mich und ich schmiege mich enger an ihn, während ich eine Hand über seine Brust wandern lasse und das schnelle Schlagen seines Herzens unter meinen Fingerspitzen genieße. »Was glaubst du, wie lange wir noch hierbleiben müssen?«

Mit einem gutmütigen Lächeln schüttelt er den Kopf, denn er weiß sofort, wonach mir der Sinn steht. »Heilige Götter, Frau, wie kannst du nur so unersättlich sein?«

Ich recke herausfordernd das Kinn. »Ich musste die letzten Nächte auf deine Zuwendungen verzichten. Das musst du wiedergutmachen.«

Sacht fährt er mir mit der Nasenspitze über das Ohr und löst damit einen heißen Schauer nach dem anderen aus. »Und wie soll ich das anstellen?«

»Ich erinnere mich daran, dass du etwas von einer Liste erzählt hast, die du abarbeiten willst. Oder hast du etwa schon jeden Punkt darauf gestrichen?«

Ich spüre, wie sich seine Lippen zu einem noch breiteren Lächeln verziehen, ehe er mir vorsichtig ins Ohr beißt. »Nicht mal ansatzweise«, raunt er verheißungsvoll.

ENDE BAND 2

DANKSAGUNG

Da Band 2 schon länger geworden ist als gedacht, halte ich mich diesmal mit der Danksagung kurz, versprochen!

Mein herzlichster Dank geht an alle, die dieses Buch möglich gemacht haben. Jede einzelne dieser Frauen ist auf ihre Weise wundervoll und die Zusammenarbeit mit ihnen war ein Fest. Meinen Agentinnen Cristina Bernardi und Franziska Hoffmann von der Agentur Michael Meller danke ich für ihren unermüdlichen Einsatz. Meiner Lektorin bei Carlsen Rahel Schmidt danke ich für die vielen Termine, ihre Zeit und ihre Unterstützung. Die Arbeit mit meiner Lektorin Julia Przeplaska war ein absolutes Highlight, denn ich hatte stets das Gefühl, dass wir auf einer Wellenlänge sind. Ein besonderer Dank geht an meine Coverdesignerin Christin Thomas von giesseldesign, die nicht nur das Cover gerettet, sondern es auch in etwas unglaublich Schönes verwandelt hat.

Danke an meine Hündin Yuna, die mich in regelmäßigen Abständen daran erinnert, dass Sauerstoff und Bewegung nicht überschätzt wird.

Ein herzliches Danke geht auch raus an meine Unterstützerinnen auf Patreon – Maike, Tina, Sabrina, Conny, Julia, Fiona, Doreen, Deborah K., Anica, Anna, Linda K., Kerstin, Tanja, Stephanie, Amelie, Regina, Franzi, Milena, Juliet, Sabine, Alicia, Linda H., Nicole, Vanessa, Ngoc Anh, Angela A., Marion, Anja, Sofia, Ann-Kristin, Lisa, Linda B., Klara, Diana, Angela M. und Deborah C.

Besonders bedanke ich mich außerdem bei meinen wundervollen Testleserinnen. Sie sind es, die mich an schlechten Tagen wiederaufrichten, wenn ich am liebsten alles hinschmeißen würde. (Ernsthaft, ohne sie würdet ihr dieses Buch nicht in der Hand halten!)

Und nicht zuletzt geht mein innigster Dank an dich, liebe Leserin, lieber Leser. Danke, dass du zu Nordic Clans gegriffen hast. Ich hoffe, du hattest eine tolle Zeit mit Yrsa und Kier und wirst sie und die anderen in guter Erinnerung behalten. Vielleicht sehen wir uns in einer meiner anderen Geschichten wieder! Bis dahin wünsche ich dir alles Liebe,

Asuka

TRIGGERWARNUNG

Diese Geschichte enthält folgende sensitive Themen:
Physische und psychische Gewalt
Häusliche Gewalt

KNISTERNDE HEXEN-FANTASY VOLLER HUMOR, HERZKLOPFEN UND FRAUENPOWER

Verena Bachmann
THE WITCH QUEEN. ENTFESSELTE MAGIE
ISBN 978-3-551-58463-2
Klappenbroschur
Auch als E-Book erhältlich

DIE HEXE ENJU will nach einem langen Arbeitstag in der Bar ihrer Tante nur eins: endlich in ihr Bett. Doch durch eine Verschiebung der Magie landet sie in einem Viertel der Stadt, in das sie normalerweise niemals einen Fuß setzen würde. In Lapislazuli spielt die Magie schon seit geraumer Zeit verrückt …

Verena Bachmann
RISE OF THE WITCH QUEEN. BERAUBTE MAGIE
ISBN 978-3-551-58482-3
Klappenbroschur
Auch als E-Book erhältlich

ALS NEUE HEXENKÖNIGIN muss sich die sonst so vor Selbstbewusstsein strotzende Enju erst noch beweisen. Doch die erste Bewährungsprobe lässt nicht lange auf sich warten: Etwas Böses greift auf einer heiligen Insel die Menschen an. Allein die Königin der Hexen besitzt genügend Magie, um sich dem Wesen zu stellen …

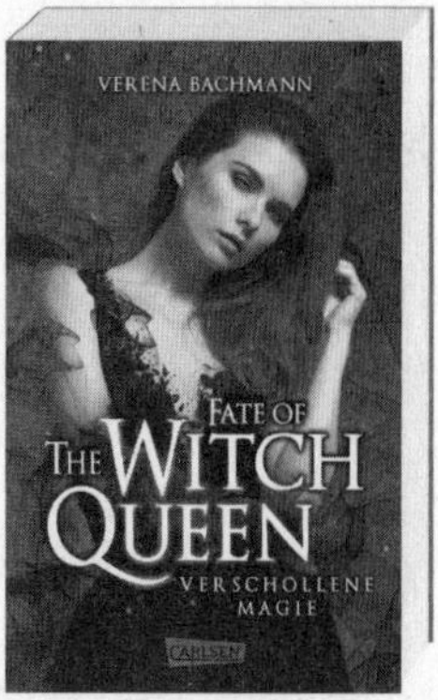

Verena Bachmann
FATE OF THE WITCH QUEEN. VERSCHOLLENE MAGIE
ISBN 978-3-551-58537-0
Klappenbroschur
Auch als E-Book erhältlich

SEIT ENJU zur Hexenkönigin aufgestiegen ist, verfügt sie über die größte Macht in Lapislazuli. Mit Kayneth, dem Anführer der Beasts, läuft es endlich harmonisch und alles könnte perfekt sein. Doch dann kehrt etwas Böses zurück, um die magische Welt zu erobern. Enju ist gezwungen ungewöhnliche Allianzen einzugehen …

WWW.CARLSEN.DE

CARLSEN